Weitere Titel von Kai Meyer in der Verlagsgruppe Lübbe:

Die Geisterseher
Die Winterprinzessin
Der Rattenzauber
Loreley
Der Schattenesser
Das Gelübde
Das Buch von Eden
Faustus
Nibelungengold
Hex
Herrin der Lüge

Und als Hardcover: DIE STURMKÖNIGE – DSCHINNLAND

*Über den Autor:*

Kai Meyer, geboren 1969, ist der Autor von Bestsellern wie SEIDE UND SCHWERT, DIE WELLENLÄUFER, DAS BUCH VON EDEN, HERRIN DER LÜGE und DIE VATIKAN-VERSCHWÖRUNG. 2005 erhielt er für FROSTFEUER den internationalen Buchpreis Corine, DIE FLIESSENDE KÖNIGIN wurde in England zum besten übersetzten Jugendbuch 2006/2007 gewählt. Seinen ersten Roman veröffentlichte er im Alter von 24 Jahren, inzwischen werden seine Werke in siebenundzwanzig Sprachen übersetzt. Mehrere Verfilmungen sind in Arbeit. Besuchen Sie seine Homepage unter: www.kaimeyer.com

Kai Meyer

# Schweigenetz

Thriller

BASTEI LÜBBE

BASTEI LÜBBE TASCHENBUCH
Band 15 946

1. Auflage: Januar 2009

Vollständige Taschenbuchausgabe

Bastei Lübbe Taschenbücher in der Verlagsgruppe Lübbe


Deutsche Erstausgabe 1994 in der Verlagsgruppe Lübbe GmbH & Co. KG,
Bergisch Gladbach.
Diese Neuausgabe erscheint in der Verlagsgruppe Lübbe GmbH & Co. KG,
Bergisch Gladbach,
in Zusammenarbeit mit der Michael Meller Literary Agency, München
Titelillustration: David H. Wells/Corbis
Umschlaggestaltung: Nadine Littig
Satz: hanseatenSatz-bremen, Bremen
Gesetzt aus der Adobe Garamond
Druck und Verarbeitung: CPI – Ebner & Spiegel, Ulm
Printed in Germany
ISBN 978-3-404-15946-8

*Für Steffi*

# Erster Teil

# Pakt

# Kapitel I

Martin erwartete ihn am Aufzug; er lächelte, als er Carsten durch die Eingangshalle auf sich zukommen sah, unsicher, ob er ihn umarmen oder seine Hand schütteln sollte. Carsten nahm ihm die Entscheidung ab. Martins Händedruck war immer noch so fest wie früher. Carsten bemühte sich gegenzuhalten, fest, fester. Es war ein altes Spiel zwischen ihnen – ein kindisches Spiel –, und doch schien dies der rechte Augenblick, es hervorzukramen und von neuem zu beginnen. Der Staub der letzten Jahre hatte ihm wenig von seiner naiven Faszination genommen. Martin errötete am ganzen Körper, während seine Finger sich schlossen wie Hummerscheren.

»Schon gut.« Carsten lachte gequält und zog die schmerzende Hand zurück. Er betrachtete die roten Abdrücke an seinen Fingern. »Du hast gewonnen.«

»Hast du das bezweifelt?«

»Für einen Moment.«

»Vergiss es.«

Sie kicherten wie zwei kleine Jungs nach einer Partie Armdrücken. Die ältere Frau, die im selben Moment den Lift verließ, bedachte sie mit einem zweifelnden Blick, als sie an ihr vorbeitraten. Martin schob seinen Schlüssel in eine Öffnung unterhalb der Bedienungstafel. Die Kabine sauste nach oben. Martin wirkte noch größer und schwerer, als er ihn in Erinnerung hatte, ein fleischfarbener Berg, Ende dreißig, mit blondem Vollbart und welligem Haar, das sich am Hinterkopf lichtete. Sein Gesicht schimmerte in einem gesunden Farbton, keine Solarium-Bräune; Carsten nahm an, dass er die letzten Wochen irgendwo im Süden verbracht hatte. Er fragte ihn danach.

»Sri Lanka«, sagte Martin. »Stacheldraht rund ums Hotel, Soldaten am Strand. Viel Sonne.« Er beließ es dabei. Es gab andere, wichtigere Dinge.

»Wie geht's Frank?«

Sein früherer Chefredakteur seufzte. »Seit ein paar Monaten tönt er sich die Haare. Fast täglich. Heute Morgen beim Frühstück waren sie noch dunkelrot – *wildkirsch,* sagt er –, heute Abend sind sie wahrscheinlich blond. Oder aubergine, wer weiß ...«

Carsten nickte verständnisvoll. Martin und Frank lebten seit Jahren miteinander; es freute ihn, dass sich nichts daran geändert hatte. Während der vergangenen zwanzig Monate hatte er Beständigkeit zu schätzen gelernt.

Martin hatte niemals einen Hehl aus seiner Homosexualität gemacht, ungewöhnlich genug für einen Mann in seiner Position. Es sprach für den Verlag, dass man sich nicht daran störte und ihn mit einem Posten betreut hatte, nach dem sich Tausende von Journalisten die Finger leckten. Carsten war froh, dass man in diesem Haus nicht viel von Vorurteilen hielt. Toleranz war etwas, das er derzeit gut gebrauchen konnte.

Die Nummern der Stockwerke rasten durch das Digitalfenster oberhalb der Lifttür und erstarrten schließlich als blutrote Achtundzwanzig. Die Tür öffnete sich mit einem Zischen.

Für einen kurzen, schwindelnden Augenblick glaubte Carsten, dort draußen wäre nichts als dunkler Himmel und die klobige Skyline der Frankfurter City. Dann wurde ihm klar, dass sich zwischen ihm und dem Nichts eine gewaltige Fensterfront befand, ohne Rahmen, ohne Verstrebungen. Fast unsichtbar. Er fragte sich, ob es möglich war, Scheiben dieser Größe zu entspiegeln. Nicht der kleinste Lichtreflex trübte die Illusion eines gähnenden Abgrunds. Selbst der graue Teppich des Korridors verschwamm mit dem trüben Hintergrund.

Er folgte Martin aus dem Aufzug, immer noch ein wenig schwindelig. Er brauchte mehrere Schritte, um sich völlig zu fassen.

»Gibst du mir eine ehrliche Antwort?«, fragte Martin.

»Kommt drauf an, worauf.«

»Was hast du gedacht, als ich dich angerufen habe?«

Carsten dachte einen Augenblick nach und schaute erneut hinaus ins Leere. Am Himmel brodelte eine finstere Wolkendecke, nur hier und da durchbrochen von gleißenden Lichtsäulen. Von allen Seiten krochen graue Schatten über die Stadt. Wo die Sonne Löcher ins Dunkel riss, waren die Ränder der Wolken schwarz und ausgefranst wie Brandwunden. Es würde ein Frühlingsgewitter geben. Das erste nach der Hitze der vergangenen Tage.

Er wandte sich wieder an Martin, um seine Frage zu beantworten.

»Ich dachte mir, dass du nur die Hälfte sagst. Dass die Sache irgendeinen Haken hat.« Sein Blick schwenkte über die Plexiglasschilder neben den Bürotüren, registrierte gelegentlich einen Namen, der bekannt klang. »Gibt es einen?«

Martin zuckte mit den Schultern. »Das kommt drauf an. Aber warte ab, was von Heiden zu sagen hat. Ich weiß nicht, ob es gut wäre, ihm vorzugreifen.«

Carsten nickte stumm. Der Korridor schien kein Ende zu nehmen. Nach zwanzig Metern bogen sie um eine Ecke, ließen die Glaswand hinter sich. Rechts und links passierten sie Türen, viele davon standen offen. Verlagsangestellte saßen an ihren Schreibtischen, hämmerten auf Tastaturen und tranken literweise Kaffee. Männer mit weißen Hemden, Manschetten und dezenten Krawatten huschten an ihnen vorüber. Die Frauen trugen Röcke und farbige Blusen. Niemand war hier unter vierzig. Carsten kam sich mit einem Mal sehr jung vor.

»Wo liegt die Redaktion?«, erkundigte er sich.

»Im Zweiundzwanzigsten bis Fünfundzwanzigsten. Das hier gehört alles zur Geschäftsleitung.« Martin grinste. »Ich komme nur hoch, wenn es sich nicht vermeiden lässt. Wenn von Heiden oder sonst jemand mich sprechen will.«

»Wird der Verleger dabei sein?«

Martin lachte leise und schüttelte den Kopf. »Überschätze dich nicht. Er verbringt seine Tage beim Golf und auf Regierungsempfängen. Hin und wieder tobt sein Sohn durch die Büros, verkündet den

Willen unseres Herrn und Meisters und sorgt für die gebührende Unruhe. Aber in der Regel ist es von Heiden, der das Sagen hat. Zumindest uns Normalsterblichen gegenüber.«

Carsten fand, dass Martin sein Licht zu sehr unter den Scheffel stellte. Als Chefredakteur der drittgrößten Tageszeitung Deutschlands wurde er von einer imposanten Reihe großer Namen aus Wirtschaft und Politik umworben.

»Wie viele Stockwerke sind vom Verlag belegt?«

»Neun, demnächst zehn«, sagte Martin. Es lag kein Stolz in seiner Stimme. Er identifizierte sich mit seinem Blatt, nicht mit dessen Herausgeber.

»Gemietet oder gekauft?«, erkundigte sich Carsten.

Martin lachte wieder. »Hundertprozentiger Immobilienbesitz. Von Heiden wird dir mehr dazu sagen. Stockwerke sind für ihn wie Schulterstreifen beim Militär. In diesem Haus wird Erfolg in Etagen gemessen.«

Sie betraten ein großes hellerleuchtetes Vorzimmer. Zwei Sekretärinnen residierten hinter riesigen Schreibtischen. Kostspielige Kostüme, künstliche Sonnenbräune. Carsten roch schon beim Eintreten den Preis ihrer Parfüms.

Wände und Einrichtung waren weiß, durchsetzt mit unauffälligem Beige. Geschmackvoll. Keine moderne Helligkeit im Yuppie-Look, vielmehr der Stil einer Firma, die Jahr für Jahr enorme Reichtümer erwirtschaftete, irgendwo zwischen dezentem Verstecken und verhaltenem Zeigen.

Martin strahlte die beiden Frauen an und stellte ihn vor. Carsten bemühte sein einnehmendstes Lächeln; er hatte den Eindruck, dass es von den Frauen abprallte und als schale Reflektion zurückgeworfen wurde. Das Make-up der beiden war zu perfekt, um wirklich zu sein.

»Herr von Heiden erwartet Sie schon«, sagte die eine und führte sie zu einer zweiflügeligen Tür. Die andere versank in der Lektüre einiger Akten.

Die Frau klopfte und huschte hinein. Einen Augenblick später bat sie Carsten und Martin einzutreten. Sie schloss die Tür hinter ihnen.

»Herr Worthmann, schön Sie zu sehen«, sagte Gerald von Heiden und kam mit zügigen Schritten hinter seinem Schreibtisch hervor. Auch er hatte die kerngesunde Gesichtsfarbe seiner Angestellten. Unter buschigen Brauen schimmerten blassblaue Augen, fast ein wenig milchig im Kontrast zu seiner Sonnenbräune und dem nussbraunen Haar. Er mochte Mitte fünfzig sein, doch seine Haut war straff und der Hals sehnig. Carsten vermutete unter dem graublauen Anzug einen durchtrainierten Körper. Der dunkle Teint war weder Folge eines Urlaubs noch angebackene Studiobräune. Von Heiden war einer jener Menschen, die von Natur aus gut aussahen. Beneidenswert. Sein Lächeln war herzlich, der Druck seiner Hand kraftvoll und von präzise geplanter Dauer. Carsten konnte sich nicht erinnern, jemals einen Menschen getroffen zu haben, der sich so perfekt unter Kontrolle hatte. Er war beeindruckt.

Hinter von Heiden kam ihnen ein zweiter Mann entgegen, groß und hager. Nicht attraktiv, doch kaum weniger imposant als der Verlagsleiter. Die schmale Nase stach messerscharf hervor, sein Haar war bereits ergraut, obwohl Carsten ihn für jünger als von Heiden hielt; Ende vierzig, vielleicht. Seine Schläfen waren eingefallen, die Ohren hoch und schmal. Im Gegensatz dazu wirkten seine Hände seltsam fleischig und aufgedunsen. Er trug eine schwarze Krawatte mit großen, dunkelroten Punkten. Sie tanzten vor Carstens Augen wie Gummibälle auf Asphalt.

»Dr. Nawatzki«, stellte Martin ihn vor. Von Heidens Stellvertreter. Carsten erinnerte sich, dass Martin bereits früher von ihm gesprochen hatte. Sein Lächeln erinnerte ihn an die Fratze eines gotischen Wasserspeiers.

Sie setzten sich, und jetzt erst erkannte Carsten, wie riesig der Raum wirklich war. Mehr Sitzungssaal als Büro, mit einem riesigen Konferenztisch und dreieinhalb Meter hoher Decke, war auch hier Weiß die alles beherrschende Farbe. Einziger Wandschmuck war eine Auswahl bronzefarbener Druckplatten von Titelseiten, an denen sich das beachtliche Alter des Blattes ablesen ließ.

Von Heidens Schreibtisch stand ein wenig abseits des gewaltigen

Sitzungstisches. Dahinter öffnete sich erneut das majestätische Panorama der Hochhäuser vor dem aufgewühlten Gewitterhimmel. Die Glaswand war hier beinahe doppelt so hoch wie die im Korridor. In dieser Höhe musste der Wind mit ununterbrochenem Jaulen um die Fassaden toben, doch nicht ein einziger Laut drang herein.

Carsten wollte nicht, dass von Heiden bemerkte, wie sehr ihm die Aussicht imponierte. Er konzentrierte sich auf sein Gegenüber. Der Verlagsleiter lächelte und setzte an, etwas zu sagen. Im selben Moment rollten die ersten Vorboten des Gewitters über sie hinweg. Die isolierte Scheibe schien unter der Wucht des Donners zu beben, aber nur ein Bruchteil des Brüllens drang bis ins Innere. Am schwarzen Horizont zuckten Blitze.

»Nun, Herr Worthmann, es freut mich, dass Sie unsere Einladung angenommen haben«, begann von Heiden und lehnte sich dabei ein wenig vor. Über den breiten Schreibtisch hinweg schien er Carsten immer noch sehr weit entfernt. »Ich glaube, Herr Richtwald« – er deutete mit einem Nicken auf Martin – »hat Ihnen bereits erklärt, um was es geht.«

»Ja«, sagte Carsten.

»Es gibt eine, genaugenommen sogar mehrere Stellen, die ich schnellstmöglich besetzen muss. Eine davon möchte ich Ihnen anbieten.«

»Sie haben sie nicht ausgeschrieben«, stellte Carsten fest. Der Verlagsleiter nickte. »Eine Zeitung wie die unsere verfügt über eine große Anzahl persönlicher Kontakte, die eine solche Ausschreibung überflüssig machen – Verbindungen wie die zwischen Ihnen und Herrn Richtwald. Es ist Jahre her, dass wir zum letzten Mal inserieren mussten.«

Natürlich. Jetzt war es Carsten, der nickte.

Von Heiden schien sich nicht mit einer langen Vorrede aufhalten zu wollen. Auch das gefiel ihm. »Vielleicht wissen Sie, dass unser Verlag nach der Wiedervereinigung eine Reihe ostdeutscher Zeitungen übernommen hat. Es gab eine erfreuliche Zusammenarbeit mit der Treuhand.«

Carsten bemerkte, dass Nawatzki nickte.

»Einige dieser Publikationen erwiesen sich als katastrophale Verlustgeschäfte. Wir waren gezwungen, sie einzustellen. Andere dagegen bergen ein enormes Potential.« Er gab Nawatzki mit einem Wink zu verstehen, dass er fortfahren solle.

»Eine dieser Zeitungen war der *Klassenkämpfer.*« Carsten war überrascht, wie jung die Stimme des Stellvertreters klang. Sie passte nicht zu seiner hageren Erscheinung. »Das Erscheinungsgebiet lässt sich grob mit der östlichen Harzregion umschreiben. Wir haben das Blatt Anfang 1990 übernommen, damals lag die Auflage bei rund zweihundertfünfzigtausend Exemplaren. Für eine Abonnements-Zeitung aus westlicher Sicht ein enormer Marktanteil.«

Carsten ahnte plötzlich, auf was Nawatzkis Vortrag hinauslief. Er hatte mit einem Job hier in Frankfurt gerechnet; nun war mit einem Mal die Rede von einer Parteizeitung des DDR-Regimes. *Das* war der Haken, den Martin ihm verschwiegen hatte. Er sah finster zu dem blonden Chefredakteur hinüber. Dessen Blick flüsterte *Hör zu.*

»Wie Sie sich denken können, ist *Klassenkämpfer* kein allzu geeigneter Name für eine Publikation, wie wir sie uns vorstellen«, fuhr von Heiden fort. »Einer unserer ersten Schritte war demnach, das Objekt umzubenennen. Wir entschieden uns für das schlichtere *Harzbote.* Keine Meisterleistung innovativer Namensgebung, aber durchaus tauglich.«

Draußen hatte der Himmel mittlerweile ein tintiges Blauschwarz angenommen. Riesige Wolkenberge hingen wie überreife Fruchtstauden über den Dächern. Regen trieb in diesigen Schlieren durch die Häuserschluchten. Ein Blitz griff mit flammenden Fingern aus der Finsternis hinab in die Tiefe. Gleich darauf erschütterte neuerliches Donnergrollen die Luft. Der Horizont war längst von Dunkelheit überwuchert. Ein paar einsame Fabrikschlote schienen wie aufgereckte Arme um Hilfe vor den wabernden Schatten zu bitten. Die Schwärze saugte sie auf wie ein Schwamm.

Carsten hatte nie aufgehört, sich vor Gewittern zu fürchten, und die Richtung, in der das Gespräch – Nawatzkis Monolog – verlief, trug wenig dazu bei, seine Stimmung zu heben. Er brauchte einen Job, dringend, und nach dem, was passiert war, konnte er es sich nicht erlauben, wählerisch zu sein.

Er befürchtete, dass das Gewitter bisher nicht einmal wirklich begonnen hatte.

»Verteilt über den Ostharz besitzt der *Harzbote* ein Netz von Lokalredaktionen.« Nawatzkis Stimme klang ruhig und überlegen; manche Menschen wurden für leitende Positionen geboren. »Die meisten davon sind noch zu neunzig Prozent mit jenen Redakteuren besetzt, die bereits vor der Wende die Zeitung gestalteten. Sie können sich vorstellen, dass uns dies eingedenk der ideologischen Tendenzen vieler dieser Leute nicht allzu gut gefällt.«

Von Heiden ergriff ungeduldig das Wort. »Um es kurz zu machen, Herr Worthmann, möchten wir Ihnen einen Redakteurposten in einer dieser Lokalredaktionen anbieten.« Mit einem verständnisvollen Lächeln fügte er hinzu: »Und glauben Sie mir, das ist lange nicht so schlimm, wie es sich im ersten Augenblick anhören mag.«

Einen Moment lang herrschte Stille, selbst das aufkommende Gewitter verstummte. Carsten war klar, dass alle auf eine Antwort warteten. Sein Problem war, dass er keine Ahnung hatte, was er hätte sagen können. Er musste einen Weg finden, ihnen höflich beizubringen, dass er kein Interesse an einem Umzug in den Harz hatte. In den *Osten.* Er war dort gewesen, als Jugendlicher, als die Mauer noch stand. Erinnerungen wirbelten durch seinen Kopf. Finstere Häuserzeilen, Werkanlagen und graue Menschen in grauer Kleidung. Er war jung gewesen, damals, und natürlich war dies alles nur ein kleiner Teil der Wahrheit. Er erinnerte sich an etwas anderes. An jemanden.

Er schüttelte unmerklich den Kopf, um den Gedanken zu vertreiben, und hoffte, dass sie dies nicht als unhöfliche Ablehnung auslegen würden.

»Nun, als Herr Richtwald mich anrief, dachte ich eigentlich …«

Von Heiden fiel ihm ins Wort. »… da dachten Sie, dass wir einen Platz hier in Frankfurt für Sie hätten, stimmt's?«

Er nickte.

Der Verlagsleiter setzte ein väterliches Lächeln auf, und zu Carstens Erstaunen wirkte es ehrlich. Von Heiden war ein ungewöhnlicher Mensch.

»Sehen Sie, ich kenne natürlich Ihre Situation.« Er sagte jetzt nicht mehr *wir,* sondern wählte ganz bewusst den Singular. Vielleicht war von Heiden doch leichter zu durchschauen, als er zuerst angenommen hatte. »Sie müssen mir glauben, dass ich nicht versuche, aus dieser Sache in Heidelberg Kapital zu schlagen. Es geht hier nicht darum, Sie auf irgendeine Weise unter Druck zu setzen. Fakt ist, wir brauchen im Osten fähige Journalisten. *West*-Journalisten. Leute, die graben können, Leute, die sich in Geschichten verbeißen. Jemanden wie Sie.«

O ja, und wohin hatte das beim letzten Mal geführt?

Von Heidens Stimme klang jetzt eindringlicher, sperrte Nawatzki, Martin und sogar das Gewitter aus. »Was wir dort drüben vorgefunden haben, reicht nicht aus, um eine vernünftige Zeitung zu produzieren. Ich mache dieses Angebot nicht nur Ihnen, sondern auch einer Reihe weiterer Kollegen. Journalisten mit Reputation und ohne Ihren – nehmen Sie es mir nicht übel – Makel. Ich sage das nicht, um Sie zu demütigen, sondern nur, um zu beweisen, dass ich Sie nicht auf Grund Ihrer Situation über den Tisch ziehen will. Ich mache Ihnen ein faires Angebot.«

»Und ein profitables dazu«, mischte Nawatzki sich ein. »Zehntausend Mark im Monat. *Zehntausend,* Herr Worthmann. Dazu einen Dienstwagen Ihrer Wahl – bis zu einer gewissen Klasse, versteht sich. Außerdem stellen wir die Wohnung.«

Einen Augenblick lang überlegte Carsten, ob er nun verletzt sein müsse. Sie wollten ihn kaufen. Mit Geld (zugegeben, einer ganzen *Menge* Geld), einem Auto, einer Wohnung. Er wusste, dass viele auf diese Weise in den Osten gelockt worden waren. Als man nun ihm selbst dieses Angebot machte, erschreckte es ihn.

Die Erinnerung an damals kehrte zurück. An die zerfallenen Häuser, die jammernden Menschen. Kindheitserinnerungen, sagte er sich. Nur verklärte Erinnerungen.

»Wie kommt es, dass Sie mir ein solches Angebot machen?«, fragte er.

Von Heiden lehnte sich in seinem Stuhl zurück, aber sein Blick ließ Carsten nicht für eine Sekunde los. »Dies hier ist ein großer Verlag, Herr Worthmann. Die Familie des Verlegers hat immer sehr viel Geld in dieses Unternehmen investiert – um letztendlich noch mehr herauszuholen. Ich muss Ihnen nicht die Grundsätze erfolgreicher Unternehmenspolitik erklären. Ich bin kein Journalist, sondern Geschäftsmann. Sie und Ihre Kollegen in diesem Haus sind – und ich bitte Sie erneut, meinen Ausdruck zu verzeihen – Maschinen. Auf der einen Seite stecke ich Geld hinein, auf der anderen kommt eine Menge mehr wieder heraus. Damit haben wir Erfolg. Schauen Sie sich um. Bisher gehören uns neun Etagen dieses Gebäudes. Bis zur Jahrtausendwende ist das gesamte Haus in unserem Besitz.«

Carsten sah, wie Martin ihm von der Seite ein Grinsen zuwarf, aber er war nicht in der Stimmung, es zu erwidern. Von Heiden war kein Mann, der grundlos protzte. Das, was er sagte, hatte System. Nicht *was,* verbesserte er sich, sondern *wie* er es sagte.

»Sehen Sie«, fuhr der Verlagsleiter fort, als er sein Zögern bemerkte, »ich bin bereit zu einem weiteren Zugeständnis. Helfen Sie mit, dieses Blatt zu etablieren, und ich verspreche Ihnen, dass wir Sie nach einer Weile hierher zurückholen werden. Hier ins Haus. Darauf gebe ich Ihnen mein Wort.«

Carsten überlegte noch, was er darauf erwidern sollte, als von Heiden sich von seinem Stuhl erhob und Nawatzki wie auf ein stummes Kommando das Gleiche tat.

»Überlegen Sie sich unser Angebot. Ihre Entscheidung hat noch ein, zwei Tage Zeit. Ich würde mich freuen, wenn wir Sie dann als Mitarbeiter unseres Verlages begrüßen könnten.«

Carsten und Martin standen gleichzeitig auf. Carsten bedankte sich bei von Heiden und versprach, sich zu melden.

»Tun Sie das«, sagte der Verlagsleiter, schüttelte seine Hand und führte die beiden zur Tür. Nawatzki blieb zurück.

Die Sekretärinnen blickten kurz auf und strahlten ihr *Jil-Sander-*

Lächeln, als sie grüßend an ihnen vorübergingen. Martin brachte ihn mit dem Lift nach unten.

Draußen erreichte das Gewitter seinen ersten Höhepunkt.

Die meisten Menschen, die vor und hinter ihm in die U-Bahn drängten, waren vor dem prasselnden Regen geflohen. Kleidung und Haare waren klatschnass. Carsten verzichtete auf einen der letzten freien Sitze und bot ihn einer älteren Frau an. Zum Dank schüttelte sich ihr triefender Hund gleich neben seinem Fuß.

Mit einem Rumpeln setzte sich die Bahn in Bewegung. Die Menschen wurden aneinandergedrückt. Der träge Geruch von Feuchtigkeit vermischte sich mit dem Gestank der Tunnel.

Er sah Sandras Gesicht vor sich und erinnerte sich an ihren letzten Brief. Das war vor fast zwei Monaten gewesen. Eine Seite in ihrer feinen, ziselierten Handschrift. Das Übliche hatte darin gestanden. Ihr Mann war arbeitslos, sie selbst jobbte in einem Geschäft. Demnächst sollten Wasserzähler in der Wohnung angebracht werden. Die Miete war gestiegen. Alltagskram. Früher hatte sie über andere Dinge geschrieben.

*Sandra.*

Er war fünfzehn gewesen, als seine Eltern ihm eröffneten, die ganze Familie würde das Weihnachtsfest bei Verwandten in Leipzig verbringen. Sie betonten *ganze* Familie. Himmel, hatte er sie dafür gehasst. Damals kannte er Ostdeutschland nur aus *James-Bond*-Filmen. In Gedanken sah er sie bereits alle in russischen Kerkern schmachten.

Das war 1979 gewesen.

Er machte den großen Fehler, seinen Freunden sein Leid zu klagen. Schadenfroh erzählten sie von Sowjetflaggen statt Christbaumkugeln. Albernheiten, die ihn damals zur Verzweiflung trieben. Aus hilflosem Trotz kaufte er seinen Eltern kein Weihnachtsgeschenk.

Der Grenzübergang war ein Abenteuer und als solches akzeptabel. Er sah bewaffnete Soldaten, Wachtürme und kilometerlangen Stacheldraht. Einen Moment lang fühlte er sich sehr überlegen. Dann schaute einer der Grenzwächter zu ihm ins Auto, musterte ihn misstrauisch. Lizenz zum Töten, dachte Carsten und fühlte sich plötzlich sehr allein auf seiner Rückbank.

Zuhause hatte der Wetterbericht für die Feiertage Regen vorhergesagt. Um so überraschter war er, als sie jenseits der Grenze eine dichte Schneedecke vorfanden. Seine Eltern schwärmten und sagten *Wie schön!*. Er erwiderte finster, das mache die Nähe Sibiriens.

Dann sah er die Stadt, die Häuser und die Kleider der Menschen. Sie fuhren durch eine Vorstadt aus grauen Plattenbauten, und das senkte sogar die Stimmung seiner Eltern. *Wie schön!*, sagte jetzt keiner mehr. Carsten fühlte sich in all seinen Vorahnungen bestätigt. Der Cousin seines Vaters wohnte in einem kleinen Einfamilienhaus am Stadtrand. Es gab weder Telefon noch Ölheizung. Die Toilette befand sich in einer kleinen Kabine im Garten, und der Fernseher empfing nur DFF eins und zwei, noch dazu in Schwarzweiß. Vor dem Haus stand ein aschgrauer Trabant. All das kümmerte Carsten nicht mehr, als er Sandra kennenlernte. Sie war die einzige Tochter seiner Verwandten, seine Cousine um zwei Ecken. Sie war ein Jahr jünger als er selbst. Vierzehn.

Zur Begrüßung trat sie vor und schüttelte ihm artig die Hand. Das Erste, was ihm auffiel, war ihre Art, sich zu bewegen. Ihr Gang hatte das gewisse Etwas, das er von Mädchen ihres Alters nicht kannte. Damals war *schweben* das einzige Wort, das ihm einfiel. Mit fünfzehn klang es wie Poesie.

Ihr Haar war dunkelbraun und fiel glatt bis weit auf den Rücken. Die Augen leuchteten grünlich, und zum ersten Mal beachtete er die langen Wimpern eines Mädchens. Sie hatte ein fröhliches Gesicht, sehr hellhäutig, mit kleinen Grübchen, wenn sie lächelte. Erst viel später fiel ihm auf, wie weiß ihre kleinen Zähne waren. An den Ohren trug sie scheußliche Clips in Form zweier Kirschen.

Sandra war sehr schlank, mit feingliedrigem Körperbau. Später erzählte sie ihm, dass sie eine staatliche Sportschule besuchte und auf eine Karriere als Athletin vorbereitet wurde.

Seine Eltern hatten ein großes Paket mit Lebensmitteln, Kleidung und Schallplatten gepackt, aber falls sie erwartet hatten, dass sich sein Onkel und seine Tante (er nannte sie so der Einfachheit halber) gleich darüber hermachen würden, so hatten sie sich getäuscht. Sie bedankten sich herzlich und stellten es vorerst beiseite. Nur den Kaffee packte seine Tante aus, um ihn zur Begrüßung zu kochen. Dazu gab es selbstgebackenen Kuchen.

Carsten brachte das Kunststück fertig, gleichzeitig zu essen, die Fragen von Onkel und Tante zu beantworten und Sandra im Auge zu behalten. Selbst die Art, wie sie ihre Gabel hielt, fand er großartig. Manchmal, während ihre Augen von einem zum anderen zuckten, kreuzten sich ihre Blicke. Er beeilte sich dann, einen Krümel auf seinem Teller oder die Erwachsenen anzustarren. Aus den Augenwinkeln glaubte er zu sehen, wie Sandras Mundwinkel sich spöttisch verzogen, ganz leicht nur. Ihr Lächeln streifte ihn wie ein heißer Luftzug. Er spürte, wie ihm das Blut ins Gesicht schoss. Knallrot. Auch das noch.

Er fragte sich, wie er die Weihnachtstage überstehen, wie es weitergehen sollte.

Sandra kannte schon damals die Antwort.

Die U-Bahn hielt mit einem infernalischen Kreischen und spuckte ihn hinaus auf den Bahnsteig. Trotz der Hitzewelle der vergangenen Woche fegte ein eisiger Windstoß aus dem Tunnel und trieb den Lärm ferner Bahnen vor sich her. Fröstelnd zog Carsten seinen Mantel enger.

Schon auf der Treppe peitschte ihm der Regen ins Gesicht. Es donnerte. Er hatte Glück; das einzige Taxi weit und breit stand direkt am Eingang. Er stieg ein und nannte dem Fahrer seine Adresse. Die Scheibenwischer hatten den prasselnden Wassermassen wenig entgegenzusetzen, die Scheinwerfer entgegenkommender Wagen verschwammen zu glitzernden Schlieren.

Vor der Haustür brauchte er eine Weile, bis er den richtigen Schlüssel fand. Als er ihn endlich ins Schloss steckte, wurde die Tür von innen aufgerissen.

»Herr Worthmann, wie sehen Sie denn aus?«

Er trat ins Trockene, stampfte Wasser von seinen Schuhen und wischte sich die Nässe aus den Augen. Elisabeth machte Anstalten, ihm den Mantel abzunehmen, doch er kam ihr zuvor. Beim Vornamen nannte er sie nur, wenn sie alleine waren; im Beisein anderer war seine Vermieterin für ihn Frau Caspersen.

»War Ihr Termin erfolgreich?«, fragte sie, trat einen Schritt zurück und versuchte, die Antwort aus seinen Zügen zu lesen.

»Fragen Sie mich was Leichteres.«

Sie schüttelte mit großmütterlicher Missbilligung den Kopf, dann lächelte sie. »Na, kommen Sie erst mal in die Küche. Ich war gerade dabei, Tee zu kochen. Vorweg einen Sherry?«

»Gerne.«

Er schätzte sie auf Mitte sechzig. Ihr wahres Alter hatte sie ihm nie verraten, und er hatte nicht danach gefragt. Sie hatte viel von ihrer einstigen Eleganz bewahrt, es fiel nicht schwer, sich vorzustellen, wie sie vor dreißig Jahren gewirkt haben mochte. Noch heute war sie eine *grande dame* im wahrsten Sinn. Carsten hatte sie nicht ein einziges Mal in einer Schürze oder mit Haarnetz erlebt, trotz ihres Hangs zur Häuslichkeit. Sie kochte fantastisch, hasste die Überbleibsel ihrer Verwandtschaft und liebte Carsten heiß und innig. Zum einen hielt das die Miete so niedrig, dass er sich die beiden Zimmer unterm Dach trotz finanzieller Nöte leisten konnte; zum anderen schaffte es ein Vertrauensverhältnis, wie er es nie zuvor erfahren hatte. Er sprach mit ihr über alles und hatte dabei nie das Gefühl, ihre Geduld zu missbrauchen. Im Gegenzug hörte er sich ihre Geschichten über Bekannte an, mit denen sie sich regelmäßig bei Kaffee und Kuchen traf.

Elisabeth war eine begnadete Geschichtenerzählerin. Er teilte ihr Bedauern, dass sie niemals Kinder gehabt hatte; an ihr war eine wunderbare Großmutter verlorengegangen.

Jetzt eilte sie durch die geräumige, mit wertvollen Antiquitäten eingerichtete Diele und verschwand in der Küchentür. Als Carsten ihr folgte, stand das gefüllte Sherryglas bereits auf dem Tisch.

Das Haus beherbergte zahllose Zimmer, unter anderem eine Hand voll kleinerer und größerer Salons, in denen noch Jahrzehnte zuvor gesellschaftliche Empfänge an der Tagesordnung waren. Im Gegensatz zu ihren Vorfahren zog Elisabeth es vor, ihren Tee in der Küche zu nehmen. Die meisten der früheren Empfangsräume kannte Carsten nur vom flüchtigen Hineinsehen. Er nahm an, dass es ihr selbst nicht viel besser ging. Abgesehen von Kaffeekränzchen empfing sie kaum noch Besuch.

»Sie haben mir einen Job angeboten«, sagte er, nachdem sie ihm gegenüber Platz genommen hatte. Das karierte Wachstuch auf dem Tisch stand im Widerspruch zu den stilvollen Küchenmöbeln.

»Das scheint Sie nicht besonders zu freuen«, stellte sie fest und nippte an ihrem Glas. Sie wusste so gut wie er selbst, dass ihn die gelegentlichen Aufträge als freier Journalist nur notdürftig über Wasser hielten. Eine feste Anstellung hätte viele Probleme gelöst.

»Die Stelle, die sie mir geben wollen, ist nicht hier in Frankfurt.«

»Nicht?«

»Sie suchen Redakteure für eine Zeitung im Osten. Im Harz.«

Er versuchte, ihre Gedanken aus ihren Augen abzulesen, doch falls sie seine Worte in irgendeiner Weise berührten, so zeigte sie es nicht. Sie hatte ihm die Zimmer nicht wegen des Geldes vermietet; es war die Einsamkeit, die ihr zu schaffen machte. Das Alleinsein war vielleicht das Einzige, wovor Elisabeth Caspersen wirkliche Angst hatte. Sollte er aus Frankfurt fortgehen, wäre das auch ein Einschnitt in ihrem eigenen Leben. Dass sie ihm nicht sofort davon abriet, rechnete er ihr hoch an. »Der Harz ist wunderschön«, sagte sie statt dessen. »Ich war oft dort, noch vor dem Krieg. Eine herrliche Gegend, wie ein riesiger Märchenwald. Kennen Sie den Harz?«

Er schüttelte den Kopf.

»Sie sollten mal hinfahren.«

»Eben das ist das Problem.«

Sie lächelte. »Sie haben sich also noch nicht entschieden?«

Er trank den Sherry aus und warf ein paar Stücke Kandis in sein Teeglas. »Ich habe damit gerechnet, dass sie mich hier in Frankfurt behalten wollten.«

»Aber es wäre eine Chance, oder?« Als die Sache in Heidelberg passierte, war Elisabeth es gewesen, die ihn so weit aufgerichtet hatte, dass er wieder arbeiten konnte. Andere hatten ihm davon abgeraten, doch er hatte auf Elisabeth gehört. Ihr war es zu verdanken, dass er damals nicht übergeschnappt war. Wenn sie nun das Wort *Chance* benutzte, wusste sie, wovon sie sprach.

»Vielleicht«, sagte er.

»Haben Sie eine andere Wahl?«

»Ich könnte hierbleiben und weitermachen wie bisher.«

»Wir wissen beide, dass Sie das nicht wollen. Man sieht Ihnen schon von weitem an, wie mies Sie sich fühlen.«

»So schlimm?«

Sie hatte ihn niemals angelogen. »Ja«, sagte sie.

»Und Sie glauben, dort drüben ginge es mir besser?«

Sie hob die Schulter. »Wer weiß? Eine neue Aufgabe hat noch keinem geschadet. Sie werden ein paar andere Gesichter kennenlernen, mehr Geld verdienen.«

*Viel* mehr Geld, wollte er sagen, ließ es aber bleiben. »Vor allem werde ich mit Kohle heizen«, seufzte er.

»Haben Sie schon daran gedacht, Sandra zu besuchen?«

Einen Moment lang blieb er still und horchte auf den tropfenden Wasserhahn. Schließlich nickte er. »Dafür muss ich nicht dorthin umziehen.«

»Es wäre ein Anlass, oder?«, sagte sie.

Damals, als sie fast noch Kinder waren, hatte Sandra ihm das Versprechen abgenommen, ihr keine Besuche mehr abzustatten. Damals dachte sie noch nicht an eine Heirat, und Heidelberg lag in ferner Zukunft. Die räumliche Kluft zwischen ihnen schien unüberbrückbar. Später, im Herbst '89, hatte er für eine Weile mit dem Gedanken gespielt, zu ihr nach Leipzig zu fahren. Doch damals wurden ihre Briefe seltener und kürzer, ihr Inhalt unpersönlicher. Er hatte die Idee fallen gelassen, und Sandra bat ihn auch später nie um einen Besuch.

»Sie möchten auf gar keinen Fall dorthin, stimmt's?« Diesmal war es nicht schwer gewesen, seine Gedanken zu erraten.

»Ich weiß es nicht. Wirklich nicht.«

Er blickte überrascht auf, als Elisabeth ihren Stuhl zurückschob und aufstand. »Ich schätze«, sagte sie, »das ist eine Sache, bei der ich Ihnen nicht helfen kann. Ich wäre voreingenommen, fürchte ich. Es war schön, Sie hier im Haus zu haben, und ich werde Sie vermissen. Aber diese Entscheidung müssen Sie allein treffen.« Sie lächelte wieder. »Großer Gott, ich rede schon, als wäre ich Ihre Mutter.«

Er grinste. »Das tun Sie immer.«

»Wirklich?« Ein Anflug von Erstaunen huschte über ihr Gesicht, dann lachte sie. »Na gut, dann sage ich Ihnen, was ich an Ihrer Stelle täte. Ich würde mich ins Bett legen, eine Nacht darüber schlafen und morgen meinem neuen Arbeitgeber erklären, dass ich gehen würde.«

»Ist das Ihr Ernst?«

»Sicher.«

Er überlegte, ob es etwas gab, das er darauf hätte erwidern können. Schließlich trank er einfach seinen Tee aus, stand auf und wünschte Elisabeth eine gute Nacht. Er folgte den dunklen Stufen hinauf in sein Zimmer, während das Gewitter draußen mit unverminderter Wut durch die Straßen tobte. Das Getöse ließ die Scheiben der hohen Fenster vibrieren, und zuckende Lichtblitze tauchten das Treppenhaus in eisiges Elmsfeuer.

Martins Büro zu finden war kein Problem. Er fuhr hinauf in den fünfundzwanzigsten Stock und folgte dem süßlichen Klang amerikanischer Schlager aus den Fünfzigern. Als er und Martin noch ein Büro teilten, hatte es erbitterte Auseinandersetzungen um dieses Thema gegeben. Seit damals hatte sich wenig an Martins musikalischen Vorlieben geändert. Carsten entdeckte seine offene Zimmertür auf Anhieb.

Martin telefonierte, als er den Raum betrat. Das Plärren aus den Lautsprechern schien ihn nicht zu stören. Als er Carsten bemerkte, verzog sich sein rundes Gesicht zu einem erfreuten Grinsen. Mit einem Kopfnicken deutete er auf einen der Besuchersessel.

Zwei Minuten später legte er den Hörer auf.

»Stress?«, fragte Carsten.

»Nicht mehr und nicht weniger als an jedem anderen Tag.«

Martin drückte die Taste der Sprechanlage und bat die Sekretärin um frischen Kaffee.

Hinter ihm an der Wand hingen grobe Layouts für Seiten der morgigen Ausgabe. Carsten war mit Absicht vormittags gekommen; später würde Martin mit der aktuellen Produktion alle Hände voll zu tun haben.

Er schaute suchend durch den Raum. Eine japanische Kompaktanlage stand unter dem Fensterbrett, daneben unzählige Schallplatten und zwei hohe Säulen mit CDs. Martin bemerkte seinen Blick und verfiel in dröhnendes Gelächter. Per Fernbedienung brachte er die Musik zu einem abrupten Ende.

Carsten stand auf, ging zum Player hinüber und warf einen flüchtigen Blick auf Martins musikalisches Angebot. »Immer noch den gleichen bezaubernden Musikgeschmack. Was sagen deine Kollegen dazu?«

Martin lachte vergnügt. »Ich bin der Chef.«

»Du bist ein Schweinehund.«

Beide grinsten. Eine junge Frau trat ein und brachte Kaffee und zwei Tassen. Während sie beides auf den Schreibtisch stellte, warf Carsten einen Blick aus dem Fenster. Der Himmel leuchtete in strahlendem Blau. Eine Boeing wob einen weißen Faden wie eine Spinne. Keine Spur mehr von den Wolkenbergen des Vortages. Trotzdem hatte der Wetterbericht für die nächsten Tage weitere Gewitter angekündigt.

Martin musterte ihn mit anzüglichem Grinsen. »Wenn ich's mir recht überlege, könnte ich noch jemanden brauchen, der täglich die Wetterkarte gestaltet. Du könntest das in Eigenverantwortung erledigen.«

Carsten trat vom Fenster zurück und ließ sich in den Sessel fallen. »Ein wahrer Freund.«

Sie hoben gleichzeitig die Tassen und tranken einen Schluck.

»Nicht besonders passend für einen Toast, aber besser als gar nichts«, sagte Martin. »Herzlich willkommen zurück im Geschäft.« Er nahm einen weiteren Schluck. Als er die Tasse wieder senkte, bemerkte er, dass Carsten langsam den Kopf schüttelte.

Martin musterte ihn, mit einem Mal skeptisch. »Du hast dich doch entschlossen zuzusagen, oder?«

Carsten stellte die Tasse ab. Sie klirrte leise. »Ich fühle mich hier in Frankfurt viel zu wohl, um mich auf irgendwelche Abenteuer einzulassen.«

Martin stützte sich mit beiden Ellbogen auf den Rand der Tischplatte. Er fixierte Carsten mit einem zweifelnden Blick. »Du fühlst dich *nicht* wohl, das kann jeder schon von weitem sehen.«

»Gestern Abend hat mir jemand das Gleiche gesagt.«

»Eine neue Freundin?«

»Meine Vermieterin.«

Martins Interesse erlosch. »Sie hat recht. Von Heidens Angebot ist das Beste, was dir momentan passieren kann. Ich habe deine letzten Sachen gelesen. Du bist immer noch besser als die meisten anderen. Vielleicht nicht mehr so verbissen wie früher, aber gut. Du hast Besseres verdient, als dich für irgendwelche Blättchen abzurackern.«

»Zum Beispiel in einem Kuhdorf übers Schützenfest zu schreiben?«

»Mein Gott, sei doch kein verbohrter Kindskopf. Hast du die letzten Jahre verschlafen? Stasi, Wirtschaftskriminalität, Aufschwung Ost – da drüben *geschieht* etwas. Früher hättest du für jedes solcher Themen einen Hintern geküsst …«

»Mag sein. Das ist eine Weile her.«

»Was, um Himmels willen, willst du denn sonst? Dich zur Ruhe setzen? Ausschlafen? Das kannst du dort genauso haben. Es gibt keinen, der dir auf die Finger klopft. Nicht so fest, dass es dich stören müsste.«

»Du bist sehr daran interessiert, dass ich den Job annehme.«

Martin lehnte sich blitzschnell über den Tisch. »Ich bin immer noch dein Freund.« Er schüttelte resigniert den Kopf. »Ich sehe, dass es dir nicht gutgeht. Du brauchst mehr als nur das Geld. Was du viel nötiger hast, ist eine Beschäftigung. Eine Aufgabe.«

»Das klingt ziemlich albern.« Die Bemerkung tat ihm noch im gleichen Augenblick leid. Martin meinte es nur gut.

»Von mir aus. Vielleicht ist es albern. Aber wenn du nur für einen Moment deinen Schädel benutzen würdest, kämst du zum gleichen Schluss.« Martin ließ sich rückwärts gegen seine Lehne sinken. Sein Blick fraß sich zornig in die Fassade eines benachbarten Hochhauses. »Herrgott, wie kann man nur so ein Arschloch sein ...«

Carsten senkte den Kopf, ohne ihn dabei aus den Augen zu lassen. »Tut mir leid«, sagte er. Er gab sich einen Ruck und versuchte ein versöhnliches Lächeln. »Erzähl mir ein wenig mehr über diese Zeitung. Den *Harzboten,* oder wie das Blättchen auch immer heißen mag ...«

Martin sah ihn an. Sein Gesicht blieb ernst, doch in seinen Augen blitzte es hoffnungsvoll. »Immerhin, ein Anfang. Das meiste hat dir Nawatzki ohnehin schon erklärt.«

Carsten nickte, und Martin fuhr fort: »Die Auflage von zweihundertfünfzigtausend Exemplaren ist natürlich gewaltig. Damit liegt das Blatt weit über dem Bundesdurchschnitt. Interessant ist, dass es kaum eine Differenz zwischen gedruckter und verkaufter Auflage gibt.«

»Woran liegt das?«

»Vor der Wende war der *Klassenkämpfer* Parteiorgan. Jeder Haushalt im Verbreitungsgebiet wurde beliefert. Ein Abo kostete damals nur ein paar Mark.« Er brach ab, um seine Tasse aufzufüllen. »Nach der Wende wurde ein Großteil der Abonnements weitergeführt, sei es, weil die Leute andere Sorgen hatten oder das Angebot an lesbaren Tageszeitungen dort ohnehin mager ist.«

»Nawatzki sprach nur von Lokalredaktionen.«

Martin nickte. »Der Mantel wird hier bei uns hergestellt. Aus Kostengründen. Es lohnt nicht – zumindest noch nicht – dort eigene Politik-, Kultur- oder sonstige Redaktionen zu betreiben. Die Leute lesen ohnehin nur den Lokalteil.«

Carsten schnitt eine Grimasse. »Klingt toll.«

»Ein Scheißblatt, natürlich.« Martins Offenheit kam überraschend. »Das ist der Grund, warum von Heiden Leute wie dich ködert, um den Laden aufzumöbeln. Wie er schon sagte: Das Potenzial ist bei einer solchen Auflage enorm. Kein Verlag lässt sich das durch die Lappen gehen. Und für dich ist es eine Chance. Schlicht und einfach.«

»Für welche Redaktion bin ich vorgesehen? Vorausgesetzt, ich nehme an.«

»Eine ist so gut oder schlecht wie die andere. Der Ort heißt Tiefental. Sechs- oder siebentausend Einwohner. Mitten im Wald. Fachwerkhaus-Idylle, sagt zumindest Nawatzki. Er meinte, es würde dir dort gefallen.«

»Da bin ich ganz sicher.«

»Kein Sarkasmus, bitte.«

»Nicht die Spur.«

»Was also wirst du von Heiden sagen?«

Carsten hob die Schultern und stand auf. Martin schenkte ihm einen misstrauischen Blick, dann grinste er. Er kam hinter dem Schreibtisch hervor und begleitete ihn zur Tür. Förmlich. »Überleg's dir«, sagte er nur.

»Wir sehen uns.«

Carsten fällte seine Entscheidung erst, als sich die Türen des Aufzugs hinter ihm schlossen. Er drückte auf den Knopf der achtundzwanzigsten Etage.

Von Heiden befinde sich in einem Meeting, erklärte eine seiner Sekretärinnen. Sie nehme jedoch gerne eine Nachricht für ihn entgegen und werde sie dem Verlagsleiter schnellstmöglich zukommen lassen. Carsten erklärte, dass er sich noch nicht endgültig für eine Zusage entschlossen habe, jedoch gerne einige Tage im Harz verbringen wolle; währenddessen würde er sich die Redaktion ansehen.

Er war noch keine zehn Minuten zu Hause, als Elisabeth ihn ans Telefon rief. Von Heiden war persönlich am Apparat. Er freue sich sehr über Carstens Interesse, sagte er. Einem Probeaufenthalt, ganz gleich wie lange, stehe natürlich nichts im Wege. Ob ihm ein Flug, gleich morgen Mittag, recht sei? Falls ja, würde er ihm sämtliche Unterlagen umgehend zustellen lassen.

Carsten erklärte sich mit allem einverstanden.

Eine Dreiviertelstunde später brachte ein Bote einen Umschlag. Darin befand sich ein persönliches Schreiben des Verlagsleiters, in dem er noch einmal seine große Freude zum Ausdruck brachte. Beigelegt war ein Ticket. Carsten schlug es auf. Sein Zielflughafen war Leipzig.

## Kapitel 2

Das Warten währte sieben Tage. Seit einer Woche saß Fenn im Schatten der Fichten, gleich oben hinter der Hügelkuppe, und blickte starr nach Nordwesten. Der verlassene Wachturm thronte wie eine einsame Schachfigur auf der zerklüfteten Felsenklippe, hoch oben über der Schlucht und dem einstigen Todesstreifen. Schwarze Krähen kauerten auf seinem Dach, in den Fensterrahmen und am Fuße seiner Mauern. Ein- oder zweimal hatten Rehe ihre Nasen aus dem dunklen Unterholz gestreckt, um gleich darauf wieder zwischen den Zweigen zu verschwinden. Ob sie ihn selbst oder die Gerüche der längst abgezogenen Grenzsoldaten witterten, wusste Fenn nicht. Er war hier, um den Turm zu beobachten. Mal durch den Feldstecher, meist mit bloßen Augen. Er langweilte sich nicht. Er war das Warten gewohnt.

Fenn war nicht der Erste, der zwischen den Fichten auf der Lauer lag. Vor ihm hatten andere hier gelegen, vier Männer und zwei Frauen. Jeweils sieben Tage lang. Geduld war eine ihrer stärksten Waffen. Tatsächlich war sie eine ihrer letzten.

Gelegentlich ließ er seinen Blick über die Schlucht wandern. Zu Anfang hatten sie verschiedene Positionen ausprobiert, doch diese hier war die beste. Nicht nur war er auf dem Hügel sicher vor unerwünschten Blicken; zugleich bot seine Kuppe auch die größtmögliche Sicht über das Gelände rund um den Turm und hinab auf den Grund der Schlucht.

Die hohen Felswände zu beiden Seiten schimmerten matt unter der Last schwarzer Mose und Pilzkulturen. Betonpfeiler, breit wie Oberschenkel, zwei Meter hoch, krönten die Kluft auf beiden Seiten, Überbleibsel des ehemaligen Grenzzauns. Die Sorge, ein Arbeitertrupp könne unerwartet zurückkehren und den Abbau vollenden, war einer der Gründe, warum sie den Turm überwachten. Sie mussten ganz sicher sein, dass niemand mehr hierherkam.

Das endlose Band grauer Betonfinger, schräg wie eine erstarrte Reihe kippender Dominosteine, schloss die Felswände nach oben hin ab, verlief auf beiden Seiten parallel zur Schlucht und verschwand irgendwo weiter nördlich im Wald. Die Fichten schluckten es gierig mit der Schwärze ihrer Schatten.

Nadelwälder begrenzten die Schlucht zu beiden Seiten, im Osten wie im Westen, und wälzten sich als dunkle Flutwellen bis zum Horizont. Allein auf der Ostseite des Turmes hatte man die Bäume in einem zwanzig Meter breiten Halbkreis gerodet. Doch selbst hier holte sich der Wald zurück, was einst ihm gehört hatte. Winzige Pflänzchen sprossen aus dem kargen Ödland, und der schmale Zufahrtsweg, ohnehin nur mit einem Geländewagen befahrbar, war jetzt schon halb von Gestrüpp überwuchert.

Fenn entfernte die Kappe von seiner letzten Wasserflasche und nahm einen tiefen Schluck. Seine Verpflegung war nahezu aufgebraucht. Die Berechnungen stimmten.

Der erste Tag war der schlimmste gewesen. Es hatte geregnet, und der kleine Hügel hatte sich unter ihm in einen Haufen Schlamm verwandelt. Eine Weile lang war er versucht gewesen, seinen Beobachtungsposten kurzzeitig ins Innere des leerstehenden Turms zu verlegen. Seine Vernunft hatte ihn vor diesem Fehler bewahrt. Bequemlichkeit schwächte die Wachsamkeit, so hatte man es ihm beigebracht. Zudem musste er den Turm samt seiner Umgebung aus der Position eventueller Gegner kennen, um gegen sie gerüstet zu sein.

Es half nichts, sich in seinem Inneren zu verkriechen und abzuwarten. Wenn er die möglichen Gefahren und Schwächen dieses Ortes kennenlernen wollte, dann von außerhalb.

Schon am zweiten Tag besserte sich das Wetter und bestätigte ihn in seiner Entscheidung. Selbst die Nächte wurden wärmer, und er musste den Reißverschluss seines Schlafsacks nicht mehr bis unters Kinn ziehen, um sich gegen Kälte, Regen und Sturm zu schützen.

Das erste Reh war am Vormittag des vierten Tages aufgetaucht. Fenn hatte die Stunden bis zur Abenddämmerung damit verbracht, sein Wissen über die Tiere der umliegenden Wälder zu rekapitulieren. Arten, Aufkommen, Nahrung, Fortpflanzung. Alles, was dazugehörte. Am fünften Tag tat er das Gleiche mit den Pflanzen, und am sechsten, gestern, beging er im Geiste jeden einzelnen der Wege und Pfade im Umkreis von fünfzehn Kilometern. Trotzdem konnte noch so ungeheuer vieles schiefgehen. Alle Möglichkeiten durchzuspielen hätte mehr Zeit als die vergangenen sieben Tage in Anspruch genommen; sie hatten das viel früher bereits gemeinsam getan.

Er sah auf seine Uhr und verglich die Anzeige in Gedanken mit ihrer Planung. Es war so weit.

Fenn öffnete die Schnappverschlüsse seiner wasserdichten Ausrüstungskiste und entnahm ihr zwei volle Magazine für die Mauser in seinem Schulterhalfter. Beide steckte er in seine Brusttasche. Dazu kam ein Schnelllader für den 38er an seinem rechten Unterschenkel.

Dann verließ er, zum ersten Mal seit einer Woche, seinen Posten. Selbst ihre Notdurft hatten er und seine Vorgänger in einer tiefen Grube verrichtet, nur wenige Schritte von der Hügelkuppe entfernt. Sie hatten Glück gehabt. Der Wind hatte meist in entgegengesetzter Richtung geweht.

In blitzschnellem Zickzack jagte Fenn wie ein aufgeschrecktes Kaninchen über das Ödland. Sonnenlicht spiegelte sich im Glas der Aussichtskanzel. Dahinter war niemand zu sehen. Die Mauser im Anschlag warf er die Tür auf und sprang breitbeinig ins Innere. Tageslicht fiel in einen fensterlosen Raum. In seiner Mitte schraubte sich eine Wendeltreppe aus Metallgitter in die Höhe. Leer.

Fenn bezweifelte nicht, dass der Turm verlassen war. Trotzdem musste er sicher sein, dass seit der letzten Durchsuchung vor einer Woche niemand eingedrungen war. Lautlos bewegte er sich zur Treppe und sah durch die Metallstufen hinauf. Oben, in der zweiten Etage, schimmerte helles Tageslicht. Das erste Stockwerk dämmerte im Schatten. Mit drei, vier schnellen Sätzen sprang er die Stufen hinauf, sah, dass die Zwischenetage leer war, und eilte weiter hinauf zur Kanzel. Ausatmen. Niemand da. Nur der Blick auf die endlosen Wälder und die dunkle Schlucht. So schnell er die Treppe hinaufgestürzt war, so zügig sprang er sie wieder hinunter. Es gab noch eine letzte Möglichkeit, die ein Gegner als Versteck hätte nutzen können.

Die Falltür im Erdgeschoss war verschlossen. Fenn zog die Halskette mit dem Schlüssel hervor. Es hatte Wochen gedauert, diese Kopie zu beschaffen. Die alten Verbindungen arbeiteten nicht mehr wie früher.

Das Schloss gab ein helles Geräusch von sich, als er den Schlüssel drehte. *Klick.* Der Mechanismus sprang auf. Mit einer blitzschnellen Bewegung warf er die Falltür in die Höhe. Polternd krachte sie nach hinten. Darunter Dunkelheit. Ein paar Stufen aus Stein, geradewegs in die Finsternis.

Es gab einen Lichtschalter, oberhalb der Öffnung an der Innenwand des Turms. Fenn wagte nicht, ihn zu benutzen. Falls die Stromzufuhr noch funktionierte, würde der Knopfdruck irgendwo einen Zähler in Bewegung setzen. Das Risiko durfte er nicht eingehen. Statt dessen zog er den winzigen Taschenstrahler hervor, knipste ihn an und leuchtete in die Tiefe. Kein Mensch war zu sehen, nur Staub auf den Stufen. Unberührter Staub.

Fenn setzte langsam einen Fuß vor den anderen, alle Sinne alarmiert. Eine Stufe, die zweite, dann die dritte. Ein erster Blick in den Kellerraum.

Nichts.

Weiter, tiefer.

Er erreichte den Boden des Raums und leuchtete im Kreis. Ein trockenes, aus dem Fels gehauenes Loch, wie eine Gruft. Sechs Schritte im Quadrat, knapp zwei Meter hoch. Völlig leer. Er hatte Ratten erwartet, doch nicht einmal die hatten den Weg hierher gefunden. Zum ersten Mal seit Betreten des Turms erlaubte Fenn sich ein erleichtertes Seufzen.

Er stieg die Treppe hinauf und ging zügig zurück zu seinem Beobachtungspunkt. Dort nahm er das Funkgerät aus der Kiste und überprüfte den Kanal. Er drückte einen Knopf.

Irgendwo, viele Kilometer entfernt von der Schlucht und dem einsamen Wachturm, empfingen die anderen sein Signal.

Der Beginn.

Endlich.

## Kapitel 3

Kurz nachdem der Kapitän den Landeanflug angekündigt hatte, kippte die Maschine sanft zur Seite und legte sich hoch über der Ebene in eine weite Schleife. Carsten bemühte sich, durch das trübe Fenster einen Blick in die Tiefe zu werfen. Er sah hinab auf weite Felder und ein Autobahnkreuz. Er rechnete damit, dass sie die äußeren Randgebiete Leipzigs passieren würden, doch seine Erwartungen wurden enttäuscht. Der Flughafen lag viel zu weit außerhalb, als dass man im Anflug von Westen her etwas hätte sehen können. Insgeheim hatte er gehofft, aus der Luft einen ganz bestimmten kleinen See wiederzuerkennen, zu dem Sandra ihn am Nachmittag eines längst vergangenen Weihnachtstages geführt hatte.

»Kannst du Schlittschuh laufen?«, hatte sie ihn gefragt, und in ihren Augen hatte wieder jener gutmütige Spott gefunkelt, mit dem sie jede seiner Antworten vorauszuahnen schien.

»Klar.«

»Fein, du kannst die Schuhe von meinem Vater nehmen.«

Er nickte und bemühte sich, sehr cool zu wirken.

Das verging ihm, als er sah, was sie ihm brachte. Keine Schuhe, wie er sie von zu Hause kannte, mit verstärktem Rand rund um den Knöchel, der ein Umknicken der Füße unmöglich machte. Das, was sie aus dem Schrank ihrer Eltern fischte, waren simple Metallkufen, die er sich mit Lederriemen um die Turnschuhe schnallen sollte. Nie im Leben würde er auf diesen Dingern stehen, geschweige denn laufen können. *Nie-im-Leben!*

Der See lag etwa zwei Kilometer vom Haus seiner Verwandten entfernt. Sandra und er gingen allein dorthin. Der Schnee reichte ihnen fast bis zu den Knien. In einem lichten Waldstreifen ließ sie ihn anhalten. Dies sei ein geheimer Ort, erklärte sie, und er dürfe niemandem davon erzählen. Er versprach es ihr und belächelte insgeheim ihre kindlichen Gedanken. Seinen letzten »geheimen Ort« hatte er mit neun gehabt, eine baufällige Holzhütte im Kirschbaum seiner Großeltern. Mittlerweile hielt er sich für zu erwachsen, um solche Kindereien ernst zu nehmen.

Er begriff, was Sandra wirklich meinte, als sie ein Schild passierten. *Betreten des Geländes verboten!* stand darauf, und, schlimmer noch: *Lebensgefahr!* Sein Herz rutschte bis zum Südpol.

Wenig später stießen sie auf einen hohen Zaun aus Metallgeflecht. Der obere Rand war mit Stacheldraht abgesetzt. Gleich vor ihnen hing ein weiterer Hinweis: *Achtung! Selbstschussanlagen!*

»Du willst doch nicht da rein, oder?« Mit einem Ruck blieb er stehen. Keinen Schritt weiter.

Sie lachte. Es klang wie ein Glockenspiel. »Sicher will ich das.«

Lieber Himmel! Die Grenze war weit über hundert Kilometer entfernt. Aber was war dann das hier?

Militärisches Sperrgebiet, durchfuhr es ihn. Er sah sich bereits von Sowjetpanzern umzingelt. Bilder von Konzentrationslagern jenseits des Ural tanzten vor seinen Augen.

Sandra ließ sich nicht aus der Ruhe bringen. Während er noch wie angewurzelt dastand und nach einer Ausrede für seine Umkehr suchte, zerrte sie an einigen losen Ästen, die am unteren Rand des Zauns lagen. Nachdem sie Zweige und Schnee beiseitegeräumt hatte, kam ein Loch zum Vorschein. Gerade groß genug, um sich hindurchzuzwängen.

»Hör mal«, versuchte er es diplomatisch, »ich weiß nicht, ob …«

Sie unterbrach ihn mit einem umwerfenden Lächeln. »Du brauchst keine Angst zu haben. Um diese Zeit ist hier niemand.«

»Warum bist du da so sicher?«

»Ich war schon oft hier. Der See ist gleich hinter den Bäumen.«

Er wies auf das Schild. »Und die Selbstschussanlagen?«

Sie kicherte. Plötzlich war er nicht mehr ganz sicher, ob seine Knie nur aus Angst zitterten. »Viel zu teuer. So was gibt's hier nicht.«

Sie schien zu bemerken, dass ihn das nicht überzeugte. »Sind alle Jungs dort, wo du herkommst, solche Memmen?«, fragte sie mit zuckersüßem Lächeln.

Das ist unfair, dachte er. Ich bin kein Feigling. Aber auch kein Selbstmörder. Vielleicht war das die Strafe dafür, dass er seinen Eltern nichts zu Weihnachten geschenkt hatte.

Sandra hatte es offensichtlich satt, auf ihn zu warten. Sie legte sich vor dem Zaun in den Schnee und robbte durch die Öffnung. Auf der anderen Seite angekommen, stand sie auf, klopfte sich Eis und Nässe von der Kleidung und sah ihn an. »Nun komm schon. Der Boden ist gefroren. Du wirst dich nicht mal schmutzig machen.«

Er betrachtete sie durch die Maschen des Zauns hindurch und zögerte. Sie hatte ihr langes Haar unter eine blaue Mütze gestopft. Vereinzelte Strähnen hingen wild darunter hervor. Warmer Atem strömte in regelmäßigen Wölkchen aus ihrer Nase, und ihre Augen leuchteten grün wie die einer Katze. Ihre Lippen waren fast weiß vor Kälte.

Mit einem langen Seufzer gab er nach und folgte ihr durch das Loch im Zaun. Einen Augenblick befürchtete er, er könne in seiner dicken Ski-Jacke steckenbleiben. Sandra griff nach seiner Hand und half ihm beim Aufstehen. Er verfluchte sich dafür, dass er Handschuhe übergezogen hatte.

Einen Augenblick lang sah sie ihn direkt an. »Tut mir leid, dass ich das gesagt hab. Du bist keine Memme.«

Natürlich nicht, wollte er erwidern. Im letzten Moment bremste er sich. Er hatte das Gefühl, dass es besser war, nichts darauf zu sagen. Ihn beeindruckte die Leichtigkeit, mit der sie die Entschuldigung über ihre Lippen brachte. Sie war vielleicht erst vierzehn, aber innerlich kam sie ihm viel reifer vor. Möglicherweise reifer als er selbst.

Sie lief mit weiten Sprüngen durch den Schnee und auf den Waldrand zu. Er folgte ihr in einigem Abstand. Plötzlich blieb sie stehen. Er konnte noch nicht erkennen, was sie meinte, als sie rief: »Ist das nicht toll?«

»Meinst du nicht, wir sollten ein wenig leiser sein?«

»Ich sag doch, hier ist niemand. Wirklich nicht.«

Er trat neben sie und verstand. Vor ihnen öffnete sich die eisverkrustete Oberfläche eines Sees. Irgendjemand hatte den Schnee heruntergeräumt. Weit und breit war kein Mensch zu sehen. »He«, sagte er. »Nicht schlecht.«

Es war ein kleiner See, eher noch ein Tümpel. Vielleicht so groß wie der Hof seiner Schule. Etwas an diesem Ort gefiel ihm auf Anhieb. Am Ufer der kreisrunden Fläche standen Trauerweiden bis nah ans Wasser, ihre herabhängenden Zweige steckten festgefroren in der Oberfläche. Ein paar schwarze Krähen stolzierten übers Eis.

Sandra ließ sich neben ihm im Schnee nieder und begann, die Metallkufen unter ihre Schuhe zu schnallen.

»Wer hat den Schnee vom Eis geräumt?«, fragte er – weniger aus wirklichem Interesse, als im Bestreben, den peinlichen Augenblick hinauszuzögern, in dem er sich zum ersten Mal mit den fremden Schlittschuhen auf die Nase legen würde.

»Soldaten«, sagte sie, ohne zu ihm aufzusehen.

Natürlich, dachte er.

Kurz darauf betrat Sandra das Eis, holte Schwung und glitt mit einer geschickten Drehung davon. Ihre blank geschliffenen Kufen zischten, während sie geschwungene Muster in die Oberfläche des erstarrten Sees schnitten. Carsten folgte ihr schwankend bis zur Uferböschung. Im hohen Schnee war es noch kein Problem, sich auf den Schlittschuhen zu halten; die Kufen sanken ein und gaben zusätzlichen Halt. Anders würde es auf dem Eis aussehen. Er wünschte sich nichts sehnlicher als Knie- und Ellbogenschoner.

Sandra wirbelte ausgelassen umher. Aus der Entfernung sah es aus, als tanze sie Ballett. Er erinnerte sich an das, was sie ihm über die Sportschule erzählt hatte. Eislauf und Tanz gehörten zum Unterricht.

Carsten sah ihr hinterher und versank völlig im Anblick ihrer Bewegungen. Geschickt verlagerte sie ihr Gewicht erst auf das eine, dann auf das andere Bein. Mal glitt sie nur auf einem Fuß dahin, mal auf beiden. Dann wieder sprang sie in die Höhe, schlug in der Luft eine Drehung und landete sicher auf beiden Kufen. Nicht ein einziges Mal lief sie Gefahr zu stürzen oder aus dem präzisen Ablauf ihrer Pirouetten auszubrechen. Sie bewegte sich mit der Eleganz eines schlanken Vogels, und wieder schien es ihm, als löse sie sich völlig vom Boden und schwebe auf unsichtbaren Schwingen dahin.

So gebannt war er vom Wirbel ihres Körpers auf dem Eis, dass er, ohne nachzudenken, einen Schritt nach vorne machte. Plötzlich verlor er den Halt und taumelte. Er spürte, wie sein rechter Fuß zur Seite knickte, glaubte ein trockenes Bersten gleich unterhalb seines Gelenks zu hören, dann fiel er einfach um. Im Sturz sah er noch, wie Sandra mit erschrockenem Gesicht auf ihn zuschoss, die Arme weit vorgestreckt. Sie erreichte ihn den Bruchteil einer Sekunde zu spät. Mit einem leisen Aufschrei krachte er aufs Eis, rollte sich herum und blieb stöhnend liegen.

Was dann geschah, erlebte er nur noch in einem wirren Taumel aus Schmerz und fassungslosem Erstaunen. Sandra richtete ihn nahezu ohne seine Hilfe auf, schob ihn bis zum nächsten Schneewall vorwärts und setzte ihn vorsichtig nieder. Tränen schossen in seine Augen. Er konnte das Bein nicht bewegen. Seine rechte Körperhälfte schien in Flammen zu stehen. Gesplittert, dachte er nur, gesplittert.

Sandra nahm ihm und sich selbst die Schlittschuhe ab, band jeweils zwei zusammen und hängte sie sich paarweise über die Schultern. Sie brach einen starken Ast von einem der umstehenden Bäume und begann, konzentriert und zielsicher wie ein ausgebildeter Sanitäter, den gebrochenen Knöchel zu schienen. Bein und Ast verknotete sie provisorisch mit der Schnur aus dem Bund seiner Jacke.

Schließlich zog sie ihn erneut hoch, legte sich seinen linken Arm um die Schultern und stützte ihn wortlos auf dem gesamten Weg bis zum Zaun und, nachdem sie ihn durch die Öffnung geschoben hatte, auch den Rest der zwei Kilometer bis nach Hause. Der Schmerz in seinem Knöchel war so höllisch, dass er nichts tun konnte, als zu stöhnen und gegen die Tränen in seinen Augen zu kämpfen. Auf halbem Weg gab er auf. Er spürte, wie die Tränen heiß über seine eisigen Wangen liefen, aber da war ihm längst völlig egal, dass sie ihn weinen sah. Einmal, während sie anhielt, um für einen kurzen Moment zu verschnaufen, wischte sie mit ihren kühlen Fingern über sein Gesicht. Dann ließ sie zu, dass er sich von neuem auf ihre Schultern stützte, und brachte ihn sicher nach Hause.

Während seine Tante loseilte, um am Telefon eines Nachbarn einen Arzt zu bestellen, saß Sandra gemeinsam mit seinen Eltern an seiner Seite. Irgendwann führte ihr Vater sie aus dem Raum. Carsten glaubte das Knallen einer Ohrfeige zu hören. Ihre Wange war feuerrot, als sie zu ihm zurückkehrte. Nicht eine einzige Träne funkelte in ihren Augen.

Nach der Landung nahm er ein Taxi und nannte dem Fahrer sein Ziel. Tiefental, Redaktion des *Harzboten.*

»Das ist ziemlich weit«, stellte der junge Mann finster fest. Carsten entdeckte in der Ablage eine Hand voll wissenschaftlicher Bücher. Biologie. Der Fahrer war Student.

Das Fahrzeug verließ den Vorplatz und bog nach wenigen hundert Metern in eine Autobahnauffahrt. Missmutig drehte der Fahrer am Regler seines Radios, fand nichts, das ihm passte, und stellte das Gerät schließlich ab.

Carsten hatte sich vor dem Abflug die Strecke auf einer Karte angesehen. Eine ziemliche Himmelfahrt über schmale Landstraßen. Er schätzte, dass sie in etwa eineinhalb Stunden ankommen würden, und fragte sich, ob es nicht günstiger gewesen wäre, gleich mit dem Auto von Frankfurt hierherzukommen.

Die Autobahn endete bereits nach fünfzehn Minuten. Das Taxi holperte über eine endlose Straße aus Pflastersteinen und passierte dann das Ortsschild von Halle. »Wir müssen mitten durch die Stadt«, schimpfte der Fahrer. »Und das um diese Uhrzeit.« Carsten gab keine Antwort.

Hinter der Stadt bogen sie auf eine Schnellstraße und fuhren hinaus aufs freie Land.

Die Hügel waren überzogen von Raps, weitem, wogendem Gelb, das sich kniehoch im Wind bog. Sie fuhren vorbei an blühenden Kirschhainen, kamen durch winzige Dörfer und passierten gelegentlich ein einsames Bauernhaus, weit ab von der Straße und halb verborgen hinter den Baumreihen der Alleen. Berge und Hügelketten zogen an ihnen vorüber, leuchtend in verzaubertem Goldgrün. Vogelschwärme schwirrten am Himmel, und schneeweiße Wolkenburgen bedeckten das Land mit einem tanzenden Raster aus Licht und Schatten, Schatten und Licht.

Schließlich verschwanden die Wiesen im Unterholz. Aus den vereinzelten Bauminseln wurde dichter, verwachsener Forst. Haushohe Fichten flankierten die Straße. Am Wegrand warteten gefällte Stämme auf ihren Abtransport. Knorrige Äste verwoben das Unterholz zu filzigem Dickicht und tauchten die Wälder in zähflüssige Finsternis. Die eben noch schnurgerade Straße schlängelte sich in engen Kurven zwischen Bergflanken und idyllischen Schluchten dahin. Eine Weile folgten sie dem Verlauf eines strudelnden Wildbachs.

»Wir sind gleich da«, sagte der Fahrer.

Das Taxi holperte über eine Brücke aus schweren Holzbohlen, folgte noch etwa zwei Kilometer dem Zickzack der engen Serpentinen und rollte schließlich einen steilen Hügel hinab. Vor Ihnen lag die Stadt, inmitten eines kleinen Tals, umgeben vom geheimnisvollen Schatten der Wälder.

Carsten erkannte zwei kantige Kirchtürme, hoch und spitz, wie die Miniaturausgabe einer gotischen Kathedrale. Dunkle Ziegeldächer drängten sich eng aneinander, und gleich hinter dem Ortsschild passierten sie die Reste einer mächtigen Stadtmauer. Fachwerkhäuser beugten ihre Giebel über das narbige Pflaster, und trübe Sprossenfenster lugten aus Fassaden und Erkern. Einen Moment lang schien es, als habe sich der Wagen ins Mittelalter verirrt; dann sah Carsten die Menschen auf den Gehwegen, die Geschäfte und Parkuhren am Straßenrand, und die Gegenwart hatte sie wieder.

Sie erkundigten sich nach der Redaktion, und ein alter Mann beschrieb ihnen den Weg durch das Labyrinth verwinkelter Gassen. Die Stadt war größer als erwartet. Sie fragten noch zwei weitere Male, ehe das Gebäude schließlich vor ihnen auftauchte.

Über dem Eingang prangte eine weiße Metalltafel mit dem Schriftzug der Zeitung. Die Fassade wuchs vier Stockwerke in den Himmel und nahm eine Breite von etwa vierzig Metern ein. Wie weit der Bau in die Tiefe reichte war nicht zu erkennen; allein die Vorderansicht gab eine Ahnung von der enormen Größe des Komplexes. Rechts und links grenzten die Wände an die Stadtmauer. Der Schatten des Hauses fiel auf einen kleinen Vorplatz, in dessen Mitte ein alter Brunnen plätscherte.

Hinter den hohen Fenstern brannte kein Licht, abgesehen von dreien im Erdgeschoss. Die Farbe war längst von den Rahmen geblättert, und uralte Stuckarbeiten waren achtlos zerfallen und von Moos überwuchert. Das grobporige Mauerwerk schimmerte in schmutzigem Dunkelbraun. Der letzte Anstrich mochte ein Jahrhundert zurückliegen.

Der Dachstuhl, hoch über der Straße, war ein Wirrwarr aus kantigen Giebeln. Löcher klafften zwischen den Ziegeln. Auf der rechten Seite hatte vor langer Zeit ein Feuer gewütet. Verkohlte Balken stachen hervor wie schwarze Fingerknochen.

Carsten atmete ein; sehr lange und sehr tief. Dann stieg er aus, nahm sein Gepäck von der Rückbank und bezahlte den Fahrer. Der Student grinste schadenfroh. »Herzlich willkommen und viel Spaß«, rief er, bevor er davonfuhr. Carsten sah ihm nicht nach. Zwei Tage und Auf Wiedersehen, dachte er.

Ein halbes Dutzend Stufen führte hinauf zum Eingang. Als das Gebäude errichtet wurde, hatten die Erbauer ein kunstvolles Portal mit Ornamenten und Figuren aus Stein entworfen; später hatte man in den einst prächtigen Rahmen eine Mauer gezogen und nur noch Raum für eine kleinere, zweiflügelige Tür gelassen. Spätes sechzehntes Jahrhundert, schätzte er. Spätgotik.

Die rechte Seite der Tür stand offen. Er trat in eine weite Eingangshalle, verfallen wie der Rest des Gebäudes. Eine Absperrung aus rotweiß gestreiftem Band trennte rund zwei Drittel des Raumes ab. Von dort aus führte eine gewaltige Freitreppe auf eine umlaufende Balustrade im ersten Stock. Die Treppe selbst war gesondert abgesperrt. Jemand hatte mehrere Holzlatten zwischen die steinernen Pfosten genagelt.

Nur das vordere Drittel der Halle war begehbar. Links zweigte eine hohe, weiß gestrichene Tür ab. Gleich neben dem Eingang befand sich eine Rezeption. Dahinter saß ein Mann, der bei Carstens Eintreten aufsprang. Er trug die schwarze Uniform eines Sicherheitsdienstes.

»Kann ich Ihnen helfen?«

Carsten grüßte und nannte seinen Namen. »Ich werde erwartet.« Der Mann nickte. Er mochte an die sechzig sein und trug einen grauen, buschigen Schnurrbart. Sein Haar war fast weiß. Er deutete auf eine Liste vor ihm auf der Rezeption und reichte Carsten einen Kugelschreiber mit dem *Harzboten*-Logo. »Wenn Sie sich bitte hier eintragen würden.«

Danach sagte er: »Dort entlang. Es gibt nur diese eine Tür.« Carsten nickte, klopfte leicht an die hohe Eichentür und trat ein. Der Anblick war eine angenehme Überraschung. War das Haus auch von außen verkommen und weitgehend zerfallen, so unterschied sich doch die Redaktion in seinem Inneren kaum von irgendeiner anderen, die er im Lauf der vergangenen Jahre kennengelernt hatte.

Vor ihm öffnete sich ein helles Großraumbüro mit weißen hohen Wänden, grauem Teppichboden und einem Dutzend geräumiger Schreibtische. Auf jedem surrte ein Computer.

Auf den ersten Blick zählte er acht Redakteure. Einige schauten bei seinem Eintreten mit flüchtigem Interesse auf.

Eine junge Frau erhob sich hinter einem Tisch gleich neben der Tür. Carsten nahm an, dass sie die Sekretärin war.

»Herr Worthmann?«, fragte sie und wirkte ein wenig überrascht.

»Stimmt.« Er versuchte es mit einem freundlichen Lächeln. »Hallo.«

Sie nickte. »Wir haben Sie noch nicht so zeitig erwartet. Kein Stau unterwegs?«

Carsten schüttelte den Kopf. »Nein.«

»Ihr Glück. Sonst sind die Straßen um diese Zeit völlig verstopft.« Sie hatte blondes Haar, das unterhalb ihres Nackens gerade abgeschnitten war. Dunkle Spitzen verrieten, dass sie es bis vor kurzem gefärbt getragen hatte. Ihre fein geschnittenen Züge wirkten ausdrucksvoll; ein hübsches, entschlossenes Gesicht. Sie war mittelgroß, schlank und trug Jeans. Ein weites, pastellfarbenes Sweatshirt reichte bis hinab auf ihre schmalen Oberschenkel. Lange, bronzefarbene Ohrringe, die aussahen wie die Abschlussarbeit eines Kunststudenten, baumelten bis auf ihre Schultern. Als sie sein Lächeln endlich erwiderte, blitzten ihre Zähne wie Porzellan. Sie war ein attraktives Mädchen, und er sah ihr an, dass sie das wusste. Er schätzte sie auf Mitte zwanzig. Ihr Freund – so es denn einen gab – war Student, nahm er an. Sie sah nicht aus, als schliefe sie mit Journalisten.

»Warten Sie einen Augenblick«, bat sie, »ich sage Herrn Michaelis Bescheid.« Sie wandte sich von ihm ab und durchquerte ohne übertriebene Eile den Raum. Carsten sah ihr anerkennend hinterher.

»Schauen Sie ruhig«, sagte eine Stimme neben seinem rechten Ohr. Ertappt fuhr er herum und blickte in das Lächeln eines älteren Mannes, der bei seinem Eintreten aufgeschaut hatte und mit einem Mal neben ihm stand. Sein Gesicht war leicht gerötet, die kurzen Haare grau. »Nina ist jeden Blick wert«, ergänzte er. Er roch nach Alkohol.

Seine plumpe Vertraulichkeit verblüffte und ärgerte Carsten. Er ging auf Distanz. »Carsten Worthmann«, stellte er sich vor, ohne auf die Bemerkung einzugehen.

Der Mann ergriff seine Hand. »Manfred Ehrlicher. Leiter des Sport-Ressorts. Das Ressort bin ich selbst.« Er grinste, und Carsten quittierte es mit einem gepressten Lächeln. Ehrlicher wollte etwas sagen, als die Sekretärin – Nina – zurückkam, den Sportredakteur keines Blickes würdigte und Carsten bat, ihr zu folgen. Er war froh, dass sie ihn aus dem Dunstkreis des Mannes befreite.

Ralph Michaelis erwartete ihn in der Tür seines Büros. Er hatte ein breites, freundliches Lächeln und aufgeweckte Augen. Carsten ergriff seine ausgestreckte Hand und ließ sich kräftig durchschütteln. Michaelis mochte die vierzig knapp überschritten haben, aber sein Gesicht wirkte zehn Jahre jünger. Er hatte sich das braune Haar zu einem Bürstenhaarschnitt stutzen lassen, und seine Augen leuchteten im hellsten Blau, das Carsten je gesehen hatte. Er hatte in etwa seine Größe, wirkte aber breiter, kräftiger. Carsten mochte ihn auf Anhieb.

»Kommen Sie rein«, sagte er und bot ihm einen unbequemen Metallstuhl vor dem Schreibtisch an. Nina blieb draußen und schloss die Tür.

Michaelis nahm Platz und deutete auf eine Thermoskanne neben dem Telefon. »Der ist ganz frisch. Möchten Sie welchen?«

»Gerne.«

Aus einem Fach seines Schreibtischs zog Michaelis eine Tasse mit Pumuckl-Aufdruck, füllte sie mit dampfendem Kaffee und reichte sie Carsten.

»Danke.«

Während der Redaktionsleiter sich selbst einschenkte, bemerkte Carsten auf dem Schreibtisch ein gerahmtes Foto. Eine dunkelhaarige Frau und ein kleiner Junge mit runder Nickelbrille. Eine hübsche Frau, ein hübsches Kind.

Michaelis bemerkte seinen Blick. »Sie sind beide in Nürnberg und warten darauf, dass Vati sie am Wochenende besucht. Das sage ich Ihnen gleich als Erstes: Wenn Sie Familie haben, bleiben Sie in Frankfurt. Ich selbst würde das nicht noch einmal mitmachen. Sind Sie verheiratet?«

»Nein.«

»Ein Glück. Beste Voraussetzungen für einen Konquistadoren.« Michaelis grinste. »Glauben Sie mir, die Familie für solch einen Job auseinanderzureißen ist ein erbärmlicher Tausch.«

»Wie lange sind Sie schon hier?«

»Knapp drei Jahre. Seit das Schild draußen über der Tür hängt. Ein Mann der ersten Stunde, sozusagen. Übrigens nichts, worauf man besonders stolz sein müsste. Es haut einem nur die eigene Käuflichkeit um die Ohren.«

»Wie viele Kollegen aus dem Westen arbeiten hier?«

»Derzeit zwei. Jetzt kennen Sie beide.«

Carsten rümpfte unmerklich die Nase. Michaelis zuckte mit den Schultern. »Jeder hat seine eigene Art, damit fertig zu werden. Ehrlicher ist ein hervorragender Sportjournalist. Sagen wir, ein solider.«

»Die anderen stammen alle noch vom alten *Klassenkämpfer?*«

»Die meisten. Dazu kommt ein Quereinsteiger, der vor der Wende wahrscheinlich nicht mal Zeitungen gelesen hat. Und Nina, natürlich. Soweit ich weiß, wollte sie Kindergärtnerin werden, bevor sie zu uns kam.« Er lächelte. »Das dürfte als Einführung erst mal genügen. Nun erzählen Sie mal, was Sie hierher getrieben hat ...«

»Es ist ein Job, nicht wahr?«

»Der Verlag zahlt gut.«

»Das ist nur einer der Gründe.«

Der Redaktionsleiter nickte. »Sicher.« Er lehnte sich zurück. »Dann erzählen Sie mir wenigstens ein paar Sätze über sich selbst.«

»Mir wär's lieber, wenn Sie Fragen stellen.«

»Nun ja.« Michaelis zögerte. »Das können wir erledigen, wenn Sie sich entschlossen haben, bei uns zu bleiben. Vorerst beehren Sie uns bis übermorgen, richtig?«

»Mein Flug geht am Donnerstag.«

Michaelis blickte auf einen Kalender, der zwischen den Fenstern an der Wand hing. Er zeigte Dienstag, den 13. April. Der Redaktionsleiter nickte. »Das ist das, was Nawatzki mir am Telefon gesagt hat. Wissen Sie schon, wo Sie übernachten?«

»Ich dachte, die Unterkunft wird ...«

»... gestellt?« Michaelis lachte. »Sicher wird sie das. Aber erwarten Sie um Himmels willen keinen Luxus. Der Verlag hat hier eine kleine Wohnung gemietet – übrigens von einem Halsabschneider aus dem Westen. Dort bringen wir für gewöhnlich unsere Gäste unter. Wenn mal welche kommen.«

Carsten zuckte mit den Achseln. »Ich hab Schlimmeres überlebt.«

»Warten Sie's ab. Aber ich will Ihnen Ihren Aufenthalt nicht schon im Voraus vermiesen. Sind Sie auf irgendeinem Gebiet besonders fit?«

»Sie meinen, ob ich studiert habe?«

»Nein, das interessiert mich nicht. Ich meine Dinge, die Sie gerne machen. Wir haben hier sehr viel Zeit und jede Menge Freiräume. Allzu viel passiert in diesem Kaff nicht. Deshalb möchte ich, dass meine Mitarbeiter sich wohl fühlen und das tun, was sie am liebsten und am besten machen.«

Carsten nickte. »Ich hab früher ziemlich viele Wirtschaftsgeschichten gemacht.«

»Wirtschaft gibt's hier nicht. Nur ein Sägewerk. Und ein paar Kneipen.«

»Ich schätze, mit Gesellschaft sieht's ähnlich aus.«

»Ganz richtig. Wir haben eine Kolumnistin, die den ganzen Tag dasitzt und die Hälfte der Leute erfindet, über die sie schreibt. Zumindest habe ich manchmal den Eindruck.«

»Kultur?«

»Schon besser. Nicht, dass Sie zu viel erwarten. Es gibt eine Reihe Holzschnitzer in Tiefental.«

»Klingt verlockend.«

»Nicht wahr? Im Ernst: Wenn Sie hierbleiben, können Sie das übernehmen. Wir haben ein kleines Theater, ein paar freischaffende Künstler, zwei Galerien ...«

»... und die Holzschnitzer.«

»Genau. Es wird Ihnen bei uns gefallen.«

»Stasi-Geschichten?«

»Hat man Ihnen das im Verlag versprochen? Das war einmal. Das Thema ist abgegrast. Seit ungefähr zwei Jahren. Ja, damals …« Sein Blick richtete sich für einen Augenblick schwärmerisch in die Ferne. »Damals sind wir mit Fotografen von Tür zu Tür gezogen und haben die Leute abgeschossen. Ich schätze, wir hatten jeden einzelnen IM Tiefentals mit Foto im Blatt. Aber mittlerweile haben die Leute das Interesse verloren. Keiner will den Mist mehr hören. Aufschwung ist heute das Zauberwort. Rente, Wohngeld, Stütze. Immer wieder Kohle, Kohle, Kohle. Letztlich kann man das keinem verübeln. Ist zumindest auch der Grund, warum ich noch hier sitze.«

»Das ist sehr ehrlich.«

»Keiner zieht einfach so aus einem prächtigen Einfamilienhaus mit Hund und Garten in eine Zwei-Zimmer-Wohnung, heizt im Winter mit Kohle – echter, meine ich – und friert sich trotzdem wegen der undichten Fenster den Arsch ab. Devisen sind heute wie früher das Zauberwort. Nur dass jetzt keine Grenze mehr dazwischen liegt.«

»Ich dachte, der Verlag würde zumindest vernünftige Wohnungen stellen?«

»Der Verlag stellt Ihnen einen Wagen zur Verfügung, wirft Ihnen einen Berg Geld hinterher, schaut sehr großzügig über häufiges Fehlen wegen Krankheit hinweg und so weiter und so fort … Wie gesagt, die Wohnung zahlen sie Ihnen auch. Nur *was* für Wohnungen das sind – vergessen Sie's.«

»Wirklich so schlimm?«

»Dann wäre ich nicht mehr hier. Aber es ist verdammt nah an der Wahrheit. Haben Sie als Kind gerne Indianer gespielt? Ich meine, mit Zelt und Lagerfeuer?«

»Klar.«

»Sehen Sie, das ist das Gleiche. Man friert, findet morgens Ungeziefer im Schlafsack, isst schmutzige Beeren vom Strauch und schlägt das Zelt wahrscheinlich noch in Hundescheiße auf. Und trotzdem ist man überzeugt, dass man gerade das Abenteuer seines Lebens erlebt.

Das hier ist nicht viel anders. Das Ganze hat etwas von diesen Überlebenstouren aus der Zigarettenwerbung.«

»Wie poetisch.«

Michaelis lachte. »Ich glaube, wir zwei werden uns gut verstehen.«

Carsten wusste nicht recht, was er darauf erwidern sollte. Der Redaktionsleiter schien es zu bemerken und stand auf. »Schreiten wir zum unangenehmen Teil«, sagte er. »Ich werde Sie jetzt den anderen vorstellen.«

Er ging voran, und Carsten folgte ihm hinaus ins Redaktionsbüro. Michaelis hatte ihn ganz richtig eingeschätzt. Er hasste Vorstellungen.

Der Redaktionsleiter schien sich einen Spaß daraus machen zu wollen, den Moment besonders ausgiebig zu zelebrieren. Carsten nahm es ihm nicht übel.

»Bitte alle mal herhören.«

Neun Köpfe drehten sich zu ihnen um.

»Das hier ist unser Kollege Carsten Worthmann aus Frankfurt. Er spielt mit dem Gedanken, sich bei uns einzuquartieren, und wird während der beiden nächsten Tage ein wenig Ostluft schnuppern.«

Michaelis wandte sich an Nina und grinste. »Unsere Sekretärin haben Sie ja schon kennengelernt. *Voilà* – die bezaubernde Nina Larass!«

Die junge Frau machte einen tiefen Knicks und hob mit kokettem Augenaufschlag ein Paar imaginärer Rockzipfel. Einige Kollegen kicherten.

»Herrn Ehrlicher kennen Sie ebenfalls schon. Als Nächstes hätten wir hier unseren wackeren Polizeireporter ...«

Ein junger Mann in Carstens Alter prostete ihm mit einer Coladose zu. Er mochte ein paar Zentimeter kleiner sein als er selbst und hatte kurzes, blondes Haar. Auf seiner Nase saß eine bronzefarbene Brille. Ein kariertes Hemd hing lose über seiner Jeans, und er trug teure Basketball-Schuhe aus der Fernsehwerbung.

»Sebastian«, stellte er sich vor. Carsten nahm an, dass es sich dabei um seinen Vornamen handelte.

Die Prozedur ging weiter. Nach weiteren zwei Namen gab er es auf, sich die restlichen merken zu wollen. Michaelis wies ihm einen freien Schreibtisch zu, gleich gegenüber von Sebastian, und verschwand in seinem Büro.

Sebastian bot ihm eine Dose an. »Cola light?«

»Danke«, sagte Carsten und nickte.

Kurz vor sechs holte ein Bote das Material für die Ausgabe des nächsten Tages ab und brachte es nach Leipzig. Dort wurde es von Seitenmonteuren zusammengestellt und gemeinsam mit dem in Frankfurt editierten Mantelteil zum Druck gegeben.

Carsten hatte den Rest des Nachmittages damit verbracht, die Ausgaben der vergangenen zwei Wochen zu studieren. Die vorderen Mantelseiten entsprachen in etwa dem Standard des Verlages – was recht erfreulich war –, und der Lokalteil unterschied sich kaum von dem einer Zeitung im Westen. Später sollte er erfahren, dass Michaelis einen Großteil aller Texte umschrieb und in lesbare Form brachte.

Als der Redaktionsleiter ihn gegen sieben zu seiner Wohnung brachte, erfuhr Carsten den Grund. »Die meisten der alten DDR-Journalisten schreiben noch haargenau so, wie sie es zu Ostzeiten gelernt haben«, erklärte er, während er seinen BMW durch das Gassengewirr Tiefentals steuerte. »Es gibt natürlich Ausnahmen. Aber gib den anderen eine Rede des Bürgermeisters, und sie setzen sie in voller Länge ins Blatt. Kommentiert mit ein paar Ansichten des Pressesprechers, die sie während seiner letzten Konferenz aufgeschnappt haben.«

Nach ein paar Minuten stoppte er den Wagen in einer schmalen Straße im Ortskern. Er drückte Carsten einen Schlüsselbund in die Hand und deutete auf einen Hauseingang. Die Tür stand offen.

»Das ist es. Tut mir leid, dass ich heute keine Zeit für Sie habe. Wir holen das morgen Abend nach, einverstanden?«

»Gerne.« Carsten zog seine Tasche vom Rücksitz und verabschiedete sich. Er sah dem schwarzen Wagen hinterher, bis er hinter einer Ecke verschwunden war, dann wandte er sich zur Haustür um.

Es war keines der romantischen Fachwerkhäuser, wie er insgeheim gehofft hatte, sondern ein renovierungsbedürftiger Altbau mit vier Stockwerken, schmutziger Fassade und drei überfüllten Mülltonnen neben dem Eingang. Auch hier gab es zerbröckelte Reste von Stuck an den Mauern. Aus einem offenen Fenster in der dritten Etage hörte er Geschrei, dann das Wimmern eines Kindes. Zwei Türen weiter stand halb auf dem Gehweg ein alter Trabant mit eingeschlagenen Scheiben, aufgeschlitzten Sitzen und leeren Achsen ohne Räder. Irgendjemand hatte unleserlich Schriftzeichen in den himmelblauen Lack der Motorhaube gekratzt.

Die Außenansicht des Hauses erschien ihm wenig erfreulich, doch das Treppenhaus war *wirklich* schlimm. In den Ecken lag knöchelhoher Schmutz, und es roch nach ausströmendem Gas. Eine Reihe verbeulter Briefkästen hing neben der Tür, und ehe er den Lichtschalter fand, wäre Carsten fast über einen abgestellten Kinderwagen mit zerrissenem Polster gestolpert. Er konnte keine Ratten entdecken, war aber ziemlich sicher, dass es welche gab; vor allem, als er die dunkle Kellertreppe hinabsah und entdeckte, dass irgendjemand ein halbes Dutzend geplatzter Mülltüten hinuntergeworfen hatte.

Die Verlagswohnung befand sich in der ersten Etage. Als er die hohe Doppeltür aufschloss, weinte das Kind im dritten Stock noch immer.

Er trat in einen langen Korridor, von dem vier Türen abzweigten. Die eine, am Ende des Gangs, stand offen und führte in eine geräumige Küche. Hinter den beiden anderen lagen ein riesiger Wohnraum, ein halb so großes Schlafzimmer und ein winziges Bad. Er hatte befürchtet, sich im Treppenhaus eine Toilette mit seinen Mitmietern teilen zu müssen; jetzt sah er mit einem Aufatmen, dass seine Sorge unbegründet war. Es gab sowohl Klosett als auch Dusche. Alles schien erst kürzlich gereinigt worden zu sein.

Das Wohnzimmer hatte man mit einer geschmacklosen, beigebraunen Blumentapete gestraft. Es gab eine schwarze Ledercouch, eine kleine Kompaktanlage und ein Fernsehgerät. Keine weiteren Möbel. Im Schlafzimmer fand er ein frischbezogenes Bett und einen leeren Kleiderschrank, der einem Antiquitätenhändler vielleicht ein paar Hunderter Wert gewesen wäre.

Carsten warf seine Tasche in eine Ecke, streckte sich auf dem Bett aus und dachte wehmütig an die Behaglichkeit von Elisabeths Villa.

Zweieinhalb Stunden später hörte das Kind auf zu schreien.

Martin hatte gerade den Player gestoppt und packte seine Sachen, um nach Hause zu gehen, als von Heiden ihn hinauf in sein Büro rief. Als er eintrat, saß der Verlagsleiter mit ernster Miene am Schreibtisch. Nawatzki stand an der Fensterfront und starrte hinaus in die Nacht. Er drehte sich erst um, als Martin bereits Platz genommen hatte.

»Ich bin überrascht, Sie so spät noch im Büro zu sehen«, sagte Martin. Es war weit nach zweiundzwanzig Uhr. Bislang hatte er angenommen, dass in der Geschäftsleitung normale Bürostunden galten. Es wunderte ihn, von Heiden und seinen Stellvertreter um diese Zeit noch im Verlag anzutreffen.

»Nicht nur Journalisten machen Überstunden«, erklärte von Heiden. Nawatzki regte sich nicht.

Martin wartete einen Moment lang darauf, dass einer der beiden ihr Anliegen vorbrachte. Als keiner es tat, fragte er: »Warum wollten Sie mich sprechen?« Er machte keinen Hehl daraus, dass er eigentlich längst zu Hause sein wollte. Er hatte Frank versprochen, mit ihm zur Eröffnung eines neuen portugiesischen Restaurants zu gehen.

»Was denken Sie, wie er sich entscheiden wird?«, fragte von Heiden.

Die Frage kam überraschend. »Carsten?«

»Herr Worthmann, ganz richtig.« Das war Nawatzki.

Hätten Sie ihn das nicht auch am Nachmittag fragen können? Er hatte Carsten zuletzt vor drei Jahren getroffen. Vor Heidelberg. Wie konnte er wissen, wie sehr ihn die ganze Sache wirklich verändert hatte.

Von Heiden schien seine Gedanken zu lesen. »Es ist mir klar, dass

Sie keine hundertprozentige Prognose abgeben können. Ich lege lediglich Wert auf Ihre Meinung.«

Martin hob die Schultern. »Ich weiß es nicht«, sagte er ehrlich. »Herr Worthmann und ich haben uns lange nicht mehr gesehen. Früher hätte ich angenommen, er würde umgehend zusagen. Heute könnten die Dinge ein wenig anders liegen.«

»Es ist uns sehr wichtig, dass Ihr Freund für uns arbeitet.«

»Das freut mich für ihn.«

Nawatzki versuchte ein freundliches Lächeln. »Wir wären Ihnen dankbar, wenn Sie ein wenig auf ihn, nun, sagen wir, *einwirken* könnten.«

Himmel, sie mussten wirklich viel von Carstens Fähigkeiten halten.

»Ich weiß nicht, wie er sich entscheiden wird. Er schien mir ein wenig … unentschlossen. Nach allem, was geschehen ist, kann man ihm das kaum verübeln.«

Von Heiden seufzte. »Natürlich nicht. Aber eine geregelte Arbeit mit geregeltem Einkommen kann ihm schwerlich schaden.«

»Das ist genau das, was auch ich ihm gesagt habe. Ich dachte, er würde das einsehen.«

»Und, hat er es eingesehen?«

»Ich bin mir nicht sicher. Er ist hin und hergerissen zwischen dem bequemen, aber unausgefüllten Leben, das er im Moment führt, und den neuen Dingen, die ihn bei uns erwarten könnten.«

»Nicht die schlechteste Grundlage für eine positive Entscheidung«, bemerkte Nawatzki.

»Sicher«, stimmte Martin zu. »Darf ich fragen, warum Ihnen gerade an ihm so viel liegt?«

»Sie wissen, wie dringend wir im Osten gute Leute brauchen.«

»Sicher. Aber es gibt andere.«

»Das klingt nicht nach enger Freundschaft.« Wieder Nawatzki.

Martin funkelte ihn mit einem Anflug von Zorn an. »Sie wissen sehr gut, was ich meine, Dr. Nawatzki. Ich würde mich freuen, wenn Herr Worthmann Ihr Angebot annimmt, aber letztlich ist es alleine seine Entscheidung. Und für diesen Fall sind da eine ganze Menge anderer arbeitsloser Journalisten, die sich freuen würden, wenn …«

»Das wissen wir«, unterbrach von Heiden ihn mit schlichtem Lächeln. »Und natürlich haben Sie vollkommen recht. Wenn Herr Worthmann nicht erkennt, was gut für ihn ist, werden wir uns an jemand anderen wenden. Aber bis dahin würde es mich freuen, wenn Sie Ihr Möglichstes täten, ihn zu überzeugen. Er ist ein sympathischer junger Mann mit nicht zu verachtendem Talent. Wie geschaffen für unseren Verlag, meinen Sie nicht?«

Martin zwang sich, das Lächeln zu erwidern. »Doch, sicherlich.«

»Na, sehen Sie. Wir können uns also auf Ihre Unterstützung verlassen?«

Martin wollte raus hier, endlich nach Hause. Er würde ihnen alles versprechen, nur damit sie endlich den Mund hielten. »Nicht verlassen, aber mit ihr rechnen«, sagte er deshalb und lächelte ein weiteres Mal. »Versprechen kann ich Ihnen seine Zusage nicht.«

»Sehr schön«, sagte von Heiden, stand auf und führte ihn zur Tür. Nawatzki blickte ihnen ausdruckslos hinterher. Hinter ihm schimmerten die Lichter der Stadt wie Diamanten auf schwarzem Samt.

Martin fuhr allein mit dem Lift nach unten. Das Haus war wie ausgestorben. Er holte seinen Wagen aus der Tiefgarage und bog auf die mehrspurige Straße vor dem Verlagsgebäude. Einer plötzlichen Eingebung folgend, wendete er an der nächsten Ampel und fuhr zurück. Gegenüber dem Haupteingang hielt er an und öffnete das Schiebedach. Er sah an der dunklen Fassade hinauf und fand die riesige Glaswand am Büro des Verlagsleiters. Eine Viertelstunde lang wartete er darauf, dass das Licht ausging. Es brannte weiter. Schließlich zündete er mit einem Fluchen den Motor und fuhr davon. Seine Unruhe legte sich erst, als Frank ihn zu Hause im Bett erwartete und säuselte, er habe keine Lust mehr auf portugiesisches Essen.

# Kapitel 4

Am Mittwochabend ging Michaelis mit Carsten in ein kleines Restaurant in der Altstadt. Es lag im Keller eines historischen Gebäudes und roch auf angenehme Art nach Alter und Wein. Schwarze Holzbohlen trugen die Gewölbedecke, und in die Tischplatten hatten bereits im vorigen Jahrhundert Gäste ihre Initialen gekratzt. Nachdem sie ihre Bestellungen aufgegeben hatten, stellte Carsten eine Frage, die ihm schon lange auf den Zunge brannte. »Was hat es mit dem Gebäude auf sich, in dem die Redaktion untergebracht ist?«

»Eine ziemliche Bruchbude, was?«

»Sieht so aus.«

Michaelis lachte leise. »Der Verlag hat es billig erstanden, mit der Auflage, es vollständig zu renovieren. Innerhalb der nächsten fünf Jahre.«

»Mit anderen Worten …«

»… wir werden noch eine ganze Weile in der Angst leben müssen, dass uns der Kasten eines Tages um die Ohren fliegt, aus Altersschwäche oder wegen einer undichten Gasleitung. Nina nimmt schon Wetten entgegen.«

»So schlimm?«

Michaelis wollte etwas sagen, als der Kellner ihren Wein an den Tisch brachte. Sie stießen an.

»Rund achtzig Prozent des Gebäudes sind einsturzgefährdet«, erklärte der Redaktionsleiter. »Sie haben ja die Absperrungen gesehen. Die stammen nicht von uns, sondern vom Bauaufsichtsamt. Die ganze Angelegenheit macht die Damen und Herren dort ziemlich nervös.«

»Und vor der Wende? Stand das Haus leer?«

Michaelis holte mit einer Handbewegung weit aus. »Ich habe damals, als ich herkam, versucht, ein wenig mehr über seine Geschichte zu erfahren. Was ziemlich aussichtslos war, angesichts der Zustände, die zu diesem Zeitpunkt im hiesigen Grundbucharchiv herrschten.

Schließlich konnten ein paar Leute im Rathaus mir mehr dazu sagen. Und man schnappt natürlich auch einiges an Orten wie diesem auf.« Er deutete mit einem Kopfnicken zum vorderen Teil der Gaststätte, wo eine Hand voll alter Männer sich um einen Tresen scharte.

»Erbaut wurde es offenbar gegen Ende des fünfzehnten Jahrhunderts«, fuhr er fort. Carsten hatte sich demnach um volle hundert Jahre verschätzt. »Von wem und zu welchem Zweck weiß keiner mehr so genau, höchstwahrscheinlich jedoch als Jagdpalast eines Adeligen. Die Stadt gab es damals schon lange, und viel hat sich seitdem nicht verändert. Allerdings wurden im Laufe der Jahrhunderte einige bauliche Veränderungen an dem Gebäude vorgenommen. Was ursprünglich einmal gotisch war, wurde mit Elementen des Jugendstils und anderen Richtungen verbunden. Sie haben wahrscheinlich die Reste der Stuckornamente gesehen.«

Carsten nickte.

»Irgendwann im letzten Jahrhundert wurde der Palast dann zweckentfremdet.«

»Inwiefern?«

»Ein privater Gönner erwarb das Anwesen und stellte es einigen Ärzten zur Verfügung. Die machten daraus eine Nervenklinik, eine riesige Klapsmühle. Sie blieb bis weit in unser Jahrhundert bestehen. Noch heute können sie in den leerstehenden Teilen des Hauses die alten Behandlungsräume erkennen. Unten in den Kellern gibt es noch Reste des alten Zellentrakts.«

Michaelis nickte und lächelte dabei. »Alte Häuser faszinieren mich«, erklärte er knapp. »Wenn es Sie interessiert, kann ich Sie bei Gelegenheit herumführen.«

Ein Schauer kroch über Carstens Rücken. »Natürlich.«

»Sofort?«

»Sie meinen heute?«, fragte er verblüfft.

»Ich meine nach dem Essen.«

»Warum nicht?«

»Abgemacht.«

Später fuhren sie zurück zur Redaktion und parkten auf dem Vorplatz. Das Rauschen des Springbrunnens mischte sich mit dem Säuseln des Windes, der aus den dunklen Wäldern hinab ins Tal wehte. Carsten fröstelte.

Michaelis klopfte, und der Wachmann ließ sie ein. Die Rezeption war durchgehend besetzt. Aus einem tragbaren Radiorecorder drang leise Musik.

»Sie wollen so spät noch arbeiten?«, fragte der alte Mann. Es war derselbe wie bei Carstens Ankunft. *W. Steinberg* stand auf einer Namensplakette an seiner Brust.

Michaelis schüttelte den Kopf und bat ihn um eine Taschenlampe. Der Wachmann grinste, bückte sich und kramte eine schwere Stablampe hinter seiner Theke hervor. Michaelis nahm sie dankend entgegen.

»Passen Sie auf Ihren Kopf auf«, rief Steinberg ihnen hinterher, als sie über die Absperrung stiegen. Zwei Lausbuben, die bei Nacht und Nebel das große Abenteuer suchten. *Und macht euch die Hosen nicht schmutzig*, fügte Carsten in Gedanken hinzu.

»Lieber nach oben oder unten?«, fragte Michaelis, als sie vor der vernagelten Freitreppe in die oberen Etagen standen.

»Ist mir gleich.«

»Dann zeige ich Ihnen erst die Keller. Ist ziemlich unheimlich dort unten.«

Er trat an der Treppe vorbei und bog ab in einen Korridor, der im hinteren Teil der Halle nach rechts führte. Der Wachmann verschwand hinter der Abzweigung, und auch das Licht des Eingangs blieb hinter ihnen zurück. Offenbar hatte man auch die Stromzufuhr der stillgelegten Gebäudeteile abgeklemmt. Der Strahl der Taschenlampe stach vor ihnen in die Dunkelheit. Ihre Füße wirbelten Staubwolken auf, die Luft roch abgestanden. Das Mauerwerk war feucht, an manchen Stellen schillerten farblose Pilzkulturen.

»Wie gefährlich ist es, hier herumzulaufen?«, fragte Carsten.

»Machen Sie sich keine Sorgen. Wenn ich befürchten würde, dass uns die oberen Stockwerke auf den Schädel krachen, wären wir nicht hier. Die meisten Teile des Komplexes scheinen noch stabil zu sein. Nur vom Westflügel sollten wir die Finger lassen. Vor ein paar Monaten ist dort eine Decke runtergekommen. Die Baubehörden haben Warntafeln angebracht. *Lebensgefahr!* Ich weiß nicht, ob es wirklich so dramatisch ist, aber wir sollten es nicht darauf ankommen lassen.«

Der Korridor knickte um eine Ecke. Rechts und links führten offene Türen in leere Zimmer. Sie erreichten eine zweite, schmalere Treppe. Die Stufen führten in die Tiefe.

Michaelis ging voran und beleuchtete mit der Taschenlampe die steinernen Absätze. Die Treppe schraubte sich in engen Windungen hinab ins Dunkel. Sie folgten ihr, bis sie auf einen weiteren Korridor stießen. Die Farbe war längst von den nackten Wänden geblättert, und das Licht des Strahlers fiel gelegentlich auf kleine Schutthaufen. Hin und wieder huschte etwas in der Finsternis.

»Wohin gehen wir?«, fragte Carsten. Zu seiner eigenen Überraschung bemerkte er, dass er die Worte geflüstert hatte.

»Ich möchte Ihnen zwei Dinge zeigen«, erwiderte Michaelis. Seine Stimme verklang irgendwo in den fernen Kammern und Gängen. »Nummer eins ist gleich hier vorne.«

Der Korridor knickte in scharfem Winkel nach rechts. Nach wenigen Schritten stießen sie auf ein hohes Eisentor. Es stand weit offen. Dahinter befand sich ein nahezu doppelt so breiter Gang, mit tiefhängender Gewölbedecke. An beiden Seiten waren Reihen schmaler Gittertüren ins feuchte Mauerwerk eingelassen.

»Das ist der Zellentrakt, von dem ich sprach«, erklärte Michaelis. »Hier wurden die hoffnungslosen Fälle eingesperrt.« Sie gingen an winzigen Einzelzellen vorüber. In einigen standen noch die Reste alter Pritschen.

»Warum wurden die nie ausgeräumt?«

»Ich hab keine Ahnung«, erwiderte Michaelis. »Möglicherweise wurden diese Räume während des Krieges noch benutzt – für was auch immer – und gerieten danach in Vergessenheit. Zumindest kümmerte sich niemand mehr darum.«

Sie erreichten ein zweites Eisentor. Es war geschlossen, aber Michaelis zog es mit einer kräftigen Handbewegung auf. Die rostigen Scharniere kreischten. Dahinter lag ein größerer, vollkommen leerstehender Raum, an den sich ein weiterer Korridor anschloss. Es war kalt hier unten.

»Spüren Sie den Luftzug?«, fragte der Redaktionsleiter.

Carsten nickte.

»Der kommt von weit her. Wahrscheinlich ist Ihnen aufgefallen, dass der gesamte Komplex an die Stadtmauer grenzt.«

»Sicher.«

»Früher war es üblich, die Gebäude am Stadtrand durch ein unterirdisches System von Gängen zu verbinden, sodass selbst bei einem Eindringen der Feinde in die Stadtmauern noch Wege zu den Toren offenstanden. Es ist anzunehmen, dass für diesen Palast eine ganze Reihe mittelalterlicher Anlagen weichen mussten. Nur den Anschluss an die Fluchtschächte hat man beibehalten. Der leichte Zug, den Sie spüren, ist der Wind, der durch dieses System zirkuliert. Unglaublich, dass nach all den Jahrhunderten immer noch Verbindungen bestehen.«

»Sie meinen, man könnte auch heute noch die ganze Stadt umrunden, ohne ein einziges Mal ans Tageslicht zu kommen?«, fragte Carsten ungläubig.

Michaelis schüttelte den Kopf. »Nein. Viele Hausbesitzer haben die Zugänge in ihren Kellern vermauert. Aus naheliegenden Gründen. Aber viele der alten Lüftungsschächte scheinen noch offen zu sein. Für einen Menschen sind sie zu eng, höchstens Tiere passen da hindurch.«

»Ratten?«

»Natürlich. Es muss hier unten wimmeln von den Viechern.«

Carsten schluckte. »Vielleicht sollten wir lieber wieder nach oben gehen.«

»Gleich. Eines möchte ich Ihnen noch zeigen. Es wird Sie interessieren.«

»Die Folterkammer?«

Michaelis lachte. Es klang seltsam verzerrt in den alten Gängen.

»Das wäre stilecht, nicht wahr? Aber keine Sorge, so etwas gibt's hier nicht. Zumindest habe ich noch keine gefunden.«

»Sie sind wohl oft hier unten?«

»Das letzte Mal liegt fast zwei Jahre zurück.«

Zwei Abzweigungen weiter hielt Michaelis an und deutete in eine Öffnung. Dahinter lag eine weitere Treppe.

»Noch tiefer?«, fragte Carsten.

»Ein zweiter Keller. Längst nicht so groß wie dieser hier, aber mit stärkeren Mauern. Mag sein, dass er früher als Weinlager oder Vorratskammer genutzt wurde. Interessanter ist aber, was im letzten Krieg damit geschah.«

Michaelis ging wieder voran. Als er den Schein der Lampe hinunter ins Dunkel richtete, schloss sich hinter ihnen die Finsternis wie ein wabernder Vorhang.

»Während des Krieges wurden Teile des unteren Kellers als Bunker genutzt«, sagte er. »Wahrscheinlich verkrochen sich die Ärzte und das Pflegepersonal bei Angriffen der Alliierten hier unten.«

Sie kamen in einen niedrigen Raum, etwa fünf mal fünf Meter im Quadrat. »Sehen Sie ...« Michaelis ließ den Schein der Lampe über die Wände geistern. »Um bei längeren Aufenthalten hier unten vor Kälte und Feuchtigkeit geschützt zu sein, wurden die Wände vollständig mit mehreren Lagen aus Zeitungspapier beklebt. Später kümmerte sich niemand mehr darum. Das Papier blieb an den Mauern, bis es von selbst zerfiel.«

Carsten brauchte einige Sekunden, bis er begriff, was Michaelis meinte. Tatsächlich war das Papier längst verschwunden; nicht aber die alte Druckerschwärze, die sich über die Jahre hinweg tief ins Gestein gefressen hatte. Der gesamte Raum – Wände, Boden und Decke – war bedeckt mit einem bizarren Muster aus engmaschigen Schriftzeichen, spiegelverkehrten Abdrücken der alten Artikel und Schlagzeilen. Carsten versuchte, einige der Überschriften zu entziffern. Da war die Rede von siegreichen Schlachten in Frankreich und Rußland, Neuigkeiten von Rommels Afrikafeldzug, Erfolgsmeldungen über Wunderwaffen und weitere Jubeltaten.

Michaelis trat neben ihn und lächelte wie ein stolzer Vater, der seinen Sprößling am Weihnachtsabend beobachtet. »Ich hab mir gedacht, dass es Sie interessiert. Welcher der Journalisten von damals hätte wohl gedacht, dass seine Texte die Zeit auf diese Weise überdauern?«

Carsten nickte beeindruckt. Für einen Moment vergaß er die feuchte Dunkelheit des Kellerlabyrinths und versank ganz in der Faszination der endlosen Zeichenkolonnen.

Nach einer Weile sagte Michaelis: »Lassen Sie uns wieder nach oben gehen, es wird kühl.«

Carsten löste sich mit einem letzten Blick von dem unwirklichen Wandschmuck. Schweigend folgte er Michaelis die Treppe hinauf und entlang der Zellen zu den Stufen ins Erdgeschoss.

»Darf ich Sie noch etwas fragen?«, bat Michaelis auf dem Weg nach oben.

»Natürlich.«

»Warum sind Sie wirklich hierhergekommen?«

Carsten zögerte. Es gab zwei Gründe. Heidelberg vergessen und …

»Sandra«, sagte er.

»Wie bitte?«

»Ein Wiedersehen«, erklärte er vage. »Mit einer alten Freundin.«

»Erzählen Sie mir von ihr?«

Carsten schüttelte den Kopf. »Ein andermal.«

Michaelis nickte in der Finsternis. »Hier – oder im Westen?«

Eine Weile lang gab Carsten keine Antwort.

»Hier, glaube ich«, sagte er dann.

Freitagmorgens fuhr Carsten zum dritten Mal hinauf in die Frankfurter Verlagsetagen. Martin war nicht in seinem Büro, und es dauerte eine Weile, bis eine Sekretärin herausbekam, dass er sich in einer Besprechung befand. Wenn Carsten wolle, könne er jedoch gerne im Büro auf ihn warten. Das tat er, setzte sich in Martins Schreibtischsessel und blickte hinaus auf die Betonmonumente der Innenstadt.

Zwanzig Minuten später stürmte sein Freund zur Tür herein.

»Sag nicht hallo oder solchen Unsinn«, rief er, »sondern erzähl mir, wie's gelaufen ist.«

Carsten grinste. »Fein.«

*»Fein?«* Martin sah ihn mit großen Augen an. »Und? Weiter?«

»Ich denke, ich werde zusagen.«

Martin schlug die Hände zusammen, sah hinauf zur Zimmerdecke und improvisierte ein stilles Gebet. »Du bist doch noch zur Vernunft gekommen. Keine Sekunde hab ich daran gezweifelt«, sagte er schließlich.

»Freut mich für dich.« Carsten wollte aufstehen, doch Martin hielt ihn zurück.

»Bleib sitzen«, sagte er und ließ sich in den Besuchersessel fallen. »Weiß von Heiden es schon?«

»Nein, ich dachte mir, ich komme erst zu dir.«

»Du musst sofort zu ihm.«

»Kein Grund zur Eile.«

Martin lehnte sich erschöpft zurück und stöhnte. »Kein Grund? Er und Nawatzki haben auf Knien gelegen, damit ich dich überrede, den Job anzunehmen.«

»Red keinen Unsinn.«

»Kein Unsinn. Sie wollen dich, verstehst du.«

Carsten lächelte. »Ich dachte immer, nur du *willst* mich.«

Martin kicherte. »Ich bin zwar schwul, aber monogam. Der perfekte Ehemann. Ich bringe eine Menge Schotter nach Hause, kann kochen und erfülle die sexuellen Wünsche meines Partners. Ich bin ausgelastet.«

Jetzt lachten beide.

»Soll ich mit raufkommen?«, fragte Martin.

»Ich schätze, das schaffe ich allein.«

Martin nickte. »Tut mir leid. Sicher schaffst du das. Bist ein großer Junge geworden.«

Carsten stand auf. »Du kannst mich mal besuchen.«

»Im *Osten*?« Martin schüttelte grinsend den Kopf. »Bin ich verrückt? Ich werde den Teufel tun, mich von hier fortzubewegen.«

»Verräter.« Erneutes Lachen.

Sie schüttelten sich die Hände, und Carsten ging.

Er fuhr nach oben. Hinauf in die Achtundzwanzigste.

Eine Überraschung: Von Heiden war in seinem Büro und hatte sofort Zeit für ihn.

»Schön, dass Sie gleich vorbeikommen«, sagte er und wies ihm mit einer Handbewegung einen Besuchersessel zu. Sein Schatten Nawatzki war nirgends zu sehen.

Der Verlagsleiter lächelte. »Ich hatte erwartet, Sie würden mit Ihrer Entscheidung bis übers Wochenende warten.«

»Ich dachte, es sei nur fair, Sie gleich zu informieren.«

»Das gefällt mir.«

Von Heiden schien ehrlich gespannt zu sein. Er war zu abgebrüht, es offen zu zeigen; und doch hatte Carsten das Gefühl, dass da eine Spur von Nervosität war. Kleine Zeichen verrieten ihn: die Art, in der er seine Ellbogen auf die Armlehnen stützte und die Finger vor dem Gesicht verschränkte; das funkelnde Glimmen in seinem Blick; die lange Pause, die er nach seinem letzten Satz machte, so, als erwartete er, dass Carsten gleich mit der Neuigkeit herausplatzte.

»Ich will Sie nicht auf die Folter spannen«, sagte er. Von Heiden schluckte den Treffer, ohne mit der Wimper zu zucken. Carsten wusste, dass er sich den kleinen Hieb leisten konnte. Martin hatte recht gehabt: Sie wollten ihn wirklich.

»Ich würde Ihr Angebot gerne annehmen.«

Von Heidens Mundwinkel verzogen sich zu einem Lächeln. »Das freut mich sehr. Tiefental hat Ihnen also gefallen?«

»Ein nettes Städtchen. Sehr freundliche Kollegen. Ich könnte mir vorstellen, mich dort wohl zu fühlen.«

»Wunderbar. Ich bin sicher, dass sich diese Einstellung positiv auf die Qualität unserer Zeitung auswirken wird. Mir fällt ein ziemlicher Stein vom Herzen.«

Carsten lächelte höflich.

»Und nun sind Sie sicherlich hier, um unsere Vereinbarungen festzumachen.« Von Heiden beugte sich vor und drückte den Knopf seiner Sprechanlage. »Yvonne, bringen Sie uns bitte den Vertrag für Herrn Worthmann herein.«

Kurz darauf legte die Sekretärin das Dokument in dreifacher Ausfertigung vor von Heiden auf den Tisch. Der reichte einen der Stapel zu Carsten hinüber.

Unter dem Gehaltsparagrafen prangte eine wunderbare, herrliche Zehntausend. Außerdem verpflichtete sich der Verlag, Wohnung und Dienstwagen zu stellen und alle eventuellen Umzugskosten zu tragen. Zu seiner Überraschung wurde auch ein Heimflug pro Monat gestellt; Carsten bezweifelte, dass er ihn regelmäßig in Anspruch nehmen würde.

»Es gibt noch ein kleines Problem«, sagte von Heiden.

Carsten sah auf.

Der Verlagsleiter bemerkte seinen Blick und lachte. »Keine Sorge. Es geht um die Wohnung.«

»Ja?«

»Würde es Ihnen viel ausmachen, für eine Weile weiterhin mit der Unterkunft vorliebzunehmen, in der Sie auch die vergangenen Tage verbracht haben? Natürlich werden wir für eine komplette Renovierung sorgen, gleich nächste Woche, wenn Sie es wünschen.«

Carsten dachte einen Moment nach. Er hätte von Heidens Bitte ablehnen und eine andere Wohnung verlangen können.

»Die Immobilienlage im Osten ist katastrophal«, fuhr von Heiden fort. »Dr. Nawatzki bemüht sich bereits, weitere Objekte für uns zu übernehmen, doch momentan scheint das aussichtslos zu sein. Natürlich stellen wir Ihnen frei, während der kommenden Monate eine eigene Wohnung zu finden, für die wir genauso gerne aufkommen werden.«

Das war fair. »Einverstanden«, sagte Carsten.

»Darf ich fragen, welchen Wagen wir Ihnen zur Verfügung stellen dürfen?«

Er hatte sich bereits auf dem Rückflug Gedanken über diese Frage gemacht und sich kurz vor der Landung für einen Golf entschieden.

Von Heiden lächelte. »Sollen Sie haben. Ich werde dafür sorgen, dass er bei Ihrer Ankunft bereitsteht.« Er überlegte einen Moment, dann fragte er: »Würde es Ihnen passen, gleich am Montag anzufangen?«

Carsten war erstaunt. »Mitten im Monat?«

»Wir zahlen natürlich für den ganzen April. Fakt ist, wir brauchen Sie dort so schnell wie möglich. Sie haben vielleicht mitbekommen, dass es um die Qualitäten einiger Kollegen nicht allzu gut steht.« Die Frage, die sich Carsten aufdrängte, schien er ihm von den Lippen zu lesen. »Nein, niemand wird Ihretwegen entlassen. Kein böses Blut unter den Kollegen. Wir haben für Sie eine zusätzliche Stelle eingeplant.«

Das erleichterte ihn. Es gab wenig, das ihn hier in Frankfurt hielt. Grundsätzlich sprach nichts dagegen, gleich am Montag zu beginnen. Wenn der Verlag darauf bestand, ihm die ersten zweieinhalb Wochen des Monats auszuzahlen – sicher, warum nicht?

»Dann fange ich nächste Woche an«, sagte er.

»Sehr gut. Gibt es von Ihrer Seite noch Fragen?«

Carsten nickte. »Im Vertrag steht etwas von Umzugskosten. Das ist nicht nötig. Ich fliege nur mit einigen Koffern. Meine Möbel bleiben in Frankfurt.« Das war nur die halbe Wahrheit. Tatsächlich besaß er kaum welche; seine derzeitige Einrichtung gehörte zum größten Teil Elisabeth.

»Umso besser«, erwiderte von Heiden. »Yvonne wird Ihnen das Ticket besorgen.«

Er schraubte einen Füllfederhalter auf und reichte ihn Carsten. Er unterschrieb alle drei Verträge, gleich neben der Zeile, wo von Heiden bereits im Voraus unterzeichnet hatte. Dann steckte er einen ein und schob die beiden anderen zum Verlagsleiter hinüber.

Von Heiden stand auf und trat um den Schreibtisch herum. »Dann also ein herzliches Willkommen.« Sie reichten sich die Hände, als gelte es, einen Pakt zu besiegeln.

Nawatzki sah von einem Stapel Unterlagen auf, als von Heiden in sein Büro trat. Es unterschied sich nicht wesentlich von dem des Verlagsleiters, war lediglich ein wenig kleiner, mit kürzerem Konferenztisch. An den Wänden hing ein halbes Dutzend Malereien alter Meister. Es waren Originale; die meisten Besucher hielten sie für perfekte Kopien.

»Worthmann geht«, sagte von Heiden.

Nawatzkis Blick hellte sich auf. »Wann?«

»Gleich am Montag.«

»Werden Sie es dem Verleger mitteilen?«

»Warum nicht? Für ihn ist er ein neuer Mitarbeiter wie jeder andere. Sein Name wird irgendwo inmitten einer langen Liste auftauchen, mehr nicht.«

Nawatzki nickte. »Was ist mit der Wohnung?«

»Ich glaube, das war der einzige Punkt, der ihm nicht passte. Aber er nimmt sie. Ich hab ihm eine Menge Unsinn erzählt. Unter anderem, dass er sich auf Verlagskosten selbst eine andere suchen könnte.«

»Wir werden dafür sorgen, dass er keine findet.«

»Sicher.«

»Und der Wagen?«

»Darum soll man sich vor Ort kümmern.«

»Haben Ihre Leute mittlerweile herausgefunden, ob er eine Freundin hat? Oder einen Freund?«

»Worthmann ist heterosexuell.« Von Heiden lächelte bescheiden. »Ein Schwuler in der Firma reicht aus, meinen Sie nicht?«

Der Blick aus Nawatzkis dunklen Augen traf ihn mitten ins Hirn. »Es interessiert mich nicht, in *was* er seinen Schwanz steckt. Ich will wissen, zu *wem* es gehört.«

Von Heiden stutzte. Nawatzkis Vulgarität überraschte ihn. Andererseits wusste er, dass das Aussehen eines Asketen nicht unbedingt dessen Gesinnung mit sich brachte. Schon gar nicht im Fall Albrecht Nawatzki; von Heidens Leute hatten ein paar interessante Geschichten über ihn ausgegraben. Er hoffte bei Gott, dass Nawatzki niemals herausfand, dass er in seinem Privatleben schnüffelte.

»Um Ihre Frage zu beantworten: Ja, wir haben herumgehört. Es sieht aus, als sei er solo. Seit geraumer Zeit schon. Die einzige Frau in seinem Leben ist seine Vermieterin. Sie ist über sechzig. Wir sind sicher, dass die beiden nichts miteinander haben.«

Nawatzki nickte zufrieden. »Gibt es sonst irgendetwas, das sich seit der Untersuchung vor fünf Jahren verändert hat?«

»Damals war er fest angestellt. Redakteur im ersten Jahr.« Von Heiden grinste. »Das ist er jetzt wieder. Seine Mutter ist vor viereinhalb Jahren gestorben, der Vater war damals bereits tot.«

»Todesursache?«

»Sein Vater hatte einen Autounfall, das steht in der Akte. Die Mutter starb an einer Krankheit.«

»An welcher?«

»Meine Leute sagen, nichts Ungewöhnliches. Krebs, vielleicht.«

»Kein vielleicht. Ich möchte Details.«

Von Heiden schluckte die Rüge mit ausdrucksloser Miene. »Bekommen Sie. Ich werde die Krankheit in Erfahrung bringen lassen. Auf jeden Fall musste er das Haus seiner Eltern verkaufen, um für die Geschichte in Heidelberg aufzukommen. Ist kaum was von übrig geblieben. Den Rest hat er während der letzten zwanzig Monate für Wohnen, Essen und Trinken verwandt. Ein ausschweifendes Leben kann er sich damit nicht geleistet haben. Seine Ersparnisse sind so gut wie aufgebraucht.«

»Hätten wir das vor ein paar Tagen gewusst, wäre uns die Sorge betreffs seiner Zusage erspart geblieben. Es hätte ausgereicht, sein Gehalt zu verdoppeln. Er hätte sofort angenommen.«

Von Heiden zuckte mit den Schultern. »Es hätte ihn misstrauisch gemacht.«

»Weitere Neuigkeiten?«

»Noch keine. Wir arbeiten daran.«

»Gut. Warten wir ab, wie er sich im Osten einlebt. Ich hoffe sehr, dass die ganze Angelegenheit möglichst schnell über die Bühne geht.«

»Darauf haben wir keinen Einfluss. Entweder es funktioniert oder …«

»… oder wir haben Probleme«, führte Nawatzki den Satz zu Ende. »So lange werden wir weitermachen wie bisher. Vielleicht beschleunigt das die Sache.«

»Ist das nötig?«

»Haben Sie einen besseren Vorschlag?«

»Nein.«

Nawatzki runzelte die Stirn. »Ich werde unseren Leuten Bescheid geben, damit sie sich in Bereitschaft halten.«

Von Heiden nickte und ging zur Tür.

»Noch etwas«, sagte Nawatzki in seinem Rücken. »Bislang scheint es recht gut zu laufen.«

»Danke.«

»Nach dem Fiasko in Budapest können Sie ein wenig Erfolg gut gebrauchen.«

Von Heiden sah ihn einen Augenblick schweigend an, dann drehte er sich endgültig um und verließ das Büro.

## Kapitel 5

Er sah nicht aus wie ein Schuldirektor, und gerade deshalb mochten ihn die Kinder. Er trug mit Vorliebe Jeans, bunte Baumwollhemden und gelegentlich eine Baseball-Kappe. Seine älteste Tochter hatte sie ihm von einer ihrer letzten Sprachreisen aus Boston mitgebracht. Hin und wieder, bei besonderen Anlässen oder wenn ihm einfach danach war, zog er ein Sakko über; bei *ganz besonderen* Anlässen ließ er sich von Gabi sogar einen Schlips umbinden. Beim letzten Mal hatte sie gesagt, er sehe damit aus wie der Sprecher der Spätnachrichten.

An diesem Tag trug Niklas Reichardt weder Krawatte noch Jackett. Auch die Kappe hatte er zu Hause gelassen. Er war unterwegs zu einer siebten Klasse, die er in Latein unterrichtete.

Niklas war hellblond, mittelgroß und sportlich. Er wusste nicht, ob etwas dran war an den Geschichten, dass die Mädchen der Abiturjahrgänge sich oft in ihre Lehrer verliebten; sollte es so sein, so war er ein würdiges Objekt ihrer Gelüste, fand er. Als er einmal Gabi davon erzählte, hatte er sich die Krawatten ein halbes Jahr lang selbst binden müssen.

Der Junge am Aussichtspunkt unter der Treppe spurtete zurück in den Klassenraum, als er um die Korridorecke bog. Niklas' Sekretärin hatte ihn mit Unterschriften für das bevorstehende Schulfest aufgehalten, deshalb hatte die Stunde bereits begonnen. Als Direktor kam er meist zu spät zum Unterricht. Noch ein Bonus bei den Schülern.

Es war ruhig, als er den Raum betrat. Der Wachtposten hatte die anderen gewarnt. Die knapp dreißig Jungs und Mädchen saßen artig hinter ihren Pulten, einige tuschelten. Der eine oder andere schrieb noch die letzten Sätze der Hausaufgaben vom Nachbarn ab. Irgendjemand rülpste, ein anderer kommentierte es mit einem gedämpften »Drecksau!«.

Niklas war gerne Lehrer. Er hatte sich den Beruf frühzeitig ausgesucht, aber lange studiert und war danach zielstrebig aufgestiegen. Direktor war er nun seit knapp drei Jahren; mit zweiundvierzig eine ziemliche Leistung. Gabi, selbst Lehrerin an der benachbarten Realschule, sagte, sie sei froh, nicht mit einem so jungen (und attraktiven) Vorgesetzten gestraft zu sein. Sie hätte auch so schon genug Ärger am Hals.

Er packte seine Unterlagen aus, legte sie aufs Pult und blickte mit freundlichem Lächeln in die Klasse. Da saßen solche, die zurückgrinsten, solche, die einfach nur trübe glotzten, und andere, die ihn völlig ignorierten. Latein interessierte sie ungefähr so viel wie die chemische Formel für Pausenbrote, aber das war okay. Niklas selbst hatte es während seiner Schulzeit gehasst.

Die Frühlingssonne knallte unerbittlich durch die großen Fenster. Ein dezenter Blick bestätigte ihm, dass das Alter für Miniröcke unaufhaltsam nach unten, ihre Säume aber nach oben rutschten. Er selbst fand es unerträglich heiß, und seine Arbeitsmoral war an solchen Tagen nicht die beste.

Er wollte gerade beginnen, als es an der Tür des Klassenraumes klopfte.

»Ja, bitte.«

Seine Sekretärin trat ein, würdigte die Kinder keines Blickes und kam schnurstracks auf ihn zu. »Ein Anruf von Ihrem Sohn«, flüsterte sie ihm ins Ohr. »Er sagt, es sei sehr wichtig.«

Bemüht, sich sein Erschrecken nicht anmerken zu lassen, erklärte er einen der vernünftigeren Schüler zum Gefängnisaufseher und ließ sie allein. Als er schweratmend in seinem Büro saß, stellte die Sekretärin das Gespräch durch.

»Papa?«

»Fabian, was ist los?«

In seinem Kopf drehte sich alles. Es war noch nie – *noch nie!* – vorgekommen, dass jemand aus seiner Familie ihn aus dem Unterricht hatte holen lassen. Irgendetwas Furchtbares war passiert. Gabi hatte einen Unfall. Susi, seine Älteste, lag im Krankenhaus. Vielleicht Schlimmeres. Er hätte ihr niemals diesen verdammten Motorroller kaufen sollen.

»Papa, ein Mann hat gerade angerufen.«

Er brauchte einen Moment, um die Nachricht zu verdauen. *»Bitte?«*, fragte er dann.

Fabian schluckte hörbar am anderen Ende der Leitung. Der Tonfall seines Vaters verhieß nichts Gutes. »Er hat gesagt, es sei wichtig und ...«

Niklas unterbrach ihn. »Und deshalb lässt du mich aus der Klasse rufen? Wegen eines Anrufs?« Er war ein geduldiger, freundlicher Vater, der keines seiner beiden Kinder jemals geschlagen hatte, aber *das* machte ihn wütend.

Sein Blick fiel auf die Uhr an der Wand. »Warum bist du überhaupt so früh zu Hause?«

Fabians Stimme klang hektisch. »Die beiden letzten Stunden sind ausgefallen, Herr Weichert ist krank, und es gab keine Vertretung.«

Das stimmte. Niklas hatte eigenhändig die Pläne geschrieben. Seine Ruhe kehrte allmählich zurück.

»Was soll das?«, fragte er. »Du weißt, was wir abgemacht haben. Anrufe nur im Notfall.«

»Ja, sicher«, jammerte Fabian. »Aber der Mann sagte, es sei wirklich sehr wichtig und …«

Er unterbrach ihn erneut. »Wer war's denn überhaupt?«

»Weiß ich nicht. Hat seinen Namen nicht genannt. Aber er meinte, es sei wichtig, weil es um irgendeine dringende Buchlieferung ginge.«

Niklas erstarrte. »Was für eine Buchlieferung?«

»Irgendein Buch, das du bestellt hättest. Er müsste dringend wissen, ob es schon bei dir angekommen sei.«

Niklas saß da, als habe man ihn in Eis gegossen. Irgendwo in seinem Hinterkopf regte sich etwas. Erinnerungen griffen wie Zahnräder ineinander. »Welcher Titel?«

»Irgendwas Englisches. Der Mann hat so schnell gesprochen, deshalb hab ich's nicht verstanden.«

Ganz ruhig bleiben. Ganz, ganz ruhig. »Alles in Ordnung«, sagte er. »Du hattest recht, es war wichtig. Danke, dass du angerufen hast.«

»Papa?«

»Ja?«

»Ist dieses blöde Buch denn nun gekommen? Falls er nochmal anruft.«

»Ich komme gleich nach Hause«, sagte Niklas. »Falls er sich in der Zwischenzeit meldet, kannst du ihm sagen, das Buch sei da.«

»Mach ich, alles klar.«

»Gut. Bis gleich.«

»Bis gleich, Papa.«

Er legte auf, lehnte sich für einen Moment zurück und dachte nach. Sehr schnell, sehr konzentriert. Sehr professionell.

Schließlich stand er auf und erklärte seiner Sekretärin, er fühle sich nicht wohl. Er würde lieber einen Arzt aufsuchen und sich durchchecken lassen. Er setzte sich in seinen alten Ford und fuhr nach Hause.

Sie hatten sich ein Bauerngut renoviert, ein riesiges Fachwerkhaus mit Ziehbrunnen im Hof und einem früheren Stall, in dem sich heute ihre Arbeitszimmer befanden. Es lag ziemlich weit draußen, am südlichen Stadtrand von Bad Godesberg, und er musste sich erst durch den Verkehr der Bonner Innenstadt quälen, ehe er endlich auf den letzten Kilometern freie Fahrt hatte. Er steuerte den Wagen durch das riesige Hoftor und trat durch die Hintertür in die Küche. Fabian saß am Tisch und aß Nutella-Brote.

»Hi«, begrüßte er seinen Vater. »Muss ziemlich wichtig sein, was?«

Niklas war schon an ihm vorbei und unterwegs ins Wohnzimmer. »Stimmt«, rief er über die Schulter. Er stürmte zum antiken Sekretär neben dem Kamin und öffnete das Geheimfach. Die Kinder waren schon vor Jahren dahintergekommen, wie es sich öffnen ließ, aber darin lag nichts außer einem alten Notizbuch mit unleserlichen Telefonnummern. Sie hatten das Interesse daran schnell verloren.

Niklas nahm das Buch heraus, steckte es ein und eilte erneut durch die Küche und über den Hof. Fabian sah ihm hinterher, etwas verwundert, aber nicht wirklich besorgt. Niklas stieg die hölzerne Treppe zu seinem Arbeitszimmer hinauf, trat ein und drehte hinter sich den Schlüssel im Schloss. Er setzte sich ans Telefon, schlug das Buch auf und wählte eine Nummer in Antwerpen. Von dort aus stellte man ihn weiter zu einem Anschluss nach Bern. Zwei weitere Verbindungen später hatte er endlich den Mann am Telefon, mit dem er sprechen wollte.

»Sie haben meine Nachricht also erhalten?«, fragte Nawatzki.

Niklas atmete tief durch. »Ich hätte nicht gedacht, dass der alte Code noch gilt.«

»Niemand hat sich je die Mühe gemacht, einen neuen zu erfinden. Wer sollte ihn auch verraten?« Nawatzki vertraute ihm rückhaltlos.

»Sicher. Was wollen Sie?«

Nawatzki schien zu schmunzeln. »Ihre Hilfe.«

»Das hab ich mir gedacht. Konkret?«

»Sie werden sich mit einigen Leuten treffen, an einer Raststätte nicht weit von Bad Godesberg entfernt. Sie werden in ein weißes Wohnmobil steigen und mitfahren.«

»Wohin?«

»Erfahren Sie, wenn es so weit ist.«

»Für wie lange?«

»Einige Tage. Vielleicht zwei Wochen. Höchstens drei.«

*Drei Wochen!* »Das ist unmöglich«, sagte er. »Ich habe Familie, einen Beruf.«

»Das hat Sie sonst nie aufgehalten.«

»Sonst ging es um einzelne Tage. Aber, ich bitte Sie, drei Wochen …«

»Wir müssen alle unsere Pflicht erfüllen. Ich werde Ihnen jetzt die genauen Koordinaten durchgeben.«

»Warten Sie.«

»Was ist?«

»Was soll ich meiner Frau sagen? Und der Schule?«

»Sie sind der Direktor, oder? Sagen Sie, was Sie immer sagen. Reservistenübung. Das können Sie auch Ihrer Frau und den Kindern erzählen, Fabian und Susi.«

Himmel, er wusste immer noch gut Bescheid. »Trotzdem, ich …«

»Major Reichardt, darf ich Sie daran erinnern, dass ich Ihr Vorgesetzter bin. Ich bitte Sie nicht – ich befehle es Ihnen!«

War das nicht längst vorbei? Er wagte nicht, die Frage laut zu stellen. »Ja, natürlich.«

»Gut.« Nawatzki nannte ihm den Namen einer Raststätte an der A 3. Außerdem die Zahlen und Buchstaben eines Autokennzeichens. »Stellen Sie Ihren Wagen dort ab, und lassen Sie den Schlüssel stecken. Jemand wird ihn für die Dauer Ihrer Abwesenheit verschwinden lassen. Bringen Sie keine zusätzliche Kleidung oder persönliche Gegenstände mit.«

»Selbstverständlich nicht.«

Niklas legte auf. Er durfte jetzt keine Zeit verlieren. Als er in die Küche kam, war Fabian verschwunden. Das war gut so. Er schrieb einen kurzen Brief an Gabi und ließ ihn auf dem Tisch liegen. Er würde sie in den nächsten Tagen anrufen und seine Lüge durch ein paar Details stützen. Sie hatte sich schon früher damit abgefunden.

Aber da waren es einzelne Tage gewesen, mal ein Wochenende. Jetzt hatte Nawatzki von mehreren Wochen gesprochen.

Egal. Keine Zeit.

Er sprang ins Auto und fuhr durch Königswinter Richtung Osten, dahinter auf die A 3. Einige Kilometer hinter Bad Honnef fiel ihm etwas ein. Er stoppte den Wagen mit flackernder Warnblinkanlage auf dem Seitenstreifen, löste den Zündschlüssel vom Bund und warf die restlichen Schlüssel so weit er konnte hinaus aufs Feld. Den Schlüssel für den Wagen sollte Nawatzki haben, der Rest ging ihn nichts an. Er legte keinen Wert darauf, dass irgendjemand Nachschlüssel zu seinem Haus in die Finger bekam.

Kurz darauf bog er auf den Parkplatz einer kleinen Raststätte. Das weiße Wohnmobil stand an einem Waldrand. Das Kennzeichen stimmte. Niklas parkte den Ford rund vierzig Meter davon entfernt, stieg aus und schob die Antenne ein. Den Zündschlüssel ließ er stecken.

Während er mit schnellen Schritten auf das Wohnmobil zuging, überlegte er fieberhaft, wer darin auf ihn warten mochte. Er nahm an, dass es Leute waren, mit denen er bereits früher zusammengearbeitet hatte. Vorne war niemand zu sehen, an den hinteren Scheiben waren die Vorhänge zugezogen.

Er klopfte. Wurde eingelassen.

In der Kabine befanden sich zwei Männer und eine Frau. Alle drei trugen Straßenkleidung. Die Frau kannte er, Nadine. Knapp dreißig, langes, dunkelrotes Haar. Blaue Augen, athletischer Körperbau. Sie war perfekt im Umgang mit Sprengstoff.

Die beiden Männer hatte er noch nie zuvor gesehen.

Der eine streckte die Hand aus. »Tomas, ohne h«, stellte er sich vor. Sein Händedruck fühlte sich leicht an, nicht schwammig, eher sehnig wie der eines Pianisten. Er hatte dichtes, schwarzbraunes Haar und trug eine Nickelbrille mit Drahtgestell. Auf den ersten Blick sah er aus wie ein Student. Niklas nahm an, dass er der Scharfschütze war.

Der zweite Mann nannte sich Rochus. Er war ein paar Zentimeter größer als er selbst, hatte kurzes, strohblondes Stoppelhaar und einen silbernen Stecker im linken Ohr. Er lächelte, aber sein Blick hatte etwas Verschlagenes, mit viel zu viel unkontrollierter Brutalität. In ihm sah Niklas ein Problem.

Fehlte nur noch der Mann für Anschläge aus nächster Nähe. Niklas nahm an, dass er selbst diesmal derjenige war.

»Wer sitzt im PKW?«, fragte er Nadine. Es war üblich, dass ein Einzelner dem Team bei allen Einsätzen in einem Kleinwagen folgte und ihre Spuren verwischte.

»Alexander«, erwiderte sie.

Das war gut. Niklas kannte ihn von früher, länger noch als Nadine. Auf ihn war Verlass.

Er wollte aussteigen und zu ihm hinübergehen. Nadine hielt ihn zurück. »Er ist nicht hier. Laut Order hängt er sich erst in Gießen hinter uns.«

Er nickte. Niemals beide Wagen zusammen auf einem Parkplatz, so lautete die Regel. Er war nicht sicher, ob er noch der Richtige für diesen Job war.

Während Rochus nach vorne kletterte und den Camper auf die Autobahn lenkte, überprüften die Übrigen die Ausrüstung.

Alexander schloss sich ihnen am vereinbarten Treffpunkt an. Eineinhalb Stunden später überquerten sie bei Eisenach die ehemalige Zonengrenze.

Am Sonntagnachmittag lieh Carsten sich von Elisabeth zwei alte Lederkoffer, faltete notdürftig den Großteil seiner Kleidungsstücke zusammen und legte sie hinein. Dazu zwei Ordner mit Bankpapieren, Versicherungen, Belegen für die Steuer und anderen Dokumenten. Den neuen Arbeitsvertrag hatte er obenauf geheftet.

In einer alten Mappe entdeckte er nach langem Suchen seinen Führerschein. Er war jetzt seit fast zwei Jahren selbst kein Auto mehr gefahren. Hier in Frankfurt hatte er die U-Bahn benutzt, seinen alten Wagen hatte er längst verkauft. Er war gespannt, was für ein Gefühl es sein würde, wieder hinterm Steuer zu sitzen.

Nachdem er gepackt hatte, schrieb er einen Brief an Sandra. Er teilte ihr mit, dass er vorübergehend, möglicherweise auch für länger, im Harz arbeiten werde. Er bat sie nicht um ein Treffen; wenn sie es wollte, würde sie ihn zu sich einladen. Hoffte er. Auf ihr letztes Schreiben nahm er keinen Bezug. Er legte den Brief oben auf die reisefertigen Koffer, um ihn am Morgen im Flughafen einzuwerfen.

Später stieg er hinab ins Erdgeschoss und suchte seine Vermieterin.

Elisabeth war in der Küche. »Alles fertig zur Abreise?«, fragte sie. Ihr fröhliches Lächeln wirkte unecht.

Er setzte sich an den Tisch. Sie reichte ihm ein Glas Sherry. »Warten Sie, ich komme gleich zu Ihnen.« Sie goss sich selbst einen ein und nahm ihm gegenüber Platz.

»Ihr Flug geht ziemlich früh, oder?«

Er nickte. »Um sieben.«

»Mein Gott, da müssen Sie ja schon um sechs am Flughafen sein.«

»Ungefähr. Halb sieben reicht.«

»Und um fünf aufstehen!«

»Stimmt.«

»Himmel, ich bin froh, dass ich nicht mehr verreisen muss.«

»Ich würde auch lieber hierbleiben.«

Sie lächelte gütig. »Das ist eine Lüge. Sie wissen das, und ich weiß es.«

Er erwiderte das Lächeln und zuckte mit den Schultern. »Sie haben mir geraten, zu gehen.«

»Sicher, und ich würde es gleich noch einmal tun. Sie blühen wieder auf, mein Junge. Es ist nicht gut für einen jungen Mann, allein in einem solchen Haus mit einer Mumie wie mir zu leben.« Sie sagte es ohne Verbitterung, mit einem hintersinnigen Schmunzeln um die Mundwinkel.

»Unsinn, ich habe mich nirgends so wohl gefühlt wie bei Ihnen. Sie sollten die Bruchbude sehen, in der ich dort drüben hausen werde. Und erst die, in der ich arbeiten muss.«

»Hören Sie auf. Sie haben sich diese Stelle ausgesucht, und das wird seine Gründe haben.«

»Die Gründe kennen Sie.«

»Sicher. Vielleicht ist auch eine kleine Freundin in Aussicht?«

Er lachte. »Elisabeth, ist das Eifersucht, die ich da in Ihrer Stimme höre?« Es war ein Spiel, dass sie bei jeder Gelegenheit spielten.

Diesmal war sie ehrlich. »Na, vielleicht ein bisschen. Gönnen Sie einer alten Frau wie mir ein wenig Sonnenschein.«

Sie kicherten beide wie Verschwörer, dann wechselte sie das Thema. »Was wird aus den Zimmern?«

»Ich würde sie gerne behalten. Wenn es Ihnen recht ist, heißt das. Sie würden sie sicherlich gerne anderweitig vermieten, aber das Haus ist groß, und vielleicht finden Sie ein paar andere Räume, die Sie …«

»Kein Problem«, unterbrach sie ihn.

»Bestimmt nicht?«

»Natürlich nicht. Lassen Sie mich die Mutterrolle noch ein wenig weiter spielen. Ich werde Ihr Kinderzimmer für Sie warmhalten und im Winter heizen.«

Er grinste. »Ich glaube nicht, dass das nötig ist.«

»Aber Sie kommen mich besuchen, oder?«

»Sie werden sich noch wünschen, dass Sie mich endlich los sind.«

»Für Sie steht immer ein Glas Sherry bereit. Versprochen.«

Sie erhob sich von Ihrem Platz, ging zum Küchenfenster und blickte hinaus in den dunklen Garten. Carsten trat neben sie und folgte ihrem Blick. Eine Lampe erhellte die Büsche und Bäume. In ihrem künstlichen Licht wirkten die frischen Frühlingsblüten seltsam farblos und grau. Nach einer Weile drehte sie sich um und reichte ihm die Hand.

»Auf Wiedersehen, Carsten. Ich wünsche Ihnen alles Gute.«

Er nickte. »Auf Wiedersehen.« Er hauchte ihr einen sanften Kuss auf die Wange, wandte sich um und ging.

# Kapitel 6

Die Maschine landete gegen acht in Leipzig. Carstens Taxi blieb im Berufsverkehr stecken, erst im Harz leerten sich die Straßen. Gegen zehn kamen sie in Tiefental an. Carsten ließ sich vor seinem neuen Zuhause absetzen.

Die Mülltonnen neben der Haustür waren immer noch – oder schon wieder – voll bis zum Rand. Ihr Geruch verfolgte ihn bis zur Wohnungstür. Drinnen stellte er seine beiden Koffer ins Schlafzimmer, warf seinen Mantel aufs Bett und sah sich um.

Es hatte wenig Sinn, irgendetwas umzuräumen, ehe nicht die Handwerker hier gewesen waren, die von Heiden ihm zur Renovierung versprochen hatte. Er testete die Matratze, fand, dass sie viel zu weich war, und trug das Bettzeug ins Wohnzimmer auf die Ledercouch. Bis er sich ein vernünftiges Bett leisten konnte, würde er hier übernachten.

Im Schrank fand er frische Bettwäsche und in der Küche einen nagelneuen Satz von Kochtöpfen. Außerdem standen dort Schachteln mit blitzendem Besteck und neuem Geschirr. Er nahm an, dass Michaelis dafür verantwortlich war.

Er sah auf die Uhr und überlegte, ob es gleich am ersten Tag nötig sein würde, rechtzeitig zur Konferenz um halb elf in der Redaktion zu sein. Es würde einen guten Eindruck machen. Außerdem gab es hier sowieso nichts weiter für ihn zu tun, als die Koffer auszupacken und seine Kleidung auf ein paar Stapel im Schrank zu legen. Hemden besaß er kaum welche; die wenigen hängte er über einen Satz hölzerner Kleiderbügel.

Der Glanz des Vormittags lag über dem Städtchen und tauchte die Straßen und engen Gassen in ein verzaubertes Glitzern. Ein paar Autos knatterten an ihm vorüber, als er sich auf den Weg zu seinem neuen Arbeitsplatz machte.

Auf dem Vorplatz, neben dem moosbedeckten Brunnen, stand ein schwarzer Golf. Brandneu. Carsten übte sich in Selbstbeherrschung und ging mit einem wehmütigen Blick daran vorüber. Der Wachmann grüßte und ließ ihn anstandslos passieren.

Die Redaktionsmitglieder saßen bereits in einem Kreis um Michaelis, der mit hochgelegten Füßen in der Mitte thronte. Ohne erkennbare Ordnung hockten sie auf Stühlen und Tischplatten. Carsten erinnerte sich an den riesigen Konferenztisch, den von Heiden allein für sich in seinem Büro hatte, und verkniff sich nur mit Mühe ein Grinsen.

»Herr Worthmann! Sie sind schon da!« Michaelis lächelte erfreut. Mit weitem Schwung nahm er seine Füße vom Tisch und verfehlte nur um Haaresbreite eine von Sebastians Coladosen.

Der Redaktionsleiter stürmte auf ihn zu und reichte ihm die Hand. Carsten grüßte in die Runde und trat an den Schreibtisch, den Michaelis ihm bei seiner ersten Ankunft zugewiesen hatte. Jemand hatte ihn gewischt und poliert. Er sah hinüber zu Nina. Die Sekretärin grinste. Sie trug wieder Jeans und ein viel zu großes Sweatshirt in giftigem Grün.

Neben seinem Telefon lag ein Stapel frischgedruckter Visitenkarten. So schnell?, dachte er beeindruckt.

»Haben Sie Ihren Wagen schon unter die Lupe genommen?«, fragte Michaelis.

Es war Carsten peinlich, dass er ihn vor versammelter Mannschaft darauf ansprach. Zwei einheimische Kollegen tuschelten. Er konnte sie verstehen. Nur Redakteure aus dem Westen fuhren Dienstwagen.

Michaelis bemerkte seinen Patzer und bemühte sich, das Thema zu wechseln. Doch Ehrlicher, der Sportredakteur, ergänzte: »Es war ein ziemliches Theater, ihn übers Wochenende hierher zu schaffen. Der Verlag muss gute Kontakte zum Hersteller haben.«

Carsten sah Michaelis hilflos an. Nina und Sebastian wechselten einen amüsierten Blick und grinsten.

Der Redaktionsleiter begann mit der Konferenz. Themen wurden vergeben, Termine abgesprochen, Kritik an erschienenen Texten geübt.

Sebastian verbrachte im Anschluss eine Stunde damit, die umliegenden Polizeistationen abzutelefonieren und interessante Vorfälle zu notieren. Anschließend lehnte er sich zurück, fuhr sich mit einer Hand durchs Haar und sah Carsten über ihre beiden Schreibtische hinweg an.

»Warst du früher schon mal im Osten?«, fragte er.

»Ist schon ein paar Jahre her. Vor der Wende.«

»Westverwandtschaft?«

Carsten nickte.

Er stellte den Golf auf einem Parkplatz am Waldrand ab. Von dort aus, erklärte Sebastian, sei es nur noch ein kleines Stück zu Fuß.

Um sie herum wuchsen die Fichten in die Höhe wie eine Armee erstarrter Soldaten. Ein leichter Wind strich durch die Wipfel und erzeugte tief in den Wäldern ein gespenstisches Rauschen, wie schwerer, asthmatischer Atem. Das Unterholz wirkte in der Abenddämmerung noch schwärzer, noch bedrohlicher.

Einmal bemerkte Carsten zwischen den Baumreihen ein funkelndes Augenpaar.

»Wildkatzen«, erklärte Sebastian.

Nach rund dreihundert Metern auf einem ausgetretenen Pfad hörten sie in der Ferne Stimmen und Gelächter. Das Gelände stieg steil an und wurde felsiger, die Bäume blieben hinter ihnen zurück. Sie folgten einem schmalen Hohlweg, rechts und links gesäumt von grauen Wällen aus Stein. Schließlich deutete Sebastian mit einem Kopfnicken nach vorn.

Vor ihnen öffnete sich der Weg zu einem Felsplateau; darüber thronte, wie der bucklige Leib eines schlafenden Drachen, der Umriss einer Burgruine. Es gab weder Absperrungen noch Verbotsschilder. Von den ehemaligen Mauern und Türmen war kaum mehr geblieben als die vage Idee einer steinernen Befestigung. Carsten erkannte einen soliden Torbogen und die Reste eines Bergfrieds. Die Erbauer der Anlage hatten die natürliche Umgebung in ihre Planung einbezogen; da waren Felskronen, die zu ausgewaschenen Zinnenkränzen gehauen waren, und formlose Löcher im Gestein, in denen er die Fenster künstlich angelegter Höhlenkammern vermutete. Rund um die Ruine gab es einen fünf Meter tiefen Graben, an dessen Grund Gräser und vereinzelte Büsche wuchsen. Darüber hinweg führte eine Zugbrücke; helles Holz, blitzende Beschläge.

Hinter einer schmalen Eisentür führten mehrere Stufen hinab in ein enges Kellergewölbe. Der Raum war voller Studenten. Carsten ergatterte einen Tisch in der Nähe des Eingangs, Sebastian besorgte die Getränke.

»Wie lange arbeitest du schon für die Zeitung?«, fragte Carsten, als sie sich schließlich gegenübersaßen.

»Seit dem Tag, an dem Michaelis hier in Tiefental auftauchte.« Sebastian sah sich um und lächelte. »Hier drin hat mein Bewerbungsgespräch stattgefunden.«

Carsten sah ihn fragend an, und Sebastian fuhr fort: »Ich hab hier unten als Kellner gejobbt und kam mit Michaelis ins Gespräch. Er erzählte irgendwas von Medienreform im Osten, von Mangel an guten Journalisten und so weiter. Schließlich war er so betrunken, dass er mir einen Job anbot.«

»So einfach?«

Sebastian grinste. »Die Getränke gingen auf meine Rechnung.«

»Und vorher?«

»Schule, Ausbildung, Studium, dann die Zeitung.«

Carsten nahm einen Schluck aus seinem Glas und sah sich um. An der Theke drängten sich Gäste, um Getränke zu bestellen. Von der Bogendecke baumelten nackte Glühbirnen.

»Wie kommt es, dass das Ordnungsamt noch nicht vor der Tür steht?«

Sebastian schob seine Brille mit dem Zeigefinger hinauf bis zur Nasenwurzel. Er hob die Schultern. »Ein paar Studenten der Kunsthochschule haben das Gewölbe Anfang der achtziger Jahre flottgemacht. Nach der Wende haben sie es auf die neuen Bestimmungen umgerüstet. Behaupten sie zumindest.«

Noch während Sebastian sprach, sah Carsten zur Tür und erkannte ein bekanntes Gesicht. Nina kam lachend herein, in ihrem Gefolge zwei junge Männer. Als hätte sein Blick den ihren angesogen, wandte sie sich mit einem Mal um und sah genau in seine und Sebastians Richtung. Sie lächelte erfreut, ließ ihre Begleiter für einen Augenblick stehen und drängte sich durch die Menge zu ihnen an den Tisch.

»Hi«, grüßte sie fröhlich, schüttelte Carsten die Hand und drückte Sebastian einen flüchtigen Kuss auf die Lippen.

Nach ein paar höflichen Bemerkungen kehrte sie zu den anderen zurück, hakte sich bei beiden unter und verschwand im Gewühl.

Sebastian bemerkte seinen Blick und grinste. »In Wirklichkeit ist sie noch netter, als sie aussieht.«

»Seid ihr beiden …«

Sein Gegenüber lachte. »Zusammen?« Er schüttelte den Kopf. »Niemand ist mit Nina zusammen, nicht wirklich. Es gab mal eine Zeit, in der wir uns ganz gut verstanden haben, aber das liegt eine Weile zurück. Wir sehen uns gelegentlich.«

Carsten wechselte das Thema. »Du warst im Gefängnis?«

»Ein halbes Jahr. Wir hatten uns damals zu mehreren Leuten in einem leerstehenden Haus eingenistet. Eine Weile ging das gut, bis irgendjemand die Nase voll von uns hatte und die Bude räumen ließ. Ein paar von uns wurden inhaftiert.« Er machte eine kurze Pause und nahm einen weiteren Schluck von seinem Bier. »Aber das war nicht das Schlimmste. Sie haben damals meine Verwandtschaft ausgehorcht, alle Freunde verhört und auf Biegen und Brechen versucht, mir aus jeder Kleinigkeit einen Strick zu drehen. Ist ein eigenartiges Gefühl, wenn du merkst, dass irgendwer in deinem Leben rumschnüffelt.«

Carsten hörte interessiert zu, als Sebastian die Details seiner Verhaftung und ihre Folgen schilderte. Es verging über eine Stunde, ehe Nina plötzlich wieder neben ihrem Tisch stand, ein leeres Bierglas in der Hand. Keiner der beiden hatte bemerkt, wie sie näher gekommen war. Ihre Begleiter waren verschwunden. »Störe ich?«

Carsten schüttelte den Kopf. Sie lächelte dankbar. »Habt ihr beiden noch Lust, irgendwo was essen zu gehen?«

Sebastian grinste. »Hat dein Chauffeur dich versetzt?«

»Ich hab ihm gesagt, er soll sich sein Auto in den Hintern schieben.« Sie sagte es ohne Groll, wie selbstverständlich. Und sie brachte es fertig, dabei ihr bezauberndstes Lächeln aufzusetzen. »Was ist nun? Habt ihr Hunger, oder nicht?«

Sie endeten in einem Stehimbiss, der fünf verschiedene Sorten schwammiger Pizza anbot. Der Chinese, bei dem sie hatten essen wollen, hatte Ruhetag, ein italienisches Restaurant war restlos überfüllt, und nach bürgerlicher Küche war keinem zumute.

Lustlos schlangen sie weichen Teig und fettigen Belag hinunter und sprachen wenig dabei. Nina hatte ein schlechtes Gewissen, dass sie sie für einen solchen Reinfall aus dem Gewölbe entführt hatte, aber beide versicherten ihr, es sei nicht schlimm. Nicht *sehr* schlimm.

Anschließend setzte Carsten sie zu Hause ab. Nina lebte in einer ähnlichen Straße wie er selbst, einem dunklen Einschnitt zwischen den Häusern, auf dessen Bordsteinen Mülltonnen und Plastiksäcke standen. Aus offenen Fenstern drangen Musik und laute Stimmen. Sie bedankte sich mit einem umwerfenden Lächeln und verschwand im Schatten eines Hoftors.

Sebastian hatte es besser getroffen. Er bewohnte ein Apartment unter dem Dach eines renovierten Fachwerkhauses, nur zwei Blöcke von der Redaktion entfernt. Im Erdgeschoss waren eine Buchhandlung und eine winzige Galerie untergebracht. Carsten musterte das Gebäude mit unverhohlenem Neid. Eine Weile spielten sie mit dem Gedanken, oben in der Wohnung weiter zu trinken; schließlich einigten sie sich darauf, dies an einem der nächsten Tage nachzuholen. Beide waren müde, und das furchtbare Essen hatte ihnen die Stimmung verdorben.

Später, in seiner Wohnung, streckte Carsten sich auf der Couch aus und starrte hinauf zur dunklen Decke. Die Ecken waren mit Stuckleisten abgesetzt; ein Vormieter hatte sie bis zur Unkenntlichkeit mit zähem Lack überpinselt. Unten auf der Straße holperte gelegentlich ein Wagen übers Pflaster, und einmal zog eine Gruppe lärmender Jugendlicher vorbei. Er stellte den Fernseher an, suchte MTV und ließ das Programm ohne Ton vor sich hin flackern. Ein paar Farbige tanzten um lodernde Mülltonnen.

Er erinnerte sich an Sandra, an den Tag, als sie ihn nach Hause geschleppt hatte. Er an ihrer Stelle wäre losgelaufen und hätte einen Arzt oder seine Eltern geholt. Sandra dagegen hatte alles selbst in die Hand genommen. Sie hatten sich in militärischem Sperrgebiet aufgehalten, und Carsten konnte nur erahnen, welchen Ärger es gegeben hätte, hätte man sie dort gefunden. Sandra hatte intuitiv das einzig Richtige getan. Selbst heute, fünfzehn Jahre später, schien es ihm immer noch unglaublich. Vielleicht heute mehr denn je.

Er vermisste sie, immer noch, und wusste gleichzeitig, wie lächerlich das war. So funktioniert das nicht, dachte er, du hast die Regeln nicht gründlich gelesen. Einmal über Los gegangen, gibt es kein Zurück. Rückwärtsspringen verboten.

Ihr Gesicht tanzte vor seinen Augen, die hübschen, glatten Züge einer Vierzehnjährigen, und doch in seiner Vorstellung gereift und gealtert. Er hatte sie vor einigen Jahren um ein Foto gebeten. Sie hatte abgelehnt; das sei nicht gut, hatte sie geantwortet. Mehr nicht, keine Begründung. Er hatte es akzeptiert.

Nun war sie mit einem Mal in greifbare Nähe gerückt. Er hätte sich ins Auto setzen und in nicht einmal zwei Stunden vor ihrer Haustür stehen können. Dabei war es so absurd. Er hätte sie viel früher besuchen können; wenn nicht vor der Wende, so doch spätestens nach Öffnung der Grenzen und dem Fall der Mauer.

Warum hast du es damals nicht getan? Angst vor dem, was du finden könntest? Die Befürchtung, dass ihr Gesicht nach fünfzehn Jahren ein anderes ist als das in deiner Erinnerung? Oder einfach nur Respekt vor ihrem Wunsch nach Distanz?

Er wusste darauf keine Antwort. Vielleicht war sie auch längst nicht mehr wichtig. Von Bedeutung war einzig, dass er *jetzt* hier war, dass er *jetzt* das Verlangen verspürte, sie zu treffen.

Um ihr Bild endlich aus seinem Denken zu verbannen, musste er sie sehen. So bald wie möglich.

Morgen.

Die kleine Kirche lag am Nordrand von Jena, ein unauffälliger Bau aus grauem Stein, mit schmalem Glockenturm, schwarzem, zweiflügeligem Eingangstor und hohen Fenstern, finster und blind. Dahinter befand sich ein winziger Friedhof, voll mit kleinen, verwitterten Grabsteinen. Keines der von Regen und Wind ausgewaschenen Todesdaten war jünger als fünfzig Jahre. Seit Jahrzehnten war hier niemand mehr bestattet worden; heute landeten die Leichen auf den großen städtischen Gottesäckern.

Doch nicht einmal das ehrwürdige Alter der Gräber hatte die drei jugendlichen Vandalen davon abhalten können, einige der Steine mit Lack zu besprühen und einen Papierkorb aus Drahtgeflecht in Brand zu stecken. Das war kurz nach Mitternacht gewesen, und seitdem waren eineinhalb Stunden vergangen.

Niklas stand in einem dunklen Hauseingang und wartete darauf, dass auch die letzte Glut im Papierkorb erlosch. Die Jugendlichen waren aufgetaucht, kurz nachdem er seine Stellung bezogen hatte. Eine Weile lang hatte er erwogen, die Aktion abzubrechen und auf morgen zu verschieben. Aber das hätte ihren Zeitplan durcheinandergebracht.

Gegen Viertel vor eins waren sie endlich verschwunden. Nirgendwo war eine Menschenseele zu sehen. Falls jemand die nächtlichen Friedhofsbesucher bemerkt hatte, so schienen sie ihm gleichgültig zu sein. In keinem Fenster brannte Licht, nirgendwo erschien ein Gesicht im Dunkeln. Die Menschen schliefen.

Trotzdem wartete Niklas eine weitere Stunde, bis das Feuer ausgebrannt war. Er konnte nicht riskieren, dass ein Passant den Papierkorb löschen und ihn selbst an der Ausführung seines Auftrags hindern würde.

Er trug schwarze Jeans und einen schwarzen Blouson, dessen Reißverschluss er bis zum Hals hinauf zugezogen hatte. Das Haar hatte er unter einer dunklen Perücke verborgen und sein Gesicht mit ein paar simplen Schminktricks verändert. Dunkle Ringe unter den Augen vermittelten den Anschein von Tränensäcken, die Filterkapseln in seinen Nasenlöchern machten seine Nase flach und verbeult wie die eines Boxers. Bis zuletzt hatte er mit dem Gedanken gespielt, auf die Kapseln zu verzichten; es war lange her, seit er sie zuletzt benutzt hatte, und das Atmen fiel ihm schwer. Jeder Luftzug rasselte in seinen Ohren, aber Nadine hatte ihm versichert, dass nur er selbst es hörte. Für andere war seine Atmung geräuschlos.

Gegen halb zwei wurde das letzte Glimmen im Papierkorb von der Dunkelheit erstickt, und Niklas verließ seinen Beobachtungsposten. Er überquerte den kleinen Platz, der Kirche und den Friedhof wie ein Ring umschloss, huschte lautlos zwischen Kreuzen und Grabtafeln hindurch und presste sich in den Schatten, der über der halbrunden Hintertür lag. Ein letzter Blick auf die umliegenden Häuser. Niemand zu sehen. Stille. Nur in der Ferne das Donnern eines Wagens auf dem holprigen Pflaster einer Seitenstraße.

Die Tür war kein Problem. Er hatte mit einem verräterischen Quietschen der Scharniere gerechnet, stattdessen aber ließ sie sich ohne jeden Laut öffnen. Winkler, der Mann, den er suchte, war ein gewissenhafter Küster. Gut für die Kirche, gut für Niklas. Schlecht für Winkler.

Das Kirchenschiff lag in völliger Finsternis. Ein sanfter Hauch von Mondlicht erhellte die Fenster und ließ sie als fahle Umrisse hoch oben im Dunkeln schweben. Der Altar war kaum mehr als eine schwarze, formlose Masse, wie ein kauerndes Tier im Schatten, und über allem hing der spröde Geruch von erkaltetem Weihrauch.

Die weichen Sohlen seiner Schuhe glitten ohne jedes Geräusch über die steinernen Fliesen, den Hauptgang entlang und rechts zwischen den Bänken hindurch bis zu einer schmalen Tür neben den Beichtstühlen. Dahinter lag die Sakristei. Von dort aus führte eine Treppe hinauf in die Wohnräume.

Niklas kannte jeden Meter des Gebäudes. Die Recherchen der letzten Tage waren ungewöhnlich ergiebig gewesen. Die Tatsache, dass sie zu mehreren waren, hatte die Arbeit erleichtert. Jetzt warteten die anderen im Hotel auf ihn; die unerwartete Verzögerung würde ihnen Kopfzerbrechen bereiten. Keines ihrer Talente war für diesen Auftrag von besonderem Nutzen, daher zog Niklas die Sache alleine durch.

Auf der Treppe zog er die .22er aus der Jackentasche und schraubte den Schalldämpfer auf. Ein kleines Kaliber, aber weder Größe noch Wucht der Kugel machten einen Treffer tödlich. Allein die Platzierung war von Bedeutung. Nadine hatte ihm zu einer Waffe mit längerem Lauf geraten; das größere Rohr fing einen Großteil des verbrannten Pulvers auf und sorgte für ein geringeres Mündungsfeuer und weniger Lärm. Trotzdem hatte er die kleinere Pistole gewählt, vor allem weil sie handlicher und weniger auffällig war. Und auch ein wenig, um sich Nadines Bevormundung zu widersetzen. Sie war die Einzige in der Gruppe, die durchschaut hatte, wie es wirklich um ihn stand. Er war zu alt und aus der Übung. Details bei der Ausführung der letzten Aufträge hatten ihn verraten. Keine wirklichen Fehler, doch Nadine war eine scharfe Beobachterin, der seine Schwächen nicht entgingen. Hier ein Geräusch zu viel, dort eine Reaktion, die einen Sekundenbruchteil zu spät kam. Keine echte Gefährdung, aber ein potentielles Risiko. Dass sie trotzdem mit niemandem darüber sprach, rechnete er ihr hoch an.

Es war leicht, wie erwartet. Winklers Tür war nicht verschlossen. Der Küster lag mit dem Gesicht zur Wand im Bett und schlief. Zwischen Kissen und Decke war nur sein dunkles Haar zu erkennen. Niklas beugte sich mit angehaltenem Atem über Winkler. Kein Zweifel, er war es.

Er setzte die Mündung seiner Waffe auf Winklers Hinterkopf und drückte in schneller Folge dreimal ab. Die Kugeln traten im Gesicht wieder aus und schlugen dumpf in die Matratze. Rote und graue Flecken sprenkelten die Tapete. Der Körper des Mannes zuckte ein, zwei Sekunden lang, dann lag er still.

Im Türrahmen erschien eine Gestalt. Der Priester stieß ein überraschtes Keuchen aus, warf sich herum und verschwand. Niklas hörte seine Schritte im Korridor und auf der Treppe zur Sakristei. Als er ihm folgte, tat er es nicht mit übertriebener Eile. Kein Grund, ihn einzuholen.

Stattdessen blieb er in der Verbindungstür zur Kirche stehen, folgte dem fliehenden Mann erst mit Blicken, dann mit dem Lauf seiner Waffe und drückte ab. Die Kugel schlug in den Rücken des Priesters und warf ihn drei Schritte weit nach vorne. Er prallte mit der Schulter gegen eine steinerne Säule, überschlug sich und landete mit Rücken und Hinterkopf auf dem Boden. Das gedämpfte Geräusch des Schusses sprang zwischen den hohen Wänden hin und her wie ein Squashball.

Die Augen des Priesters waren weit aufgerissen, als Niklas neben ihn trat. »Bitte …«, keuchte der Geistliche. Der Schmerz drohte seine Worte zu verschlucken. Er streckte kraftlos seine rechte Hand nach oben, doch sie sank augenblicklich zurück. Ein zweites Keuchen kroch zwischen seinen bebenden Lippen hervor.

Niklas schoss ihm zweimal in die Stirn, schraubte den Schalldämpfer von der Waffe und steckte beides ein. Er verließ die Kirche durch die Hintertür und drückte sie ins Schloss.

Als er an dem Papierkorb vorüberglitt, entdeckte er, dass sich das Glimmen erneut entfacht hatte. Er zerdrückte die Glut zwischen den Fingern, huschte dann über den Platz und verschwand unbeobachtet in den kantigen Schatten der Häuser.

Bis zum Hotel waren es zu Fuß keine fünf Minuten. Die anderen erwarteten ihn in seinem Zimmer. Rochus war aufgebracht, Tomas nervös, und Nadine sagte kein Wort. Alexander, ihr unsichtbarer Begleiter, übernachtete in einer anderen Pension; sie würden ihn während des gesamten Einsatzes nicht zu sehen bekommen.

Niklas erklärte ihnen den Grund seiner Verspätung und entfachte damit eine Diskussion zwischen Rochus und Tomas, ob man die *Entfernung* nicht um einen Tag hätte verschieben sollen. Mit der Bitte, diese Frage anderswo und nicht in seinem Zimmer zu klären, warf Niklas sie hinaus. Er war das ranghöchste Mitglied der Gruppe, und niemand widersprach.

Keine zehn Minuten später klopfte es. Niklas seufzte und ging zur Tür. Er traf keine Vorsichtsmaßnahmen. Niemand hatte ihn beobachtet, und man würde die Toten frühestens am Morgen finden. Kein Grund zur Sorge.

Nadine lächelte nicht, als er die Tür öffnete. Sie trat ein, noch ehe er sie dazu auffordern konnte, und lehnte sich mit ausdrucksloser Miene und verschränkten Armen an eine Kommode. Er drückte die Tür ins Schloss und sah sie an.

»Was soll das?«, fragte sie, und ihr Blick wurde dabei um keinen Deut freundlicher.

»Ich weiß nicht, was du meinst.«

»Unsinn. Diesen beiden Idioten kannst du vielleicht was vormachen, mir nicht. Wir kennen uns zu gut für solche Spielchen.«

Er zuckte mit den Schultern, dann nickte er. Sicher. Er trat vor den Spiegel und bemühte sich, die letzten Reste des Make-ups von seinem Gesicht zu entfernen.

»Warum hast du die Aktion nicht verschoben?«, fragte sie.

»Du kennst den Zeitplan.«

»Der Zeitplan schreibt vor, dass wir die nächsten Tage herumsitzen und warten. Kein Einsatz, nicht mal Recherche. Es wäre kein Problem gewesen, unseren Aufenthalt hier um einen Tag zu verlängern.«

Er rieb mit einem feuchten Tuch über die Schminke unter seinen Augen und fluchte, als ein blasser Schimmer in den Poren hängenblieb.

»Das *Herumsitzen* ist ein Warten auf Abruf«, sagte er. »Du solltest eigentlich wissen, wie wichtig es ist, sich daran zu halten.«

Ein Anflug von Wut legte sich wie ein Schatten über ihr hübsches Gesicht. Durchs Fenster fiel der gelbe Schein einer Straßenlaterne und legte sich als feuriger Schein um ihre rote Mähne.

»Ich habe mir Sorgen gemacht«, sagte sie.

Plötzlich war sie hinter ihm und zog ihn sanft am Oberarm herum. Mit der Rechten nahm sie das Tuch aus seiner Hand. »Lass mich das machen«, sagte sie. Sie lächelte noch immer nicht, aber ihr Zorn schien sich zu legen.

Geschickt wischte sie mit dem feuchten Stoff über sein Gesicht. Die Berührung fühlte sich gut an.

»Vielleicht war deine Entscheidung richtig«, sagte sie, »trotzdem hätte nicht viel gefehlt, und wir wären aufgebrochen, um herauszufinden, was passiert ist. Es hätte eine Menge Ärger geben können.«

»Waren die beiden anderen genauso besorgt?«

Sie schüttelte den Kopf. »Nicht um dich. Um den Auftrag. Rochus ist ein Idiot und Tomas noch ein Kind. Solche Leute sind sehr schnell für irgendwas zu begeistern.«

Er nickte. »Du kennst die beiden?«

Sie verzog abfällig den Mund. »Ich kenne Rochus.«

»Ihr habt zusammengearbeitet?«

»Nein. Wir sind gemeinsam ausgebildet worden. Er war schon damals ein Schwein.«

Niklas grinste. »Er hat euch beim Duschen beobachtet?«

»Der nicht. Rochus mag keine Frauen, nicht wirklich. Er mag Waffen, Einsätze und die *Sache*.«

»Nicht die schlechtesten Voraussetzungen.«

»Ja, offensichtlich. Er ist überzeugt, dass er nach dieser Geschichte hier befördert wird.«

»Gut möglich.«

»Er ist ein Fanatiker. Alles andere schert ihn einen Dreck. Wir sollten auf ihn achtgeben. Und darauf, was er Tomas ins Ohr flüstert.«

Das verwunderte Niklas. »Eben sah es nicht so aus, als lasse sich der Kleine allzu viel von ihm sagen.«

Nadine hob die Schultern. »Ist nur so ein Gefühl.«

Plötzlich lächelte sie und ließ die Hand mit dem Tuch sinken. Es war das erste Mal seit langem, dass sie allein miteinander sprachen.

»Wie geht's deiner Frau?«, fragte sie.

»Gut.« Er wunderte sich ein wenig, dass sie von sich aus auf Gabi zu sprechen kam. Früher hatte es wegen ihr Probleme gegeben. »Die Kinder machen sich großartig. Fabian ist Klassenbester.«

Er spürte ihren warmen Atem und roch den Duft ihres Haars. Nadine war immer noch so schön wie bei ihrem ersten gemeinsamen

Einsatz. Damals hatten sie einen Mitarbeiter der russischen Botschaft entfernt, ein unwichtiger Mann, doch sein Verschwinden war Warnung genug. Beide hatten damals Zweifel am Sinn solcher Aktionen. Im Gegenzug würde ein Deutscher in Leningrad von Straßenräubern ermordet werden. Oder in Moskau einen tödlichen Autounfall haben. Es war immer das gleiche ermüdende Muskelspiel mit wechselnden Gewichten.

»Du bist immer noch Lehrer«, sagte sie, mehr Feststellung als Frage.

»Schulleiter.«

Sie kicherte. »Das ist nicht wahr … Du als Direktor? Meiner war alt, hatte graue Haare, und wenn es nach ihm gegangen wäre, hätte man die Prügelstrafe niemals abgeschafft.«

»Ein vernünftiger Mann«, sagte er und grinste. »Ich hoffe, du hast deine Abreibung bekommen?«

Sie trat ihm vors Schienbein, nicht wirklich fest, aber hart genug, dass es weh tat; er machte einen Satz nach vorne, sie versuchte eine Drehung, und dann hielt er sie plötzlich in den Armen. Sie lachten wie zwei kleine Kinder, die auf dem Schulhof miteinander rauften. Sie presste ihren Mund auf seinen und küsste ihn, lange und zärtlich. Als ihre Zungenspitze nach seinen Lippen tastete, zog er sich zurück.

»Tut mir leid«, sagte er sanft und löste sich aus ihrer Umarmung. Einen Augenblick lang sahen sie sich wortlos an. Er spürte jeden Schlag seines Herzens, als wollte es sich mit aller Kraft aus seinem Gefängnis befreien.

Dann, plötzlich, erschien ein Lächeln auf Nadines Zügen, ein Ausdruck zwischen Bewunderung und Enttäuschung. »Gabi hat großes Glück gehabt«, sagte sie leise.

Bisher hatte sie Gabi nie beim Namen genannt. Jetzt war es, als sei ein Damm zwischen den Frauen gebrochen. Ein Damm, von dessen Kante er endgültig zu einer Seite überkippte. Kein angenehmes Gefühl.

»Wir sehen uns morgen Früh«, flüsterte sie. Sie drückte seine Linke mit beiden Händen, fest und warm, dann drehte sie sich um und verließ das Zimmer. Eine ganze Weile blickte er wie erstarrt hinter ihr auf die geschlossene Tür, so, als wehe ihr Haar noch lange danach als leuchtender Schimmer hinter ihr her, rot und schön und endlos.

## Kapitel 7

Der kleine alte Mann stand auf der anderen Seite der Kreuzung. Carsten entdeckte ihn, während er auf das Umschalten der Ampel wartete. Der Mann trug einen langen braunen Mantel, der fast bis zum Boden reichte, und hatte ihm den Rücken zugewandt. In beiden Händen hielt er Metallspachtel, mit denen er Plakate von einer hohen, fensterlosen Hauswand kratzte. Darunter kamen, wie Teile eines gewaltigen Puzzles, Bruchstücke eines Wandgemäldes zum Vorschein. Etwa die Hälfte war bereits zu erkennen; ein buntes Bild mit riesigen Figuren, eine groteske Mischung aus abstrakter und realistischer Malerei.

Hinter Carsten hupte jemand. Die Ampel war längst umgesprungen.

Er gab Gas.

Im selben Moment drehte der Alte sich um. Die Beschleunigung ließ sein Gesicht zu einem grauen Flirren verschwimmen. Carsten spürte zwei stechende Augen, die zu ihm hinüberstarrten, wie Brandmale auf seiner Haut. Dann blieb die seltsame Erscheinung hinter ihm zurück. Die Wogen des nachfolgenden Verkehrs verschluckten sein Bild im Rückspiegel.

Carsten spürte ein eigenartiges Kribbeln im Magen. Wer war der Mann? Ein armer Irrer? Ging es ihm nur um die Plakate? Oder gar um das Gemälde? Wo kam er her, und was tat er sonst? Carsten hoffte, dass jemand in der Redaktion Antworten auf seine Fragen wissen würde.

Er berichtete während der Konferenz von seinem Erlebnis, und schon beim ersten Satz begannen einige Kollegen zu schmunzeln.

»Der Mann heißt Viktor«, erklärte Michaelis, nachdem Carsten geendet hatte. »Er ist Maler. Das Bild an der Wand stammt von ihm.«

»Viktor mit Vor- oder Nachnamen?«

»Sein richtiger Name ist Viktor Hesse. Aber hier in der Stadt, und darüber hinaus, kennt man ihn nur als Viktor. Auch die DDR-Medien nannten ihn so.«

»Er war einer der bedeutenderen Vertreter sozialistischer Wandmalerei«, meldete sich eine ältere Redakteurin zu Wort. »Sie wissen schon, Werke über den Kampf der Arbeiterklasse, den Sieg des Proletariats und so weiter.«

Carsten nickte. Ihm war eine Reihe der riesigen Bilder an Tiefentals Häuserwänden aufgefallen. Die meisten waren schauderhaft.

»Außerdem war Viktor einer der Lieblingskünstler der Staatssicherheit«, fügte die Frau hinzu. »Das war allgemein bekannt.«

»Und die Bilder hier in der Stadt stammen alle von ihm?«, fragte Carsten.

Die Redakteurin nickte. »Hier und anderswo«, antwortete sie. »Viktor malte in Leipzig, Dresden, Potsdam, Berlin, jeder größeren Stadt. Er war Dauergast in allen Zeitungen, einige seiner Bilder gelangten sogar in Museen im Ausland.«

»Und heute? Malt er noch?«

Michaelis zuckte mit den Schultern. »Sie haben ihn ja gesehen. Manche sagen, er wäre bereits vor der Wende ein wenig wirr gewesen, und die politischen Veränderungen hätten ihm endgültig den Rest gegeben. In meinen Augen ist er ein überdrehter alter Kauz. Viele behaupten, er sei schlichtweg verrückt. Keiner weiß das so genau. Seine Wandbilder wollte nach der Wende niemand mehr haben, deshalb beklebt die Stadt sie mit Plakaten.«

Carsten runzelte die Stirn. »Kann man daraus keinen Skandal basteln?«

Die ältere Redakteurin schüttelte den Kopf. »Keine Chance. Die

Leute lehnen Viktor ab. Nicht allein wegen seiner Gemälde und ihrer Motive, sondern vor allem aufgrund seiner Stasi-Kontakte. Eine Positiv-Geschichte über ihn würden uns die Leser übelnehmen.«

Carsten dachte einen Augenblick nach. »Wie wär's mit einem aktuellen Portrait? Kein Loblied, sondern eine Beschreibung, wie es ihm geht, was er heute macht, wie er die Wende tatsächlich verkraftet hat.«

Michaelis nickte. »Kümmern Sie sich darum.« Er machte sich eine Notiz und grinste. »Vielleicht schenkt er Ihnen ja eines seiner Bilder – falls Sie Wert darauf legen.«

Nach der Konferenz blickte Carsten hinüber zu Nina. Sie saß hinter ihrem Schreibtisch und löste ein Kreuzworträtsel. Ihr weites Sweatshirt war mit einem Foto bedruckt: Ein ostdeutsches Mädchen hielt stolz eine geschälte Gurke in die Kamera. Darüber stand in fetten Buchstaben *Meine erste Banane*.

Michaelis trat aus seinem Büro an ihren Schreibtisch und reichte ihr auf einem Stück Endlospapier den Ausdruck einer Agenturmeldung.

»Bringen Sie bitte bei DPA in Erfahrung, wer das geschrieben hat«, bat er. »Wäre schön, wenn Sie mir noch vor dem Essen Bescheid sagen könnten.«

»Soll ich Sie verbinden?«

Michaelis schüttelte den Kopf. »Nicht nötig. Fragen Sie einfach nach dem Namen. Ich rufe später zurück.«

Kurz darauf verließ Carsten die Redaktion. Die gleißende Frühlingssonne hatte seinen Wagen in einen Brutkasten verwandelt, nicht einmal der Fahrtwind konnte die Hitze vertreiben. Als er die Kreuzung erreichte, an der er den alten Mann entdeckt hatte, schwitzte er wie nach mehreren Stunden harter körperlicher Arbeit.

Viktor war nicht mehr da.

Es war ihm gelungen, einen Großteil der Plakate von dem Gemälde zu kratzen, ohne dabei die Farben zu beschädigen. Nur ein paar bunte, eingerissene Fetzen, unter denen der Leim besonders dick aufgetragen worden war, klebten noch an der Wand.

Ein paar Minuten später parkte Carsten seinen Wagen vor dem Haus des Malers. Das Gebäude grenzte an die Ruinen der alten Stadtmauer und ähnelte in seinem verfallenen Charme einem venezianischen Palazzo. Vier Stockwerke hoch, mit zwei breiten Treppen, die geschwungen rechts und links hinauf zum Eingang führten. Hinter mannshohen Fenstern sperrten schwere samtene Vorhänge das Tageslicht aus. Die Fassade ähnelte einem Setzkasten, den jemand mit Figuren aus einem bizarren Zoo voller Fabeltiere gefüllt hatte. Jede Nische, jeder Vorsprung war von steinernen Gestalten aller Art besetzt, Tiermenschen und Echsen, Löwen mit gespaltenen Zungen und kleinen Engeln, denen längst die gefiederten Schwingen abgefallen waren. Ein Großteil der Figuren hatte unter den Jahrhunderten gelitten, und es gab kaum eine, die Wind und Wetter nicht einzelner Glieder beraubt oder gar bis zur Unkenntlichkeit entstellt hatten. Die Scheiben der Fenster waren lange nicht mehr geputzt worden, und graue Staubschichten saugten das Sonnenlicht auf wie Wüstenboden einen Regenschauer.

Als Carsten aus dem Wagen stieg, glaubte er hinter einem der Fenster im ersten Stock ein Gesicht zu sehen. Noch im gleichen Augenblick verschwand es rückwärts im Schatten. Die Vorhänge schlossen sich vor den Geheimnissen des Hauses.

Er gab sich einen Ruck und stieg die Stufen hinauf zum Eingang. Das Holz der Tür war spröde, und der Lack, mit dem man es vor Jahrzehnten gestrichen hatte, blätterte in großen, zerfaserten Fetzen herunter. Carsten betätigte einen Türklopfer aus stumpfem Messing.

Er hörte, wie das dumpfe Dröhnen der Schläge tief im Inneren des Hauses widerhallte. Eine halbe Minute verging, dann vernahm er Schritte, fest und zielstrebig. Ein Schlüssel wurde herumgedreht. Die Tür öffnete sich mit einem hohlen Schnappen.

»Sie wünschen?«, fragte Viktor durch den Spalt. Die altertümliche Floskel passte zu dem zerfurchten Gesicht, das im Türrahmen erschien. Carsten hatte keinen Zweifel, dass es zu dem Mann gehörte, den er am Morgen gesehen hatte.

Er war fast einen Kopf kleiner als Carsten, aber seine Haltung war aufrecht und stolz. Seine kohlschwarzen Augen schienen ihn wie Klingen zu sezieren, so scharf, so schmerzhaft war ihr Blick. Sein graues Haar stand wirr in alle Richtungen, nicht ungepflegt, aber widerspenstig und trotz seines hohen Alters nicht einfach zu bändigen. Die Haut spannte sich eng über seine Wangenknochen, und eine dünne, kaum sichtbare Narbe verlief vom Kinn schräg hinauf zum linken Ohr. Carsten schätzte ihn auf Anfang sechzig.

Viktor trug einen langen Kittel, dessen Weiß schon vor langer Zeit unter Farbklecksen verschwunden war.

»Sie wünschen?«, wiederholte er, und diesmal klang seine Stimme streng und ungehalten.

Carsten räusperte sich. »Entschuldigen Sie die Störung. Mein Name ist Carsten Worthmann. Ich bin Journalist.«

»Von welcher Zeitung?«, kam es messerscharf. Der Blick der schwarzen Augen war noch stechender geworden.

»Vom *Harzboten*.«

»Ich spreche nicht mit Journalisten.«

»Früher haben Sie es getan.«

»Heute nicht mehr. Früher wart ihr anders.«

»Darf ich fragen, warum Sie ablehnen?«

»Ich denke nicht, dass Sie das etwas angeht, junger Mann.«

»Es interessiert mich trotzdem.« Allzu große Höflichkeit schien ihm unangebracht.

»Sicher. Alles interessiert euch. Der Schmutz, der Dreck, der Verfall um uns herum. Wenn Sie über mich schreiben wollen, warten Sie, bis ich tot bin. Auf Wiedersehen.«

Viktor wollte die Tür zuschlagen, doch Carsten schob blitzschnell seinen Fuß in den Türspalt. Er war nicht gewillt, sich so einfach abspeisen zu lassen.

»Mein Junge«, sagte Viktor mit Zorn in der Stimme, »ich mag alt sein und in einem anderen System zu Hause sein als dem Ihren, trotzdem bin ich in der Lage, zwischen Recht und Unrecht zu unterscheiden. Was Sie hier tun, ist Hausfriedensbruch. Überlegen Sie sich bitte genau, ob Sie Ihren Fuß dort stehen lassen wollen.«

»Tut mir leid«, sagte Carsten, zog den Fuß aber nicht zurück. »Ich möchte mich nur mit Ihnen unterhalten. Kurz, wenn Sie wollen.«

Die Stimme des Malers polterte wie ein aufziehendes Gewitter. »Hören Sie, ich rede nicht mit Journalisten. Über mich ist schon zu viel geschrieben worden. *Viel* zu viel.«

»Aber es geht nicht um Ihre Person.« Eine Notlüge.

»So?«, fragte Viktor, fern von jeglicher Irritation. »Um was dann?«

»Um Ihre Bilder. Um Ihre Kunst. Um das, was die Stadt mit Ihren Gemälden anstellt. Die Missachtung Ihrer Werke ist ein Skandal.« Carsten betete im Stillen, dass er nicht allzu dick aufgetragen hatte.

Viktor schien auf den Schwindel anzuspringen. »Das ist es in der Tat«, sagte er.

Wenn Carsten einmal im Haus war, würde Viktor mit ihm sprechen, davon war er überzeugt. »Das Plakatieren auf Ihren wunderbaren Bildern muss ein Ende haben«, sagte er. Jedes Wort schlug einen Keil in das Misstrauen des Malers. Schließlich öffnete er die Tür.

Der Hauch eines Lächelns stahl sich auf seine Züge. »Im Alter wird man anfällig für Komplimente. Ganz besonders, wenn man lange keines mehr gehört hat.«

Er zog die Tür jetzt ganz auf und trat zur Seite. »Kommen Sie herein, junger Mann. Und vergessen Sie Ihren Fuß nicht.«

Carsten rang sich ein Lächeln ab.

Ein hoher Gang führte tiefer ins Haus hinein. Die Decke war gewölbt und mit prächtigen Malereien verziert. Wände und Türen hatte man mit goldenen Leisten und Schnörkeln abgesetzt, einige Bilder, die viel zu alt waren, als dass sie von Viktor selbst stammen konnten, hingen in schweren Rahmen. Nirgends war nur ein einziges Möbelstück zu sehen. Der lange Flur und die riesige Diele, in die er führte, waren vollkommen leer. Zudem herrschte ein düsteres Zwielicht. Die meisten Lampen, die in Halterungen an den Wänden saßen, waren dunkel, nur zwei schwache Birnen erhellten den Korridor.

Wortlos führte Viktor ihn in einen Saal von enormen Ausmaßen. An der Decke hingen zwei Kronleuchter, doch auch an ihnen brannte kein Licht. Dunkelrote Samtvorhänge vor den Fenstern, vier, fünf Meter hoch, ließen keinen Sonnenstrahl ein. Allein zwei Stehlampen, jede an gegenüberliegenden Seiten des Saales, spendeten spärliches Licht. Genau in der Mitte des Raumes standen vier Sessel in kreuzförmiger Anordnung.

Der alte Mann wies Carsten mit einer Handbewegung einen der Sessel zu und nahm dann selber Platz. Der beschmierte Kittel auf den Polstern schien ihn nicht zu kümmern.

»Sie wollen also über meine Bilder schreiben. Und über mich, nehme ich an, auch wenn Sie es nicht zugeben wollen.« Viktor lächelte, aber Carsten war nicht sicher, wie es gemeint war.

Trotzdem nickte er und sah sich um. »Ich bin überrascht, hier drinnen keines Ihrer Werke zu sehen.«

»Ich male sie, deshalb muss ich sie nicht den ganzen Tag um mich haben.« Er legte den Zeigefinger an seine Stirn. »Jedes einzelne ist hier oben drin, schon bevor sein Abbild auf der Leinwand erscheint. Jedes Motiv, jeder Pinselstrich. Das eigentliche Gemälde ist nur eine Reproduktion, nützlich allein, um sich anderen mitzuteilen.«

Carsten hätte ihn gerne gefragt, wie er zu diesem Haus gekommen war, sparte sich die Frage aber auf. Viktor hatte Kontakte zur Staatssicherheit gehabt, und möglicherweise hatte man ihm den Prunkbau aus diesem Grund zugeschoben. Er wollte den Maler nicht gleich mit seiner ersten Frage verärgern und zum Schweigen bringen.

Doch als hätte Viktor in seinen Augen lesen können, sagte er: »Dieses Haus gehörte schon im letzten Jahrhundert meiner Familie. Meine Sympathie und meine Arbeit für die Machthaber haben dafür gesorgt, dass nie jemand anderes Anspruch darauf erhoben hat. Sie sehen, ich stehe zu dem, was ich getan habe.«

»Wie kommt es, dass es in einer Stadt wie Tiefental so prächtige Bauten gibt?«

»Sie denken an Ihre Redaktion, nicht wahr? Nun, es gibt eine Reihe riesiger Anlagen hier in der Stadt, vor allem an ihrem äußeren Rand. Weiß der Himmel, warum die anderen niemals abgerissen wurden. Meine politischen Ansichten haben mich trotz allem nie blind für die architektonischen Ungeheuerlichkeiten in unserem Land gemacht. Ich bin Künstler. Früher habe ich mir oft gesagt, dass es der Wald ist, der Tiefental beschützt. Alberner Aberglaube, doch Tatsache ist, dass die abgelegene Lage die Stadt vor allzu schlimmen Verschandelungen bewahrt hat. Niemand hat jemals großes Interesse an Tiefental gezeigt. Das ist einer der Gründe, warum ich über all die Jahre hinweg hiergeblieben bin. Eine Villa in Potsdam oder Berlin hat mich nie gereizt. Verstehen Sie das?«

Er wartete Carstens Nicken ab, dann fuhr er fort. »Was Ihre Redaktion angeht, liegt der Fall natürlich ähnlich wie hier. Aber das wissen Sie sicherlich.«

Carsten schüttelte den Kopf. Das Gespräch drohte abzukippen, aber jetzt war sein Interesse geweckt. »Inwiefern?«, fragte er.

Der alte Mann lachte. »Sie wissen es wirklich nicht? Man hat Ihnen nichts davon erzählt?«

»Von was?«

Viktor schüttelte sanft den Kopf, wie jemand, der die dumme Frage eines Kindes beantwortete. »Nun, bevor Ihre Zeitung dort einzog, saß in dem Gebäude jemand anderes.«

»Eine Nervenklinik, hat man mir gesagt. Und ich ging davon aus, dass der *Klassenkämpfer* dort bereits seinen Sitz hatte.«

»O nein, mein Junge. Das Erste, was Sie sagen, ist richtig. Die Klinik war jahrzehntelang in dem Haus untergebracht, bis kurz nach dem Krieg. Danach wechselten die Mieter.« Er machte eine Pause, seine Geheimnistuerei schien ihm Freude zu bereiten. Dann, endlich, rückte er mit der Sprache heraus. »Anfang der fünfziger Jahre bezog die Staatssicherheit dort ihr Quartier.«

Carsten war überrascht. Das hatte Michaelis ihm verschwiegen. »Eine Zweigstelle des Mfs bezog einen Teil des Erdgeschosses«, fuhr Viktor fort. »Jenen, in dem heute Ihre Büros liegen. Den Rest der Anlage ließ man verfallen. Die Baustruktur ist, wie Sie sich denken können, nicht mehr die beste.«

Carsten hatte interessiert zugehört. Trotzdem war es an der Zeit, zurück auf den Punkt zu kommen.

»Mögen Sie kein Tageslicht?«, fragte er, in Anspielung auf die Vorhänge und das gedämpfte Licht.

Viktor schmunzelte. »Ich mag die Dunkelheit. Selbst beim Malen bevorzuge ich den Schatten. Wie gesagt, das komplette Bild ist bereits vor dem ersten Farbtupfer hier oben drin.«

Carsten erinnerte sich an das, was Michaelis gesagt hatte; darüber, dass der alte Maler angeblich verrückt sei. Bisher hatte er keinen Beweis dafür gefunden. Eigenartig und kauzig, vielleicht, aber nicht irre. Selbst das, was Viktor über die Dunkelheit sagte, schien hier drinnen wie vollkommene Normalität. Vielleicht war das der Tribut, den das einsame Leben in einem solchen Haus forderte.

Plötzlich stand der Maler auf. »Wir haben uns unterhalten, und ich habe Ihre Fragen beantwortet. Ich möchte Sie jetzt bitten, mich zu verlassen.«

»Darf ich wiederkommen?«, fragte Carsten. Das Gespräch, wie er es sich vorgestellt hatte, hatte nicht einmal wirklich begonnen.

»Ich denke nicht, dass das nötig sein wird. Es gibt keine weiteren Fragen. Nicht im Augenblick.«

»Und später?«

Der Maler hob die Schultern. »Wir werden sehen. Bitte gehen Sie jetzt.«

Carsten folgte ihm zur Tür und verabschiedete sich. Als er draußen die Stufen hinabstieg, horchte er auf Viktors Schritte im Korridor. Er hörte keine. Der alte Mann stand hinter der verschlossenen Tür und wartete, bis er davonfuhr.

Carsten brauchte fast zwei Stunden, ehe er die Stadtgrenze von Leipzig passierte, und dann weitere dreißig Minuten, bis er die richtige Straße fand. Trotz des Stadtplans, den er an einer Tankstelle gekauft hatte, war das verworrene Netz aus Einbahnstraßen, Ringen und vorübergehenden Sperrungen ein Labyrinth, dessen Zentrum er erst beim dritten Anlauf erreichte. Seine Uhr zeigte kurz vor halb neun, es begann zu regnen. Carsten fuhr einmal um den Häuserblock und suchte den Eingang mit Sandras Hausnummer. Die Regentropfen trommelten auf dem Wagendach einen infernalischen Begrüßungstusch. Die Nummern verschwammen hinter den Wassermassen zu formlosen Schemen.

Der gesamte Block bestand aus einem einzigen Gebäudekomplex, ein riesiges Quadrat von der Größe eines Fußballfeldes. Die dunkle, fünfstöckige Backsteinfassade wurde alle zehn Meter von Hauseingängen durchbrochen. Hinter den alten Mauern mussten Hunderte von Menschen leben.

Als ihm klar wurde, dass er bei diesem Wetter vom Auto aus niemals den richtigen Eingang finden würde, stellte er den Wagen am Bordstein ab und machte sich zu Fuß auf die Suche. Innerhalb von zwei Minuten war sein Mantel durchtränkt, und das Haar klebte in nassen Strähnen an seinem Kopf. Nach all den Jahren würde er bei ihrem Wiedersehen einen prächtigen Anblick bieten.

Die Nummer sieben war ein Eingang wie jeder andere, unbeleuchtet und in der Abenddämmerung kaum mehr als ein finsteres Rechteck. Carsten wischte sich das Wasser aus den Augen und überflog ein Dutzend Klingelschilder. Jenes, welches er suchte, war das zweite von oben. *Kirchhoff, S. & S.*

Er zögerte einen Augenblick, ehe er auf den Knopf drückte. Sein Magen rumorte, als hätte er seit Tagen nichts gegessen, und seine Knie fühlten sich an wie die zittrigen Gelenke einer Marionette. Er sah wieder das Gesicht der vierzehnjährigen Sandra vor sich, erinnerte sich, wie fest sich ihr Körper angefühlt hatte, der Druck ihrer schmalen Schenkel um seine Hüften, die Intensität ihrer Küsse. Verliebt, verlobt, verheiratet, von wegen.

Zwei Minuten lang wartete er vergeblich auf das Summen des Türöffners. Dann trat er einige Schritte zurück in den Regen und blickte an der Fassade hinauf. Es war unmöglich, der Klingel eines der unzähligen Fenster zuzuordnen. Manche waren erleuchtet, andere stockfinster.

Er schellte ein zweites Mal und hörte weder ein Klingeln noch das Brummen der elektronischen Kontakte. Vielleicht ein Defekt. Vielleicht waren Sandra und ihr Mann auch ausgegangen.

Diesmal wartete er noch länger, klingelte schließlich ein drittes und viertes Mal. Nichts. Niemand öffnete. Keiner zu Hause. Und wenn die Klingel abgestellt war? Sicher konnte er erst sein, wenn er an der Wohnungstür geklopft hatte.

Kurz spielte er mit dem Gedanken, irgendeinen anderen Knopf zu drücken. Aber wer würde ihn, einen Fremden, einfach so einlassen? Er musste eine andere Möglichkeit finden.

Bei seiner Fahrt um den Block hatte er ein Hoftor gesehen, ein einziges für den gesamten Komplex. Falls er sich nicht getäuscht hatte, war es offen.

Er lief durch den strömenden Regen zurück zum Wagen und fuhr los. Weder Passanten noch andere Fahrzeuge waren zu sehen. Wasser und Dunkelheit trugen ihn wie auf einer finsteren Wolke durch ein Niemandsland der Schatten.

Das Tor lag gleich hinter der zweiten Ecke. Er parkte und stieg aus. Im Durchgang, der zum Hof führte, blieb er stehen und strich sich die nassen Haare aus dem Gesicht. Vielleicht war es doch keine gute Idee gewesen, hierherzukommen. Es waren nicht allein die Jahre, die ihn von all dem hier trennten.

Es gab keine Lampe in dem Durchgang, und er war froh, als der dunkle Tunnel ihn hinaus auf den Innenhof spie. Vor ihm öffnete sich ein weites Karree. Carsten hatte eine Rasenfläche erwartet, doch stattdessen war die Fläche mit holprigem Pflaster bedeckt. Allein das Licht, das aus einigen Fenstern fiel, schuf Inseln karger Helligkeit. Ihr Schein vermischte sich mit dem Regenwasser zu glitzernden Pfützen. An einer Seite des Hofes standen eine Hand voll Spielgeräte für Kinder: eine alte Rutschbahn, ein verzogenes Klettergerüst, eine rostige Schaukel mit morschen Stricken. Ihnen gegenüber lag ein gewaltiger Berg aus prall gefüllten Mülltüten. Viele waren geplatzt, ihr Inhalt quoll hervor wie Innereien. Teile der Abfälle waren über den ganzen Hof verteilt. Trotz des Regens stank es bestialisch. Keine Menschenseele war zu sehen, nur hinter einigen Fenstern registrierte er zuckende Schatten.

Zögernd überquerte er den Hof und suchte an der gegenüberliegenden Gebäudeseite einen Eingang. Er fand eine unverschlossene Hintertür, dort, wo er die richtige Hausnummer vermutete, und trat in ein dunkles Treppenhaus. Nach einigem Suchen fand er an der Wand einen Drehschalter. Als er ihn betätigte, wurden die Stufen in trübes Licht getaucht. Er ging zur Haustür und drückte die Klinke hinunter. Abgeschlossen. Es blieb ihm nichts anderes übrig, als die Namen an jeder Tür zu lesen, um den richtigen zu finden.

Im dritten Stock wurde er fündig. Ein vergilbtes Schild mit brüchiger Plastikoberfläche trug Sandras Familiennamen. Es gab keine Fußmatte, das Metall des Türknaufs war dunkel angelaufen. Carsten klingelte erneut. Es blieb still. Kein Rascheln, keine Schritte. Er klopfte. Keine Antwort. Dann gab er auf. Sandra war nicht zu Hause. Er war umsonst hergekommen.

Enttäuscht und ärgerlich stieg er die Treppen hinunter und kam im Erdgeschoss an den Briefkästen vorbei. Vor dem mit der Aufschrift *Kirchhoff* blieb er stehen, öffnete die Klappe und sah so weit wie möglich hinein. Auf seinem Grund schimmerte etwas. Ein weißer Umschlag. Angetrieben von einer Ungewissen Ahnung fingerte er danach; an der scharfen Metallkante schnitt er sich ins Fleisch des Mittelfingers. Er erreichte den Umschlag und zog ihn hervor. Es war sein eigener Brief, den er vor dem Abflug eingeworfen hatte. Sandra wusste also noch gar nichts von seiner Anwesenheit im Osten.

Er warf den Umschlag zurück und trat durch die Hintertür hinaus auf den Hof. Das Prasseln des Regens auf dem Pflaster klang wie das Trappeln winziger Füße. Kurz vor dem Durchgang zur Straße fiel sein Blick auf ein Paar kleine Käfige, die man in drei Reihen an der Hauswand übereinandergestapelt hatte; insgesamt ein Dutzend. Sie waren mit engem Maschendraht bespannt. Alle waren leer.

Während er noch auf die Käfige blickte, öffnete sich im Erdgeschoss, gleich daneben, ein dunkles Fenster. Das Gesicht eines kleinen Jungen erschien. Obwohl er im Trockenen stand, klebte sein Haar ebenso strähnig am Kopf wie sein eigenes.

»Da waren meine Kaninchen drin«, flüsterte der Kleine und sah ihn dabei aus traurigen Augen an. Carsten schätzte ihn auf höchstens zehn. »Die Ratten haben sie geholt.«

Carsten trat auf ihn zu. Er war mittlerweile durchnässt bis auf die Haut. Aus der Nähe wirkte der Kleine noch schmuddeliger. Er sah müde aus.

»Ratten?«

»Ja«, sagte der Junge. »Der ganze Hof ist voll davon. Sie leben unter dem Müllberg.« Er zeigte mit seiner kleinen Hand auf die Abfälle.

Jetzt, da er direkt vor den Käfigen stand, sah Carsten, dass der Draht an vielen Stellen offen war, wie zerrissen oder durchgenagt.

»Sie haben meine Kaninchen geholt, eines nach dem anderen. Meine Mama sagt, irgendwann holen sie auch uns, wenn keiner den Dreck wegräumt.«

Carsten sah ihn noch fassungslos an, als mit einem Mal das Licht im Zimmer des Jungen aufflammte. Eine Gestalt tauchte hinter ihm auf, legte eine Hand auf seine schmale Schulter und riss ihn grob zurück. Der Kleine keuchte auf und verschwand. Stattdessen erschien jetzt das bleiche Gesicht einer Frau, warf Carsten wortlos einen misstrauischen Blick zu und zog sich wieder zurück. Mit einem Scheppern wurde das Fenster zugeschlagen. Der Junge begann zu weinen.

Mit einem letzten Blick auf die zerfetzten Käfige wandte Carsten sich ab und lief mit eiligen Schritten zurück zum Auto.

Die Handwerker klingelten ihn kurz nach sechs aus dem Bett, aber da war er schon seit einer Stunde wach. Um fünf hatte jemand unten auf der Straße damit begonnen, den Motor eines uralten Citroën zu reparieren. In Abständen von wenigen Minuten startete er mit kreischenden Reifen und durchgetretenem Gas zu Probetouren rund um den Block. Carsten war erst gegen Mitternacht in Tiefental angekommen und hatte weitere zwei Stunden gebraucht, um endlich einzuschlafen.

Von Heiden hatte Wort gehalten. Die Handwerker kamen, um die Wohnung von Grund auf zu renovieren; vier Männer vollgepackt mit Farbtöpfen, Tapetenrollen und Werkzeugen. Man hatte ihn nicht gefragt, wie die Wohnung aussehen sollte, doch als er sah, dass es sich um schlichte Raufaser und weiße Farbe handelte, war er zufrieden. Die Männer erklärten ihm, man habe grauen Velourteppich geordert, und auch damit war er einverstanden. In seiner Verfassung wäre ihm auch Sackleinen recht gewesen.

Er wusch sich, während sie die Räume ausmaßen, zog sich an und verschwand. Alles was er im Augenblick wollte, war seine Ruhe.

Es war warm, selbst um diese frühe Uhrzeit, und Carsten lenkte den Golf zum Parkplatz am Waldrand. Von dort aus ging er das letzte Stück zu Fuß, bis er die verfallene Burgruine erreichte. Sie lag verlassen da im verzauberten Licht des Frühlingsmorgens. Carsten kletterte zwischen den Felsen umher, bis er eine grasbewachsene Mulde fand, in der er sich langlegte und mit Blick auf den strahlend blauen Himmel einschlief.

Gegen neun erwachte er zum zweiten Mal. Über den Felsrand hinweg sah er nichts als die Weite des Himmels und das endlose Meer der Baumwipfel. Die Luft, die aus den Wäldern hinauf zur Ruine stieg, roch würzig nach dem Duft grüner Fichtennadeln. Unzählige Vögel zwitscherten in den Ästen. Über ihm jagten sich zwei Bussarde.

Er brauchte eine Weile, bis er wieder sicher am Boden war, und wunderte sich, wie er im Halbschlaf heil die Felsen hinaufgekommen war. Zwanzig Minuten später parkte er den Golf auf dem Platz vor der Redaktion.

Steinberg, der alte Pförtner, saß am Eingang.

»Schon so früh auf den Beinen?«, fragte er.

»Leider.« Carsten starrte neidisch auf die gluckernde Kaffeemaschine hinter der Rezeption.

Steinberg bemerkte es und lächelte. »Wenn Sie noch eine Minute Geduld haben, bekommen Sie eine Tasse.«

»Wäre toll.«

»Wie gefällt's Ihnen bisher bei uns?«

»Gut«, sagte Carsten vage. Tatsächlich hatte er daran noch nicht einen Gedanken verschwendet.

Wieder lächelte Steinberg, als könnte er seine Gedanken lesen. Er hatte etwas Großväterliches, ohne dabei aufdringlich oder anbiedernd zu sein. Carsten beschloss, ihn zu mögen.

Der Pförtner nahm die Kaffeekanne aus der Maschine und füllte zwei Tassen.

»Milch und Zucker?«

»Nein, danke.«

Steinberg deutete mit einem Kopfnicken in Richtung der Absperrung. »Die Keller des Hauses sind beeindruckend, nicht wahr?«, sagte er in Anspielung auf Carstens nächtlichen Ausflug mit Michaelis.

»Waren Sie auch schon unten?«, fragte Carsten.

»Sicher. Aber das ist lange her. Damals war ich noch jung.«

Carsten tat ahnungslos. »Stand das Gebäude damals leer?«

Der ältere Mann schüttelte den Kopf. »O nein. Die Stasi hatte hier ihren Sitz. Aber sie kümmerte sich nicht um den Keller und die leerstehenden Trakte. Damals schlichen wir uns mit unseren Freundinnen hier rein, wenn wir allein sein wollten.« Die Erinnerung ließ ihn grinsen. »Ich würde mich nicht allzu sehr wundern, wenn die jungen Leute heutzutage das Gleiche täten.«

»Ist das der Grund, weshalb Sie und Ihre Kollegen hier Wache stehen?«

Steinberg lachte. »Reine Formsache. Wenn jemand es darauf anlegt, hier hereinzukommen, ist das kein Problem. Nicht in den Redaktionsteil, der ist sicher. Aber der Rest des Hauses ist so löchrig wie ein Schweizer Käse. Wer will, kann durch die Fenster einsteigen, ohne dass irgendwer was davon bemerkt. Wir könnten jede Stunde auf Patrouille gehen, doch selbst das würde nichts ändern. Würde mich nicht wundern, wenn der eine oder andere Penner längst hier drin Quartier bezogen hat. Im West- oder Nordflügel könnten die eine Jazz-Combo gründen, und wir würden sie hier vorne nicht mal hören.«

Carsten grinste, trank seinen Kaffee aus und betrat dann die verlassene Redaktion. Er flegelte sich hinter seinen Schreibtisch und wartete, dösend in einem Sonnenstrahl. Einmal dachte er an einen finsteren Hinterhof im Regen und an Ratten, die kleine Kinder fraßen, dann trudelten nach und nach die anderen ein, und das Tageslicht hatte ihn wieder.

Gegen Mittag fragte er Nina, ob sie am Abend mit ihm essen gehen würde; sie sagte ja. Ihre Freude klang ehrlich.

Zwei Stunden später kehrte er von der Ausstellungseröffnung eines lokalen Künstlers zurück in die Redaktion und setzte sich an seinen Schreibtisch. Sebastian blickte auf, als er ihn bemerkte, und beugte sich verschwörerisch zu ihm herüber.

»Hast du ein paar Minuten Zeit?«

Carsten zuckte mit den Schultern. »Ich hab noch keine Mittagspause gehabt.«

»Fein, mir geht's genauso.«

»Gehen wir irgendwo was essen?«

Sebastian schüttelte den Kopf. »Ich will dir was zeigen.«

»Was denn?«

»Abwarten.«

Sie standen auf, und Carsten folgte Sebastian nach draußen in die Eingangshalle. Dort zwinkerte der Polizeireporter Steinberg zu und stieg über die Absperrung. Carsten sah einen Moment lang unsicher zwischen ihnen hin und her. »Wenn's um den Keller geht, den kenne ich schon.«

Sebastian verneinte. »Nicht den Keller. Komm einfach mit.«

Mit diesen Worten wandte er sich um, kletterte über die zweite Treppe am Fuß der Freitreppe und stieg die breiten Stufen hinauf.

Carsten seufzte. Wieder das Haus. Noch ein Geheimnis. Er hob die Schultern und folgte Sebastian, ohne weitere Fragen zu stellen. Oben wandten sie sich nach links, gingen einen Korridor entlang und an mehreren offenen Türen vorüber. Carsten entdeckte morsche Regale, ein paar kaputte Stühle und einen Schreibtisch. In einem Raum lagen über den Boden verstreut alte Papiere, doch Sebastian ließ ihm nicht die Zeit, sie sich näher anzusehen.

»Steht nichts drauf, ich hab schon nachgeschaut«, meinte er nur und eilte weiter.

Am Ende des Flurs erreichten sie eine zweite Treppe, die sie wieder hinab ins Erdgeschoss führte. Sebastian steuerte zielsicher um mehrere Ecken, kletterte einmal durch eine durchbrochene Zwischenwand und blieb schließlich vor einer morschen Holztür stehen.

Als er sie öffnete, gab sie den Blick frei auf einen kleinen Innenhof, kaum größer als Carstens Wohnung. Zu allen vier Seiten stiegen die Wände glatt und ohne die Verzierungen der Außenfassade nach oben. Ein paar trockene Kletterpflanzen rankten sich lustlos am Mauerwerk hinauf. Alle Fenster schienen von innen mit Brettern vernagelt zu sein, die meisten Scheiben waren zerbrochen. Das Viereck des blauen Himmels schien endlos weit über ihnen zu schweben.

Im Zentrum des winzigen Hofes stand eine Kapelle. Sie nahm mehr als die Hälfte seiner Fläche ein, von der Hoftür bis zu ihrem bogenförmigen Eingang waren es keine vier Schritte. Von seinem Standpunkt aus konnte Carsten nur die Vorderseite erkennen. Darin gab es keine Fenster. Ein schmuckloses Metallkreuz war über dem Tor in die Wand eingelassen.

Sebastian ging voran, drückte das Doppeltor auf und betrat die Kapelle. Carsten folgte ihm. Der Raum war nicht groß, etwa acht Schritte lang und fünf Meter breit. Es gab keine Bänke. Vom Altar war nicht mehr geblieben als ein steinerner Quader, der leicht erhöht am Kopfende stand. Ein zweites Kreuz hing an der Wand, größer als das an der Außenseite, aber nicht weniger schlicht in Entwurf und Ausführung; das mochte der Grund sein, warum niemand es in all den Jahren gestohlen hatte. Es gab nur drei Fenster; eines hoch oben zwischen Kreuz und Altar, kreisrund und mit buntgemusterter Scheibe, die beiden anderen rechts und links in der Wand. Alle drei waren schmutzig und ließen nur einen Hauch von Helligkeit herein.

»Früher habe ich viel Zeit hier verbracht«, erklärte Sebastian, »schon bevor Michaelis mich einstellte. Hier gibt es niemanden, der einen stört.«

Carsten sah sich um. »Nicht besonders gemütlich, oder?«

»Ich find's ganz in Ordnung. Im Winter ist es ein wenig kalt, ohne Heizung.«

Langsam gewöhnten sich seine Augen an das trübe Dämmerlicht. Er entdeckte ein paar Kerzen, ein Kofferradio mit Kassettenteil, einen Stapel Bücher, sogar einen alten Ledersessel.

Sebastian lachte, als er seinen zweifelnden Blick bemerkte. »Früher musste ich gelegentlich für kurze Zeit verschwinden. Und welcher Ort wäre ein besseres Versteck, als einer direkt unter der Nase derjenigen, die mich suchten?«

»Dann stimmt es also?«, fragte Carsten, obwohl er längst keinen Zweifel mehr hatte. »Das Gebäude war Sitz der Staatssicherheit?«

Sebastian nickte. »Eine Zweigstelle. Zuständig für die Stadt, und jeder hier weiß das. Wieso interessiert dich das?«

Carsten hob die Schultern. »Michaelis hat mir die Geschichte des Hauses erzählt, aber davon hat er nichts gesagt.«

Sebastian nickte, ohne es zu kommentieren. »Auf jeden Fall habe ich hier drinnen eine ganze Menge Zeit verbracht. Immer allein. Ich wollte nicht, dass irgendjemand davon erfährt.«

»Weiß Michaelis oder sonst jemand aus der Redaktion davon?«

»Keiner.«

»Der Pförtner hat uns gesehen.«

Sebastian grinste. »Der alte Steinberg … Der kann seinen Mund halten, besser als jeder der lieben Kollegen. Er kennt das Haus schon lange, auch diese Kapelle. Aber er weiß nicht, wo genau wir uns herumtreiben.«

Carsten musterte ihn. »Was ist mit mir? Warum zeigst du mir das alles?«

Einen Moment lang sah es so aus, als wollte Sebastian nicht darauf antworten. Dann sagte er: »Du weißt wenig über den Osten, stimmt's? Das hier ist ein Stück davon, über das nichts in den Zeitungen und Büchern steht. Viele Leute hatten Verstecke wie dieses, viele, die ich kannte. Außerdem vertraue ich dir.« Er grinste. »Klingt pathetisch, was?«

Ehe Carsten etwas erwidern konnte, wandte Sebastian sich um und trat ins Freie. »Gehen wir wieder zurück zu den anderen.«

Carsten sah ihm überrascht hinterher und gab sich schließlich einen Ruck. Schmutz knirschte unter seinen Sohlen, als er ihm folgte; nachdenklich, verwirrt.

Carsten parkte den Wagen an der Bordsteinkante und wollte aussteigen, als Nina aus dem Haus trat und sich mit kokettem Lächeln durchs offene Fenster der Beifahrertür beugte.

»Na, junger Mann, wie wär's?«, fragte sie.

Carsten grinste. »Zu welchen Konditionen?«

»Sie zahlen das Essen und die Getränke. Meine Begleitung gibt's kostenlos.«

Als sie einstieg, fiel sein Blick auf ihre langen braunen Beine. Über einem hellen Minirock trug sie das obligatorische weite Sweatshirt, diesmal in schwarz. Ihre dunklen Segeltuchschuhe hatten eine flache Ledersohle. Ihm fiel auf, dass er sie noch nie mit Absätzen gesehen hatte. Das einzig Modische an ihr waren die Ohrringe. Sie sahen aus wie geknotete Strohhalme aus Silber.

Sie parkten am Marktplatz und gingen von dort aus ein Stück die Hauptgeschäftsstraße entlang. Einige der Läden unterschieden sich durch nichts von denen im Westen, andere hingegen waren so offensichtliche Überbleibsel der Vorwendezeit, dass es in den Augen schmerzte. Lustlos dekorierte Schaufenster, hässliche Waren und Namensschilder wirkten im Vergleich zu den Auslagen der moderneren

Geschäfte wie schwarze Zahnlücken in einem sonst einwandfreien Lächeln. Sie bogen in eine schmale Seitenstraße, viel zu eng für ein Auto, und erreichten schließlich das kleine chinesische Restaurant, das zwei Tage zuvor geschlossen gewesen war.

Ein Großteil der Tische war besetzt. Carsten registrierte die verhaltenen Blicke, die einige Männer auf Nina abschossen. Sie katapultierten sein Ego auf hundertachtzig; er gönnte sich die Genugtuung, an der Seite eines solchen Mädchens gesehen zu werden.

Eine junge Vietnamesin brachte ihnen die Karten und stellte zwei Gläser mit Pflaumenwein auf ihren Tisch.

»Möchten Sie schon bestellen?«, fragte sie mit starkem Akzent. Sie sahen sich an und nickten. Beide nahmen Ente.

»Stammst du hier aus Tiefental?«, fragte er, nachdem die Kellnerin gegangen war.

Nina antwortete mit einem Nicken. Auf ihrem Tisch stand die Figur eines goldenen Drachen, aus dessen Kopf eine Kerze wuchs. Die Flamme reflektierte in Ninas Augen; es sah aus, als leuchteten sie von innen heraus. Als sie lächelte, bemerkte er erstmals, wie klein ihre schneeweißen Zähne waren.

Er stützte die Ellbogen auf die Tischkante und verschränkte die Finger vorm Kinn. »Ich habe gehofft, ich könnte dich ein wenig über die anderen Redakteure aushorchen.«

»Ich dachte, ihr Edeldeutschen bildet euch nur eure eigene Meinung?«, erwiderte sie und lächelte.

»Tatsächlich?«

»Aber sicher.«

»Muss ein Missverständnis sein.«

Sie nippte an ihrem Pflaumenwein und kippte ihn dann mit einem Mal hinunter wie ein Glas Schnaps. »Im Grunde gibt es wenig zu erzählen«, meinte sie. »Ehrlicher entspricht exakt der Meinung, die man sich auf den ersten Blick von ihm macht. Und der ganze Rest der Bande ist ein Haufen von Intriganten der mehr oder minder harmlosen Sorte. Die meisten werden nicht müde zu jammern, wie angenehm sie es doch früher hatten – nicht unbedingt in politischer

Hinsicht, eher was ihre Lebensumstände betrifft. Viele gehören zu der Sorte Menschen, die sich vor der Wende Rote Beete aufs Brot gelegt haben, um andere glauben zu machen, es sei Lachs.«

Die Vorstellung amüsierte ihn. »Michaelis scheint hier nicht allzu glücklich zu sein.«

Sie nickte. »Er redet oft davon, wieder in den Westen zu gehen, aber das tut er schon, seit er hierhergekommen ist. Einige der einheimischen Redakteure nehmen ihm das ziemlich übel.«

»Sebastian auch?«

»Nein, dem sind die anderen egal. Und, ehrlich gesagt, mir geht's genauso.«

»Womit habe dann ich eure Aufmerksamkeit verdient?«

Sie winkte ab, scheinbar gelangweilt. »Oh, das geht vorbei. Das ist nur die Lust am Neuen.«

»Vielen Dank.«

Sie kicherte. »Nein, im Ernst: Du bist nett. Du bezahlst mein Essen.« Noch ein Kichern.

Als hätten sie auf das Stichwort gewartet, erschienen in diesem Augenblick die Kellnerin und einer ihrer Kollegen und brachten dampfende Platten mit Fleisch, Gemüse, Reis und Soßen. Eine Weile lang waren Carsten und Nina damit beschäftigt, herauszufinden, wer welches Gericht bestellt hatte, dann füllten sie sich die Teller.

»Michaelis sagte, du warst früher Kindergärtnerin.«

Sie nickte und schüttelte gleich darauf den Kopf. »Nicht ganz. Ich habe eine Ausbildung im Kinderhort gemacht, bis vor drei Jahren. Dann wurde der Laden geschlossen, und ich bewarb mich bei Michaelis als Sekretärin. Es gab eine ganze Reihe von Bewerberinnen, gelernte Schreibkräfte, aber ich trug den kürzesten Rock.«

»Du bist ziemlich ehrlich.«

»Ist das ein Problem?«

»Wofür?«

»Na, für dich?«

»Sollte es das?«

»Besser nicht.«

»Na, also.«

Beide lächelten.

»Und du?«, fragte sie. »Was hast du vorher gemacht?«

»Das Gleiche wie heute. Journalismus. Mehr oder weniger.«

»Bei einer Zeitung?«

»Einige Jahre lang. Zuletzt freiberuflich – und ziemlich erfolglos.«

»Warum hast du aufgehört? Bei der ersten Zeitung, meine ich?«

Carsten sah nachdenklich auf seinen Teller. Da war sie also, die Frage aller Fragen. Er hatte gewusst, dass irgendjemand sie früher oder später stellen würde. Er war nicht sicher, ob dies der richtige Zeitpunkt war, sie ehrlich zu beantworten. Andererseits sprach wenig dagegen. Irgendwann würde er ohnehin davon erzählen müssen.

»Vor etwas mehr als eineinhalb Jahren gab es einen Vorfall in Heidelberg«, begann er und trank einen Schluck von seinem Wein. »Damals waren zwei Insassen einer Haftanstalt ausgebrochen, beides U-Häftlinge, beide im Verdacht auf Terrorismus. Keine bekannten Leute, aber welche, denen Hintergrundarbeit in mehreren spektakulären Fällen vorgeworfen wurde. Den beiden gelang die Flucht, und ich bekam den Auftrag, die Eltern des einen, seine ehemaligen Nachbarn und ein paar Bekannte zu befragen. Das gehört in solchen Fällen zur Routine. Doch dann passierte etwas, das wir im ersten Augenblick auch noch für unglaubliches Glück hielten.«

Nina aß weiter, aber ihr Blick verriet, wie aufmerksam sie zuhörte.

»Ich war mit Georg, einem Fotografen, unterwegs. Wir hatten noch eine Praktikantin dabei, Ines, sechzehn Jahre alt. Während Georg und ich an der Tür des Elternhauses von einem der beiden warteten, blieb das Mädchen im Auto sitzen. Plötzlich fuhr unten auf der Straße ein Wagen vorbei, sehr langsam, mit vier Männern, zwei vorne und zwei hinten. Die beiden auf dem Rücksitz waren die Ausbrecher. Wir sprangen ins Auto und folgten ihnen. Das war Fehler Nummer eins. Als die anderen bemerkten, dass wir sie verfolgten, stoppten sie, und der Fahrer stieg aus. Wir hatten in einiger Entfernung hinter ihnen angehalten, und erst jetzt wurde uns wirklich klar, was für eine Geschichte uns hier quasi auf dem Silbertablett geliefert wurde. Wir waren beide ziemlich nervös, und Ines wurde ganz klein auf dem Rücksitz, aber statt abzuhauen und die Polizei zu benachrichtigen, warteten wir ab, was der Mann uns zu sagen hatte. Ich hatte den Kerl noch nie vorher gesehen. Er schlug uns vor, ein Interview mit den Ausbrechern zu führen. Sie würden unsere Fragen beantworten, dafür würden wir sie abhauen lassen. Das klang simpel und sehr erfolgversprechend.« Carsten machte eine kurze Pause und fuhr dann langsam fort. »Solche Geschichten landen nicht nur auf der eigenen Titelseite. Wir dachten daran, dass allein die Fotos ein Vermögen bringen würden, deshalb gingen wir auf das Angebot ein. Wir folgten dem Wagen hinaus aus der Stadt, auf einen Feldweg und in Richtung eines kleinen Waldes, nördlich von Heidelberg. Fehler Nummer zwei.«

Er trank einen weiteren Schluck und blickte auf sein Essen, das langsam kalt wurde. Er hatte ohnehin keinen Hunger mehr. Es war lange her, dass er die Geschichte jemandem erzählt hatte. Die meisten, die er kannte, hatten ohnehin die Berichte in den Zeitungen und im Fernsehen verfolgt.

»Kurz bevor wir den Waldrand erreichten, hielt ich an. Meine Knie zitterten so sehr, dass ich kaum noch in der Lage war, die Pedale zu bedienen. Plötzlich wurde mir klar, auf was wir uns eingelassen hatten. Die anderen waren zu viert, und mindestens zwei von ihnen standen im Verdacht, Mörder zu sein. Ich hatte mit einem Mal schreckliche Angst, Georg und Ines ging es genauso. Als die vier in dem anderen Wagen bemerkten, dass wir angehalten hatten, stoppten sie ebenfalls und kamen langsam im Rückwärtsgang auf uns zu. Ich sah, wie die Gesichter der beiden Ausbrecher in der Heckscheibe immer näher und näher kamen. Und genau in diesem Moment verfiel ich in Panik. Ich trat aufs Gas, riss das Lenkrad herum und versuchte zu wenden. Der Feldweg war schmal und das Gelände zu beiden Seiten schlammig. Trotzdem schaffte ich es irgendwie, bevor die anderen nahe genug heran waren. Ich raste in entgegengesetzter Richtung davon, und um uns war ein Höllenlärm, die Reifen sprangen und rumpelten, der Motor kreischte, weil ich in der Aufregung den falschen Gang eingelegt hatte, und der Fotograf schrie die ganze Zeit, ich solle noch schneller fahren. Schließlich kamen wir zurück auf die Hauptstraße, und dort sah ich zum ersten Mal in den Rückspiegel.«

Er machte eine erneute Pause, und diesmal half nicht einmal ein weiterer Schluck, den Schmerz aus seinem Kopf zu vertreiben. »In meiner Heckscheibe war ein winziges Loch. Sie war nicht gesplittert, da war einfach nur dieses runde Loch, so groß wie eine Murmel. Die kleine Ines lag auf der Rückbank und war voller Blut.«

Nina sagte nichts, ihre Augen waren groß und rund.

»Die Kugel steckte in meiner Rückenlehne. Sie hatte den Körper des Mädchens durchschlagen, genau zwischen Schulterblatt und Wirbelsäule. Die vier Männer waren verschwunden. Die Polizei hat sie erst einige Tage später festgenommen.«

»Was war mit dem Mädchen?«

»Sie hat's überlebt. Fast ein Jahr lang sah es aus, als wäre sie für immer gelähmt, doch dann begann sich ihr Zustand mit einem Mal zu bessern. Spätestens im nächsten Jahr, sagen die Ärzte, ist sie wieder völlig in Ordnung. Sie hat unglaubliches Glück gehabt.« Er atmete tief ein. »Der Verlag feuerte die gesamte Chefredaktion, der Fotograf und ich landeten vor Gericht. Grobe Fahrlässigkeit, hieß es, der ganze Mist. Sie hatten nicht mal unrecht. Irgendwie gelang es Georg, sich aus der ganzen Sache herauszuwinden, indem er behauptete, alles sei meine Idee gewesen. Schließlich war also ich der Bösewicht.«

»So ein Schwein«, flüsterte Nina.

Er nickte. »Zuletzt wurde das Verfahren eingestellt, aber ich hatte die ganzen Kosten am Hals und natürlich einen Ruf, der allen Personalchefs schon beim Öffnen meiner Bewerbungsmappe entgegensprang. Keiner wollte mich mehr haben. Aber, ehrlich gesagt, war mir das bis vor kurzem ganz recht. Ich hatte kein Interesse mehr an meinem Job. Aus, vorbei.«

»Trotzdem bist du jetzt hier.«

Er lächelte und wusste selbst, dass es gekünstelt wirkte. »Mir geht's besser, seit ich bei euch bin. Eigentlich schon seit vergangener Woche. Irgendwann muss ich einem Freund in Frankfurt dafür einen ausgeben.« Er fuhr sich durchs Haar, als könne er damit auch die bösen Erinnerungen abstreifen. »Tut mir leid. Jetzt ist das Essen kalt.«

Sie schüttelte den Kopf. »Ich habe gefragt«, sagte sie. »Du hast diese Geschichte noch nicht oft erzählt, stimmt's?«

»Nein.« Er lächelte, verlegen, aber ehrlich. »Macht es dir was aus, wenn ich zahle?«

Ein weiteres Kopfschütteln.

Er rief die Kellnerin und ließ sich die Rechnung bringen. Kurz darauf setzte er Nina zu Hause ab. Sie drückte seine Hand, sehr lange, bat ihn aber nicht mit hinauf. Eigentlich war er ganz froh darüber.

Michaelis stellte den BMW nicht am Brunnen ab, sondern fünfzig Meter davor an einer kleinen Kreuzung. Es war fast Mitternacht, und das Risiko, beobachtet zu werden, war gering. Doch selbst wenn – was gab es schon zu sehen? Nur einen Mann, der um seinen Arbeitsplatz schleicht. Ungewöhnlich, aber kaum verdächtig. Er erreichte das Redaktionsgebäude, ging aber nicht bis zum Haupteingang, sondern bog vorher nach rechts und folgte dem Verlauf der Seitenwand. Mit zwei, drei geschickten Sätzen kletterte er über die Reste der Stadtmauer und schlich, jetzt geschützt vor neugierigen Blicken, an der hinteren Fassade entlang. Mehrfach musste er weitere Gesteinstrümmer überwinden. Rund um das Gebäude verlief ein schmaler Streifen Ödland, einst eine kleine Parkanlage für die Patienten der Klinik, heute Ruinenfeld und Müllhalde. Dahinter grenzte eine hohe, weitgehend intakte Mauer das Gelände vom dunklen Waldrand ab. Über ihrer Kante reckten sich gewaltige Fichten wie schwarze Riesen in den Nachthimmel.

Er passierte mehrere Schilder, die vor Einsturzgefahr warnten. *Lebensgefahr!* stand in fetten Buchstaben auf gelbem Grund. Ohne sie zu beachten, betrat er den Westflügel. Es gab keine Tür, nur einen gezahnten Durchbruch im Mauerwerk. Trotz der Öffnung roch die

Luft hier drinnen abgestanden und nach altem Kalk und Zement. Die Decke der ersten Etage war bereits vor langer Zeit zusammengebrochen, der Raum hinter dem Einstieg sah aus, als sei eine Bombe eingeschlagen. Für jeden, der sie nicht kannte, bot die dunkle Trümmerwüste unzählige Fallen und Einbrüche. Michaelis wusste genau, wo er seine Füße hinsetzen durfte und wo nicht.

Drei Korridore, zwei Treppen und eine baufällige Balustrade später klopfte er an einer soliden Stahltür. Irgendjemand hatte sie mit brauner Farbe und Dreck beschmiert, um sie der verfallenen Umgebung anzupassen. Tafuri ließ ihn zwei Minuten warten, ehe er endlich öffnete.

Michaelis strafte den Italiener mit einem finsteren Blick. »Nett, dass Sie sich so viel Zeit lassen.«

»Wie kann ich wissen, dass Sie es sind?« Tafuris Verteidigung klang halbherzig. Michaelis war ihm so gleichgültig wie das Ungeziefer draußen auf dem Gang. »Wie wär's mit einem Blick auf den Bildschirm?«

»Zu dunkel.«

»Ja, sicherlich.«

Michaelis war kein schwacher Mann, doch Tafuri übertraf ihn an Statur und purer Körperkraft um ein Vielfaches. Der Umriss des Italieners vor dem halben Dutzend flimmernder Monitore war der eines gewaltigen Quadrates, aus dessen Seiten muskelbepackte Arme und Beine sprossen. Sein Schädel versank zur Hälfte in der ungeheuren Masse des Oberkörpers, selbst sein Gesicht wirkte eckig und ähnelte dem einer groß behauenen Statue. Seine Augen wirkten stumpf wie schwarze Murmeln. Eine Folge der langen Stunden vor den Bildschirmen. Außer Nicken und Kopfschütteln schien er zu keiner körperlichen Geste fähig zu sein. Wenn er sprach, ganz gleich ob entspannt oder zornig, tat er das nahezu bewegungslos.

Doch der tumbe Eindruck täuschte. Abgesehen von enormer Intelligenz und Beobachtungsgabe besaß Tafuri das Geschick eines Mannes, den jahrelanges Training auf alle Möglichkeiten der Konfrontation – geistig wie körperlich – vorbereitet hatte. Es gab Momente, da packte Michaelis beim Anblick des Mannes pure, kaum zu kontrollierende Furcht.

Mit zusammengekniffenen Augen ließ er seinen Blick über die Monitorkonsole wandern. Vier Schirme zeigten das Innere der Redaktion aus unterschiedlichen Perspektiven, einer den Eingangsbereich und die Rezeption, ein letzter den Korridor vor der Stahltür. Das Bild war tatsächlich sehr dunkel.

Es gab vier weitere Monitore, die zurzeit alle abgeschaltet waren. Einer überwachte Michaelis eigenes Büro, zwei weitere die Front des Gebäudes. Der vierte erlaubte einen groben Überblick über das Gelände an seiner Rückseite. Warum die drei letzten kein Bild zeigten, wusste Michaelis nicht; die Kamera in seinem Büro hatte er persönlich abgeklemmt.

Die Anlage stammte noch aus der Zeit, als die Staatssicherheit im Gebäude residierte. Von hier aus überwachte sie ihre eigenen Mitarbeiter. Nawatzkis Leute hatten nichts anderes tun müssen, als die elektronischen Leitungen zu überprüfen, das Netz unter Strom zu setzen und einige der weniger gut versteckten Kameras geschickter zu verbergen. Zusätzlich hatten sie die akustischen Kontrollmöglichkeiten verfeinert und eine Reihe weiterer, nahezu unsichtbarer Mikrofone angebracht. Mit Ausnahme von Michaelis und dem Italiener hatte niemand, der im Gebäude ein und aus ging, eine Ahnung von der hochtechnisierten Überwachungsmaschinerie, die jeden Satz, jede Bewegung kontrollierte. Tafuri war ihr Großer Bruder.

Der Koloss nahm wieder in dem Drehsessel an der Konsole Platz. Vor ihm lagen auf einer Ablage mehrere Kopfhörer.

»Wie weit sind die Männer in Worthmanns Wohnung?«, fragte Michaelis.

»Wie weit *können* sie nach einem Tag sein?« Tafuri sprach ohne den Hauch eines Akzents. Er besaß neben der italienischen auch die deutsche Staatsbürgerschaft, legitim bereits als Kind erworben, und war – so hatte es zumindest aus Frankfurt geheißen – loyal bis zur Selbstaufgabe. Michaelis hätte nichts dagegen gehabt, Zeuge letzterer zu werden. Aber, so schalt er sich in Gedanken, so wenig er Tafuri mochte, so sehr schätzte er seine Qualitäten. Der Italiener verbrachte bis zu sechzehn Stunden am Tag in diesem Raum, es gab keine Ablösung. Nicht einmal Michaelis wusste, zu welchen Uhrzeiten der Mann sich schlafen legte, bislang hatte er keinerlei Rhythmus in seinen Ruhepausen erkennen können. So viel Selbstdisziplin und Körperbeherrschung waren beachtlich. In Anbetracht dessen sollte ihm seine Streitsucht vergönnt sein. Er selbst hätte hier oben bereits nach einem Tag den Verstand verloren.

»Gut«, sagte er betont ruhig, »dann stelle ich die Frage anders: Wann sind die Arbeiten abgeschlossen?«

»Spätestens übermorgen. Vorher können wir die Wohnung nicht überwachen.«

»Wie viele Mikrofone lassen Sie anbringen?«

Tafuri beobachtete die Monitore; um diese Zeit war nirgends eine Menschenseele zu sehen. »Zwei in jedem Zimmer, eines im Bad und noch eines im Flur. Wir haben derzeit noch Probleme mit der Anlage in seinem Wagen; alle paar Minuten bricht der Funkkontakt ab. Etwas stört unseren Empfänger. Ich denke aber, dass ich den Schaden bis spätestens morgen Abend behoben habe.«

Michaelis nickte. »Hat er sich heute mit Nina getroffen?«

»Ja.«

»Und?«

Tafuri verzog keine Miene. »Möchten Sie wissen, ob sie Sex miteinander hatten?«

»Hatten sie?«

»Nein.«

»Worüber haben sie gesprochen?«

»Belangloses. Natürlich nur im Auto. Im Restaurant konnten wir sie nicht abhören. Unser Mann hat keinen Platz am Nebentisch bekommen.«

Michaelis Blick wurde finster. »Verdammt nochmal, warum nicht?«

Tafuri blieb ruhig. »Wie stellen Sie sich das vor? Wir können die Kellner nicht bestechen, das gäbe nur Aufsehen und Ärger. Alles, was wir tun können, ist abwarten und beobachten. Aber keine Sorge, wenn es so weit ist, werden wir es mitbekommen.«

Michaelis schüttelte den Kopf. »Die Überwachung hat zu viele Löcher. Wenn die Sache schiefgeht, werden wir beide eine *Menge* Sorgen haben. Ich habe nie zuvor erlebt, dass Nawatzki so verzweifelt nach einem Strohhalm greift.«

»Was wollen Sie damit sagen?« Tafuri schien aufzuhorchen.

»Gar nichts, natürlich nicht.« Michaelis verfluchte sich selbst; er musste vorsichtiger sein mit dem, was er sagte. Keine Kritik. Keine Zweifel.

Der Italiener wandte sich wieder seinen Bildschirmen zu. Michaelis fragte sich, was, zum Teufel, er dort mitten in der Nacht entdecken wollte.

»Sorgen Sie dafür, dass die Überwachung lückenloser wird«, verlangte er. »Wir können es uns nicht leisten, dass der Kontakt ohne uns zu Stande kommt. Und bitten Sie Nawatzki, dass er uns weitere Fahrzeuge zur Verfügung stellt. Worthmann wird irgendwann bemerken, dass ständig dieselben Autos hinter ihm sind.«

Tafuri blieb stumm. Ein Nicken des riesigen Schädels. Keine weitere Antwort.

## Kapitel 8

Am Mittag bat Carsten Michaelis, abends früher gehen zu dürfen: Er wolle nach Leipzig, jemanden besuchen, den er lange nicht gesehen habe.

Der Redaktionsleiter lächelte. »Die alte Freundin, von der Sie sprachen? Diese – wie war der Name? – Sabine?«

»Sandra.« Carsten nickte.

Michaelis' Lächeln wurde noch breiter. »Kein Problem. Aber unter einer Bedingung …«

»Welcher?«, fragte Carsten verdutzt.

»Dass Sie mir irgendwann von ihr erzählen. Ich verspreche Ihnen, dass ich meinen Mund halten kann. Wir haben hier viel zu wenig Klatsch und Tratsch. Wenn jemand wie Sie sich von einer Frau in den Osten ziehen lässt, muss in der Tat eine interessante Geschichte dahinterstecken.«

Carsten erwiderte zögernd das Lächeln. »Es gab andere Gründe ...«

»Ach, was!«, unterbrach Michaelis ihn. »Geben Sie's zu.« Er stand auf und führte Carsten zu einer Bürotür. Plötzlich lachte er. »Ich will Sie nicht in Verlegenheit bringen. Erzählen Sie mir irgendwann davon, und wenn Sie nicht mit der wahren Geschichte herausrücken wollen, dann erfinden Sie eine. Irgendwas, das meine Neugier befriedigt. Einverstanden?«

»Einverstanden.«

Mit einem letzten verschwörerischen Grinsen schloss Michaelis die Tür. Carsten schüttelte den Kopf und schmunzelte still vor sich hin.

Gegen halb fünf fuhr er in Tiefental los und landete mitten im Berufsverkehr zwischen Halle und Leipzig. Nach diversen Umwegen und den gleichen Fehlern beim Abbiegen an falschen Kreuzungen wie beim ersten Mal parkte er den Wagen um kurz nach sieben vor Sandras Haustür. Obwohl es diesmal nicht regnete und die Dämmerung noch nicht angebrochen war, wirkte der dunkle Häuserblock kaum freundlicher als bei seinem ersten Besuch. Im Gegenteil; jetzt erst konnte er deutlich erkennen, wie verfallen die Anlage wirklich war.

Auf sein Klingeln bekam er keine Antwort. Wenn sie nicht für längere Zeit verreist war, dann musste sie seinen Brief mittlerweile gefunden haben. Was nicht hieß, dass sie allabendlich auf seinen Besuch wartete. Er versuchte, sich zu erinnern, ob sie in ihrem letzten Schreiben vor zwei Monaten etwas von einem geplanten Urlaub erwähnt hatte. Er war ziemlich sicher, dass das nicht der Fall war. Und wenn sie einfach nur Freunde besuchte? Oder ins Kino ging? Sie mochte Filme.

Er klingelte ein zweites Mal, diesmal ohne Hoffnung. Wieder war er die Strecke umsonst gefahren. Sandra besaß auch drei Jahre nach der Wende noch keinen Telefonanschluss; trotzdem musste er sich beim nächsten Mal etwas einfallen lassen, um sie zu informieren. Mit einem Telegramm, vielleicht. Oder einem Zettel an der Tür.

Während er noch überlegte, zupfte jemand von hinten am Ärmel seines Mantels.

»Junger Mann, würden Sie mich wohl vorbeilassen?«

Carsten fuhr herum und blickte ins Gesicht einer alten Frau. Sie trug einen abgewetzten Mantel und in der Hand eine Einkaufstüte. Ihr Gesicht war klein und faltig, und sie schien ungehalten, dass er die Tür versperrte.

»Entschuldigung«, murmelte er und trat einen Schritt zur Seite.

»Schon gut«, sagte sie und kramte in ihrer Manteltasche nach dem Schlüssel. Als sie ihn fand und ins Schloss steckte, fragte sie: »Ist wohl nicht da, derjenige, den Sie suchen, was?«

Er nickte. »Sieht so aus. Es macht keiner auf.«

Die Alte öffnete die Tür und trat ins Treppenhaus. »Vielleicht ist die Klingel kaputt? Oder abgestellt? Wenn Sie es drinnen versuchen wollen, sollten Sie mit hereinkommen.« Sie klang jetzt freundlicher.

»Danke«, sagte er und folgte ihr ins Haus.

Er sah, wie sie sich mit den Taschen die Stufen hinaufmühte. »Kann ich Ihnen die abnehmen?«, fragte er und deutete auf ihre Tüten.

Sie schüttelte den Kopf. »Das ist sehr freundlich. Aber ich schaffe das schon seit über vierzig Jahren, da werde ich auch heute nicht dran sterben. Trotzdem vielen Dank.«

Mit ihren Taschen blockierte sie die Treppe, aber es wäre unhöflich gewesen, an ihr vorbeizudrängeln.

»Zu wem möchten Sie denn?«, fragte sie, als sie den ersten Treppenabsatz erreichten. Sie lässt sich mit Absicht so viel Zeit, dachte er.

»Zu Kirchhoffs.«

Sie stellte ihre Taschen ab. Er glaubte erst, sie täte es, um auszuruhen, doch als er ihren Blick bemerkte, machte er ihn stutzig. Mit zusammengekniffenen Augen musterte sie ihn von oben bis unten.

»Sind Sie ein Verwandter?«

Er schüttelte den Kopf. »Nur ein Freund. Von Frau Kirchhoff.«

Die Frau sah ihn immer noch misstrauisch an, dann klärte sich ihr Blick, und mit einem Mal war etwas anderes in ihren Augen. Ein Schatten.

»Sandra«, flüsterte sie. »Das ist lange her …«

Er spürte, wie sein Magen sich verkrampfte. »*Was* ist lange her?«

Sie senkte ihren Blick für einen Moment, schüttelte den Kopf und sah dann wieder zu ihm auf. »Darf ich nach Ihrem Namen fragen, junger Mann?«

»Worthmann«, presste er hervor.

»Sehen Sie«, sagte sie langsam, »Sie werden Ihre Freundin hier nicht mehr treffen, Herr Worthmann.«

»Nicht?« Seine Stimme schwankte.

»Leider nein«, wiederholte sie und schüttelte dabei erneut den Kopf. »Hier und nirgendwo sonst. Sandra Kirchhoff ist tot.«

Und während er tief Luft holte, mit weiten Augen und einem schrecklichen Gefühl der Kälte im ganzen Körper, fügte sie hinzu: »Schon seit fast acht Jahren.«

Eine Weile lang sagte er kein Wort. Es schien ewig zu dauern, bis er wieder sprechen konnte.

»Aber das kann nicht sein«, stammelte er, und eigentlich war es mehr als ein Stammeln, ein Zittern und Beben und Schwanken, nicht nur in seiner Stimme, in seinem Kopf, den Ohren, seinen Gedanken. *Es kann nicht sein.*

Die alte Frau öffnete den Mund, um etwas zu sagen, aber er ließ sie nicht zu Wort kommen. »Sie hat mir geschrieben«, sagte er. »Das letzte Mal erst vor wenigen Wochen.«

»Unmöglich«, sagte die Frau, und ihr Blick war voller Mitleid, das er nicht wollte. Es *gab* nichts zu bemitleiden. »Sandra Kirchhoff kam vor acht Jahren bei einem Unfall ums Leben. Mit ihrem Auto. Jeder hier im Haus weiß das.«

Er schüttelte den Kopf, als könne er sie damit leicht vom Gegenteil überzeugen. Eine leise Stimme flüsterte ihm zu, dass sie recht hatte. Ja, vielleicht hatte sie recht.

Nein, unmöglich.

Die alte Frau griff nach seiner Hand. Sein Versuch, sie zurückzuziehen, kam halbherzig.

»Sie fuhr allein mit dem Wagen, schleuderte und prallte gegen eine Mauer. Sie war sofort tot.«

Großer Gott.

Un-mög-lich!

»Ihr Mann musste damals die Wohnung verlassen«, fuhr sie fort. »Für einen allein war sie zu groß, man wies ihm eine andere zu.«

»Das Namensschild«, stieß er hervor, mit zusammengekniffenen Lippen, sodass sie die Bedeutung der Worte mehr erriet als hörte.

»Die Wohnung steht seit damals leer«, erklärte sie. »Eine Schande, aber nicht ungewöhnlich. Niemand von der Hausverwaltung hat es jemals für nötig gehalten, das Schild zu entfernen.«

Unsinn, so etwas gibt es nicht. Niemals. Aber du bist hier nicht zu Hause, flüsterte die Stimme. Das hier ist der Osten. Voll von leeren Häusern und vergessenen Namen.

Er gab sich einen Ruck, kräftig, fast schmerzhaft. Für einen Moment klärte sich sein Blick, es gelang ihm wieder vernünftig zu denken. »Ihr Mann«, sagte er, »wissen Sie, wo der jetzt wohnt?«

Die Frau ließ seine Hand los. »Ich hatte eine Adresse, irgendwo. Ich muss sie suchen.« Sie deutete auf die Taschen. »Vielleicht sollten Sie die jetzt doch nehmen. Das geht schneller.«

Er ergriff die beiden Tüten. Mit einem Mal konnte auch die Frau die Treppen schneller hinaufgehen als zuvor. Vor einer Tür im zweiten Stock ließ sie ihn anhalten. Sie schloss auf.

»Kommen Sie herein«, bat sie.

Die Wohnung roch muffig. Nach Alter und zu wenig frischer Luft. Sie bot ihm einen Platz auf einem uralten Sofa an.»Warten Sie. Es wird einen Augenblick dauern.«

Während sie in Schubladen und Schränken kramte, dachte er wieder an die Briefe. Sie schrieben sich seit 1979, seit vierzehn Jahren. Wenn Sandra, wie die Alte behauptete, vor acht Jahren gestorben war, wer hatte dann ihre Briefe geschrieben? Seitdem mussten es an die hundert sein. Mit einem Mal konnte er an nichts anderes mehr denken.

Und wenn sie nun doch nicht tot war? Wenn die Frau sich irrte? Oder schlichtweg log? Vielleicht war sie senil. Wirr, ohne dass man es ihr ansah. Er hatte so etwas schon früher erlebt.

»Ah, ich wusste doch, dass ich sie irgendwo hatte«, rief sie plötzlich und zog aus einem zerfledderten Notizbuch einen Zettel.

Sie gab ihn ihm, und er las darauf eine Adresse, hier in Leipzig. Darunter stand ein Name. Sven Kirchhoff. Sandras Mann.

»Behalten Sie ihn nur«, sagte die Frau, »ich habe die Anschrift in all den Jahren nicht ein einziges Mal gebraucht.«

Er bedankte sich und stand auf. Während sie ihn zur Tür begleitete, fragte sie: »Und Sie sind wirklich ein Freund der Kirchhoffs, ja?«

»Ganz bestimmt«, versicherte er. Er wollte nur noch hinaus. Sie nickte, jetzt ehrlich überzeugt, und reichte ihm die Hand.

»Auf Wiedersehen, junger Mann. Es tut mir leid.«

Er nickte. »Auf Wiedersehen.«

Dann stürmte er die Treppe hinunter, sprang ins Auto. Sah im Losfahren das Gesicht der alten Frau hinter den Gardinen ihres Fensters.

An der nächsten Kreuzung fädelte sich ein blauer Mazda hinter ihm in den Verkehr.

Er fand die Adresse erst auf dem Stadtplan, dann in einem grauen Innenstadtviertel am Hauptbahnhof. Es war ein Altbau wie so viele andere, schmuddelig, ungepflegt, mit zerbrochenem Türschloss. Im Treppenhaus stieß er fast gegen die offene Tür einer Etagentoilette.

Auf der Fahrt hierher hatte ihn der Gedanke an die Briefe nicht losgelassen. Falls Sandra tot war – *falls* sie tot war! –, dann gab es irgendetwas, das er noch nicht abschätzen konnte. Aber waren die Briefe nicht der Beweis dafür, dass die alte Frau sich geirrt hatte? Dass Sandra noch lebte?

Er erinnerte sich an den Tag im Sperrgebiet. Wie sie sich später geküsst hatten. Und an das, was danach kam. An ihren Körper, ihre Berührung, ihren Atem. An das, was sie damals sagte.

Vielleicht hätte er niemals wieder hierherkommen sollen. Unsinn. Wie konnte er ahnen, dass es eine Selbsttherapie mit Rückstoß wurde? *Wumm!* – und schon schleudert es uns vierzehn Jahre zurück in die Vergangenheit.

Sandra.

»Ja, bitte?«, fragte eine männliche Stimme, nachdem er an der Wohnungstür klopfte. Es gab keine Klingel.

Die Tür blieb geschlossen. »Mein Name ist Carsten Worthmann«, sagte er laut. »Ich bin – war ein Freund Ihrer Frau. Von Sandra.«

Schritte, ein Rumpeln, dann öffnete sich die Tür. Sven Kirchhoff erschien im Türspalt und betrachtete ihn misstrauisch. Er war groß und trug billige, aber saubere Kleidung. Wangen und Kinn waren von einem Vollbart bedeckt. Das Gesicht darunter hatte eine verblüffende Ähnlichkeit mit seinem eigenen.

»Sie waren ein Freund von Sandra?«, fragte Kirchhoff. »Ich kenne Sie nicht.«

Carsten schüttelte den Kopf und versuchte zu lächeln. »Es ist lange her. Ihre Frau und ich haben uns vor vierzehn Jahren zum letzten Mal gesehen. Wir sind entfernte Verwandte.«

Kirchhoff schien einen Augenblick lang zu überlegen. Sein Blick tastete jeden Quadratzentimeter von Carstens Gesicht ab. »Worthmann, sagen Sie? Carsten?« Plötzlich nickte er. »Sie und Sandra waren Brieffreunde, stimmt's?«

Carsten entging nicht, dass er *waren* sagte. Vergangenheit.

»Richtig«, sagte er. Es war mit einem Mal sehr schwierig, auch nur ein einziges Wort zu formulieren.

»Sandra ist tot«, sagte Kirchhoff.

Carsten nickte. Die Bewegung war zu langsam. Die Umgebung verschwamm. Tot. Tot. Tot.

Kirchhoff schien seine Betroffenheit zu bemerken. Sein Gesichtsausdruck verlor die bisherige Härte, er trat zur Seite und zog die Tür auf. »Kommen Sie rein«, bat er.

Die Wohnung bestand aus einem einzigen Zimmer, groß, aber vollgestopft mit einer Unzahl von Möbelstücken. Es gab ein Bett, davor die scheußliche Imitation eines Perserteppichs. Dazu eine Sitzecke, eine schmale Küchenzeile. Vollgestopfte Bücherregale. Auf einem Tisch lagen mehrere Ausgaben eines Universitäts-Magazins. Daneben ein Fotoalbum.

Kirchhoff bemerkte Carstens Blick. »Ich war Dozent an der Uni, bis vor ein paar Monaten. Abgewickelt.«

Carsten nickte. Das wusste er aus Sandras Briefen. *Sandras* Briefen?

»Setzen Sie sich.« Sie nahmen Platz, aber Kirchhoff sprang gleich wieder auf. »Möchten Sie was trinken? Kaffee, Wasser, Wein? Tee, vielleicht?«

»Nein, danke.«

»Ich koche trotzdem Kaffee.«

Schließlich saßen sie sich gegenüber. Zwischen ihnen kräuselte sich Kaffeedampf zur Decke.

»Ich hätte Ihnen damals gleich schreiben sollen, ich weiß«, sagte Kirchhoff. »Aber gleich nach ihrem Tod musste ich die Wohnung räumen und hatte eine Menge Mist um die Ohren. Können Sie sich das vorstellen? Vier Tage nach dem Unfall teilte man mir mit, die Wohnung sei zu groß für mich allein, man habe bereits eine neue gefunden. Nicht mal ein Beileid, nicht mal das.«

Carsten nickte stumm.

»Sie waren ziemlich eng befreundet, was?«, fragte Kirchhoff. »Sandra hat Ihnen oft geschrieben. Manchmal machte mich das ziemlich eifersüchtig.« Er lächelte wehmütig bei der Erinnerung. Es war offensichtlich, dass er keine Ahnung hatte, wie eng ihre Freundschaft wirklich gewesen war.

»Ich habe es nicht gewusst«, sagte er schließlich, als Kirchhoff einen Schluck von seinem Kaffee nahm. »Ich war bei Ihrer alten Adresse. Eine Nachbarin hat es mir erzählt.«

»Das tut mir leid. Ich hätte Ihnen wirklich schreiben sollen, aber es gab so viel anderes …«

»Natürlich.« Carsten nickte verständnisvoll.

Einen Moment lang überlegte er, ob Kirchhoff selbst vielleicht die Briefe verfasst haben könnte. Hätte er einen Grund dazu haben können? Wenn ja, welchen? Aber, lieber Himmel, seit Sandras Tod waren acht Jahre vergangen, er hatte unzählige Briefe bekommen. Was hätte Kirchhoff dazu veranlassen sollen?

Er beschloss, ihm die Wahrheit zu sagen. »Ich habe Briefe von Sandra bekommen. Regelmäßig, bis vor ein paar Wochen.«

Kirchhoff verschluckte sich an seinem Kaffee und stellte die Tasse mit einem Scheppern ab. Braune Tropfen spritzten in alle Richtungen. Mit einem Mal war sein Blick finster, seine Stirn glänzte.

»Wenn Sie glauben, dass das witzig ist, dann ...« Er wollte aufstehen und Carsten hinauswerfen, aber der fiel ihm ins Wort.

»Kein Witz. Es gibt diese Briefe. Sie liegen bei mir zu Hause in Frankfurt in einer Schublade. Etwa hundert Stück, schätze ich.«

Kirchhoff ließ sich zurück in seinen Sessel fallen. Sein Gesicht war aschfahl. »Das ist absurd«, keuchte er. Und nach einem Augenblick, in dem er sich wieder fing: »Sie kommen hierher, behaupten, jemand zu sein, den ich nur vom Namen her kenne, und erzählen mir einen solchen Unsinn. Sandras Tod ist acht Jahre her, aber das bedeutet nicht, dass ...«

Carsten unterbrach ihn erneut. Diesmal, indem er seinen Presseausweis aus der Manteltasche zog und neben der Tasse auf den Tisch legte.

Kirchhoff warf einen Blick darauf, atmete einmal tief ein und wieder aus. »Tote schreiben keine Briefe.«

»Haben Sie eine Ahnung, wo diese Briefe herkommen könnten?«

Kirchhoff saß einen Moment lang wie versteinert da. Dann schüttelte er langsam den Kopf. »Falls es sie gibt, sind sie ein makaberer Scherz.«

»Mag sein«, sagte Carsten. »Aber hundert makabere Scherze? Voll von Dingen, die keiner wissen kann, außer Sandra und mir selbst?« Das war nicht ganz richtig. Sandras Briefe waren unpersönlicher, weniger intim geworden. Er versuchte, sich zu erinnern, wann dieser

Umschwung stattgefunden hatte. Vor acht Jahren? Oder gleich nach der Hochzeit? Vielleicht erst viel später?

Kirchhoff hob die Schultern. »Gibt es so einen Brief, den Sie mir zeigen könnten? Wenigstens einen einzigen?«

»Die liegen alle in Frankfurt.«

»Dann holen Sie sie her. Ich erkenne ihre Handschrift sofort, auch heute noch.«

Carsten schüttelte den Kopf. »Die Schrift stimmt. Es war immer die gleiche, vierzehn Jahre lang.«

»Das ist unmöglich.«

»Es muss eine Erklärung geben. Irgendeinen Hinweis, wann und vor allem wie ist Sandra umgekommen?«

»In unserem Auto. Am zwölften Juni 1985. Sie fuhr allein zum Einkaufen, ich war damals an der Uni. Wir hatten den Wagen gerade erst bekommen. Am späten Vormittag holte man mich aus der Vorlesung. Sie habe einen Unfall gehabt, hieß es. Das Auto sei ins Schleudern geraten und hätte eine Hauswand gerammt. Die Ärzte sagten, sie sei sofort tot gewesen. Man brachte mich in die Gerichtsmedizin, um ihre Leiche zu identifizieren.«

»Sie haben die Leiche gesehen?«

»Ja, natürlich. Und es *war* Sandra, wenn es das ist, worauf Sie hinauswollen. Sie war definitiv tot.«

Schweigen. Carsten sah den zierlichen Körper der vierzehnjährigen Sandra vor sich, weiß und kalt und leblos, wie er mit geschlossenen Augen auf einem schimmernden Metalltisch lag, umgeben von Männern in grünen Kitteln. Selbst jetzt konnte er sie sich immer noch nicht als Erwachsene vorstellen. Das Bild schien jeden Winkel seines Schädels auszufüllen. Er konnte keine weitere Frage stellen.

Schließlich war es Kirchhoff, der die Stille durchbrach. »Sie haben Sie sehr gemocht, nicht wahr?«, fragte er.

»Ja«, sagte Carsten knapp. »Sehr.«

»Können Sie die Briefe besorgen?«

»Sicher.«

»Kommen Sie dann wieder und zeigen sie mir? Ich muss diese Briefe sehen, um wirklich an sie zu glauben!«

»Natürlich.« Eine Pause. Luftholen. »Haben Sie danach wieder geheiratet?«

Kirchhoff schüttelte den Kopf. »Sieht das hier so aus?«, fragte er und umfasste mit einer Handbewegung das ganze Zimmer. »Ich habe Sandra sehr geliebt, wissen Sie?«

Carsten nickte. O ja, er wusste genau, wie das war.

Er zog Zettel und Stift hervor, schrieb die Telefonnummer der Redaktion auf und schob sie über den Tisch. »Falls Ihnen irgendwas einfällt«, erklärte er mit schwacher Stimme. Dann stand er auf.

Kirchhoff brachte ihn zur Tür. Sein Blick war glasig. »Und Sie versprechen mir, wiederzukommen? Mit den Briefen?«

Carsten reichte ihm die Hand. »Versprochen.«

Als er am Morgen seine Wohnung verließ, versicherten ihm die Handwerker, dass sie bis zum Abend mit allen Arbeiten fertig sein würden. Er könne sich auf eine Wohnung freuen, die wie neu sein werde. Carsten rang sich ein pflichtschuldiges Lächeln ab. Er hoffte, dass es begeistert wirkte.

Wieder war er der Erste in der Redaktion. Als er am Schreibtisch saß, wählte er seine Frankfurter Nummer.

Elisabeth ließ das Telefon fünfmal klingeln, ehe sie den Hörer abnahm. »Hallo?«

»Elisabeth, ich bin's«, sagte er und versuchte, seiner müden Stimme einen fröhlichen Unterton zu verleihen.

»Sie klingen nicht allzu gut, mein Junge.«

»Mir geht's großartig«, log er. »Und Ihnen?«

Sie lachte. »Diese Ruhe im Haus, herrlich.«

»Wirklich?«

»Nein. Das war eine Lüge. Ich vermisse Sie.«

Er seufzte. »Ich habe auch nicht die Wahrheit gesagt. Ich bin erst spät ins Bett gekommen.«

»Damit wären wir quitt.«

»Stimmt.« Er machte eine kurze Pause. »Würden Sie mir einen Gefallen tun?«

Sie lachte erneut. »Ich wusste, dass Sie nicht nur anrufen, um zu fragen, wie es mir geht.«

»Warten Sie ab. Wenn erst mein Heimweh einsetzt, werde ich Sie mit solchen Anrufen bombardieren.«

»Tun Sie das, mein Junge, tun Sie das.«

Er lächelte. »Im Ernst: Ich brauche Ihre Hilfe.«

»Ist es so schlimm?«

»Ich muss Sie bitten, in meinen Sachen zu wühlen. Ich brauche dringend Sandras Briefe.«

»Ich soll Ihr Zeug durchsuchen?«

»Sie haben meine Unterhosen gewaschen, da werden Sie auch in meine Schränke sehen dürfen.«

»Na gut. Wo soll ich suchen?«

»In den untersten Schubladen im Schrank. Sie müssten voller Briefe sein. Sie sind alle von Sandra. Packen Sie sie zusammen, und schicken Sie sie mir per Eilpost. Es ist wichtig, dass ich sie spätestens morgen Früh hier habe.«

»Großer Gott, was ist denn passiert?«

»Sandra ist tot.«

Schweigen, dann: »Wann, um Himmels willen?«

»Vor acht Jahren.«

*»Vor acht – «*

»Acht Jahren, ganz genau. Deshalb ist es so wichtig, dass Sie mir diese Briefe schicken.«

»Aber wenn sie schon vor so langer Zeit …«

»Elisabeth, *bitte!* Nicht jetzt und am Telefon. Ich erzähle Ihnen alles später, einverstanden?«

Sie zögerte. »Natürlich. Die Briefe gehen heute noch raus. Ich werde sie gleich zum Postamt bringen.«

»Noch etwas: Morgen ist Samstag, da ist die Redaktion nicht besetzt. Sie müssen sie an meine Privatadresse schicken.«

»Geben Sie mir die Anschrift. Ich schreibe mit.«

Das tat er und sagte anschließend: »Sie sind ein Schatz.«

»Ich habe mich schon gefragt, wann Sie es bemerken.«

»Glauben Sie mir, das habe ich längst.«

»Sie Charmeur.«

Sie verabschiedeten sich, und Carsten legte auf. Kurz darauf erschienen die übrigen Redakteure, mit Ausnahme von Sebastian. Er treibe sich auf einem Polizeitermin herum, erklärte Michaelis. Mehr bekam Carsten von der Konferenz nicht mit. Die Nacht hatte ein wenig in dem Wirrwarr in seinem Kopf aufgeräumt. Trotzdem blieben all die Fragen vom Vorabend offen. Sandras Gesicht wirbelte schneller und deutlicher durch seine Gedanken als jemals zuvor.

Irgendwann, es musste früher Nachmittag sein, riss Nina ihn aus seinen Grübeleien. Plötzlich saß sie neben ihm auf der Schreibtischkante und betrachtete ihn besorgt aus ihren dunklen Augen.

»Probleme?«

Er schüttelte halbherzig den Kopf.

»Das war nicht sehr überzeugend«, beharrte sie.

Carsten seufzte und lächelte sie an. »Ein kleines Problem, okay?«

»Du siehst furchtbar aus. Schlimm, wenn ich das so sage?« Mit diesem Lächeln hätte sie noch ganz andere Dinge sagen dürfen. Sie wusste das genau.

»Wahrscheinlich hast du recht«, meinte er.

»Klar. Aber du musst mir jetzt nicht davon erzählen. Ich bin sowieso kein guter Zuhörer.« Vor zwei Tagen hatte sie ihm das Gegenteil bewiesen. »Was hältst du davon, heute Abend vorbeizukommen? Nicht zum Rendezvous«, fügte sie gleich mit unschlagbarer Offenheit hinzu. »Sebastian kommt auch. Er bringt was zu rauchen mit, ich besorge die Getränke. Also?«

Im Moment war ihm weder nach Drogen noch Alkohol zu Mute, trotzdem nickte er. Ein wenig Ablenkung würde ihm kaum schaden. Bis morgen konnte er ohnehin nichts unternehmen. »Gerne«, sagte er und grinste. »Bei euch gibt's schon Gras?«

Nina schenkte ihm ein zuckersüßes Lächeln. »Aus dem West-Paket, wie früher«, entgegnete sie bissig, drehte sich um und ging zurück zu ihrem Schreibtisch. Als sie noch einmal herübersah, prusteten beide los.

Du kommst wieder in Ordnung, dachte er. Was macht es schon, dass Sandra tot ist? Wer bemerkt schon den kleinen Unterschied?

Ninas Wohnung war auf den ersten Blick weniger chaotisch, als er erwartet hatte. Im Wohnzimmer gab es ein knallbuntes Sofa und zwei Sessel mit rotem Bezug. Unter dem Fenster stapelten sich Türme aus Büchern, an den Wänden hingen zwei abstrakte Gemälde. Originale von befreundeten Studenten, nahm er an.

Als er eintraf, stand die Tür zum Schlafzimmer offen. Er riskierte einen neugierigen Blick, doch Nina war sofort neben ihm und schlug sie zu. »Nicht aufgeräumt«, erklärte sie knapp, aber es klang nicht nach einer Entschuldigung. Eher nach: Das geht dich nichts an.

Sebastian erschien ein paar Minuten später, und es dauerte nicht lange, da saßen sie beisammen, tranken Wein und Bier und mühten sich mit Tabak, Blättchen und ein paar Haschisch-Krümeln ab. Carsten war nicht sicher, ob er Lust auf das Zeug hatte. Er fürchtete sich vor dem, was er sehen mochte.

Er hatte lange überlegt, ob er den beiden von Sandra erzählen sollte. Er brauchte jemanden, mit dem er darüber reden konnte, jemanden, der ihm sagte, wie er sich verhalten sollte. Sandras Tod und das Rätsel der Briefe waren wie Gewichte, die auf seinen Schultern lasteten. Es konnte nicht schaden, wenn er einen Teil der Last für eine Weile abwälzte; selbst wenn es nur ein Verlagern von der einen auf die andere Schulter war. Genug Zeit zum Atemholen. Zeit zum Nachdenken, vielleicht.

»Du hast mich gefragt, ob ich Probleme habe«, sagte er.

Nina nickte. Und kicherte. Sie hatte sich gerade den zweiten Joint angesteckt. Sebastian schien viel klarer zu sein.

Carsten holte tief Luft und erzählte ihnen die ganze Geschichte. Ohne Einleitung, ohne Umschweife. Sein Besuch in Leipzig als Fünfzehnjähriger. Die Sache im Sperrgebiet. Wie er und Sandra sich kurz darauf ineinander verliebt hatten. Er deutete an, dass sie miteinander geschlafen hatten, verheimlichte ihnen aber, dass es für beide das erste Mal gewesen war. Er berichtete von den Briefen, die sie sich zeitweise wöchentlich geschickt hatten. Und er erzählte von seinen beiden letzten Fahrten nach Leipzig und von dem, was er dort erfahren hatte. Danach fühlte er sich matt und ausgelaugt. Eine ganze Weile sagte keiner etwas. Schließlich setzte sich Nina, die während der ganzen Zeit mit ausgestreckten Beinen auf dem Sofa gelegen hatte, aufrecht hin und sah ihn an. Sie schien sich zu bemühen, die Auswirkungen des Rauschs zu verdrängen.

»Und du bist ganz sicher, dass sie tot ist?«

Er hob die Schultern. »Ihr Mann sagt, er hätte die Leiche gesehen. Doch selbst wenn sie noch lebt, welchen Grund hätte sie haben können, ihren eigenen Tod zu inszenieren und trotzdem weiterhin Briefe an mich zu schreiben, als sei nichts geschehen? Das passt nicht zusammen.«

»Abgesehen davon, dass zu einem solchen Schauspiel mehr als einer gehören«, ergänzte Sebastian. »Was ist mit der Polizei, den Gerichtsmedizinern, Zeugen des Unfalls? So vielen Menschen kann man nichts vormachen.«

Nina gab nicht auf. »Vielleicht hat ihr Mann gelogen.«

»Er sah nicht aus, als ob er das alles nur spielt.«

»Kannst du das beurteilen?«, meinte Sebastian zweifelnd.

Carsten zuckte mit den Achseln. »Dann bliebe immer noch die alte Frau.«

»Sie könnte sich mit ihm abgesprochen haben«, wandte Nina ein. »Du weißt ja nicht mal ihren Namen.«

Das war richtig. Er hatte sie weder danach gefragt, noch war ihm ein Türschild an ihrer Wohnung aufgefallen.

Ninas Einwand klang logisch – auf den ersten Blick. Aber welche Veranlassung hätten die Alte und Kirchhoff haben können, ihm eine solche Lügengeschichte aufzutischen? Er stellte den anderen die Frage.

Nina seufzte, ohne eine Antwort zu wissen.

Sebastian sagte: »Ich glaube, dass du recht hast. Vielleicht sagen die beiden wirklich die Wahrheit. Das würde bedeuten, dass Sandra tatsächlich bei dem Unfall ums Leben kam. In beiden Fällen bleiben aber Sandras Briefe: Lebt sie noch, wäre es eine Dummheit und ein unnötiges Risiko gewesen, weiterhin an dich zu schreiben; ist sie tot, muss ein anderer dahinterstecken.«

Carsten nickte. Genau das war sein Problem.

Und im selben Augenblick fiel ihm etwas ein.

»Gott, bin ich ein Idiot«, fluchte er laut.

Die beiden musterten ihn verwirrt.

»Der Brief!«, erklärte er.

Sie verstanden noch immer nicht.

Carsten schüttelte den Kopf.

»Als ich das erste Mal in Sandras Haus war, vor zwei Tagen, lag mein Brief im Kasten. Der, den ich vor meinem Abflug in Frankfurt geschrieben hatte. Gestern habe ich vergessen, nachzusehen, ob er noch da war.«

Nina blickte ihn fragend an. »Aber wer sollte ihn denn fortgenommen haben?«

»Genau das ist es doch!«, rief er. »Wer auch immer meine Briefe beantwortet hat, muss regelmäßig den Kasten geleert haben. Wahrscheinlich war auch er es, der dafür sorgte, dass die alten Namensschilder niemals von Klingel und Briefkasten verschwanden.«

»Möglicherweise wurde die gesamte Post bereits vorher umgeleitet«, gab Sebastian zu bedenken. »Wer weiß, ob sie jemals bis zu dieser Adresse gelangte.«

Carsten schüttelte den Kopf. »Dagegen spricht doch, dass der letzte Brief im Kasten lag.«

»Und du glaubst, er könne gestern bereits fort gewesen sein?«

»Keine Ahnung. Woher soll ich wissen, wie oft der Kasten geleert wird? Falls er bereits verschwunden ist, gibt es keine Chance mehr, denjenigen dort zu erwischen.«

»Vielleicht kommt er wieder und wartet auf weitere Briefe?«, meinte Nina.

Wieder schüttelte er den Kopf. »Mit ziemlicher Sicherheit weiß er jetzt, dass ich von Sandras Tod erfahren habe. Und selbst wenn nicht – in meinem letzten Brief stand, dass ich hier im Osten bin. Er wird nicht mit weiteren Schreiben rechnen.«

»Die einzige Möglichkeit, das herauszufinden, wäre die, hinzufahren und nachzusehen«, sagte Sebastian.

Nina sah auf. »Jetzt noch?«

»Das hat keinen Sinn«, meinte Carsten. »Mitten in der Nacht kommt man ohne Schlüssel nicht ins Haus hinein. Falls jemand es auf diesen Brief abgesehen hat, dann wird er ihn längst geholt haben.« Er seufzte. »Ich wette, der Kasten ist mittlerweile leer.«

Rochus saß am Steuer des gestohlenen Wagens und blickte hinaus in die Nacht. Er beobachtete, wie Niklas die Straße überquerte, beide Hände in den Taschen seines weiten schwarzen Mantels vergraben. Eine Windbö strich zwischen den Häusern entlang und bauschte den Stoff auf wie das Gefieder eines Raubvogels. Das orange Licht der Straßenlampen streckte seinen Schatten ins Endlose. Einen Augenblick später tauchte er ins Dunkel des Hauseingangs und war verschwunden.

Rochus hätte es vorgezogen, den Motor laufen zu lassen, aber in der stillen Seitenstraße hätte das Brummen für unerwünschtes Aufsehen gesorgt. Niklas hatte recht. Lieber eine Sekunde Verzögerung bei der Flucht, als unliebsame Zeugen während einer späteren Gegenüberstellung.

Nicht, dass einer von beiden ernsthaft damit rechnete. Die Sache war zu simpel. Hineingehen, zuschlagen, verschwinden. Nur Routine. Risiko gleich null.

Er hatte viel Zeit darauf verwendet, sein Gesicht mit falschen Augenbrauen, einem Bart, sogar Kontaktlinsen unkenntlich zu machen. Während der Ausbildung hatte man ihm eingebläut, dass Tarnung zum Wichtigsten gehörte, was es bei einer *Entfernung* zu beachten gab. Rochus respektierte den Rat seiner Ausbilder. Respekt war das A und O, hatte man ihm beigebracht. Respekt und Pflichterfüllung.

Beides waren Dinge, die er bei seinem Einsatzleiter vermisste. Sicherlich, Niklas war Major und stand mehrere Ränge über ihm selbst. Er war der Dienstälteste und Erfahrenste, und seine Erfolge waren beachtlich. Trotzdem gab es Dinge, die Rochus nicht gefielen. Schwerwiegende Dinge.

Erstens der Vorfall in Jena. Warum hatte Niklas nicht bis zum nächsten Abend gewartet, wie es üblich gewesen wäre? Warum hatte er sie im Hotel warten lassen und war damit Gefahr gelaufen, durch einen Abbruch der Aktion ihrerseits die ganze Sache zu gefährden?

Zweitens Niklas' Beziehung zu Nadine. Rochus fragte sich, was wirklich zwischen den beiden lief. Es war Vorschrift, während eines Einsatzes keine Verbindung zu einem anderen Mitglied einzugehen. Keine enge Freundschaft, erst recht keinen Sex. Nach Abschluss des Einsatzes würde Rochus eine Meldung machen.

Er lehnte sich zurück und beobachtete das Haus, in dem Niklas verschwunden war.

In einem der Fenster flammte ein Licht auf.

Es gab keine Klingel. Niklas klopfte zweimal, ehe hinter der Tür Geräusche laut wurden. Eine Decke wurde zurückgeschlagen, ein Lichtschalter betätigt. Keine Schritte.

»Wer ist da?«, fragte eine verschlafene Stimme. Und kurz darauf, nach einem Blick auf die Uhr: »Lieber Himmel, um zwei Uhr nachts …«

Niklas klopfte ein drittes Mal.

»Verdammt, wer ist denn da?« Jetzt nackte Füße auf Teppichboden. Energisch.

»Ich habe die Briefe«, sagte Niklas. Er machte sich nicht die Mühe, seine Stimme zu verstellen.

»Worthmann? Sind Sie das?«, fragte Sven Kirchhoff hinter der Tür.

»Erwarten Sie noch jemand anderen?«, fragte Niklas und hob die Pistole.

Ein Schlüssel wurde im Schloss herumgedreht, dann öffnete sich die Tür einen Spalt breit. »Großer Gott, hätte das nicht auch bis morgen Früh …«

Niklas schoss ihm eine Kugel durchs linke Auge ins Gehirn. Das Geräusch war trotz des Schalldämpfers unangenehm laut. Er hoffte, dass die Nachbarn einen tiefen Schlaf hatten.

Kirchhoff wurde zurückgeschleudert und landete mit Ellbogen und Hinterkopf auf dem Boden. Der Aufschlag des Körpers verschmolz mit dem Schnappen der Tür, als Niklas sie hinter sich zudrückte.

Der Mann rührte sich nicht mehr, natürlich nicht, trotzdem beugte Niklas sich vor und feuerte ihm zwei weitere Kugeln ins Herz. Geh immer auf Nummer sicher. Es ist nicht dein Teppich.

Er trat hinüber zum Bett und drückte auf den Schalter der Nachttischlampe. Dunkelheit. Allein die Straßenlaternen warfen jetzt noch mattgelbe Muster an die Zimmerdecke.

Kirchhoffs Schlüsselbund steckte innen auf der Tür. Niklas zog ihn ab, trat hinaus und steckte ihn ins Schloss an der Außenseite. Dann zog er die Tür zu. Das sanfte Klimpern der Schlüssel klang wie ein Glockenspiel im Wind.

Gegen vier, als auch der letzte Anwohner sein Licht gelöscht hatte, wurde die Straße von einem kurzen Stromausfall heimgesucht. Mit einem elektronischen Knistern verschluckte die Nacht das sterbende Licht der Laternen. Niemand bemerkte es. Und niemand sah die kräftige Gestalt, die mit einem großen Reisekoffer durch die Dunkelheit schlich und in einem Hauseingang verschwand.

Fünf Minuten später trat sie zurück ins Freie. Der Koffer schien jetzt viel schwerer zu sein, die Gestalt ging gebeugt, und einmal entrang sich ihrem Mund ein leises Stöhnen.

Alexander, der fünfte Mann in Niklas' Truppe, trug den Koffer zu

Kirchhoffs ockergelbem Trabant und öffnete mit dem Schlüsselbund den Kofferraum. Lautlos hievte er das schwere Gepäckstück hinein. Er stieg ein, startete den Wagen und fuhr los.

Während der nächsten Stunde stoppte er nur ein einziges Mal. Einen Block weiter beugte er sich über einen aufgebrochenen Verteilerkasten am Straßenrand und hantierte eine halbe Minute lang mit einem Schraubenzieher.

In der schmalen Seitenstraße leuchteten die Laternen wieder auf.

## Kapitel 9

Der Eilbote brachte das Päckchen am frühen Samstagmorgen. Carsten öffnete es und blätterte flüchtig durch den Papierstoß. Elisabeth hatte alle Briefe gefunden.

Er ging ins Wohnzimmer, räumte sein Bettzeug von der Couch und setzte sich. Die Handwerker hatten Wort gehalten; die Wohnung war tatsächlich wie neu. Die Blumentapete war weißgetünchter Raufaser gewichen, der Velourteppichboden verlegt und neue Fenster eingesetzt. Im Bad hatten sie die Kunststoffplatten von den Wänden und das PVC vom Boden gerissen und den gesamten Raum gekachelt. Sogar neue Armaturen hatte man angebracht.

Er legte die Briefe auf den Couchtisch und begann, sie chronologisch zu sortieren. Sandra war beim Schreiben sehr sorgfältig gewesen; auf dem jeweils ersten Blatt stand rechts oben das Datum. Carsten legte die Briefe auf zwei Stapel. Einen für die Zeit vor dem zwölften Juni 1985, einen für danach. Sandras Todestag war ein Donnerstag gewesen.

Viele der frühen Briefe fehlten, mehrere Dutzend, die beim Auszug aus dem Haus seiner Eltern verlorengegangen waren. Er nahm an, dass man sie später, nach dem Verkauf von Grundstück und Gebäude, fortgeworfen hatte.

Immer wieder ertappte er sich dabei, wie er sich in einzelnen Briefen festlas. Viel zu oft stieß er auf Passagen, auf Sätze, auf Ereignisse, die er längst vergessen hatte. Wie die zarten Finger einer Harfenspielerin brachten die Worte Saiten in seinem Kopf zum Klingen, Erinnerungen, die lange und schmerzhaft nachhallten, wie hohe, spitze Töne. Schließlich war sein Blick auf die geschwungenen Buchstaben so verschwommen, dass er für eine Weile mit dem Sortieren aufhören musste und versuchte, seinen Kopf durch eine eiskalte Dusche wieder klar zu bekommen.

Gegen halb elf hatte er die Briefe endlich in der richtigen Reihenfolge. In seinem Kopf regierte das Chaos. Sandras Gesicht, ihr Lachen und eine Unzahl von Dingen, die sie vor Jahren zu ihm gesagt hatte, waren alles, woran er denken konnte. Mit einem Mal fand er sein Detektivspiel albern und lächerlich. Sandra war tot, großer Gott, und was kümmerte es ihn, wer diese Briefe geschrieben hatte?

Am frühen Nachmittag hatte er sich so weit in der Gewalt, dass er die Briefe zusammenpacken und mit ihnen hinunter zum Auto gehen konnte. Es gab ein Versprechen, das er einhalten musste.

Keine zwei Stunden später stoppte er den Golf vor dem Haus in der Leipziger Innenstadt, in dem Sven Kirchhoff wohnte. Die Briefe lagen auf dem Beifahrersitz, im gleichen Karton, in dem Elisabeth sie verpackt hatte. Carsten holte einmal tief Luft, beide Hände fest ums Steuer gekrallt, dann klemmte er sich das Päckchen unter den Arm und stieg aus. Die Toilettentür im Treppenhaus war heute geschlossen.

Kirchhoff gab keine Antwort, als er an der Wohnungstür klopfte. Auch ein zweiter und dritter Versuch blieben erfolglos. Niemand zu Hause. Wieder eine nutzlose, stundenlange Fahrt. Carsten hatte kein Bedürfnis, die Strecke ein weiteres Mal zu fahren. Er würde Kirchhoff am Montag telegrafieren, er solle nach Tiefental kommen und sich die Briefe dort ansehen. Er selbst war ohnehin längst überzeugt, dass die Handschrift auch nach Juni 1985 die gleiche blieb. Sandras Witwer würde keinen Unterschied bemerken.

Als er die Treppen hinunterstieg, öffnete sich die Tür der Etagentoilette. Ein junger Mann trat heraus, Anfang zwanzig, langes Haar, Strickpulli selbst im April. Ein Student. Die Chancen standen nicht schlecht, dass er den früheren Uni-Dozenten kannte und vielleicht wusste, wann er nach Hause kommen würde. Carsten fragte ihn.

»Sven?«, erwiderte der Junge. »Gestern Abend war er zu Hause, da habe ich mir noch ein paar Bücher von ihm geliehen. Er muss später oder heute früh fortgefahren sein. Sein Auto steht nicht vor der Tür.«

»Du hast keine Ahnung, wo er hin ist oder wann er wiederkommt? Ich war vor zwei Tagen schon mal hier. Es ist wirklich wichtig.«

Der Student schüttelte den Kopf. »Hast du was bei ihm liegen lassen?«

Carsten wollte verneinen, doch dann nickte er. Er erinnerte sich an etwas, das er in Kirchhoffs Wohnung gesehen hatte. Etwas, das er sich gerne genauer ansehen wollte. »Ja, ein Buch«, sagte er deshalb. »Ich bin sein Nachfolger an der Uni. Ohne das blöde Ding bin ich aufgeschmissen.«

Der Junge betrachtete ihn einen Moment lang kritisch. Carsten befürchtete, mit seinem Schwindel auf Glatteis gefahren zu sein. Dann nickte er plötzlich. »Ich schätze, da kann ich dir helfen.«

Gemeinsam gingen sie zurück zur Wohnung. Der Student bat ihn, einen Augenblick zu warten. Kurz darauf kam er zurück, in der rechten Hand einen Schlüssel. »Ich werde aber dabei stehen bleiben«, sagte er, und noch einmal flammte ein Funken Misstrauen in seinen Augen auf. »Ich kenne dich ja nicht mal.«

»Kein Problem.«

Der Junge steckte den Schlüssel ins Schloss, drehte ihn herum. Drückte die Tür auf.

Die Wohnung war leer, wie erwartet. Carsten sah sich um, aber da war nichts Auffälliges. Zielsicher trat er an eines der Bücherregale und zog ein schweres Buch hervor, von dem er hoffte, dass es wichtig genug aussah, um dafür einen Hausfriedensbruch in Kauf zu nehmen.

Sein eigentliches Ziel aber war ein anderes.

Das Fotoalbum, gleich vor ihm auf dem Tisch. Halb vergraben unter offsetgedruckten Uni-Magazinen. Da lag es, gebunden in weinrotes Kunstleder. Darin befand sich mit großer Sicherheit der Schlüssel zu den Bildern und Gesichtern, die er seit vierzehn Jahren mit sich herumtrug.

Wenn der Junge ihn nur für einen Moment allein ließe, würde es ihm vielleicht gelingen, einen Blick hineinzuwerfen. Ein Foto von Sandra zu finden, das sie als erwachsene Frau zeigte. *(Erwachsen? Sie starb, als sie gerade zwanzig war.)* Ein Foto, das das Gesicht des jungen Mädchens endlich aus seinem Kopf vertreiben würde. Ihm eine andere Sandra zeigen würde, eine, die ihm fremder war, weniger vertraut. Eine, um die er weniger trauern müsste.

Er beschloss, alles auf eine Karte zu setzen. Betont ruhig beugte er sich vor und nahm wie selbstverständlich das Album in beide Hände.

»He, was machst du da?« Der Junge wurde misstrauisch.

»Ich will nur etwas nachsehen«, erwiderte er und schlug das Album irgendwo in der vorderen Hälfte auf. Sandras Bilder würden weiter zurückliegen. Er wusste nicht, wie viel acht Jahre umgerechnet auf die Seiten eines Fotoalbums bedeuteten.

Der Student war blitzschnell heran, legte die Hand auf das Album. »Tut mir leid, aber du musst jetzt gehen. Ich werde sowieso schon genug Ärger bekommen, wenn Sven erfährt, dass wir hier drinnen waren.« Es war offensichtlich, wie sehr er seine Hilfsbereitschaft bedauerte.

»Sieh mal«, versuchte es Carsten diplomatisch, »ich suche nur nach einem alten Bild von mir und –«

»Nein«, unterbrach ihn der Junge. Mit einer Entschlossenheit, die ihn selbst zu überraschen schien, riss er Carsten das Album aus den Händen, klappte es zusammen und presste es vor seine Brust. »Geh jetzt, bitte. Das gibt nur Ärger.«

Einen ganz kurzen Moment lang erwog Carsten den Gedanken, es auf eine Konfrontation ankommen zu lassen, dem Jungen das Album zu entreißen, einen Blick hinein notfalls mit Gewalt zu erzwingen. Dann nickte er nur. »Schon gut«, sagte er, griff nach dem Buch, das er vom Regal gefischt hatte, und ging zur Tür.

Der Junge legte das Album zurück auf den Tisch und folgte ihm. Von außen warf Carsten noch einen letzten Blick in den Raum. Hatte die bunte Perser-Imitation vor zwei Tagen nicht vor dem Bett gelegen? Jetzt lag der Läufer in der Mitte des Zimmers, fast so nah am Eingang, dass er die Tür blockierte. Er schüttelte den Kopf. Kirchhoffs Teppiche und die Art und Weise, wie er sie legte, waren nicht seine Sache.

Der Student schloss die Tür ab. Mit finsteren Blicken folgte er Carsten durchs Treppenhaus, bis dieser unten ins Freie trat.

Auf dem Rückweg fuhr er bei Sandras alter Adresse vorbei. Diesmal hielt er nicht erst vor der Haustür, sondern fuhr gleich weiter bis zum Durchgang, der auf den Innenhof führte. Dort ließ er den Wagen stehen und betrat den schmutzigen Wohnkomplex zum dritten Mal innerhalb weniger Tage.

Vom Hof drang Lärm herüber, und als er aus dem Durchgang trat, erkannte er, woher er rührte. Etwa ein Dutzend Erwachsener hatte es sich auf billigen Gartenstühlen rund um zwei Tische bequem gemacht. Jeder Zentimeter der Tischplatten schien gefüllt zu sein mit Bierdosen, die meisten waren geöffnet. Vereinzelt ragten dazwischen die Hälse einiger Schnapsflaschen hervor. Auf dem Boden standen weitere Dosen und Flaschen. Viele leer.

Die Männer und Frauen redeten alle durcheinander. Viele ihrer Gesichter sahen verhärmt aus, manche aufgequollen. Gleich drei oder vier Frauen hatten auberginefarbenes Haar, eine trug abgewetzte Kniestiefel unter fetten Oberschenkeln, dazu Jeanshemd und Slip. Die Männer trugen Jeans oder Baumwollhosen, die wenigsten hatten sich die Mühe gemacht, Pullover oder T-Shirts über ihre Unterhemden zu ziehen. Einige Kleinkinder saßen auf dem Boden im Dreck und spielten zwischen aufgeplatzten Müllsäcken.

Carsten suchte den Jungen, mit dem er am Fenster gesprochen

hatte, konnte sich aber nicht an sein Gesicht erinnern. Es war dunkel gewesen, hatte geregnet. *Die Ratten leben unter dem Müll,* hatte der Kleine gesagt. *Irgendwann holen sie uns, wenn niemand den Dreck wegräumt.*

Carsten schob sich an der feiernden Horde vorbei, ohne dass ihm jemand mehr als einen flüchtigen Blick schenkte. Irgendwer drückte auf die Taste eines Radiorecorders. Schräge Schlagermusik dröhnte verzerrt über den Hof.

Er betrat das Treppenhaus und ging nach vorne zu den Briefkästen. Warf einen Blick durch den Schlitz.

Leer.

Sein Brief war verschwunden. Wie er erwartet hatte.

Mit weiten Schritten stieg er die Treppen hinauf, immer zwei Stufen gleichzeitig, bis er vor der Wohnungstür der alten Frau stand. Es gab kein Namensschild, nur eine Klingel neben der Tür. Daneben klebte ein Papierstreifen, auf den jemand mit Kugelschreiber ein Wort geschrieben hatte, einen Namen. Die Schrift war verblasst und unleserlich.

Carsten drückte den Klingelknopf, wartete. Nichts. Allmählich wurde es zu einer schlechten Gewohnheit, vor Türen zu stehen, die niemand öffnete. Er klopfte, bekam aber keine Antwort. Die Frau war nicht zu Hause.

Er stieg die Treppen hinunter, hinaus auf den Hof. Als er die johlende Gruppe passierte, brachen ihre Gespräche ab. Alle verstummten. Ein Dutzend Gesichter wandte sich zu ihm um. Ausdruckslos. Manche misstrauisch.

Bemüht, ihre Blicke zu ignorieren, beschleunigte er seine Schritte. Sein Magen rumorte. Er fühlte sich erst sicher, als er im Wagen saß und erleichtert den Zündschlüssel drehte.

Er verbrachte den Rest des Tages und einen Großteil der Nacht damit, Sandras Briefe zu lesen. Im Jahr 1985 hatte sie insgesamt dreiundzwanzigmal geschrieben, dreizehn Briefe vor dem zwölften Juni, zehn danach. Im Juni selbst hatte sie zweimal geschrieben, je einmal vor und nach ihrem offiziellen Todestag. Er las beide Briefe mindestens zwanzigmal, ohne irgendwelche Unterschiede in Ton, Stil oder Gewichtung der Inhalte zu finden. Beide waren in derselben Handschrift geschrieben, beide offenbar mit der gleichen blauen Tinte aus demselben Füllhalter.

Es gab einige Briefe, die mit einer alten, mechanischen Schreibmaschine verfasst waren, sowohl vor wie auch nach dem zwölften, doch auch daran war nichts Ungewöhnliches. Für alle war die gleiche tragbare Reiseschreibmaschine benutzt worden. Sie hatte einmal Sandras Vater gehört und war nach der Hochzeit in ihre Mitgift gewandert. Sandra erzählte in einem der Briefe, wie sie sie ihrem Vater abgeschwatzt hatte.

Mehrfach wurde Carsten aus seiner Lektüre gerissen, als in der Wohnung über ihm eine Frau auf ein weinendes Kind einschrie. Gelegentlichen Krach auf der Straße sperrten die neuen Fenster weitgehend aus; der Lärm aber, der im Haus selbst tobte, drang ungehindert durch Decken und Wände.

1983, dem Jahr, in dem Sandra Sven Kirchhoff geheiratet hatte, hatte sie ihm einen Brief geschrieben, der wider Erwarten unbeschadet über die Grenze gelangt war. Offenbar war er durch eine Riesenportion Glück unter den wachsamen Augen der Staatssicherheit hindurchgehuscht.

Der Brief bezog sich auf ein Ereignis, von dem Carsten ihr in seinem vorhergehenden Schreiben berichtet hatte. Ein Mitarbeiter einer Bundesbehörde hatte sich für ihre Freundschaft interessiert und eine Reihe Fragen gestellt. Carsten erinnerte sich immer noch genau an den Besuch des Mannes, sah ihn vor sich, hörte seine Stimme und spürte die Verwirrung, die er damals gefühlt hatte. Er sah einen Ausdruck auf dem Gesicht seiner Mutter, den er nie hatte deuten können, jene Mischung aus Empörung, Beschämung und Furcht.

Der Mann war klein, Ende vierzig, sein Haar frühzeitig ergraut. Er trug Hut und Mantel, aber nicht von der Art, wie Agenten sie im Kino vor konspirativen Treffen überzogen; zwar grau und unauffällig, doch eher von einer unscheinbaren, allem Modischen gegenüber gleichgültigen Sorte. Wie ein auferstandenes Klischee, das irgendwer für einen Kurzauftritt aus einer Kiste mit Kino-Charakteren gefischt hatte.

Er sprach ruhig, langsam, nahezu tonlos. Er zeigte Carsten und seiner Mutter einen Ausweis, an dessen Aufschrift keiner von beiden sich später erinnerte. Nur der Name war Carsten über die Jahre hinweg im Gedächtnis geblieben: *Johann W. Konstantin.* Weshalb er sich auch heute noch an das W erinnerte, wusste er nicht. Vielleicht, weil er glaubte, dass es Wilhelm hieß. Der Mann sah aus wie ein Johann Wilhelm. Welch weise Voraussicht seiner Eltern.

Carstens Mutter bat Konstantin ins Wohnzimmer. Er bedankte sich, nahm Hut und Mantel ab und ging hinter ihr her. Mit einem kurzen Blick vergewisserte er sich, dass Carsten ihnen folgte.

»Ich würde mich gerne einen Augenblick lang mit Ihrem Sohn alleine unterhalten«, sagte der Mann, als sie sich auf Sofa und Sessel gegenübersaßen.

Carsten und seine Mutter wechselten einen Blick.

»Er ist noch minderjährig«, sagte sie schließlich, wieder an Konstantin gewandt.

Der Mann lächelte gutmütig. »Keine Sorge. Nichts von dem, was Carsten und ich besprechen werden, kann in irgendeiner Form gegen ihn oder Sie verwendet werden.«

Carsten hatte den Eindruck, dass Konstantin es ehrlich meinte. Auch wenn sein harmloses Äußeres nach Maskerade roch. Carsten gestand sich schweigend ein, dass er Angst vor dem Mann mit dem freundlichen Lächeln hatte. Es ist seine Autorität, sagte er sich, einfach eine Art von Respekt ihm gegenüber. Keine echte Angst. *Natürlich* nicht.

»Glauben Sie mir«, fuhr Konstantin fort, als Carstens Mutter keinerlei Anstalten machte, ihn mit ihrem Sohn allein zu lassen, »der Grund meines Besuchs ist harmlos. Routine, wenn Sie verstehen.«

Das tat sie nicht, und genauso wenig verstand Carsten, trotzdem nickte er ihr zu. Geht in Ordnung, hieß das, aber er fühlte sich dabei alles andere als tapfer. Einfach nur ein stilles Nicken. Allein das war ein Akt enormer Selbstbeherrschung.

Seine Mutter zögerte einen weiteren Moment, dann erhob sie sich und verließ den Raum, erst mit langsamen Schritten, dann immer schneller. Als verliere Konstantin mit wachsender Entfernung immer mehr von seiner Macht über sie.

»Worum geht es?«, fragte er, so erwachsen wie möglich. Lieber Himmel, er war siebzehn.

»Um deine Freundin Sandra«, erwiderte Konstantin ohne Umschweife. »Ihr seid Brieffreunde, nicht wahr?«

Es hätte ihn überraschen sollen, aber das tat es nicht. Dazu war er viel zu nervös. Vorsichtig fragte er: »Stimmt etwas nicht mit ihr?«

Konstantin schüttelte eilig den Kopf und gab eine weitere Kostprobe seines gütigen Lächelns. »Deiner Freundin geht es gut. Zumindest liegen mir keine gegenteiligen Meldungen vor. Ich darf dich doch duzen, oder?«

Carsten nickte stumm.

»Nun, es ist so«, fuhr der ältere Mann fort, »von Zeit zu Zeit erfahren wir von deutsch-deutschen Kontakten, solchen wie zwischen dir und Sandra, aber auch solchen, die viel schwerer wiegen, zwischen Wissenschaftlern, Politikern oder Beamten. Uns interessieren eigentlich nur die letzteren, aber es ist mein Beruf, alle Aufträge zu erledigen, die auf meinem Tisch landen. Und diesmal wart das eben ihr beiden. Wer weiß, warum man gerade euch aus dem Stapel gezogen hatte. Ist so etwas wie ein Sechser im Lotto, schätze ich.« Er schmunzelte, und Carsten erwiderte es mit einem höflichen Lächeln. Ihm war schlecht.

»Meine Aufgabe ist es, in solchen Fällen ein paar Fragen zu stellen, harmlose Fragen, auf die ich sicher harmlose Antworten bekommen werde.«

Carsten nickte wieder. Langsam wurde er ruhiger.

»Also, woher kennt ihr beide euch?«

»Sandra ist meine Cousine. Das heißt, nicht ganz. Ihr Vater ist der Cousin meines Vaters.«

Konstantin nickte. Sagte nichts. Wartete.

»Wir haben sie vor zwei oder drei Jahren besucht. 1979 war das, glaube ich.«

»Ihr wart in Leipzig?«

»Ja.« Als ob Konstantin die Antwort darauf nicht wusste.

»Hattest du Kontakt zu anderen Bürgern der DDR? Abgesehen von Sandra.«

»Zu ihren Eltern.«

Konstantin nickte. »Meine Frage war dumm gestellt. Gab es außer deinen Verwandten noch andere DDR-Bürger, die du dort kennengelernt hast?«

»Nein, niemanden. Das heißt, da war noch ein Arzt …«

Nichts an Konstantins Äußerem verriet ein besonderes Aufhorchen, nur seine Stimme klang um eine Winzigkeit aufmerksamer als zuvor. »Was für ein Arzt?«, wollte er wissen.

Carsten erzählte ihm, dass er beim Schlittschuhlaufen gestürzt war und sich einen Knöchel gebrochen hatte. Das Sperrgebiet verschwieg er. Weshalb, wusste er selbst nicht.

»Anschließend hat mich ein Arzt untersucht. Er kam ins Haus und behandelte den Bruch.«

»Du warst nicht im Krankenhaus?«

Carsten schüttelte den Kopf. »Nein. Der Arzt hat das alles zu Hause erledigt.«

»Er hat dich nicht mal geröntgt?«, fragte Konstantin. Carsten bezweifelte, dass es Sorge um seinen Knöchel war.

»Nein«, antwortete er. »Wir waren zwei Tage später hier im Westen im Krankenhaus. Dort haben sie den Bruch ein zweites Mal untersucht und festgestellt, dass die Behandlung völlig in Ordnung war.«

Jetzt erst fiel ihm auf, dass Konstantin sich keine Notizen machte. Vielleicht hatte er den Mann unterschätzt; er fragte sich, ob Konstantin jedes einzelne Wort im Gedächtnis behielt, jeden Satz, jede Formulierung.

»Kannst du dich an den Namen dieses Arztes erinnern?«

»Er hat sich nicht vorgestellt, glaube ich. Warum ist das so wichtig?«

Zum ersten Mal erschien in Konstantins Augen eine Regung, die über seine äußerliche Ruhe hinausging. Zorn funkelte darin.

»Mein Junge, die Fragen stelle ich. Gab es sonst noch jemanden, mit dem du oder deine Eltern im Haus eurer Verwandten Kontakt hattet?«

»Nein, keinen.«

Konstantin nickte, als wäre das die Antwort, die er erwartet hatte. Dann fragte er: »Und du und Sandra schreibt euch seit diesem Besuch?«

»Ja.«

»Wer hat damit begonnen?«

»Sie meinen, wer den ersten Brief geschrieben hat?«

»Genau.«

»Ich glaube, das war ich. Aber wir hatten uns bereits in Leipzig versprochen, dass wir uns schreiben würden.«

»Worüber?«

»Alles Mögliche. Was man eben so schreibt. Über Schule, Eltern, Freunde und so weiter. Soll ich Ihnen die Briefe zeigen?«

Konstantin schüttelte den Kopf. »Nicht nötig.«

Weil du sie ohnehin schon alle kennst?, fragte Carsten in Gedanken.

»Sandra geht genau wie du noch zur Schule, oder?«, kam die nächste Frage.

»Ja. Sie besucht eine dieser DDR-Athletenschulen. Sie will Hochleistungssportlerin werden.«

»Tatsächlich? Welche Disziplin?«

»Leichtathletik. Laufen, springen, verschiedene Dinge.«

Konstantin nickte erneut, als schaffe er dadurch in seinem Kopf Platz für weitere Informationen. Um so überraschter war Carsten, als der Mann sich erhob und sagte: »Das war schon alles.« Er lächelte. »War's sehr schlimm?«

Carsten zwang sich zu einem Grinsen, schüttelte den Kopf und stand ebenfalls auf. »Geht schon in Ordnung«, sagte er, weil ihm nichts Besseres einfiel.

Seine Mutter wartete draußen auf dem Flur. Carsten war nicht sicher, ob sie gelauscht hatte. Konstantin schien wie selbstverständlich davon auszugehen. »Sehen Sie, mehr wollte ich gar nicht wissen«, sagte er. »Ich werde Sie nicht weiter belästigen.«

Er nahm Hut und Mantel und wandte sich zur Tür. Dort reichte er beiden zum Abschied die Hand und ging dann durch den Vorgarten hinunter zur Straße. Carsten und seine Mutter sahen ihm durchs Fenster hinterher. Es gab kein Auto, das auf ihn wartete. Konstantin bog zu Fuß um die nächste Ecke; erst Mann, dann Schatten, dann nichts mehr.

Es war lang her, dass von Heiden Nawatzki so zufrieden erlebt hatte. Nicht, dass man es ihm auf den ersten Blick ansah; es gab kein Lachen oder Jubeln. Vielmehr war es die Art, wie er sich in seinem Sessel zu von Heiden herumdrehte. Sogar die Tatsache, dass er sich umdrehte, war Zeichen seiner gelösten Stimmung.

»Warum haben wir Kirchhoff nicht schon früher beseitigt?«, fragte von Heiden.

Nawatzki sah ihn eindringlich an, offenbar nicht gewillt, sich seine gute Laune verderben zu lassen. »Damals war es unnötig. Er hatte mit der ganzen Sache nichts zu tun, es hätte nur für Ärger gesorgt.« Er lehnte sich in seinem Sessel zurück. »Nein, Kirchhoffs Tod kam genau rechtzeitig. Sein Verschwinden wird Worthmann misstrauisch machen. Er wird seine Nachforschungen beschleunigen.«

»Oder abbrechen.« Von Heiden war nicht überzeugt. »Was ist, wenn er befürchtet, der Nächste auf der Liste der Verschwundenen zu sein?«

Nawatzki schüttelte den Kopf. »Bisher hat er dazu keine Veranlassung. Was weiß er denn? Nichts. Es müsste schon mit dem Teufel zugehen, sollte er sich jetzt nicht auf die Suche nach seiner Cousine begeben.«

»Was macht Sie da so sicher?«

»Die Mechanismen der Liebe, Herr von Heiden. Vielleicht haben Sie schon davon gehört.«

Aus Nawatzkis Mund klang das Wort Liebe klinisch und kalt. Wie ausgestanzt mit einem Seziermesser.

»Hat die Überwachung in der Redaktion bislang irgendwelche Ergebnisse gebracht?«, fragte Nawatzki.

»Nichts als das Übliche. Wir kontrollieren seine Telefongespräche, seine Post, seine Kontakte zu anderen.«

»Ich habe nach Ergebnissen gefragt, nicht nach Ihrer Vorgehensweise.«

»Er hat mit seiner Vermieterin hier in Frankfurt telefoniert und sie gebeten, ihm die Briefe zu schicken. Sie sind am Samstag bei ihm angekommen. Deshalb wollte er zu Kirchhoff.«

»Haben Sie sie gelesen?«

»Dazu blieb keine Zeit. Er hat sie nach Hause in die Wohnung schicken lassen, per Eilpost. Die einzige Möglichkeit wäre gewesen, den Boten abzufangen. Aber ich war der Ansicht, dass das zu viel Aufsehen erregen würde. Außerdem brauchen wir die Briefe nicht. *Er* braucht sie, wenn er gründlich recherchieren will. Und das sollte uns nur recht sein.«

»Was ist mit der Sekretärin?«

»Er mag sie. Sie ist ein hübsches junges Ding.«

»Unterrichten Sie mich über alles, was in diesem Zusammenhang von Bedeutung sein könnte. Die Überwachung seiner Wohnung ist mittlerweile perfekt?«

Von Heiden nickte. »Selbstverständlich. Wir beobachten jeden einzelnen seiner Schritte, ganz gleich wo und wohin.« Er lächelte siegessicher. »Sollten seine Nachforschungen Erfolg haben, wissen wir es wahrscheinlich noch vor ihm selbst.«

## Zweiter Teil

# Hexentanz

# Kapitel I

Es roch nach feuchtem Mauerwerk und nach etwas, das Carsten bei seinem ersten Besuch in der alten Kapelle nicht wahrgenommen hatte. Jetzt, nachdem er sich schon eine ganze Weile hier drinnen aufhielt, wurde ihm klar, was es war. Weihrauchschwaden hatten sich jahrhundertelang in die Wände gefressen, und selbst die vergangenen, menschenleeren Jahrzehnte hatten die Überbleibsel ihres würzigen Duftes nicht vertreiben können.

Sebastian und er saßen sich gegenüber; er selbst in dem alten Ohrensessel, der Polizeireporter im Schneidersitz auf dem grauen Steinquader, der einst als Altar gedient hatte. Sebastian hatte die Briefe auf einem Stapel neben sich aufgeschichtet und sah sie der Reihe nach durch.

»Was denkst du?«, fragte Carsten.

Sebastian zuckte mit den Schultern. »Nichts. Ich sehe keinen Unterschied, zumindest, was das Schriftbild angeht. Den Inhalt kannst du besser beurteilen.«

»Da gibt's nichts Auffälliges. Es sieht wirklich so aus, als habe Sandra jeden einzelnen dieser Briefe geschrieben.«

»Womit wir wieder am Punkt Null wären.«

»Scheint so.«

Eine Weile lang saßen sie schweigend da und überlegten.

»Letztlich würde das bedeuten, dass ihr Mann gelogen hat«, sagte Sebastian dann.

»Und die alte Frau.«

»Die Alte auch.«

Carsten schüttelte den Kopf. »Fällt dir irgendein Grund ein?«

»Nicht auf Anhieb.«

Sebastian sprang auf, trat hinter den Altar und holte eine Marlboro-Schachtel hervor. Er fischte eine Zigarette heraus und zündete sie sich an. Carsten stand neugierig auf. Er hatte den Altar für einen massiven Block gehalten, trotzdem schien es dort ein Fach oder einen Hohlraum zu geben. Als er aber den Quader umrundet hatte, war da nichts als die glatte Steinwand.

»Wie hast du das gemacht?«, fragte er verblüfft.

Sebastian grinste, offensichtlich stolz darauf, dass er Carsten überrascht hatte. »Großes Geheimnis«, flüsterte er und rollte dabei mit den Augen. Er reichte Carsten die Schachtel.

»Auch eine?«

»Danke, nein.« Carsten ging vor dem Altar in die Hocke. Mit den Fingern strich er über die Oberfläche. Nichts. Nicht einmal der Hauch von Fugen oder etwas, das einen versteckten Mechanismus verriet.

Sebastian lachte. »Darin bewahre ich Sachen auf, die den Rest der Redaktion nichts angehen. Ich hab dir doch erzählt, dass sich irgendjemand an den Schreibtischen zu schaffen gemacht hat.«

Carsten nickte.

»Derjenige ist dabei sehr vorsichtig gewesen, aber ich hab's trotzdem gemerkt.«

»Und was ist so geheim, dass keiner es sehen darf? Gras?«

Sebastian schüttelte den Kopf. »Papierkram.«

»Aha.«

»Ich werde dir später mal davon erzählen.« Er deutete zur Tür. »Gehen wir zurück.«

Mit einem Achselzucken folgte Carsten ihm ins Freie. Draußen auf dem Hof sagte Sebastian: »Was ist, wenn die Briefe einfach hervorragende Fälschungen sind?«

»Dann hätte Kirchhoff möglicherweise doch die Wahrheit gesagt.«

»Es gibt zwei Varianten: Entweder die Schrift bleibt auch nach dem Todesdatum dieselbe, oder aber sie ändert sich. Eines von beidem muss zutreffen. Dann hätten wir auch die Antwort darauf, ob Sandra noch lebt. Wir müssen nur herausfinden, ob die Schrift nach dem 12. Juni 1985 tatsächlich unverändert bleibt.«

»Und wie?«
»Kann ich die Briefe bis morgen mitnehmen?«
»Wenn du mir sagst, was du damit anstellst.«
»Lass dich überraschen.«
Carsten hob ergeben die Schultern. »Okay. Von mir aus.«

Die Kälte kam gegen Abend, beißend und hinterhältig, ohne Rücksicht auf die verblichene Wärme des Nachmittages. Fenn war nicht sicher, ob sie wirklich von außen oder aus seinem Inneren kam. Er spürte, wie ein eisiger Schauer durch seinen Körper lief und sich mit einem blitzartigen Schütteln ans Freie kämpfte. Seine Arme waren von Gänsehaut überzogen, und für einen kurzen, schrecklichen Augenblick kam ihm der Gedanke, dass sich selbst die Oberfläche seiner Augen zusammenzog; der Blick durch die Windschutzscheibe wurde mit einem Mal diffus und verschwommen. Von einer Sekunde zur anderen setzte ein gnadenloser Regenschauer ein, die Umgebung zerlief zu farblosen Schlieren. Um auch den letzten Rest von Behaglichkeit zu vertreiben, zog ein Gewitter auf, und das Licht des Frühlingsabends wurde von nahezu nachtgleicher Dunkelheit verschluckt.

Fenn wünschte sich zurück in den einsamen Turm am Rand der Waldschlucht. Seit Stunden stand er hier und starrte auf das alte Redaktionsgebäude. Er hätte einen der anderen schicken können, aber es war an der Zeit, sich selbst ein Bild zu machen – von den *dramatis personae* und den Kulissen, in denen sie agierten.

Fenn sah auf seine Uhr. 17.55 Uhr. Im Bürotrakt der Redaktion brannten alle Lichter. Die meisten Redakteure befanden sich noch im Gebäude. Gelegentlich öffnete sich die Eingangstür, und jemand hastete mit verbissenem Gesicht hinaus in den Regen. Die beiden, auf die er wartete, waren noch nicht herausgekommen.

Fenn hatte den Wagen auf der gegenüberliegenden Seite des Vorplatzes geparkt, sodass der Brunnen einen Großteil des Fahrzeuges verdeckte.

Die Menschen, die in unregelmäßigen Abständen das Gebäude verließen, waren durch die prasselnden Wassermassen nur noch als vage Umrisse zu erkennen, ihre Gesichter kaum mehr als helle Punkte. Trotzdem war er sicher, dass er die beiden nicht verpassen würde.

Seine Augen waren geschult. Man hatte ihn darauf gedrillt, selbst unter Wasser winzige Buchstaben entziffern zu können. In einem dunklen Raum versetzte ihn selbst der schwächste Lichtschimmer in die Lage, detaillierte Pläne und Unterlagen zu lesen. Fähigkeiten, die niemand ihm hatte nehmen können. Auch nicht die vergangenen drei Jahre.

18.11 Uhr. Wieder öffnete sich die Tür, jemand trat ins Freie. Carsten Worthmann. Er war allein, hatte den Kragen seines Mantels hochgeschlagen. Keine Tasche, keine losen Umschläge. Fenn fluchte still vor sich hin. Als Worthmann am Morgen die Redaktion betreten hatte, hatte er die Briefe bei sich gehabt, verpackt in eine graue Schachtel. Jetzt verließ er das Haus ohne sie. Demnach hatte er sie in der Redaktion zurückgelassen, oder ein anderer trug sie bei sich. Das Mädchen vielleicht, diese Sekretärin? Oder – und der Gedanke erfüllte ihn mit plötzlicher Wut – eine der Personen, die bereits früher hinausgegangen waren? Das würde bedeuten, dass Worthmann aus irgendeinem Grund Verdacht geschöpft und die Briefe direkt unter seinen Augen hinausgeschleust hatte.

Fenn verwarf diesen Gedanken. Worthmann war arglos. Nawatzkis Leute mochten weniger zurückhaltend vorgehen als er selbst, und Worthmann mochte ihre Anwesenheit vermuten; was aber ihn, Fenn, anging, so war er ahnungslos.

Einen Moment lang überlegte er, ob er ihm folgen sollte, dann entschied er sich dagegen. Es blieb eine dritte Möglichkeit: Jemand würde nach ihm mit den Briefen herauskommen. Fenn blieb nichts anderes übrig, als abzuwarten.

Konnte es sein, dass Michaelis das Paket an sich gebracht hatte? Nein, überlegte er, es war in seinem und Nawatzkis Interesse, dass Worthmann anhand der Briefe weiter recherchierte. Sie würden sie ihm niemals abnehmen. Schließlich war das der Grund, weshalb Fenn selber hier war: Die Briefe mussten verschwinden, damit Worthmanns Nachforschungen ergebnislos blieben. Zu seinem eigenen und ihrer aller Besten. Nur so konnten sie Nawatzkis Pläne durchkreuzen.

18.25 Uhr. Ein junger Mann mit runder Brille verließ die Redaktion. Fenn rutschte tiefer hinters Steuer. Er erinnerte sich an ihn. Sebastian Korall, der Polizeireporter. Unter dem rechten Arm trug er die Schachtel. Also doch.

Fenn wartete ab, bis er den Platz überquert hatte und zu Fuß in einer der angrenzenden Straßen verschwunden war. Dann startete er den Wagen und folgte ihm in weitem Abstand durch die Dunkelheit.

Jonas Brabach wohnte in einem winzigen Fachwerkhaus, dessen Umrisse sich über die Jahre hinweg verformt und verzogen hatten. Sebastian fragte sich, wer wem nacheiferte; das Haus dem Besitzer oder der Besitzer dem Haus. In Anbetracht der Jahrhunderte, die das Gebäude auf dem Buckel hatte, tippte er auf die zweite Variante. Das Haus stand schon schief, bevor Jonas' Urgroßeltern das Licht der Welt erblickten. Jonas dagegen verdankte seine eigene Schräglage und die ausufernden Körperformen seinem Alkoholkonsum. Mochte sein, dass er damit verhindern wollte, dass es ihm genauso erging wie seinen vier Wänden – zumindest, was das Altern betraf.

Das Haus lag in einer schmalen Gasse, nicht weit entfernt vom Marktplatz. Die Anwohner mussten ihre Autos auf einer schlammigen Fläche an der Gassenmündung abstellen und das letzte Stück zu Fuß gehen. Die Wände standen hier viel zu dicht beieinander, als dass ein Wagen ohne anzuecken hindurchgepasst hätte. Während Sebastian über das vor Nässe glänzende Pflaster ging, wandte er den Blick nach oben. Die Giebel der alten Häuser schienen sich einander zuzubeugen, flüsternd, verschwörerisch, versunken im Austausch ihrer Geheimnisse. Über ihnen wogte das Gewitter mit seinen schwarzen Wolkenstauden und pumpte Schauer um Schauer hinab auf die Erde. Als Sebastian endlich Jonas' Haustür erreichte, war er nass bis auf die Haut.

Er klingelte. Jonas ließ sich Zeit. Sebastian nahm an, dass sein Freund in der Küche stand und vor lauter Begeisterung über seine eigenen Kochkünste das Klingeln überhörte. Ein zweites Schellen, ein drittes. Dann öffnete sich die Tür.

»Lieber Himmel«, stieß Jonas aus, als er seinen triefenden Besucher einließ. »Du siehst nicht gut aus.«

Sebastian trat griesgrämig in die Diele. »Ich tropfe.«

»Willst du ein Handtuch?«

»Wäre nett.«

Als Jonas mit einem Badetuch zurückkam, hatte Sebastian sich bereits aus seiner Jacke geschält. Er streifte seine Basketballschuhe ab und stellte sie neben die Tür. Mit dem Handtuch trocknete er sich erst Gesicht und Haar ab, dann tupfte er hilflos über seine nasse Hose.

»Das trocknet von selbst«, stellte Jonas fest.

Sebastian nickte. »Muss es wohl. Ist das Essen fertig?«

»Hey, wir sind nicht verheiratet.«

Jonas war Mitte vierzig, fast zwanzig Jahre älter als Sebastian. Er war Polizist, wie schon vor der Wende. Damals hatte er den randalierenden Teenager Sebastian gelegentlich in Schutz genommen. Heute war von Jonas' väterlicher Fürsorge nur die unausgesprochene Regel geblieben, dass er derjenige war, der sie bei ihren Treffen bekochte. Darin war er großartig.

Jonas sah auf die Schachtel in Sebastians Hand. »Sind das die Briefe?«

Sebastian nickte.

In der Küche kochte irgendetwas über. Ein Topfdeckel schepperte.

»Verdammt.« Jonas fuhr herum und stampfte auf seinen kurzen Beinen davon. Als Sebastian hinter ihm in die Küche trat, fuchtelte er bereits hektisch an den Reglern des Gasherdes herum. Er fluchte erneut.

»Du hättest doch heiraten sollen.«

»Ich hätte dich damals verhaften sollen.«

Sebastian stellte die Schachtel mit den Briefen auf dem Küchentisch ab. »Ich schätze, die haben Zeit bis nach dem Essen«, sagte er.

Fenn stellte den Wagen auf dem kleinen Parkplatz am Anfang der Gasse ab. Alle Buchten, von denen aus er den schmalen Einschnitt im Schachtellabyrinth der Häuser hätte überblicken können, waren belegt. Mit finsterer Miene öffnete er die Tür und trat in den strömenden Regen. Der unasphaltierte Platz hatte sich in einen glitschigen Schlammpfuhl verwandelt, auf dem sich Pfützen zu kleinen Tümpeln blähten. Trotz der frühen Abendstunde war es fast stockdunkel. Am Anfang der Gasse leistete eine trübe Laterne Widerstand gegen die drückende Finsternis. Ihr mattes Schimmern reflektierte auf den Oberflächen der Wasserlöcher, Sterne am Boden, die das Gewitter vom Himmel zerrte.

Frühling im Harz. Die Zeit der Touristen.

Der Regen war ein Problem. Nicht so sehr die Nässe; Fenn hatte Schlimmeres überstanden. Eine Beschattung war selbst bei guter Witterung schwierig; im Regen und unter Bedingungen wie diesen wurde sie schnell zur Tortur.

Er durfte kein Aufsehen erregen, Regel Nummer eins. Gasse und Parkplatz waren menschenleer, doch sobald jemand auftauchte, würde er sich etwas einfallen lassen müssen.

Während er die Gasse abschritt, entdeckte er die Nische. Sein Blick registrierte eine Bewegung, einige Meter vor ihm. Er erkannte eine Ratte und folgte ihrem Weg quer über das Pflaster. Die Ratte verschwand in einem dunklen Fleck inmitten der gedrängten Fassaden.

Es war kaum mehr als eine Kerbe zwischen zwei Häusern, breit wie ein Sarg und doppelt so tief. Voller Abfälle, ohne Licht. Ideal. Fenn drückte sich in den Schatten. Die Finsternis legte sich um ihn wie ein Mantel. Die überhängenden Dächer sorgten dafür, dass der Regen nicht bis hierher vordringen konnte. Fenn lehnte sich zurück, konzentrierte sich, dachte nach. Beobachtete.

Er verfluchte sich jetzt selbst dafür, dass er nicht bereits auf dem

Weg hierher zugeschlagen hatte. Es wäre kein Problem gewesen, die Herausgabe der Briefe zu erzwingen. Der Grund, warum er es nicht getan hatte, war die Überlegung, dass Korall ihn zu einem weiteren Akteur des Dramas führen mochte. Doch nun überwogen die Nachteile. Er würde die Briefe an sich bringen müssen, früher oder später, auf jeden Fall in dieser Nacht. Alles andere war zweitrangig.

Licht aus den Fenstern des Hauses fiel als Raster auf die glitzernden Pflastersteine. Einmal ging jemand im Inneren auf und ab, ein Schemen nur, der einen schwarzen Schatten hinaus in die Gasse warf.

Fenn wusste, wo Sebastian wohnte; dies war nicht die Adresse, die man ihm gegeben hatte. Die Chancen standen gut, dass er das Haus noch heute wieder verlassen würde. Hoffentlich mit den Briefen. Sonst würde Fenn einbrechen und sie sich holen müssen. Sie durften keine Risiken mehr eingehen. Nawatzki war längst zu weit gegangen, als dass sie sich Nachlässigkeiten hätten leisten können.

Fenn wartete. Ein Kinderspiel.

Er blickte wieder auf seine Uhr. 18 Uhr 58.

Nur wenige Zentimeter vor ihm prasselte der Regen vom Himmel, dicht wie ein gläserner Vorhang. Zu seinen Füßen raschelte etwas. Als er hinabsah, starrten ihn zwei winzige Augen an. Ein langer Schwanz aus rohem Fleisch ragte wie ein rosafarbener Wurm hinaus ins Dämmerlicht der Gasse. Ein Blickduell. Fenn und die Ratte.

Es gab vieles, das Carsten durch den Kopf ging, während er den Wagen durch Tiefental lenkte. Er hatte Nina gesagt, er würde sie um acht abholen, und jetzt war es nicht einmal Viertel vor. Er hatte es nicht länger ausgehalten, zu Hause herumzusitzen, den Fernseher anzustarren und dem jammernden Kind in der Wohnung über ihm zuzuhören. Eine Weile hatte er geglaubt, er könne sich beschäftigen, indem er Pläne für die Einrichtung seiner Wohnung schmiedete. Doch als er von Raum zu Raum ging und sich Möbelstücke vorstellte, wurde ihm klar, dass ihm die kargen Wände gar nicht so schlecht gefielen. Vielleicht, weil er sich ein wenig von dieser Leere auch für seinen Kopf wünschte.

Egal, in welche Richtung er dachte, stets ging ein Feuerwerk von Gedanken, Ängsten und Befürchtungen hinter seiner Stirn los. Sandras Name wurde zum Stichwort für ein Chaos aus Hoffnungen und Sorgen, wirren Erinnerungen, die sich vermischten mit den Bildern, die Kirchhoffs Erzählungen in ihm geweckt hatten. Sandras Unfall, die weiß gekachelte Leichenhalle. Die Pathologen in ihren grünen Kitteln.

Die Briefe.

Immer wieder die Briefe.

Mochte der Himmel wissen, was Sebastian damit vorhatte. Er hoffte nur, dass es irgendein Ergebnis bringen würde. Eine, wenigstens *eine einzige* verlässliche Aussage in diesem Wust aus Möglichkeiten, Zweifeln, Fragen und Wahrheiten, die ebenso Lügen sein mochten.

Er fand eine Parklücke gleich vor Ninas Haustür. Bei dem Regen war er mehr als dankbar dafür. Die Haustür stand offen, deshalb klingelte er erst oben vor ihrer Wohnung.

Nina öffnete, lächelte, als sie ihn erkannte, und grüßte fröhlich. Sie trug eines ihrer fünf Dutzend Sweatshirts, das bis knapp auf ihre Oberschenkel fiel. Sie war barfuß, die langen Beine nackt. Carsten gab sich alle Mühe, seinen Blick nicht länger als für einen kurzen Moment darauf ruhen zu lassen. Natürlich bemerkte sie es trotzdem.

Sie drehte sich um und verschwand im Schlafzimmer. »Ich muss mich noch fertigmachen«, rief sie hinaus. »Zwei Minuten.«

»Lass dir Zeit.«

Er ging ins Wohnzimmer – nicht, ohne im Vorbeigehen noch einen weiteren Blick durch die offene Schlafzimmertür auf ihre unglaublichen Beine zu werfen – und sah gedankenverloren ihre Plattensammlung durch.

Eine Viertelstunde später führte sie ein Kellner in einem italienischen Restaurant an einen Tisch direkt neben dem Fenster. Darauf stand eine Vase aus imitiertem China-Porzellan.

»Geschmackvoll«, kommentierte er, nachdem der Kellner sie mit den Speisekarten allein gelassen hatte.

Nina zog eine sarkastische Grimasse. »Bei euch in Edeldeutschland sind selbst die Blumenvasen schöner.«

*Ganz richtig,* wollte er erwidern, fragte sich aber gleichzeitig, ob Arroganz die beste Taktik war.

Taktik wofür? Mit welchem Ziel? Sie ins Bett zu bekommen? Das kann nicht dein Ernst sein. Du hast schon genug Probleme. Denk an Sandra.

Aber Sandra ist tot.

Sie musterte ihn misstrauisch. »Stimmt was nicht?«

»Kannst du dir das nicht vorstellen?«

»Die Briefe«, stellte sie fest.

Er nickte. »Ich denke seit zwei Tagen an nichts anderes.«

»Kann ich verstehen. Nur – bringen wird es dir nicht viel.«

»Aber es muss eine Erklärung dafür geben.«

»Die sind wir schon alle durchgegangen. Warte ab, was Sebastian herausfindet.«

»Er hat mir nicht mal gesagt, was er vorhat.«

»Ich nehme an, er wird sie Jonas zeigen.«

»Jonas?«, fragte er.

»Ein Schriftsachverständiger der Polizei. Einer, der Abschiedsbriefe auf ihre Echtheit prüft, Urkunden untersucht und so weiter. Wenn irgendwer herausfinden kann, ob an diesen Briefen etwas faul ist, dann er.«

Der Kellner kam und nahm ihre Bestellung auf.

Jonas rauchte Zigaretten, die rochen wie Asphaltiermaschinen. Kurz nach halb zehn steckte er sich die sechzehnte an. Sebastian hatte mitgezählt.

»Warum rauchst du so viel von diesem Zeug?«

»Sie halten schlank.«

»Findest du?«

Jonas ließ lachend eine Hand auf seinen Bauch sinken. »Sag nicht, ich sei dick.«

»Nein, du bist fett, Jonas. Wirklich fett.«

Wieder lachte Jonas. »Das liegt in der Familie.«

»Kein Vater würde seinem Sohn diesen Bauch vererben.«

»Meiner schon.«

»Unglaublich.«

Auf dem Tisch zwischen ihnen lagen Sandras Briefe. Daneben standen zwei Flaschen. Als Sebastian kam, waren beide noch ungeöffnet; jetzt war der Jim Beam leer, und der Southern Comfort ging ebenfalls zur Neige. In einem klaren Moment war Sebastian zu der Erkenntnis gekommen, dass er und Jonas sturzbetrunken waren. Das war vor einer halben Stunde gewesen. Seitdem hatten sie pausenlos weitergetrunken.

»Und du bist wirklich sicher?«, fragte er noch einmal und deutete in die Richtung, in der er die Briefe vermutete. Sie verschwammen vor seinen Augen, genau wie alles andere. Jonas war kaum mehr als ein Schemen vor der klobigen Form des Sofas.

»Ganz sicher.«

»Hast du eine Ahnung, was es bedeuten könnte?«

Jonas lallte. »Nicht die geringste.«

Sebastian nickte langsam und befürchtete, sein Kopf könne ihm dabei von den Schultern rollen. »Dann muss ich …«, begann er, schluckte und setzte von neuem an: »Dann muss ich jetzt zu Carsten.«

»Damit hast du nicht gerechnet, was?«, fragte Jonas mit vom Alkohol angeheiztem Triumph.

Das Ergebnis seiner Untersuchung war eine Überraschung. Weder änderte sich die Schrift nach dem 12. Juni 1985, noch waren alle Briefe von derselben Person geschrieben. Tatsächlich war er auf eine dritte Möglichkeit gestoßen.

»Ich muss jetzt gehen«, sagte Sebastian noch einmal.

»Aber die Flasche ist noch nicht leer.«

»Nicht wichtig … Ich muss Carsten Bescheid sagen.«

»Du bist alt geworden, mein Junge.«

»Zumindest nicht fett.«

»Das ist wahr.«

Sebastian packte die Briefe notdürftig zusammen und legte sie in die Schachtel. Dann stand er auf, taumelte und fragte sich, ob die Tür nicht eben noch auf der anderen Seite des Zimmers gewesen war. Einen Augenblick lang befürchtete er, dass er wieder zurück in den Sessel sinken würde, doch dann fand er sein Gleichgewicht so weit wieder, dass er den Weg Richtung Ausgang einschlagen konnte.

»Bringst du mich zur Tür?«, fragte er, ohne sich umzudrehen.

»Ist das dein Ernst?«

Sebastian schüttelte den Kopf. »Vergiss es.«

Jonas blieb sitzen, nickte und sah ihm hinterher. Er drückte seine Zigarette aus und steckte sich eine neue an. »Mach's gut. Und komm mal wieder vorbei.«

»Klar.« Sebastian stolperte in die Diele. »Und nochmals danke«, rief er.

Er hörte nicht, ob Jonas eine Antwort gab. Er öffnete die Haustür und sah hinaus. Der Regen war noch stärker geworden und vermischte sich mit harten, kantigen Hagelkörnern. Ein ächzender Wind trieb sie waagerecht durch die Kluft zwischen den Häusern. Der Schock, als sie in sein Gesicht trommelten, klärte einen kleinen Teil seiner vernebelten Sinne. Er taumelte hinaus auf die Gasse und zog die Tür hinter sich ins Schloss.

Die Ratte beschäftigte Fenn fast eine Stunde lang. Erst starrten er und das Tier sich an, bewegungslos, lauernd, fast ohne zu atmen. Er blickte in ihre winzigen schwarzen Knopfaugen, und sie beobachtete ihn ihrerseits, unsicher, ob es sich bei ihm überhaupt um ein lebendes Wesen handelte. Ihr dunkles Fell glänzte vor Nässe und sträubte sich an manchen Stellen vor Schmutz. Fenn konnte in der Dunkelheit ihre winzigen Krallen erkennen, kleine scharfe Klingen aus Horn, die bei jeder Regung über das Pflaster schabten.

Nach fast zwanzig Minuten des Wartens und Beobachtens setzte sie sich in Bewegung, ganz langsam. Mit winzigen, schleichenden Schritten kam sie auf ihn zu, tippte mit der Spitze ihrer langen Schnauze gegen seinen Schuh, schob sie dann noch höher, noch näher an seinen Knöchel. Im selben Augenblick, in dem sich ihre Kiefer zum ersten Biss ins Fleisch seines Schenkels öffneten, schlug er zu.

Mit einer Bewegung, die selbst für ihre scharfen Instinkte zu schnell kam, ließ er sich in die Hocke fallen, öffnete beide Hände wie die Stahlklauen eines Krans, packte zu und riss den zappelnden Körper in die Höhe. Das Tier schrie, ein hoher, quiekender Laut, und sein Maul verwandelte sich in einen Wirbel aus scharfen, schnappenden Zähnen. Fenn hielt sie mit ausgestreckten Armen weit von sich, während er sich aufrichtete und so weit herumdrehte, dass seine Hände mit dem Tier nicht hinaus auf die Gasse ragten. Die Kiefer der Ratte packten nichts als leere Luft.

Sehr lang hielt er sie so, selbst wieder zu einer regungslosen Säule erstarrt. Es wäre ein Leichtes gewesen, mit einem einzigen Druck seiner Finger ihr Genick oder Rückgrat zu brechen. Doch stattdessen tat Fenn, was er am besten konnte: Er wartete.

Nach einer Weile stellte das Tier seinen Widerstand ein. Seine Bewegungen ebbten nicht langsam ab, waren kein Ergebnis körperlicher Erschöpfung; vielmehr sackte die Ratte von einer Sekunde auf die andere in sich zusammen, wie ein leeres Stück Fell, aus dem jemand auf magische Weise jeden Rest von Leben gesaugt hatte. Aber Fenn war kein Magier, und die Ratte war nicht tot. Der Zusammenbruch war Zeichen ihrer völligen Selbstaufgabe, einer Unterordnung unter die überlegenen Kräfte des Stärkeren, wie nur das Tierreich sie in seiner Konsequenz und Endgültigkeit kennt.

Fenn spürte die hektischen Schläge des kleinen Herzens in seinen Händen. Schwanz und Klauen der Ratte hingen schlaff herunter, ihr Kopf lag flach auf seiner Handkante. Nur in den schwarzen Augen regte sich noch Leben; ihr Blick hatte das stumme Duell wieder aufgenommen. Doch diesmal akzeptierte sie ihn als Sieger.

Als der Wille seines Gegners erlosch, verlor Fenn das Interesse. Er sah das Tier ein letztes Mal an, jetzt fast mitleidig, dann setzte er es behutsam zu Boden und beobachtete, wie es, geduckt unter der Bürde der Niederlage, in den Schatten verschwand.

Er streckte seine Hände hinaus in den Regen, bis das Wasser in langen Kristallfäden von seinen Fingern perlte. Dann wischte er sie an seiner Hose sauber, blickte auf …

… und sah, wie sich die Tür des Hauses öffnete.

Sebastian Korall erschien im Gegenlicht, zögerte noch einen Moment, dann trat er hinaus ins Unwetter. Er hatte die Schachtel dabei. Regen, Sturm und Hagel peitschten ihm entgegen und umrahmten seinen Körper mit einem Muster aus Wassertropfen. Fenn beobachtete, wie er die Tür schloss, seinen Kragen enger zusammenzog und einige schnelle Schritte in seine Richtung machte.

Fenn atmete tief durch, dann trat er aus seinem Versteck. Nässe und Wind waren schlimmer, als er befürchtet hatte, und für kurze Zeit kniff er die Augen zusammen.

Einem Profi hätte dieser Moment für einen Fluchtversuch gereicht. Korall aber nahm ihn nicht einmal wahr. Tatsächlich schien er Fenn erst zu bemerken, als er fast gegen ihn stieß. Selbst durch das Unwetter konnte er die Alkoholfahne des jungen Journalisten riechen.

Fenn zog seine Waffe aus dem Schulterhalfter und richtete sie auf Koralls Brust.

»Geben Sie mir das Paket!«, forderte er.

Sebastian schenkte ihm einen Blick, als stehe er dem Leibhaftigen persönlich gegenüber. Es war keine wirkliche Angst oder Panik in seinen Augen, lediglich bloßes Erstaunen. Jemand bedrohte ihn mit einer Waffe. Weshalb gerade ihn? *Warum,* um Himmels willen, *ihn?*

»Geben Sie mir bitte das Paket!«, wiederholte Fenn. Er wählte absichtlich eine höfliche Formulierung. Die Erfahrung hatte gezeigt, dass die meisten Menschen darauf schneller reagierten. Sebastian gehörte nicht dazu. Er schien viel zu betrunken, um auf *irgendetwas* schnell zu reagieren.

Fenn machte einen Schritt auf ihn zu. Ein knapper Meter lag jetzt noch zwischen ihnen. Ein Meter und eine Mauer aus Regen und Wind.

»Was … was wollen Sie?« Alkohol und Wetter dämpften Sebastians Stimme zu einem kaum hörbaren Murmeln.

»Die Briefe«, verlangte Fenn erneut, und diesmal legte er Schärfe in seinen Tonfall. Er warf einen sichernden Blick über Sebastians Schulter hinweg in die Nacht, doch die Gasse war ansonsten immer noch leer.

»Welche Briefe?«

Fenn schüttelte mitleidig den Kopf. »Hören Sie auf damit. Geben Sie mir das Paket, und Sie können verschwinden.«

»Das hier?« Die Hand mit der Schachtel zitterte. Der Journalist musste stockbetrunken sein.

Fenn dachte an die Ratte. An ihr Zappeln, an ihren erbitterten Widerstand. Wie nachgiebig waren doch dagegen die Menschen. Eine Waffe, eine Drohung, und schon gaben sie auf. Anders als der junge Mann verdiente die Ratte seinen Respekt. Sie war …

Das Paket zuckte nach vorne, und eine seiner Kanten bohrte sich schmerzhaft in Fenns Handrücken. Reflexartig öffneten sich seine Finger, ließen den Griff der Pistole los. Die Waffe fiel mit einem lauten Scheppern zu Boden und blieb in einer Pfütze liegen.

Sebastian fuhr herum und hetzte wie von Sinnen davon, während die Wut Fenns Kehle zuschnürte. Er bückte sich, packte die Pistole und folgte ihm. Der junge Mann hatte einen Vorsprung von acht, neun Metern. Er war betrunken, doch nicht so sehr, wie er vorgegeben hatte. Noch hatte er Fenns Unaufmerksamkeit für sich nutzen können. Nicht zu fassen.

Fenn setzte ihm nach. Es war unglaublich. Dieser Junge hatte ihn ausgetrickst. Trotz jahrelanger Ausbildung und noch längerer Erfahrung. Der Gedanke an die Ratte hatte ihn abgelenkt wie einen Anfänger.

Er hätte schießen können, doch er wollte Lärm und Aufregung vermeiden. Außerdem hatte er kein Interesse daran, Korall umzubringen. Es war unnötig. Alles, was er wollte, waren die Briefe. Töten würde er nur, wenn es sich nicht vermeiden ließ. Er sah, wie Sebastian durch einen dunklen Torbogen nach rechts bog, fort von der Straße auf einen finsteren Hinterhof. Fenn erinnerte sich an das, was er über Korall in seinen Unterlagen gelesen hatte. Früher hatte er sich oft tagelang im Gewirr der alten Gassen und Ruinen versteckt. Bei mehr als einer Gelegenheit hatte er die Polizei im Labyrinth der mittelalterlichen Altstadt abhängen können. Korall war hier zu Hause, kannte jeden Stein und jeden Winkel, und das würde ihm auch jetzt zugute kommen. Er war kein Anfänger in der Kunst des Versteckens und Davonlaufens. Wenn es Sebastian gelingen würde, hinunter ins Netz der Keller zu gelangen, würde es schwierig werden, ihn dort wiederzufinden.

Fenn rannte durch das Tor und sah noch, wie Sebastian einen Treppenschacht hinabsprang, das Päckchen mit den Briefen fest an seine Brust gepresst. Er hetzte quer über den Hof, hörte, wie Sebastian eine morsche Holztür eintrat, und erreichte wenige Augenblicke später die Treppe. An ihrem Ende gähnte ein Loch. Zerbrochene Holzlatten stachen aus dem Türrahmen wie schwarze Haifischzähne.

Mit einem einzigen Satz sprang er hinab in den Schacht und weiter ins Dunkel. Ein Lichtschalter, eine aufflammende Glühbirne, ein Kellerraum. Eine offene Tür auf der gegenüberliegenden Seite. Das Echo von Schritten in der Ferne. Fluchend stürzte er hinter Sebastian her, auf einen schmalen Korridor, dessen Decke so niedrig war, dass er den Kopf einziehen musste. Rechts und links zweigte ein halbes Dutzend Türen ab. Etwa in der Mitte des Ganges hatte jemand einen Haufen mit Mülltüten errichtet. Sebastian stieg gerade darüber hinweg.

»Bleiben Sie stehen!«, rief Fenn, wohl wissend, dass es nichts nützen würde.

Keuchend stolperte Sebastian weiter und erreichte das andere Ende des Korridors. Fenn überlegte erneut, ob er schießen sollte, entschied sich aber dagegen. Die Gefahr war zu groß, dass er ihn nicht nur verletzen, sondern töten würde. Außerdem war selbst hier unten ein Schuss zu laut und würde für Aufruhr sorgen. Er verfluchte sich dafür, dass er keinen Schalldämpfer eingesteckt hatte.

Bis er selbst die Mülltüten hinter sich gelassen hatte, war Sebastian längst durch die nächste Tür verschwunden. Fenn fragte sich, wie weit die Keller untereinander verbunden waren. Er wusste, dass alles Fluchen keinen Sinn hatte, tat es aber trotzdem. Es war mehr als angebracht, fand er.

Die Waffe im Anschlag sprang er durch die offene Tür. Es überraschte ihn nicht, dass dahinter ein weiterer Gang lag. Er sah noch, wie Sebastian um eine Ecke bog. Fenn folgte ihm so schnell er konnte und verlangsamte sein Tempo erst wenige Schritte vor der Biegung, um sicherzugehen, dass er nicht in einen Hinterhalt lief. Aber als er, die Pistole vorgestreckt, um die Ecke trat, erwarteten ihn nur einige weitere Meter leeren Korridors. An seinem Ende lag eine Treppe. Sie führte weiter nach unten.

Immer drei Stufen auf einmal nehmend stieg er tiefer hinab in das moderige Kellerlabyrinth. Die Luft roch feucht und abgestanden. An einer Wand wucherte inmitten nasser Flecken eine schillernde Pilzkultur. Flechten und Spinnweben überzogen das nackte Gestein. Er blieb stehen und lauschte auf Schritte.

Im selben Moment ging das Licht aus. Sebastian musste irgendeine Stromleitung gekappt haben. Die Dunkelheit überfiel ihn von allen Seiten wie etwas Lebendiges, Hungriges.

Fenns Fähigkeit, selbst in völliger Finsternis Formen und Bewegungen wahrzunehmen, stellte sich ein wie ein Notaggregat. Der matte Schimmer, der aus dem oberen Keller die Stufen hinabfloss, reichte aus.

Sebastian kam von hinten und versuchte ihn zu packen. Fenn roch den Alkohol im Atem des Journalisten, während er sich mit einer blitzschnellen Bewegung aus der Umarmung wand, die Pistole herumriss – und schmerzerfüllt aufschrie. Wieder war es die Schachtel, die ihn traf, doch diesmal bohrte sich ihre Kante in die weiche Haut unterhalb seines rechten Auges. Er stürzte, riss die Linke abwehrend nach oben und zog blind den Abzug der Waffe durch. Für einen Moment war er nicht nur geblendet, sondern auch vollkommen taub, als der Schuss mit ohrenbetäubendem Donner durch den Keller hallte. Dann war da ein Schrei. Der Druck von Sebastians Körper verschwand. Dem Schrei folgte ein Wimmern, das sich langsam entfernte.

Er brauchte mehrere Sekunden, vielleicht eine halbe Minute, bis sich die Benommenheit wie ein Nebel von seinen Sinnen hob. Als er das linke Auge öffnete – das rechte war zugeschwollen wie ein Ballon –, war Sebastian verschwunden. Nur sein Wimmern war noch zu hören, weit entfernt und weiter oben. Er machte einen Schritt in Richtung der Treppe und trat in eine Pfütze. Es war Blut.

Ein schmaler roter Faden zog sich ohne Unterbrechung die Stufen hinauf und hinaus auf den oberen Korridor. Er folgte ihm, so schnell es ihm die Schmerzen in seinem Gesicht erlaubten, und kam an eine offene Tür. Dahinter lag ein Raum, von dem aus eine weitere Treppe nach oben ins Freie führte. Sebastian lag keuchend auf den Stufen, gebadet in das matte Licht einer Straßenlaterne. Sein Hemd war durchtränkt von dunklem Blut. Mit allerletzter Kraft versuchte er, sich die Treppe hinaufzuziehen; das Paket mit den Briefen hielt er noch immer fest umklammert.

Fenn sah, dass er es nicht schaffen würde. Es war ein Bauchschuss; er verlor viel zu viel Blut.

Fenn trat näher heran und beobachtete, wie auch sein letzter Fluchtversuch in einem erstickten Keuchen verebbte. Er hatte das nicht gewollt. Der Schuss war ein Reflex auf den Schlag in sein Gesicht gewesen. Ein Treffer unter diesen Umständen war purer Zufall.

Er beugte sich vor und zog die Schachtel zwischen den krampfenden Fingern hervor. Sebastian drehte mit letzter Kraft den Kopf und wandte langsam den Blick in seine Richtung. Auf seinem Gesicht vermischten sich Blut und Tränen zu einem glänzenden Film. Er sah Fenn an, und von einem Augenblick zum anderen begann er zu schreien. Laut, hoch und misstönend. Der verzweifelte Schrei eines Leidenden. Die Kugel hatte ein Loch in seine Gedärme gerissen. Die Qual brachte ihn um den Verstand.

Fenn zögerte kurz, dann beugte er sich ein zweites Mal hinunter, setzte die Pistole an Sebastians Schläfe und gab ihm den Gnadenschuss. Die Schreie endeten abrupt wie ein zerrissener Bindfaden.

Sebastian zuckte ein letztes Mal, dann sackten seine Glieder in sich zusammen. Sein lebloser Körper blieb auf den Stufen liegen wie die fortgeworfene Marionette eines Puppenspielers.

Fenn schenkte ihm einen letzten, traurigen Blick, dann wandte er sich um und rannte mit den Briefen in der Hand davon. Zurück ins Labyrinth, fort, zu einem anderen Ausgang.

Draußen, oberhalb der Treppe, wurden Lichter eingeschaltet und Türen geöffnet. Jemand kam näher, blickte hinab in den Kellerschacht und schrie. Ein anderer rief nach Krankenwagen und Polizei. Immer mehr Köpfe schoben sich vor das Quadrat des Nachthimmels, zitternd und zögernd wie sterbende Käfer.

Die Straßen rochen nach Regen und dem würzigen Atem der Wälder. Das Unwetter hatte etwa auf halber Fahrt vom Restaurant zu Ninas Wohnung schlagartig aufgehört. Jetzt hatten sie die Fenster heruntergekurbelt und genossen den kühlen Fahrtwind auf ihrer Haut. Die Nässe zischte unter den Reifen, das Wasser aus Schlaglöchern und Bodenwellen spritzte meterhoch. Einmal passierten sie eine Stelle, an der die Straße abgesackt war. Die Vertiefung stand knöchelhoch voll Wasser. Als sie hindurchfuhren, schlug die aufspritzende Gischt so laut gegen die Unterseite des Wagens, dass Nina erschrocken zusammenzuckte. Als er den Wagen vor dem Haus stoppte, wandte sie sich zu ihm um und sagte: »War ein netter Abend.«

»Fand ich auch.«

»Und jetzt?«

Er hob die Schultern und lächelte. »Du steigst aus, sagst gute Nacht und gehst hoch in deine Wohnung.«

»Ach, hör auf damit.«

»Was sonst?«

Sie beugte sich vor und küsste ihn auf den Mund. Als sie sich nach mehreren Sekunden zurückzog, verzog er enttäuscht das Gesicht.

»Glaubst du, dass das gut wäre?«, fragte sie.

»Dass *was* gut wäre?«

»Mein Gott, sei nicht so unsensibel.«

Er zuckte mit den Achseln. »Was denkst du?«

Sie schüttelte den Kopf. »Es geht nicht um mich. Was ist mit dir? Und mit Sandra?«

Ihr Name holte ihn zurück auf den Boden. »Sie ist tot, oder?«

Seine Stimme klang weit weniger fest, als er es sich wünschte. »Selbst wenn sie tot ist – du bist immer noch in sie verliebt, nicht wahr?«

Er überlegte einen Augenblick. Es wäre so einfach gewesen, jetzt nein zu sagen. »Ich glaube schon.«

Sie nickte. »Dann sollten wir gar nicht erst damit anfangen.«

»Hat das eine was mit dem anderen zu tun?«

»Sicher.«

Er schwieg für einen Augenblick, dann nickte er. »Wahrscheinlich hast du recht.«

Sie öffnete die Tür, schwang eines ihrer langen Beine hinaus auf den Bordstein. Dann beugte sie sich plötzlich ein letztes Mal zu ihm herüber, küsste ihn zum Abschied auf die Wange und stieg aus. »Wir sehen uns«, sagte sie.

»Ja, wir sehen uns.«

Die Tür schlug zu. Nina verschwand im Hauseingang, ohne sich umzusehen. Er starrte hinter ihr her auf die Tür und glaubte drinnen noch ihre Schritte auf der Treppe zu hören. Schließlich fuhr er los.

An der nächsten Kreuzung brachte er den Wagen mit quietschenden Bremsen zum Stehen. Vor ihm jagte ein Streifenwagen mit Blaulicht vorüber. Der Fahrer hatte die Sirenen um diese Uhrzeit nicht eingeschaltet. Es waren ohnehin kaum Autos unterwegs.

Dem ersten Polizeifahrzeug folgte ein zweites. Carsten überlegte; er hatte keine Lust, den beiden Wagen hinterherzufahren. Trotzdem gewann seine Neugier die Oberhand; es gab Pflichten, auch in seinem Job. Gelegentlich sprang bei solchen Einsätzen eine brauchbare Geschichte heraus. Wenigstens ein, zwei Fotos, die man würde abdrucken können. Bilder wurden extra bezahlt. Und ein Gespräch mit Betroffenen und Zeugen machte oft aus einer Meldung einen Aufmacher auf der ersten Seite.

Er trat aufs Gas und folgte den Rücklichtern der Streifenwagen. Wenige Minuten später hielten sie in einem verwinkelten Teil der Altstadt, den er noch nicht kannte. Zwanzig bis dreißig Menschen hatten sich versammelt, einige trugen Morgenmäntel und Shorts. Etwas hatte sie aus ihren Betten gerissen. Zwei weitere Polizeifahrzeuge standen bereits da, und ein Krankenwagen setzte sich gerade in Bewegung und fuhr davon. Er hatte weder Blaulicht noch Sirene eingeschaltet.

Zwei Polizisten redeten auf die Menge ein und baten die Leute, zurück in ihre Häuser zu gehen. Es gäbe hier nichts mehr zu sehen. Sie sollten nicht die Arbeit der Polizei behindern. Man werde sie am Morgen befragen.

Carsten hatte aus Gewohnheit eine kleine Canon-Kamera im Handschuhfach. Jetzt holte er sie hervor, stieg aus und zeigt einem der beiden seinen Presseausweis. Der Polizist musterte ihn abschätzig, dann verwies er ihn an einen dunkelhaarigen Mann in Jeans und schwarzem Blazer.

Er bedankte sich und ging weiter. Der leitende Kommissar, auf den der Polizist gedeutet hatte, beachtete Carsten kaum, als er sich vorstellte und erneut seinen Ausweis zeigte. Der kurze Blick des Mannes verriet nicht, was er über ihn dachte; wahrscheinlich dachte er überhaupt nichts.

»Können Sie mir sagen, was passiert ist?«, fragte Carsten.

Der Kommissar schüttelte den Kopf. »Sprechen Sie morgen früh mit der Pressestelle.« Mit raschen Bewegungen kritzelte er etwas in sein Notizbuch.

Als Carsten an ihm vorübersah, entdeckte er die Absperrung aus gestreiftem Plastikband, die die Polizisten im Halbkreis um eine schmale Kellertreppe gezogen hatten. Das Haus darüber schien unbewohnt. Die meisten Scheiben waren zerbrochen, dahinter war es stockdunkel. Carsten trat an dem Kommissar vorbei an die Absperrung und blickte die Treppe hinunter. Oben wie unten hatte man Scheinwerfer aufgestellt. Über die Stufen hinweg waren mit weißem Band die Umrisse eines Menschen mit abgewinkelten Gliedern nachgezeichnet worden. Der Körper war bereits abtransportiert. Zwei Männer von der Spurensicherung kehrten behutsam Staub von der Treppe, jede Stufe einzeln, und verpackten ihn in Klarsichtbeuteln. Carsten drückte auf den Auslöser seiner Kamera. Das Blitzlicht flackerte auf.

»He!«, ertönte es hinter ihm. Carsten fuhr herum.

Der Kommissar kam auf ihn zu und baute sich wenige Zentimeter vor ihm auf. »Sie sind nicht von hier, was?«

»Ich arbeite für den *Harzboten.*«

»Sie sind nicht von hier«, wiederholte der Kommissar. Diesmal war es keine Frage, sondern eine Feststellung.

»Aus Frankfurt.«

»Aus dem Westen?«, fragte der Polizist und gab sich die Antwort gleich selbst: »Natürlich aus dem Westen. Wissen Sie, wer ich bin?«

»Der Sheriff von Nottingham?«

»Witzig – also?«

»Ich gebe auf. Wer sind Sie?«

»Nur ein kleiner Polizist, der auf seine Verbeamtung wartet, damit er Leuten wie Ihnen die Meinung sagen kann, ohne gefeuert zu werden. Ich habe eine Familie, die ich ernähren muss, egal, wie sehr mich das alles hier ankotzt. Also lassen Sie mich in Ruhe, und verschwinden Sie.«

»Also doch ein Sheriff.«

Das Gesicht des Kommissars entspannte sich. »Wissen Sie, ich glaube, Sie sind noch nicht lange bei uns. Bestimmt haben Sie drüben im Westen gehört, was für Menschen wir Ostdeutschen sind. Alle bei der Stasi, alle ein wenig dumm. Wir lassen uns Versicherungen andrehen, die niemand braucht. Auf den Marktplätzen haben wir '90 die fahrenden Sex-Shops leergekauft – weil wir nicht mal richtig vögeln können, stimmt's? Irgendwo steckt all das in Ihrem Kopf. Vielleicht ganz hinten, in irgendeiner Ecke, und möglicherweise sind Sie einer von denen, die das nicht einmal zugeben. Und weil ich Ihnen genau das an der Nasenspitze ansehe, rate ich Ihnen abzuhauen und meine Leute nicht bei der Arbeit zu stören.«

»Sind Sie jetzt fertig?«

Der Kommissar hob die Schultern und zog eine Packung Zigaretten aus der Jackentasche. Er steckte sich eine zwischen die Lippen und fragte: »Haben Sie Feuer?«

»Sicher.«

Der Kommissar beugte sich vor, bis die Glut übersprang, nahm einen tiefen Zug und schüttelte sanft den Kopf. »Es gibt einen Spruch, den ich letztens gehört habe. Es besagt, dass ihr aus dem Westen genauso seid wie eure Brötchen. Außen aufgeblasen, innen hohl. Ich glaube nicht, dass das auf jeden zutrifft. Ich kenne eure Brötchen nicht. Schätze, das ist ganz gut so.« Er drehte sich um. »Danke für das Feuer.«

Er ließ Carsten stehen und stieg über die Absperrung. Im Gehen gab er zwei Polizisten einen Wink. Die beiden kamen auf Carsten zu und blieben einige Schritte vor ihm stehen, fast wie Abwehrspieler beim Freistoß.

Carsten zögerte einen Augenblick, dann ging er zurück zu seinem Wagen. Als er davonfuhr, überlegte er, ob er eine Niederlage eingesteckt hatte. Er hatte ein Foto, und vielleicht würde Michaelis es drucken. Vielleicht auch nicht.

Später, im Bett, kam ihm der Gedanke, dass in einer Kleinstadt wie Tiefental ein Mord keine alltägliche Sache war.

Das hier war nicht Frankfurt.

Er hatte einen Fehler gemacht.

## Kapitel 2

Carsten erfuhr es am nächsten Morgen in der Redaktion. Als er eintraf, saßen alle beisammen. Keiner sprach, als er zur Tür hereinkam. Keiner lächelte. Ihm fiel auf, dass Nina nicht da war.

»Kommen Sie bitte in mein Büro«, bat Michaelis ihn.

Sein erster Gedanke war, dass sie ihn feuern wollten. Die Trauermienen der anderen sprachen Bände. Dann fiel ihm auf, dass eine Redakteurin geweint hatte und mit verkrampften Fingern ein Papiertaschentuch in der Hand hielt.

Keine Kündigung. Niemand würde um ihn weinen. Vielleicht hatte der Verlag das Erscheinen der Zeitung eingestellt. Sie alle wären dann arbeitslos. Das klang schon eher nach einem Grund zum Heulen.

»Herr Korall ist tot«, sagte Michaelis, als sie sich an seinem Schreibtisch gegenübersaßen.

Einige Sekunden lang war Carsten nicht in der Lage, irgendetwas zu erwidern. Nicht einmal einen simplen Ausdruck seiner Fassungslosigkeit.

»Sebastian?«, fragte er schließlich. Es war das Einzige, was ihm einfiel.

Der Redaktionsleiter nickte. »Die Polizei war heute früh hier. Der Wachmann hat sie zu mir nach Hause geschickt.«

Carsten holte tief Luft. »Warum die Polizei? Ich meine …«

Michaelis unterbrach ihn mit einem behutsamen Nicken. »Man hat ihn ermordet. Erschossen.«

*»Erschossen?«*

Das sagt die Polizei. Offensichtlich glauben sie, er wurde überfallen. Gestern Abend gegen Viertel vor zehn.«

»Aber, lieber Himmel, warum denn? Einbrecher?«

»Nein«, sagte Michaelis. »Es ist draußen auf der Straße passiert. Man hat seine Leiche im Schacht einer Kellertreppe gefunden.«

Carsten sah wieder die Menschenmenge vom Vorabend. Sah die Umrisse aus weißem Band auf den steinernen Stufen. Die Männer von der Spurensicherung mit ihren Pinseln und Fegern. Die Scheinwerfer. Die Streifenwagen. All das eingetaucht in einen grellen Schein aus kaltem, klinischem Weiß. Sein Blitzlicht.

Großer Gott, er war dort gewesen. Der Tote, den der Krankenwagen abtransportiert hatte, war Sebastian gewesen. Carsten musste an seine Kamera im Handschuhfach denken. Plötzlich überkam ihn Ekel.

»Ich glaube, Sie und Sebastian hatten sich angefreundet, nicht wahr?«, fragte Michaelis.

Carsten brachte ein stummes Nicken zu Stande.

»Wenn Sie wollen, fahren Sie nach Hause. Wir bekommen die Zeitung auch ohne Sie hin.«

Noch ein Nicken. Gleichzeitig der glühendheiße Gedanke, dass die anderen Sebastian viel länger gekannt hatten. Aber sie waren nicht seine Freunde gewesen. Und er selbst? Vielleicht. Er hoffte es.

Sie standen auf. An der Tür sagte Michaelis: »Ich habe Nina ebenfalls nach Hause geschickt. Falls Sie Gesellschaft brauchen oder der Meinung sind, dass Nina welche haben sollte, dann fahren Sie zu ihr. Ich nehme an, sie wird froh darüber sein.«

Als Carsten in seinem Wagen saß, öffnete er als Erstes das Handschuhfach und packte die Kamera. Er riss den Film heraus, schleuderte den Apparat auf den Beifahrersitz und zog den gesamten Celluloidstreifen aus der Spule. Nachdem alles belichtet war, warf er das verhedderte Band aus dem Fenster. Erst dann konnte er den Schlüssel drehen und losfahren.

Minuten später parkte er direkt vor Ninas Haustür. Klingelte. Keine Antwort. Er drückte die Tür auf und stieg die Treppen hinauf. An ihrer Wohnungstür schellte er erneut. Als sich noch immer nichts rührte, klopfte er vorsichtig gegen das Holz und rief leise ihren Namen. »Ich bin's, Carsten«, fügte er nach einigen Sekunden hinzu.

Er hörte ein Rascheln, dann ging die Tür auf. Ninas Gesicht war rot und verheult, ihre Augen geschwollen. Ohne auf eine Einladung zu warten, trat er ein und nahm sie in die Arme.

Sie weinten, lange und ausgiebig, doch nach ein paar Minuten ertappte Carsten sich dabei, wie er plötzlich an etwas anderes dachte. Nicht an Sebastian. Auch nicht an Nina.

Er dachte an die Briefe.

Er wartete bis neun Uhr, ehe er zur Redaktion fuhr und den Wagen am Brunnen abstellte. Hinter den Fenstern brannte kein Licht. Die anderen waren längst zu Hause.

Als er die Eingangshalle betrat und an der Rezeption vorbeikam, schenkte Steinberg ihm ein trauriges Lächeln. »Eine Tragödie ist das«, meinte der alte Wachmann. »Wie alt war er? Dreißig?«

»Siebenundzwanzig.« Carsten hatte sich die ganzen letzten Stunden mit Sebastian beschäftigt. In seinem Kopf schien sich alles, was mit ihm zu tun hatte, hinter einem diffusen Nebel abzuspielen. Sein Gehirn hatte auf Verdrängung geschaltet.

»Sie kannten ihn erst, seit Sie hier sind, nicht wahr?«, fragte Steinberg.

Carsten nickte. »Ein wenig über eine Woche.«

»Ich erinnere mich noch an ihn, als er ein Kind war.«

»Sie kannten sich bereits so lange?«

»O ja. Ich war früher Polizist, müssen Sie wissen. Wir alle kannten Sebastian Korall. Er war ein ziemliches Donnerwetter.«

»Warum haben Sie bei der Polizei aufgehört?«

Steinberg zuckte mit den Schultern. »Schlechte Bezahlung, schlechtes Ansehen. Die Wachdienste zahlen besser. Auch wenn sie es eher auf diese jungen Kerle abgesehen haben, diese Muskel- und Kampfsport-Typen.«

»Haben Sie eine Ahnung, was mit Sebastian passiert ist?«

Zu seiner Überraschung nickte der ältere Mann. »Er war zu Besuch bei einem Freund, auch ein Polizist. Jonas Brabach. Die beiden haben getrunken, ziemlich viel, sagte man mir.«

»Wer sagt das?«

»Ehemalige Kollegen. Ich habe mich heute Nachmittag ein wenig umgehört. Ein paar Anrufe gemacht. Ich mochte den Jungen, wissen Sie.«

Carsten nickte. »Hat man etwas bei ihm gefunden? Ein paar Briefe?«

»Nicht dass ich wüsste. Sollte man?«

Carsten hob die Schultern. »Vielleicht.«

»Auf jeden Fall ist er am Abend ziemlich betrunken dort fortgegangen«, fuhr der Wachmann fort. »Auf der Straße muss ihn dieser Scheißkerl dann abgefangen haben. Beide haben eine Menge Spuren hinterlassen. Es hat eine Verfolgungsjagd durch die Keller der umliegenden Häuser gegeben. Der Junge kannte sich dort aus wie in seiner Westentasche, das können Sie mir glauben. Hat uns früher dort unten oft abgehängt. Der andere hat schließlich auf ihn geschossen, aus nächster Nähe. Bauchschuss, sehr schmerzhaft. Und in den meisten Fällen tödlich. Offenbar wollte er sich noch die Treppe hinauf ins Freie schleppen, aber so weit ist er nicht mehr gekommen. Dort hat ihm der Kerl nochmal in den Kopf geschossen.«

Carsten atmete tief durch. »Irgendeine Spur?«

»Nein, nicht wirklich. Dort unten treiben sich eine Menge Leute herum. Die haben ein paar Haare gefunden, aber die können von Gott weiß wem stammen. Es hat offenbar eine kurze Rangelei gegeben, auf Sebastians Kleidung haben sie Textilfasern gefunden. Aber die werden ihnen nicht weiterhelfen; zumindest nicht, wenn es ein Profi war.«

»Wie kommen Sie darauf?« Carsten war ehrlich überrascht. »Ich denke, es war ein Überfall?«

Steinberg nickte wieder und stützte sich mit beiden Händen auf den Rand der Rezeption. Mit Verschwörermiene beugte er sich vor. »Sicher war es ein Überfall. Aber von wem? Und warum? Sehen Sie, seit der Wende ist die Zahl der Raubüberfälle bei uns in astronomische Höhen geschnellt. Aber die Täter benutzen in der Regel Waffen, an die jedermann leicht herankommen kann. Messer, Gaspistolen. Auch mal ein Luftgewehr. Aber die Waffe, mit der unser Freund erschossen wurde, war kein Spielzeug.« Er schwieg für einen Moment; ob er es tat, um sich zu erinnern, oder nur um den dramatischen Effekt seiner Erzählung zu unterstreichen, wusste Carsten nicht. Schließlich fuhr der Alte fort: »Sebastian wurde mit einer 22er Beretta getötet. Sagen jedenfalls meine Freunde bei der Polizei.«

»Und was heißt das?«

»Das ist Profi-Werkzeug. Natürlich könnte es Zufall sein, und irgendjemand hat das Ding billig aus zweiter Hand gekauft.«

»Und wenn nicht?«

»Nun, diese Waffe wird gerne von Geheimdiensten benutzt. Die Israelis sind bekannt dafür. Aber nicht nur sie. Die 22er Beretta ist sehr geräuscharm, hat einen geringen Pulverausstoß und klingt deshalb im Vergleich zu anderen automatischen Waffen sehr gedämpft. Allerdings stößt sie ihre Kugel auch mit geringerer Geschwindigkeit aus, was ihre Durchschlagkraft verringert. Profis, Leute, die an dieser Waffe ausgebildet wurden, drücken deshalb mindestens zwei- oder dreimal ab. Um sicherzugehen.«

»Auf Sebastian wurde zweimal geschossen, haben Sie gesagt.«

»Ja, aber die beiden Schüsse kamen nicht gleich hintereinander.«

»Und das heißt?«

»Man glaubt, dass der erste Schuss versehentlich losging.«

»Versehentlich?«

»Ja. Der Mörder hat den Jungen ein ganzes Stück verfolgt. Es ist naheliegend, dass er mehrfach Gelegenheit hatte, auf ihn zu schießen. Trotzdem hat er es erst aus nächster Nähe getan. Und erst, nachdem es eine Rangelei zwischen den beiden gegeben hatte.«

In Carstens Kopf drehte sich alles. Er hatte Mühe, Steinbergs Argumenten zu folgen.

Der ältere Mann sprach weiter: »Wahrscheinlich hat sich während des Kampfes ein Schuss gelöst. Spätestens morgen, nach den Untersuchungen, wird man das genau wissen. Demnach wollte der Mörder Sebastian möglicherweise überhaupt nicht töten. Vielleicht wollte er nur eine Information oder irgendetwas, das der Junge bei sich trug.«

»Das spricht wieder für einen Raubüberfall.«

Steinberg zuckte mit den Achseln. »Aber welcher Räuber verfolgt sein Opfer über eine Distanz von mehreren Blocks? Wäre es nicht einfacher, ihn laufenzulassen und stattdessen jemand anderen zu überfallen? Außerdem müssen Sie zugeben, dass Sebastian nicht unbedingt aussah, als gäbe es bei ihm viel zu holen.«

»Das klingt, als käme jetzt das Fazit.«

»Kein Fazit. Nur Stichpunkte. Eine professionelle Waffe; ein Täter, der es auf eine Auskunft oder einen Gegenstand abgesehen hat, den er nur von Sebastian bekommen konnte; und ein Mord, der möglicherweise gar keiner sein sollte. Das alles zu einer plausiblen Geschichte zusammenzubasteln ist Aufgabe der Polizei. Wir können nur abwarten.«

Carsten nickte langsam. »Sagen Sie mir Bescheid, wenn Sie etwas Neues erfahren?«

»Sicher.«

Er bedankte sich und wandte sich in Richtung der Absperrung. »Und noch eine Bitte: Erzählen Sie niemandem, dass ich heute Abend hier war, okay?«

»Natürlich nicht.«

Steinberg blickte ihm nach, als er über das Plastikband stieg, ein wehmütiges Lächeln auf den Lippen. Carsten überwand die Brettersperre am Fuß der Freitreppe und huschte die Stufen hinauf.

Der Lichtkegel seiner Taschenlampe zuckte in hektischem Zickzack über die feuchten Wände wie ein verängstigtes Tier. Der runde Schein meißelte Pilzkulturen und Spinnweben aus der Dunkelheit. Risse und Löcher im Gemäuer schälten sich aus der Nacht, und die uralten Räume umfingen ihn mit Modergeruch und kaltem Schweigen. Schließlich fand er die Tür zum Hof, eilte hinaus und betrat einige Augenblicke später die zerfallene Kapelle.

Die Finsternis machte ihm Angst. Der Schein der Taschenlampe belebte ganze Heerscharen gewaltiger Schlagschatten, die bei jeder Bewegung der Lampe auf und nieder zuckten wie Zielfiguren an einer Schießbude. Nur mit Widerwillen erhellte Carsten immer neue Ecken und Winkel, nervös, was er in ihnen finden würde.

Mit wenigen Schritten durchquerte er die Kapelle und umrundete den Altar. Auf den ersten Blick schien er ein glatter Steinblock ohne Fugen und Vertiefungen zu sein. Carsten ging in die Hocke und unterzog die Rückseite einer genaueren Untersuchung. Erst als er mit den Fingerspitzen jeden Quadratzentimeter abgetastet hatte, entdeckte er das Mosaik am Boden, nur wenige Zentimeter vom Altar entfernt. Es war kaum größer als eine Schallplatte, ebenso rund, und stellte ein einfaches Muster aus Kreisen und Quadraten dar. Mehr noch als die Tatsache, dass es die einzige Bodenverzierung der ganzen Kapelle zu sein schien, wunderte ihn, dass seine Darstellung auch auf den zweiten Blick keine Verbindung zur christlichen Ikonografie zu enthalten schien. Mit einem Mal war er sicher, dass er den geheimen Mechanismus gefunden hatte.

Vorsichtig berührte er das Muster und ließ seine Finger über die einzelnen Steine gleiten. Keine Reaktion. Schließlich versuchte er es mit stärkerem Druck. Augenblicklich gab der Kreis im Zentrum des Musters nach und ließ sich fingerbreit in den Boden drücken. Mit einem Knirschen öffnete sich ein rechteckiges Loch in der Wand des Altars, genau dort, wo Carsten nach Fugen gesucht hatte. Die Baumeister dieser Konstruktion hatten mit unglaublicher Sorgfalt gearbeitet.

Vorsichtig leuchtete er mit der Lampe in die Öffnung. Sie war groß genug, um eine Hand hineinzuschieben. Erst nach wenigen Zentimetern weitete sie sich zu einem größeren Hohlraum aus, auf dessen Grund er einen fingerhohen Papierstapel erkennen konnte. Sandras Briefe waren nirgends zu sehen. Auf dem obersten Blatt stand eine gespannte Mausefalle.

Er lächelte. Ob Sebastian die Falle tatsächlich aus Angst vor papierfressenden Nagern oder aber als Sicherung gegen neugierige Finger aufgestellt hatte, wusste er nicht. Ihm war beides zuzutrauen.

Der Gedanke an den toten Freund machte ihn traurig und nervös zugleich. Sichernd warf er einen weiteren Blick in die stickige Dunkelheit der Kapelle, dann schob er die Lampe in die Öffnung und wartete, bis sich die Falle mit einem scharfen Schnappen um ihren Griff geschlossen hatte. Er zog sie zurück, griff dann mit der ganzen Hand hinein und packte den Papierstapel.

Es waren fotokopierte Artikel aus Tageszeitungen und Zeitschriften, mindestens dreißig oder vierzig. Einige waren bebildert, die meisten aber waren nichts weiter als unscheinbare Texte von wechselndem Umfang. Als er den Stapel durchblätterte, blieb sein Blick hier und da an den Überschriften hängen.

*gladio in deutschland?*, stand als Dachzeile über einem voluminösen Artikel aus der *Zeit*. Und darunter: *GEFANGEN IM SCHWEIGENETZ*. Der Artikel stammte vom 23. November 1990. Ein mehrseitiger *Spiegel*-Text aus demselben Monat trug die Überschrift *DAS BLUTIGE SCHWERT DER CIA*. Der *Kölner Stadt-Anzeiger* vom 12. November 1990 erklärte: *EXISTENZ GEHEIMER TRUPPE DER NATO SCHOCKT DIE REGIERUNG*, und die *Süddeutsche Zeitung* sprach unheilvoll vom *PHANTOM DER DUNKLEN MÄCHTE*.

Einen Moment lang war er versucht, in den einen oder anderen Artikel hineinzulesen, dann aber legte er die Kopien mit einem Kopfschütteln beiseite. Er würde sich später Gedanken machen, was Sebastian damit anfangen wollte.

Er griff erneut in die Öffnung und tastete den gesamten Hohlraum mit den Fingern ab. Keine Spur von den Briefen. Enttäuscht zog er die Hand zurück, drückte auf das Bodenmosaik und sah zu, wie sich das Fach wieder schloss. Er hob die Kopien vom Boden und machte sich auf den Heimweg.

Ein paar Minuten später beobachtete Tafuri auf seinen Monitoren im Westflügel, wie Carsten sich in der Eingangshalle von Steinberg verabschiedete und draußen in seinen Wagen stieg.

Der Italiener fluchte leise.

Was für Papiere waren das, die Worthmann bei sich trug?

Und wo zum Teufel hatte er sie her?

Jonas Brabach war betrunken, als er die Tür öffnete. Seine Fahne wogte hinaus auf die Gasse wie der Tintenschwall eines Oktopus. Carsten hatte Mühe, sich seinen Ekel nicht anmerken zu lassen. Der Blick des Polizisten war glasig, seine Bewegungen fahrig, und als Carsten ihm zur Begrüßung die Hand reichte, brauchte Jonas zwei Anläufe, ehe er sie fassen konnte.

Carsten wollte sich wieder herumdrehen und gehen, als Jonas sagte: »Sie sind Sebastians Freund.« Seine Stimme zitterte kaum und hatte einen klaren Klang. »Der Mann mit den Briefen, nicht wahr?«

Er mochte aussehen und riechen, als stehe er kurz vorm Delirium, sein Gehirn aber schien einwandfrei zu funktionieren. Carsten bejahte, und Jonas nickte zufrieden. »Kommen Sie herein«, bat er.

Er führte ihn ins Wohnzimmer. »Ist ziemlich unordentlich hier. Ich hoffe, das stört Sie nicht.«

Carsten schüttelte den Kopf. »Junggeselle?«

»Meine Frau starb vor fünf Jahren. Krebs.« Er lächelte bitter.

»Sebastian hat Ihnen die Briefe gezeigt?«, fragte Carsten, nachdem sie Platz genommen hatten. Auf dem Tisch stand eine halbleere Flasche Gin, daneben ein Glas. Der Fernseher lief.

Jonas schaltete das Gerät per Fernbedienung aus, dann nickte er. Die Bewegung wirkte wie in Zeitlupe. Vielleicht hatte er Kopfschmerzen.

»Ich habe die Briefe gesehen«, erwiderte er. »Ihre Freundin muss ein nettes Mädchen gewesen sein.«

Es war Carsten peinlich, dass Jonas den Inhalt von Sandras Schreiben kannte. »Das war sie, ja«, sagte er knapp. »Hat Sebastian die Briefe hiergelassen?«

»Nein. Möchten Sie?« Er deutete auf die Flasche.

Carsten verneinte.

»Er muss sie noch bei sich gehabt haben, als er ging«, fuhr Jonas fort.

»Ihre Kollegen haben die Briefe nicht bei ihm gefunden.«

»Vielleicht hat er sie irgendwo in den Kellern verloren.«

Auf diese Idee war Carsten vorher nicht gekommen. Eigentlich eine naheliegende Möglichkeit. »Das könnte sein«, sagte er. »Aber vielleicht brauche ich die Briefe ja gar nicht mehr. Haben Sie irgendetwas herausfinden können? Ich nehme an, Sebastian hat Ihnen gesagt, um was es geht.«

Jonas nickte. »Natürlich. Und, ja, ich habe etwas festgestellt. Sind Sie sicher, dass dieses Datum, ihr Todesdatum, das richtige ist?«

Carsten runzelte die Stirn und nickte. »Warum?«

»Sehen Sie«, sagte Jonas, beugte sich plötzlich vor, goss sich das Glas voll und trank es in einem Zug aus.

»Sehen Sie«, begann er dann erneut, »Sie sagen, Ihre Freundin sei am zwölften Juni gestorben.«

»1985, ja.«

»Ich halte das für unmöglich.«

»Dann hat sie also tatsächlich alle Briefe selbst geschrieben? Bis heute?« Hoffnung verdrängte für einen Moment die Trauer um Sebastian.

Jonas lächelte matt. »Nun, die frühen Briefe, die vom Beginn der achtziger Jahre und die aus dem Juni 1985, wurden eindeutig von ein und derselben Person geschrieben. Und das Gleiche gilt für die Schreiben aus dem Juli, August und September.« Er machte eine kurze, bedeutungsschwere Pause. »Doch dann, am 22. Oktober 1985, ändert sich die Schrift. Es bleibt eine hervorragende Kopie, aber es ist trotzdem nicht mehr dieselbe wie in den Monaten und Jahren zuvor.«

Carsten starrte ihn mit großen Augen an. »Ist das Ihr Ernst?«

»Natürlich.« Jonas' Blick verfinsterte sich. »Ich mag auf Sie wie ein Säufer wirken, aber von meinem Beruf verstehe ich etwas, glauben Sie mir.«

»Tut mir leid«, sagte Carsten. Er meinte es ernst. Trotzdem blieben seine Zweifel. »Sie glauben also, die Briefe wurden erst ab Oktober 1985 nicht mehr von Sandra selbst geschrieben? Obwohl sie bereits im Juni starb?«

Jonas hob die Schultern. Er blickte jetzt wieder versöhnlicher. »Das ist eine Möglichkeit. Es gibt noch andere. Fest steht nur, dass der Verfasser der Briefe im Oktober wechselte. Wer sie zuvor und wer danach geschrieben hat, kann ich Ihnen nicht sagen. Sind Sie denn wirklich sicher, dass die Briefe vorher von Ihrer Freundin stammten?«

Bisher hatte er keinen Grund gehabt, daran zu zweifeln. Er überlegte einen Augenblick und rief sich einige Auszüge ins Gedächtnis.

Dann sagte er: »Es gibt Dinge in diesen Briefen, die nur sie wissen konnte.«

»Das hat nichts zu bedeuten. Theoretisch. Sie könnte diese Dinge irgendjemandem erzählt haben, freiwillig oder unfreiwillig.«

»Wollen Sie damit andeuten …«

»Nichts will ich«, fiel Jonas ihm ins Wort. »Es geht um Möglichkeiten, Eventualitäten. Haken Sie eine nach der anderen ab, und am Ende bleibt die Wahrheit übrig.«

Carsten fühlte, wie sich in seinem Kopf alles drehte. Allmählich kam es ihm vor, als sei er selbst der Betrunkenere von ihnen beiden. »Wahrscheinlich haben Sie recht.«

Jonas nickte wieder. »Setzen wir einmal voraus, dass Sie richtig liegen und die Briefe bis Oktober wirklich von Ihrer Sandra stammen. Welche Fragen bleiben dann offen? Zwei, meines Erachtens. Wer schrieb die folgenden Briefe? Und ist das Datum, das man Ihnen gegeben hat, wirklich das richtige?«

»Vielleicht hat man mich angelogen. Vielleicht wurde der Monat schlichtweg verwechselt. Woher, um Himmels willen, soll ich das wissen?«

Jonas goss sich ein weiteres Glas ein. »Das Datum ist kein Problem. Das kann ich übers Einwohnermeldeamt für Sie herausfinden.«

»Das wäre sehr nett.«

»Bleibt die Frage, wer den Briefkontakt fortsetzte, ganz gleich, wann Sie wirklich starb. Irgendwelche Ideen?«

»Keine einzige.«

»Sie wissen, dass die DDR einen regen Geheimdienst hatte.«

»Großer Gott, Sandra war damals gerade zwanzig.«

»Sicher. Kein echtes Argument, aber es nimmt meiner Theorie ein wenig den Wind aus den Segeln. Vielleicht war auch nicht Sandra das Ziel, sondern Sie selbst?«

Carsten lachte auf. Ein wenig zu schrill. »Ich? Warum, um alles in der Welt, sollte sich jemand für mich interessiert haben?«

»Niemand?«

»Nein.«

»Was ist mit Ihrer Verwandtschaft? Jemand, der für die Staatssicherheit von Interesse gewesen sein könnte?«

Er dachte nicht lange nach. »Keiner.«

Jonas zuckte mit den Achseln. »Vielleicht sollten wir bis morgen warten. Mal sehen, was bei der Sache mit dem Todesdatum herauskommt. Ich glaube nicht, dass ich Ihnen sonst noch weiterhelfen kann. Wenn Sie nachforschen wollen, tun Sie es. Besser wäre es wahrscheinlich, wenn Sie die Finger davon ließen.« Er lächelte bitter. »Und rechnen Sie nicht mit mir. Ich bin nur ein Säufer, der Schriften vergleicht.«

Carsten überlegte, ob er etwas darauf sagen sollte. Schließlich stand er einfach auf und bedankte sich. Jonas brachte ihn zur Tür.

»Und passen Sie auf sich auf«, rief ihm der Polizist hinterher, als er hinaustrat. »Diese Gasse ist nicht mehr sicher.«

Er sagte es, ohne zu lächeln.

Es war schon kurz vor Mitternacht, als er an Ninas Tür klingelte. Sie trug Leggins und ein langes T-Shirt. Carsten hatte mit ihr abgesprochen, dass er am Abend vorbeikommen würde, egal wie spät.

»Und?«, fragte sie, als sie im Wohnzimmer auf dem Sofa saßen, jeder in einer Ecke. Nina hatte die Beine im Schneidersitz untergeschlagen und blickte ihn an. Ihr war anzusehen, dass sie geweint hatte. Trotzdem war sie ruhiger geworden.

»Jonas hat die Briefe nicht mehr. Und in der Kapelle waren sie auch nicht.«

»Wo sind sie dann?«

Er zuckte mit den Schultern. »Entweder irgendwo in den Kellern, oder jemand hat sie mitgenommen.« Er sagte nicht *der Mörder. Jemand* klang neutraler, harmloser. Er hoffte, dass es sie weniger aufregen würde.

Er erzählte ihr, was er von Jonas erfahren hatte. Nachdem er fertig war, wirkte sie ebenso ratlos wie er selbst.

»Noch etwas«, sagte er dann, griff nach seiner Jacke und zog den zusammengerollten Papierstapel aus Sebastians Versteck hervor. Er reichte ihn Nina, die ihn durchblätterte.

»Hast du eine Ahnung, warum er sich all das kopiert hat?«, fragte er.

Sie antwortete nicht sofort und überflog erst einige Überschriften. »Hast du die gelesen?«

Er nickte. »Die meisten drehen sich um einen geheimen Zweig der Nato, den es in allen Bündnisländern gab. Ende 1990 wurde die Geschichte in den Medien breitgetreten.«

»Davon weiß ich nichts«, meinte sie.

»International bezeichnete man diese Gruppe als *Gladio,* nach dem Kurzschwert der alten Römer. Der Begriff bürgerte sich ein, nachdem die Existenz dieser Leute als Erstes in Italien publik wurde. Andere Länder hatten dafür andere Bezeichnungen. *Glaive* in Belgien, *Regenbogen* oder *Windrose* in Frankreich und *Haut des Roten Bockes* in Griechenland.« Er lächelte. »Lyrisch, was? Hier in Deutschland hieß Gladio einfach nur *Schweigenetz.«*

»Und was hatte es damit auf sich?«

»Hinter diesen Namen verbargen sich Eliteeinheiten der Nato, die ihre Befehle direkt aus Brüssel bezogen. Kaum ein Politiker wusste davon, geschweige denn die Öffentlichkeit. Ihre Aufgabe war es, im Fall einer Invasion von Seiten des Ostblocks hinter den feindlichen Linien einen Guerrillakrieg zu führen. Anschläge auf kommunistische Militärs, Sabotageakte, Aufruhr unter der Bevölkerung, alles, was dazugehört. Es gab eine ganze Reihe strenggeheimer Trainingscamps, auch in Deutschland. Dort wurden ausgewählte Kandidaten einer gesonderten Ausbildung unterzogen.« Er lehnte sich zurück. »Problematisch wurde die Situation nach Ende des Kalten Krieges. Plötzlich wurde die Existenz von Gladio bekannt und geriet in die Schlagzeilen. Niemand erfuhr die Namen der Beteiligten, doch Kosten und Ziele der Organisationen gelangten an die Öffentlichkeit. Natürlich gab es sofort Proteste: Ein Guerillatrupp gegen russische Invasoren sei mittlerweile überholt, verschlinge wertvolle Steuergelder et cetera, et cetera. Alles berechtigte Argumente. Sofort wurde die Auflösung der Gladio-Einheiten angeordnet. Die Letzten, die sich bereit erklärten, auf ihre Gruppe zu verzichten, waren die Deutschen. Bonn versprach, man werde das Schweigenetz im Laufe des Jahres 1991 auflösen.«

Nina zog die Augenbrauen zusammen. »Warum erst so spät?«

»Das fragten sich viele, aber keiner bekam eine Antwort. Schließlich stellte niemand mehr die richtigen Fragen. 1991 verschwanden Gladio und das Schweigenetz wieder aus den Medien, über eine offizielle Auflösung wurde nicht mehr berichtet. Außer einigen Politikern weiß niemand, was mit den deutschen Einheiten geschah. Abgesehen von ihren Mitgliedern, natürlich.«

»Was für Leute waren das?«

»Zivilisten. Sie erhielten militärische Ränge, blieben aber nach außen hin gewöhnliche Durchschnittsbürger. Der Bundesnachrichtendienst steckte ziemlich tief in der ganzen Geschichte und wählte aus, wer dazugehörte und wer nicht. Ziemlich schnell kam der Verdacht auf, dass es unter anderem eine ganze Menge Rechtsradikaler ins Netz zog; zumindest aber Leute mit extremer nationalistischer Gesinnung. Die Verantwortlichen wiesen das zurück. Fest steht aber, dass es zuvor bereits einen ähnlichen Partisanentrupp gab, der vom Bund Deutscher Jugend unterhalten wurde, damals, in den fünfziger Jahren. Dem wiederum gehörten eine Menge ehemaliger Mitglieder der SS und Waffen-SS an. Von denen wechselten offenbar einige später zum Schweigenetz über.«

Nina war verwirrt. »Meinst du, dass diese Leute etwas mit Sebastians Tod zu tun haben?«

Carsten schüttelte entschieden den Kopf. »Nur weil er ein paar Artikel kopiert hat, die ohnehin jedermann zugänglich waren? Wohl kaum. Wusstest du, dass er sich mit dieser Sache beschäftigt hat?«

»Nein.«

Er seufzte. »Vielleicht ist das alles nur ein dummer Zufall. Gib mir noch mal die Texte, bitte.«

Sie reichte sie ihm, und er begann erneut darin zu blättern. »Dabei sind auch noch ein paar andere«, sagte er und zog ein halbes Dutzend Seiten aus dem Stapel. »Artikel über ein paar Morde innerhalb der letzten Monate, verteilt auf die neuen Bundesländer.«

»Davon hat er mir erzählt, glaube ich. Irgendwie kommt mir das bekannt vor.«

Er überflog noch einmal die Überschriften der aussortierten Texte, dann gab er sie Nina. Sie las sie und nickte. »Ja, davon habe ich gehört.« Sie starrte weiter auf die Kopien. »Ein Mord in Potsdam, einer im Erzgebirge. Noch einer in Berlin. Zwei in Jena. Und was ist das hier?« Sie studierte eine winzige Meldung, die Sebastian einsam auf ein großes Blatt kopiert hatte. »Ein ermordeter Deutscher in Budapest«, stellte sie fest. »Irgendwoher kenne ich das alles – natürlich, der hier …«

Carsten beugte sich neugierig vor. Unter den Texten befanden sich auch ein paar Computerausdrucke von Agenturtexten. Einen davon hielt Nina jetzt in der Hand. Eine Meldung der Deutschen Presse-Agentur vom 20. April. Das war sechs Tage her. »Den hat Michaelis mir am Dienstagmorgen gegeben«, erklärte sie. »Ich sollte für ihn rausfinden, wer das Ding geschrieben hat.«

Carsten runzelte die Stirn, nahm den Text und las ihn durch. Er füllte engbedruckt die ganze Seite. Der Inhalt war nicht allzu faktenreich, spekulierte stattdessen unverblümt über einen Zusammenhang zwischen mehreren Morden seit Ende vergangenen Jahres. Mit einem Seitenblick vergewisserte er sich, dass es dieselben waren, die sich auch in Sebastians übrigen Unterlagen fanden. Auch der Tote in Budapest war dabei. Der DPA-Autor formulierte den Verdacht, dass es sich bei allen Opfern um ehemalige Mitglieder der Staatssicherheit handelte, ohne aber Beweise dafür zu bringen. Carsten wunderte sich, dass die Agentur einen so vagen Bericht an ihre Kunden weitergegeben hatte. Der Text war weder echte Reportage noch purer Kommentar. Im Grunde eine wenig gelungene Mischung aus beidem.

»Warum wollte Michaelis wissen, wer das geschrieben hat?«, fragte er schließlich.

»Hat er nicht gesagt. Ich sollte nur seinen Namen herausfinden.«

»Und hast du den Kerl gefunden?«

Nina nickte. »Kein Kerl, sondern eine Frau Simone Soundso. Ich hab den Nachnamen vergessen.«

Plötzlich verfinsterte sich ihr Blick. Ihre Wangen wurden bleich. Als hätte jemand ihr in genau diesem Augenblick eine schreckliche Hiobsbotschaft überbracht.

»Was ist los?«, fragte er.

Nina wühlte in dem Papierhaufen und zog schließlich die Meldung über den Mord in Budapest hervor. »Großer Gott«, stöhnte sie.

»Nun sag schon ...«

»Es kann Zufall sein, aber – das Datum.«

Carsten beugte sich vor. Sebastian hatte den Tag der Veröffentlichung handschriftlich am oberen Rand der Kopie festgehalten: der vierte Dezember 1992. Vor fast fünf Monaten.

»Für den ersten Dezember hatte ich Michaelis einen Flug nach Budapest gebucht«, sagte sie. »Ich erinnere mich daran, weil er an diesem Tag Geburtstag hatte. Am vierten kam er zurück.« Ihre Augen waren weit aufgerissen. Carsten sah, dass ihre Hand, die das Blatt hielt, zitterte.

»Das hat nichts zu bedeuten«, sagte er matt und wunderte sich selbst, wie schwach seine Stimme klang.

»Wenn es ein Zufall ist, warum hat Michaelis sich dann so für diesen Artikel interessiert?«, fragte sie.

»Vielleicht gerade weil er an diesem Tag in der Stadt war. Möglicherweise dachte er, das Opfer sei jemand gewesen, den er kannte oder dort getroffen hat.« Er wusste selbst, wie fadenscheinig diese Erklärung war. Andererseits: Michaelis war Journalist, kein Verbrecher. Weshalb sollte der Chef einer winzigen Lokalredaktion am Ende der Welt etwas mit einem Mord in Budapest zu tun haben? Das ergab keinen Sinn.

Ninas Gedanken schienen sich in eine ganz andere Richtung zu bewegen. »Könnte es sein, dass er irgendwie in Sebastians Tod verwickelt ist?«

»Unsinn.«

»Vielleicht hat er erfahren, dass Sebastian ihm auf die Spur gekommen ist. Ebenso wie du hätte er diese Artikel finden können. Vielleicht hat er auch irgendein Telefongespräch aufgeschnappt.« Ihre Stimme klang jetzt atemlos, die Worte kamen gepresst.

Nein, versuchte Carsten sich selbst zu beruhigen. Das kann nicht sein.

Genau das sagte er ihr.

Nina schüttelte energisch den Kopf. Sie war nahe daran, hysterisch zu werden. »Mein Gott, siehst du denn nicht, wie offensichtlich das alles ist? Michaelis fliegt nach Budapest, und dort wird ein Deutscher ermordet. Kurz darauf erkundigt er sich nach einem Artikel, in dem von eben diesem Toten die Rede ist. Er findet heraus, dass auch Sebastian sich dafür interessiert, und wenige Tage später wird auch der ermordet. Was muss denn als Nächstes passieren? Soll er einen von uns umbringen, ehe du die Wahrheit begreifst?«

Was sie sagte, klang logisch, trotzdem wunderte er sich. Nina kannte Michaelis viel länger als er selbst, und er hatte bislang angenommen, dass sie ihn mochte.

»Ich gehe nicht mehr in die Redaktion«, stellte sie entschlossen fest, als er die Antwort schuldig blieb.

»Natürlich gehst du«, sagte er mit Nachdruck. »Genauso wie ich. Falls etwas an dieser verrückten Verschwörungstheorie wahr ist, dann dürfen wir uns nichts anmerken lassen. Wir müssen genauso weitermachen wie bisher.«

»Und uns umbringen lassen?«

»Sei nicht kindisch. Niemand lässt einen anderen einfach so ermorden.«

»Bei Sebastian hat das niemanden gestört.«

Er schüttelte den Kopf. »Lass uns abwarten. Und versuchen, mehr darüber herauszufinden. Schon um seiner willen.«

»Das ist pathetischer Scheißdreck.«

Wütend griff er nach ihrer Hand. »Es gibt einen Weg, wie wir erfahren können, ob etwas Wahres an der ganzen Sache ist.«

In ihre Angst mischte sich jetzt eine Spur von Neugier. »Was meinst du?«

Er erklärte es ihr.

Die Maschine hätte bereits kurz vor dreiundzwanzig Uhr landen sollen, doch bereits wenige Minuten nach dem Start teilte der Kapitän ihnen mit, bedauerlicherweise werde sich die Ankunft in Frankfurt wegen Überlastung des Flughafens um etwa eine Stunde verzögern.

Michaelis versuchte, sich seinen Ärger nicht anmerken zu lassen. Auch als die Stewardess zum dritten Mal mit Getränken kam und erklärte, es seien nur noch zwanzig Minuten bis zur Landung, behielt er sein festgefrorenes Lächeln auf den Lippen. Nach der Ankunft stieg er in ein Taxi und ließ sich zu der Adresse fahren, die von Heiden ihm am Nachmittag durchgegeben hatte. Sein einziges Gepäckstück war ein schmaler Aktenkoffer.

Nawatzki und von Heiden erwarteten ihn in einem Kellerrestaurant mit niedriger Decke und hohen Preisen.

Gleich nach der Begrüßung kam Nawatzki zum Grund ihrer Zusammenkunft. »Es hat ein Problem gegeben, und ich möchte wissen, weshalb.«

Michaelis bemühte sich, seinem Blick standzuhalten. »Wir sind nicht sicher, wer Sebastian Korall getötet hat. Fest steht nur, *wir* waren es nicht.«

»Wer dann?«, fragte von Heiden, obwohl alle sicher waren, es zu wissen.

»Die anderen«, stellte Michaelis fest. »Fenn und seine Leute. Oder aber es war ein echter Raubüberfall, und unsere Sorge ist unbegründet.«

Nawatzki schüttelte den Kopf. »Ein solcher Zufall wäre absurd.«

»Sicher.«

Von Heiden nickte bestätigend. »Aber wäre es aus Fenns Sicht nicht sinnvoller gewesen, einen von uns zu liquidieren? Jemanden, der in direktem Konflikt mit ihnen liegt? Sie, beispielsweise«, sagte er und deutete auf Michaelis.

Nawatzki verneinte. »Das wagen sie nicht. Im Augenblick versuchen sie es noch auf anderem Wege. Sie wissen, dass Worthmann ihnen in die Quere kommen könnte, deshalb legen sie ihm Steine in den Weg. Andererseits lassen sie ihn selbst in Frieden. Ansonsten gäbe es Unstimmigkeiten innerhalb ihrer Gruppe, die sie sich nicht leisten können. Also versuchen sie, ihre Spuren zu verwischen. Und die erste, die er hatte …«

»… waren die Briefe, natürlich«, führte von Heiden den Satz zu Ende.

»Naheliegend wäre in ihrer Position, ihm eine Warnung zu übermitteln«, meinte Michaelis. »Vor uns und vor ihnen selbst.« Nawatzki zog eine Pfeife hervor und begann sie zu stopfen.

»Ein einfacher Zettel würde nicht ausreichen, um ihn zu überzeugen«, erklärte von Heiden. »Und persönliche Kontakte kommen nicht in Frage. Das müsste ihre Abschirmung verhindern, Herr Michaelis, nicht wahr?«

Tritt nach unten, du Mistkerl, wenn es dir selbst von oben an den Kragen geht, dachte Michaelis. Er schenkte dem Verlagsleiter einen abschätzigen Blick. »Natürlich.«

»Nun«, fuhr Nawatzki dazwischen, bevor sich der Wortwechsel der beiden zum Streit ausweiten konnte, »fest steht, dass Worthmann seine Recherchen fortsetzen und vor allem beschleunigen muss. Dafür haben Sie zu sorgen.«

Michaelis nickte.

»Wir wissen nicht, ob die Briefe noch ausgewertet wurden, bevor sie verschwanden und …«

»Entschuldigen Sie«, unterbrach Michaelis ihn, »aber das wissen wir sehr wohl. Oder glauben es zumindest zu wissen. Bevor Korall starb, zeigte er die Briefe einem Schriftsachverständigen der örtlichen Polizei. Tafuri konnte mir vor meinem Abflug nicht mehr mitteilen, ob Worthmann diesen Sachverständigen heute noch aufgesucht hat. Spätestens morgen Früh haben wir darüber Gewissheit. Sollte dies der Fall sein, müsste er misstrauisch werden. Wahrscheinlich weiß er jetzt, dass mit Sandra Kirchhoffs Todesdatum etwas nicht stimmen kann, und das sollte ihm neuen Antrieb geben. Früher oder später wird er sie finden, kein Zweifel.«

»Später ist *zu* spät«, sagte Nawatzki.

»Die Zeit drängt.«

Michaelis hob die Schultern. »Es ist schwer, Worthmanns Spurensuche zu beschleunigen, ohne dass er Verdacht schöpft. Sobald er bemerkt, dass wir ihn steuern, wird er die ganze Sache hinschmeißen.«

»Zur Not drehen wir den Spieß um«, meinte von Heiden. »Bedrohen Sie ihn, und die anderen werden von sich aus auf der Spielfläche erscheinen.«

Michaelis stimmte zu. »Ich glaube, Herr von Heiden hat recht. Vielleicht können wir sie so aus ihren Löchern locken.«

Nawatzki nickte. »Sollte sich innerhalb kürzester Zeit nichts an der Situation ändern, wird uns nichts anderes übrig bleiben.«

»Was ist mit Prag?«, fragte von Heiden.

»Prag?«, meinte Michaelis verblüfft.

»Das wissen Sie noch nicht«, erklärte Nawatzki. »Fenn hat uns eine Botschaft zukommen lassen. Er will verhandeln, Anfang nächsten Monats in Prag.«

Michaelis konnte es kaum fassen. »Aber damit wären doch alle Probleme aus dem Weg. Fenn gibt auf. Warum dann überhaupt noch der ganze Aufstand um Carsten Worthmann?«

Nawatzki schüttelte den Kopf. »Weil wir nicht sicher sein können, was hinter dieser Einladung steckt. Eventuell werden sie versuchen, unseren Leuten eine Falle zu stellen. Das wäre dumm, aber möglich. Oder sie schalten eine dritte Partei für die Verhandlungen ein. Möglicherweise wollen sie auch einfach nur Zeit gewinnen, bis sie uns endgültig entkommen können. Wir dürfen nicht zulassen, dass sich das Drama von Budapest wiederholt.« Er zog erneut am Mundstück seiner Pfeife. »Deshalb machen wir weiter wie geplant. Und falls es auf diese Weise nicht geht, dann eben auf eine andere. Sollte Worthmann nicht schnellstens weiterkommen, teilen Sie Fenns Leuten mit, dass ihr Schützling Probleme bekommen wird. Es sei denn, sie kooperieren.«

»Und falls sie nicht darauf reagieren?«, fragte Michaelis.

Nawatzki zuckte mit den Schultern. »Dann töten Sie ihn eben.«

## Kapitel 3

Die Redaktionskonferenz war noch keine zehn Minuten beendet, als Elisabeth anrief. Carsten seufzte. Erst die Nachricht von Sandras Tod, dann der Mord an Sebastian, schließlich der Verdacht gegen Michaelis; kein Wunder, dass er sie völlig vergessen hatte. Ihre Stimme klang fröhlich, mit einem leichten Unterton von Besorgnis.

»Sie hören sich nicht an, als ob es Ihnen dort drüben besonders gutgeht«, stellte sie fest.

»Oh, das ist der Stress«, log er und ahnte ihre nächste Frage bereits voraus.

»Sagten Sie nicht, dass es in Lokalredaktionen ein wenig ruhiger zugeht?«

Er zögerte. Vielleicht sollte er ihr doch die Wahrheit sagen. »Glauben Sie mir, ich habe eine Menge um die Ohren. Ansonsten ist alles in Ordnung.« Ein Kompromiss.

»Was ist mit Sandra? Gibt es irgendetwas Neues?«

»Nein, nichts. Es bleibt dabei. Sie ist tot.« Drei Antworten, dreimal nur die halbe Wahrheit. Trefferquote hundert Prozent. Er schämte sich. »Elisabeth, würde es Ihnen etwas ausmachen, wenn ich Sie später zurückrufe? Ich erwarte einen dringenden Anruf und …«

»Sicher«, unterbrach sie ihn. »Ich habe viel Zeit, das wissen Sie doch.« Jetzt klang sie ein wenig traurig, was ihn fast dazu gebracht hätte, die ganze Geschichte zu erzählen. Aber er erinnerte sich an das, was Nina gesagt hatte; darüber, dass Michaelis möglicherweise Sebastians Telefongespräche mit angehört hatte. Er durfte kein Risiko eingehen. Und er wollte sie auf keinen Fall in die Sache hineinziehen.

»Danke, Elisabeth«, sagte er. Es war der erste Satz, der wirklich ehrlich war. Er wusste nicht einmal genau, wofür er sich bedankte. Vielleicht einfach nur dafür, dass sie sich Sorgen um ihn machte.

»Bis später, mein Junge.«

»Bis später.« Er legte auf, atmete tief durch und nahm dann den Hörer erneut zur Hand. Langsam wählte er die Nummer der Polizei und ließ sich mit Jonas Brabach verbinden. Was er ihm zu sagen hatte, durfte Michaelis ruhig mitanhören; falls er es überhaupt tat und es für ihn von Interesse war.

»Sie hatten recht«, sagte der Schriftsachverständige, als die Verbindung endlich stand. Er klang völlig klar, ohne die Spur eines Alkoholkaters. »Das Todesdatum Ihrer Freundin ist laut Einwohnermeldeamt der 12. Juni 1985.«

Carsten drückte die Muschel fester ans Ohr. »Die Frage ist wahrscheinlich überflüssig. Trotzdem: Sind Sie ganz sicher?«

»Sie können mir vertrauen. Sandra Kirchhoff starb im Juni 1985, eine Abweichung ist völlig ausgeschlossen. Vor allem nicht um mehrere Monate, bis Oktober.«

»Und was bedeutet das?«

»Das weiß ich nicht. Aber ich bleibe hundertprozentig bei dem, was ich Ihnen schon gestern Abend gesagt habe. Die Schrift bleibt bis Oktober dieselbe und ändert sich erst in dem Brief vom zweiundzwanzigsten.«

Carsten seufzte. »Haben Sie vielen Dank«, sagte er. »Sie haben mir sehr geholfen.«

»Ich habe Sie eher verwirrt, glaube ich.«

»Trotzdem danke.«

»Wenn Sie mal wieder ein Problem mit irgendwelchen Schriften haben, kommen Sie vorbei. Und bringen Sie mehr Durst mit als beim letzten Mal.«

Carsten lächelte, verabschiedete sich und legte auf.

Jonas' Bestätigung des Datums überraschte ihn nicht; er hatte damit gerechnet. Blieb die Frage, was die Abweichung zu bedeuten hatte. Und wer zum Teufel die Briefe ab dem 22. Oktober geschrieben hatte.

Er wechselte einen kurzen Blick mit Nina. Sie hatte sich gefangen und spielte die Rolle der ahnungslosen Sekretärin großartig. Niemand würde einen Verdacht schöpfen. Er hoffte, dass das auch für den Redaktionsleiter galt.

Er stand auf und ging zu Michaelis ins Büro. Er erklärte ihm, er wolle versuchen, noch einmal mit Viktor, dem Stasi-Maler, zu sprechen, und werde erst in einer bis zwei Stunden zurück sein. Ob das in Ordnung sei, fragte er. Sicher, sagte Michaelis. Carsten fand, dass er müde aussah. Als ob er in der vergangenen Nacht nicht geschlafen hätte.

Er fuhr tatsächlich zu Viktor, wenn auch aus einem anderen Grund. Diesmal fand er den Weg zur verfallenen Villa des Malers auf Anhieb. Wie bei seinem ersten Besuch waren auch heute alle Vorhänge zugezogen. Er stieg die Stufen zum Eingang hinauf und betätigte den Türklopfer.

Es dauerte eine Weile, bis aus der Halle Schritte nach draußen drangen. Dann öffnete sich die Tür, und Viktor stand vor ihm. Der kleine alte Mann musterte ihn mit listigem Blick.

»Herr Worthmann, ich grüße Sie.« Viktor reichte ihm die Hand und bat ihn herein. »Sie möchten Ihr Interview fortsetzen?«, fragte er.

Carsten schüttelte den Kopf. »Eigentlich nicht. Nicht heute. Ich habe eine Bitte.«

»Das habe ich mir gedacht.«

»Wirklich?«

Der Alte lachte. »Bitten Sie, junger Mann. Was kann ich für Sie tun? Brauchen Sie ein Bild, ein Portrait? Die Kritik eines Kunstkenners? Bitten Sie mich nur.«

»Kein Bild«, sagte Carsten. »Nur ein Telefon.«

Es war ein Risiko, natürlich. Er musste sichergehen, dass niemand erfuhr, dass er telefonierte. In der Redaktion war das unmöglich, seine und Ninas Wohnungen hatten keine Anschlüsse, und in einer Zelle wäre er schon von weitem zu sehen gewesen. Auch Gaststätten schieden aus. Zu leicht konnte man ihn dort unbemerkt beobachten. Möglicherweise litt er unter Paranoia; ein Fall für den Psychiater. Trotzdem würde er ab heute achtgeben. Er wollte nicht enden wie Sebastian.

»Ein Telefon«, stellte Viktor sachlich fest. Er wirkte nicht überrascht. »Darf ich fragen, weshalb Sie deshalb gerade zu mir kommen?«

Diese Frage hatte Carsten auch sich selbst gestellt. Ein offizieller Termin für die Zeitung war die einzige Möglichkeit, die Redaktion zu verlassen, ohne das Misstrauen des Großen Unbekannten zu erregen – falls es ihn gab. Und warum gerade Viktor? Intuition, vielleicht. Möglicherweise auch einfach die Hoffnung, dem kauzigen Einsiedler am ehesten vertrauen zu können. Er betete darum, dass er mit dieser Entscheidung keinen Fehler machte.

Offenbar war Viktor nicht gewillt, noch länger auf eine Antwort zu warten. Stattdessen sagte er: »Erklären Sie mir nichts, wenn Sie nicht wollen. Und was das Telefonieren angeht: Natürlich dürfen Sie.«

Carsten atmete auf. »Vielen Dank«, sagte er unbeholfen.

Der alte Mann führte ihn nicht in den Saal, in dem sie beim ersten Mal gesessen hatten. Sie betraten stattdessen einen großen Raum, verziert mit aufwändigen Malereien unter der hohen Decke. An den Wänden hingen Bilder, die offenbar von Viktor selbst stammten. In regelmäßigen Abständen ragten zwischen ihnen Lampen in Form altmodischer Kerzenleuchter aus dem Mauerwerk. Durch die geschlossenen Vorhänge fiel nicht ein Hauch von Tageslicht.

Frei in der Mitte des Raumes stand das Telefon auf einer kleinen Kommode. Daneben befand sich ein einsamer Sessel mit rotem Samtbezug und goldenen Fransen. Es gab kein weiteres Möbelstück.

Viktor schien seinen Blick zu bemerken. »Glauben Sie mir«, sagte er. »Würden Sie wie ich allein in so einem Bau hausen, kämen sie auf ähnliche Ideen. Für jedes Stück einen eigenen Raum. Die Lauferei hält jung.«

Carsten nickte höflich und durchquerte den weitläufigen Raum bis zum Telefon. Viktor blieb an der Tür zurück. »Wenn Sie noch einen Wunsch haben, rufen Sie mich. Ich bin im Atelier.«

Carsten bedankte sich. Erst als der Maler verschwunden war, fiel ihm ein, dass er keine Ahnung hatte, in welchem Winkel dieses labyrinthischen Gemäuers das Atelier versteckt sein mochte. Er würde sich später Gedanken darüber machen. Nach dem Anruf.

Er zog einen Zettel aus seiner Hosentasche und faltete ihn auseinander. Das Telefon war ein uralter Apparat mit Wählscheibe aus Metall. Es schien ewig zu dauern, bis alle Ziffern der Telefonnummer durchgelaufen waren. Schließlich hörte er das Rufzeichen. Nach dem dritten Klingeln wurde am anderen Ende der Hörer abgenommen.

»Deutsche Presse-Agentur, Leipzig«, meldete sich eine Frauenstimme.

»Worthmann. Ich hätte gerne die Dame gesprochen, die folgenden Artikel geschrieben hat.« Er nannte Datum, Titel und Nummer des Textes.

»Einen Augenblick«, bat die Stimme. »Ich verbinde mit der Redaktion.«

Die Prozedur wiederholte sich, bis schließlich eine junge Frau sagte: »Apparat Gregor.«

Carsten grüßte und nannte zum dritten Mal die Daten des Artikels.

Die Frau schien sich zu erinnern. »Oh, ja, der stammt von Frau Gregor. Simone Gregor.«

»Könnte ich sie bitte sprechen?«, bat Carsten.

»Tut mir leid, Frau Gregor ist nicht in der Redaktion.«

»Wann kann ich sie wieder erreichen?«

»Nun«, sagte die Stimme zögernd, »das ist schwierig. Ich weiß nicht, wann sie wieder hier sein wird.«

»Heute noch?«

»Nein, heute nicht mehr. Sehen Sie, es ist wirklich schwierig im Moment. Vielleicht versuchen Sie es noch einmal in zwei Wochen.«

»Zwei Wochen? Ist sie krank? Oder im Urlaub?«

»Hören Sie bitte, ich weiß nicht, ob ich darüber am Telefon so einfach sprechen darf …«

»Ich bin ein Freund von Simone«, sagte Carsten mit Nachdruck. Er hoffte, dass seine Stimme nicht so zittrig klang, wie er sich fühlte. »Es ist wirklich wichtig, dass Sie mir sagen, was mit ihr los ist.«

Zögern. Dann sagte die junge Frau: »Sie hatte einen Unfall. Vor ein paar Tagen.«

»Lieber Himmel, was ist passiert?«

Seine Besorgnis ließ sie ein wenig auftauen. »Sie wurde angefahren. Vergangenen Mittwoch, glaube ich. Aber ich weiß wirklich nicht, ob …«

»Mein Gott«, unterbrach er sie, »ich hab sie am Dienstagmorgen noch getroffen.« Er hoffte, dass diese Lüge nicht sofort aufgedeckt wurde.

»Auf der Pressekonferenz im Gewandhaus?«, fragte die Stimme.

»Genau«, sagte er und hätte sich vor Erleichterung fast verschluckt.

»Dann sind Sie ein Kollege.« Eine Feststellung. »Warum haben Sie das nicht gleich gesagt? Wissen Sie, Simone ging über eine grüne Fußgängerampel, als plötzlich ein Autofahrer Gas gab und sie streifte. Nein, falsch, nicht streifte. Er hat sie mit voller Wucht mitgenommen. Sie ist bis auf die andere Straßenseite geflogen. Schrecklich.«

»Lieber Himmel«, sagte er, und sein Entsetzen war nicht gespielt. »Wie geht es ihr jetzt.«

»Nicht gut, glaube ich. Aber ich war noch nicht selbst im Krankenhaus. Hier läuft alles drunter und drüber, wissen Sie …«

»Klar. In welcher Klinik liegt sie? Ich würde gerne selbst mal vorbeifahren.«

Er notierte den Namen auf seinem Notizzettel.

»Bestellen Sie ihr alles Gute, ja?«, sagte die junge Frau.

»Sicher«, sagte er und verabschiedete sich. Mit einem lautlosen Stöhnen sank er zurück in den Sessel. Es war alles wahr. Michaelis hatte sich den Namen der Journalistin besorgt, um sie wegen ihres

Artikels und der darin vertretenen Theorien beseitigen zu lassen. Das war der einzig logische Schluss.

Er stand auf und spürte, wie seine Knie zitterten. Er trat hinaus auf den Flur und sah sich suchend nach Viktor um. Der Maler war nirgends zu sehen. Er nahm einen unbeschriebenen Zettel aus seiner Tasche und hinterließ ihm eine Botschaft und seinen Dank. Dann wandte er sich zur Tür und trat ins Freie.

Beim Einsteigen in seinen Wagen glaubte er aus den Augenwinkeln zu sehen, wie sich einer der schweren Samtvorhänge im zweiten Stock bewegte. Als er sich umdrehte und nach dem Gesicht des Malers Ausschau hielt, sah er in den Scheiben nichts als die Spiegelung der treibenden Wolken.

Das Krankenhaus lag am Ostrand der Stadt, trotzdem nahm Carsten die erste Autobahnabfahrt und landete im Westen Leipzigs. Von dort aus fuhr er direkt zum Hauptbahnhof. Er fädelte sich in die Abbiegespur zur Güterabfertigung ein, stellte den Wagen am Hintereingang des riesigen Bahnhofsgebäudes ab und betrat die Halle. Er glaubte immer noch nicht wirklich, dass jemand ihm folgte. Trotzdem schadete es nicht, vorsichtig zu sein.

Die Bahnhofshalle war voller Menschen, ein wogendes Auf und Ab von Köpfen und Koffern und Taschen. Betont ruhig ließ er sich vom Strom der Reisenden zum Haupteingang tragen. Das Gewühl spuckte ihn hinaus auf den Vorplatz. Er würde sich beeilen müssen. Mit schnellen Schritten lief er hinüber zum Taxistand, sprang in den ersten Wagen und nannte den Namen des Krankenhauses. Mit dem Versprechen eines großzügigen Trinkgeldes trieb er den Fahrer zur Eile. Erfreut über die Abwechslung trat der junge Mann aufs Gas.

Michaelis würde seine Verfolger – immer unter der Voraussetzung, es gab welche – in Tiefental stationiert haben. Demnach waren sie ihm von dort nach Leipzig gefolgt. Sein Halt am Güterbahnhof und der Weg durch die Halle sollten sie aus ihrem Wagen locken. Ehe er mit dem Taxi verschwunden war, würden sie nicht zurück zum Auto laufen können. Wenn sie ihn nicht verlieren wollten, war ihre einzige Möglichkeit, ebenfalls ein Taxi zu nehmen. Würde er auf seinem weiteren Weg eines hinter sich entdecken, hätte er zumindest die Gewissheit, dass sie seine Spur verfolgten.

Aber es gab kein zweites Taxi und keine Verfolgungsjagd. Ungehindert erreichten sie das Krankenhaus, und auch nachdem er ausgestiegen war und den Fahrer bezahlt hatte, traf kein weiterer Wagen ein. Das konnte bedeuten, dass sie ihn verloren hatten, oder auch, dass es sie niemals gegeben hatte.

Er betrat das Gebäude und erkundigte sich nach dem Zimmer von Simone Gregor. Er habe großes Glück, meinte der Junge hinter der Rezeption, sie sei erst heute Morgen von der Intensivstation überstellt worden. Er nannte Carsten Nummer und Etage und deutete höflich auf die Aufzüge am anderen Ende der Eingangshalle.

Während Carsten die Halle durchquerte, erinnerte er sich an das, was ihm die junge Frau am Telefon über den Unfall erzählt hatte. Irgendwer hatte kaltblütig versucht, die Journalistin zu ermorden, das war offensichtlich.

Er war so in Gedanken versunken, dass er um sich herum nichts und niemanden wahrnahm. Auch nicht die rotmähnige Schönheit, deren Blicke ihn verfolgten, bis sich die Lifttüren hinter ihm schlossen.

Nadine zog unauffällig ihren Abzug des Fotos hervor, das jeden von ihnen bei der Ankunft im Hotel in einem Umschlag auf dem Bett erwartet hatte. Ein Nadeldrucker hatte einen Namen in seine Rückseite gestanzt. *Carsten Worthmann.*

Sie war sicher, dass er es war. Sie hatte ihn niemals vorher gesehen, aber die Aufnahme war deutlich, unverkennbar aktuell, und er trug sogar denselben Mantel. Das Bild zeigte ihn vom Kopf bis zur Taille vor dem verschwommenen Hintergrund alter Häuser. Er blickte nicht in die Kamera. Offenbar hatte er nicht bemerkt, dass man ihn fotografierte.

Nawatzki musste Grund zu der Annahme haben, dass Worthmann recht bald eine tragende Rolle in dieser Angelegenheit spielen würde. Sie vermutete, dass sein Name früher oder später auf der Liste ihrer Entfernungen auftauchen würde.

Dass sie ihn entdeckte, war purer Zufall. Nachdem der Anschlag auf die Journalistin so kläglich fehlgeschlagen war – Rochus hatte den Wagen gefahren, und keinem gönnte sie diesen Misserfolg mehr –, hatte Niklas angeordnet, im Krankenhaus Stellung zu beziehen. Bislang war noch keine Order gegeben worden, den Anschlag zu wiederholen. Es genügte möglicherweise, die Frau langfristig außer Gefecht zu setzen.

Nadine zögerte einen Augenblick. Vielleicht war Worthmanns Besuch in der Klinik geplant; vielleicht *sollte* er in diesem Augenblick hier sein.

Trotzdem. Sie musste sichergehen.

Sie stand auf, ging hinüber zum Kartentelefon am Eingang und wählte die Nummer von Niklas' Hotelzimmer.

Die Schwester beargwöhnte ihn misstrauisch, als er sie nach dem Weg zu Simone Gregors Zimmer fragte. Sie war über fünfzig, grauhaarig und trug jenen verbiesterten Ausdruck im Gesicht, den ihr Beruf nach Jahrzehnten des Laufens und Pflegens und Fütterns oft mit sich brachte. Nachdem er sich im Gewirr der verwinkelten Korridore hoffnungslos verirrt hatte, war ihm keine andere Wahl geblieben, als sie um Hilfe zu bitten.

»Sind Sie ein Verwandter?«, fragte sie.

»Ein Freund«, erwiderte er. Als er sah, wie sich ihr Blick verfinsterte, fügte er hastig hinzu: »Ein guter Freund.«

»Die Besuchszeit endet in wenigen Minuten. Ich glaube nicht, dass ich Sie vorlassen kann.«

Hexe, dachte er. »Nur ganz kurz«, bat er mit traurigem Blick. Erst die Aktion am Bahnhof, nun drittklassiges Schmierentheater. Carstens Nerven lagen blank.

Sie schien noch immer die Dringlichkeit seines Besuches abzuschätzen. »Stehen Sie Frau Gregor sehr nahe?«

»Wir sind zusammen aufgewachsen«, log er und schenkte ihr sein herzlichstes Lächeln. »Eine Sandkastenfreundschaft. Sie kennen so etwas doch, oder? Wir haben uns nie aus den Augen verloren. Glauben Sie mir, Simone ist ein bezauberndes Mädchen. Wir wollen heiraten.« Lieber Gott im Himmel, mach, dass sie sich damit zufrieden gibt.

Sie rümpfte empört die Nase. »Frau Gregor ist in meinem Alter«, stellte sie fest, als hätte er um *ihre* Hand angehalten.

Er schluckte und sagte eilig: »Wir sehen das nicht so eng. Machen Sie sich keine Sorgen.« Und, nach einer wohldosierten Pause: »Darf ich nun zu ihr oder nicht?«

Die Schwester runzelte die Stirn. »Ich weiß nicht recht …« Sie sah auf ihre Uhr. »Sie haben noch sechs Minuten. Danach müssen Sie gehen.«

»Versprochen.«

Sie führte ihn um mehrere Ecken bis zu einer Zimmertür am Ende des Korridors. Langsam drückte sie die Klinke herunter und warf vorsorglich einen Blick ins Zimmer. »Sie schläft«, sagte sie, wieder an ihn gewandt, und die plötzliche Sanftmut in ihrer Stimme überraschte ihn. Wahrscheinlich brachte auch das ihr Job mit sich. »Gehen Sie hinein, aber wecken Sie sie nicht. Sie braucht in ihrer Verfassung jede Minute Schlaf, die sie kriegen kann.«

Carsten trat an ihr vorbei ins Zimmer. Die Schwester schloss von außen die Tür. Der bandagierte Körper auf dem Bett hätte zu allem und jedem gehören können: Frau, Mann oder gar Kind. Mehr als die Tatsache, dass es sich um einen Menschen handelte, war nicht zu erkennen. Er fragte sich, warum man sie von der Intensivstation gebracht hatte. Aber das war eine Entscheidung von Ärzten, die ihr Handwerk hoffentlich verstanden. Er setzte sich neben dem Bett auf einen Besucherstuhl und horchte auf den rasselnden Atem der Frau. Kanülen steckten in ihren Venen, Plastikschläuche pumpten farblose Flüssigkeit. Ein elektronisches Gerät tickte gleichmäßig im Rhythmus ihres Herzschlags.

Ihre Augen waren die einzigen Punkte im Gesicht, die nicht mit Binden bedeckt waren. Zwei weitere Schläuche verschwanden dort zwischen den Verbänden, wo ihr Mund sein musste.

Er dachte an Michaelis, der vielleicht für all das verantwortlich war. Der Gedanke erfüllte ihn zu gleichen Teilen mit Angst und Abscheu. Zu seinem eigenen Erstaunen erinnerte er sich wieder an ihren nächtlichen Ausflug in die Keller des alten Redaktionsgebäudes, daran, wie sympathisch er ihn damals gefunden hatte. Er spürte, wie vor Wut seine Wangen bebten.

Jetzt, wo er Simone Gregor vor sich sah, wurde ihm bewusst, wie sinnlos sein Besuch hier im Krankenhaus war. Sie würde ihm nichts sagen können. Nicht darüber, wie sie auf die Stasi-Vergangenheit der Mordopfer gekommen war, nichts dazu, ob sie weitere Erkenntnisse gesammelt und detailliertere Recherchen angestellt hatte. Er fluchte still vor sich hin, strich mit der Hand über den bandagierten Kopf der Verletzten und trat wieder hinaus auf den Flur.

Die Schwester war nirgends zu sehen. Wahrscheinlich hatte man sie längst zu einem anderen Fall abgerufen. Er fuhr mit dem Aufzug ins Erdgeschoss, ließ sich von dem Jungen an der Rezeption ein Taxi bestellen und erreichte eine halbe Stunde später seinen Wagen hinter dem Hauptbahnhof. Der Golf stand unverändert in der Dämmerung und wartete auf seinen Fahrer.

Als er auf die Straße Richtung Autobahn abbog, kam ihm ein Gedanke. Er wendete bei der nächsten Gelegenheit und fuhr zurück ins Stadtzentrum.

Nach zwanzig Minuten erreichte er die Seitenstraße, in der Sven Kirchhoff wohnte. Er parkte unten vorm Haus und klingelte. Als keine Antwort kam, stieg er die Treppen hinauf und klopfte an der Wohnungstür.

Nichts. Kirchhoff war nicht zu Hause.

Tafuri biss knirschend in ein Stück trockenes Knäckebrot. Michaelis fragte sich, wie der Italiener jemals zu seiner Statur gekommen war, wenn er stets nur dieses Zeug fraß. Der Anblick hatte fast etwas Komisches; Tafuri, dieser Klotz mit den Ausmaßen eines Kleinlasters, kaute zufrieden auf seinem Brot, blickte abwechselnd zwischen Michaelis und den Monitoren umher und wartete wohlerzogen mit dem Sprechen, bis er auch den letzten Bissen heruntergeschluckt hatte. Eines Tages würde ihn dieser Mann in den Wahnsinn treiben.

»Worthmann ist in Leipzig«, erklärte der Italiener schließlich.

»Gut«, freute sich Michaelis. »Er sucht weiter nach seiner Freundin. Mehr verlangen wir nicht.«

Tafuri schüttelte den Kopf. »Falsch. Er ist nicht in die Stadt gefahren, um Sandra Kirchhoff zu finden. Er hatte einen anderen Grund.«

Der Redaktionsleiter sah ihn fragend an und schwieg.

»Er hat unsere Leute abgehängt«, fuhr Tafuri fort. »*Bewusst.* Sie wissen, was das heißt. Dass wir erfahren haben, wohin er gegangen ist, war purer Zufall. Wir hatten Glück.«

»Wo war er?«

»Im Krankenhaus. Bei dieser Journalistin.«

»Was?« Michaelis lief dunkel an. »Wie ist das möglich?«

»Die Journalistin ist allein Ihre Sache. Aus welchem Grund sie noch lebt und wie Worthmann an sie herangekommen ist, interessiert mich nicht. Ich habe hier mehr als genug zu tun, glauben Sie mir.«

Michaelis ließ sich nicht beirren. »Wie kommt er an ihren Namen? Und weshalb, zum Teufel, interessiert er sich überhaupt für sie?«

Krümel flogen in alle Richtungen, als Tafuri sein Raubtiergebiss erneut in das steinharte Brot grub. In dem winzigen Überwachungsraum schien das Bersten und Mahlen zwischen seinen Kiefern ohrenbetäubend. Wieder ließ er sich lange Zeit, ehe er antwortete: »Ich weiß es nicht.«

»Sie wissen es nicht?«, tobte Michaelis. »Wer ist verantwortlich für seine Überwachung? Sie oder ich?«

»Sie«, erwiderte Tafuri. Seine Stimme klang trocken wie sein Knäckebrot. »Zumindest gegenüber Nawatzki. Und so lange Sie Resultate sehen wollen, sollten Sie in meiner Gegenwart nicht herumbrüllen. Ich kann kein ganzes Gebäude abhören, wenn meine Ohren Schaden nehmen.«

Michaelis verzichtete auf eine Erwiderung. Stattdessen fragte er: »Kann es etwas mit diesen Papieren zu tun haben, die er gestern Abend aus dem Haus geholt hat?«

»Theoretisch, ja. Die Wahrscheinlichkeit ist sehr groß. Möglicherweise stammten diese Unterlagen von einem der anderen Redakteure. Höchstwahrscheinlich von Korall.«

»Aber er war nicht im Büro.«

»Eben deshalb. Korall war der Einzige, der sich auch in den anderen Teilen der Anlage herumtrieb. Er könnte diese Papiere irgendwo deponiert gehabt haben. Ich kann Ihnen nicht mit Sicherheit sagen, ob und wo er das getan hat. Wir können nicht das ganze Haus überwachen. Aber prinzipiell wäre es möglich. Nach Koralls Tod ging Worthmann einfach hin und holte sie sich. Wenn wir Pech haben, weiß er jetzt bereits mehr, als uns recht sein könnte. Je nach Inhalt und Menge dieser Unterlagen, versteht sich.«

»Sie meinen also, Korall hatte Wind von der ganzen Sache bekommen?«

»Das ist naheliegend. Er war nicht dumm. Er hat Augen und Ohren aufgemacht und einiges aufgeschnappt, Gespräche zwischen Ihnen und von Heiden. Wer weiß, vielleicht wusste er sogar über mein Spielzimmer hier oben Bescheid. Schließlich kannte er das Gebäude bereits, bevor wir hier eingezogen sind. Sein Tod ist nicht das Schlimmste, was uns passieren konnte. Früher oder später hätten wir wahrscheinlich selbst dafür sorgen müssen. Natürlich könnte jetzt Worthmann ein Problem werden. Er recherchiert in die falsche Richtung – in unsere.«

Was Tafuri sagte, klang einleuchtend. Sie wussten nicht, was Worthmann tatsächlich erfahren hatte und wie nahe er der Wahrheit schon gekommen war. Er glaubte nicht, dass Worthmanns Wissen bereits eine Gefahr darstellte. Aber er mochte misstrauisch geworden sein, vor allem ihm selbst, Michaelis, gegenüber. Es wurde Zeit, dass sie etwas unternahmen.

»Glauben Sie, dass er bereits eine Verbindung zwischen Koralls Unterlagen und dem Tod von Sandra Kirchhoff gezogen hat?«, fragte er.

Tafuri dachte einen Augenblick nach, dann schüttelte er den Kopf. »Kann ich mir nicht vorstellen. So viel dürfte er noch nicht wissen.«

Michaelis nickte. »Gut. Dann werden wir jetzt dafür sorgen, dass er mit einem Schlag wieder in die richtige Bahn gerät. Er soll nur Sandra Kirchhoffs Spur folgen und keiner anderen.« Er holte tief Luft und deutete auf das Telefon. »Geben Sie mir unsere Leute in Leipzig.«

Die Scheinwerfer seines Wagens rissen den überdachten Eingang des Krankenhauses für einen kurzen Moment aus der Finsternis. Niklas lenkte den schwarzen BMW in einer engen Kurve um das runde Blumenbeet im Zentrum des Vorplatzes. Bei den Parkplätzen hatte er freie Wahl; seit Mitternacht war noch keine halbe Stunde vergangen. Die Parkfläche lag frei vor ihm wie ein asphaltiertes Fußballfeld, ihr hinterer Rand verschmolz nahtlos mit der Dunkelheit.

Die Zeit war ungünstig für eine Entfernung. Tagsüber hätte er sich mit dem Besucherstrom unauffällig ins Gebäude schmuggeln können, kein Mensch hätte sich später an sein Gesicht erinnert. Bei Nacht war das anders. Der Pförtner würde ihn sehen, vielleicht gar einen Gruß erwarten. Dabei würden sie sich anschauen. Der Mann würde ihn später identifizieren können. Selbst Make-up und falsches Haarteil blieben bei guter Beleuchtung und aus nächster Nähe nutzlos. Im Gegenteil: Wahrscheinlich würde beides nur Aufsehen erregen.

Er hatte den Auftrag ablehnen und auf morgen verschieben wollen, aber Michaelis hatte darauf bestanden und selbst ein Anruf bei Nawatzki hatte nichts daran ändern können. Sie verlangten, dass die Journalistin beseitigt wurde, so schnell wie möglich; und das war ihr gutes Recht. Nachdem sie es beim ersten Versuch verpatzt hatten, blieb ihnen gar keine andere Wahl. Am liebsten hätte er Rochus geschickt, um den von ihm angerichteten Schaden wiedergutzumachen, doch ein zweites Versagen konnte sich keiner von ihnen leisten.

Letztlich, das musste er zugeben, hatte Rochus nur Pech gehabt. Niemand konnte vorhersehen, welche Bewegung ein Opfer im Augenblick vor dem Zusammenstoß machte und wo genau der Wagen den Körper treffen würde. Manche starben sofort, andere ein wenig später. Und einige überlebten.

Ihr Fehler war letztlich die Wahl der Entfernungsart gewesen. Zwei Kugeln hätten ihr Problem sauber und termingerecht gelöst. Aber eine Hinrichtung durch Schusswaffen hätte ihren Tod unausweichlich in Verbindung zu den Morden gebracht, die sie selbst recherchierte. Deshalb musste es wie ein Unfall aussehen. Ein Zusammenprall mit anschließender Fahrerflucht. Meist eine verlässliche Sache. Sie steckte nicht tief genug in der Mordserie, als dass jemand Verdacht schöpfen würde.

Die Entscheidung hatte er selbst getroffen, und einige würden sie als weiteren Eintrag in einer ganzen Liste von Unsicherheiten werten. Rochus, der den Tatwagen gefahren hatte, würde es leicht haben, die Schuld später auf ihn abzuwälzen. Niklas warf einen Blick in den erleuchteten Haupteingang, schlich dann daran vorbei und näherte sich der Tür des Ambulanztraktes. Das Krankenhaus war groß, ebenso wie sein Einzugsbereich, und die Chancen standen gut, dass er hier eine Reihe wartender Patienten antreffen würde. Selbst wenige Menschen würden ihm das unauffällige Betreten der Anlage erleichtern.

Er hatte Glück. Im Wartesaal der Ambulanz befand sich knapp ein Dutzend Männer und Frauen. Nicht alle waren krank oder verletzt; etwa die Hälfte bestand aus Begleitern, die beruhigend auf ihre Freunde oder Verwandten einredeten. Niklas schob sich in den Raum, ohne dass irgendjemand ihm Beachtung schenkte. Alle hatten genug mit sich selbst oder ihren Patienten zu tun. Auf der gegenüberliegenden Seite des Raumes führte ein offener Durchgang hinaus auf einen Korridor.

Es gelang ihm, den Wartesaal unbemerkt zu durchqueren und hinaus auf den Gang zu treten. Von hier aus war es nicht mehr schwer.

In einer unbeobachteten Ecke zog er seinen Mantel aus. Darunter kam weiße Arztkleidung zum Vorschein. Den Mantel ließ er hinter einem Karton liegen.

Nadine hatte Etage und Zimmernummer in Erfahrung gebracht. Auch war sie bereits gestern alle möglichen Fluchtwege abgeschritten, in der Gewissheit, dass sie früher oder später hier im Krankenhaus würden zuschlagen müssen. Ihr Wissen kam ihm jetzt zugute. Sie hatte einen Plan des Stockwerks gezeichnet, den er sich eingeprägt hatte. Er brauchte keine drei Minuten, um das Zimmer zu finden.

Die Tür war unbewacht, der Korridor menschenleer. Beste Voraussetzungen. Niklas schob sich ins Zimmer und drückte die Tür hinter sich ins Schloss. Im Inneren war es dunkel, nur die Digitalanzeigen elektronischer Geräte glommen in gespenstischem Grün.

Er trat ans Bett und betrachtete sein Opfer. Alles, was er von der Frau erkennen konnte, waren ihre Augen. Sie waren geschlossen. Simone Gregor schlief.

Niklas zog seine Waffe unter dem weißen Kittel hervor. Auf der Mündung steckte ein fast unterarmlanger Schalldämpfer. Sehr unhandlich, sehr unzuverlässig, trotzdem die einzige Möglichkeit, die Pistole bei Nacht in einer schlafenden Klinik abzufeuern. Die Entfernung musste lautlos geschehen, sonst lief er Gefahr, dass man ihm die Flucht abschnitt. In einer so großen Anlage voller Menschen war selbst der Versuch, sich den Weg freizuschießen, zum Scheitern verurteilt.

Er setzte die Waffe unter das bandagierte Kinn der Frau und drückte zweimal ab. Eine dritte Kugel feuerte er in ihr Herz. Die Schüsse waren fast lautlos. Nasse, rote Flecken erblühten auf den weißen Verbänden. Die beiden ersten Schüsse hatten einen Teil ihres Hinterkopfes gesprengt.

Niklas steckte die Waffe wieder ein und verließ vorsichtig das Zimmer. Niemand begegnete ihm, als er sich mit wehendem Kittel auf den Rückweg zur Ambulanz machte.

Ein Arzt auf nächtlicher Visite.

Der winzige Wald lag nicht weit entfernt von der Bahnlinie Leipzig-Chemnitz, rund fünfunddreißig Kilometer südöstlich der Stadt. Alexander, der unsichtbare Fünfte des Kommandos, erreichte es in einem unscheinbaren Wartburg gegen zwei Uhr nachts. Hinter ihm lag eine Odyssee über mondbeschienene Feldwege, die aussahen, als sei seit Jahren niemand mehr auf ihnen gefahren. Im Umkreis von eineinhalb Kilometern gab es, abgesehen von zwei leerstehenden Scheunen, keine menschliche Behausung. Der Ort war ideal. Fast tat es ihm leid, dass er ihn nur ein einziges Mal benutzen konnte. Dabei war dies bereits sein zweiter Besuch innerhalb weniger Tage. So etwas hatte es vorher nicht gegeben.

Ein Wald war die Baumgruppe nur von außen. Tatsächlich bildeten die Bäume einen schmalen, ungemein dichten Ring, der in seinem Zentrum einen längst vergessenen Bombentrichter umschloss. Während des Zweiten Weltkrieges hatte eine Granate diesen Krater in die Felder gerissen, nicht allzu tief, doch mit einem Durchmesser von acht oder neun Metern. In den vergangenen Jahrzehnten hatte sich Wasser in der Grube gesammelt und sie in einen brackigen Tümpel verwandelt. Weiden wuchsen an seinem Rand und ließen ihre Zweige wie dürre Hexenfinger hinab auf die Oberfläche baumeln. Schilf und braune Gräser stachen aus dem Wasser, und längst hatten die umliegenden Büsche ein wirres Netz aus Ästen über dem See gewoben. Alexander hätte sich keinen besseren Ort zur Beseitigung einer Leiche wünschen können.

Sein Problem war ein anderes. Seine Vorgesetzten wollten, dass er den Körper zurückholte. Auch das hatte es niemals zuvor gegeben. Für gewöhnlich ließ er Leichen auf Nimmerwiedersehen verschwinden. Oder aber er deponierte sie absichtlich so, dass man sie innerhalb kürzester Zeit finden würde. Nur eine einzige Leiche hatte er während der vergangenen vier Monate so verschwinden lassen, dass keiner sie je entdeckt hätte. Und ausgerechnet diese wollten sie zurückhaben.

Aber Alexander war routiniert in den Ausführungen von Befehlen. Nichts lag ihm ferner, als ihren Sinn zu hinterfragen. Das gehörte nicht zu seinen Aufgaben.

Er packte den Taucheranzug und ein Paar wasserdichter Gummihandschuhe aus, streifte beides über und watete mit angehaltenem Atem in das sumpfige Wasser des Tümpels. Seine Füße versanken knöcheltief im Schlamm, jeder einzelne Schritt zehrte an seinen Kraftreserven. Er stank nach Moder und Schwefel. Nach drei Metern beugte er sich vor, streckte beide Arme tief ins Wasser und begann blind durch die eisige Dunkelheit zu tasten. Nach einer Weile packten seine Hände etwas, das ein Arm sein mochte. Alexander zog erst sachte, dann fester. Die Leiche hatte sich voll Wasser gesogen.

Behutsam ging er rückwärts zum Ufer, den aufgequollenen Körper im Schlepptau. Nach einigen Schritten spürte er festen Boden unter den Füßen. Er zog die Leiche aus dem Wasser, schleifte sie an einem aufgeblähten Arm durchs Dickicht und hievte sie auf die Plastikplane im offenen Kofferraum. An den geschwollenen Gliedern des Toten hatten sich Schnecken und Egel festgesetzt wie bizarre Geschwüre. Er schloss den Kofferraumdeckel, stopfte Handschuhe und Gummianzug in eine Tüte und warf sie auf die Rückbank. Anschließend setzte er sich hinters Steuer und startete den Motor.

Alexander nahm Sven Kirchhoff mit auf eine Reise in den Harz.

Carsten hatte bereits früher als Polizeireporter gearbeitet, daher war er es, der nach Sebastians Tod die täglichen Polizeiberichte und Fahndungsmeldungen auf den Tisch bekam. Und deshalb sah er am späten Vormittag auch als Erster das Bild des Toten. Eines Toten, den er kannte.

Dazu gab es ein Fax des Polizeipräsidiums:

In der Nacht vom 28. auf den 29. April, gegen fünf Uhr früh, fand ein Jäger nach einer nächtlichen Wache auf seinem Hochsitz die Leiche eines circa dreißigjährigen Mannes. Der unbekleidete Körper lag am Rande eines Feldweges, nur etwa vierzig Meter entfernt vom südlichen Stadttor Tiefentals. Bislang gab es keinerlei Hinweise auf die

Identität des Mannes. Fest steht, dass die Leiche über längere Zeit im Wasser gelegen hat (wahrscheinlich mehrere Tage), ehe man sie zum Fundort brachte. Hinweise bitte an das Präsidium.

(Wir bitten um Abdruck des Fahndungsfotos.)

Carsten saß da wie versteinert. Ausdruckslos starrte er in das entstellte Gesicht Sven Kirchhoffs. Seine Hand, die das Foto hielt, zitterte nicht. Äußerlich fühlte er sich sehr ruhig. Aber seine Gedanken drehten sich in einem tobenden Veitstanz. Kirchhoffs Wangen sahen aus, als habe er versucht, einen Apfel zu verschlucken, der jetzt in seinem Mund festsaß. Groß und rund gaben sie seinem Kopf eine groteske, verschobene Form. Seine Gesichtshaut war weiß und von cremiger Konsistenz. Beide Augen wurden von den geschwollenen Wölbungen seiner Brauenpartie zu schmalen Schlitzen zusammengepresst. Haare und Bart wirkten wie angeklebt, das gesamte Gesicht war übersät mit dunklen Flecken. Sie sahen aus wie Schwellungen nach Schlägen, doch aus früheren Erfahrungen mit Wasserleichen wusste Carsten, dass dies die Stellen waren, an denen sich Fische und Schnecken zu schaffen gemacht hatten.

Zum ersten Mal an diesem Morgen spürte er, wie kalt es im Büro war. Das Licht der Neonröhren schien greller als sonst und brannte in seinen Augen. Selbst das Radio auf der Fensterbank, das leise vor sich hin spielte, schien plötzlich ohrenbetäubenden Lärm zu verbreiten. Er ließ das Foto auf den Tisch sinken und sah auf die Uhr. Fast Mittagszeit. Er stand auf, ging hinüber zu Nina und sagte leise: »Lass uns irgendwo essen gehen.«

Sie schüttelte bedauernd den Kopf. »Geht nicht. Ich muss noch die Karteikarten …«

*»Lass uns bitte essen gehen«,* zischte er.

Ehrlicher, der Sport-Redakteur, sah herüber und grinste.

Ihre Augen weiteten sich. Sie schien zu begreifen. »Okay«, sagte sie, stand auf und zog ihre Lederjacke von der Stuhllehne.

»Spätestens in einer Stunde sind wir wieder da«, sagte Carsten in die Runde und erntete desinteressiertes Kopfnicken. Sie verließen die

Redaktion und gingen mit schnellen Schritten über den Vorplatz ins Stadtzentrum.

»Wohin willst du?«, fragte sie.

»Ganz egal. Nur weg von hier.«

Sie gingen durch die bevölkerte Fußgängerzone zum Chinesen, setzten sich an einen Tisch in der hintersten Ecke und bestellten wahllos das erstbeste Mittagsmenü.

Nina stützte beide Ellbogen auf den Tisch und sah ihn mit festem Blick an. »Also, was ist los?«

»Sven Kirchhoff ist tot«, sagte er.

Ihr Gesicht wurde schlagartig bleich. »Sandras Mann? Das ist doch nicht möglich.«

»Doch«, sagte er. »Man hat seine Leiche gefunden. Hier in der Stadt.«

*»In Tiefental?«* Sie zog scharf die Luft ein. »Aber wieso …«

Er fiel ihr ins Wort. »Wieso? Wegen mir, natürlich. Ich weiß nicht, was sie damit bezwecken wollen, aber dass ich der Grund bin, ist doch offensichtlich.«

Sie nestelte an den Verschlüssen ihrer Jackentaschen und suchte nach Zigaretten. Nachdem sie welche gefunden hatte, schob sie sich mit bebenden Fingern eine zwischen die Lippen und steckte sie an. Zum ersten Mal fiel Carsten auf, dass die Nervosität sie fast noch schöner machte. Die fahrigen Bewegungen unterstrichen das Mädchenhafte ihrer Erscheinung.

»Wer sind denn überhaupt *sie?*«

»Wenn ich das wüsste«, erwiderte er schulterzuckend.

»Ich meine …«, begann sie, schien plötzlich wirklich zu begreifen, was er eben gesagt hatte, und brach ab. »Himmel, seine Leiche war hier in der Stadt?«, fragte sie dann noch einmal ungläubig. »Wo?«

Carsten wiederholte die Fakten aus der Polizeimeldung. »Ich war vergangenen Donnerstag bei ihm und habe mit ihm gesprochen. Das ist jetzt fast eine Woche her. Als ich samstags noch einmal zu ihm wollte, war er nicht da. Von gestern ganz zu schweigen.«

»Er hat im Wasser gelegen, sagst du?«

»Das stand im Bericht.«

»Aber in der Nähe des Südtors gibt es kein Wasser. Keinen Bach, keinen Teich.«

Er nickte. »Wahrscheinlich haben sie die Leiche dort erst heute Nacht deponiert. In der Meldung stand, er lag gleich am Wegrand. Wäre er schon früher dort gewesen, hätte man ihn bereits gefunden.«

Sie dachte einen Moment nach. »Falls du wirklich der Grund bist, aus dem man seine Leiche hierhergebracht hat, muss es mit Sebastian und Michaelis zu tun haben.«

Er nickte. »Ansonsten wären es ein, zwei Zufälle zu viel, oder?«

»Aber wo ist die Verbindung? Was hatte Kirchhoff mit den beiden zu tun?«

Er senkte den Blick und sah auf das Glas, das er geistesabwesend in beiden Händen drehte. Bevor er etwas sagen konnte, kam der Kellner und brachte das Essen. Keiner von beiden rührte etwas an.

»Ich verstehe weder das eine noch das andere«, sagte er schließlich. »Wie soll ich da die Verbindungen kennen?«

»Könnte es etwas mit diesen Artikeln zu tun haben? Mit den anderen Morden und diesen Berichten über dieses … wie hieß es noch gleich?«

»Schweigenetz.«

»Genau.«

Er hob die Schultern. »Vielleicht. Was weiß ich …« Dann fasste er einen Entschluss. »Auf jeden Fall sollten wir zur Polizei gehen.«

»Ohne Beweise?«, meinte sie.

Er runzelte die Stirn. »Vielleicht reicht es schon, wenn wir ihnen sagen, was wir in der Kapelle gefunden haben. Sebastian wusste von dem Mord in Budapest, und es dürfte kein Problem sein, nachzuweisen, dass Michaelis zu diesem Zeitpunkt in Ungarn war. Du selbst hast den Flug gebucht.«

»Wahrscheinlich waren an diesem Tag Hunderte von Deutschen in Budapest. Er war nur einer davon.«

»Und was ist mit dieser Journalistin?«, fragte er. »Du besorgst Michaelis den Namen, und kurz darauf versucht jemand sie umzubringen. Sag bloß, das ist kein Grund, ihn zu verdächtigen.«

Nina gab keine Antwort. Sie überlegte.

Carsten bemühte sich, nicht zu laut zu sprechen. »Selbst wenn alles nur Zufall ist ... Wir können der Polizei erzählen, dass wir Angst haben. *Ich* habe Angst, verdammt nochmal. Was soll denn schon passieren? Schlimmstenfalls erklären sie uns für verrückt und schicken uns nach Hause.«

Sie schüttelte langsam den Kopf. »Falsch«, meinte sie traurig. »Schlimmstenfalls bringt man uns um, Carsten. Michaelis oder wer auch immer. Sebastian und Sven Kirchhoff sind schon tot. Auf die Journalistin wurde ein Anschlag verübt. Was glaubst du, werden die mit uns machen, wenn wir zur Polizei gehen? Sie werden das nicht zulassen.«

Darauf fiel ihm keine Antwort ein. Er konnte sehen, wie es hinter ihrer Stirn arbeitete. Sie saß regungslos da, ihre Augen folgten jeder seiner Bewegungen, als er vorsichtig ihre Hand ergriff. Plötzlich waren Tränen in ihren Augenwinkeln.

»Wusstest du, dass Sebastian und ich eine Weile lang zusammen waren?«, fragte sie plötzlich.

»Ich hab's mir gedacht.«

»Wir kannten uns schon, bevor Michaelis uns einstellte«, fuhr sie fort. »Er kellnerte damals im Burggewölbe, oben im Wald. Wir sahen uns dort regelmäßig, grüßten uns, und das war's. Er hatte andere Freunde als ich, Freunde, mit denen er eine Menge verbotener Dinge tat. Nichts, was man heute kriminell nennen würde, aber damals, vor der Wende, war es verboten. Sie trafen sich regelmäßig in leerstehenden Häusern und in den alten Kellern. Deshalb kannte er sich dort so gut aus. Jedenfalls gab es wenig, was wir gemeinsam hatten. Dachte ich zumindest.« Sie trank einen Schluck Mineralwasser und lehnte sich weiter vor. »Schließlich kamen wir doch zusammen. Auf irgendeiner Party, wir waren beide schrecklich betrunken. Na ja, wie so etwas halt läuft. Und plötzlich habe ich begriffen, als was Sebastian sich wirklich verstand. Er war nicht der Spinner, den wir alle in ihm sahen, ein Junge, der in verbotenen Kellern Verschwörer spielt. Er sah sich wirklich als eine Art Rebell. Völlig losgelöst von diesen romantischen Vorstellungen, wie man sie aus alten Mantel-und-Degen-Filmen kennt. Einfach nur jemand, der strikt nein sagte zu dem, was um ihn herum geschah. Ich habe ihn sehr bewundert dafür, zumindest heimlich. Nach außen hin habe ich ihn weiter für verrückt erklärt und versucht, ihn zu verändern. Schließlich war es so weit, dass wir heiraten wollten. Nicht weil wir es *wirklich* wollten, sondern wegen einer gemeinsamen Wohnung. Die bekamen nur Ehepaare. Ich wollte fort von meinen Eltern, und er verlor langsam die Lust auf feuchte Keller und Ruinen.«

Carsten hörte schweigend zu und beobachtete gespannt ihr Gesicht.

»Dann kam die Wende«, sagte sie. »Plötzlich war es vorbei. Mit einem Mal konnte jeder eine eigene Wohnung nehmen. Ich war zufrieden und er scheinbar auch. Von einem Tag auf den anderen war alles anders. In einem Kaff wie Tiefental verliert man sich nicht aus den Augen, aber wir sahen uns nicht mehr so oft, schliefen nicht mehr miteinander. Selbst unsere Anstellungen bei der Zeitung liefen völlig unabhängig. Wir waren beide ziemlich überrascht, als wir uns im Büro plötzlich gegenüberstanden. Und ich war froh, wirklich froh, dass ich ihn um mich hatte. Liebe war das nicht mehr, war es wahrscheinlich auch vorher nie gewesen, aber dafür eine dickere Freundschaft, als wir sie jemals zuvor hatten. Es war einfach – schön.«

Er drückte ihre Hand fester, spürte die Wärme ihrer Finger. Sie lächelte, obwohl Tränen über ihre Wangen rollten.

»Jetzt ist er tot«, sagte sie. »Und ich will so etwas nicht noch einmal erleben. Ich will nicht noch einen Freund verlieren. Verstehst du, was ich meine? Ich will nicht zur Polizei. Ich will nicht, dass dir oder mir irgendetwas zustößt.« Plötzlich zog sie ihre Hand zurück. *»Begreifst du das, Carsten Worthmann?«*

Er nickte stumm. Vielleicht hatte sie recht. Nach einer ganzen Weile sagte er: »Wir werden uns was einfallen lassen müssen.«

»Wie meinst du das?«, fragte sie und wischte sich die Tränen vom Gesicht.

Er lächelte; es sollte fröhlich aussehen. Der Versuch ging gründlich daneben. »Sie werden sich wundern, warum wir ständig zusammen sind. Wir gehen essen, treffen uns am Abend. Irgendwann werden sie aufwachen und sich überlegen, dass wir nicht nur über das Wetter und den Wein sprechen. Im Augenblick bin ich noch derjenige, auf den sie es abgesehen haben. Und ich will, dass das so bleibt. Sie sollen gar nicht erst auf die Idee kommen, dass du etwas von Sebastians Artikeln und dieser Journalistin aus Leipzig weißt.«

Sie sah ihn aus großen Augen an. »Du willst ihnen einen überzeugenden Grund für unsere Treffen geben? Einen, den sie für harmlos halten?«

Er nickte.

Jetzt war sie es, die lächelte. »Ich schätze, mir fällt einer ein.« Sie trank einen Schluck und rief nach dem Kellner.

Draußen auf der Straße blieb sie nach wenigen Schritten stehen. Drückte sich an seinen Körper. Und küsste ihn.

Sehr lange, sehr überzeugend.

## Kapitel 4

Als Carsten am nächsten Morgen in die Redaktion kam, saß Nina bereits an ihrem Schreibtisch. Sie wirkte ruhig und ausgeschlafen. Die Anspannung, unter der sie zweifellos ebenso litt wie er selbst, verbarg sie unter einer Maske ungekünstelter Fröhlichkeit und – wie er beim Näherkommen bemerkte – einer Spur von Make-up.

Sie stand auf und hauchte ihm einen Begrüßungskuss auf die Wange. Es wirkte wie eine spontane Geste, aber er bemerkte, dass sie einen Moment gewählt hatte, in dem es allen Anwesenden auffallen musste. Der eine oder andere lächelte verlegen. Die meisten Redakteure hatten sich bereits zur Konferenz um einen der Schreibtische geschart. Die Tür von Michaelis Büro war noch geschlossen.

Er wollte an seinen Platz gehen, doch Nina hielt ihn sachte zurück. Als er sie fragend ansah, drückte sie ihm eine zusammengerollte Zeitung in die Hand. Es war kein Exemplar des *Harzboten,* sondern die aktuelle Ausgabe der *Leipziger Volkszeitung.*

»Die Titelseite des Lokalteils«, flüsterte sie ihm zu. Sie setzte sich zurück an ihren Tisch und beschäftigte sich mit einigen Fotos vom Vortag, die sie zurück in ihre Archivhänger sortierte.

Carsten ließ sich auf seinen Stuhl fallen, vergewisserte sich, dass ihm niemand über die Schulter sah, und öffnete die Zeitung an der entsprechenden Stelle. Auf der vorderen Lokalseite befanden sich in der rechten unteren Ecke mehrere Kurzmeldungen. Carsten überflog die Überschriften, und da war es.

*Journalistin ermordet* stand schlicht über einem Einspalter. Darunter wurde in knappen Worten berichtet, dass es in der vorletzten Nacht in einem der Städtischen Krankenhäuser zu einem Mord gekommen war. Die DPA-Redakteurin Simone Gregor, erst kürzlich bei einem Unfall schwer verletzt, war in ihrem Krankenbett erschossen worden. Täter und Motiv unbekannt. Darauf folgten ein knapper Nachruf in drei oder vier Sätzen und ein kleines Foto der Ermordeten.

Carsten legte die Zeitung beiseite und sah zu Nina hinüber. Für einen kurzen Moment fiel ihre Maskerade in sich zusammen. Er konnte die Furcht in ihren Augen sehen, die Panik, die sie beim Lesen der Meldung befallen hatte. Einen Augenblick lang spürte er den brennenden Wunsch aufzustehen, zu ihr hinüberzugehen und sie an sich zu drücken.

Keine gute Idee, sagte er sich. Lass dir nichts anmerken. Bleib ganz ruhig. Nimm dir ein Vorbild an ihr. Versuch, es genauso tapfer zu tragen wie sie. Michaelis kam aus seinem Büro und bat zur Konferenz. Carsten bemühte sich, ihn so unauffällig wie möglich zu beobachten. Der Redaktionsleiter war locker und gelöst wie immer. Sollte er wirklich etwas mit den Morden zu tun haben, so ließ er sich nichts anmerken. Er sprach ruhig, machte Scherze über einige der angesagten Themen und zeigte keine Spur von Nervosität oder Unsicherheit. Erneut erinnerte sich Carsten an ihren Ausflug in die Keller, an die Begeisterung in Michaelis' Blick, als er ihm den Raum mit den Zeitungsabdrücken an den Wänden gezeigt hatte. Seine Kaltblütigkeit war beneidenswert – und von gefährlicher Konsequenz. Nach der Konferenz verschwand Michaelis wieder in seinem Büro. Die ersten Redakteure verabschiedeten sich zum Mittagessen.

Plötzlich drangen aus der Eingangshalle Rufe herüber. Einen Augenblick später flog die Tür auf, und eine kleine Gestalt stürmte wild gestikulierend herein. Dahinter erschien ein junger Wachmann und rief dem Eindringling aufgeregt hinterher, er könne unmöglich einfach hereinspazieren, ohne sich in die Besucherliste einzutragen.

Der kleine Mann beachtete ihn nicht. Stattdessen sah er sich suchend um, entdeckte Carsten und kam mit wehendem Mantel auf ihn zu. »Herr Worthmann, befreien Sie mich von diesem Banausen in meinem Rücken.«

Carsten grinste und reichte Viktor die Hand. Der alte Maler griff zu und schüttelte sie mit aller Kraft. Carsten erklärte dem Wachmann, dass alles in Ordnung sei, bat Viktor, sich zu setzen, und sah sich nach frischem Kaffee um. Nina kam bereits mit einer Tasse herüber.

Der Maler dankte, ohne sie dabei anzusehen. Stattdessen konzentrierte er seinen Blick ganz auf Carsten. Seine Augen sprühten vor Enthusiasmus.

»Eine Sensation«, sagte er aufgeregt, »eine echte Sensation!«

Die übrigen Redakteure wandten sich allmählich wieder ihren Monitoren und Zeitungen zu. Es gab immer wieder Verrückte, die glaubten, die Redaktion wie ein Piratenschiff entern zu müssen, um ihre Geschichten anzupreisen. Solche Besucher verloren schnell ihren skurrilen Reiz.

»Was ist passiert?«, fragte Carsten und bemühte sich um den Anschein von Interesse. Mach weiter wie sonst, sagte er sich. Dein Chef hat einen Freund und noch ein paar andere Leute auf dem Gewissen, aber du solltest dir nichts anmerken lassen. Mach deine Arbeit wie an allen anderen Tagen. Selbst wenn ein durchgedrehter Künstler jetzt das Letzte ist, was du ertragen kannst.

Viktor rutschte aufgeregt auf seinem Stuhl hin und her. Er wirkte anders als bei ihrem ersten Treffen; nicht mehr so überlegen, nicht so aristokratisch. Wie ein kleiner Junge, dem man eine besondere Freude gemacht hatte. Das machte ihn selbst in einem solchen Augenblick sympathisch.

Die freudige Erregung in seiner Stimme war nicht zu überhören. »Erinnern Sie sich daran, dass ich Ihnen bei Ihrem ersten Besuch sagte, ich male meine Bilder, damit sie gesehen werden?«

»Sicher«, erwiderte Carsten.

»Nun«, begann Viktor und zog das Wort wie ein Stück Gummi, »so, wie es aussieht, wird man sie wieder sehen können. Haben Sie Ihren Artikel über mich schon fertig?«

Carsten schüttelte den Kopf. Es war ihm peinlich. Er hatte mit dem Schreiben begonnen, war aber nicht in der Lage gewesen, sich auf das Thema zu konzentrieren. Außerdem fehlten ihm noch einige Fakten.

»Großartig«, rief Viktor zu seiner Überraschung. »Dann gibt es jetzt etwas, dass Sie unbedingt noch darin aufnehmen sollten.«

»So?«

»Ja«, sprühte Viktor, schien seinen Fehler aber sofort zu bemerken. »Nicht, dass ich Ihnen irgendetwas aufdrängen möchte, aber wenn Sie es hören, werden Sie meiner Meinung sein.«

»Wenn ich *was* höre?«

Viktors Augen weiteten sich. Sein Grinsen reichte von einem Ohr zum anderen. Unglaublich, wie ein Mensch sich so wandeln konnte, dachte Carsten.

»Eine Ausstellung!«, rief der Maler. »Man widmet mir eine Ausstellung!«

Das also war es. Nicht, dass die Nachricht ihn vom Stuhl warf. Carsten zwang sich zu einem erfreuten Lächeln. »Das ist ja wunderbar«, sagte er.

»Nicht wahr? Eine große Leipziger Galerie hat sich entschlossen, mich durch eine mehrwöchige Exhibition zu ehren. Sie haben über sechzig meiner Bilder aufgetrieben. *Über sechzig!* Und das ohne meine Hilfe. Ach, was sage ich, ohne mein Wissen! Erst heute Morgen erreichte mich die Nachricht. Am Samstag findet die feierliche Eröffnung statt.«

Carsten wusste, was jetzt von ihm erwartet wurde. »Wäre es möglich, daran teilzunehmen?«, fragte er pflichtschuldig. Über Viktors Schulter hinweg sah er, wie einige der Kollegen schadenfroh grinsten.

»Natürlich«, sagte Viktor, und seine Euphorie schien kein Ende zu nehmen. »Ich möchte Ihnen zu einem Vorabbesuch verhelfen. Einen Blick hinter die Kulissen, sozusagen. Ich habe der verantwortlichen Dame in der Galerie bereits Bescheid gegeben, dass wir heute Nachmittag vorbeikommen.«

»Prinzipiell gerne«, sagte Carsten so höflich, wie es eben ging. »Allerdings hatte ich für heute eigentlich bereits andere Pläne und …«

»Sie wollen nicht?«, fragte Viktor enttäuscht. Seine Begeisterung fiel augenblicklich in sich zusammen. Plötzlich sah er aus wie ein Kind vorm brennenden Weihnachtsbaum.

»Es geht nicht darum, was ich will«, bemühte sich Carsten verzweifelt. »Aber ich habe Termine, die bindend sind.«

»Wäre es nicht möglich, sie zu verschieben?«, fragte Viktor traurig. »Nur um eine oder zwei Stunden. Wir würden gleich losfahren und wären am späten Nachmittag wieder zurück. Alles ist vorbereitet. Ich bitte Sie.«

Es gab keine wichtigen Termine, und genaugenommen war er dem alten Mann einen Gefallen schuldig. Viktor hatte ihm bereitwillig sein Telefon zur Verfügung gestellt, als er dringend auf seine Hilfe angewiesen war. Außerdem gab es etwas, das er in seiner Situation noch viel nötiger brauchte: einen Verbündeten. Jeden, den er kriegen konnte.

»Fahren Sie doch mit«, schaltete sich jetzt Ehrlicher in das Gespräch ein. Seine Einmischung kühlte Carstens Stimmung rapide auf den Nullpunkt. »Gönnen Sie sich ein wenig Abwechslung. Wir anderen wären froh, wenn wir öfters hier herauskämen.«

Beifälliges Seufzen einiger Kollegen.

Viktor beugte sich näher zu ihm vor. Seine Stimme blieb laut und für alle vernehmlich. »Das verschollene Bild, von dem ich Ihnen erzählte, ist auch unter den Ausstellungsstücken.«

Carsten überlegte. Verschollenes Bild? Daran konnte er sich beim besten Willen nicht erinnern.

Viktor lächelte nachsichtig. »Sie erinnern sich doch? Das Bild vom gefrorenen See im Sperrgebiet.«

Die Worte trafen ihn wie Hammerschläge. Einen Augenblick saß er da wie in Stahl gegossen, völlig perplex, den Mund geöffnet, um etwas zu sagen, das nicht mehr kommen wollte. Der See im Sperrgebiet. Nicht einmal seinen Eltern hatte er davon erzählt. Sie hatten bis zuletzt geglaubt, er hätte sich den Knöchel auf einer öffentlichen Eisbahn gebrochen. Niemand wusste davon – außer einem einzigen Menschen.

Mühsam brachte er ein erfreutes Lachen zu Stande. »Wirklich? Dann haben wir es ja tatsächlich mit einer kleinen Sensation zu tun.«

»Einer kleinen?« Viktor stimmte in sein Lachen ein. »Ich war selten in meinem Leben so aufgeregt wie heute. Endlich darf ich es wiedersehen. Nach all den vielen Jahren.«

Carsten nickte. »Sie wollen sofort los?«

»Wenn es Ihnen recht ist«, sagte Viktor. »Sie wollen doch Ihre Termine einhalten, nicht wahr?«

»Sicher.« Carsten stand auf, um Michaelis Bescheid zu geben. Als er sich umdrehte, lehnte der Redaktionsleiter in der offenen Tür seines Büros und starrte ihn an. Sein Blick schien ihn mit scharfen Klingen zu durchbohren. Dann, von einem Augenblick zum anderen, wischte ein Lächeln sein Misstrauen beiseite.

»Fahren Sie nur«, sagte er. »Und bringen Sie uns eine nette Geschichte mit.«

Carsten nickte verwirrt, packte Mantel und Schreibzeug und

folgte Viktor zum Ausgang. Michaelis verschwand in seinem Büro und schloss die Tür.

Bevor Carsten ging, fing er einen Blick von Nina auf. Ihr Gesicht war starr, und nicht einmal das Make-up konnte jetzt übertünchen, wie bleich sie war. Gib auf dich acht, sagten ihre Augen.

Das Telefon auf Michaelis' Schreibtisch klingelte nur einen Augenblick, nachdem die beiden das Gebäude verlassen hatten.

»Was halten Sie davon?«, fragte Tafuri.

»Nichts.«

»Warum haben Sie es dann zugelassen?«

»Das hier ist kein Kerker. Und ich bin kein Gefängnisaufseher. Wir können Worthmann nicht einsperren.«

»Sie gehen ein großes Risiko ein.«

»Nicht, wenn Ihre Leute auf der Hut sind, Tafuri. Sorgen Sie dafür, dass sie ihn kein zweites Mal verlieren. Nawatzki würde das nicht gerne hören.«

Die Stimme des Italieners klang amüsiert. Bereits ihr Ton brachte Michaelis zur Weißglut. »Ich sitze hier oben nur in meiner Suite, sehe fern und lausche meinen Kopfhörern. Das ist mein Job. Alles andere ist Ihrer. *Sie* sind Nawatzkis Ansprechpartner, Herr Michaelis. Denken Sie daran.«

Der Redaktionsleiter schluckte. »Kümmern Sie sich um Worthmann«, stieß er schließlich hervor. »Kümmern Sie sich nur um ihn, Tafuri. Und machen Sie keinen Fehler.« Er legte den Hörer auf die Gabel, verschloss beide Hände hinter dem Kopf und lehnte sich zurück.

Viktors Trabant holperte durch Schlaglöcher, groß und tief wie Kochtöpfe. Der Motor bockte bei jeder Bodenwelle, und das Klappern der Karosserie war ohrenbetäubend. Gelegentlich hatte Carsten das Gefühl, ganze Teile fielen von dem Wagen ab und blieben auf der

Straße zurück. Sein Rücken und seine Knie taten weh, und einmal biss er sich so heftig auf die Zunge, dass er den eisernen Geschmack von Blut im Mund spürte.

»Wo fahren wir wirklich hin?«, fragte er.

Viktor sah ihn nicht an. Carsten bemerkte, dass der alte Mann alle paar Augenblicke in den Rückspiegel blickte. »Nach Leipzig«, antwortete er.

»Wohin dort?«, fragte er. Und zum zwanzigsten Mal: »Ist Sandra dort? Lebt sie noch?«

Viktors Stimme klang ungeduldig. »Ich habe Sie gebeten, abzuwarten, und wäre Ihnen nach wie vor sehr verbunden, wenn Sie sich daran halten könnten.«

Nachdem sie in den Wagen gestiegen und losgefahren waren, hatte sich Viktors Stimmung von einer zur anderen Sekunde schlagartig geändert. Mit einem Mal war er sehr ernst. Keine Spur mehr vom Enthusiasmus der letzten Minuten.

»Verdammt, mehr verlange ich doch gar nicht«, rief Carsten barsch. »Sagen Sie mir nur, was mit ihr ist. Und wo Sie mich hinbringen!«

Viktor schüttelte den Kopf und seufzte. »Ich kann Ihnen nichts sagen, weil ich nichts weiß. Ich fahre Sie nur. Und wenn Ihnen das nicht passt, dürfen Sie gerne zu Fuß gehen.«

»Ich weiß ja nicht mal, wohin.«

»Das ist allerdings ein Problem.«

»Verdammt«, rief Carsten und schlug mit der Faust gegen die Konsole. Ein Schalter sprang ab. Wütend drehte er sich zum Beifahrerfenster und starrte hinaus. Sie rumpelten jetzt durch Leipzigs Außenbezirke.

Viktor steuerte den Wagen schweigend Richtung Zentrum. Immer wieder schaute er in den Rückspiegel. »Sie sind hinter uns«, stellte er fest.

Carsten zuckte zusammen. »Sie verfolgen uns?«

»Was denken Sie denn? Dass die Sie einfach so ziehen lassen?« Der Alte schüttelte mitleidig den Kopf. »Die kennen jeden Ihrer Schritte. Jede Bewegung. Jedes Wort.«

Carsten warf einen zweifelnden Blick auf die Armaturen. Der Tempozeiger zitterte knapp über der Fünfzig. »Und Sie glauben, dass dies der geeignete Wagen ist, um sie abzuschütteln?«

»Es gibt keinen besseren«, bestätigte Viktor überzeugt.

Sie fuhren durch den Schlagschatten des Hotels Merkur, bogen in Richtung Oper und nahmen schließlich eine Abzweigung ins Straßengewirr der Innenstadt. Carsten sah sich um.

Viktor riss ihn zornig herum. »Sind Sie wahnsinnig geworden?«, zischte er. »Wenn die merken, dass wir über sie Bescheid wissen, können wir gleich anhalten. Bleiben Sie ruhig sitzen, und tun Sie gefälligst ein einziges Mal, was ich Ihnen sage!«

Carsten spürte, wie sich seine Nervosität mit Zorn vermischte. Warum konnte Viktor ihm nicht sagen, wohin er ihn brachte? Weshalb schwieg er beharrlich auf alle Fragen, die er bezüglich Sandras stellte?

»Welcher Wagen ist es?«, fragte er und blickte starr nach vorne. Viktor sah erneut in den Rückspiegel. »Ein dunkelblauer Kadett. Sie sind noch zwei Autos von uns entfernt.«

»Schon seit Tiefental?«

»Nein, erst seit Halle. Vorher war es ein anderer.«

»Wie haben sie das gemacht? Ich meine, wie sind die vor uns in Halle angekommen?«

»Lieber Himmel, Sie sind wirklich naiv. Die haben dort gewartet, auf Abruf. Der schnellste Weg nach Leipzig führt durch Halle, deshalb hat man sie bereits früher dort stationiert. Ich nehme an, sie stehen in Funkkontakt.«

Carsten schwieg einen Augenblick. Dann fragte er: »Was hätten Sie getan, wenn ich Sie in der Redaktion nach dem Namen der Galerie gefragt hätte?«

Viktor lächelte nervös. »Ich habe gebetet, dass Sie das nicht tun würden. Zur Not hätte ich einen erfunden. Ich glaube nicht, dass Michaelis es sofort bemerkt hätte.«

»Dann steckt wirklich Michaelis dahinter?«

Der Maler schüttelte ungehalten den Kopf. »Zum letzten Mal: Warten Sie ab!«

»Wie wollen Sie sie abhängen?«

»Lassen Sie das meine Sorge sein.«

»Warum verstellen Ihre Leute denen nicht einfach den Weg?«, fragte er. »Ich meine, unauffällig, mit einem Lastwagen oder so etwas? Wie im Film.«

»Weil es keine *Leute* gibt, mein Junge.«

»Wollen Sie damit sagen, dass Sie allein sind?«

»Herr im Himmel, wann werden Sie endlich still sein?«, fluchte Viktor. »Sparen Sie sich Ihre Fragerei für später auf. Aber verschonen Sie um Himmels willen einen alten Mann damit!«

Carsten verstummte und verlegte sich aufs Beobachten. Er hoffte inständig, dass der Maler wusste, was er tat. Er dachte an Nina, die im Büro in Tiefental saß, nur wenige Schritte von Michaelis entfernt. Mit einem Mal hatte er schreckliche Angst um sie.

»Was geschieht, wenn wir sie nicht loswerden?«, fragte er nach einigen Minuten.

»Machen Sie sich keine Sorgen«, empfahl Viktor. »Ich würde liebend gerne versuchen, sie ein wenig schneller abzuhängen, aber das ist unmöglich. Sie würden Verdacht schöpfen. Schließlich müssen wir dafür sorgen, dass Sie noch gefahrlos nach Tiefental zurückkehren können. Nein, wenn sie uns verlieren, dann muss es wie zufällig geschehen.« Er grinste. »Ehrlich gesagt, sind sie bereits auf dem besten Wege dorthin. Sie liegen jetzt schon vier Autos zurück. Haben Sie noch einen Augenblick Geduld, dann ist es vorbei.«

Keine zehn Minuten später sagte Viktor: »Wir sind sie los.«

Carsten war nicht überzeugt. »So einfach?«

Der Maler zuckte mit den Schultern. »Hoffen wir das Beste.«

»Warum sind Sie so sicher, dass hier in Leipzig nicht weitere ihrer Wagen gewartet haben, die unsere Spur aufnehmen?«

Viktor lachte. »Das werden sie, zweifellos. Aber es wird eine Weile dauern. Wir müssen uns beeilen.«

Er lenkte den Trabant aus dem Labyrinth der Innenstadt hinaus auf geräumigere Straßen. Sie folgten einer breiten Allee, als Viktor plötzlich nach rechts deutete.

»Was halten Sie davon?«, fragte er.

Carsten folgte seinem Blick. Die Baumreihen wichen auf dieser Seite einem riesigen Parkplatz. Hier und da liefen Menschen umher wie Arbeiterinnen eines Ameisenschwarms. Ein Busfahrer lehnte an seinem Fahrzeug und wartete auf die Rückkehr einer Reisegruppe. Auf der anderen Seite führten Treppen auf eine gewaltige Plattform. Weit, weit dahinter erhob sich ein mächtiger Monumentalbau.

»Das Völkerschlachtdenkmal«, sagte Viktor.

Carsten hatte davon gehört, es aber nie zuvor gesehen. Trotz der Last der vergangenen Stunden, der Furcht um Ninas und sein eigenes Leben, raubte ihm der Anblick für einen Augenblick den Atem. Breite Stufen reichten hinauf zu einem steinernen Koloss, der sich zur Spitze hin verjüngte, pyramidenförmig, und doch ganz anders als die uralten Giganten Ägyptens.

»Zehn Millionen Zentner Stein, aufgeschichtet zum Andenken an die Entscheidungsschlacht gegen die Heere Napoleons«, sagte Viktor. »Die Reiseprospekte nennen es das Wahrzeichen Leipzigs. Dabei bezweifle ich, dass die meisten Menschen im Westen je davon gehört haben. Es ist einer dieser Schätze, die der Eiserne Vorhang perfekt vor der übrigen Welt versteckt hat. Aber es ist zweifellos beeindruckend.«

Nachdem Viktor den Wagen auf den Parkplatz gelenkt hatte und beide ausgestiegen waren, fragte Carsten: »Sie haben mich nicht hierhergebracht, um mir die Sehenswürdigkeiten der Stadt zu zeigen, oder?«

Der Maler schüttelte den Kopf. »Gehen Sie hinüber, und steigen Sie die Treppen zur Spitze hinauf. Man erwartet Sie.«

»Sie kommen nicht mit?«

»Oh, nein«, lachte Viktor. »Es sind fünfhundert Stufen bis dort hinauf. In meinem Alter verzichtet man besser auf solche Abenteuer.«

Carsten sah ihm ernst in die Augen. Sie waren dunkel, fast schwarz. »Was ist dort oben?«

Viktor hob die Schultern. »Antworten. Und jetzt gehen Sie. Verschwenden Sie keine Zeit.«

Ein letztes Mal trafen sich ihre Blicke, dann wandte Carsten sich um und überquerte den Parkplatz. Er stieg die erste Treppe hinauf, bis sich vor ihm die Plattform und in ihrem Zentrum ein langgestrecktes Wasserbecken ausbreiteten. Mit schnellen Schritten folgte er der schnurgeraden Uferlinie. Dabei ließ er die windumtoste Spitze des Denkmals nicht aus den Augen. Viktor hatte Bescheid gewusst über den See im Sperrgebiet. Es gab nur eine einzige Person, die ihm davon erzählt haben konnte. Plötzlich dachte er nicht mehr an Nina, vergaß die Morde, vergaß seine Angst. Der Schatten des finsteren Steinriesen verschluckte ihn mit seiner brodelnden Dunkelheit.

Er ging schneller und schneller, bis er den Fuß des Denkmals erreichte und weitere Treppen hinaufstieg. An ihrem Ende thronte schwer und bedrohlich eine gewaltige Statue, mehr als sechsmal so hoch wie er selbst. Der Erzengel Michael; er schien in seinem Streitwagen direkt über ihn hinweg zu donnern. Die steinernen Furien an seiner Seite schwenkten die Fackeln des Krieges.

Noch mehr Treppen, ein dunkles Tor und dahinter eine majestätische Kuppelhalle, fast siebzig Meter hoch. Selbst für einen Wochentag hielten sich in ihrem Inneren wenige Besucher auf. Sechzehn gewaltige Krieger aus Stein wachten über das Zentrum der Halle, darüber saßen auf einem Balustradenring vier weitere Felsriesen.

An einer Seite der Halle fand er einen schmalen Durchgang, der ihn zu einer engen Wendeltreppe führte. Bebend vor Aufregung begann er den Aufstieg. Fünfhundert Stufen, hatte Viktor gesagt. Nach zwanzig hörte er auf zu zählen.

Die Treppe schraubte sich immer höher hinauf, Carsten begann zu schwitzen und nach Luft zu schnappen. Niemand begegnete ihm. Einmal wäre er beinahe abgerutscht und rückwärts die Stufen hinuntergestürzt. Im letzten Moment konnte er sich fangen und weiter nach oben steigen, weiter und weiter und weiter. Die glatten, gebleichten Wände des Treppenschachtes schienen immer enger zusammenzurücken. In seinem Kopf drehte sich alles.

Schließlich erreichte er die innere Spitze der Kuppel. Ein schmaler Rundweg führte entlang der Wände um den Abgrund. Von dort aus führten ein Aufzug und eine weitere Treppe höher hinauf. Der Lift war außer Betrieb, die Treppe durch ein rotes Band für Besucher gesperrt.

Während Carsten noch überlegte, ob er weitergehen sollte, sah er, wie ein Schatten über das obere Ende der Treppe huschte. Den Bruchteil einer Sekunde lang erkannte er eine Gestalt in langem, wehendem Mantel. Dann hörte er weiter oben Schritte, die sich entfernten.

Er stieg über das Band und folgte den Stufen. Nach einer Weile erreichte er einen höhergelegenen Raum, der in einer zweiten, kleineren Kuppel gipfelte. Eine quergespannte Kette verwehrte den Eintritt. Im Zwielicht des kreisrunden Raumes stand jemand, den Rücken zur Tür gewandt.

Sandra, dachte er.

Die Gestalt drehte sich um. Die Ränder ihres schwarzen Mantels hoben sich vom Boden wie Vogelschwingen.

Es war ein Mann. Als er sprach, hallte seine Stimme unter der Kuppeldecke wie Kirchengesang.

»Wir haben uns noch nicht kennengelernt«, sagte er mit ernster Miene. »Gestatten, mein Name ist Fenn.«

Er war kaum älter als Carsten, höchstens fünfunddreißig. Sein glattes, dunkles Haar war hinten zu einem Pferdeschwanz gebunden und verschwand im Mantelkragen. Blaue Augen schimmerten hell über hohen Wangenknochen. Eine fingerlange Narbe zog eine haarlose Kluft durch seine linke Augenbraue, erstreckte sich über seine schmale, kluge Stirn bis hinauf zum zurückgekämmten Haaransatz. Er erinnerte ihn an einen Schauspieler, dessen Name ihm nicht einfiel. Irgendetwas war an ihm, das Carsten zu gleichen Teilen anzog und abstieß. Vielleicht war es die ruhige Autorität, die er ausstrahlte, eine Aura von Überlegenheit und Selbstbeherrschung. Er wirkte sehr kontrolliert, sehr perfekt. Als Fenn mit langsamen Schritten auf Carsten zukam, tat er es mit den Bewegungen eines Tänzers.

»Entschuldigen Sie bitte dieses Versteckspiel«, sagte er, »aber in Anbetracht der Entwicklungen hielt ich es für notwendig. Ich musste mich erst vergewissern, dass Sie der Richtige sind, bevor ich Sie hier hinaufführte.«

Der übereilte Aufstieg hatte Carsten vollkommen erschöpft. »Wo ist Sandra?«, stieß er zwischen zwei Atemzügen hervor.

Fenns schmale Lippen verzogen sich zu einem Lächeln. »Nicht hier, wie Sie sehen.«

»Hören Sie auf mit diesen Spielchen!« Einatmen, ausatmen. »Wo ist sie?«

»Später«, sagte Fenn, und der Klang seiner Stimme verriet, dass er keinen Widerspruch duldete. »Ich bin sicher, Sie haben noch eine Reihe weiterer Fragen. Stellen Sie sie.«

Carsten war schlecht. Er war kaum noch in der Lage geradezustehen, geschweige denn klar zu denken. Ja, er hatte eine Menge Fragen.

»Wer sind Sie?«

Fenn nickte, als sei er damit zufrieden. »Meinen Namen habe ich Ihnen bereits genannt. Bis Ende 1989 war ich Angehöriger des Ministeriums für Staatssicherheit. Mein Dienstrang ist heute nicht mehr von Bedeutung.« Er lächelte wieder. »Im übertragenen Sinne bin ich der Michaelis der Gegenseite.« Der Vergleich schien ihn zu amüsieren.

Carsten trat einen Schritt zurück und lehnte sich gegen die gewölbte Wand des Kuppelraumes. Der Stein fühlte sich eisig an.

»Was hat das alles zu bedeuten?«

»Keine sehr präzise Frage. Vor allem nicht für einen Mann mit journalistischer Ausbildung.« Fenn stand frei und in sehr gerader Haltung mitten im Raum. Carsten hatte das sichere Gefühl, dass er ewig so dastehen konnte, ohne auch nur sein Gewicht zu verlagern.

»Sie sind da in eine ziemlich unangenehme Sache hineingeraten«, fuhr Fenn fort. »Ich darf Sie Carsten nennen, oder? Sandra tut das auch.«

»Sagen Sie mir endlich, was mit ihr ist!«

»Eines nach dem anderen, bitte. Und schreien Sie nicht so. Wir sind hier oben zwar allein, aber die Geräuschübertragung in diesem Gebäude ist phänomenal. Was Ihre Situation angeht – nun, sie sieht nicht allzu rosig aus. Um es ganz deutlich zu sagen: Sie stecken bis zum Hals in der Scheiße. Und den einen oder anderen Schluck haben Sie ja schon nehmen dürfen. Aber es wird noch schlimmer kommen, viel schlimmer.«

Carsten spürte, wie Wut in ihm aufstieg. Die Umgebung tanzte vor seinen Augen. Fenn stand im Zentrum dieser Bewegung wie ein schwarzer Magnet, der alles andere aus seiner Bahn warf. Plötzlich spürte er das unbändige Bedürfnis, mit beiden Fäusten auf das markante Gesicht über dem dunklen Kragen einzuschlagen.

Fenn schien seine Gedanken zu lesen. Er quittierte sie mit einem Grinsen. »Falls Sie es noch nicht bemerkt haben; wir sind keine Gegner. In Anbetracht der Umstände wäre es sogar besser, wir würden uns bemühen, Freunde zu werden. Vor allem Sie hätten dadurch nur Vorteile.«

»Ich will nur wissen, was mit Sandra los ist.«

Der Ex-Agent seufzte. »Sie geben keine Ruhe, was? Viktor hat mich vor Ihnen gewarnt. Sie seien eine Nervensäge, hat er gesagt. Aber gut, Sie sollen hören, was Sie hören wollen.« Er nahm die Hände aus den Taschen und verschränkte sie hinter dem Rücken. »Sandra lebt. Aber wahrscheinlich haben Sie sich das bereits denken können. Ich muss sagen, Sie haben sich eine Menge Mühe gegeben, hinter das Geheimnis zu kommen. Reine Kraftverschwendung, übrigens. Früher oder später wären wir ohnehin von uns aus auf Sie zugekommen.«

Carsten schloss für eine Sekunde erleichtert die Augen. »Wie geht es ihr?«

»Oh, nicht wirklich gut, aber auch nicht schlecht. Den Umständen entsprechend. Wie uns allen.«

»Könnten Sie sich ein einziges Mal klarer ausdrücken?«

Fenn schüttelte den Kopf. »Dafür haben wir jetzt keine Zeit. Haben Sie Geduld, Sie werden sie treffen. Später. Und nun halte ich es für günstiger, Ihnen ein wenig mehr über die Hintergründe unseres Dramas zu erzählen.«

Carsten nickte und sagte nichts mehr.

»Vielleicht sollte ich Sie erst über Michaelis, von Heiden und Nawatzki aufklären«, meinte Fenn.

»Nawatzki und von Heiden? Die gehören auch dazu?« Als hätte er es nicht längst geahnt.

»Aber sicher. Haben Sie jemals den Begriff Gladio oder Schweigenetz gehört?«

Erst vor ein paar Tagen. Aber das sagte Carsten nicht. Stattdessen nickte er stumm. »Nun, dann wissen Sie, dass das Netz eine perfekt trainierte Gruppe von Partisanen war, die hinter den Linien des Feindes einen Guerillakrieg anzetteln sollte. Hinter *unseren* Linien, fürchte ich«, sagte Fenn amüsiert. Rückblickend schien ihn der Gedanke zu erheitern. »1991 wurde das Schweigenetz offiziell aufgelöst, von der Regierung und vom Bundesnachrichtendienst. Die Mitglieder waren zum allergrößten Teil Zivilisten, die im normalen Leben einer geregelten Arbeit nachgingen. Daher stellte sich nicht das Problem, diese Männer und Frauen anderweitig unterbringen zu müssen. Theoretisch hätte man einfach die entsprechenden Akten zuklappen müssen, und die ganze Sache wäre ausgestanden gewesen.

Allerdings, und das entbehrt nicht einer gewissen Logik, kam man beim BND schnell zu der Ansicht, dass es ein großer Fehler sei, ein solches Potenzial brachliegen zu lassen. Was die offene und geheime Kriegsführung anging, fehlte es an ausgebildetem Personal. Sie müssen bedenken, dass das Schweigenetz viel mehr war als eine bessere Reservistentruppe. Diese Leute waren Spezialisten in jeder Form des Tötens, des Taktierens und Sabotierens, geschult von den Ausbildern der GSG 9 und anderer Spezialeinheiten. Alle mit einem technischen und geisteswissenschaftlichen Hintergrund. Und, was ganz wichtig war, politisch auf der korrekten Linie. Diese Leute würden für ihr Land alles tun.«

Carsten hörte gespannt zu. Er wagte nicht, Fenns Redefluss durch Fragen zu unterbrechen.

»Natürlich kam es, wie es kommen musste. Das Netz wurde zwar offiziell aufgelöst, aber man bemühte sich, einen Großteil seiner Mitglieder weiterhin bei der Stange zu halten. Allerdings nicht mehr unter dem Deckmantel des Bundesnachrichtendienstes. Schließlich stand hier die Glaubwürdigkeit einer gesamten Regierung auf dem Spiel. Also beschloss man, das Schweigenetz zu einer privaten Organisation umzustrukturieren, völlig losgelöst von allem Staatlichen. Das alles war natürlich streng geheim. Mit Sicherheit hat nur ein ganz kleiner Kreis von Personen von dieser Umwandlung erfahren.«

Er machte eine kurze Pause und holte tief Luft. »Erinnern Sie sich, dass zwar alle Medien über die Entdeckung von Gladio berichteten, kein Einziger aber über die Auflösung? Auf den ersten Blick erscheint das unlogisch, denn das Netz *wurde* ja aufgelöst, zumindest offiziell. Trotzdem hielt man diese Auflösung weitestgehend geheim und platzierte lediglich ein paar wohldosierte Mehrzeiler in den Meldungsspalten einiger Zeitungen – damit man später nicht der Geheimnistuerei beschuldigt werden konnte.

Der eigentliche Grund für diese Verschleierungstaktik war der, dass man unangenehmen Fragen der Netz-Mitglieder ausweichen wollte. Für sie sollte es aussehen, als habe sich nichts geändert. Sie fahren immer noch regelmäßig in ihre geheimen Trainingscamps, bekommen ihre Order von denselben Vorgesetzten. Nur mit dem Unterschied, dass diese Vorgesetzten keine Staatsdiener mehr sind, sondern auf mehr oder minder eigene Faust handeln.« Er grinste. »Der ganze Vorgang ist den Privatisierungen in der ehemaligen DDR gar nicht unähnlich.«

Carsten begann zu begreifen. »Und Michaelis ist einer dieser Vorgesetzten? Ein ehemaliger Gladio-Chef, der heute noch über eine Art Privatarmee verfügt?«

»Michaelis ist nur ein kleines Licht«, erwiderte Fenn. »Er ist nicht mehr als ein Rädchen im Getriebe der Organisation, der eigentliche Mann im Hintergrund ist ein anderer: Nawatzki leitet und koordiniert alle Schritte in diesem Teil des Netzes. Und von seiner Sorte gibt es noch andere, Männer und Frauen in Spitzenpositionen der Industrie, den Medien und so weiter. Ehemalige Offiziere des Netzes, die heute die Geschicke der Republik leiten. Obwohl auch hinter ihnen wiederum Personen stehen, die den Kontakt zu der alten Leitung des Netzes gewährleisten. Zum Bundesnachrichtendienst.« Fenn seufzte. »Sie sehen, das Ganze ist eine recht vertrackte Angelegenheit.«

Carsten schüttelte verständnislos den Kopf. »Und was habe ich damit zu tun? Ich war nicht mal bei der Bundeswehr.«

Fenn stieß ein schallendes Lachen aus. »Haben Sie noch einen Augenblick Geduld. Sie kennen jetzt die eine Seite. Als Nächstes sollten Sie die andere kennenlernen.«

»Das sind Sie«, stellte Carsten fest.

Fenn nickte. »Ich und ein paar andere ehemalige Mfs-Agenten. In unserem Besitz befinden sich Unterlagen, die all das, was ich Ihnen erklärte, bis ins Detail nachweisen. Um einem Skandal zu entgehen, hat man das frühere Schweigenetz als inoffizielle Handlanger auf uns angesetzt. Nawatzkis Aufgabe ist es, uns auszuschalten und die Beweise sicherzustellen.«

»Wie sind Sie an diese Unterlagen gekommen?«

»Das braucht Sie im Augenblick nicht zu interessieren. Vielleicht erfahren Sie es später.«

»Demnach befinden Sie sich auf der Flucht vor Nawatzki und seinen Leuten«, sagte Carsten.

»Wir verstecken uns vor ihnen. An einem geheimen Ort, den sie mit großer Sicherheit nie entdecken werden.«

»Haben Sie versucht, zu verhandeln?«

»O ja, natürlich.« Fenns Stimme klang plötzlich bitter. »Es gab ein Treffen in Budapest. Nawatzki war dabei, Michaelis, ich selbst und noch einige andere. Man versuchte uns auszutricksen. Es endete damit, dass einer meiner Männer erschossen wurde und wir anderen die Flucht ergriffen. Seitdem jagen sie uns gnadenlos. Einige, die nicht bereit waren, gemeinsam mit uns unterzutauchen, haben sie bereits gefunden und getötet.«

Carsten erinnerte sich an die Morde aus Sebastians Unterlagen. Er fragte Fenn danach.

»Das waren unsere Leute. Alles Menschen, die Nawatzki töten

ließ. Dieser Konflikt eskaliert. Mit den Morden wollen sie uns aus der Reserve locken.«

»Wie viele sind Sie noch?«

»Ein halbes Dutzend. Männer und Frauen.«

»Und Sandra gehört dazu?«

»Ja. Jetzt wird Ihnen einiges klar, nicht wahr?«

Carsten nickte betroffen. »Sie wurde schon als Kind ausgebildet. Diese Sportschule, die sie besuchte, war in Wirklichkeit etwas anderes.«

»Ja«, sagte Fenn. »Ein Trick der ehemaligen DDR-Regierung. Auf einigen dieser Sportschulen wurden die Schüler in eine dem Staat genehme Richtung gedrillt. Das mag für Sie albern klingen, aber auf uns übte das damals einen enormen Reiz aus. Sandra ist ihm genauso erlegen wie ich und viele, viele andere.«

»Und ihr Tod?«

»Ist das nicht naheliegend? Sie verschwand von der Bildfläche, um verdeckt arbeiten zu können.«

»Aber was war mit ihren Briefen? Dem Wechsel der Schrift?«

Fenn schüttelte ungeduldig den Kopf. »Nicht jetzt. Sie wollten doch wissen, wie Sie selbst in diese ganze Sache geraten sind, oder?«

Carsten nickte.

»Im Grunde eine simple Rechnung«, erklärte Fenn. »Nawatzkis Leute hatten Sandras Namen, konnten sie selbst aber nicht ausfindig machen. Ihre Suche blieb erfolglos. Also durchwühlten sie die alten Akten und stießen auf ihren früheren Freund aus dem Westen – auf Sie! Erinnern Sie sich an die Überprüfung, der Sie damals unterzogen wurden? Beim BND war eine Liste zukünftiger Mfs-Mitarbeiter aufgetaucht, auf der auch Sandras Name stand. Eine Routine-Überprüfung dieser Personen ergab, dass Sie Kontakt zu Sandra hatten. Deshalb geriet auch Ihr Name mit in die entsprechenden Akten. Diese wiederum wanderten später aus den Archiven des BND in die Hände Nawatzkis. Sie können sich seine Freude vorstellen, als ihm klar wurde, dass es da einen Jugendfreund gab, den man problemlos als Köder einsetzen konnte. Noch dazu, wo sich dieser als arbeitsloser Journalist herausstellte, den man auf sehr glaubwürdige Art und Weise im eigenen Verlag unterbringen konnte.

Nawatzki schickte Sie hierher, damit Sie Sandras Spur aufnahmen. Ihnen sollte gelingen, was seine Leute nicht geschafft hatten: Sandra wiederzufinden. Er sorgte dafür, dass Michaelis Sie auf Schritt und Tritt überwachte. Früher oder später hätte es einen Kontakt gegeben – von Ihrer oder von Sandras Seite aus –, und damit hätten Sie Nawatzkis Leute geradewegs zu uns geführt. Eigentlich sehr clever.«

Carsten starrte ihn regungslos an. In der plötzlichen Stille hörte er überdeutlich das Fauchen des Windes, der um die Mauern des Denkmals strich. Endlich begriff er. Deshalb das großzügige Angebot. Deshalb Michaelis' Verständnis dafür, dass er so oft nach Leipzig fuhr. Und deshalb auch die Leiche Sven Kirchhoffs fast direkt vor seiner Haustür. Sein Interesse an Sandra sollte neuen Antrieb bekommen. Neuen Zündstoff.

Fenn ergriff wieder das Wort: »Im Grunde hat Nawatzki mit diesem Treffen erreicht, was er wollte. Der Kontakt ist hergestellt. Aber uns blieb keine andere Wahl.«

Carsten sah ihn misstrauisch an. »Aber wäre es aus Ihrer Sicht nicht einfacher gewesen, mich sofort zu beseitigen?«

Fenn grinste. Es wirkte nicht unfreundlich. »Genau das war mein Vorschlag, als uns klar wurde, was Nawatzki mit Ihnen vorhatte.«

»Sie hätten mich also getötet?«

»Ohne zu zögern, sicher.«

»Ist das der Grund, warum Sie mir das alles erzählen? Weil Sie mich ohnehin umbringen werden?«

»Nein, nicht im Augenblick. Sandra würde mir das niemals verzeihen. Sie hat von Anfang an Partei für Sie ergriffen. Und sie überzeugte mich sogar davon, dass Sie uns noch nützlich sein könnten.«

»Nützlich für Sie? Inwiefern?«

Fenn schüttelte den Kopf. »Das erfahren Sie ein andermal. Wir müssen unser Treffen an dieser Stelle leider beenden. Nawatzkis Leute schwärmen durch die Stadt. Es ist nur eine Frage der Zeit, bis Sie uns gefunden haben. Außerdem müssen Sie zurück in die Redaktion. Machen Sie weiter wie bisher. Lassen Sie sich nichts anmerken, bis wir uns wieder bei Ihnen melden. Glauben Sie, dass Sie das schaffen?«

Carsten zögerte. »Ich werde es versuchen.«

»Sehr gut.« Fenn nickte zufrieden. »Und noch etwas: Gehen Sie nicht zur Polizei. Die werden Sie nicht vor Nawatzkis Männern schützen können. Abgesehen davon bin ich nicht sicher, ob sie es überhaupt versuchen würden.«

»Wie meinen Sie das?«

»Später. Vertrauen Sie mir einfach. Das Netz wird Ihnen derzeit noch nichts zuleide tun. Die brauchen Sie noch.« Er deutete zum Treppenhaus. »Jetzt gehen Sie bitte.«

Carsten rührte sich nicht von der Stelle. Stattdessen fragte er: »Wann werde ich wieder von Ihnen hören? Und wann kann ich Sandra sehen?«

»Halten Sie sich einfach bereit. Vielleicht morgen, vielleicht erst nächste Woche. Aber wir melden uns bei Ihnen. Und seien Sie inzwischen vorsichtig, wem Sie vertrauen.« Er zeigte erneut auf die Tür. »Beeilen Sie sich.«

Mit einem Ruck drehte Carsten sich um und ging.

Er hatte gerade die Treppe erreicht, als Fenn ihm hinterherrief: »Und tun Sie mir einen Gefallen. Denken Sie darüber nach, wer in dieser Sache die Guten und wer die Bösen sind. Ich bin sehr gespannt, zu welchem Ergebnis Sie kommen werden.«

## Kapitel 5

Das *Mephisto* war Ninas Vorschlag. Der kleine Studentenclub lag am anderen Ende von Tiefental. Es war die einzige Stelle, an der die Stadt das Tal verließ und den Hang eines Hügels erklomm. Die Häuser standen hier wie angeklebt an das steile Gefälle. Einige der schmalen Gassen, die durch das Wirrwarr der alten Bauten schnitten, waren in Form von Treppen angelegt. Das Flair des Viertels erinnerte ein wenig an die malerischen Altstädte der Provence und Toskana, wenn auch die schrägen Fachwerkbauten typisch waren für diese Region. Das *Mephisto* selbst befand sich im ersten Stock eines Gebäudes, das das Alter vornübergebeugt hatte wie den Rücken einer alten Frau. Die Balken der Fachwerkkonstruktion waren wurmstichig und grau, einige der Fenster in der unteren, leerstehenden Etage zerbrochen. Die Holztreppe, die an der Außenseite hinaufführte, knirschte unter ihren Füßen.

Normalerweise hatten im *Mephisto* nur Studenten Zutritt, und an den meisten Tagen war der Club durch ihre privaten Feiern belegt. Herein kamen nur Leute mit schriftlicher Einladung, und der Türsteher, der schon von weitem sichtbar am Ende der Treppe thronte, sah nicht aus, als sei er zu Kompromissen bereit.

Nina war anderer Ansicht. Sie kenne ihn von früher, erklärte sie vage. Tatsächlich genügten eine Umarmung und ein Kuss auf die Wange, um ihnen die Tür zu öffnen. Der junge Mann schenkte Carsten einen misstrauischen Blick, dann ließ er sie herein.

»Ist das für alle so einfach?«, fragte Carsten, als sich die Tür hinter ihnen schloss.

Sie schüttelte nervös den Kopf. »Michaelis kommt hier nicht rein. Es sei denn, seine Leute haben offizielle Einladungen.«

»Wäre das möglich?«

Sie ergriff seine Hand und zog ihn ins Gedränge. »Das weißt du wahrscheinlich besser als ich.«

Der Club bestand aus mehreren Räumen, früher einmal Wohnungen, deren Türen man ausgehängt hatte. Die Wände waren schwarz gestrichen. Ein größeres Zimmer diente als Tanzfläche, in den anderen befanden sich schlichte Stühle und Tische aus Holz. Überall saßen, standen und tanzten junge Männer und Frauen. Die Enge war bedrückend, und trotz geöffneter Fenster schmorten die Massen in der eigenen Hitze. Der Geruch nach verschüttetem Bier, Schweiß und Zigarettenrauch zog in dichten Schwaden durch die Räume. Ein paar nackte Glühbirnen verbreiteten Zwielicht.

Sie suchten sich eine Ecke, möglichst weit weg vom Lärm der Tanzfläche.

»Was für ein seltsamer Auftritt war das heute Morgen?«, fragte sie schließlich.

»Glaubst du, sie haben es Viktor nicht abgekauft?«

»Weiß ich nicht. Ich bin nicht sicher. Die anderen Redakteure haben sich nicht weiter darum gekümmert. Aber Michaelis? Er ist nicht dumm.«

»Bestimmt nicht«, stimmte er bitter zu. »Das weiß ich mittlerweile sehr genau.«

»Wie meinst du das?«, fragte sie misstrauisch. »Was ist heute Nachmittag passiert?«

Er spürte, wie sich unter dem kleinen Tisch ihre Beine berührten. Es war keine absichtliche Geste, trotzdem fühlte er ein Kribbeln im ganzen Körper. Er wusste nicht genau, was er ihr sagen sollte; vor allem nicht, *wie* er es tun sollte.

»Soll ich uns vorher etwas zu trinken holen?«, fragte er müde.

Sie funkelte ihn unter zusammengezogenen Augenbrauen an. »Ich will endlich wissen, was los ist. Du weißt es doch, oder?«

Er nickte. »Zum Teil.« Er holte tief Luft, suchte ihren Blick, dann erzählte er ihr, was in Leipzig vorgefallen war. Er berichtete von seinem Treffen mit Fenn in der Kuppel des Denkmals und wiederholte in knappen Sätzen das, was dieser ihm über Michaelis, Nawatzki und vor allem Sandra gesagt hatte. Er erzählte von der vorgetäuschten Auflösung des Schweigenetzes, von den Beweisen dafür, die sich in der Hand von Fenns Gruppe befanden, und von der mörderischen Jagd, die Nawatzki auf die früheren Mfs-Agenten machte. Schließlich schilderte er ihr, wie er selbst zwischen die Fronten dieses Konflikts geraten war.

Er war überrascht, mit welcher Gefasstheit sie ihm zuhörte. Einmal, als er sagte, dass Sandra noch lebte, weiteten sich für einen Sekundenbruchteil ihre Augen, dann nickte sie, als hätte sie es die ganze Zeit über geahnt.

Schließlich, nachdem er geendet hatte, fragte sie: »Dann wurde Sebastian wirklich von Nawatzkis Leuten ermordet?«

»Darüber haben wir nicht gesprochen, aber es liegt doch auf der Hand, oder? Sebastian war, aus welchem Grund auch immer, misstrauisch geworden. Er kam Michaelis zumindest ansatzweise auf die Spur. Vielleicht hatte er Kontakt zu dieser Journalistin aus Leipzig.«

Sie nickte. »Das ist anzunehmen. Sie muss ihm von ihrem Verdacht erzählt haben, er verglich das Ganze mit Details, die er hier aufgeschnappt hatte, und zog die richtigen Schlüsse.«

»Wahrscheinlich. Aber ich glaube nicht, dass er die ganze Wahrheit wusste.«

Sie sah ihn fest an. »Weißt du die denn?«

»Wie meinst du das?«, fragte er überrascht.

Sie fuhr sich mit einer nervösen Handbewegung durch ihr kurzes, blondes Haar und umfasste mit der anderen auf der Tischplatte seine Finger. Ihre Hand war eiskalt. «Alles, was du mir jetzt erzählt hast, hast du doch von diesem Mann, Fenn. Aber wie kannst du so sicher sein, dass er die Wahrheit sagt? Ebensogut könnte er lügen, vielleicht hat *er* all diese Menschen auf dem Gewissen. Du hast keinen einzigen Beweis für das, was er sagt.«

»Was ist mit den Unterlagen aus der Kapelle? Den Berichten über das Schweigenetz?«

»Zeitungsartikel, mehr nicht. Von einer Auflösung, die nie stattgefunden hat, steht dort nichts drin. Wer weiß, vielleicht hat er selbst diese Kopien dort deponiert, damit wir sie finden.«

»Das ist doch lächerlich.«

Sie nickte. »Ja, vielleicht. Aber es gibt etwas, dass eindeutig gegen diesen Mann spricht: Er hat für die Staatssicherheit gearbeitet. Zumindest behauptet er das. Solche Menschen lügen, ohne mit der Wimper zu zucken. Wenn er wirklich ein ausgebildeter Agent war, vielleicht sogar jemand, der im Ausland eingesetzt wurde, dann ist es ihm völlig gleichgültig, was mit uns beiden passiert. Wahrscheinlich hat er schon früher über Menschenleben entschieden, ohne dass es ihm etwas ausgemacht hätte.«

»Das sind doch bloß Spekulationen.«

»Begreifst du denn nicht, was ich sagen will?« Ihre Stimme klang jetzt verzweifelt. »Um uns herum wurden Menschen ermordet. Wir können es uns nicht leisten, jemandem zu vertrauen, über den wir beide nichts wissen.«

Carsten nickte, war aber nicht überzeugt. »Er kennt Sandra.«

Nina zog ihre Hand zurück und rollte mit den Augen. Ihre Stimme klang mit einem Mal sehr scharf. »Das also ist es! Verdammt, Carsten, du klammerst dich an eine Wunschvorstellung und setzt dafür unser Leben aufs Spiel. Vielleicht lebt Sandra, vielleicht ist sie auch tot. Du hast sie nicht gesehen, er hat dir keinen Beweis gezeigt. Und selbst wenn sie lebt und auf seiner Seite steht – was hat das zu bedeuten? Du hast sie zum letzten Mal vor zwölf Jahren gesehen! Menschen ändern sich. Vor allem, wenn sie einer Organisation wie dem Mfs angehören.« Vor Wut traten ihr Tränen in die Augen.

Carsten schwieg. Was sie sagte, klang einleuchtend. Aber es stimmte: Er kannte Fenn nicht. Und er kannte auch Sandra nicht mehr. Selbst wenn sie noch lebte und mit Fenn zusammenarbeitete, musste das für sie beide nichts bedeuten. Für Nina noch viel weniger als für ihn selbst. Wenn auch nur ein Teil von dem, was Fenn ihm gesagt hatte, der Wahrheit entsprach, dann waren hier Mechanismen am Werk, auf die emotionale Bindungen und Begriffe wie Freundschaft keinen Einfluss hatten.

»Und was schlägst du vor, sollen wir tun?«, fragte er.

Sie zuckte mit den Schultern. »Woher soll ich das wissen? Wir können nicht zur Polizei. Wahrscheinlich hat es auch keinen Sinn, einfach davonzulaufen.«

Er nickte. »Dann spielen wir das Spiel mit. Irgendwann wird Fenn sich wieder melden. So wie es aussieht, können wir erst dann entscheiden, was wir tun.« Als ob sie noch in der Position für eigene Entscheidungen wären. Er wünschte sich verzweifelt, an seine eigenen Lügen glauben zu können.

»Und bis dahin?«, fragte sie.

»Wir warten ab. Oder hast du einen besseren Vorschlag?«

Sie schüttelte langsam den Kopf. Ihre Angst und ihre Traurigkeit taten ihm weh. Er griff wieder nach ihrer Hand, zog sie sanft zu sich herüber und küsste sie. Es war kein gespielter Kuss, wie sie seit gestern in der Redaktion austauschten, sondern einer, den er ernst meinte. Sie erwiderte ihn mit der gleichen Intensität, lang und zärtlich und voller Wärme, die Augen geschlossen und seine Hand umklammert, als hinge ihrer beider Leben davon ab. Einen Augenblick lang dachte er nicht mehr an Sandra, an Fenn oder das Schweigenetz.

»Glaubst du, sie lassen unsere Wohnungen überwachen?«, flüsterte sie nach einer Weile.

Er nickte. »Wahrscheinlich.«

Sie standen auf, verließen den Club und sahen sich nach Beobachtern um. Es war niemand zu sehen, trotzdem waren beide sicher, dass es welche gab. In der nächstbesten Pension mieteten sie ein Zimmer für die Nacht und sperrten die Tür ab.

Sie legte ihm die Arme um den Hals, küsste ihn erneut, jetzt noch leidenschaftlicher, und führte ihn zum Bett. Ihre Hände zogen sein T-Shirt aus dem Gürtel und kletterten geschwind wie junge Kätzchen an seinem Rücken empor. Er hob ihr langes Sweatshirt, ganz langsam, Zentimeter für Zentimeter, bis er ihren flachen Bauch sehen konnte, ließ sich rückwärts auf die Bettkante sinken, glitt mit der Zunge über ihre weiche, warme Haut und küsste ihren Bauchnabel. Sie zog ihm das T-Shirt über den Kopf, schloss ihre Hände um seine Schultern, presste seinen Oberkörper zurück aufs Bett und machte sich an seinem Gürtel zu schaffen. Er bewunderte jede ihrer Bewegungen, das sanfte Lächeln auf ihrem Gesicht, als sie seine Jeans herunterstreifte. Es dauerte nur wenige Sekunden, dann war sie selbst nackt, kuschelte sich an ihn und rieb ihre kleinen Brüste an seinem Oberkörper. Ihre Küsse wurden schwerer, heftiger, der Raum um sie herum verschwand hinter einem trüben Vorhang aus Nichts, er spürte nur noch ihre bloße Haut auf seiner eigenen, sah, wie sie neben ihm in die Knie ging, ein Bein über seinen Oberkörper schwang und sich auf ihm niederließ. Ihr Atem wurde unruhiger und unregelmäßiger, als sie mit den weichen Spitzen ihrer Schamhaare über sein Glied strich. Er schloss die Augen, spürte die plötzliche Hitze in seinem Unterleib, als sie ihn in sich einließ. Weiche Wärme umfing ihn.

Und dann war es vorbei, ganz plötzlich. Er wusste nicht warum, aber mit einem Mal war da etwas, dass sich zwischen ihre Körper schob und sie auseinandertrieb. Etwas, das er nicht sehen, nur fühlen konnte. Ihre Blicke trafen sich, und da war immer noch dasselbe Gefühl in ihnen wie vorhin, doch trotzdem sperrte sich etwas in ihm dagegen weiterzumachen. Er schob es auf die Angst, auf die Anspannung, die Furcht um ihr Leben, auf die Nervosität, die sie beide gepackt hielt. Ihre Körper lösten sich voneinander, und sie sank wortlos an seine Brust, ganz warm, ganz nah, und doch ein wenig zu weit entfernt.

Und im selben Moment dachte er etwas, das ihn erschreckte und fast zum Weinen brachte. Vielleicht war es nicht die Angst, die so abrupt zwischen sie gekrochen war. Vielleicht war es etwas anderes. Ein schlechtes Gewissen oder *jemand* anderes. Der Geist einer Toten, der Gedanke an eine Lebende.

Vielleicht, dachte er, war es Sandra.

## Kapitel 6

Auf dem Weg zur Redaktion fuhr Carsten jeden Morgen über eine kleine Kreuzung im alten Stadtkern Tiefentals. Die beiden Gassen, die sich hier trafen, waren nur wenige Meter breit, zu schmal, als dass zwei Autos nebeneinander hindurchgepasst hätten. Die anliegenden Häuser standen hoch und eng beieinander, sodass die Kreuzung zu jeder Tageszeit im Schatten lag. Die Fassaden waren alt und dunkel und ohne die einst prächtigen Stuckarbeiten, die viele der anderen Gebäude im Stadtzentrum schmückten. Jahrhundertelang hatten in diesem Viertel die Armen gewohnt, einst die niederen Dienstboten, heute jene, die nicht einmal Arbeit hatten. Ein Großteil der alten Wohnungen stand leer, die Scheiben waren längst eingeworfen, die Türen zertreten. Gelegentlich sah man ein paar schmutzige Vorhänge hinter den heil gebliebenen Fenstern, in manchen Rahmen spannten sich Wäscheleinen. Hier und da beugte sich jemand hinaus und beobachtete die Straße, während im Hintergrund lautstark ein Fernseher dröhnte. Autos kamen nur selten vorbei, die meisten benutzten die bogenförmig um das Viertel verlaufende Hauptstraße. Carsten hatte schnell herausgefunden, dass der Weg durch die engen Gassen eine enorme Abkürzung zur Redaktion war. Als Carsten an diesem Morgen die Kreuzung überquerte, dachte er an die vergangene Nacht in der Pension. Zwei Stunden zuvor hatte er Nina vor ihrer Wohnung abgesetzt, ein wenig verschämt und doch erleichtert über die gelassene Fröhlichkeit, mit der sie ihn am Morgen geweckt hatte. Es gab keine Vorwürfe, keine Entschuldigungen, keine bissige Bemerkung. Selbst ihre Nervosität schien für den Moment verschwunden zu sein. Er fragte sich, wie er die Nacht und das, was geschehen war, werten sollte.

Das brutale Kreischen von Autobremsen riss ihn zurück in die Gegenwart. Ein furchtbarer Ruck ging durch den ganzen Wagen, das Heck brach aus und schleuderte ein, zwei Meter nach rechts. Carsten wurde nach vorne in den Gurt gestoßen, seine Hände fuhren instinktiv nach oben und rammten schmerzhaft gegen das Radio. Augenblicklich jaulte Musik aus den Lautsprechern. Der Frontscheibenwischer begann trocken über das Glas zu kratzen. Carsten brauchte mehrere Sekunden, ehe er begriff, dass es einen Zusammenstoß gegeben hatte.

Während er noch benommen versuchte, seinen Gurt zu lösen, erschien neben ihm am Fenster ein Gesicht. Ein hässlicher, rothaariger Kerl stand vorgebeugt da und starrte ihn an. Der Mann wirkte besorgt. Einen Augenblick lang schien er zu überlegen, ob er die Tür von außen öffnen und ihm Hilfe anbieten sollte. Dann entschied er sich zu warten, bis Carsten von sich aus ausstieg.

»Es tut mir wirklich leid«, sagte der Mann, als Carsten, dem immer noch der Schreck in den Knochen steckte, mit ihm zum Heck des Wagens ging und den Schaden begutachtete.

Eine hässliche Beule befand sich in seinem rechten hinteren Kotflügel. Wie durch ein Wunder waren alle Lampen intakt geblieben, aber Carsten hatte die böse Befürchtung, dass sich ein Teil der Karosserie verzogen hatte.

Ein grauer, steinalter Ford stand auf der Kreuzung, die Fahrertür weit geöffnet, Scheinwerfer und Stoßstange auf der rechten Seite eingedrückt.

»Ich bin von rechts gekommen«, stellte Carsten fest.

Der Rothaarige nickte eilig. »Ich weiß, ich weiß. Sie hatten Vorfahrt. Aber wir brauchen keine Polizei. Ich nehme die Schuld auf mich.«

Ein halbes Dutzend Fenster hatten sich geöffnet, neugierige Gesichter reckten sich ins Freie. Es gab genug Zeugen für den Unfall. Carsten nickte.

»Geben Sie mir Ihre Adresse und den Namen Ihrer Versicherung«, bat er. Zu allem Ärger nun also auch noch das. Carsten betete, dass der Wagen noch problemlos fuhr, alles andere war ihm im Moment gleichgültig.

»Sicher«, stammelte der Mann. Sein Äußeres war furchterregend. Zu aller Hässlichkeit hatte er an der Nasenwurzel eine wulstige Narbe. Carsten hatte fast ein wenig Mitleid mit ihm. Er reichte ihm eine Visitenkarte und zog Block und Kugelschreiber hervor, damit der Mann die nötigen Informationen aufschreiben konnte.

Aber der Rothaarige war schneller. Er kramte einen Stapel Zettel aus seiner Hosentasche – Kinokarten, zerknüllte Kassenbelege und ein paar undefinierbare Papierfetzen –, wählte ein mehrfach gefaltetes Blatt mit ausgefransten Rändern und nahm Carsten den Kugelschreiber aus der Hand. Mit zitternden Fingern kritzelte er Namen, Anschrift und Versicherung darauf, dann reichte er ihm beides.

»Und glauben Sie mir, es tut mir leid«, sagte der Mann aufgeregt. »Ich war ganz woanders mit meinen Gedanken, wirklich, es tut mir leid und ich entschuldige mich vielmals. Wissen Sie, ich bin –«.

Carsten winkte missmutig ab. »Schon gut. Melden Sie den Unfall einfach Ihrer Versicherung, und geben Sie ihnen meine Karte. Dann dürfte alles klargehen.«

Der Mann ergriff völlig aufgelöst seine Hand, schüttelte sie ausgiebig und kletterte dann zurück in seinen Ford. »Es tut mir wirklich leid«, rief er noch einmal, bevor er davonfuhr.

Die Gesichter in den umliegenden Fenstern zogen sich wieder zurück. Carsten stieg in seinen Wagen, setzte vor und zurück und kam zu der Einsicht, dass der Unfall keinen größeren Schaden angerichtet hatte. Der Wagen fuhr noch. Das war im Augenblick alles, was ihn interessierte. Vielleicht würden sie noch auf ein funktionstüchtiges Fahrzeug angewiesen sein.

Er war noch keine dreihundert Meter gefahren, als ihm plötzlich etwas einfiel. Die roten Haare des Mannes. Irgendetwas war damit nicht in Ordnung gewesen. Schlecht gefärbt, vielleicht, oder eine Perücke. Und die Kerbe über der Nase – war das wirklich eine Narbe? Rückblickend erinnerte sie ihn ein wenig an den Rand einer Prothese; als hätte der Mann versucht, seinem Nasenrücken durch einen überschminkten Kunststoffaufsatz eine andere Form zu geben.

Großer Gott!

Im letzten Moment bewahrte er sich selbst davor, erschrocken auf die Bremse zu treten. Sie beobachteten ihn. Sie würden es sehen und Michaelis melden, genauso, wie sie es zweifellos mit dem Unfall tun würden. Er glaubte, den Zettel des Mannes in seiner Hosentasche zu spüren. Plötzlich schien er zu glühen, Hitze auszustrahlen, wie eine brennende Zigarettenkippe, die er sich versehentlich hineingestopft hatte. Er wagte nicht, das Papier hervorzuziehen, aus Angst, seine unsichtbaren Verfolger könnten es bemerken.

Stattdessen steuerte er den Wagen Richtung Stadtrand, stellte sich ungeduldig an die Schlange vor einer Autowaschanlage und wartete mit bebenden Knien, bis er an der Reihe war. Der Kassierer, der zu ihm ans Fenster trat, brauchte ewig, bis er sein Wechselgeld beisammen hatte. Carsten hatte Angst, sie würden es als ungewöhnliche Hektik auffassen, wenn er zu viel Trinkgeld geben würde.

»Sie wissen, dass Ihr Auto hinten beschädigt ist?«, fragte der Kassierer.

»Ja, sicher.«

Der Mann hob die Schultern. »Ich muss das sagen, damit Sie uns später nichts anhängen.«

»Na, klar«, sagte er und zwang sich zu einem verständnisvollen Lächeln.

Sekunden später schlossen sich die tosenden Bürsten der Waschstraße um den Wagen. Er zog den Zettel hervor. An der Adresse war nichts Ungewöhnliches, eine Straße in Tiefental. Allein die Tatsache, dass der Mann das Papier nicht auseinandergefaltet hatte, um sie aufzuschreiben, hätte einem Beobachter auffallen können; stattdessen hatte er Namen und Anschrift einfach auf den Rücken des geknickten Blattes geschrieben.

Carsten faltete den Zettel auseinander, und da war es. Eine Botschaft, in einer Handschrift, die er kannte: *Komm morgen Abend, 22 Uhr, nach Thale. Wir erwarten dich an der Seilbahnstation!* Darunter ein Initial als Unterschrift: S.

Die Fichten zogen als dunkle Mauer an ihnen vorüber, durchwoben von dichtem, verfilzten Unterholz. Vor einer Weile hatte die Dämmerung eingesetzt und tauchte die Wälder in ein magisches Glühen. Ein paar Sterne funkelten wie verlorene Diamanten im tiefen Dunkelblau des Abendhimmels. In jeder anderen Situation hätte Carsten den Anblick genießen können; jetzt aber war er viel zu beschäftigt damit, sich auszumalen, was sie an ihrem Ziel erwarten mochte.

Immer wieder machte die dunkle Straße haarscharfe Kurven, die er erst im letzten Augenblick bemerkte.

»Du fährst zu schnell«, bemerkte Nina auf dem Beifahrersitz.

»Ich weiß«, sagte er, ohne das Tempo zu verringern.

Sie legte eine Hand auf seinen Oberschenkel. »Es wäre schön, wenn du uns lebendig nach Thale bringen könntest.«

Er nickte stumm und nahm den Fuß vom Gas. Die Leuchtmarkierungen der Leitpfosten huschten rechts und links an ihnen vorbei wie Glutaugen wilder Tiere. Die Nacht rückte näher.

»Wie lange noch?«, fragte er.

»Es ist nicht mehr weit. Noch ein paar Kilometer.«

Er hatte lange überlegt, warum sie gerade die kleine Stadt im Nordharz als Treffpunkt ausgewählt hatten. Erst Nina war auf den richtigen Gedanken gekommen.

»Morgen ist der 31. April«, hatte sie gesagt. »Walpurgisnacht. Das Fest der Hexen und Dämonen. Der ganze Harz ist dann auf den Beinen, und Tausende versammeln sich in Thale auf dem Hexentanzplatz. Der Legende nach erscheint dort der Satan, um mit seinen Anhängern Orgien zu feiern und ihre Menschenopfer entgegenzunehmen. Viele kommen heute noch in Kostümen, als Teufel, Monster und Magier.«

»Ich dachte, der Brocken sei der Blocksberg der alten Sagen?«

»Oh, das nimmt hier keiner so genau«, hatte sie gemeint und auf ihre unschuldige Art gelächelt. »Ob Blocksberg oder Hexentanzplatz – fest steht, dass die Menschen in Heerscharen dorthin pilgern. Es dürfte nicht allzu schwer sein, in einer solchen Masse unterzutauchen.«

Ihre Erklärung klang einleuchtend. Fenns Leute durften sich nicht mit ihm sehen lassen. Michaelis würde eine kleine Armee zu ihrer Beobachtung abstellen, sobald er von dem Ausflug erfuhr. Carsten war sicher, dass man sie in Thale erwarten würde.

Sie brauchten über eine Stunde, ehe sie die Stadtgrenze passierten. Im Zentrum staute sich der Verkehr, und irgendwann gerieten sie an eine Straßensperre, von der aus es nur noch zu Fuß weiterging. Sie fanden einen Parkplatz, stiegen aus und machten sich auf den Weg zur Seilbahnstation. Von dort aus schaukelten kleine Gondeln hinauf zu einer mächtigen Felsenklippe, die weit über der Stadt thronte. Dort oben, auf dem Hexentanzplatz, tauchten Scheinwerfer den Wald in unirdisches Licht.

Der Weg zur Station war voller Menschen. Einige hatten sich Dämonenfratzen über die Gesichter gezogen, andere trugen aufwändige Kostüme. Die höllische Maskerade stand in krassem Widerspruch zum lärmenden Frohsinn der Menge. Vampire, Teufel und immer wieder Hexen kreuzten ihren Weg. Über die Straße hatte man dünne

Drähte gespannt, an denen lebensgroße Puppen hingen, alte Frauen in wehenden Kleidern, auf Besen reitend, mit schwarzen Augen, die das Geschehen am Boden misstrauisch beobachteten. Die Straße führte eine dunkle Allee hinunter und durch ein kurzes Waldstück. An ihrem Ende stand ein graues Gebäude. Die Gondelbahn begann und endete in der oberen Etage. An die hundert Menschen zwängten sich in die Halle im Erdgeschoss. Carsten sah sich unauffällig nach Fenn und Sandra um; gleichzeitig war ihm klar, dass es so einfach nicht sein würde. Das Risiko, sich hier offen zu zeigen, war viel zu groß. Sie würden nicht einen Schritt machen können, der nicht von Michaelis' Männern überwacht werden würde.

Sie brauchten eine Ewigkeit, bis sie zwei Fahrscheine ergattert hatten. Auf der Treppe zum zweiten Stock drängten sich Dutzende von Menschen und warteten auf einen Platz in den Gondeln. Fast eine halbe Stunde verging, ehe sie die letzte Stufe erklommen hatten. Carsten sah auf die Uhr. Zehn nach zehn. Sie waren zu spät.

Draußen war es mittlerweile stockdunkel. Überall Maskierte, überall Lärm. Vor ihnen wartete ein Ehepaar mit zwei kleinen Kindern. Die beiden trugen Teufelsmasken und stritten sich lautstark darum, wer furchterregender aussah. Carsten wünschte sich nichts mehr, als endlich aus diesem Gewimmel verschwinden zu können. Aber er machte sich nichts vor; die Menschenmenge war ihre einzige Chance, mit Fenns Leuten Kontakt aufzunehmen. Und mit Sandra.

Nina wirkte nicht viel glücklicher als er selbst. Ehe sie endlich schiebend und drückend den Durchgang zur Gondelplattform erreicht hatten, waren beide völlig durchgeschwitzt. Der Gedanke, wie all die anderen Menschen freiwillig hierherzukommen, schien völlig absurd.

Die Familie vor ihnen wurde in eine der engen Kabinen gepfercht. Als Nächstes waren sie selbst an der Reihe. Carsten sah, wie eine leere Gondel heranschaukelte, geöffnet wurde.

Und im gleichen Moment bemerkte er das halbe Dutzend Hexen, das hinter ihnen stand. Als sei das Erkennen in seinem Blick ein Signal, legte sich plötzlich eine Männerhand auf seinen Unterarm. Aus den Sehschlitzen einer Hexenmaske traf ihn ein kurzer Blick. *Fenn.*

»Sie sind dran«, sagte der Mann, der den Passagieren ihre Plätze zuwies.

Ehe Carsten reagieren konnte, drängten Fenn und zwei andere Maskierte ihn zur offenen Gondel.

»Nina!«, entfuhr es ihm. Ihre Finger entglitten seiner Hand. Plötzlicher Schrecken verzerrte ihr Gesicht. Nur keine Panik, dachte er. Michaelis' Männer dürfen nichts bemerken.

»Tun Sie so, als seien Sie versehentlich getrennt worden«, zischte Fenn, als er ihn in die Gondel schob. Drinnen war gerade Platz genug für vier Personen.

»Was ist mit Nina?«, fragte er wütend und ängstlich zugleich, als die Metalltür zugeschlagen wurde.

»Kommt mit der nächsten Gondel hinterher«, sagte Fenn und sah ihn dabei nicht an. Stattdessen wandte er seinen Blick entlang der Stahlseile hinauf zum Hexentanzplatz. Die erleuchtete Felsklippe schien weit, weit oben im Nachthimmel zu schweben.

Carsten warf einen letzten Blick zurück und sah, wie die drei verbliebenen Hexen Nina in die nachfolgende Gondel führten. Er bezweifelte, dass ihre Verfolger auf die seltsame Aktion hereinfallen würden. Er sah, dass Nina sich redlich bemühte, ihre Furcht mit einem Lächeln zu überspielen. Sie traute Fenn noch viel weniger als er selbst; er ahnte, welche Ängste sie in diesem Augenblick ausstand.

Mit einem mörderischen Ruck setzte sich die Gondel in Bewegung, rumpelte durch eine schmale Schneise und wurde schließlich ins Freie und in die Höhe gezogen. Schaukelnd schwebten sie in steilem Winkel nach oben. Der Boden blieb unter ihnen im Dunkeln zurück.

»Was soll das?«, fragte er wütend.

Fenn machte keinerlei Anstalten, seine Maske abzuziehen. Die beiden anderen sahen stur geradeaus und schienen ihn gar nicht zu beachten.

»Warum haben Sie sie mitgebracht?«, stellte Fenn eine Gegenfrage.

»Sie steckt genauso tief in der Sache wie ich selbst.«

»Ach ja? Und auf welcher Seite?« Er sah, wie sich Fenns Augen im Schatten der Maske zu Schlitzen verengten. »Haben Sie je darüber nachgedacht, ob sie vielleicht zu Michaelis gehört?«

Carsten beugte sich vor, holte aus und wollte zuschlagen, als einer der beiden anderen Maskierten aus seiner Erstarrung erwachte, seinen Unterarm packte und festhielt. Die Gondel begann wild zu schaukeln.

»Hören Sie auf damit«, sagte Fenn ruhig. Carstens Reaktion schien ihn nicht zu beeindrucken. »Wir haben keine Zeit für solche Spielchen. Ihrer Freundin wird nichts geschehen. Aber das, was ich Ihnen zu sagen habe, geht sie nichts an. Erzählen Sie ihr nichts davon. Ob aus Rücksicht auf ihre Sicherheit oder aus Misstrauen, ist mir gleichgültig. Halten Sie sie einfach aus der ganzen Angelegenheit heraus.«

»Wo ist Sandra?«

Die Frage schien Fenn wütender zu machen als der versuchte Angriff. »Können Sie nur ein einziges Mal Ihre privaten Sentimentalitäten für sich behalten? Es geht ihr gut, das muss reichen. Sie haben doch ihre Schrift erkannt, oder?«

»Für wie dumm halten Sie mich? Irgendwer hat jahrelang ihre Handschrift gefälscht. Wieso sollte ich glauben, dass dieser Zettel von ihr stammt?«

Fenn lächelte hintersinnig, gab aber keine Antwort darauf. Er sagte: »Die Fahrt nach oben dauert nur wenige Minuten. Wir haben fast die halbe Strecke hinter uns, deshalb hören Sie mir jetzt bitte ganz genau zu.«

Carsten wollte aufbegehren, gegen Fenns Ton, gegen die Art, wie man mit ihnen umging, und gegen das, was der ehemalige Agent über Nina angedeutet hatte. Dann aber schluckte er seine Wut herunter und tat, was Fenn ihm sagte. Sie hatten keine Zeit. Und es stand mehr auf dem Spiel als seine eigene verdammte Eitelkeit.

»Ich habe Ihnen in Leipzig gesagt, dass wir uns über kurz oder lang wiedersehen würden«, sagte Fenn. »Dass nur zwei Tage seitdem vergangen sind, überrascht Sie vielleicht genauso wie mich selbst. Aber dafür gibt es einen sehr wichtigen Grund.«

Sie schaukelten in großer Höhe durch die Finsternis. Carsten konnte den Boden nicht erkennen. Die Gipfel turmhoher Fichten stachen wie Speerspitzen aus der Dunkelheit, und einmal passierten sie eine Reihe zerklüfteter Felsnadeln.

Fenn fuhr fort. »Es wird in wenigen Tagen ein zweites Treffen mit Nawatzki geben. In Prag. Ich habe Ihnen erzählt, dass wir bereits einmal versucht haben, mit ihnen zu verhandeln.«

Carsten nickte. Die Sache in Budapest. Der Tote aus Sebastians Unterlagen.

»Das Treffen in Prag wird unter anderen Umständen stattfinden«, erklärte der Agent. Aus dem verzerrten Mund seiner Hexenmaske klangen die Worte gedämpft. »Wir haben Nawatzki unser Angebot für einen zweiten Versuch erst vor wenigen Tagen zukommen lassen, und gestern Früh erreichte mich über Umwegen seine Zusage.«

»Was geht mich das an?«, fragte Carsten.

»Können Sie sich das nicht denken?«

Konnte er. Und es gefiel ihm nicht im Geringsten.

»Wenn dieses Treffen stattfindet, hat Nawatzki sein erstes Ziel erreicht – uns aufzuspüren!«, sagte Fenn. »Sie braucht er dann nicht mehr. Sobald er sicher sein kann, dass er uns gegenüberstehen wird, sind Sie tot. Sie wissen viel zu viel über diese Sache, als dass er Sie davonkommen lassen könnte.«

Carsten sah an ihm vorbei zur nachfolgenden Gondel. In der Dunkelheit waren Nina und die drei Hexen kaum mehr als schattenhafte Umrisse. Er fror erbärmlich.

»Und warum interessiert Sie das?«

Fenn zuckte mit den Schultern. »Wir wollen Ihr Leben retten.«

»Wie nobel.«

»Sparen Sie sich Ihren Sarkasmus. Glauben Sie mir, mir persönlich ist gleichgültig, was mit Ihnen geschieht. Aber Sandra legt Wert darauf, dass Sie am Leben bleiben. Und was ich mir im Augenblick am allerwenigsten leisten kann, ist eine Rebellion in den eigenen Reihen. Sandra will, dass Sie gerettet werden, also retten wir Sie.«

»Und was soll ich dafür tun?«, fragte Carsten misstrauisch. »Leute wie Sie machen doch kein solches Angebot, ohne eine Gegenleistung zu erwarten.«

Fenn lachte bitter hinter seiner Maske. »Sie haben recht. Vielleicht brauchen wir Sie später noch, vielleicht auch nicht. Abgesehen davon kann ich für Ihr Leben natürlich nicht garantieren. Ich bin froh, wenn ich selbst heil aus dieser ganzen Sache herauskomme.«

Carsten überlegte einen Augenblick. »Was soll ich tun?«

Fenn warf einen beunruhigten Blick hinauf zur näher rückenden Bergstation. Noch eine Minute, höchstens. Sie mussten sich beeilen. Michaelis' Männer würden oben warten.

»Übermorgen werden wir Sie abholen lassen. Man wird Sie zu einem Versteck bringen, wo Sandra auf Sie wartet.«

»Was für ein Versteck ist das?«

»Der Ort, an dem wir uns während der ganzen Zeit vor Nawatzkis Leuten verkrochen haben. Ein leerstehender Wachturm am ehemaligen Todesstreifen. Weit und breit nichts als Wald, Berge und ein vergessenes Minenfeld.«

»Was ist mit Nina?«

»Nichts. Sie bleibt in Tiefental. Das Angebot gilt nur für Sie.«

»Nawatzki wird sie umbringen lassen.«

»Das ist schade, aber unwesentlich.«

*»Unwesentlich?«* Carsten ballte beide Hände zu Fäusten, machte aber nicht noch einmal den gleichen Fehler wie zuvor. Stattdessen zog er blitzschnell den rechten Fuß in die Höhe und rammte ihn Fenn in den Magen. Die Reaktion der beiden anderen kam zu spät. Fenn krümmte sich vor Schmerz.

»Das … das war unklug«, stöhnte er, aber es klang nicht wie eine Drohung. »Wir befinden uns fast in Sichtweite der Station. Wenn Ihre Verfolger gesehen haben, dass wir miteinander … sprechen, kommt keiner von uns lebend zurück ins Tal.«

Carsten wusste, dass Fenn recht hatte, ging aber nicht darauf ein.

»Wenn Sie mein Leben retten wollen, dann müssen Sie dasselbe für Nina tun.«

Fenn lachte. »Und was sonst? Wollen Sie auf eigene Faust versuchen, Nawatzki zu entkommen? Seien Sie doch nicht kindisch! Ohne unsere Hilfe überleben Sie keine vierundzwanzig Stunden.«

»Ich gehe zur Polizei«, sagte Carsten fest.

Fenn nickte. »Die werden Sie an die Kripo überstellen. Und von dort aus landen Sie beim BND. Wahrscheinlich wird man Sie bereits auf dem Weg dorthin verschwinden lassen. Großer Gott, haben Sie denn immer noch nicht begriffen, mit was Sie es hier zu tun haben? Nawatzki ist kein Gangsterboss. Der Mann arbeitet für den gottverdammten *Staat*!«

Carsten gab keine Antwort.

»Sie können nicht vor einem Land davonlaufen«, sagte Fenn.

»Tun *Sie* etwas anderes?«

»Nein, aber die Hälfte meiner Leute ist tot. Das Treffen in Prag ist unsere letzte Chance. Ich bin nicht so naiv wie Sie, Carsten. Ich würde nicht darauf wetten, dass ich dieses Jahr noch Weihnachtslieder singe.«

Carsten atmete tief durch. Die Distanz zur Station schrumpfte auf zehn, dann auf fünf Meter. Schließlich sagte er: »Richten Sie Sandra aus, dass ich das Angebot annehme. Aber nur, wenn Nina mit mir kommt. Keine Diskussion über diesen Punkt, sagen Sie ihr das.«

Fenn schüttelte unmerklich den Kopf. Im selben Augenblick schaukelten sie ins Innere der hellerleuchteten Station. Das Gespräch war vorbei. Carsten fragte sich, welche der wartenden Menschen auf Nawatzkis Kommando hörten. Er sah Männer, Frauen, Kinder und traute keinem Einzigen von ihnen.

Ein Angestellter der Seilbahn öffnete die Tür. Die drei Hexen zogen sofort lärmend davon, mischten sich unters Volk. Carsten blieb stehen und wartete auf die Ankunft der nächsten Gondel.

Als Nina ausstieg, tat sie es betont ruhig und mit ihrem herzlichsten Lächeln. Ihre drei Begleiter waren ebenso schnell verschwunden wie Fenn und die beiden anderen.

»Verdammte Schaukelei«, sagte sie laut genug, dass jeder der Umstehenden es hören konnte.

Er nickte. »Mir ist schlecht.«

»Mir auch«, sagte sie, »totschlecht.«

Tafuri wischte Knäckebrotkrümel von seinen Armaturen. Michaelis fragte sich, wann in dem Raum zuletzt geputzt worden war. Er hatte sich bislang nie Gedanken über die Hygiene in Tafuris Geheimkammer gemacht, doch als er sich jetzt umsah, bereitete ihm der Gedanken Kopfzerbrechen. Boden, Wände und Ablagen waren allesamt penibel sauber. Der Italiener schien sich große Mühe zu geben, seine hochempfindlichen Geräte nicht zu Schaden kommen zu lassen. Die Vorstellung, wie Tafuri mit Lappen und Bürste über den Boden kroch, hob seine Stimmung ungemein.

Für einen Augenblick.

Dann sagte Tafuri: »Hier ist Ihr Gespräch. Nawatzki und von Heiden über Konferenzschaltung.«

»Beide?«, fragte Michaelis erstaunt.

Tafuri nickte. »Wenn die in Frankfurt das geschafft haben, ohne auf die Umlegung der Leitungen über Belgien und die Schweiz zu verzichten, ist das eine ganz schöne Leistung. Meine Hochachtung.«

Er schaltete das Gespräch auf die Lautsprecher. Atmosphärisches Knistern flutete in den Raum wie Meerwasser in den Bauch eines angeschossenen Unterseebootes. Er fand es anmaßend, dass der Italiener zuhören wollte, konnte es ihm aber nicht verbieten.

»Was ist bei Ihnen los?« Nawatzki sprach ruhig und überlegt wie immer, aber Michaelis spürte die unterschwellige Wut in seiner Stimme. Die Worte ließen ihn frösteln.

»Nichts, was Ihnen Sorge bereiten müsste«, erwiderte er matt.

Tafuri saß in seinem Sessel, zurückgelehnt, die Arme vor der Brust verschränkt und ein Lächeln auf dem Gesicht, dessen Bedeutung irgenwo zwischen Hohn und Höflichkeit liegen mochte. Michaelis verspürte den brennenden Wunsch, den Schädel des Italieners in einen seiner Monitore zu hämmern. Aber das musste warten; wahrscheinlich für immer. Tafuri war ihm an Körperkraft haushoch überlegen. Und in solchen Augenblicken hatte er das beängstigende Gefühl, dass er außerdem auch der bessere Taktiker war. Woher wusste Nawatzki von Worthmanns Ausflug zur Walpurgisnacht? Gab es unter den Männern, die er auf seine Spur angesetzt hatte, Spitzel, die Frankfurt pausenlos auf dem Laufenden hielten? Oder war es Tafuri selbst, der sämtliche Informationen gleich an die Zentrale weitergab?

Nawatzkis Stimme nahm einen schneidenden Unterton an. »Sie sollten es mir überlassen, worüber ich mir Sorgen mache. Ihren Rapport, bitte!«

Michaelis verzog keine Miene. In präzisen Sätzen berichtete er von der Fahrt nach Thale, von der Beobachtung, dass Worthmann und Nina in zwei separate Gondeln eingestiegen waren und während der Fahrt zum Hexentanzplatz mit maskierten Fremden allein gewesen waren.

»Wie konnte es dazu kommen?«, fragte Nawatzki.

Michaelis atmete tief durch. Dann wiederholte er, was er bereits Tafuri gesagt hatte. »Wir können ihn nicht in der Redaktion einschließen. Wenn wir nicht wollen, dass er Verdacht schöpft, muss er sich weiterhin frei bewegen können.«

Von Heiden war bisher nur als leises, rhythmisches Atmen im Hintergrund der Leitung präsent gewesen. Jetzt schaltete er sich ein. »Das klingt aber doch, als ahne er längst, um was es geht.«

»Er tanzt uns auf der Nase herum«, sagte auch Nawatzki. »Sie hätten Mittel und Wege finden müssen, ihn in Tiefental zu halten. Spätestens nach der Geschichte im Krankenhaus.«

»Verzeihen Sie bitte, wenn ich mich einmische«, ergriff nun Tafuri das Wort. Michaelis befürchtete, dass er ihm in den Rücken fallen würde; umso größer war sein Erstaunen, als der Italiener sagte: »Ich glaube, Michaelis hat recht. Wir hätten Worthmann keinen Tag hier halten können, wenn wir versucht hätten, ihn in Tiefental zu isolieren. Die Fahrt in die Klinik war ein Fehler, das wissen wir. Aber Thale ist eine andere Sache. Keiner von uns kann wissen, was in dieser Seilbahn vorgefallen ist. Und vor allem, *ob* überhaupt etwas vorgefallen ist.«

»Trotzdem hätte dieser Ausflug verhindert werden müssen«, sagte von Heiden unbeeindruckt. »Allein die Möglichkeit, dass ein Kontakt stattgefunden haben *könnte,* ist eine Katastrophe.«

»Was schlagen Sie demnach vor?«, fragte Michaelis.

»Die Frage ist, können wir Worthmann noch trauen?«, meinte Nawatzki. »Weiß er nicht längst, warum wir ihn nach Tiefental geschickt haben? Und wichtiger noch: Weiß er, mit wem er es zu tun hat?«

»Sollte es einen Kontakt gegeben haben, lautet die Antwort auf alle drei Fragen ja«, sagte Michaelis. Es hatte keinen Sinn mehr zu versuchen, sich herauszureden. Zu viel hing von dieser simplen Fragestellung ab.

»Demnach wären wir gezwungen, ihn zu liquidieren«, sagte von Heiden.

Wieder herrschte in Nawatzkis Leitung Stille. So lange, dass Michaelis bereits befürchtete, die Verbindung sei zusammengebrochen. Dann meldete Nawatzki sich erneut zu Wort.

»Ich möchte kein Risiko eingehen«, sagte er. »Bevor wir nicht sicher sind, dass das Treffen in Prag tatsächlich stattfindet, könnte Worthmann uns noch nützlich sein. Letztlich kann er uns nicht schaden. Er wird nicht zur Polizei gehen.«

»Und wenn er es doch tut?«, fragte von Heiden.

»Sinnlos. Er würde uns damit nur einen Gefallen tun. Wir wären zumindest sicher, dass er etwas weiß.«

Michaelis dachte einen Augenblick nach. »Es gibt eine Alternative«, sagte er dann, »eine Möglichkeit, die Angelegenheit Carsten Worthmann sinnvoll zu beenden und gleichzeitig Nutzen daraus zu ziehen.«

»Tatsächlich?«, meinte von Heiden. Es klang nicht überzeugt.

Nawatzki schwieg und hörte zu.

Michaelis warf einen Blick auf Tafuri. Der Italiener hatte sein Gesicht zu einem wissenden Lächeln verzogen, so, als sei er schon viel früher auf dieselbe Idee gekommen. Michaelis ließ sich nicht davon beirren.

Langsam und präzise erläuterte er seinen Plan.

Niklas saß allein im Hotelzimmer, hielt mit der einen Hand den Telefonhörer und wählte mit der anderen seine Bonner Nummer. Außen an der Fassade kroch der Lärm der Leipziger Innenstadt herauf und quoll über die Brüstung ins Zimmer. Selbst bei Nacht war der Verkehrsfluss ungebrochen.

Er war froh, dass Gabi abnahm und nicht eines der Kinder. Es war schon genug, seine Frau anlügen zu müssen; bei Fabian und Susi hätte er sich doppelt schuldig gefühlt.

»Wie geht's dir?«, fragte sie. Ihre Stimme klang niedergeschlagen.

»Ganz gut«, sagte er, ärgerlich, dass ihm nichts einfiel, das überzeugender klang. »Was tust du gerade?«

»Ein paar Arbeiten der sechsten Klasse kontrollieren. Ich habe schon zwei Rotstifte verschlissen.«

»Sei nicht so streng.« Er stellte sich das vertraute Bild vor, wie Gabi fluchend über Bergen von Arbeitsheften saß, und lächelte. Die Erinnerung an zuhause brachte eine wohlige Wärme mit sich, etwas, das er erst seit ein paar Jahren kannte. Du wirst alt, dachte er. »Was macht das Manöver?«, fragte sie.

»Kein Manöver. Nur eine Reservistenübung. Kannst du dir vorstellen, wie es ist, tagein, tagaus durch kniehohen Schlamm zu robben? *Das* macht das Manöver …«

Sie kicherte bei der Vorstellung. Dann wich ihre freundschaftliche Schadenfreude einem ernsteren Tonfall. »Wann kommst du zurück? Die Kinder fragen jeden Tag nach dir. Na ja, Fabian fragt. Susi hat genug mit ihren Verehrern zu tun.«

Niklas vermisste Gabi und die Kinder von Tag zu Tag mehr, und als er antwortete, war es ihm, als entfernte er sich dadurch nur noch weiter von ihnen. »Ich weiß es nicht«, sagte er. »Wir hoffen alle, dass es nächste Woche vorbei ist.«

»Großer Gott, Niklas, es sind schon zwei Wochen!« Ihre Stimme klang nicht gut. Erst traurig, dann wütend. »Können sie euch nicht wenigstens sagen, wann das alles vorüber ist?«

Er sah in den Spiegel auf der anderen Seite des Zimmers und fand sich erbärmlich. Da saß er auf einem fremden Hotelbett, einen angeklebten Bart an Wangen und Kinn, maskiert mit falschen Augenbrauen und gefärbtem Haar, und tischte der Frau, die er liebte, eine Lüge nach der anderen auf. Dann wandte er sich ab und starrte auf die leere Wand.

»Tut mir leid«, sagte er leise. »Man sagt uns hier gar nichts. Das gehört dazu. Ich hab das damals gewusst, als ich mich meldete. Und du wusstest es, als wir geheiratet haben.«

Sie schwieg einen Moment. Er hörte ihr leises Atmen durch das Rauschen der Leitung. Weinte sie? Lieber Himmel, bitte lass sie nicht weinen!

»Wann wirst du endlich Schluss machen?«, fragte sie schließlich. Die Worte kamen sehr, sehr langsam. »Leg deinen verfluchten Rang ab, und komm zurück zu deiner Familie. Dieses Land braucht dich nicht. Es gibt genug Soldaten. Nach all den Jahren hast du das Recht, aufzuhören, ohne dass man dir Vorwürfe macht.«

Er seufzte leise. Wenn sie nur wüsste, wie sehr er selbst sich das wünschte. Aber so einfach ging das nicht. Bei der Bundeswehr hätte er seine Sachen hinschmeißen können. Aber das hier war nicht die Armee. Das hier war das Netz, und selten zuvor war ihm der Begriff passender erschienen. Er selbst befand sich hilflos mitten drin; in seiner Vorstellung hatte Nawatzki acht schwarze, borstige Beine.

Trotzdem fasste er einen Beschluss. Es war längst an der Zeit dazu.

»Es ist das letzte Mal«, sagte er. »Danach höre ich auf.«

Gabis Stimme war voller Zweifel, trotzdem klang sie sanft, fast ein wenig verständnisvoll. »Lüg mich nicht an. Du wirst nie damit aufhören.«

»Doch«, sagte er fest, und zum ersten Mal war es ihm wirklich ernst. »Wenn diese Sache hier vorüber ist, mache ich Schluss.«

»Versprochen?« Eine zaghafte Hoffnung.

»Versprochen.«

Sie küssten sich zum Abschied durchs Telefon. Er wünschte sich, sie ansehen zu können, ihre Umarmung zu spüren, aber stattdessen war da nur das leere Hotelzimmer, und ihre Stimme kam aus einer grauen Plastikmuschel. Er legte auf und fühlte sich elend.

Er würde sein Versprechen halten. Die Kraft hast du nicht, flüsterte eine Stimme in seinem Kopf.

Wir werden ja sehen.

Allerdings. Denk an Nawatzki. Und an die anderen, die es versucht haben. Einbahnstraße, mein Freund.

Er kam nicht dazu, länger darüber nachzudenken. Ein Klopfen an der Tür riss ihn aus seinen Gedanken.

»Ist offen«, sagte er, ohne aufzustehen.

Die Tür öffnete sich, und Nadine trat ins Zimmer. Sie trug schwarze, enge Jeans und einen Pullover mit weitem Rollkragen. Das gelockte rote Haar floss über ihren Rücken bis hinab zur Taille. Sie hatte kein Make-up aufgelegt, aber ihr Gesicht schimmerte ebenmäßig und glatt, als lächelte es ihm aus den Hochglanzseiten eines Modeprospektes entgegen. Sie sah nicht aus wie jemand, der Menschen tötete.

Noch bevor sie die Tür hinter sich geschlossen hatte, bemerkte sie, in welcher Stimmung er sich befand. Rasch kam sie näher und setzte sich neben ihn auf die Bettkante.

»Was ist los?«, fragte sie stirnrunzelnd.

Langsam wandte er den Kopf zu ihr um. Einen Moment lang sah er sie an, als hätte er jetzt erst ihre Anwesenheit wahrgenommen. Dann klärte sich sein Blick.

»Nichts.«

»Du hast mit deiner Frau gesprochen, nicht wahr?«

Ihr Verständnis überraschte ihn. Als hätte er nicht längst begriffen, wie sie zu ihm stand. Ein Grund mehr, so schnell wie möglich aus dieser ganzen Sache auszusteigen. Eine Dreiecksbeziehung war das Letzte, was er jetzt brauchen konnte.

»Nein«, sagte er.

»Lüg mich nicht an.«

Von wegen Übung macht den Meister. »Na und?«, fragte er.

»Schlimm?«

»Sei nicht albern.«

»Du hast Heimweh, das ist alles.«

*»Heimweh?«*, sagte er höhnisch. »Lieber Himmel, ich mache diesen Job seit Jahren. Warum sollte ich plötzlich Heimweh haben? Ich bin kein Kind mehr, gottverdammt!« Die Heftigkeit seiner Reaktion überraschte ihn selbst. Wahrscheinlich machte er sich dadurch nur noch mehr zum Idioten.

Nadine schüttelte traurig den Kopf. »Du warst doch früher ehrlich zu mir. Warum bist du es jetzt nicht mehr?«

»Ich …«, begann er, senkte dann den Kopf und verstummte.

Keine Diskussion mehr.

Sie griff nach seiner Hand und hielt sie fest. Einen Augenblick lang glaubte er, sie würde sich vorbeugen und versuchen, ihn zu küssen, aber sie tat es nicht. Sie blieb einfach neben ihm sitzen, hielt mit beiden Händen seine Finger umschlossen und schenkte ihm ein aufmunterndes Lächeln.

»Das alles hier kann nicht mehr ewig dauern«, sagte sie.

Er nickte. »Ich steige aus.«

Sie ließ seine Hand los. Ein Schrecken kroch über ihr hübsches Gesicht. »Du willst *was?* Bist du verrückt geworden?«

»Aussteigen«, wiederholte er und brachte erstmals ein halbherziges Lächeln zu Stande. »Aber behalte es für dich.«

Sie starrte ihn fassungslos an. »Nawatzki wird das niemals zulassen.«

»Was kann er denn tun? Mich umbringen?«

»Zum Beispiel.«

Er nickte. »Wahrscheinlich wird er das versuchen.«

»Redest du dir ein, du könntest vor ihm davonlaufen? Verdammt, Niklas, du weißt ebenso gut wie ich, dass …«

»Ich will nicht weglaufen«, unterbrach er sie sanft. »Ich will einfach ein Leben führen wie jeder andere auch. Sonst nichts.«

»Das ist unmöglich, und das weißt du.«

Er zuckte mit den Schultern. Er war sich bewusst, wie wenig Sinn das hatte, was er da sagte. Er durfte Nadine nicht mit hineinziehen. Außerdem war es noch nicht so weit. Noch befand er sich mitten in einem Auftrag, den er zu Ende führen musste.

»Du kannst nicht …«, begann sie, aber er unterbrach sie erneut.

»Woher wusstest du, dass ich telefoniert habe?«, fragte er, um das Thema zu wechseln.

Sie schüttelte wieder den Kopf, als könne sie damit die Angst um ihn aus ihren Gedanken vertreiben.

»Nawatzki hat versucht, dich anzurufen. Es war besetzt, da hat er mit mir gesprochen. Deshalb bin ich rübergekommen. Er war sauer. Keine Privatgespräche, das weißt du genau!«

»Was wollte er?«

Sie lächelte zaghaft. »Er hat uns zu einer Reise eingeladen. Nur uns beide.«

»Wie romantisch. Wohin?«

»Nach Prag. Heute noch. Rochus, Tomas und Alexander bleiben hier.«

»Mitten in der Nacht?«, fragte er erstaunt. Vielleicht bedeutete das, dass es bald vorbei sein würde.

Sie nickte. »Die beiden anderen wissen schon Bescheid.«

»Wann brechen wir auf?«

»Sofort. Aber es gibt noch jemanden, um den wir uns vorher kümmern müssen.«

»Um wen?«

Nadine stand auf. »Sie wird dir gefallen.«

Ihre Stimme, ihr Lächeln.

Mal bezaubernd, mal tödlich.

Der erste Mai fiel auf einen Sonntag. Als Carsten am nächsten Morgen gegen halb zwölf die Redaktion betrat, saßen die meisten bereits an ihren Plätzen, telefonierten, lasen die Sonntagsblätter oder schimpften über zu wenig freie Tage.

Nina war nicht da.

Ihr Platz war leer, keine Jacke hing über der Stuhllehne.

Er spürte, wie Panik in ihm aufstieg, schlagartig, fast schmerzhaft.

Vielleicht war sie bei Michaelis. Die Bürotür war geschlossen. Möglicherweise hatte sie verschlafen. Vielleicht …

»Wo haben Sie Ihre Freundin gelassen?«, rief Ehrlicher quer durch den ganzen Raum. Einige Köpfe wandten sich ihm zu. Der eine oder andere grinste.

Carsten schluckte. »Sie ist noch nicht hier?« Er hatte das Gefühl, als müsse er an jedem einzelnen Wort ersticken.

Kopfschütteln.

»Ist spät geworden, was?«, fragte Ehrlicher.

Carsten gab keine Antwort. Alles um ihn herum begann sich zu drehen. Er trat an seinen Schreibtisch, warf seine Tasche auf den Boden und stützte sich auf die Tischkante. Nach dem Gespräch mit Fenn waren sie noch eine Stunde auf dem Hexentanzplatz geblieben, um keinen Verdacht zu erregen. Um kurz nach zwei hatte er sie zu Hause abgesetzt, weil sie darauf bestanden hatte. Seitdem hatte er sie nicht mehr gesehen.

Auf seinem Schreibtisch lag ein Briefumschlag. Die Verschlussklappe war nur eingesteckt. Mit zitternden Händen öffnete er sie und zog einen gefalteten Zettel hervor. Einen Moment lang erwartete er, eine neue Botschaft von Sandra vorzufinden. Aber es war nicht Sandras Handschrift.

*Bitte seien Sie so freundlich,* stand da in blauen Tintenlettern, *und kommen Sie unverzüglich in den Keller. Sie wissen, wohin. Alles Weitere dort. – Michaelis.*

Er ließ den Zettel auf den Schreibtisch fallen und wandte sich an den nächstbesten Redakteur.

»Wo ist Michaelis?«, fragte er.

»Hat freigenommen«, kam die Antwort. »Die ganze Woche, soweit ich weiß.«

Carsten fuhr herum und stürmte ohne ein weiteres Wort hinaus in die Eingangshalle. Jemand rief etwas hinter ihm her, ein anderer lachte, dann hatte er die Tür hinter sich zugeworfen und war draußen. Steinberg, der alte Wachmann, warf ihm einen erstaunten Blick zu.

»Ist irgendwas passiert?«, fragte er.

Carsten schüttelte den Kopf, sprang ohne eine weitere Erklärung über die Absperrung und stürmte den Gang neben der verfallenen Freitreppe entlang. Die menschenleeren Korridore, Fluchten und Treppen schienen sich ins Unendliche zu dehnen. Er hatte das Gefühl, als brauche er eine halbe Ewigkeit, bis er endlich die Gittertür zu den alten Verliesen erreichte. An ihrem Fuß lag eine Taschenlampe. Ein eisiger Luftzug wehte ihm entgegen, vermischt mit dem Geruch von Moder und Feuchtigkeit.

Einen Augenblick lang vertrieb die Vernunft das Wirrwar in seinen Gedanken. Er blieb stehen. Was war, wenn sie ihn nur hier heruntergelockt hatten, um ihn ungestört umzubringen? Unsinn. Das hätten sie schon früher und einfacher haben können.

Antworten konnte er nur bekommen, wenn er weiterging, wenn er tat, was Michaelis von ihm verlangte. Mit überraschender Klarheit erkannte er plötzlich, dass er während der vergangenen Wochen kaum einen Schritt gemacht hatte, der nicht von Nawatzki, Michaelis oder sonst jemandem gesteuert worden war. Er hatte längst und unwiederbringlich die Kontrolle über sein eigenes Handeln verloren. Nun kam es auf diese letzten, wenigen Schritte auch nicht mehr an.

Er ging weiter.

Carsten, die Marionette.

Die Finsternis saugte ihn wie ein gieriges Maul tiefer hinab in die Kellergewölbe. Die Gittertür war nur angelehnt. Als er dagegendrückte, öffnete sie sich mit einem langgezogenen Kreischen, das in den Ohren schmerzte. Wie Kreide auf einer Schiefertafel. Wie ein hoher, qualvoller Schrei.

*Nina!*

Aber Nina war nicht da.

Entlang der menschenleeren Kerkerkammern ging er weiter, erreichte die Treppe, die hinab in den zweiten, tieferliegenden Keller führte. Immer wieder glaubte er Bewegungen in den Schatten zu erkennen, aber wenn er den Lichtkegel der Taschenlampe umherzucken ließ, war da nichts als Schmutz und Staub und Spinnweben. Einmal huschte ein ganzes Rudel Ratten vor ihm über den Weg.

Schon von weitem sah er den Lichtschein, der aus der Tür des kleinen Kellerraumes fiel. Er zögerte jetzt nicht mehr. Dazu war es längst zu spät.

In der Mitte der steinernen Kammer stand Michaelis, die Arme verschränkt, lächelnd, mit einem Sinn für Theatralik, den er ihm nicht zugetraut hatte. Sonst war niemand zu sehen. Das zuckende Licht einer Öllampe zauberte groteske Muster an Decke und Wände. Die Abdrücke der alten Zeitungsseiten waren aus der Entfernung kaum zu erkennen.

Michaelis sagte nichts. Carsten wog seine Chancen ab. Vorspringen, zuschlagen – ihn umbringen? Vergiss es. Das schaffst du nicht. Er ist dir überlegen. Und nutzlos wäre es obendrein.

Michaelis nickte ihm zu, blieb aber noch einen Augenblick schweigend an seinem Platz stehen. Er schien seinen Auftritt zu genießen. Ein weiterer Punkt, der Carsten überraschte. Er hätte den Redaktionsleiter anders eingeschätzt, zurückhaltender und …

Carsten bemerkte seinen Fehler, als von hinten zwei Schatten über seine Schulter fielen. Er erwartete einen heftigen Stoß ins Kreuz, aber der Schmerz blieb aus. Zwei Männer standen plötzlich hinter ihm und versperrten mit der Masse ihrer Körper den Ausgang. Michaelis hatte ihn nur tiefer in den Raum locken wollen, ohne dass die beiden Schläger ihn dazu auffordern mussten. Offensichtlich legte er es nicht darauf an, Gewalt anzuwenden.

Michaelis kam auf ihn zu. »Schön, dass Sie gleich hergekommen sind«, sagte er und blieb zwei Schritte vor ihm stehen. »Es war mir wichtig, Sie an einem Ort zu treffen, wo wir uns völlig ungestört unterhalten können. Ich wusste, dass Sie sich an diesen Raum erinnern würden.«

»Was haben Sie mit Nina gemacht?«

Michaelis lächelte. »Machen Sie sich keine Sorgen. Es geht ihr gut. Niemand hat ihr ein Haar gekrümmt.«

Carsten ballte instinktiv die Fäuste. Er kam sich dabei sehr kindisch vor. »Wo ist sie?«

»Nicht hier.« Michaelis trat einen Schritt zurück, fuhr mit den Fingern über die Buchstabenkolumnen an der Wand und sagte: »Ich bin nicht leicht zu faszinieren, glauben Sie mir, aber diesen Raum halte ich immer noch für ein kleines Wunder.«

»Was wollen Sie von uns?«, fragte Carsten.

Michaelis drehte sich wieder zu ihm um und schien ehrlich verblüfft. »Sie sprechen im Plural? Glauben Sie mir, von Nina möchte ich überhaupt nichts. Sie müssen mir glauben, dass ihr nichts geschehen wird. Was halten Sie von einem Geschäft? Sie beantworten erst meine Fragen, dann beantworte ich Ihre. Einverstanden?«

»Was wäre die Alternative?«

»Es gibt keine.«

»Einverstanden.«

Michaelis grinste. »Meine erste Frage lautet: Mit wem haben Sie sich in Thale getroffen?«

Carsten überlegte. Es hatte keinen Sinn mehr, das Treffen zu leugnen. »Der Mann nannte sich Fenn«, sagte er widerstrebend.

Michaelis nickte zufrieden, als hätte er nichts anderes erwartet. »Damit kann ich mir die nächste Frage sparen. Sie hätte gelautet, über was Sie gesprochen haben. Aber ich schätze, ich kenne die Antwort. Er hat Ihnen von uns erzählt, nicht wahr? Vom Netz.«

Carsten nickte zögernd.

»Dann hat er Ihnen auch gesagt, wer er ist?«

»Ein Agent.«

Michaelis lachte. »Ein Agent? Leider kein Punkt. Fenn ist kein Agent. Vielleicht war er es einmal, aber das ist vorbei. Genaugenommen existiert er nicht einmal mehr. Er starb vor vielen Jahren, ähnlich wie Ihre Freundin Sandra. Die Staatssicherheit löschte sie aus, um sie mit neuen Identitäten für ihre Zwecke einzusetzen. Fenn, Sandra und der Rest von diesem erbärmlichen Haufen sind Geschöpfe des Ministeriums. Und das wiederum war einer der größten Unterdrückungsapparate, die es je in diesem Land gegeben hat.«

»Worauf wollen Sie hinaus?«

»Können Sie sich das nicht vorstellen? Fenn und wer immer es noch war, mit dem Sie gesprochen haben, sind Relikte des DDR-Regimes. Feinde der Demokratie. Meine Feinde. *Ihre* Feinde, Herr Worthmann!«

»Sie wissen, dass es darum gar nicht geht.«

»So?«, fragte Michaelis erstaunt. »Um was geht es dann? Um etwas, dass Fenn Ihnen erzählt hat? Um das Netz und was es wirklich ist? Vielleicht haben Sie recht. Vielleicht geht es auch darum. Aber überlegen Sie genau, wo Sie stehen. Nicht, weil Sie eine Wahl hätten, sondern weil Sie bereits Ihr ganzes Leben auf dieser einen Seite gestanden haben. Auf der Seite der Demokratie, auf der Seite unseres Grundgesetzes. Das sind *wir,* Herr Worthmann! Sie sind in einem demokratischen Staat geboren worden, Sie haben ihn für sich akzeptiert. Schütteln Sie nicht den Kopf! Das, was ich Ihnen sage, ist mehr als pure Theorie.« Er holte tief Luft und fuhr fort: »Fenn und seine Bande sind Überbleibsel eines politischen und menschlichen Fiaskos. Die DDR ist untergegangen, zu Recht, aber diese Leute haben das nicht begriffen. Sie machen weiter wie bisher, sie bekämpfen uns.«

Die Worte schwirrten in dem kleinen Raum wie Insekten. Sie stachen, sie verwirrten ihn. Auf ihre Weise schienen sie einleuchtend und sinnvoll.

Genau wie das, was Fenn gesagt hatte.

»Was ist mit den Morden?«, fragte er.

Michaelis schüttelte den Kopf, nachsichtig wie ein verständnisvoller Schullehrer. »Seien Sie nicht naiv, Herr Worthmann. Sie sind nicht dumm. Sie wissen, dass die Geschäfte eines Landes nicht allein durch blumige Reden und das Singen der Nationalhymne geregelt werden. Es geschehen eine Menge Dinge, die nie an die Öffentlichkeit gelangen. Fenn hat uns herausgefordert, dagegen müssen wir uns wehren. Es stimmt, wir haben einige seiner Leute beseitigt, und das Gleiche werden wir mit ihm tun, wenn wir ihn in die Finger bekommen. Aber er hat es nicht anders gewollt. Diese Morde, wie

Sie es nennen, sind gerechtfertigt. Wir leben in einer Zeit, in der die Bibel nicht mehr gilt; und manchmal kommt es zu Situationen, in denen es keine andere Möglichkeit gibt, als Gegner zu liquidieren. Keiner hätte sich beschwert, wenn die Amerikaner Saddam Hussein beseitigt hätten. Oder Gaddafi. Oder fünfzig Jahre zuvor Hitler. Menschen wie dieser Fenn sind gefährlich, deshalb muss man sie bekämpfen und entfernen.«

Carstens Kopf dröhnte vom Widerhall der Sätze in den Kellergewölben. »Was hat das alles mit mir und Nina zu tun?«

Michaelis nickte, als fühlte er, dass seine Worte auf fruchtbaren Boden fielen. Die Saat ging auf. »Ich will Sie nicht zu irgendetwas zwingen, ich will Sie überzeugen. Sehen Sie endlich ein, dass wir das Richtige tun. Das Netz war immer eine umstrittene Organisation, und hier wie überall wurden Fehler gemacht. Aber es gibt Bereiche, in denen der BND nicht mehr operieren kann. Dort beginnt unsere Aufgabe. Und unsere Existenzberechtigung.«

Carsten schüttelte den Kopf. »Sie haben Sebastian ermordet.«

*»Wir?«* Michaelis' Stimme überschlug sich fast. »Hat Fenn Ihnen das erzählt?«

Carsten überlegte und kam zu dem Schluss, dass Sebastian nie ein Thema zwischen ihm und Fenn gewesen war.

»Wir haben mit Sebastians Tod nichts zu tun«, sagte Michaelis fest. »Wenn Sie mir in einem Punkt vertrauen wollen, dann in diesem: Der Mord an Sebastian Korall geht nicht auf unser Konto.«

Carsten glaubte ihm nicht, fragte aber trotzdem: »Wollen Sie damit sagen, es war Fenn?«

»Das ist anzunehmen.«

»Bin ich jetzt an der Reihe, die Fragen zu stellen?«

Michaelis nickte zustimmend. »Fragen Sie.«

»Warum erzählen Sie mir das alles? Was wollen Sie von mir?«

Einige Sekunden lang herrschte Schweigen. Die beiden Männer im Eingang rührten sich nicht. Carsten spürte ihre drohende Präsenz in seinem Rücken wie Gewichte, die ihn nach vorne drückten.

Schließlich sagte Michaelis: »Ich möchte, dass Sie für uns vermitteln. Es wird ein Treffen zwischen Fenn und uns geben. Wahrscheinlich hat er Ihnen bereits davon erzählt. Ich möchte, dass Sie mich heute noch nach Prag begleiten.«

»Warum gerade ich?«

»Sie kennen beide Seiten. Es wäre dumm, noch eine weitere Person einzuweihen, wenn wir in Ihnen bereits einen so perfekten Vermittler an der Hand haben.«

»Sie verlangen von mir, dass ich Fenn und Sandra ans Messer liefere?«

Michaelis schüttelte energisch den Kopf. »Es gibt immer noch Möglichkeiten, die Angelegenheit friedlich zu lösen. Wir wollen in erster Linie die Dokumente, die sich in Fenns Besitz befinden. Wir dürfen nicht zulassen, dass sie in die falschen Hände geraten. Sicher ist Ihnen bekannt, dass Gladio ein Zweig der Nato war. Was in diesen Unterlagen steht, geht an politischer Dimension weit über die Grenzen der Bundesrepublik hinaus.«

»Was ist mit Nina?«

»Sie ist bereits auf dem Weg nach Prag. *Freiwillig,* wie ich betonen möchte.«

Carsten starrte ihn an, voller Zweifel. »Wie meinen Sie das?«

Michaelis hob eine Hand. »Ich möchte Ihnen etwas zeigen …«

Er trat zurück und bückte sich über einen schmalen Aktenkoffer, der in einer Ecke des Raumes stand. Er zog einen dünnen Papierstapel daraus hervor, kam zurück und reichte ihn Carsten.

»Was ist das?«, fragte er.

Michaelis deutete auf den Stapel. »Blättern Sie ihn durch, und Sie werden eine Überraschung erleben. Dies sind Fotokopien einer Akte aus den Archiven der Staatssicherheit. Obendrauf steht Ninas Name.«

Carsten schlug den schmalen Stapel an einer willkürlichen Stelle auf. Die Buchstaben verschwammen vor seinen Augen. »Ich verstehe nicht …«

»Natürlich verstehen Sie«, unterbrach ihn Michaelis. »Nina war bis zur Wende inoffizielle Mitarbeiterin des Ministeriums für Staatssicherheit. Das hier sind ihre IM-Unterlagen, einschließlich aller Berichte, ihres Decknamens, ihres Werdeganges. Viel ist es freilich nicht. Sie war gerade zwanzig, als die Mauer fiel.«

Carsten schlug die Akte angewidert zu. »Sie lügen!«, sagte er zornig. »Sie können mir viel erzählen.«

Michaelis blieb ganz ruhig. »Es sind Fotokopien, aber keine Fälschungen. Wenn Sie sich in der Materie auskennen würden, würden Sie sehen, dass alle Stempel originalgetreu sind. Wir würden uns niemals diese Mühe machen, nur um Sie zu überzeugen. Dafür gäbe es simplere Wege.«

»Selbst wenn Sie recht hätten«, sagte Carsten, »das alles ist über drei Jahre her. Es hat nichts mit den Ereignissen der letzten Woche zu tun.«

»Sind Sie da ganz sicher?«, fragte Michaelis tückisch. »Einmal Spitzel, immer Spitzel. Denken Sie darüber nach.«

»Wollen Sie damit sagen …«

»Natürlich. Nina hat lediglich die Seiten gewechselt. Ansonsten ist für sie alles beim Alten geblieben. Sie hat während der ganzen Zeit für uns gearbeitet.«

Carstens Stimme klang hoch und misstönend. Er war nicht sicher, ob es nur am Hall der leeren Gewölbe lag. »Ich glaube Ihnen kein Wort.«

»Ganz wie Sie möchten.« Michaelis nahm ihm die Akte ab und rollte sie zusammen. »Aber Sie sollten sich trotzdem einige Fragen stellen. Wer hat Ihnen geraten, nicht zur Polizei zu gehen? Und wer ist jetzt bereits auf dem Weg nach Prag – aus freien Stücken?«

Carsten schüttelte den Kopf. Eher aus Trotz als aus Überzeugung. »Das ist nicht wahr. Sie lügen!«

»Die Entscheidung liegt bei Ihnen«, sagte Michaelis und seufzte. »Ich kann Sie nicht zwingen, mir zu glauben. Fragen Sie einfach Nina selbst. Sie erwartet Sie in Prag.«

»Ich fahre nicht mit Ihnen dorthin.«

Ein gutmütiges Lächeln erschien auf Michaelis' Zügen. »Ich glaube nicht, dass Sie eine andere Wahl haben. Erinnern Sie sich noch an unser erstes Gespräch? Ich versprach Ihnen damals das Abenteuer Ihres Lebens. Und glauben Sie mir, es hat gerade erst begonnen.«

Er gab den Männern an der Tür ein Zeichen. Beide machten einen Schritt nach vorne und stellten sich neben Carsten. Keiner fasste ihn an.

»An der Rückseite des Gebäudes wartet ein Wagen«, fuhr Michaelis fort. »Er wird uns zum Flughafen bringen. Ich habe gehofft, dass Sie einsichtig sein würden – ich hoffe es immer noch. Aber hier steht zu viel auf dem Spiel, als dass ich Rücksicht auf ihren lächerlichen Trotz nehmen könnte.«

Er ging zur Tür, blieb jedoch kurz vor Carsten noch einmal stehen. »Und hören Sie endlich auf, den Helden zu spielen. Keiner von uns ist einer.«

Carsten sah ihm nach, wie er in der Dunkelheit verschwand. Einer der beiden Männer nahm seine Taschenlampe, der andere löschte die Öllampe. Durch ein Labyrinth verfallener Korridore führten sie ihn hinauf ans Tageslicht. Die letzte Treppe endete mitten im Trümmerfeld hinter dem Redaktionsgebäude, im Schatten eines Schutthügels aus Stein und rostigem Metall. Durch einen Durchbruch in der hinteren Grundstücksmauer traten sie auf einen schmalen Feldweg, auf dessen anderer Seite die Wälder begannen. Die Mauer der Fichten schien mit einem Mal noch finsterer, noch bedrohlicher zu sein. Zum zweiten Mal hörte er in der Ferne das Stöhnen des Windes, den Atem der Wälder.

Ein schwarzer Mercedes erwartete sie. Michaelis stieg auf der Beifahrerseite ein, Carsten wurde von seinen Bewachern auf dem Rücksitz in die Mitte genommen. Der Fahrer war ein junger Mann mit Bürstenhaarschnitt.

Während der Fahrt nach Leipzig sprach niemand ein Wort. Am Flughafen fuhren sie gleich hinauf aufs Rollfeld, wo ein kleiner Privatjet auf sie wartete.

Die hintere Hälfte der Maschine war von der vorderen durch eine gepolsterte Trennwand abgeteilt. Michaelis verschwand durch die Zwischentür. Carsten blieb mit den beiden Bewachern zurück. Außer ihnen befand sich niemand in diesem Teil des Passagierraums. Einer der Männer wies ihm einen Platz am Fenster zu.

Als er sich in den gepolsterten Sitz fallen ließ, wurde ihm klar, dass er endgültig den Überblick verloren hatte. Wem konnte er vertrauen, wem nicht? Hatte Nina ihn wirklich während der ganzen Zeit belogen? Wenn ja, weshalb? Tat sie es für Geld oder aus Überzeugung? Als ob das einen Unterschied machte.

Nach dem Start bemerkte er die verstohlenen Blicke, die ihm die beiden Männer zuwarfen. Sie starrten auf sein Gesicht, und da erst begriff er, dass er weinte.

Michaelis hatte recht. Sie waren keine Helden.

# Dritter Teil

# Pakt

# Kapitel I

Die steile Gasse lag eingebettet zwischen zwei krummen Häuserzeilen und führte über eine Vielzahl von Treppen und Absätzen hinauf zum Hradschin. Die Prager Burg war von hier aus nur zu erahnen, ihre Türme und Zinnen lagen versteckt hinter den vornübergebeugten Dächern der alten Gemäuer. Zu beiden Seiten der Gasse schienen sich die spitzen, vorspringenden Giebel fast zu berühren, wie Haifischkiefer kurz vor dem Zuschnappen.

Von weiter unten, aus dem Gewirr der verwilderten Gärten und dunklen Paläste, den Parks und verfallenen Villen, drangen Geräusche herauf, vielfach verzweigt, als sei das Labyrinth der Gassen ein kompliziertes Adersystem, das eine totgeglaubte Stadt mit neuem Leben versorgte.

Zwischen Treppen, Türmen und Hinterhöfen flossen die Ströme der Melancholie. Fenn atmete tief ein und aus, saugte den Geruch von jahrhundertealtem Holz und Gestein in sich auf und ließ sich treiben. Vorbei an verzogenen Türen und winzigen Fenstern. Vorbei an gläsernen Lampenkästen, die aussahen, als gehe auch heute noch Abend für Abend der Nachtwächter an ihnen vorüber, um die Flammen zu löschen.

Längst waren Touristen mit Kameras und Boxershorts über weite Teile der Stadt hergefallen, doch hier, am Südhang des Hradschin, schien das Leben seinen Lauf zu nehmen wie vor Hunderten von Jahren. Gelegentlich tauchte ein Gesicht hinter den Sprossenfenstern auf, und einmal kam er an einer Gruppe spielender Kinder vorbei. Sonst aber schien die Gegend wie ausgestorben.

Er wusste, dass der Eindruck täuschte; hier und da hatte die Zivilisation ihre Spuren in Form von Satellitenschüsseln und Telefonleitungen hinterlassen, und aus einem offenen Fenster drang gedämpft amerikanische Rockmusik. Seit dem Fall des Eisernen Vorhangs nannte Prag sich Weltstadt, und dieser Status gab sich nicht allein mit den Cafés am Wenzelsplatz und Fremdenführungen über die Karlsbrücke zufrieden. Bald würde auch diese Gasse ihre Unschuld an Dollar, Yen und D-Mark verlieren.

Auf halber Höhe zur Burg kam er an einem brüchigen Torbogen vorüber, blieb stehen und trat nach kurzem Zögern hindurch. Dahinter lag, eingebettet in ein Quadrat aus grauem, gebeugtem Mauerwerk, ein winziger Hof. An seiner Stirnseite befand sich ein zweiflügeliges Tor; die eine Hälfte stand offen. Ein alter Mönch in brauner Kutte kam auf ihn zu und grüßte ihn auf Tschechisch.

Fenn erwiderte den Gruß und folgte dem Mönch ins Innere des Gebäudes. Der Mann führte ihn wortlos durch eine holzgetäfelte Eingangshalle und entlang eines Korridors, durch dessen Fenster zur Rechten ein kleiner, wildwuchernder Garten zu sehen war. Vor einem weiteren Tor blieben sie stehen. Der Mönch klopfte ehrerbietig gegen das dunkle, schmucklose Holz und wartete schweigend auf Antwort.

Es vergingen einige Sekunden, dann ertönte von innen die Aufforderung einzutreten. Der alte Mönch verschwand durch einen schmalen Türspalt, es dauerte einen Augenblick, dann tauchte er wieder auf und bat Fenn hinein. Er selbst blieb zurück und verschloss die Tür nach Fenns Eintreten von außen.

Fenn betrat einen hohen Bibliothekssaal. An den Wänden standen schmuckvolle Eichenregale voller Bücher, schwere Folianten, die seit Jahrhunderten ungelesen an ihren Plätzen verstaubten. In drei Metern Höhe umschloss den gesamten Raum eine hölzerne Balustrade, von der aus man zu weiteren, höhergelegenen Bücherregalen vorstoßen konnte. Die Decke war überzogen mit bleichen Malereien von Engeln, Göttern und himmlischen Schlachten. Dicke, flauschige Teppiche dämpften jeden Schritt zu einem unhörbaren Nichts. Auf der gegenüberliegenden Seite des Saals, gut fünfzehn Meter von Fenn entfernt, befand sich ein Durchgang in eine zweite Bücherhalle und von dort aus weiter in eine dritte und vierte. Ein Spiegel im letzten Saal erzeugte den Eindruck von Unendlichkeit.

An einem Tisch in der vorderen Halle saß ein Mönch, der sich bei Fenns Eintreten eilig erhob – Bruder Jacobus, der Abt des Klosters der Drei Kirchen und Hüter der Bibliothek. Das eigentliche Kloster lag rund dreißig Kilometer südlich der Stadt in einer einsamen Hügellandschaft, aber seine Bücherschätze waren bereits im vorigen Jahrhundert ins Zentrum ausgelagert worden, aus Angst vor den Plünderungen deutscher und russischer Armeen. Bruder Jacobus nahm trotz seines Alters – vor Jahren hatte er Fenn einmal erzählt, er sei bereits über siebzig – Tag für Tag die lange Fahrt in die Stadt auf sich, um persönlich für den Erhalt der Bibliothek zu sorgen. Innerhalb des Klosters gab es viele Kritiker und Neider, die ihn beschuldigten, seinen Aufgaben als Abt nicht gerecht zu werden. Jacobus scherte sich nicht darum, betete für ihre Seelen und ging weiterhin seinem bibliophilen Hobby nach.

»Fenn, mein Freund«, grüßte er, kam mit weit geöffneten Armen auf seinen Besucher zu und drückte ihn herzlich an die Brust.

Jacobus hatte schlohweißes Haar, buschige Augenbrauen und schmale, rissige Lippen. In seinem Blick schien stets ein fröhliches Funkeln zu glühen. Seine mächtigen Schultern und Oberarme hatten selbst im Alter nichts von ihrer Breite eingebüßt; als junger Mann musste er die Statur eines Holzfällers besessen haben. Die Kutte, die er trug, war ebenso schmucklos wie die seiner Untergebenen, seine Füße steckten in einfachen Leinenschuhen. Während der sechs oder sieben Besuche, die Fenn ihm im Laufe der Jahre abgestattet hatte, hatte der Abt nicht ein einziges Mal andere Kleidung getragen.

Einmal, als sie im Klostergarten über einigen Flaschen Wein saßen, hatte er Fenn anvertraut, dass er mehr als ein Dutzend jener Kutten besaß; in dieser Hinsicht unterscheide er sich nicht allzu sehr von einer Frau mit Sinn für üppige Garderobe. Fenn hatte höflich geschmunzelt, aber der Abt schüttelte sich vor Lachen. Noch Stunden später schien ihm die Bemerkung Freude zu bereiten. Jacobus spielte den Kauz mit passioniertem Ehrgeiz. Nur den wenigsten gewährte er einen Blick hinter die Kulissen seines Laientheaters.

»Was macht die Pferdezucht?«, fragte Fenn. Jacobus' zweite Leidenschaft neben der Bibliothek waren die Pferdeställe des Klosters.

»Um diese Jahreszeit grasen die Tiere draußen auf den Koppeln. Das spart viel Arbeit.« Jacobus sprach Deutsch mit leichtem Akzent. »Kürzlich hat eine unserer Stuten bei einem Wettkampf in England den dritten Platz belegt.«

»Was sagt der liebe Gott zu solchen Glücksspielen?«

»Keine Glücksspiele. Sport, mein Freund, purer Sport. Ich bin sicher, der Herr hat Verständnis dafür.«

Fenn sah sich um. »Gibt es eigentlich einen Menschen, der all diese Schinken liest?«

Jacobus runzelte nachsichtig die Stirn. »Alte Bücher sind wie guter Wein. Man muss sie nicht lesen, nur besitzen und pflegen. Wir hoffen, noch in diesem Jahr die sechzigtausend Exemplare zu überschreiten.«

»Eindrucksvoll«, sagte Fenn ohne großes Interesse.

Der Abt lächelte. »Statt Krieg zu führen, solltest du gelegentlich ein Buch lesen.«

Fenn schüttelte eilig den Kopf. »Derzeit habe ich andere Sorgen.«

»Bleibt es bei dem geplanten Termin?«

»Morgen Abend«, sagte Fenn und nickte. »Deine Brüder wissen Bescheid?«

»Sicher. In diesem Moment werden die letzten Vorbereitungen getroffen. Mach dir keine Gedanken, was unseren Teil der Vereinbarung angeht.«

»Ich wusste, dass ich mich auf dich verlassen kann.«

»Hattest du je Grund daran zu zweifeln?«

Fenn verneinte.

»Seit wann kennt Nawatzki den Treffpunkt?«, fragte der Abt.

»Die Botschaft müsste ihn heute Morgen erreicht haben.«

»Lässt ihm das nicht zu viel Zeit?«

Fenn hob die Schultern. »Auf alles andere hätte er sich nicht eingelassen. Er wird versuchen, in der Zeit, die ihm bleibt, alles über euch und das Kloster herauszufinden. Er hat die Mittel dazu.«

»Wird ihm das gelingen? *Alles* herauszufinden?«

»Es gibt keine Akten darüber. Das Ministerium hat seine Verbündeten stets zu schützen gewusst.«

»Das ist Unsinn, du weißt das. Wir haben jahrelang eure Leute aufgenommen und beherbergt. Dutzende, die verschwinden mussten, sind bei uns untergetaucht. Irgendwo ist all das dokumentiert.«

Fenn seufzte. »Sollte es Unterlagen über die Verbindungen des Klosters zu den Geheimdiensten geben, so liegen sie irgendwo unter Tonnen von alten Akten begraben. Nawatzkis Leute haben keine Chance, sie in so kurzer Zeit zu finden. Es müsste schon ein Wunder geschehen.«

»Es ist meine Berufung, an Wunder zu glauben.«

»Ihr könntet für uns beten.«

»Du könntest dich zur Abwechslung daran beteiligen.«

Fenn lächelte flüchtig. »Vielleicht später. Lass uns diese Sache erst zu Ende bringen.«

Jacobus sah ihn eine Weile lang mit einem rätselhaften Blick an, dann erwiderte er plötzlich das Lächeln. »Wohl denn, lass uns aufbrechen. Mein Fahrer bringt uns zum Kloster.« Er wandte sich um und machte einen Schritt in Richtung Tür.

»Jacobus?«

»Ja?«

Fenn grinste. »Man sagt nicht mehr *Wohl denn.* Es ist hoffnungslos veraltet.«

Jacobus zögerte. »Sind wir das nicht alle, mein Freund?«, fragte er. »Du und ich – hoffnungslos veraltet.«

Fenn lachte. »Ist das dein Ernst?«

Der Abt gab keine Antwort.

Das Flugzeug schob sich durch dunkle Wolkenformationen. Graue Nebelwände standen wie gemauert vor den Fenstern und schienen das Innere noch stärker von der Außenwelt abzuschotten. Carstens Ängste vervielfachten sich. Das erstickende Gefühl, seinen Bewachern hilflos ausgeliefert zu sein, wuchs von Minute zu Minute. Er balancierte ganz nahe am Abgrund einer hemmungslosen Panik. Die Innenbeleuchtung der Maschine verstrahlte helles, eisiges Licht, während es draußen stetig dunkler wurde. Er stellte sich vor, wie sie mit glühenden Fenstern durch die gewittrige Finsternis glitten, ein Raubvogel mit funkelnden Augen im Anflug auf die Beute.

Zum tausendsten Mal fragte er sich, ob Michaelis die Wahrheit gesagt hatte. Hatte Nina ihn wirklich ans Schweigenetz verraten? Es interessierte ihn nicht, ob Michaelis seinen Standpunkt für gerechtfertigt hielt, und es war ihm gleichgültig, was Fenn und seine Leute von Demokratie hielten. Wenn dieser ganze Konflikt einen politischen Hintergrund hatte, so ging er ihn nichts an. Ihn beschäftigte allein die Frage, welche Rolle ihm selbst im weiteren Verlauf dieser Schachpartie zugedacht war – denn mehr und mehr kam ihm das Ganze wie eine Schachpartie vor.

Die Könige waren Fenn und Nawatzki. Und die Königinnen? Sandra auf der einen, Nina auf der anderen Seite? Von beiden wusste er nicht, ob sie noch lebten, und falls ja, wo sie wirklich standen. Gehörte Sandra tatsächlich zu Fenns Gruppe – vorausgesetzt sie war nicht bereits 1985 bei einem Verkehrsunfall ums Leben gekommen? Und war Nina nicht ebenso ahnungslos wie er selbst zwischen die Fronten gestolpert?

In einem hatte Michaelis recht gehabt: Nina war wirklich die Erste gewesen, die ihn davon überzeugt hatte, nicht zur Polizei zu gehen. Aber musste das etwas bedeuten? Damals hatten ihre Argumente sinnvoll geklungen. Sie taten es auch heute noch.

Zu viele Fragen, auf die er keine Antworten wusste.

Außer jenen, die Michaelis ihm servierte.

Seine beiden Bewacher lasen Zeitung. Gelegentlich warfen sie ihm einen Blick zu, um sich dann weiter ihrer Lektüre zu widmen.

Plötzlich stand der eine auf. »Kaffee?«, fragte er.

Carsten schüttelte den Kopf.

Der Mann zuckte mit den Schultern, ging zur Zwischentür und öffnete sie. Für einen kurzen Moment konnte Carsten einen Blick in den vorderen Teil des Passagierraums erhaschen. Er sah zwei Männer, die schweigend in ihren Sitzen saßen. Erst als die Tür wieder geschlossen war, wurde ihm klar, dass er Nawatzki und von Heiden gesehen hatte. Ihre Gesichter flimmerten wie das Nachglühen einer grellen Lichtquelle hinter seinen geschlossenen Augenlidern.

Der Mann kam zurück und balancierte zwei Kaffeetassen in den Händen. Er setzte sich neben seinen Partner und reichte ihm eine Tasse.

Carsten sah wieder aus dem Fenster. Nach wenigen Zentimetern wurde sein Blick von der Wolkenwand verschluckt. Er versuchte, einen klaren Gedanken zu fassen, nachzudenken, wie er lebend aus dieser ganzen Geschichte herauskommen könnte. Er konnte nur abwarten. Vielleicht würde sich nach der Landung eine Möglichkeit bieten, seinen Bewachern zu entkommen. Aber er zweifelte daran.

Weitere Minuten vergingen, ehe plötzlich die Zwischentür aufging und Michaelis eintrat. Er lächelte aufmunternd und setzte sich neben Carsten.

»Ich vermisse die Instruktionen für den Notfall«, sagte Carsten finster. »Kommen Sie deshalb? Ich sehe keine Schwimmweste.«

»Es freut mich, dass Sie Ihren Humor nicht verloren haben, Herr Worthmann. Ich möchte, dass Sie sich bei uns wohl fühlen.«

»Das habe ich schon mal von Ihnen gehört, erinnern Sie sich? Das war, kurz bevor Sie mich noch tiefer in diesen ganzen Schlamassel hineingezogen haben.«

»Seien Sie nicht nachtragend«, erwiderte Michaelis. »Ich habe Ihnen meine Gründe geschildert.«

Carsten lächelte bitter. »Ja, sicher.«

»Wir werden in einer knappen halben Stunde landen. Ich dachte mir, Sie möchten vielleicht wissen, wie es anschließend weitergeht.«

»Einchecken, Stadtrundfahrt, der Rest des Tages zur freien Verfügung.«

Michaelis zeigte keine Reaktion. »Wir werden Sie an einen Ort bringen, an dem Sie Nina wiedersehen. Das Treffen mit Fenn findet morgen Abend statt. In einem alten Kloster außerhalb Prags.«

»In einem Kloster?«

»Ja. Fenn hat den Treffpunkt bestimmt. Wir befürchten, dass er versuchen wird, uns eine Falle zu stellen. Das Kloster wird seit heute Morgen von unseren Leuten beobachtet. Falls er auf die Idee kommen sollte, eine größere Anzahl Bewaffneter dort einzuschleusen, werden wir es bemerken.«

»Wenn er es nicht schon früher getan hat.«

»Natürlich. Aber, ehrlich gesagt, glaube ich nicht daran. Seine Gruppe ist auf ein mageres halbes Dutzend zusammengeschrumpft. Uns liegen keinerlei Hinweise vor, dass er versucht hat, weitere Männer anzuwerben. Nein, sollte er etwas versuchen, wird es von diesem kleinen Haufen ausgehen. Und, egal was es ist, wir werden damit fertig.«

»Nawatzki und von Heiden werden mit dabei sein?«

Michaelis nickte. »Sicher. Nur sie haben die nötige Autorität, um die Verhandlungen zu führen.«

»Ist das nicht gefährlich?«

»Nicht im Geringsten. Glauben Sie mir, wir sind gegen alles gerüstet.«

»Und welche Rolle soll ich dabei spielen? *Vermittler* ist eine sehr vage Bezeichnung.«

»Das stimmt«, erwiderte Michaelis. »*Lockvogel* wäre wahrscheinlich treffender. Aber seien Sie nicht beleidigt. Sie werden Ihren Auftritt bekommen.«

»Ich kann's kaum erwarten.«

»Sie sind ein Zyniker, mein Freund. Morgen, vor dem Treffen, werden Sie alles Nötige erfahren. Bis dahin sollten Sie Ihre Zeit mit Nina genießen.«

»Weil Sie uns danach umbringen?«

»Wir sind keine Barbaren. Ich dachte, zumindest so viel hätten Sie mittlerweile begriffen.«

Eine Weile lang sahen sie sich schweigend an. Keiner verzog eine Miene. Dann stand Michaelis auf und verschwand im vorderen Teil der Maschine. Carsten starrte ihm noch hinterher, als die Tür längst geschlossen war.

Falls sie ihn wirklich zu Nina brachten, was würde er ihr sagen? Und, wichtiger noch, was würde sie ihm zu sagen haben?

Fenn und Jacobus teilten sich die Rückbank einer russischen Limousine. Eine Glasscheibe trennte sie vom Fahrer. Fenn vermutete, dass bis zum Ende des Kalten Krieges nur Staatsmänner in diesem Fahrzeug kutschiert worden waren.

»Woher stammt der Wagen?«, fragte er.

Der Abt grinste. »Soweit ich weiß aus Rumänien. Ich habe ihn billig auf dem Schwarzmarkt erstanden. Der Kerl, der ihn mir verkaufte, wollte nicht sagen, wie er daran gekommen ist. Ich konnte trotzdem nicht widerstehen.«

Fenn schüttelte tadelnd den Kopf. »Erst Pferderennen, jetzt der Schwarzmarkt. Du bist ein feiner Mönch, Jacobus.«

Der Geistliche lächelte milde. »Ein wenig Luxus wird den Herrn nicht gegen mich aufbringen. Ich bin noch immer sein getreuer Diener.«

»Was sagen die anderen Mönche dazu, dass sich ihr Abt in einer solchen Karosse umherfahren lässt?«

»Nun, die wenigsten wissen davon. Ein Großteil meiner Brüder verbringt die meiste Zeit im Kloster. Nur einige Helfer in der Bibliothek und natürlich mein Freund dort vorne, der Fahrer, kennen den Wagen. Ich habe von euch gelernt, wie man Dinge geheim hält.«

Sie hatten die Außenbezirke Prags verlassen und fuhren auf einer Landstraße nach Süden. Rechts und links von ihnen wechselten dichte Wälder sich mit sanft ansteigenden Weinbergen ab. Nur ein einziges Mal durchquerten sie ein Dorf. Hier und da klebte ein einsamer Hof an den Hängen. Nach einer Weile verschwanden die Wälder, und auch die Weinstöcke blieben hinter ihnen zurück. Die Straße schlängelte sich eine Hochebene hinauf, auf der sich saftige Wiesen über eine weite Hügellandschaft ausbreiteten. Nur vereinzelt standen hier Bäume. Nirgendwo war ein Zeichen menschlicher Besiedlung zu sehen.

Nach weiteren fünf Minuten kamen sie an Pferdekoppeln vorbei, und dann, endlich, erreichten sie das Kloster der Drei Kirchen. Es lag in einem Tal zwischen zwei Hügeln, auf denen sich das hohe Gras raschelnd im Wind bog. Früher einmal hatten auf den Hügelkämmen Wachtürme gestanden, die die Mönche über die Jahrhunderte hinweg vor feindlichen Eindringlingen gewarnt hatten. Heute gab es diese Türme nicht mehr.

Das Kloster selbst war ein verschachtelter Komplex aus unzähligen Bauten. Schon aus der Ferne erkannte Fenn die Glockentürme der drei Kirchen, denen die Abtei ihren Namen verdankte.

Weit versprengt über die umliegenden Wiesen befanden sich Dutzende Pferde. Einige galoppierten verspielt über die Hügel, andere grasten friedlich in der Sonne. Fenn versetzte dieser Anblick einen Stich. Er brachte den Krieg in diese Idylle.

Die Limousine fuhr durch einen Torbogen auf den Hof des Klosters und hielt vor dem Eingang des Hauptgebäudes. Fenn strich seine losen Haarsträhnen zusammen und stopfte sie in das Gummi seines Pferdeschwanzes. Er stieg aus dem Wagen und folgte Jacobus ins Haus. Immer wieder begegneten sie Mönchen, einzeln oder in kleinen Gruppen, die ihren Abt und seinen Gast ehrerbietig grüßten. Durch ein Gewirr von Korridoren und Treppen gelangten sie in einen Seitenflügel des Klosters. Hier hatte Jacobus seine privaten Räume.

In einem großen Raum, vollgestopft mit alten Möbeln und Malereien, kam ihnen jemand entgegen.

»Fenn!« Eine junge Frau sprang auf Fenn zu und umarmte ihn.

»Maria«, sagte er sanft und lächelte. Er drückte sie kurz an sich und löste sich dann von ihr. Sie war groß und schlank und hatte ein schmales Gesicht, das ein wenig zu knochig war, um hübsch zu sein. Ihr dunkles Haar war kurzgeschnitten.

Hinter ihr erwarteten ihn drei Männer. Er schüttelte allen die Hand und begrüßte sie herzlich. Sie hatten sich zuletzt erst vor wenigen Tagen gesehen, aber die Erleichterung, alle gesund und unverletzt hier wiederzutreffen, ließ ihn aufatmen.

»Irgendwelche Nachrichten von den anderen?«, fragte er den Ältesten der drei, einen blonden Mann Ende vierzig. Er hatte das Versteck als Letzter verlassen.

Der Angesprochene schüttelte den Kopf. »Sie wollen Worthmann heute Nachmittag in Tiefental abholen. Ich hoffe, es gibt keine Probleme.

Fenn nickte. »Gut. Wir sollten keine Zeit verlieren.«

Er wandte sich an den Abt, der während der Begrüßung am Eingang zurückgeblieben war. »Jacobus, ich glaube, du solltest dabei sein. Was wir zu besprechen haben, geht dich ebenso an wie alle anderen.« Der Abt nickte und trat ein.

Nach der Landung schleusten seine beiden Bewacher ihn aus dem Flughafen und setzten ihn in einen Wagen. Der eine Mann kletterte zu ihm auf die Rückbank, der andere nahm Platz auf dem Beifahrersitz. Der Fahrer sprach kein Wort. Carsten nahm an, dass er Tscheche war.

»Wo bringen Sie mich hin?«, fragte Carsten.

»Warten Sie's ab«, erwiderte der Mann neben ihm, ohne ihn anzusehen.

»Kommen Michaelis und die anderen nicht mit?«

»Stellen Sie Ihre Fragen später. Wir sind nicht befugt, sie zu beantworten.«

Carsten beließ es dabei. Er starrte hinaus auf die Straße, aber sein Gehirn verarbeitete nur wenig von dem, was er sah. Er dachte an Nina. Die Akten, die Michaelis ihm gezeigt hatte, mochten Fälschungen sein, doch irgendetwas trieb ihn dazu, den Vorwürfen Glauben zu schenken. Vielleicht hatte sie wirklich für die Stasi gespitzelt. Viele hatten das getan, aus den unterschiedlichsten Gründen. Manche aus Überzeugung, andere, um sich Vorteile zu verschaffen. Und einige, weil man ihnen gedroht hatte. Vielleicht hatte man Nina Versprechungen gemacht. Er hätte an ihrer Stelle möglicherweise genauso gehandelt. Als ob sich nur ein Einziger von der Verlockung freisprechen konnte, die ein paar Notizen im Tausch gegen Privilegien bedeuteten.

Aber da waren die Zweifel. Er fühlte, dass er sich vor dem Treffen mit ihr fürchtete. Welchen Sinn hätte es für Michaelis gehabt, ihn und Nina auseinanderzubringen, sein Vertrauen in sie zu erschüttern? Die Antwort darauf war nicht schwer. Er wollte seinen Widerstand brechen, auf die eine oder andere Weise. Die Eröffnung über Ninas Vergangenheit – wahr oder erlogen – hatte ihn verunsichert. Keine neue Strategie. Raub deinem Gegner jeden Halt in den eigenen Reihen, und er wird selbst zum Verräter. Und war nicht genau das eingetreten? War er nicht selbst hier in Prag, um Fenn und die anderen *(Sandra?)* ans Netz auszuliefern? Großer Gott, er würde ein halbes Dutzend Menschen auf dem Gewissen haben, vielleicht noch mehr, ohne dass er sich ein einziges Mal dagegen gewehrt hatte!

Der plötzliche Gedanke stürzte ihn in heilloses Entsetzen. Sie hatten ihn so weit bekommen, ohne dass er auch nur den Versuch gemacht hatte, Widerstand zu leisten. *Das* war der Grund, warum Michaelis ihm diese Dinge über Nina erzählt hatte! Und er war blindlings in die Falle gerannt.

Einen Moment lang überdachte er seine Chancen, aus dem fahrenden Auto zu springen und zu fliehen. Sinnlos. Er würde sich den Hals brechen. Zudem sah der Mann neben ihm nicht aus, als würde er ihn auch nur bis zum Türgriff kommen lassen.

Vergiss es! Warte ab, bis du bei Nina bist, und entscheide dann, was zu tun ist.

Der Wagen steuerte durch schmale Seitenstraßen tiefer ins Stadtzentrum. In einiger Entfernung sah er den Hradschin über den Dächern thronen wie einen steinernen Götzen. Die Türme und Dächer der Burg erschienen ihm düster und bedrohlich. Er hätte niemals hierherkommen dürfen.

Sie hielten vor einem alten Haus, das sich durch nichts von den anderen des Viertels unterschied. Dunkle, rissige Fassade, blinde Fenster, keine Aufschrift oder Klingelschilder. Auf der Straße roch es nach gekochtem Kohl. Die beiden Männer führten ihn durch einen schmalen Gang ins Treppenhaus und von dort in den zweiten Stock. Sie hielten vor einer Tür am Ende eines düsteren Korridors. Der Schlüssel steckte. Einer der Männer drehte ihn herum und öffnete.

»Hier hinein, bitte«, sagte er.

Carsten folgte der Anweisung und trat ein. Die Männer blieben draußen und zogen die Tür zu. Er hörte, wie der Schlüssel zweimal herumgedreht und abgezogen wurde. Dann entfernten sich ihre Schritte.

Nina hockte auf einer Matratze am Boden. Sie hatte geweint und sah ihn aus geröteten Augen an. Ihr helles Sweatshirt war voll dunkler Flecken. Einen Augenblick lang dachte er, es sei Blut, aber dann bemerkte er die zersprungene Kaffeekanne und das sternförmige Muster, das sie an der Wand hinterlassen hatte. Nina musste sie in ihrer Wut dagegen geschleudert haben.

Sie stand nicht auf, als er auf sie zuging.

»Sie haben es dir gesagt, nicht wahr?«, fragte sie mit tonloser Stimme. Die Worte waren so leise, dass er Mühe hatte, sie zu verstehen.

»Ja.« Er war nicht mehr wütend. Nur noch müde. Müde und enttäuscht.

»Glaubst du ihnen?«

Er setzte sich neben sie und ergriff ihre Hand. Einen Moment lang überlegte er, ob es gut sei, wenn sie jetzt weiterreden würden. Es musste wohl sein.

»Ich weiß nicht«, sagte er. »Sag du mir, ob es die Wahrheit ist.«

Sie schloss für mehrere Sekunden die Augen. Unter den Rändern glitzerte es. Als sie die Lider wieder hob, rollten zwei Tränen über ihre Wangen.

»Sie haben mir gesagt, sie hätten meine Akte«, flüsterte sie. »Sie haben sie dir gezeigt, oder? Wie soll ich es da abstreiten.«

Er schüttelte den Kopf. »Es interessiert mich nicht, ob du für die Stasi Berichte geschrieben hast; es ist mir gleichgültig.« Seine Finger schlossen sich fester um ihre Hand. »Ich will nur wissen, was mit mir ist.«

Ihre Blicke trafen sich. Verwunderung blitzte in Ninas Augen.

»Was meinst du?«, fragte sie.

Dass sie sich ahnungslos stellte, machte ihn wütend. »Du hast mich bespitzelt. Für Michaelis.«

Sie zuckte zurück, als hätte er sie mitten ins Gesicht geschlagen. »Sagen sie das? Großer Gott, ist es *das,* was sie sagen?«

Er sprang auf und ging mit zwei großen Schritten zum Fenster. Er spürte, wie die Anspannung und der Zorn der vergangenen Tage in einer großen Woge über ihn hinwegdonnerten. »Es stimmt doch, oder? Sag mir verdammt nochmal, ob es stimmt!«

Immer noch mit einem Ausdruck völliger Verwirrung starrte sie ihn an. »Aber … das kann doch nicht …«

*»Sag mir endlich die Wahrheit!«*, schrie er.

»Nein!«, brüllte sie zurück. »Wenn sie das behaupten, lügen sie.« Er sah, dass ihre Hände zitterten. Ihm selbst ging es nicht besser.

Er löste den Blick von ihr und sah aus dem Fenster. Durch die schmutzige Scheibe konnte er einen finsteren Hinterhof erkennen. »Michaelis sagt, du hättest mich während der ganzen Zeit für sie bespitzelt.«

Sie schüttelte verständnislos den Kopf, als begreife sie überhaupt nicht, was er da sagte.

»Du hast mir geraten, nicht zur Polizei zu gehen«, fuhr er fort. Er konnte ihr immer noch nicht in die Augen sehen. »Außerdem bist du freiwillig hierhergekommen, sagt Michaelis.«

*»Freiwillig!«* Sie sprang mit einem Satz auf und trat auf ihn zu. »Glaubst du das wirklich? Lieber Gott! Ja, es stimmt, dass ich ein paar Berichte für das Mfs geschrieben habe. Aber das ist über drei Jahre her. Damals war ich nicht mal zwanzig, und sie haben mir die Wohnung besorgt, auch ohne Hochzeit. Ich habe ein paar Dinge über Frauen aus dem Kinderhort geschrieben, sonst nichts. Kein Wort über Sebastian!« Sie schluckte bei der Erinnerung und schüttelte noch einmal den Kopf, ganz langsam. »Aber über dich? Für Michaelis? Das ist absurd. Sieht das hier für dich aus, als sei ich freiwillig hier? Ja? Ich kann dir sagen, wie ich hierhergekommen bin. Ein Mann und eine Frau standen plötzlich in meiner Wohnung, holten mich aus dem Bett und warfen mich in einen Lieferwagen. Und ein paar Stunden später war ich in Prag, in dieser Bruchbude hier. Und du glaubst, ich hätte das freiwillig getan?« Sie ließ den Kopf sinken

und lehnte sich gegen die Wand, als hätte sie jedes einzelne Wort zu viel Kraft gekostet. »Das ist doch alles nicht wahr«, flüsterte sie.

»Was ist mit der Polizei?«

Sie sah ihn wieder an, aber er wich ihrem Blick aus. »Ich hatte Angst«, sagte sie. »Genau wie du. Was glaubst du, hätten sie getan, wenn wir die Sache gemeldet hätten? Denkst du wirklich, dann wären wir beide hier? Wahrscheinlich hätten sie uns in irgendeinen See geworfen, wie diesen Kirchhoff.«

Er war völlig durcheinander. In seinem Kopf schien ein Wespenschwarm zu nisten, der summend und stechend nach einem Ausweg suchte. Plötzlich wollte er sie nur noch in die Arme nehmen, ihren Herzschlag und die Wärme ihrer Haut spüren. Aber er brachte es nicht über sich nach dem, was er ihr vorgeworfen hatte. Vielleicht war es besser so.

»Und glaubst du nicht«, fuhr sie fort, »dass sie schon viel früher eingegriffen hätten, wenn ich ihnen alle Informationen gegeben hätte, die sie brauchten? Was ist mit deinem ersten Treffen mit Fenn in Leipzig? Meinst du nicht, sie hätten uns niemals bis nach Thale kommen lassen, wenn sie davon gewusst hätten? Wem glaubst du eher, mir oder einem Mann, der wer weiß wie viele Menschen auf dem Gewissen hat? Siehst du denn nicht, was er mit uns tut?« Ihre Stimme klang jetzt verzweifelt, aber sie weinte nicht mehr. »Sie werden uns ohnehin umbringen.«

Die Nähe ihres Körpers machte ihn schwächer und schwächer. Er wusste, dass sie recht hatte. Doch gleichzeitig war da die Verwirrung in seinem Kopf. Es wäre so leicht gewesen, wenn es jemanden gäbe, dem er die Schuld an all dem zuschieben konnte. Jemanden, den er verletzen könnte, einfach nur, um sich danach besser zu fühlen. Aber Nina war unschuldig – unschuldiger als jeder andere, der mit in dieser Sache hing. Er selbst hatte sie mit hineingezogen, genau wie Sebastian und Sven Kirchhoff. Ohne ihn wären beide noch am Leben. Er durfte nicht zulassen, dass es ein drittes Mal geschah. Mit einem Mal wurde ihm klar, dass er eher sterben würde, als zuzulassen, dass sie ihr etwas antaten.

Er spürte, wie sie sich näher an ihn heranschob, wie sich erst ihre Arme, dann ihre Oberkörper berührten. Er fühlte das schnelle Pochen über ihrer Brust, das Rasen ihres Pulsschlages. Er roch sie, schmeckte sie. Plötzlich fühlte er, wie ihm Tränen übers Gesicht liefen, nass und heiß wie Blut. Er weinte zum zweiten Mal innerhalb weniger Stunden, und wieder spürte er kein Schamgefühl. Nein, es war gut. Es half ihm, zu vergessen. »Es … es tut mir leid«, flüsterte er, als sie ihr Gesicht an seine Schulter drückte. »Es tut mir so schrecklich leid.«

Da war kein schlechtes Gewissen mehr, als er sie fester an sich zog, das Gesicht in ihrem Haar vergrub und seinen Tränen freien Lauf ließ. Er wollte ihr sagen, dass er sie liebte, jetzt und wirklich und immer.

Als hätte sie es geahnt, hob sie den Kopf, sah ihm in die Augen und flüsterte leise: »Sag es nicht.«

Sie küssten sich, fingerten an Knöpfen und Verschlüssen, streiften ihre Kleidung ab und kümmerten sich nicht darum, ob jemand lauschte oder zusah.

Ich liebe sie wirklich, dachte er, als sie auf die Matratze sanken. Sandra war niemals so tot wie in diesem einen Augenblick.

Am frühen Abend des folgenden Tages kam Michaelis zu ihnen ins Zimmer. Er trug einen schwarzen Mantel, der sich unter seiner linken Schulter ausbeulte. Er ist bewaffnet, dachte Carsten. Entweder bringen sie uns jetzt um oder …

»Es geht los«, sagte Michaelis.

Hinter ihm trat ein blonder Mann herein, ihm folgte eine junge Frau mit wallendem roten Haar. Sie war hübsch, zweifellos, aber da war etwas in ihrem Blick, etwas Lauerndes, Tückisches. Beide trugen schwarze Overalls. Nina stieß ihn unauffällig mit dem Ellbogen an. Das waren die beiden. Das Pärchen, das sie entführt hatte.

»Wo bringen Sie uns hin?«, wollte Nina wissen.

»Hat Ihr Freund Ihnen das nicht erzählt?«, fragte Michaelis erstaunt.

Natürlich hatte er.

»Sie werden uns beide zu unserer Verabredung mit Fenn und seinen Leuten begleiten.«

»Und weiter?«, fragte Carsten.

»Wir werden sehen. Machen Sie sich keine Sorgen.« Er sagte nicht *Niemand wird Ihnen etwas zuleide tun.* Die Zeit der Heuchelei war endlich zu Ende.

Carsten lächelte plötzlich. »Hat Ihnen die Show gefallen?«

Überraschung huschte über Michaelis' Gesicht. »Wie meinen Sie das?«

»Sie haben zugesehen, nicht wahr? Oder wenigstens an der Tür gelauscht.«

»Lassen Sie das«, sagte Michaelis barsch. Die Bemerkung hatte ihn unvorbereitet getroffen. Ein kleiner Triumph, den Carsten sich gönnte.

Michaelis' Verunsicherung hielt nur für einen Moment an, dann wandte er sich zur Tür. Der Mann und die Frau traten zur Seite, um ihn durchzulassen, blieben selbst aber beide im Zimmer. Der Mann warf ihnen eine Plastiktüte zu.

»Ziehen Sie das an«, sagte er. Beide trugen ebenfalls Schulterhalfter aus schwarzem Leder. Carsten fragte sich, womit sie die prallen Overalltaschen gefüllt hatten. Munition, vielleicht. Nina packte einen Stapel gefalteter Kleidungsstücke aus der Tüte. Für beide je ein weißes Sweatshirt und helle Jeans. So geben wir bessere Zielscheiben ab, vermutete Carsten.

»Was passiert, wenn wir das nicht anziehen?«, fragte er.

Der Mann verzog keine Miene. »Reden Sie keinen Blödsinn, und tun Sie, was ich gesagt habe.« Er zog keine Pistole; das war nicht nötig.

Sie wechselten ihre Kleidung, wie er es verlangt hatte, und folgten dann den beiden hinaus auf den Flur. Die Tür des Nebenzimmers stand offen. Carsten erkannte im Vorbeigehen elektrische Geräte und einen Kopfhörer. Er hatte recht gehabt. Man hatte ihnen zugehört.

Vor dem Haus standen drei dunkle Mercedes-Limousinen und

blockierten die Straße. Als sie hinaustraten, schlossen sich gerade die Türen der ersten beiden. Er nahm an, dass Michaelis, Nawatzki und von Heiden darin saßen. Das Pärchen führte sie zum dritten Wagen und schob sie auf die Rückbank. Die Frau nahm hinten mit ihnen Platz, der Mann setzte sich neben den Fahrer. Die Kolonne fuhr los.

Sie würden sie erschießen. Spätestens nach dem Treffen würde Michaelis sie töten lassen. Carsten hoffte, dass er zuvor noch einmal Nawatzki und von Heiden ins Gesicht sehen konnte. Nicht, dass es sie beeindrucken würde.

Nina tastete nach seiner Hand und hielt sie fest. Das weiße Sweatshirt stand ihr gut. Es war grotesk. Einmal kam ihm der Gedanke, dass es das Weiß von Leichenkleidern war, klinisch sauber, biologisch abbaubar. Fast hätte er sich übergeben.

Prag hatte ein Nachtgewand aus funkelnden Diamanten übergestreift. In der Dunkelheit leuchteten Fenster und Leuchtreklamen wie Edelsteine. Die Lichter am klaren Sternenhimmel verblassten dagegen zur Bedeutungslosigkeit. Carsten blickte zu Nina hinüber und sah, dass sie lächelte. Fast ein wenig verträumt. Störe sie nicht, dachte er, an was immer sie gerade denken mag.

Sie passierten die Stadtgrenze und glitten hinaus in die Dunkelheit der Wälder und Hügel. Die schwarzen Umrisse der Bergrücken sahen aus wie schlafende Riesen.

Irgendwann bemerkte er den schweren Transporter, der ihnen in einiger Entfernung folgte. Langsam, als gehöre er nicht zu ihnen. Er konnte sich denken, was der Wagen geladen hatte.

»Die Nachhut?«, fragte er, an die Frau gewandt.

Sie funkelte ihn mit einem Blick aus ihren grünen Katzenaugen an und gab keine Antwort. Als ob das nötig wäre.

Der kleine Konvoi passierte öde Hügelketten. Ein scharfer Wind peitschte über die Hänge und jaulte gegen die Scheiben. Einmal geriet der Wagen in eine starke Bö und kam für einen Moment ins Schlenkern. Der Fahrer fing ihn problemlos ab.

Schließlich erreichten sie das Kloster. Seine dunklen Formen schälten sich wie alte Gebeine aus der Nacht. Ein paar Fenster waren schwach erleuchtet, ansonsten lag der Komplex in undurchdringlicher Finsternis. Als Carsten sich umdrehte, sah er, dass der Transporter verschwunden war. Er musste irgendwo auf den letzten Kilometern zurückgeblieben oder abgebogen sein. Soweit er sich erinnerte, war dort nichts gewesen außer einer Hand voll schmaler Feldwege.

Nawatzki und von Heiden mussten sich sehr sicher fühlen, denn sie ließen die drei Limousinen ohne Zögern durchs Tor auf den Hof des Klosters fahren. Wenn dies eine Falle war, stolperten sie scheinbar arglos mitten hinein.

Aber Carsten glaubte nicht an einen solchen Fehler. Sie hatten einen Trumpf in der Hinterhand.

Zu seiner Überraschung hatte man im Kloster zumindest äußerlich keine besonderen Vorkehrungen getroffen. Er sah zwei Mönche, die schweigend und in sich versunken über den Hof wandelten und von den Besuchern keinerlei Notiz zu nehmen schienen. Sie hätten sich keinen friedlicheren Empfang wünschen können.

Als die Wagenkolonne zum Stehen kam, öffnete sich die Tür des Haupthauses. Ein V-förmiges Lichtmuster kroch über den Hof. Im hellen Quadrat des Eingangs erschienen mehrere Silhouetten.

Ihre beiden Bewacher öffneten die Türen und drängten sie ins Freie. Aus dem vorderen Wagen stiegen fünf Männer in dunklen Anzügen. Leibwächter. Die Türen der mittleren Limousine öffneten sich, und heraus stiegen Nawatzki, Michaelis und von Heiden. Die beiden Verlagsleiter trugen graue Jacketts und Hosen mit Bügelfalten. Ein eisiger Windstoß streifte die Gruppe. Michaelis zog seinen schwarzen Mantel enger um den Körper. Carsten fiel auf, dass er und Nina die Einzigen waren, die helle Kleidung trugen. In der Nacht schienen sie zu leuchten.

Die Gruppe im Eingang des Klosters setzte sich langsam in Bewegung.

Die Rothaarige beugte sich zu Carsten und Nina vor. »Sie werden keine Dummheiten machen, nicht wahr?«, flüsterte sie gerade laut genug, dass beide es hören konnten. Sie löste den Verschluss ihres Schulterhalfters.

Beide gaben keine Antwort. Der Mann und die Frau gaben ihnen ein Zeichen vorwärtszugehen. Sie führten sie an Nawatzki und von Heiden vorbei, weiter nach vorne zur Besatzung des ersten Wagens und schließlich an die Spitze der Gruppe. Carsten bemühte sich im Vorbeigehen einen Blick der beiden aufzufangen, aber die Männer schienen ihn nicht einmal zu beachten. Ihre Augen waren starr auf die gegnerische Delegation gerichtet. Nachdem sie sich, begleitet von ihren beiden Bewachern, vorne postiert hatten, zogen der Mann und die Frau ihre Waffen und richteten sie auf seinen und Ninas Kopf. Er spürte die Pistole der Rothaarigen nur wenige Zentimeter neben seiner Schläfe. War es das, worauf sie es angelegt hatten: eine Exekution vor den Augen ihrer Gegner? Eine kleine Darbietung als eindrucksvolle Ouvertüre der Verhandlungen? Er spürte, wie seine Beine bebten.

»Es ist unhöflich, gleich die Waffen zu ziehen«, sagte eine der Gestalten. Carsten erkannte Fenn. Hinter ihm standen drei Männer und eine Frau mit kurzem Haar. Er wusste nicht, wie Sandra heute aussah, aber so sehr konnte sie sich nicht verändert haben. Wieder kamen ihm Zweifel daran, ob Fenn die Wahrheit gesagt hatte. War Sandra wirklich noch am Leben? Irrsinnigerweise fiel ihm gerade jetzt die Frage ein, weshalb er niemals nach ihrem Grab gesucht hatte.

Und wenn du es gefunden hättest, was dann? Ein Loch buddeln und reinschauen?

Auch Fenn erkannte ihn, und Carsten bemerkte für einen Moment maßloses Erstaunen auf seinem Gesicht. Offenbar hatte er sie beide als Letzte hier erwartet. Der ehemalige Agent überspielte seine Überraschung mit einem Lächeln.

»Tut mir leid, dass es so weit gekommen ist. Ich hätte Ihnen das gerne erspart«, sagte er.

Carsten versuchte, das Lächeln zu erwidern, aber es wurde kaum mehr als ein Zucken daraus. Aus der Pistolenmündung an seiner Schläfe schien ein eisiger Lufthauch zu wehen. Er griff nach Ninas Hand, aber der Mann mit der Waffe trennte sie.

»Nun gut«, sagte Fenn jetzt lauter. »Wir haben die beiden gesehen,

Nawatzki. Ich muss sagen, dass Sie mich damit nicht sonderlich beeindrucken können. Diejenige, auf die Sie damit vielleicht eine Wirkung erzielen könnten, kann heute leider nicht an unserem kleinen Rendezvous teilnehmen.«

Carsten hörte Schritte hinter sich, als die Gruppe der Leibwächter um Nawatzki und von Heiden einige Meter nach vorne rückte. Er wagte nicht, sich umzusehen.

»Möchten Sie unsere Angelegenheit hier draußen auf dem Hof besprechen, Fenn?«, hörte er jetzt Nawatzkis schneidende Stimme.

Der Agent schüttelte den Kopf. »Aber nicht doch. Folgen Sie uns bitte ins Haus.«

Würden sie das wirklich tun? Konnten sie so dumm sein und ein Gebäude betreten, über das sie nichts wussten? Andererseits wenn Fenn so selbstverständlich davon ausging, dass Nawatzki mit ihm gehen würde, gab es vielleicht tatsächlich keine Falle. Die beiden Parteien würden sich einigen und im Anschluss gab es, als Dessert, zwei Hinrichtungen. Hör auf damit, dachte er. Hör endlich auf damit.

Der Tross um Nawatzki, Michaelis und von Heiden setzte sich in Bewegung. Er selbst und Nina blieben vorne und traten gleich hinter Fenn und seinen Leuten ins Innere des Klosters. Kühles Dämmerlicht umfing sie. Wieder griff er nach Ninas Hand, und diesmal hinderte ihn niemand daran.

## Kapitel 2

Viktor konnte die Kameras nicht sehen, aber er wusste, dass er sich mit jedem Schritt tiefer in ihre heimliche Umarmung begab. Der unsichtbare Beobachter, oben, im alten Überwachungsraum, konnte ihn jetzt sehen. Viktor stellte sich vor, wie winzige Objektive lautlos ihre Brennweite verstellten, näher an sein Gesicht zoomten, ihre Schärfe regulierten. Der Beobachter würde jede Bewegung auf seinen Bildschirmen verfolgen, so, wie es die Überwacher der Staatssicherheit getan hatten – damals, als man ihn hinauf ins Zimmer mit den Monitoren und Kopfhörern geführt hatte. Er war ein Künstler von Rang gewesen und hatte gute Kontakte zum Leiter der örtlichen Mfs-Vertretung gehabt. Sein Interesse hatte dem Stasi-Mann geschmeichelt. Damals hatte ihn der Offizier in das Geheimnis des Beobachtungsraumes eingeweiht. In jeder größeren Stadt wäre so etwas undenkbar gewesen; in einem Kaff wie Tiefental, wo jeder jeden kannte, war es möglich. Der Mann hatte ihm vertraut. Zu Recht.

Seit dem frühen Abend lag er auf der Lauer. Gegen neunzehn Uhr hatte Steinberg, der alte Wachmann, seinen Posten hinter der Rezeption des Redaktionsgebäudes bezogen. Seitdem hatte niemand mehr das Haus betreten oder verlassen. Die Redakteure waren längst fort, die Lichter hinter den Fenstern erloschen. Demnach befand sich jetzt außer dem Wachmann nur noch eine einzige Person im Gebäude: der Mann oben im Beobachtungsraum. Es war längst an der Zeit, ihn auszuschalten.

Viktor war nicht mehr der Jüngste – zweiundsechzig Jahre alt, und seine Ausbildung lag Jahrzehnte zurück –, aber noch konnte er mit einer Pistole umgehen. Es war ein eigenartiges Gefühl, nach all den Jahren den Pinsel wieder gegen den kalten Griff einer Waffe einzutauschen. Nur er konnte diese Aufgabe übernehmen. Er kannte als Einziger den Raum, und Fenn brauchte den Rest seiner Leute für wichtigere Dinge. Er hoffte verzweifelt, dass in Prag alles laufen würde wie geplant.

Um das Gebäude zu erreichen, gleichgültig aus welcher Richtung, musste er durch das Sichtfeld der Kameras. Wohl oder übel. Wenn er einmal an der Mauer war, war der Rest ein Kinderspiel. Nein, kein Kinderspiel, verbesserte er sich. Es war immer noch schwierig genug. Der Beobachter war gewarnt. Er würde wissen, dass sich jemand im Haus herumtrieb, und auf der Hut sein.

Viktor ging weiter über den dunklen Vorplatz, so locker und ungezwungen wie möglich. Aus den Wäldern wehte ein kühler Wind herunter. Die Nacht lag schwarz und bedrohlich über der Stadt. Die ehemalige Stasizentrale wuchs mit jedem seiner Schritte höher in den finsteren Himmel, wie ein steinerner Koloss, der sich langsam zu voller Größe aufrichtete.

Sein Selbstbewusstsein schwand mit jedem Schritt. Fenn hatte ihn gewarnt. Du bist zu alt, hatte er gesagt. Aber Viktor hatte nur den Kopf geschüttelt. Ich schaffe das schon. Als ob er es noch nötig hätte, sich selbst etwas zu beweisen.

Noch fünf Meter. Dann war er an der Mauer. Er schlenderte daran entlang, als suche er etwas auf dem Boden, das er früher hier verloren hatte. Er glaubte nicht, dass der Beobachter sich nur einen Moment davon täuschen ließ. Egal. Weiter.

Er bog um die linke Ecke des Gebäudes. Die Seitenwand reichte hier nur wenige Schritte in die Tiefe, dann stieß sie gegen die alte Stadtmauer. Genau in der Mitte der Wand befand sich ein Fenster. Es lag im toten Winkel der Kameras und war seit Jahrzehnten zugemauert. Der Mörtel war alt und bröcklig. Viktor presste mit aller Kraft beide Hände dagegen und spürte, wie die Steine nachgaben. Schweiß brach ihm aus allen Poren. Sein Herz pochte. Alles musste jetzt sehr schnell gehen. Er musste hineinkommen, ehe der Beobachter ahnte, wo er sich befand, und ihn auf der Innenseite erwartete.

Jetzt! Mit einem trockenen Knirschen gab die morsche Mauer nach und kippte nach innen. Polternd krachten die Steine auf den Boden. Eine Staubwolke stieg auf und verdeckte sekundenlang die Sicht. Hochklettern, einsteigen, loslaufen. Viktor unterdrückte den starken Hustenreiz, den der Staub in seinen Lungen verursachte, stolperte über den Steinhaufen hinweg und glitt vorwärts in die Dunkelheit. Er zog die Pistole aus seiner Jacke und richtete sie sichernd nach vorne. Der Raum war leer. Eine offene Tür auf der anderen Seite sah aus wie ein klaffendes Maul. Er konnte nicht erkennen, was dahinter lag.

Waren das Schritte? Nein. Vielleicht eine Ratte. Vielleicht auch nur Einbildung. Viktor lief so schnell er konnte zur Tür, verharrte kurz an der Wand daneben und sprang dann mit der Waffe im Anschlag hinaus auf den Gang. Niemand zu sehen. Kein Wunder, bei der Dunkelheit.

Er hätte eine Taschenlampe benutzen können – zur Sicherheit trug er eine in der Innentasche seiner Jacke, zusammen mit drei gefüllten Magazinen –, aber er fürchtete, dass ihr Schein schon von weitem seinen Aufenthaltsort verraten hätte. Er musste versuchen, so weit wie möglich ohne Licht auszukommen.

Zuallererst galt es, aus diesem Teil des Gebäudes zu verschwinden. Es kam immer wieder vor, dass Personen ins Haus einbrachen, und nicht jeder hatte es auf Ärger abgesehen. Aber er bezweifelte, dass der Beobachter ihn als harmlos einstufen würde. Der Mann kannte sein Gesicht, wenn nicht von früher, dann von seinen Besuchen in der Redaktion. Wahrscheinlich wusste er sogar, dass Viktor zu Fenns Leuten gehörte. Er *würde* ihn suchen, zweifellos. Und Viktor durfte nicht zulassen, dass er selbst zum Gejagten wurde. Zur Not würde er sich für die nächsten Stunden irgendwo verstecken und erst zuschlagen, wenn sein Gegner nicht mehr mit ihm rechnete. Seine Stärke war der Angriff aus dem Hinterhalt. Nur so konnte er den anderen schlagen. Aber er war längst nicht mehr so zuversichtlich wie noch vor wenigen Stunden. Trotzdem – er hatte die Sache begonnen und musste sie zu Ende bringen.

Geduckt und immer noch mit der Waffe im Anschlag lief er nach links, tiefer ins Gebäude hinein. Ganz langsam gewöhnten sich seine Augen an die Dunkelheit.

Der Gang war völlig leer. Keine alten Möbel, keine Bilder. Das, was von der Tapete übrig geblieben war, hing in feuchten, ausgefransten Fetzen von der Wand. Sie erinnerten ihn an Teufelszungen aus Boschs Höllenvisionen. Nimm nur dem anderen die Arbeit ab, und mach dich selber fertig, dachte er.

Die Ungewissheit machte ihm zu schaffen. Hatte der Beobachter sich auf die Suche nach ihm gemacht oder nicht? Saß er immer noch in seinem Überwachungsraum im Westflügel? Oder lauerte er vielleicht nur wenige Schritte entfernt in den Schatten? Viktor musste mit allem rechnen. Selbst damit, dass der Beobachter ausgerechnet heute nicht alleine war und er es plötzlich mit mehreren Männern zu tun haben würde.

Er erreichte eine Stelle, an der sich der Korridor mit einem anderen kreuzte. Die Türen rechts und links waren geschlossen. Er nahm an, dass dahinter früher die Insassen untergebracht waren, damals, als der Komplex noch eine Heilanstalt gewesen war.

Ein Rascheln ließ ihn herumfahren. Diesmal sah er, dass es eine Ratte war. Sie huschte nur wenige Meter vor ihm über den Gang und verschwand in einem Mauerdurchbruch. Gute Augen hin oder her – er war kein junger Mann mehr. Das Alter hatte ihn schreckhaft gemacht.

Er musste sich jetzt entscheiden. Warten oder der Weg in den Westflügel. Noch einmal horchte er auf Schritte oder andere verräterische Laute. Dann wusste er, was er zu tun hatte. Es gab zahlreiche Treppen in dem Gemäuer. Er würde eine der abgelegeneren Treppen nehmen, um hinauf in den dritten Stock und von dort aus nach Westen zu kommen. Er wollte die Sache so schnell wie möglich hinter sich bringen.

Weiter. Der Gang endete an einer Tür. Wütend stellte er fest, dass sie verschlossen war. Sie aufzubrechen würde zu viel Lärm machen. Also ein anderer Weg. Er schlich den Korridor zurück und blickte durch den Durchbruch, in dem die Ratte verschwunden war. Dahinter sah er ein dunkles, fensterloses Zimmer. Der Schein der fernen Straßenlaternen reichte nicht mehr bis hierher. Es war stockdunkel. Fast. Auf der gegenüberliegenden Seite glaubte er eine Tür zu erkennen. Von dort aus konnte er auf einen Parallelgang gelangen, der zu einer Treppe führte. Es bestand die Gefahr, dass er sich irrte, aber das Risiko war kalkulierbar. Im schlimmsten Fall würde er einen kleinen Umweg machen. Darauf kam es jetzt nicht mehr an.

Er stieg durch die schulterhohe Öffnung und wurde von der Finsternis verschluckt. Er sah schwach den Umriss der Tür vor sich, konnte aber in der Dunkelheit die Entfernung nicht abschätzen. Vielleicht sechs, sieben Meter. Er machte ein halbes Dutzend Schritte. Dann hörte er einen Laut.

Die Ratte, dachte er.

Das Geräusch wiederholte sich.

Es kam nicht aus diesem Raum!

Es kam von der Tür. Aus dem Gang, der dahinter lag.

Da, noch einmal! Ein Knirschen, wie von rostigen Scharnieren. Jemand ging den Korridor entlang und kontrollierte die Zimmer! Wieder das Geräusch einer Tür, die aufgestoßen wurde. Es kam aus dem Raum nebenan. Das Zimmer, in dem er sich befand, war als nächstes an der Reihe.

Viktor zögerte nur eine Sekunde. Er überlegte, ob er einfach abwarten und es auf eine direkte Konfrontation ankommen lassen sollte. Nein, zu gefährlich. Zurück zum Mauerdurchbruch und fliehen? Keine Zeit. Also ein Versteck. In diesem Raum. Dabei konnte er nicht einmal erkennen, ob sich irgendwo in der Dunkelheit Möbel befanden. Blind tastete er sich vor, schlug sich seitwärts in die Finsternis, fühlte eine Holzoberfläche. Ein Schrank! Er zog am Griff. Die Klappe öffnete sich, er huschte hinein. Spinnweben legten sich wie eine zweite Haut über sein Gesicht. Nicht abwischen, ruhig stehen bleiben!

Die Zimmertür wurde aufgestoßen. Krachend flog sie gegen die Wand. Ein Lichtstrahl geisterte durch den Raum. Viktor sah seinen Schein durch die Ritzen und Fugen im Holz. Er betete, dass der Mann seine Durchsuchung nicht allzu genau nahm. Er konnte unmöglich jedes Möbelstück kontrollieren.

Er hörte Schritte. Ganz langsam. Sie näherten sich.

Und im gleichen Augenblick spürte er sie. Ratten! Mindestens ein Dutzend. Sie schoben sich am Boden des Schrankes über- und untereinander. Er war mitten in ein gottverdammtes Nest geraten.

Der ungebetene Besucher machte die Tiere nervös. Bei jeder ihrer hektischen Bewegungen raschelte es. Der Lichtschein verharrte jetzt auf dem Schrank. Im Zwielicht, das die hellen Ritzen ins Innere warfen, erkannte Viktor, dass die Ratten noch sehr jung waren. Sie rieben ihre borstigen Mäuler an seinen Schuhen. Eine versuchte, an seinem Hosenbein hinaufzuklettern. Angewidert hielt er still. Er hob die Pistole und richtete sie von innen auf die Schranktür. Er hielt den Atem an und schwitzte erbärmlich.

Die Ratten hatten am Fuß der Schranktür eine Öffnung ins Holz genagt, gerade groß genug, um hindurchzuschlüpfen. In Anbetracht seiner Größe schienen sie auf eine Verteidigung des Nestes zu verzichten und drängten sich jetzt der Reihe nach durch das Loch ins Freie. Von draußen ertönte ein Fluch, als der Mann die schwarzen Leiber bemerkte, die ihm entgegenquollen. Der Lichtstrahl zuckte zur Seite, Viktor hörte eilige Schritte. Dann wurde mit einem Krachen die Tür zugezogen.

Er atmete tief durch. Sicherheitshalber blieb er noch eine Weile stehen. Dann verließ er den Schrank. Jetzt erst bemerkte er, wie erbärmlich es im ganzen Raum nach Rattenkot und Urin stank. Er schüttelte sich vor Ekel.

Langsam drückte er die Klinke hinunter. Immer noch wurden in weiter Ferne Türen geöffnet und wieder geschlossen. Im Augenblick schien er hier sicher zu sein. Der Lärm, den sein Gegner veranstaltete, machte es einfacher, seine Position zu bestimmen. Offenbar rechnete der Beobachter nicht damit, dass von dem alten Mann, den er an der Außenmauer gesehen hatte, eine Gefahr ausging. Sein Alter hatte auch Vorteile.

Er schob sich den Gang entlang, immer auf der Spur der schlagenden Türen. Ein kühler Luftzug strich durch die leeren Zimmer und Flure. Irgendwo schrie eine Katze.

Mit einem Mal endete das Türenschlagen. Das Haus versank in eisiger Stille. Nur die Katze miaute ein letztes Mal. Dann Schweigen. Viktor drückte sich an die Korridorwand und überlegte fieberhaft. Hatte sein Gegner Verdacht geschöpft und schlich nun auf demselben Weg zurück? Lautlos diesmal. Lauernd. Tödlich.

Viktor beschloss, alles auf eine Karte zu setzen. Er lief los, rannte so leise wie möglich den Korridor hinunter, bog um die nächste Ecke und erreichte endlich eine Treppe. Mit Riesensätzen, die ihn selbst überraschten, sprang er die Stufen hinauf.

Der erste Stock.

Noch mehr Stufen.

Der zweite Stock. Dann der dritte.

Jetzt zum Westflügel. Er wusste, wie baufällig dieser Teil des Gebäudes war. Er würde achtgeben müssen, wohin er trat. Schon nach wenigen Schritten gelangte er an eine Stelle, an der der Boden eingestürzt war. Der Gang wurde hier von einem zwei Meter breiten Abgrund unterbrochen. Unten war es stockdunkel. Er konnte nicht sehen, ob das heruntergefallene Gestein auch die unteren Etagen mitgerissen hatte. Es blieb ihm nichts anderes übrig, als zu springen. Zwei Meter. Zu schaffen, auch mit zweiundsechzig.

Vielmehr als die Breite der Öffnung machte ihm ihre Tiefe zu schaffen, die er nicht abschätzen konnte. Möglicherweise würde der Boden dort, wo er landete, ebenfalls in sich zusammenbrechen. Falls ihn der Sturz nicht tötete, würde das zweifellos der Beobachter erledigen.

Viktor trat einige Schritte zurück, nahm Anlauf und sprang. Seine Landung ließ den Boden erzittern. Ein grausames Knirschen krächzte durch die Stille. Irgendwo brach und bröckelte etwas. Der Fußboden hielt. So schnell er konnte lief er weiter, tiefer hinein ins Gebäude, weiter in den Westflügel.

Er kannte sich hier aus. Er erinnerte sich an eine Kreuzung und ein großes Zimmer ohne Fenster, das früher einmal ein Aufenthaltsraum für Klinikpatienten gewesen sein musste. In den Schatten standen ein paar uralte Sessel mit verschimmelten Bezügen. Sie hockten da wie lauernde Tiere.

Hinter der nächsten Biegung befand sich der Korridor, an den der Kontrollraum grenzte. Er wusste, dass dieser Gang ebenfalls von einer Kamera überwacht wurde. Sollte der Beobachter noch in den unteren Stockwerken nach ihm suchen, konnte es ihm gleichgültig sein. Trotzdem durfte er sich nicht darauf verlassen. Vielleicht war der Mann längst auf einem anderen Weg wieder nach oben geeilt und erwartete ihn. Möglicherweise war er …

Neben seinem Kopf explodierte die Wand. Staub und Mörtel wirbelten in einer riesigen Wolke in alle Richtungen. Steinsplitter hagelten gegen seine Wange und rissen blutige Furchen in die Haut. Der Einschlag hinterließ ein Loch im Mauerwerk, groß wie ein Kinderkopf.

Viktor ließ sich zur Seite fallen, prallte auf sein linkes Knie und rollte sich stöhnend hinter die nächste Ecke. Ein zweiter Schuss peitschte durch den Korridor und riss eine lange Spur neben ihm in den Boden. Die Schüsse kamen von hinten. Der Beobachter musste ihm auf gleichem Wege gefolgt sein. Viktor hatte nicht einen Gedanken an diese Möglichkeit verschwendet. Du bist zu alt für solche Späße. *Zu alt!*

Er hörte, wie die Schritte des Mannes näher kamen. Viktor schob die Pistole um die schützende Ecke und feuerte blind in die Richtung der Geräusche. Die Schritte stoppten. Als er vorsichtig um die Ecke blickte, war niemand zu sehen.

Wenn ihm jetzt nicht das Glück zu Hilfe kam, war er tot. Sein Gegner wusste, wo er war, und hatte noch dazu den Heimvorteil. Der Mann kannte alle Winkel und Verstecke und war für solche Situationen gerüstet. Viktor hatte gehofft, ihn von hinten erledigen zu können, überraschend und sauber. In einer offenen Konfrontation hatte er die schlechteren Karten.

Gehetzt atmete er ein und aus. Er zählte von fünf rückwärts, stolperte auf die Beine und lief los, den Gang hinunter. Aus dem Augenwinkel sah er, wie hinter ihm eine massige Gestalt breitbeinig auf den Korridor sprang. Dreimal wurde ein Abzug durchgerissen, dreimal loderte der Flur im teuflischen Flackern des Mündungsfeuers. Zwei Kugeln verfehlten ihn und hämmerten in die Wand. Die dritte streifte seine Hüfte. Mit einem Aufschrei ließ er sich nach vorne fallen, krachte auf den Boden, stieß mit der Schulter die nächstbeste Tür auf und robbte hindurch. Ein weiterer Schuss zerriss die Stille. Die Kugel zischte hinter ihm den Gang entlang, doch da war er schon in Sicherheit. Zumindest für den Augenblick.

Wieder Schritte, die ihm folgten. Viktor sah sich um. Der Raum, in dem er sich befand, war nicht allzu groß. An seiner Rückseite gab es eine geschlossene Tür. Wenn er seiner Orientierung noch trauen konnte, musste es sich dabei um einen zweiten Zugang zum Überwachungsraum des Beobachters handeln.

Gleich davor, mitten im Raum, stand eine schwarze, formlose Masse. In der Eile konnte er nicht erkennen, um was es sich handelte, er hatte jetzt keine Zeit, es sich näher anzusehen. Einige Meter neben ihm zeichneten sich in der Dunkelheit die Umrisse eines Fensters ab. Es konnte nicht zur Außenwand gehören, dafür befand er sich viel zu tief im Inneren des Gebäudes. Das Fenster musste hinaus auf einen Innenhof führen.

Ein Sprung wäre Wahnsinn gewesen. Nicht aus dem dritten Stock. Vielleicht aber gab es eine andere Möglichkeit.

Er rappelte sich auf. Die Schritte waren jetzt nur noch wenige Meter entfernt. Er packte die Tür und warf sie zu. Er schickte ein Stoßgebet zum Himmel, dass das Schloss nicht eingerostet war. Der Schlüssel klemmte ein wenig, ließ sich aber drehen. Zumindest für einen Moment würde das seinen Gegner aufhalten.

Er überquerte die Distanz bis zur rückwärtigen Tür mit wenigen riesigen Schritten. Sie war verschlossen, wie erwartet. Der Streifschuss an seiner Hüfte schmerzte höllisch. Warmes Blut lief an seinem Bein hinunter. He, dachte er, du bist zweiundsechzig und lebst noch immer. Nicht schlecht, mein Junge!

Als er sich zum Fenster umwandte, fiel sein Blick erneut auf das große schwarze Etwas, und diesmal erkannte er, was es war. Ein riesiger Tisch mit unregelmäßiger, buckliger Oberfläche, die jemand mit einem farblosen Laken abgedeckt hatte.

Er zögerte nur den Bruchteil einer Sekunde, dann siegte seine Neugier. Mit einem einzigen Ruck zog er das Tuch herunter – und wusste mit einem Mal nicht mehr, ob er lachen oder irre werden sollte.

Der Tisch war bedeckt mit einer filigranen Miniaturlandschaft. Hügel, Wälder, Flüsse, ja, sogar kleine Ortschaften breiteten sich vor ihm aus. In weiten Schleifen und engen Kurven schlängelten sich die Gleise einer Modellbaueisenbahn über die gesamte Platte. Viktor schüttelte ungläubig den Kopf. Konnte es sein, dass der Mann, der jeden Augenblick mit einer Pistole in den Raum stürmen, der Mann, der ihn auf der Stelle umbringen würde, dass eben dieser Mann die endlosen Stunden im Westflügel der Ruine mit dem Aufbau einer Modelleisenbahn verbrachte? Plötzlich konnte er nicht anders: Viktor warf den Kopf in den Nacken und lachte. Lachte, wie er es lange nicht mehr getan hatte, ein lautes, fast hysterisches Brüllen, das im ganzen Gebäude zu hören sein musste.

Hinter ihm krachten zwei Kugeln durch die Tür. Viktor verstummte. Der Beobachter versuchte, das Schloss aufzuschießen. Viktor legte die letzten Schritte bis zum Fenster zurück und riss am Griff. Die Scheibe schwenkte nach innen. Kalte Nachtluft wehte ihm entgegen. Er sah hinaus und entdeckte einen schmalen Steinsims, etwa einen Meter unterhalb des Fensterbrettes. Der Boden des Innenhofes lag in völliger Dunkelheit.

Wieder Schüsse. Das Schloss würde nur noch Sekunden standhalten.

Er kletterte hinaus und setzte vorsichtig beide Füße auf den Sims. Wenn es ihm gelang, über die Außenwand bis zum nächsten Fenster zu kommen, hatte er noch eine Chance. Der Versuch war besser, als tatenlos seinen Tod abzuwarten. Zügig und doch so vorsichtig wie möglich, setzte er einen Fuß neben den anderen. Langsam kam er vorwärts. Er schob den Gedanken an das morsche Mauerwerk weit von sich. Keine Zeit, alle Gefahren zu überdenken.

Er hörte, wie die Tür aufflog. Noch drei Meter bis zum nächsten Fenster. Endlos. Schneller, schneller. Noch zwei Meter.

Der Kopf des Beobachters schob sich als dunkler Umriss aus dem Fenster, gefolgt von seiner Hand, die die Pistole hielt. Ein einsamer Strahl Mondlicht brach sich als blitzender Reflex auf dem silbernen Stahl. Viktor riss seine eigene Waffe hoch, aber die plötzliche Bewegung brachte ihn aus dem Gleichgewicht. Instinktiv fassten seine Hände nach Halt. Die Finger seiner Rechten lösten sich vom Griff der Waffe. Seine Pistole stürzte in die Tiefe und schlug mit einem metallischen Laut am Boden auf.

Das war's, dachte er. Völlig hilflos klebte er an der Fassade. Er konnte den Beobachter jetzt sehen. Ein riesiger Kerl mit dunklem

Haar, vielleicht ein Südländer. Spanier oder Italiener. Der Mann schob sich weiter aus dem Fenster und zielte. Viktor konnte direkt in die Mündung blicken.

Der Beobachter lächelte.

Ein Schuss peitschte durch die Finsternis.

Viktor wartete auf den Einschlag in seinem Körper, aber er kam nicht. Stattdessen beugte sich der Beobachter langsam nach vorne. Sein Kopf hatte mit einem Mal eine seltsame Form, als hätte ein Messer die obere Hälfte glatt abgesäbelt. Seine Finger lösten sich von der Pistole. Sie fiel und gesellte sich am Grund des Hofes zu Viktors Waffe. Der Mann beugte sich immer weiter aus dem Fenster, fast wie in einer ehrfürchtigen Verneigung, dann verlor er endgültig den Halt und stürzte. Vorwärts in die Tiefe. Hinab in die Dunkelheit.

Viktor stand zitternd und verkrampft auf dem Sims und starrte nach unten. Dort bewegte sich etwas.

»Glück gehabt«, rief eine Stimme, die er kannte, aber nicht einordnen konnte. »Kommen Sie runter.«

Viktor nickte, brachte aber keinen Ton hervor. Sein Herz schlug wie eine Pumpstation. Ganz langsam schob er sich zurück zum Fenster, aus dem er gekommen war. Vom oberen Rahmen tropfte etwas herunter. Schräg darüber klebten Blut und Hirnmasse an der Decke.

Bevor er sich endgültig ins Innere schwang, beugte er sich noch einmal vor. »Wer sind Sie?«, fragte er die schwarze Gestalt unten im Hof.

»Steinberg«, kam die Antwort. »Ich bin Wachmann hier im Haus.«

Viktor eilte durch das Zimmer, den Gang und mehrere Treppen hinunter, bis er im Erdgeschoss eine Tür fand, die hinaus auf den Hof führte.

Steinberg stand über der Leiche des Beobachters und lächelte unsicher. »Ich bin so etwas nicht gewöhnt, wissen Sie«, sagte er.

Viktor sah erst ihn, dann die Leiche an. Er spürte, wie seine Vernunft langsam, aber sicher wieder Herr über das Wirrwarr in seinem Schädel wurde. Der Tote sah aus wie eine verknotete Marionette.

Hätte ihn nicht bereits die Kugel des Wachmanns getötet, wäre er an den Folgen des Sturzes gestorben. Seine Glieder waren unnatürlich abgewinkelt, sein Hinterkopf berührte die Schulterblätter. Die Pathologen würden Mühe haben, noch einen einzigen heilen Knochen in diesem Körper zu finden.

»Ich … ich habe Schüsse gehört«, erklärte der Wachmann. Viktor schätzte, dass sie etwa im gleichen Alter waren. »Ich bin wie ein aufgescheuchtes Huhn durchs Haus gelaufen und habe nach der Ursache gesucht.«

»Die haben Sie zweifellos gefunden«, sagte Viktor.

»Sieht so aus.« Steinberg hielt immer noch seine Pistole in der Hand, als wüsste er nicht, wohin damit.

»Jetzt möchten Sie wahrscheinlich wissen, was hier passiert ist, oder?«, fragte Viktor.

Steinberg schüttelte den Kopf. »Nicht nötig.«

Viktor zuckte mit den Schultern. »Die Polizei wird sicher gleich eintreffen.« Er überlegte fieberhaft, was er den Beamten erzählen würde.

»Ich habe keine Polizei gerufen«, sagte der Wachmann.

Viktor sah ihn verwirrt an. »Nicht?«

»Nein.«

Steinberg hob seine Waffe und schoss Viktor mitten ins Gesicht.

## Kapitel 3

Im Labyrinth der Korridore und Hallen des alten Klosters hatte Carsten bald jede Orientierung verloren. Fenn und seine Leute führten sie über triste Flure, vorbei an Kammern und Gebetsstuben, in denen Mönche schweigend vor Kreuzen und Heiligenbildern knieten. Immer wieder kamen sie durch große, schmucklose Säle und ehrwürdige, dunkle Hallen.

Beim Eintritt in das Gebäude hatten Nawatzkis Männer ihre Waffen gezogen. Carsten hatte es eher gehört als gesehen. Immer noch zwang ihn die Pistole an seiner Schläfe stur geradeaus zu schauen. Fenn schien die unausgesprochene Drohung nicht zu stören. Weder er noch einer der anderen aus seiner Gruppe trug eine Waffe – zumindest nicht offen.

Nach einigen Minuten erreichten sie einen Kreuzgang mit Säulen aus braunem Sandstein. Er umschloss einen kleinen Garten, penibel bepflanzt mit Sträuchern und zahllosen Blumen. In der Mitte standen mehrere Stühle auf einer Rasenfläche. Über ihnen wölbte sich der tiefschwarze Nachthimmel.

Die beiden Gruppen betraten den Rasen. Fenn und der Älteste seiner Leute setzten sich, ihnen gegenüber nahmen Nawatzki und von Heiden Platz. Carsten und Nina wurden von ihren beiden Bewachern an die Stirnseite des Gartens geführt, wo man sie anwies, sich auf den Boden zu knien. Der Mann und die Frau blieben hinter ihnen stehen, die Waffen weiterhin im Anschlag.

Michaelis und das halbe Dutzend Leibwächter bezogen im Halbkreis hinter ihren Anführern Stellung. Die Männer in den dunklen Anzügen trugen automatische Pistolen, Michaelis hatte eine kurzläufige Schrotflinte unter seinem schwarzen Mantel hervorgezogen. Er hatte jetzt nur noch wenig Ähnlichkeit mit dem Mann, den Carsten in Tiefental kennengelernt hatte; bewaffnet und in seinen weiten Mantel gehüllt, wirkte er wie der Held eines späten Italo-Westerns.

Nawatzki kam gleich zum Thema. »Haben Sie die Dokumente dabei?«, fragte er. Niemand schien sich an diesem Ort besonders wohl zu fühlen, auch er nicht. Offenbar lag ihm viel daran, das Treffen so schnell wie möglich hinter sich zu bringen.

Fenn lächelte. »Sie sind nicht so unhöflich und erklären mich für derartig dumm, oder?«

»Wenn nicht hier, wo sind sie dann?«

»An einem Ort, wo Sie sie niemals finden werden, Nawatzki. Bemühen Sie sich nicht.«

»Demnach müssen wir uns wohl auf die eine oder andere Art einigen.« Er lächelte wieder wie ein steinerner Wasserspeier. »Geben Sie die Dokumente heraus, oder ich lasse Ihre beiden Freunde erschießen.« Sein Wink in Carstens und Ninas Richtung war überflüssig.

Fenn schüttelte den Kopf. »Das sind nicht meine Freunde. Ehrlich gesagt habe ich selbst eine Weile lang darüber nachgedacht, ob es nicht besser sei, sie zu liquidieren.«

Michaelis schaltete sich ein. »Ebenso wie Sebastian Korall?«

Die Bemerkung diente allein dazu, seine Behauptung gegenüber Carsten zu untermauern. Carsten begriff seine Beweggründe nicht; man würde sie ohnehin erschießen.

»Wenn Sie Wert auf Sentimentalitäten legen, gehen Sie ins Kino«, sagte Fenn abfällig. Sein Tonfall war eiskalt.

Michaelis wollte auffahren, doch Nawatzki brachte ihn mit einer Geste zum Schweigen. »Wir wollen nur die Dokumente, Fenn. Danach können Sie gehen, wohin Sie wollen.«

»Glauben Sie wirklich, es steht in Ihrer Macht, mich gehen zu lassen?«, fragte Fenn und setzte wieder sein Lächeln auf. »Ich habe Sie gebeten, mein Gast zu sein, und dementsprechend sollten Sie sich verhalten.«

Das Gespräch geriet mehr und mehr zur Farce. Carsten war verwirrt. Was hier geschah, waren keine Verhandlungen. Hier bahnte sich ein Kräftemessen an, das nicht mit Worten entschieden werden würde.

»Wir tappen nicht hilflos in eine Falle«, sagte Nawatzki unbeeindruckt. »Meine Leute haben das Kloster umstellt. Krümmen Sie uns ein Haar, und kein Mensch kommt mehr lebend hier heraus.«

»Ich bin nicht so einfältig und begehe Selbstmord, Nawatzki. Wir werden nicht den Fehler wiederholen, den wir in Budapest machten.«

Dann geschah etwas Verblüffendes. Carsten traute seinen Augen nicht. Er spürte, wie Ninas Finger sich fester um seine Hand schlossen.

Aus dem Schatten des Kreuzgangs lösten sich zahllose Gestalten.

In ihren Händen hielten sie Schnellfeuergewehre. Auch am Rande des Daches erschienen Bewaffnete. Die Männer trugen Mönchskutten.

Nawatzkis Männer schlossen blitzschnell einen Kreis um ihre Anführer und richteten ihre Waffen beidhändig und mit ausgestreckten Armen auf die Neuankömmlinge. Michaelis sprang auf Fenn zu und riss seine Schrotflinte hoch. Der frühere Agent war schneller. Er zog eine Pistole und zielte in Michaelis' Richtung. Die beiden Männer erstarrten zu Salzsäulen, die Mündungen der Waffen auf den Gegner gerichtet.

Der Mann und die Frau, die Carsten und Nina in Schach gehalten hatten, lösten ihre Waffen von den Schläfen ihrer Opfer und zielten ebenfalls auf die Mönche. Die Frau flüsterte ihrem Partner etwas zu. Der Mann nickte. Carsten sah Schweißperlen auf seiner Stirn.

Nawatzki lächelte. »Entspannen Sie sich bitte, meine Herren. Beim ersten Schuss werden meine Leute das Kloster stürmen. Ich kann mir nicht vorstellen, dass einer unter uns ist, der Wert auf ein Massaker legt. Fenn, was bezwecken Sie mit dieser eindrucksvollen Darbietung?«

Fenn löste seinen Blick nicht für einen Sekundenbruchteil von Michaelis. Er saß immer noch auf seinem Stuhl, leicht vorgebeugt, die Waffe auf Michaelis gerichtet. Dessen Schrotflinte schwebte zwei Meter vor seinem Gesicht.

»Ich möchte, dass Sie uns begleiten, Nawatzki. Sie und Herr von Heiden«, zischte er mit blutleeren Lippen.

»Das ist absurd, das wissen Sie«, erwiderte Nawatzki. »Ihr Vorhaben ist so naiv wie undurchführbar. Gewöhnen Sie sich daran, dass die alten Regeln nicht mehr gelten. Befehlen Sie Ihren Leuten, die Waffen niederzulegen.«

»Sie haben gehört, was ich gesagt habe.« Fenns Augen blitzten auf. »Sie beide werden uns begleiten.«

»Wir würden nicht einmal bis zur Tür kommen. Meine Männer dort draußen knallen Sie ab wie Tontauben.«

Carsten konnte sich nicht vorstellen, zu was diese Posse führte –

außer zu ihrer aller Tod. Er sah Nina an. Sie erwiderte seinen Blick mit einem verständnislosen Funkeln.

Fenn sprach immer noch, ohne sich zu rühren. »Wenn Sie uns töten, werden Sie die Dokumente niemals bekommen.«

Nawatzkis überhebliches Lächeln schien wie festgefroren. Er sah sich um. »Zwei Ihrer Leute fehlen, nicht wahr? Wir könnten diese beiden finden und das Versteck der Unterlagen aus ihnen herauspressen.«

»Versuchen Sie es«, forderte Fenn ihn auf. »Und nun stehen Sie bitte auf. Folgen Sie mir zum Eingang.« Ganz, ganz langsam begann er, sich von seinem Stuhl zu erheben. Die Mündung von Michaelis' Waffe schwenkte unmerklich nach oben und blieb auf seinen Kopf gerichtet.

Nawatzki rührte sich nicht. Carsten konnte nicht anders, als ihn für seine Kaltblütigkeit zu bewundern. »Was tun Sie, wenn ich sitzen bleibe?«

»Lassen Sie es nicht darauf ankommen.«

Der Lauf von Michaelis' Schrotflinte schob sich bedrohlich nach vorne. »Sie setzen sich wieder hin, Fenn!«

Carsten fasste einen Entschluss. Er tat das Einzige, was ihm sinnvoll erschien.

Er stand auf.

Nina starrte ihn aus großen Augen an.

»Gehen Sie wieder auf die Knie!«, befahl die Rothaarige. Ihre Waffe blieb dabei auf einen der Mönche oben auf dem Dach gerichtet. In der gespannten Stille waren ihre Worte bis in jeden Winkel des Gartens zu hören. Einige Männer sahen überrascht herüber, ohne ihre Köpfe zu bewegen. Jeder Einzelne hatte einen Gegner im Visier.

Carsten kümmerte sich nicht um den Befehl. »Steh auf«, sagte er zu Nina. Sie befanden sich am Rand des Hofes, kaum mehr als einen Schritt von der Brüstung des Kreuzgangs entfernt.

»Ich sagte *hinknien!*«, befahl die Frau, diesmal schärfer. Sie befand sich in einem Dilemma. Sie konnte ihre Pistole auf Carsten richten und dabei ihr Ziel aus den Augen lassen oder aber weiterhin ihren bewaffneten und augenscheinlich gefährlicheren Gegner oben auf dem Dach anvisieren. Ihr Partner warf ihr einen nervösen Blick zu. Sein Gesicht glänzte.

Carsten handelte. Er packte Nina am Arm, riss sie mit sich nach hinten und zog sie über die hüfthohe Ummauerung des Kreuzgangs. Sie landeten direkt vor den Füßen eines der bewaffneten Mönche.

Der Mann, der Nina bewacht hatte, riss seine Pistole herum und feuerte einen Schuss hinter ihnen her. Die Kugel zischte über die Mauer hinweg, verfehlte sie und schlug stattdessen in den Oberschenkel des Mönchs. Der schrie auf und ließ sein Gewehr fallen.

Im gleichen Augenblick brach die Hölle los.

Als sei der Schuss ein Signal gewesen, entlud sich die zähe Spannung in einem Gewitter aus Gewehr- und Pistolenfeuer. Innerhalb von Sekunden geriet die Situation außer Kontrolle. Als sie sahen, dass einer ihrer Brüder zu Boden ging, eröffneten die Mönche auf dem Dach das Feuer. Zwei von Nawatzkis Männern brachen zusammen, die anderen schossen wild in alle Richtungen. Ihre Kugeln trafen sicherer als die der Mönche. Gleich ein halbes Dutzend der bewaffneten Kuttenträger stürzte vom Rand des Daches hinunter in den Garten. Zwei Leibwächter rissen Nawatzki und von Heiden nach hinten und warfen sich schützend über sie. Um sie herum spritzten Erde und Gras in die Höhe, als gleich mehrere Kugeln neben ihnen einschlugen.

Fenn hatte sich bereits beim ersten Schuss blitzschnell samt Stuhl nach hinten fallen lassen. Er feuerte im Sturz, aber seine Kugel verfehlte Michaelis um mehrere Zentimeter. Stattdessen krachte jetzt die Schrotflinte. Ihre Ladung ging knapp über Fenns Gesicht hinweg und fraß sich in den Unterleib der jungen, kurzhaarigen Frau, die hinter ihm stand.

»Maria!«, schrie Fenn. Er rollte sich auf dem Boden herum, riss die Waffe ein zweites Mal hoch. Zu spät.

Michaelis war mit wehendem Mantel nach hinten gesprungen, feuerte seine zweite Ladung in die Richtung des Kreuzganges und schleuderte die leere Waffe den wartenden Mönchen entgegen. Die, die nicht von seinem Schuss getroffen worden waren, gingen instinktiv in Deckung. Mit einem Hechtsprung federte er auf sie zu, riss noch in der Luft eine Automatik aus seinem Schulterhalfter und begann wild zu feuern. Dann tauchte er hinter der Brüstung unter, wandte sich gebückt zur nächstbesten Tür und verschwand im Inneren des Klosters. Niemand konnte ihn aufhalten.

Carsten und Nina stolperten auf die Füße. Nur wenige Schritte neben ihnen führte ein offener Durchgang in einen langen Korridor. Hinter ihnen versank der Hof in einen Tumult aus Schüssen, Schreien und Wolken aus Pulverdampf, die wie grauer Morgennebel über dem Rasen hingen. Sie sahen nicht mehr, was mit Fenn und den anderen geschah. Stattdessen rannten sie so schnell sie konnten ins Gebäude.

Gleich neben Carstens Schulter riss eine Kugel ein Stück Mauer aus der Wand, groß wie ein Fußball. Gesteinsbrocken spritzten wie Wasser in alle Richtungen. Ein scharfer Splitter schnitt eine rote Spur in Ninas Wange. Der plötzliche Schmerz ließ sie aufschreien, trotzdem rannte sie weiter, erreichte die Tür noch vor Carsten und sprang ins Innere. Er folgte ihr nur einen Augenblick später. Gemeinsam spurteten sie den Korridor hinunter, wenige Meter bis zur nächsten Kreuzung und von dort nach rechts, irgendwohin, einfach nur fort vom Töten und Sterben draußen im Garten.

Sie folgten einem weiteren Gang, der vor einem hohen, zweiflügeligen Tor endete. Carsten betete, dass es nicht abgeschlossen war. Er warf sich auf die Klinke, und der rechte Flügel schwang knirschend nach innen. Nina huschte hindurch. Er selbst stolperte hinterher, warf das Tor hinter sich zu und ließ sich neben ihr mit dem Rücken gegen das kühle Holz sinken.

Einatmen, ausatmen.

Er spürte, wie sein Puls raste. Er konnte sich nicht erinnern, jemals zuvor so schnell gelaufen zu sein. Nina hatte die Augen geschlossen und keuchte ebenso laut wie er selbst. Panik und Erschöpfung brachten beide nahe an einen Zusammenbruch.

Als er sich nach einer scheinbaren Ewigkeit umblickte, sah er, dass sie sich in einer Kirche befanden. Sie musste zu einem der drei Glockentürme gehören, die er bei ihrer Ankunft im Nachthimmel über dem Kloster gesehen hatte. Das Kirchenschiff reichte nicht allzu weit in die Tiefe, höchstens dreißig, fünfunddreißig Meter, aber das diffuse Dämmerlicht ließ es größer erscheinen. Dunkle Schatten hingen bedrohlich wie riesige Spinnweben in den Ecken und an Säulen und Bänken. Es war kühl, und der Lärm des Gefechtsfeuers hallte zwischen den hohen Wänden wider. Carsten nahm an, dass Nawatzkis Nachhut mittlerweile das Kloster stürmte und von allen Seiten in das Gebäude einfiel.

»Wohin?«, fragte Nina. Angst flimmerte in ihren Augen.

Carstens Herz hämmerte im Rhythmus eines Maschinengewehrs. Er zuckte mit den Schultern. »Wir müssen uns verstecken«, flüsterte er. »Irgendwo.«

Gehetzt blickte er sich um und horchte auf Schritte hinter der Tür, doch niemand schien sie zu verfolgen.

»Komm«, sagte er und ging los. Nina folgte ihm den Mittelgang entlang. Irgendwo vor ihnen in der Dunkelheit sahen sie die Umrisse des Altars. Dahinter hing ein gewaltiges Triptychon, sein Motiv war in den Schatten nicht zu erkennen. Weiter oben gab es ein buntes, kreisrundes Fenster, das in unregelmäßigen Abständen aufleuchtete. Auch dort draußen wurde jetzt geschossen.

Plötzlich registrierte Carsten am Rande seines Blickfeldes eine Bewegung, hörte ein Geräusch. Er hielt Nina am Arm zurück, sah sich um – und erstarrte.

Ihre beiden Bewacher stolperten aus einer Seitentür; beide atmeten schwer und waren bewaffnet. Die rothaarige Frau schlug die Tür hinter sich zu. Der Mann war verletzt. Er presste seine linke Hand gegen den rechten Oberarm, dunkles Blut sickerte zwischen seinen Fingern hervor. Seine Rechte hielt immer noch die Pistole.

Carsten wollte Nina mit sich zu Boden reißen, doch die Frau hatte sie bereits entdeckt.

»Stehen bleiben!«, rief sie. Ihre Pistole deutete drohend in ihre

Richtung. Langsam kamen die beiden auf sie zu. Auch der Mann hob unter Schmerzen seine Waffe. Er zitterte und sah aus, als wolle er dem allen so schnell wie möglich ein Ende machen. Carsten befürchtete, er könnte jeden Moment abdrücken.

Als sie nur noch wenige Meter voneinander trennten, peitschte ein Schuss durch das Kirchenschiff. Ein rotes Loch erblühte in der Stirn des Mannes, sein Körper wurde zurückgeschleudert, krachte gegen eine Holzbank und blieb liegen.

»Niklas!« Der Schrei der Frau klang hoch und hell und voller Panik. Der Name des Toten hallte gellend durch die Kirche, immer und immer wieder; als wäre es sein Geist, der versuchte, aus den Mauern zu entkommen. Einen Augenblick lang sah es aus, als würde die Rothaarige über der Leiche ihres Partners zusammenbrechen. Ihre Augen waren rund und geweitet, ihre Mundwinkel zuckten.

Dann fuhr sie blitzschnell herum und richtete ihre Waffe auf Carsten und Nina. In der Dunkelheit war es leicht, eine Waffe zu übersehen. Sie schien davon auszugehen, dass einer von ihnen geschossen hatte.

Ein zweiter Schuss krachte, eine Kugel schlug nur wenige Zentimeter vor den Füßen der Frau auf den Boden und surrte als Querschläger davon. Wie angewurzelt blieb sie stehen und sah sich um.

»Fallen lassen!«, ertönte es hallend aus den Schatten.

*Fallen lassen, fallen lassen* sang das Echo.

Die Rothaarige warf ihre Waffe auf den Boden. Stahl klirrte auf Stein.

»Treten Sie zurück!«, sagte die Stimme. Jetzt erkannte Carsten, dass sie einer Frau gehörte.

Suchend hob er den Kopf und sah sich um.

Oben, auf einer Balustrade über dem Tor, sah er die schwarzen Umrisse einer Gestalt. Das Fenster an der Stirnseite wurde erneut vom Flackern der Mündungsfeuer erhellt. Ein verwaschener Lichtschimmer huschte über ihre Züge, ganz kurz nur.

Carsten hatte dieses Gesicht zuletzt vor vierzehn Jahren gesehen. Es hatte sich kaum verändert.

Nina starrte ihn an und erkannte die Wahrheit im selben Augenblick wie er selbst. Fast ehrfürchtig wandte sie den Blick hinauf zur Balustrade. »Sie ist es, nicht wahr?«

Carsten nickte stumm.

Michaelis setzte dem Mönch die Pistole an den Hinterkopf und drückte ab. Es klickte. Das Magazin war leer. Der Mann fuhr herum, er riss sein Gewehr hoch, kam aber nicht mehr dazu, abzudrücken. Michaelis rammte ihm sein Stilett in die Kehle. Ein gurgelnder Laut drang aus dem halbgeöffneten Mund des Mönchs, gefolgt von einem Schwall hellen Blutes. Dann brach er zusammen. Michaelis nahm das Gewehr an sich und trat durch die Tür, die der Mann bewacht hatte.

Von überall her war jetzt Gefechtslärm zu hören. Seine Männer stürmten das Kloster. Noch immer leistete ein Großteil der Mönche erbitterten Widerstand. Michaelis zollte Fenn Respekt. Wie auch immer er es geschafft hatte, diese Männer auf seine Seite zu ziehen, es war ein Meisterstück.

Er betrat ein kleines Vorzimmer, in dem ein Schreibtisch und ein Aktenschrank standen. Eine Schreibmaschine war mit einer Kunststoffhülle abgedeckt. Auf der anderen Seite gab es eine zweite, mit Leder gepolsterte Tür.

Michaelis ging hindurch und betrat das Büro des Abtes. Er sah einen großen Schreibtisch, penibel aufgeräumt, eine Sitzgarnitur in der Ecke und hohe, dichtbestückte Bücherregale, die alle vier Wände bedeckten. Es überraschte ihn nicht, dass sich niemand hier aufhielt.

Hinter einem Durchgang zwischen Regalen führte eine schmale Treppe in den zweiten Stock. Michaelis folgte den Stufen und gelangte in ein Wohnzimmer. In der Mitte stand ein großes Aquarium. Exotische Fische glitten träge durch diffuses Dämmerlicht.

Auch das Schlafzimmer, das direkt an diesen Raum grenzte, war menschenleer. Michaelis fluchte. Er hatte gehofft, den Abt in seinen eigenen Räumen aufstöbern und als Geisel nehmen zu können.

Während er überlegte, was zu tun sei, entdeckte er die offene Falltür neben dem Bett. Darunter führte eine dunkle Treppe in die Tiefe. Er horchte. In weiter Ferne hörte er Schritte.

Michaelis sprang die Stufen hinunter und gelangte, das Gewehr im Anschlag, in einen niedrigen Korridor. Offenbar handelte es sich um einen alten Fluchtweg, den die Erbauer des Klosters für ihre Herren eingerichtet hatten. Die Schritte klangen hier unten lauter, entfernten sich aber stetig.

Er rannte los, tief gebückt, um sich nicht den Kopf an der feuchten, schulterhohen Decke anzustoßen. Spinnweben wehten ihm ins Gesicht. Ein eisiger Luftzug strömte durch den unterirdischen Gang und ließ ihn trotz der Anstrengung frösteln.

Die Schritte in der Ferne wurden schneller. Man hatte ihn bemerkt. Michaelis lief so schnell er konnte. Wenn er sich nicht täuschte, gehörten die Schritte zu zwei Personen.

Eine halbe Minute später sah er sie, als eine Tür am Ende des Gangs geöffnet wurde und die beiden sich als Umrisse vor dem halbdunklen Rechteck aus Sternenlicht abzeichneten. Es waren zwei Männer in Kutten. Einer davon, nahm er an, war der Abt.

Michaelis war überrascht, wie nah er den beiden bereits gekommen war. Noch dreißig Meter.

Er hätte schießen können, aber er wollte den Mann lebendig.

»Bleiben Sie stehen!«, schrie er.

Die beiden Mönche liefen ins Freie und verschwanden aus seinem Blickfeld. Einige Sekunden später hörte er das Schlagen von Autotüren.

Noch einmal beschleunigte er mit all seiner Kraft. Er sah, wie die Öffnung vor ihm größer und größer wurde, dann spuckte sie ihn hinaus ins Freie.

Der unterirdische Gang endete am Fuß eines grasbewachsenen Hangs. Um ihn herum erstreckte sich die Weite der nächtlichen Wiesen. Die Sterne legten ein kaltes Licht über die Hügel.

Wenige Meter neben ihm jaulte der Motor eines Geländewagens auf. Michaelis fuhr herum und bemerkte, wie der Jeep sich mit einem Rucken in Bewegung setzte. Ein junger Mönch saß am Steuer, ein älterer Mann kauerte daneben auf dem Beifahrersitz.

Michaelis sprang vor und verfehlte den Wagen nur um wenige Zentimeter. Der Antrieb kreischte auf, einen Augenblick lang sah es aus, als würden die Reifen unter der plötzlichen Beschleunigung durchdrehen, dann schoss das Fahrzeug vorwärts. Nur mit Mühe konnte Michaelis sein Gleichgewicht halten. Er riss das Gewehr hoch und schoss auf die Reifen, aber seine Kugeln schlugen wirkungslos in den Boden oder streiften die Karosserie. Der Wagen verschwand hinter der Biegung des Hügels.

Michaelis kochte vor Wut. Er brauchte mehrere Sekunden, ehe er sich so weit in der Gewalt hatte, dass er wieder klar denken konnte. Er begriff, welches Glück er gehabt hatte. Er war dem Hexenkessel des umkämpften Klosters entkommen. Selbst wenn es den Mönchen gelingen sollte, seine Leute zurückzuschlagen – er selbst befand sich in Sicherheit.

Mit weiten Schritten stieg er durch das hohe Gras den Hügel hinauf. Noch ehe er oben angekommen war, sah er den roten Schein, der wie ein Neonreif über der Kuppe lag. Ein paar Schritte weiter blickte er vom Gipfel hinunter ins Tal und auf die verwinkelte Form der Klosteranlage.

Rauch hing wie eine graue Glocke zwischen den drei Kirchtürmen. An mehreren Stellen wurde sie von unten durch rotgelbes Flackern erleuchtet. Das Kloster brannte.

Eine Gruppe von Menschen, sieben oder acht, löste sich aus den Schatten einer Klostermauer und stolperte hinaus in die Nacht. Michaelis erkannte sie selbst in der Dunkelheit und trotz der Entfernung.

Nawatzki schlug mit einer energischen Bewegung die helfenden Arme seiner Leibwächter von sich. Es machte ihm keine Mühe, mit dem Tempo der jüngeren und trainierteren Männer mitzuhalten. Von Heiden dagegen schien verletzt zu sein. Er zog ein Bein nach und wurde von zwei Helfern gestützt. Zwei weitere Männer sicherten die Gruppe nach hinten. Michaelis sah gelegentlich die Mündungen ihrer Waffen aufblitzen, konnte aber im Rauch und in der Finsternis nicht erkennen, auf wen sie feuerten. Auf die Mönche, nahm er an.

Er raffte seinen Mantel zurecht, prüfte den Munitionsvorrat seines Gewehrs, dann lief er die Hügelflanke hinunter, um seinen Vorgesetzten beizustehen.

Sandra trug ihr dunkelbraunes Haar ebenso lang und glatt wie vor vierzehn Jahren. Sie war immer noch sehr schlank, aber ihr Körper wirkte zäher, durchtrainierter. Über ihrer engen, dunklen Kleidung trug sie eine grobe Lederjacke, die bis zu ihrer schmalen Taille reichte. In beiden Händen hielt sie Pistolen, deren Mündungen auf die Rothaarige wiesen.

»Los, kommt hier hoch!«, rief sie Carsten und Nina von der Balustrade aus zu.

Carsten bewegte sich nicht. Er stand wie angewurzelt da. »Dann hat Fenn nicht gelogen«, sagte er.

»Offensichtlich nicht.« Sandras Stimme klang ungeduldig. »Verdammt, kommt endlich. Wir haben keine Zeit. Nawatzkis Leute sind bereits überall. Die Mönche werden sie nicht mehr lange aufhalten können.«

Carsten nickte. Er wandte sich zu Nina um.

Die Rothaarige nutzte den Augenblick, in dem Sandra abgelenkt war. Lautlos schnellte sie nach vorne, packte Nina, legte ihr den linken Arm um den Hals und riss sie zurück. Gleichzeitig zog sie hinter ihrem Rücken eine zweite Waffe hervor und presste sie an Ninas Schläfe.

Carsten schrie auf, konnte aber nur hilflos mitansehen, wie Nina von der Frau nach hinten gerissen wurde. Sie taumelten einige Schritte rückwärts und verschwanden hinter einer Säule. Nina stöhnte auf.

Sandra eröffnete das Feuer. Ihre beiden Pistolen spuckten Kugeln hinunter in die Kirche, über Carsten hinweg und in die Richtung der Frau und ihrer Geisel.

»Nein!«, schrie Carsten.

Die Rothaarige erwiderte das Feuer aus der Sicherheit ihrer Deckung. Nina war hinter der Säule nicht zu sehen.

Carsten wollte vorstürzen, aber Sandra schien die Bewegung zu erahnen.

»Komm rauf!«, wiederholte sie und schoss erneut.

Die Rothaarige blieb hinter der Säule in Deckung. »Das Mädchen stirbt, wenn Sie nicht sofort das Feuer einstellen«, schrie sie.

Carsten stand unentschlossen zwischen den Frauen und wusste nicht, was er tun sollte.

»Verdammt nochmal, komm endlich her!« Sandras Stimme klang fest und befehlsgewohnt.

»Hör auf zu schießen«, erwiderte er. »Sie darf Nina nichts tun.«

»Tun Sie, was er Ihnen sagt«, mischte sich die Rothaarige ein. »Sonst schieße ich das hübsche Gesicht des Mädchens in Stücke.«

»Was wollen Sie?«, fragte Sandra. Sie stellte tatsächlich das Feuer ein.

»Werfen Sie Ihre Waffen über die Brüstung. Dann kommen Sie langsam die Treppe herunter. Sie haben Niklas erschossen. Ich will Ihr Gesicht sehen.«

»Vergessen Sie's!«, rief Sandra zurück.

Carsten blickte panisch zwischen ihr und der Säule hin und her. Von seiner Position aus konnte er die Rothaarige nicht sehen. Kurzentschlossen drehte er sich um und ging so leise wie möglich auf die Säule zu. Die Rothaarige war völlig auf Sandra fixiert. Der Tod ihres Partners schien ihr nahezugehen, die Trauer machte sie unvorsichtig.

»Sie kommen hier nicht lebend heraus, wenn Sie das Mädchen töten«, rief Sandra von oben herab. Offenbar hatte sie Carstens Vorhaben erkannt und wollte ihm Zeit verschaffen.

»Werfen Sie endlich die Waffen runter!«, kam die Antwort. »Oder sie stirbt!«

Carsten näherte sich der Säule in einem Bogen, um sie von hinten zu umrunden. Noch vier Schritte, noch drei, noch zwei. Er hörte, wie es dahinter raschelte. Er war sicher, dass die Frau ihre Pistole auf Sandra gerichtet hatte, nicht auf Nina. Wenn er schnell genug war und sie überraschen konnte, hatte er vielleicht eine Chance.

Er streckte die Hand aus und berührte die kalte Oberfläche der Steinsäule. Sie hatte einen Umfang von eineinhalb Metern. Nina und die Rothaarige befanden sich genau auf der gegenüberliegenden Seite. Er schickte ein Stoßgebet zum Himmel, dass die Frau sich nicht gerade in diesem Moment an ihn erinnern möge. Vorsichtig schob er sich entlang der polierten Steinoberfläche auf die andere Seite.

»Sie haben keine Chance«, rief Sandra, um von ihm abzulenken.

»Halten Sie den Mund, und tun Sie endlich, was ich Ihnen sage!«, ertönte es hinter der Säule. Die Stimme klang jetzt sehr nahe. Carsten spürte, wie weich seine Knie waren, hörte, dass sein Herz stampfte wie eine ganze Fabrik im Akkordtempo. Es war lange her, dass er zuletzt solche Angst gehabt hatte. Nicht einmal während des Fluges nach Prag und später in dem Zimmer in der Altstadt hatte er sich so elend gefühlt. Die Bedrohung von Ninas und seinem eigenen Leben war nie so konkret gewesen wie in diesem Augenblick. Er wusste, dass die Frau sie töten würde, wenn er nicht schnell genug handelte.

Letztlich war es seine Schuld, dass sie sich in dieser Lage befanden. Wie ferngesteuert war er dem Abgrund entgegengeschlittert, ohne eine Möglichkeit, vom vorbestimmten Kurs abzuweichen. Nina war nicht die Einzige, die er dabei mitgerissen hatte; er durfte nicht zulassen, dass es ihr ebenso erging wie den anderen.

Hier bot sich ihm endlich die Chance, in den Ablauf der Ereignisse einzugreifen. Zum ersten, vielleicht auch zum letzten Mal.

Carsten schob sich vorwärts und sah Ninas Profil hinter der Biegung auftauchen wie ein aufgehender Stern am Horizont. Ihr Gesicht glänzte, ihre Augen waren weit aufgerissen. Er hörte ihren schnellen, stoßweisen Atem.

Er blieb stehen. Die Rothaarige hatte immer noch den Arm um Ninas Schultern gelegt. Von seiner Position aus konnte er nur ihren

Ellbogen erkennen. Fieberhaft überlegte er, was er tun konnte, ohne Nina zu gefährden.

»Worthmann!« Sein Name hallte unheilschwanger durch die Kirche. Die Stimme der Rothaarigen. Es wäre absurd gewesen, wenn sie ihn einfach vergessen hätte. »Kommen Sie vor, damit ich Sie sehen kann!«

Er brauchte einen winzigen Moment, um den eisigen Schrecken abzuschütteln, der ihn bei ihren Worten gepackt hatte. Sie rief in die entgegengesetzte Richtung. Sie wusste nicht, dass er bereits so nah bei ihr war. Die Gedanken wirbelten in seinem Kopf umher wie Motten im Licht. Bleib ruhig, sagte er sich.

*Denk nach!*

Die Rothaarige kam ihm zuvor. »Ich werde das Mädchen jetzt töten«, sagte sie. Er hörte das Knirschen eines gespannten Pistolenhahns.

Mit einer einzigen schnellen Bewegung stieß er vor, packte Nina an der Schulter und riss sie mit nach vorne. Die Umklammerung der Rothaarigen löste sich, Nina keuchte auf. Sie stolperten ein, zwei Schritte zur Seite, in Richtung einer hölzernen Bank, die ihnen Deckung bieten würde. Die Frau überwand ihre Überraschung und riss die Waffe herum. Er spürte die Mündung in seinem Rücken wie einen glühenden Pfeil, aber noch hatte sie nicht gefeuert.

Ein Schuss krachte wie infernalischer Donner und ging gleichzeitig im Poltern ihres Sturzes unter, als sie hinter der Bank zu Boden fielen. Panisch fragte er sich, ob er getroffen war, kam zu dem Schluss, dass dies nicht der Fall war, und blickte auf Nina. Ihr Gesicht war schmerzverzerrt, er hatte sie mit seinem Gewicht unter sich begraben. Sie bemerkte die Angst und die Sorge in seinem Blick und schüttelte hastig den Kopf. Nein, kein Treffer.

Irgendetwas stimmte nicht. Warum folgte die Frau ihnen nicht? Weshalb kam kein zweiter Schuss? Stattdessen hörte er nur Schritte und aufgeregte Rufe, die er nicht verstand. Ein Mann (ein *Mann*?) rief etwas. Vorsichtig hob er den Kopf und blickte über den Rand der Bank zurück.

Der Platz vor der Säule war leer. Ein faustgroßes Stück war dort aus dem Stein herausgesprengt worden, wo vor einem Augenblick noch die rothaarige Frau gestanden hatte.

Drei weitere Schüsse bellten jetzt durch das Kirchenschiff. Carsten fuhr herum, sah nach links. Dort entdeckte er sie. Die Rothaarige sprang in einem einzigen Satz über zwei Kirchenbänke hinweg, rollte sich dahinter ab und kam schwankend wieder auf die Beine. Hakenschlagend rannte sie in Richtung einer Seitentür.

Sandra und ein schwarzhaariger Mann mit dunklem Bart hatten sie ins Visier genommen. Weitere Schüsse krachten, keiner traf. Die Rothaarige wich mit Bewegungen aus, die fast zu schnell waren, als dass er ihnen mit bloßem Auge folgen konnte. Noch nie hatte er jemanden gesehen, der sich so geschickt bewegte.

Der Mann war auf der anderen Seite der Kirche aufgetaucht, durch dieselbe Tür, durch die die Rothaarige und ihr Begleiter hereingekommen waren. Er setzte jetzt dazu an, die Frau zu verfolgen, aber Sandras Ruf hielt ihn zurück: »Warte! Dazu ist keine Zeit!«

Sie hatte den Satz noch nicht beendet, als die Rothaarige die Tür erreichte, sie blitzschnell aufstieß und verschwand. Der Mann warf Sandra einen finsteren Blick zu, befolgte aber ihre Anordnung.

Carsten half Nina auf die Beine.

»Alles in Ordnung?«

Sie brachte ein bemühtes Lächeln zu Stande. »Ja, sieht so aus.« Sie sah an sich hinunter; außer einer Schürfwunde am Oberschenkel war sie unverletzt. Ihre Jeans war aufgerissen, die Stoffränder glänzten rot.

»Bist du sicher, dass es nichts Schlimmes ist?«, fragte er.

Sie nickte. »Brennt nur ein bisschen.«

Sandra stand noch immer auf der Balustrade. »Kommt hoch, beeilt euch. Wir müssen so schnell wie möglich hier raus.«

»Du willst über die Dächer?«, fragte der Mann.

»Hast du eine bessere Idee?«

Sie hatte recht, auch Carsten erkannte das. Im Irrgarten der Flure und Säle hatten sie keine Chance. Früher oder später würden sie dort auf eine Übermacht von Nawatzkis Leuten treffen. Dass sie ein zweites Mal so viel Glück haben würden, war unwahrscheinlich.

Er wollte Nina stützen, als sie zur Treppe hinübergingen, aber sie schüttelte den Kopf. »Geht schon«, sagte sie.

Sie erreichten den Fuß der Stufen zugleich mit dem Mann.

»Schönes Wiedersehen, was?«, sagte er.

Carsten blickte ihn verwundert an. Dann begriff er. Der Bart war neu und auch die dunkle Haarfarbe, aber das Gesicht kannte er. Die krumme, seltsam verwinkelte Nase, die vorstehenden Augen, der leicht verzogene Mund, das alles gehörte zu dem Mann, der ihm in Tiefental ins Auto gefahren war, um Sandras Botschaft zu übermitteln. Die Narbe, die er damals an der Nasenwurzel getragen hatte, war verschwunden, ebenso die abstehenden roten Strähnen. Heute war sein schwarzes Haar glatt zurückgekämmt, und auch der Bart schien sauber gestutzt – falls er echt war.

»Ich heiße Hagen, wie der Nibelungenmörder.« Der Mann grinste; es machte ihn nicht schöner. »Wir kennen uns.«

Hintereinander stiegen sie die Treppe hinauf, Nina in der Mitte. Sandra erwartete sie ungeduldig.

Carsten hatte sich das Wiedersehen mit ihr unzählige Male vorgestellt, hatte überlegt, wie es sein würde, ihr nach all den Jahren gegenüberzustehen. Sie war noch immer eine Schönheit, daran hatten weder die Zeit noch ihr Training etwas ändern können. Was ihr an mädchenhaftem Charme abhandengekommen war, wurde durch einen ironischen, ganz und gar erwachsenen Zug um ihre Mundwinkel ersetzt. Sie wirkte überlegen und zugleich auf eine unbestimmte Art verletzt, als hätten die Jahre etwas mit ihr getan, dass sie nicht gewollt hatte. Die Art, wie sie sich bewegte, wie sie sprach, erweckte den Eindruck, als sei ihr Wesen, ihr Innerstes mit einem harten Narbengewebe überzogen. Es würde einiges dazugehören, diese Kruste zu durchbrechen. Als sich ihre Blicke trafen, fragte Carsten sich, ob er das überhaupt noch wollte.

Ihre Augen funkelten, aber es war keine Wiedersehensfreude darin; zu seiner eigenen Überraschung spürte er selbst nichts dergleichen. Die Ereignisse hatten ihn verändert. Vielleicht hatte er es den letzten Tagen zu verdanken, dass er endlich erwachsen geworden war. Sandra war seine Jugendliebe gewesen, sie war es immer geblieben, aber die Frau, die nun vor ihm stand, war eine andere als das Mädchen aus seinen Erinnerungen.

Sie reichten sich die Hände wie Freunde, nicht wie Liebende. Sandra drängte zur Eile. »Wir müssen fort von hier«, wiederholte sie. »Nawatzkis Leute haben Feuer gelegt. Die Brände breiten sich aus.«

Als hätten ihre Worte seine Sinne aus einem Dornröschenschlaf geweckt, roch er plötzlich den beißenden Gestank von Qualm. Er blickte hinab in das Kirchenschiff und entdeckte eine dünne Dunstglocke, die wie Nebel über den Bänken und Steinplatten hing. Sandra hatte recht; es war höchste Zeit zu verschwinden.

»Hier entlang.« Hagen deutete auf einen Durchgang, hinter dem eine gewundene Steintreppe weiter in die Höhe führte. Nina warf Carsten einen eigentümlichen Blick zu, den er auf Anhieb nicht deuten konnte, lief an ihm vorüber und folgte dem Mann die Stufen hinauf. Er und Sandra schlossen sich an.

Die Treppe führte höher und höher. Plötzlich blieb Nina vor ihm stehen. Die Biegung versperrte ihm die Sicht auf Hagen. Carsten hörte, wie er sich gegen eine Tür warf. Das Schloss brach mit einem hässlichen Splittern, dann ging es weiter. Sie kamen auf einen langen Gang, in dessen rechter Wand sich ein Dutzend hoher Fenster befand. Hagen öffnete das erstbeste, stieg hinaus und reichte Nina die Hand. Sie schlug sie mit einem energischen Kopfschütteln aus und kletterte hinter ihm her. Carsten und Sandra folgten.

Vor ihnen erstreckte sich eine leicht abfallende Fläche aus verwitterten Dachpfannen. Giebel, Dächer und Türme umgaben sie wie eine bizarre Landschaft aus Schiefer und Stein. Ein rotgoldener Schimmer lag wie Tau über den Spitzen und Kanten. Hundert Meter rechts von ihnen schlugen Flammen aus einem Dachstuhl. Mit einem Mal begriff Carsten, wie gefährlich ihr Vorhaben war. Unter jedem ihrer Schritte mochten die Schieferplatten einbrechen und sie in einen lodernden Abgrund reißen.

Sandra trieb sie weiter zur Eile an. Balancierend schlitterten sie die Schräge hinunter und erreichten ein ebenes Feld aus bemoosten Steinplatten.

»Wohin wollen wir überhaupt?«, fragte Nina, während sie die Fläche im Laufschritt überquerten.

Sandra lächelte verbissen. »Seid ihr schon mal geritten?«

Carsten stutzte. »Was soll das nun wieder heißen?«

»Unsere einzige Chance, hier heil herauszukommen, sind die Ställe«, erklärte sie. »Die Mönche züchten Pferde. Nawatzkis Leute werden die Garagen überwachen, das heißt, wir kommen an kein Fahrzeug heran. Aber die Chancen stehen gut, dass sie die Pferdeställe übersehen. Vielleicht rechnen sie nicht damit, dass wir reiten können.«

Carsten zog eine Grimasse. »Können wir denn?«

Hagen hob die Schultern. Im Laufen wirkte die Bewegung komisch. »Falls nicht, können Sie gleich hier sitzen bleiben. Zu Fuß kommen Sie keine hundert Meter weit.«

»Kannst du reiten?«, wandte Carsten sich an Nina. Er hatte schon als Kind Angst davor gehabt, ein Pferd zu füttern, geschweige denn, sich auf seinen Rücken zu setzen.

»Ist lange her«, keuchte sie.

Sie kamen ans Ende der Fläche und erklommen ein weiteres Dach. Als sie den Giebel erreichten, wuchs vor ihnen einer der Kirchtürme in die Höhe. Er brannte lichterloh, wie eine gigantische Fackel in der Nacht. Funken stoben wie glühende Insektenschwärme in alle Richtungen. Über das Prasseln hinweg hörten sie das peitschende Stakkato der Schusswechsel. Das Kloster war längst verloren.

In einiger Entfernung sahen sie einen Mönch, der mit wehender Kutte über einen Dachfirst rannte, hinter sich zwei von Nawatzkis Männern.

»Runter!«, befahl Sandra.

Die vier ließen sich fallen und mussten zusehen, wie der Mönch von mehreren Treffern geschüttelt wurde. Sein lebloser Körper brach breitbeinig über dem Giebel in sich zusammen. Einen Moment lang sah es so aus, als wollte er auf dem Dach davonreiten, dann sackte sein Oberkörper zur Seite, und er verschwand lautlos in der Tiefe. Seine Mörder blickten sich um und liefen zurück zu der Dachluke, durch die sie gekommen waren. Nachdem sie im Gebäude abgetaucht waren, standen die vier auf und liefen weiter.

»Diese Männer, die hier im Kloster leben, sind doch keine Mönche, oder?«, fragte Carsten.

»Sicher sind sie Mönche«, erwiderte Sandra. »Ihr Orden ist bereits seit Jahrhunderten hier ansässig.«

»Aber warum tun sie das? Warum helfen sie euch?«

Sandra lächelte. Sie hatte diese Frage erwartet. »Die Äbte des Klosters haben sich immer gut darauf verstanden, mit den Herrschenden zu paktieren. Früher waren das Fürsten und Könige, dann der sozialistische Staatsapparat. Vor einigen Jahrzehnten erklärte sich der Abt des Klosters bereit, Männer mit einer, nun ja, *ganz bestimmten* Vorgeschichte in seinen Orden aufzunehmen. Das waren vor allem ehemalige Angehörige aller östlichen Geheimdienste, Männer, die aus den unterschiedlichsten Gründen von der Bildfläche verschwinden mussten, angefangen von Informanten bis hin zu weltweit gesuchten Spitzeln. Viele waren verdiente und hochdekorierte Männer, und auch in den Geheimdiensten des Ostblocks gibt es so etwas wie Loyalität. Man wollte sie nicht umbringen, selbst wenn das der einfachste Weg gewesen wäre. Also stellte man sie vor eine simple Wahl: den Tod oder ein Leben in Klöstern wie diesem hier. So hatten sie die Möglichkeit aus dem Blickfeld der internationalen Aufmerksamkeit zu verschwinden. Bruder Jacobus, der heutige Abt, und sein Vorgänger leisteten großartige Überzeugungsarbeit. Die meisten, die hierherkamen, fügten sich den Gesetzen des Ordens. Das war nicht überall so.«

Carsten schüttelte verständnislos den Kopf. Sie bestiegen eine weitere Schräge; das Dächermeer schien kein Ende zu nehmen. »Aber das erklärt noch nicht, weshalb sie für eure Sache kämpfen. Und sterben.«

»Fenn und Jacobus kennen sich seit Jahren. Unser Freund konnte den Abt überzeugen, seinen Brüdern ein Angebot zu machen: Die, die uns unterstützen, dürfen anschließend von hier fortgehen. Er wird sie nicht daran hindern. Ehe die zuständigen Stellen dahinterkommen, welcher von ihnen fehlt, welcher bei dem Angriff westlicher Spione ums Leben kam und welcher gar bis zur Unkenntlichkeit verbrannte, sind sie längst über alle Berge. Keine Lebensversicherung, aber zumindest eine reelle Chance, den Rest ihres Lebens in Freiheit zu verbringen.«

Eine Rauchwolke wehte herüber und hüllte sie ein. Einen Moment lang hatten sie alle genug damit zu tun, vor lauter Husten und tränenden Augen nicht den Halt zu verlieren.

Nina, die ebenfalls zugehört hatte, fing sich als Erste. »Und dieser Jacobus riskiert all das nur aus Freundschaft?«, fragte sie zweifelnd.

Sandra nickte. »Ja.«

Carsten und Nina wechselten einen Blick. Beide wollten noch etwas sagen, als Hagen sie mit einer Handbewegung zum Schweigen brachte und ihnen bedeutete, stehen zu bleiben.

»Dort vorne ist es«, flüsterte er.

Auf seinem Gesicht spiegelte sich der Schein der umliegenden Feuer. Wie flammende Gespenster zuckten rote und gelbe Schlieren über seine Züge. Carsten folgte seinem Blick und sah über den Rand des Daches hinunter auf einen kleinen Hof. An einer Seite begrenzte ihn ein zweiflügeliges Tor, dahinter lag der Stallkomplex. Als er über dessen Dach hinwegschaute, erkannte er, dass sie den äußeren Bereich des Klosters erreicht hatten. Hinter den Ställen lag die karge Hügellandschaft. Der Nachthimmel sah aus wie ein schwarzes Samttuch, das jemand mit funkelnden Perlen bestickt hatte. Manche Sterne strahlten so hell, dass sie selbst durch den dichten Rauch zu erkennen waren. »Das Feuer hat die Ställe noch nicht erreicht«, stellte Hagen aufatmend fest.

»Seht doch«, sagte Nina und deutete nach links. Dort züngelten aus einem der benachbarten Dächer bereits erste Flammen wie die glühenden Tentakel eines Riesenkraken. In wenigen Minuten würden sie auf das Stallgebäude übergreifen. Hagen wurde kreidebleich.

»Wir müssen uns beeilen«, sagte Sandra. Ehe jemand sie daran hindern konnte, schwang sie sich über die Dachkante in die Tiefe.

»Sandra!« Carstens Arm schoss vor und verfehlte sie. Als er hinter ihr über den Rand der Dachrinne blickte, sah er, dass sie sicher in einem Heuhaufen an der Seite des Hofes aufgekommen war. Außer ihr war niemand zu sehen.

»Kommt runter«, zischte sie.

Nacheinander folgten sie ihr, landeten im Heu und rappelten sich auf. Das Stalltor war nur durch einen Draht gesichert. Carsten drückte es einen Spalt weit auf, dann schlüpften sie der Reihe nach hinein.

Drinnen erwartete sie der warme Geruch nach Stroh, Pferdedung und den Ausdünstungen der Tiere. Entlang eines breiten Gangs befanden sich an die sechzig Pferdeboxen. Weder Stallknechte noch Mönche waren zu sehen. Die Tiere wieherten nervös und trabten in den kleinen Umzäunungen auf und ab. Sie witterten das näher kommende Feuer.

»Wir müssen sie freilassen«, sagte Nina.

Sandra schüttelte den Kopf. »Keine Zeit. Wir müssen hier fort, bevor uns jemand findet.«

»Das Mädchen hat recht«, wandte Hagen ein. »Wenn wir sie rauslassen, gelingt es uns vielleicht, innerhalb des Trubels unbemerkt zu entkommen.«

Sandra hob die Schultern. »Meinetwegen«, sagte sie dann.

Sie öffneten ein Gatter nach dem anderen und entließen die Pferde auf den Gang. Dort liefen die Tiere ängstlich hin und her, schnaubend und wiehernd, mit einem panischen Funkeln in den Augen. Nicht mehr lange, und ihre Nervosität würde sich in Aggression verwandeln.

Sie hatten etwa die Hälfte der Boxen geöffnet, als es in der vorderen Ecke der Halle knirschte und mit einem Mal lichterloh brannte. Die Flammen sprangen blitzschnell auf das Stroh in den Boxen über, und innerhalb von Sekunden stand die vordere Wand des Stalls in Flammen. Das Prasseln des Feuers und die angsterfüllten Schreie der

Pferde vermischten sich zu ohrenbetäubendem Lärm. Hagen rannte vor zum anderen Ende der Halle und stieß das zweite Tor auf, das hinaus auf die Weiden führte. Um ein Haar hätten ihn die wildgewordenen Tiere niedergetrampelt. Im letzten Moment warf er sich zur Seite.

»Los, schnappt euch jeder ein Pferd!«, schrie er über das Chaos hinweg.

»Aber … die restlichen Tiere«, brüllte Nina.

Carsten riss sie am Arm herum. »Wir haben keine Zeit. In ein, zwei Minuten brennt der ganze Stall.«

»Aber …«, begann sie hilflos, brach aber ab. Dann fuhr sie herum und rannte mit Carsten und Sandra ans andere Ende der Halle. Auch hier waren die Pferde nah an einer Panik, aber noch ruhig genug, um sich das Zaumzeug überstreifen zu lassen. Für Sattel blieb keine Zeit.

Carsten war sicher, dass er nicht einmal auf eines der Tiere hinaufkommen würde, geschweige denn auch nur drei Meter weit darauf reiten könnte. Während Sandra und Nina bereits schwankend auf ihren Tieren saßen, versuchte er immer noch, seines zum Stillstehen zu bewegen.

»Komm mit auf meins«, rief Nina. Sie reichte ihm ihre Hand und half ihm beim Aufsteigen. »Jetzt halt dich fest!«

Es war nicht nötig, das Tier anzutreiben. Die Flammen züngelten immer weiter und heißer in ihre Richtung. Die Instinkte des Tieres ließen es aus dem Stand losgaloppieren, hinaus aus dem Tor, in die Kühle der Nacht.

Hinter ihnen knirschte es erneut. Carsten sah aus den Augenwinkeln, wie die meisten der Tiere von Panik getrieben durch die Holzgatter ihrer Boxen brachen und ins Freie stürmten. Gleichzeitig griff das Feuer auf den Dachstuhl und die übrigen Wände über und verwandelte den Stall in einen lodernden Tunnel aus Feuer.

Sandra fluchte, als vor ihnen aus der Dunkelheit mehrere Gestalten auftauchten. Nawatzkis Männer, ein halbes Dutzend. Noch ehe sie ihre Waffen hochreißen konnten, hatte die panische Herde sie erreicht. Drei oder vier der Männer wurden unter donnernden

Pferdehufen begraben und ins Gras gestampft, die anderen sprangen schreiend beiseite. Sandra drehte sich nach hinten und versuchte im Reiten auf einen der Unverletzten zu zielen, ließ die Waffe aber dann sinken. Es hatte keinen Sinn mehr. Es galt jetzt nur noch zu entkommen, ganz gleich, ob jemand sie dabei beobachtete.

Carsten klammerte sich mit beiden Armen um Ninas Taille. Sie selbst hatte alle Mühe, sich an den Zügeln festzuhalten. Während der ersten zweihundert Meter war er überzeugt, dass sie stürzen und sich das Genick brechen würden. Schließlich aber hatte Nina das Pferd so weit unter Kontrolle, dass sich sein Tempo verlangsamte. Die Mönche hatten bei der Ausbildung der Tiere gute Arbeit geleistet.

Auf dem letzten Stück hatten sie Sandra und Hagen in der Finsternis aus den Augen verloren, doch jetzt sahen sie, wie beide ihre Tiere eine Hügelflanke hinauflenkten. Nina brachte ihr Pferd dazu, ihnen zu folgen. Oben angekommen standen sie nebeneinander und blickten hinunter ins Flammenmeer des Klosters. Überall stolperten Männer aus dem lodernden Inferno, manche brannten und schrien. Carsten sah die zuckenden Spiegelungen der Flammen auf den Gesichtern der anderen. War es das wert gewesen? Erst als Sandra antwortete, wurde ihm klar, dass er die Frage laut ausgesprochen hatte.

»Woran willst du das messen?«, erwiderte sie müde. »An der Zahl der Menschen, die Nawatzki und seine Leute auf dem Gewissen haben? Oder an den Politikern, die mit unseren Dokumenten stehen und fallen?« Sie schüttelte langsam den Kopf, ohne dabei den Blick von der tobenden Flammenhölle zu wenden. »Das da unten hat nichts mit Werten zu tun, Carsten. Hör auf, in solchen Kategorien zu denken.«

Sie zog ihr Pferd an den Zügeln herum und galoppierte den rückwärtigen Hang hinunter, fort vom Kloster, fort vom Töten und Brennen und Schreien. Die anderen folgten ihr. Hinter ihnen neigte sich einer der drei lodernden Kirchtürme zur Seite, hing einen Moment lang wie schwerelos da und zerschlug dann mehrere Gebäude unter sich wie Schuhkartons. Glühende Dachziegel spritzten wie Lavatropfen in die Nacht.

Carsten presste sich fester an Ninas Oberkörper. Er spürte ihren rasenden Herzschlag, roch Asche und Ruß in ihrem Haar. Er war froh, nicht in ihre Augen sehen zu müssen.

Das alte Bauernhaus lag an einem felsigen Berghang, umgeben von einem rauschenden Meer aus Bäumen und dichtem Unterholz. Das Gebäude war kaum mehr als eine Ruine, seit langem unbewohnt. Die rechte Dachhälfte war vor langer Zeit nach innen gesackt und hatte einen Großteil der Zimmer unter Balken und Ziegeln begraben. Zwischen den Trümmern wuchsen Gräser und Unkräuter, in einigen Räumen war Efeu von außen über die Mauerkronen gewuchert und bedeckte die Wände wie ein grüner Vorhang.

Carsten und Nina saßen auf einem Haufen Schutt und schwiegen. Wo einst das Dach gewesen war, wölbte sich über ihnen der dunkle Nachthimmel. Sandra stand an einem der zerbrochenen Fenster und blickte den Hang hinab zum Waldrand. Von draußen hörten sie, wie Hagen mit den Pferden von einem nahen Bach zurückkehrte. Die vergangenen Stunden waren anstrengend für die Tiere gewesen, nicht allein für ihre erschöpften Reiter. Die Pferde hatten sich Wasser und ein wenig Ruhe verdient.

Sie hatten das alte Gehöft gegen Mitternacht erreicht. Fenn, Sandra und die anderen ihrer Gruppe hatten die Ruine als Treffpunkt ausgemacht, für den Fall, dass etwas schiefgehen sollte. Falls es zu einem *Zwischenfall* käme, hatte Sandra gesagt; Carsten hatte ihr laut ins Gesicht gelacht.

Jetzt war es kurz nach halb drei, und immer noch war niemand aufgetaucht. Sie sind alle tot, dachte er. Alle tot.

Er hatte den Gedanken kaum beendet, als ein Lächeln über Sandras Gesicht huschte.

»Fenn!«, flüsterte sie und stürmte vom Fenster zur Tür. Sie riss sie auf und verschwand in der Nacht. Nach einigen Augenblicken hörten sie aufgeregte Stimmen.

Carsten und Nina blieben sitzen. Sie warteten, bis die Stimmen näher und näher kamen. Schließlich betraten Fenn und einer seiner Männer das Haus, gefolgt von Hagen und Sandra.

Fenns Pferdeschwanz hatte sich gelöst. Sein langes schwarzes Haar hing offen über die Schultern. Er sah aus wie ein Rockmusiker. Seine Instrumente waren die Pistolen in seinen Schulterhalftern.

Der andere Mann, dessen Namen er nicht kannte, war klein, blond und jünger als die anderen. Sein Gesicht war von tiefen Pockennarben zerfurcht. Auf Stirn und Wangen klebte getrocknetes Blut, das aus einer Wunde unter seinem Haar geflossen war.

Fenn ließ sich, ohne Carsten und Nina zu beachten, auf einem Haufen alter Steine nieder. Das Licht der Sterne legte einen kalten Schimmer über sein Gesicht. Er keuchte vor Erschöpfung. In unregelmäßigen Abständen zuckte sein Unterkiefer, als entwickelten seine Muskeln ein Eigenleben.

»Was ist mit den anderen«, fragte Sandra. Sie alle konnten sich die Antwort denken.

»Tot«, sagte Fenn.

»Und Nawatzki?«

Er senkte seinen Blick und schüttelte den Kopf. »Er, Michaelis und von Heiden sind uns entwischt.«

Carsten fand das grotesk. Wenn jemand einem anderen entwischt war, so waren das Fenn und sie selbst. Er öffnete den Mund, um seinen Gedanken laut auszusprechen, aber Nina drückte seine Hand, um ihn zum Schweigen zu bringen.

Fenn berichtete in knappen Sätzen, wie er und sein Begleiter – er nannte ihn einfach nur Junior – dem Chaos entkommen waren. Nachdem sie hatten mitansehen müssen, wie ihre drei Freunde im Kugelhagel von Nawatzkis Sturmkommando starben, waren sie durch einen unterirdischen Fluchttunnel aus der Flammenhölle des Klosters geflohen. Mit ihnen war ein Großteil der Mönche entkommen. Fenn schätzte die Zahl der Toten allein auf ihrer Seite auf über ein Dutzend.

Plötzlich sah er sich mit stechendem Blick zu Carsten um. »Vielleicht begreifen Sie jetzt, wie wichtig diese Dokumente sind.«

»Weil Sie sich gegenseitig dafür umbringen?« Carstens Stimme troff vor Sarkasmus. »Ich bin beeindruckt.«

Fenn sprang auf, kam mit zwei, drei blitzschnellen Schritten auf ihn zu und holte zu einem Schlag aus. Sandra ging dazwischen.

»Halt!«, befahl sie.

Fenn ließ die Faust sinken, doch nun war es Carsten, der hochsprang. »Stimmt es, was Michaelis gesagt hat?«

»Was meinen Sie?«

»Dass Sie es waren, der Sebastian getötet hat.«

Für einen Augenblick brach Fenns Zorn in sich zusammen. Sein Gesicht schien zu zerfließen, Stress und Strapazen waren ihm deutlicher anzusehen als je zuvor.

Er brauchte keine zwei Sekunden, um sich wieder zu fangen. »Unsinn«, sagte er mit fester Stimme.

»Sie lügen«, sagte Nina leise. Sie klang sehr ruhig, sehr gefasst. Alle Köpfe ruckten in ihre Richtung. Bisher hatte sie dem Geschehen um sie herum kaum Beachtung geschenkt, doch jetzt blickte sie langsam auf. »Sie waren der Einzige, der einen Grund gehabt hätte, ihn zu töten. Nur für Sie war es wichtig, Sandras Spur zu verwischen und die Briefe verschwinden zu lassen. Nawatzki und Michaelis bemühten sich, Carsten förmlich mit der Nase darauf zu stoßen. Das Netz hatte keinen Vorteil durch Sebastians Tod. Den hatten nur Sie.«

Carsten starrte erst sie, dann Sandra und schließlich Fenn an. Der Anführer der Gruppe stand wie versteinert da, einen Ausdruck völligen Erstaunens im Gesicht. Keiner der anderen rührte sich. Carsten erwartete, dass Fenn den Vorwurf leugnen, ihn weiterhin abstreiten würde. Dann sagte er leise: »Ja, Sie haben recht. Es war ein Unfall.«

Carsten schrie auf, sprang nach vorne und warf sich auf ihn. Der Angriff traf Fenn völlig unerwartet. Carsten landete zwei Faustschläge in seinem Gesicht, ehe die Instinkte des Agenten die Kontrolle über sein Handeln übernahmen. Er packte Carstens rechten Arm, bog ihn beiseite und schlug ihm in die Magengrube. Carsten knickte zusammen, schnappte nach Luft – und trat noch im Fallen nach Fenns Knie. Mit einem überraschten Keuchen verlor sein Gegner das Gleichgewicht, kippte zur Seite und fiel mit der Nase auf Carstens angewinkeltes Bein. Als er seinen Kopf wieder hob, floss ihm Blut aus beiden Nasenlöchern. Das Haar hing in wirren Strähnen von seinem Gesicht, in seinen Augen glühte Mordlust.

Das Knirschen eines gespannten Pistolenhahns fraß sich wie aus weiter Ferne in ihre Wahrnehmung. »Wer als Erster zuschlägt, bekommt eine Kugel ins Bein«, zischte Sandra. »Das gilt auch für dich, Fenn.«

Sie blickten beide auf und starrten in die Mündung ihrer Waffe.

»Hört mit diesem Wahnsinn auf«, sagte sie. Ihr Blick war düster und berechnend. »Wenn ihr euch gegenseitig umbringen wollt, tut das später. Wir müssen zusehen, dass wir aus diesem verfluchten Land herauskommen.«

»Und dann?«, fragte Nina. Es klang gleichgültig.

Fenn und Carsten rappelten sich auf. Ihre Blicke hingen kalt und abschätzend aneinander. Carsten wusste, dass Fenn ihn innerhalb weniger Sekunden mit bloßen Händen töten konnte, wenn er es darauf anlegte. Möglicherweise hatte Sandra ihm das Leben gerettet; sicherlich einige seiner Knochen.

»Es gibt einen Ort, an dem wir eine Weile lang sicher sind«, sagte Sandra als Antwort auf Ninas Frage.

»Wo soll das sein?«, fragte Carsten und wischte sich den Schweiß von der Stirn.

Sandra steckte ihre Waffe ein. »Der Ort, an dem wir uns während der vergangenen Wochen versteckt haben. Der Ort, wo die Dokumente liegen.«

# Kapitel 4

Sie brauchten zwei Tage, dann hatten sie die Grenze überquert. Von dem alten Bauernhaus aus waren sie in einem gestohlenen Wagen, den Fenn und Junior aufgetrieben hatten, nach Westen gefahren. Sie benutzten keine Hauptstraßen, nur Feldwege und schmale, gepflasterte Landstraßen, auf denen sie ständig die Orientierung verloren. Schließlich war die Stimmung in dem engen Fahrzeug so gereizt, dass Hagen beschloss, noch einen zweiten Wagen zu stehlen. Carsten und Nina wechselten zu ihm hinüber.

Carsten war froh, aus Fenns Nähe verschwinden zu können. Er hegte keine Rachegefühle. Sebastians Tod schien eine Ewigkeit zurückzuliegen; seitdem hatte er so viele Tote gesehen und so oft um sein eigenes Leben fürchten müssen, dass der Mord an dem Freund im Rückblick immer verschwommener wurde. Ja, selbst Sebastians Bild verblasste in seiner Erinnerung, ohne dass er etwas daran hätte ändern können. Insgeheim war er froh darüber. Es machte alles so viel einfacher.

Sie übernachteten getrennt in zwei nah beieinanderliegenden Dörfern, nur wenige Kilometer vor der Grenze. Am nächsten Tag fuhren sie so nah wie möglich an die nächstbeste Grenzstation und ließen sich außerhalb ihrer Sichtweite in Paaren als Anhalter von vorbeifahrenden Wagen mitnehmen. Fenn hatte Carsten und Nina, deren Ausweise beim Wechsel ihrer Kleidung in Prag zurückgeblieben waren, mit falschen Pässen bestückt. Die Fotos waren so gewählt, dass sie auf eine Vielzahl von Personen passen konnten, ein Mann mit Vollbart und eine Frau mit zotteligem Haar, die die Gesichter darunter kaum erkennbar machten. Die Geburtsdaten machten sie beide um einige Jahre älter, aber keiner der Grenzposten hatte etwas daran auszusetzen. Am frühen Abend betraten sie deutschen Boden.

Sie trafen sich wie verabredet an einer Raststätte und brachten dort den übermüdeten Fahrer eines schwach besetzten Reisebusses dazu, sie bis zu dessen nächster Station, nach Leipzig mitzunehmen.

Dort stahlen sie einen VW-Transporter und fuhren Richtung Harz. Gegen dreiundzwanzig Uhr, es war längst stockdunkel, erreichten sie die Ausläufer der Berge und tauchten in die finstere Stille der Wälder.

Fenn steuerte den Wagen über enge Serpentinen, durch tiefe Täler und über ein Netz holpriger Straßen, auf denen ihnen kein anderes Fahrzeug begegnete. Carsten verlor schon nach wenigen Minuten die Orientierung. Die Umgebung verschmolz zu vorbeihuschenden Schemen von Baumstämmen, die die Scheinwerfer aus der Nacht rissen. Einmal stand plötzlich ein Reh auf der Straße, und Fenn entging nur durch abruptes Bremsen im letzten Moment einem Zusammenstoß. Der brutale Ruck riss sie aus ihrem Halbschlaf, und sie verbrachten die nächste Dreiviertelstunde damit, wortlos und missmutig aus den Fenstern auf das immergleiche Bild der nächtlichen Wälder zu starren.

Plötzlich lenkte Fenn den Transporter von der Straße auf einen Waldweg, der vor Jahrzehnten einmal befahrbar gewesen sein mochte, heute aber nur noch eine Schneise aus Schlaglöchern, großen Steinen und Erdhügeln war. Sie wurden auf ihren Sitzen hin und her geworfen. Fenn hatte alle erdenkliche Mühe, die Kontrolle über das Fahrzeug zu behalten. Mehrfach befürchtete Carsten, die Achsen würden unter der Belastung brechen. Zu allem Überfluss hatten sie dann auch noch zu Fuß durch den mitternächtlichen Wald laufen müssen, einem Ziel entgegen, über das ihnen bislang weder Fenn noch Sandra oder einer der beiden Männer Auskunft gegeben hatte.

Nach einer Weile verlor er jegliches Zeitgefühl. Die Erschütterungen und das Bild der vorüberrumpelnden Bäume übten eine fast hypnotische Wirkung auf ihn aus. Er schätzte, dass eine weitere halbe Stunde verging, ehe sie erneut abbogen und schließlich anhielten. Sie ließen den Wagen zwischen den Bäumen stehen, wo er auch aus der Luft nicht zu erkennen war, und gingen das letzte Stück zu Fuß.

Einige Minuten später traten sie aus dem Dickicht auf eine Lichtung. Es war stockdunkel. Sie hatten keine Taschenlampe dabei, aber

Fenn, Sandra und die beiden anderen liefen zielstrebig weiter, als würden sie jeden Quadratmeter des Bodens kennen.

Der Nachthimmel war wolkenverhangen, nach einer Weile jedoch gewöhnten sich seine Augen so weit an die Finsternis, dass er vor ihnen einen hohen, schlanken Umriss erkannte, der sich schwach von der Umgebung abhob.

Es war ein alter Wachturm, ein Relikt der gefallenen Grenze. Sie befanden sich auf dem ehemaligen Todesstreifen, der den Harz von Norden nach Süden in zwei Hälften teilte. Hier gab es weder Ansiedlungen noch befahrene Straßen. Eine verlassenere Gegend hätten sie sich als Versteck nicht wünschen können. Sandra hatte recht gehabt; wenn sie irgendwo vor ihren Verfolgern sicher waren, dann hier.

Er konnte nicht genau erkennen, was jenseits des Turmes lag, aber es schien, als ob der Boden wenige Meter dahinter wegbrach. Eine Schlucht, dachte er, natürlich. Der Wachturm übersah von hier oben aus eine Kluft und die umliegenden Wälder. Am Rande der Klippen standen schräge Betonpfeiler, Ruinen des früheren Grenzzaunes, die in der Dunkelheit wie Zähne eines monströsen Schlundes wirkten. Ein kalter Wind fegte aus der Schwärze herauf und ließ ihn frösteln.

Fenn und die anderen zogen wie auf ein stummes Kommando ihre Waffen. Der Anführer der Gruppe stieß die Tür des Turmes auf. Im Inneren war es fast noch dunkler als hier draußen – falls das überhaupt möglich war.

»Wartet hier«, flüsterte Sandra. Sie und Fenn schlichen ins Innere des Turmes und ließen Carsten und Nina mit Hagen und Junior zurück. Sie hörten von drinnen ihre Schritte auf einer Eisentreppe, während die beiden den Turm nach ungebetenen Besuchern durchkämmten. Nach wenigen Minuten kehrte Sandra zurück. »Alles klar«, sagte sie.

Carsten und Nina folgten den anderen ins Innere.

Hagen schloss die Tür, kramte irgendwo in der Finsternis und ließ eine Taschenlampe aufflammen. »Die können wir nur im Erdgeschoss benutzen, sonst kann man das Licht durch die Sichtfenster im zweiten Stock erkennen«, erklärte er.

Carsten sah Kisten mit Vorräten und Waffen in dem ansonsten kargen Raum. Neben den Gitterstufen der schmalen Wendeltreppe gab es eine Falltür im Boden.

»Was ist da drunter?«, fragte er.

Sandra schüttelte den Kopf. »Das erfahrt ihr morgen Früh. Lasst uns erst ein paar Stunden schlafen.«

Sie stieg die Treppe hinauf und forderte sie auf, ihr zu folgen. Hagen blieb mit der Taschenlampe zurück. Im ersten Stock erwartete sie ein ähnliches Bild wie unten. Im schwachen Schein, der durch den Treppenschacht heraufdrang, sahen sie Kisten und Kartons, dazwischen lagen sechs Schlafsäcke auf Isomatten.

Sandra deutete in eine Ecke. »Sucht euch welche aus. Wir haben jetzt genug Platz für alle.« Bei den letzten Worten umspielte ein bitterer Zug ihre Mundwinkel.

Carsten fragte sich, warum es nur sechs Plätze für ursprünglich sieben Personen gab. Die Antwort war klar. Einer hielt die Nacht über Wache und brauchte keinen Schlafsack.

Bevor er sich hinlegte, wollte er noch einen Blick in die obere Etage des Turmes werfen. Sandra hinderte ihn nicht daran. Der Raum an der Spitze wurde nach allen Seiten von großen Sichtscheiben eingefasst. Die Mauer war nur hüfthoch. Fenn saß auf einem Drehstuhl und starrte hinaus in die Nacht. Erst nach einem Augenblick wurde Carsten klar, dass er sein eigenes, schwaches Spiegelbild im Glas betrachtete.

»Ich übernehme die erste Wache«, sagte Fenn, ohne ihn anzusehen. »Einer der anderen wird mich später ablösen. Du kannst ab morgen mit einsteigen.« Es war das erste Mal, dass er Carsten duzte; selbst während ihres Streits in dem alten Bauernhaus waren sie beim förmlichen Sie geblieben.

Carsten nickte. Ihm war es gleichgültig. Er war müde, trotzdem bezweifelte er, dass er würde einschlafen können. Nicht nach all dem, was passiert war. Schon in der vergangenen Nacht, im Gasthaus des kleinen tschechischen Dorfes an der Grenze, hatten er und Nina die meiste Zeit damit verbracht, sich gegenseitig Hoffnung zu machen.

Als sie schließlich miteinander schliefen, war es eher ein Akt der Verzweiflung als der Liebe.

»Wie wird es weitergehen?«, fragte er Fenn.

Der Anführer zuckte mit den Schultern und vollführte mit seinem Stuhl eine langsame Drehung. »Wir bleiben hier«, sagte er.

»Nicht für immer.«

»Nein, aber bis wir eine Alternative gefunden haben. Ich habe noch alte Kontakte, die uns vielleicht helfen können, außer Landes zu fliehen.«

Die Leichtigkeit, mit der Fenn die letzten Worte aussprach, schockierte Carsten. Auf einen Schlag wurde ihm bewusst, wie es tatsächlich um sie stand. Sie hatten sich mit einer Organisation angelegt, die sie früher oder später in jedem Winkel der Republik aufspüren würde. Sie waren jetzt Flüchtlinge, Vertriebene, ähnlich wie die Mönche in Jacobus' Abtei, dazu verdammt, sich in ein Schicksal zu fügen, das sie nicht selbst bestimmen konnten. Für einen irrsinnigen Augenblick erinnerte er sich an Elisabeth, seine alte Vermieterin, die in Frankfurt darauf wartete, dass er anrief und ihr erzählte, wie prächtig er sich im Osten eingelebt hatte.

Wahnsinn, dachte er.

»Was für Kontakte sind das?«

»Bekannte von früher, Leute, die uns vielleicht helfen werden, vielleicht auch nicht.«

Carsten lächelte bitter. Mit einem Mal spürte er nichts als den Wunsch, Fenn zu verletzen. »Menschen wie dein Freund Jacobus? Noch mehr potentielle Leichen?«

Fenn verzog keine Miene. »Jacobus geht es gut. Er konnte fliehen.«

»Andere konnten das nicht.«

»Was willst du damit sagen? Dass wir hier abwarten sollen, bis sie uns finden und töten? Das kann nicht dein Ernst sein. Das hier ist kein Ritterturnier, und wir sind keine selbstlosen Kämpfer in glänzenden Rüstungen.«

»So ähnlich hat sich Michaelis auch ausgedrückt.«

Fenn nickte. »Er hat recht. Das Ganze ist wie eine Schachpartie. Vorher wurde ausgelost, wer die schwarzen und wer die weißen Figuren spielt. Die Verteilung ist kaum mehr als Zufall.« Er atmete tief ein. »Erinnerst du dich noch, um was ich dich bei unserem ersten Treffen gebeten habe? Du solltest darüber nachdenken, auf welcher Seite die Guten und auf welcher die Bösen stehen.«

Carsten schwieg.

»Zu welcher Entscheidung bist du gekommen?«

»Allein die Frage ist pathetischer Blödsinn.«

Fenn beugte sich vor. »Es gibt keine Antwort. Du hast selbst gesehen, mit welchen Mitteln die andere Seite arbeitet. Gleichzeitig verachtest du mich, weil ich deinen Freund getötet habe. Trotzdem greifst du mich nicht an. Du hegst keine Mordgedanken mehr, oder?«

Widerwillig schüttelte Carsten den Kopf.

Fenn blickte wieder hinaus in die Nacht. »Letztlich können wir nur verlieren.«

Carsten lehnte sich gegen eine der Scheiben. Das Glas war eiskalt. »Und das alles wegen ein paar Dokumenten. Sie sind unten, unter der Falltür, nicht wahr?«

»Ja. Aber es sind nicht nur *ein paar Dokumente*. Es geht um eine ganze Bibliothek von Akten. Der Kellerraum ist vollgestopft damit. Ohne sie können wir hier nicht weg.«

»Eure Akten interessieren mich einen Scheißdreck.«

»Natürlich. Du spielst deine Rolle, ich spiele meine. Du hast Angst um dein Leben und vielleicht um das deiner Freundin, ich kämpfe für einen Berg von Papier.« Er lächelte matt. »Ich fürchte, ich bin Bürokrat geworden.«

Carsten drehte sich um und ging zur Treppe.

Fenn rief ihm hinterher. »Eine oder zwei Wochen sind wir hier sicher. Dann werden Nawatzkis Männer den richtigen Personen die richtigen Fragen stellen. Ich hoffe, ihr bleibt so lange bei uns. Die Wälder sind groß und sehr einsam. Wir werden euch nicht folgen, wenn ihr wegwollt. Nawatzki wird euch irgendwo dort draußen erwarten.«

Carsten stieg die Stufen hinunter. Nina saß mit angezogenen Knien auf einem Schlafsack und sah ihn an.

»Du magst ihn, nicht wahr?«, sagte sie.

»Er hat Sebastian ermordet.«

Sie schüttelte langsam den Kopf und streckte sich auf der Matte aus. »Als ob das noch etwas zu bedeuten hätte.«

Darauf wusste er keine Antwort.

Am Morgen führte Sandra ihn entlang der Betonpfeiler zum Waldrand. Im Schatten der Bäume setzten sie sich auf einen Steinbrocken und blickten über die Schlucht und die endlosen Fichtenwälder.

Der Abgrund war größer, als er in der Nacht angenommen hatte. Die Wände der Schlucht fielen steil und zerklüftet nach unten ab, zwanzig, dreißig Meter tief. Ihr Grund war wie die umliegenden Berge und Täler dicht mit Bäumen bewachsen. Es gab dort unten nicht so viele wie auf den Hängen und Hügelkuppen, die Fichten waren hier kleiner und dünner. Trotzdem wirkten sie von oben wie ein dichter, dunkler Teppich. Ein paar Greifvögel zogen majestätisch ihre Bahnen am Himmel und stießen dann und wann hinab in die Tiefe, wenn sie am Grund der Kluft eine Maus oder ein kleines Kaninchen erspähten.

»Warum haben die Grenzposten das Gebiet nicht roden lassen?«, fragte er. »Es muss schwer gewesen sein, Flüchtlinge dort unten zu entdecken.«

Sandra schüttelte den Kopf. »Glaub mir, sie hätten es bemerkt.«

Er sah sie verständnislos an.

Sie lächelte. »Spätestens nach der ersten Explosion.«

»Die Schlucht war vermint?«

»Sicher. Sie ist es immer noch. Wenn du ein Stück am Rand entlanggehst, wirst du gelegentlich auf Warnschilder stoßen. Aber sie sind überflüssig. Niemand verirrt sich hierher.«

»Wie kommt es, dass die Minen während der vergangenen drei Jahre nicht entfernt wurden?«, fragte er erstaunt.

»Werden sie, früher oder später. Der ganze Harz ist noch voll davon, auch andere Teile der ehemaligen Grenze. Die Arbeiten ziehen sich hin. Dieses Stück ist in zwei bis drei Jahren an der Reihe.«

»Nawatzkis Leute können demnach nur von der Ostseite anrücken.«

Sie nickte. »Das ist einer der Gründe, warum dieser Ort als Versteck so günstig ist. Aber die Hoffnung ist trügerisch. Falls sie uns hier finden, haben sie ohnehin gewonnen. Wir sind vier – sechs mit euch beiden; Nawatzkis Privatarmee haben wir nichts entgegenzusetzen.«

»Wie kam es, dass du plötzlich in Prag auftauchtest?«

Sie seufzte. »Hagen und ich wollten dich wie verabredet in Tiefental abholen, um dich hier im Turm zu verstecken. Als du nicht dort warst, war uns klar, was passiert war. Wir folgten euch so schnell es ging. Wie es aussah, kamen wir gerade noch rechtzeitig zum großen Feuerwerk.«

Er wandte den Blick fort von ihrem Gesicht und sah hinauf zum Himmel. Die Vögel flogen verschlungene Kreise, als würden sie Signale geben. Signale an Nawatzki.

Das, mein Freund, nennt man Paranoia, dachte er.

»Was war mit den Briefen?«, fragte er.

Einen Augenblick lang schwieg sie. »Du weißt, dass sie nicht von mir waren, oder?«, meinte sie dann.

»Die Schrift änderte sich kurz nach deinem … *Unfall.*«

»Ich habe lange Zeit nichts davon gewusst. Man sagte mir, du hättest den Briefkontakt abgebrochen. Ich habe ihnen nicht geglaubt, ich dachte, sie fangen sie ab und vernichten sie. Erst nach der Wende habe ich erfahren, dass jemand anderes sie für mich beantwortet hat.«

»Aber warum?«, fragte er. Er wollte der Frage einen dramatischen Tonfall verleihen, doch sie klang nur spröde, fast desinteressiert. Nichts von all dem zählte noch.

»Wir beide wussten nichts davon, aber jeder unserer Briefe wurde gelesen, kopiert und abgeheftet. Wir hatten Glück. Hätte irgendjemand die falschen politischen Tendenzen herausgelesen, wäre der ganze Kontakt sofort abgebrochen worden. Aber wir waren ja beide noch Kinder. Ich wusste noch nicht, in welcher Richtung ich bereits damals ausgebildet wurde. Erst mit siebzehn oder achtzehn erfuhr ich, für welche Laufbahn mich das Mfs ausgewählt hatte. Und ich ließ mich darauf ein. Nachdem mein Entschluss feststand, verbot man mir sofort jeglichen Kontakt zum Westen. Ich war naiv genug zu glauben, dass ich unsere Beziehung heimlich aufrechterhalten könnte. Eine Weile lang duldeten sie das. Aber dann kam der Moment, in dem sie mir erklärten, ich benötigte für meine Aufgaben eine neue Identität, die alte Sandra Kirchhoff müsse verschwinden. Man fingierte den Unfall, führte meinen Mann mit einer falschen Leiche hinters Licht und schickte mich in die Schulungszentren nach Berlin. Auch da versuchte ich noch, unseren Kontakt nicht abbrechen zu lassen. Über Verbindungen nach Leipzig gelang es mir, einige deiner Briefe abzufangen und zu beantworten. Aber das Ganze war natürlich eine Farce. Man stellte mich schon nach wenigen Monaten zur Rede und erklärte, der Kontakt sei mit sofortiger Wirkung zu beenden. Danach blieben deine Briefe aus, mit der offiziellen Begründung, dass du keine mehr schreibst.«

Sie holte tief Luft, änderte ihre Position auf dem unbequemen Stein und fuhr fort. »Meine Vorgesetzten befanden sich in einer Zwickmühle. Hätten sie den Kontakt von meiner Seite aus schlagartig abgebrochen, mussten sie befürchten, dass du Kontakt zu meinen Eltern oder Verwandten aufgenommen hättest. Vieles davon hätten sie verhindern können, aber die Gefahr war zu groß, dass du mit einem oder zwei hättest sprechen können. Dadurch wäre herausgekommen, dass auch nach meinem angeblichen Tod noch Briefe aus meiner Hand in den Westen gelangt waren. Der vorgetäuschte Unfall wäre aufgeflogen. Also fasste man den Beschluss, den Briefkontakt fortzusetzen, durch jemanden, der meine Schrift und meinen Stil imitierte. Natürlich unter strengster Kontrolle des Ministeriums. Wäre es nicht zum Fall der Mauer gekommen, wärest du wahrscheinlich niemals dahintergekommen.«

Carsten hörte konzentriert zu und bemühte sich, alles zu begreifen. »Aber die Briefe kamen auch noch nach der Wende, nachdem das Ministerium längst aufgelöst war«, wandte er ein.

Sandra nickte. »Damals erfuhr ich, was passiert war. Das Land wurde wiedervereinigt, aber ich hatte noch immer eine Aufgabe zu erfüllen. Fenn, ich und die anderen waren zu diesem Zeitpunkt auf die Schweigenetz-Akten gestoßen. Das Problem blieb letztlich dasselbe: Es musste gewährleistet bleiben, dass der Rest der Welt mich für tot hielt. Nawatzki und von Heiden haben lange gebraucht, um hinter unsere Identitäten zu kommen. Wäre der Briefkontakt aber nach der Wende abgebrochen und wärest du möglicherweise hierhergekommen, um nach mir zu suchen, wäre der ganze Schwindel aufgeflogen und das Netz schnell auf meine und damit auf die Spur der Dokumente gekommen. Der Fall, der eingetreten ist, als Nawatzki dich schließlich hierher schickte, bestätigt das.«

»Dann wurden die Briefe also weiterhin von einem anderen geschrieben?«

»Ja. Es gelang uns, diejenige ausfindig zu machen, die die ganzen Jahre über den Kontakt zu dir aufrechterhalten hatte, eine alte Frau, der der Briefwechsel großen Spaß machte. Wir mussten ihr nicht einmal Geld bieten, damit sie weiterhin in meine Rolle schlüpfte. Sie hat es gerne getan.«

»Zuletzt kamen die Briefe immer seltener.«

Sandra zuckte mit den Schultern. »Die Frau war sehr alt. Vielleicht wollte sie den Briefkontakt langsam auslaufen lassen. So, dass du keinen Verdacht schöpfen konntest.«

Er schüttelte den Kopf. »Das alles klingt unglaublich.«

»Aber logisch.«

Er schwieg. Seine Gedanken drehten sich im Kreis. Er sah Sandra an und versuchte noch einmal, das junge Mädchen in ihr wiederzuerkennen, in das er einst so verliebt gewesen war. Er erinnerte sich an ihre Pirouetten auf dem gefrorenen See, an ihre gleitenden Bewegungen auf dem Eis, daran, wie sie ihn ganz allein nach Hause geschleppt und dafür Schläge eingesteckt hatte. Vor seinen Augen flimmerten die ersten scheuen Küsse vorüber, ihre erste gemeinsame Nacht. Sie hatte noch dasselbe glatte dunkle Haar, die langen Wimpern und die grün schimmernden Augen. Wenn sie lächelte, erschienen dieselben Grübchen in ihren Wangen, und immer noch war ihre Haut so auffällig hell, fast als wäre sie aus Porzellan.

Und doch war alles anders. Er liebte sie nicht mehr. Es war vorbei.

Er hätte nicht beschreiben können, woran es lag. Ob an ihrem befehlsgewohnten Auftreten im Kloster, an ihrem Handeln, das sie *Auftrag* nannte, oder einfach an der Tatsache, dass Nina in sein Leben getreten war und nur wenige Schritte entfernt im Turm auf ihn wartete – er wusste es nicht.

Sandra entband ihn von der Last, weiter darüber nachzudenken. »Ich glaube, Fenn hat dir einmal versprochen, dich über die Hintergründe der Dokumente aufzuklären. Wir wär's, wenn ich das übernehme?«

Er nickte stumm.

Sie schenkte ihm ein Lächeln, das verriet, wie genau sie wusste, was gerade in ihm vorging. Das, was sie sagte, war sowohl Ablenkung als auch Aufklärung. »Hast du je von der Berliner Normannenstraße gehört?«

»Das Hauptquartier der Staatssicherheit.«

»Genau. Kurz nach dem Fall der Mauer stürmte eine aufgebrachte Menge das Gebäude und stieß dabei auf riesige Mengen von Akten und Unterlagen des Mfs, die meisten davon auf Disketten gespeichert. Bundesnachrichtendienst und Schweigenetz wussten, dass die Staatssicherheit Informationen besaß, deren Aufdeckung ihnen nachhaltig schaden würde. Sie schleusten ihre Mitarbeiter unter die Demonstranten, die in der allgemeinen Aufregung und mithilfe einiger ehemaliger Mfs-Leute die betreffenden Dateien ausfindig machten und vernichteten. Genauso erging es unzähligen Akten über Einzelpersonen, internationale Transaktionen et cetera. Wahrscheinlich hatte jede wichtige Organisation der Bundesrepublik und natürlich auch unsere Seite ihre Spitzel in der stürmenden Meute, um innerhalb des Trubels bestimmte Papiere und Disketten verschwinden zu lassen. Daraus macht mittlerweile kaum noch jemand ein Geheimnis.«

»Aber ihr habt doch die ganze Zeit von Dokumenten gesprochen, nicht von Disketten.«

»Eben deshalb. Die Disketten wurden vernichtet. Nicht aber die Akten, die ihnen zugrunde lagen. Die nämlich wurden zu diesem Zeitpunkt bereits an einem ganz anderen Ort gelagert.« Sie lächelte und wirkte dabei fast ein wenig mädchenhaft. »Du weißt, dass die technischen Errungenschaften der DDR weit hinter den euren zurücklagen. Es ist noch nicht allzu lange her, dass die gesamte Datenerfassung und -verarbeitung des Mfs auf Computer umgestellt wurde. In monatelanger Arbeit wurden die wichtigsten Unterlagen in Dateien übertragen und die Originalpapiere vernichtet. Die Akten über das Schweigenetz waren kurz vor dem Umsturz von der EDV erfasst worden, die zugrundeliegenden Dokumente warteten in einem Lastwagen auf ihren Abtransport zur Verbrennung. Wir sprechen hier nicht von zwei oder drei Ordnern, sondern von nahezu vierhundert Bänden, die einen Großteil aller Aktionen des Netzes und seine Verbindungen zum BND dokumentieren.«

»Demnach funktionierten eure Verbindungen ins Ausland besser als allgemein angenommen.«

»Dafür wurden Leute wie ich ausgebildet.« Sie schloss für einen Augenblick die Augen, sog tief die frische Waldluft ein und fuhr fort. »Der Lastwagen mit diesen Dokumenten war in den letzten Tagen des Mfs fahrbereit gemacht worden. Als sich die politischen Ereignisse von heute auf morgen überschlugen, blieb der Wagen stehen. Nicht eine einzige der Akten, die er geladen hatte, wurde verbrannt. Fenn und ich stießen durch Zufall darauf und konnten Nawatzkis Leuten zuvorkommen. Gemeinsam mit einigen anderen gelang es uns, den Lastwagen samt seiner Ladung verschwinden zu lassen. Seitdem jagt das Netz uns mit all seiner Macht, unterstützt vom BND.«

»Und diese Aktenbände lagern jetzt hier im Turm? Unter der Falltür?« Eigentlich hatte Fenn ihm bereits die Antwort darauf gegeben.

Sandra nickte.

»Ich schätze, es hat keinen Sinn, euch zur Aufgabe überreden zu wollen.«

Sie runzelte die Stirn. »Falls du das ernst meinst, hast du nichts von alldem begriffen.«

Er gab keine Antwort und wich ihrem Blick aus.

Eine Weile lang schwiegen sie, dann meinte Sandra: »Komm, gehen wir zurück zu den anderen.«

Sie standen auf und überquerten den Streifen Ödland, der den Turm als grauer Halbkreis umgab. Als sie die Tür erreichten, zog Sandra ihre Pistole.

»Du solltest lernen, wie man mit so etwas umgeht«, sagte sie und wog die Waffe in der Hand.

Er schüttelte den Kopf. »Ich fasse so ein Ding nicht an.«

»Wegen der Sache mit dem Mädchen in Heidelberg?«

»Du weißt davon?«

»Ich habe ein paar deiner Briefe gelesen, auch wenn ich sie nicht selbst beantworten konnte.«

»Dann solltest du das verstehen. Es war meine Schuld, was mit diesem Kind passiert ist. Einmal reicht.«

Sie schüttelte den Kopf. »Irgendwann wirst du diesen Entschluss bereuen.«

»Mag sein.«

»Überleg es dir. Dieses Ding könnte dir und deiner kleinen Freundin das Leben retten.«

Als hätte sie nur auf das Stichwort gewartet, stand Nina plötzlich neben ihr im Türrahmen. Keiner von beiden hatte gehört, wie sie näher gekommen war. »Die *kleine Freundin* passt ganz gut selbst auf sich auf.«

Sandra hob die Schultern. »Ganz wie ihr wollt«, sagte sie, warf Nina einen grimmigen Blick zu und drängte sich an ihr vorbei ins Innere des Turms.

Drei Tage lang saßen sie im Halbdunkel, spielten Karten, schmiedeten verrückte Pläne für die Zukunft und kämpften mit den Beschränkungen ihrer Behausung. Fenn hatte sie angewiesen, den Wachturm nur zu verlassen, wenn sie ihre Notdurft verrichten mussten. Er fürchtete, dass ein Hubschrauber sie entdecken und den falschen Stellen Bericht erstatten könnte.

Es gab keinen Strom, außer den aus mitgebrachten Batterien, und ihr Wasser bezogen sie aus großen Kanistern, die Fenn und seine Leute bereits vor einigen Wochen hierhergeschafft hatten. Es war warm und schmeckte abgestanden; Carsten war überrascht, wie schnell er sich daran gewöhnte. Sie begannen von ihrem Aufenthalt im Turm als Ferienlager zu sprechen, und das Wort bürgerte sich so schnell in ihren täglichen Sprachgebrauch ein, bis es seinen sarkastischen Unterton verloren hatte.

Am vierten Tag stellten sie fest, dass ihr gesamter Brotvorrat verschimmelt war. Nicht, dass einer von ihnen dem alten steinharten Brot nachtrauerte; problematisch war allein, dass es den Großteil ihrer täglichen Nahrung ausgemacht hatte. Fenn erklärte, sie müssten fortan wohl oder übel mit den mageren Rationen aus Hartkeksen auskommen.

Am fünften Tag, nach Einbruch der Dämmerung, wechselten sie die Nummernschilder des gestohlenen VW-Transporters gegen ein paar gefälschte aus, die Fenn aus einer der Kisten zog wie ein Bühnenmagier Kaninchen aus dem Zylinder. Getarnt als Pärchen auf Harzrundfahrt machten er und Sandra sich auf den Weg ins nächste Dorf. Ihre Gesichter verbargen sie unter Kappen und Brillen, die Waffen unter Windjacken. Fenn wollte telefonisch einige seiner alten Kontakte reaktivieren, die ihnen bei der anstehenden Flucht ins Ausland behilflich sein sollten.

Am sechsten Tag kehrten die beiden zurück und erklärten, möglicherweise sei einiges schiefgelaufen. Einer ihrer Kontaktleute habe seltsame Bemerkungen gemacht. Eventuell habe er sie warnen wollen.

Am siebten Tag erhielten sie die Bestätigung.

# Kapitel 5

*Niklas ist tot.*

Seit einer Woche, seit ihrer Flucht aus den brennenden Ruinen des Klosters schwirrte der Gedanke in Nadines Kopf umher wie ein bösartiges Insekt. Sie hatte daran gedacht, während sie aus der Kirche entkommen war, später, als sie in Prag wieder auf die Reste von Nawatzkis Truppe stieß, und sie dachte heute daran, während sie auf dem Beifahrersitz des Geländewagens durch die Wälder wippte. Heute mehr denn je.

*Niklas ist tot.*

Sie wusste nicht, wer es seiner Familie beibringen würde. Wahrscheinlich würden sie seiner Frau kurz und formell mitteilen, es habe während des Manövers einen Unfall gegeben. Ein Wagen, über den jemand die Kontrolle verloren hatte, vielleicht eine scharfe Granate, die er nicht eilig genug fortgeworfen hatte. Sie würden die Schuld an seinem Tod ihm selbst zuweisen, damit niemand auf die Idee käme, den Vorfall genauer zu verfolgen. Wahrscheinlich würde man ihm, um die Farce perfekt zu machen, eine Flagge in den Sarg stecken.

Sie hatte gedacht, sie sei längst darüber hinweg, andere zu beweinen. So stark, so kalt. Aber das war ein Trugschluss, eine Lüge ihr selbst gegenüber. Sie hatte eine Nacht lang Tränen für ihn vergossen, acht lange Stunden, in denen sie sich selbst mit Zweifeln und Schuldzuweisungen quälte. Bis ihr am Morgen klar wurde, dass nicht sie diejenige war, die Niklas' Tod zu verantworten hatte. Das war eine andere.

Trotzdem hätte sie die Zeichen deuten müssen. Niklas war während des ganzen Einsatzes übermäßig nervös gewesen. Die Kritik von Rochus und Tomas war nicht ungerechtfertigt. Niklas hatte abgebaut, und keiner hatte das besser gewusst als sie. Vielleicht nicht einmal er selbst. Sie hätte einschreiten, sein Verhalten melden müssen. Dann wäre er noch am Leben.

»Verdammt, pass mit dem Ding auf!«, fluchte Rochus hinter ihr.

Tomas, der Scharfschütze, schraubte neben ihm sein Präzisionsgewehr zusammen. Er sparte sich eine Erwiderung.

Nadine ertappte sich dabei, wie sie insgeheim auch den beiden einen Teil der Schuld zuschob. Als man sie brauchte, waren sie nicht da gewesen. Man hatte nur sie selbst und Niklas nach Prag abkommandiert. Ein Fehler an höchster Stelle. Womit sie beim nächsten Schuldigen war, bei Nawatzki.

»Wie weit ist es noch?«, fragte Michaelis. Er hatte Mühe, bei dem Gerumpel das Steuer ruhig zu halten.

Nadine blickte auf die Karte aus alten Beständen der Volksarmee und suchte in dem Wirrwarr aus Linien und Farbfeldern das Wachturmsymbol. »Zwei Kilometer ungefähr«, sagte sie.

Hinter ihnen fuhr ein zweiter Wagen. Darin saßen fünf Männer, bewaffnet, instruiert. Genug für das, was sie vorhatten.

Das Versteck ausfindig zu machen war letztlich weniger schwierig gewesen, als sie angenommen hatten. Einer von Fenns Kontaktleuten in Berlin hatte geredet. Er hatte nicht gewusst, wo die Gruppe sich aufhielt, hatte aber einige Wochen zuvor in Fenns Auftrag einige Details über den Turm aus alten Unterlagen gezogen. Stromversorgung, ein paar Pläne, Informationen über die Umgebung.

Wenn sie schon früher auf diesen Mann gestoßen wären, nur ein oder zwei Wochen, wäre Niklas nicht tot.

Dies alles war immer nur eine Frage der Zeit gewesen. Fenn hätte niemals gewinnen können.

Ein paar Minuten später gab Michaelis dem Wagen hinter ihnen ein Zeichen und hielt an. Weder er noch der andere Fahrer machten sich die Mühe, ihre Fahrzeuge an den Rand zu lenken. Kein anderer Wagen würde den schmalen Hohlweg jetzt noch passieren können.

Die Fichten und das Unterholz schluckten das Tageslicht und verwandelten den Wald in einen finsteren Irrgarten. Der Regen, der schon vor einigen Stunden begonnen hatte, wurde heftiger und peitschte die oberen Äste. Schon nach wenigen Augenblicken perlten Rinnsale aus den Baumkronen zur Erde wie Spinnenfäden aus Kristall.

Es war nicht nötig, dass sie ihr Vorgehen noch einmal absprachen. Sie kontrollierten ein letztes Mal ihre Waffen, verteilten sich und verschmolzen in einer weiten Linie mit den Schatten der Bäume.

Das Netz schloss seine Maschen.

Der Regen trommelte fast horizontal und mit unbändiger Gewalt gegen die Scheiben der Sichtkanzel. Fenn hockte hinter der hüfthohen Ummauerung und starrte angestrengt durch einen Feldstecher hinaus zum Waldrand. Carsten fragte sich, wie er durch die wässrigen Schlieren etwas erkennen konnte.

»Wie viele sind es?«, rief Sandra von unten durch den Treppenschacht.

»Schwer zu sagen«, murmelte Fenn. »Ich sehe bisher sieben oder acht. Eine Frau ist dabei. Und Michaelis.«

»Rote Haare?«, fragte Carsten. Er half Hagen in gebückter Haltung, ein Maschinengewehr auf ein Dreibein zu heben. Das stählerne Gewicht wirkte irgendwie beruhigend. Er versuchte, nicht darüber nachzudenken, was eine Waffe mit dieser Feuerkraft anrichten konnte.

»Lange Haare«, meinte Fenn. »Braun, glaube ich, könnten aber auch rot sein. Weshalb?«

Carsten versuchte einen Blick durch die Scheibe zu erhaschen, sah aber nichts als verschwommenes Graugrün. »Das ist die Frau, deren Partner von Sandra erschossen wurde.«

»Rück mal ein Stück zur Seite«, bat Hagen Fenn. Er schob das Maschinengewehr mit der Mündung näher an die zum Wald gewandte Scheibe. Sie hockten gebückt am Boden, um hinter der niedrigen Mauer nicht gesehen zu werden.

»Deckt die Falltür mit Kisten ab«, rief Fenn über die Schulter. »Ist der Eingang dicht?«

»Alles klar«, erwiderte Nina von unten. »Wir haben alle Kisten vor die Tür geschoben. Da kommt keiner mehr rein – und keiner raus.«

Ihre Stimme klang matt, wie die aller anderen. Jeder wusste, was ihnen bevorstand. Ihre Chancen, den Turm lebend zu verlassen, waren gering.

Hagen drehte sich zu ihm um. »Mach das Fenster auf, wenn ich es dir sage. Das muss schnell gehen.«

Carsten nickte. Die Scheiben ließen sich seitlich verschieben. Der Radius des Maschinengewehrs würde von diesem Punkt aus fast den gesamten Waldrand abdecken.

Sandras Kopf erschien im Treppenschacht. »Lass Junior das machen. Carsten soll unten warten.«

Fenn schüttelte den Kopf. »Er bleibt hier. Hier oben ist es zu gefährlich, als dass wir auch noch Juniors Hals riskieren könnten. Falls uns etwas passiert, musst du mit ihm die Dokumente verteidigen. Carsten ist dir dabei keine Hilfe.«

Was er meinte war klar. Carsten war am ehesten zu ersetzen. Sandra warf ihm einen traurigen Blick zu und tauchte wieder im ersten Stock unter.

Er starrte auf die leere Öffnung, sah Nina, die ihn von unten ängstlich ansah, als plötzlich durch den prasselnden Regen eine Stimme ertönte.

Michaelis.

»Fenn!«, rief er. Das Wort klang durch die elektronische Verfremdung eines Lautsprechers seltsam verzerrt. Einen Augenblick lang hallte aus der Schlucht eine gespenstische Kette von Echos wieder.

»Fenn«, wiederholte Michaelis, »ich muss mit Ihnen sprechen. Nicht, weil ich es möchte, glauben Sie mir, sondern weil ich den Befehl erhalten habe. Also bringen wir es hinter uns.«

Fenn schob das Fenster auf, blieb aber in Deckung. Nässe und Sturm brachen heulend herein. »Was wollen Sie?« Das Hämmern des Regens drohte seine Worte zu verschlucken.

»Muss ich Ihnen das noch sagen? Die Dokumente, Fenn, sonst nichts. Von mir aus können Sie und Ihr ganzer Haufen danach verschwinden und zum Teufel gehen.« Er machte eine kurze Pause. »Carsten, können Sie mich hören? Überzeugen Sie Ihren Freund, dass ich es ehrlich meine. Denken Sie auch an Nina. Wenn wir die Dokumente bekommen, wird Ihnen nichts geschehen.«

Hagen schüttelte den Kopf. »Dieses Schwein.«

Carsten hob seinen Kopf einige Zentimeter über den Fensterrand. Michaelis stand am Rand des Ödlandstreifens, eine dunkle Gestalt, in der einen Hand das Megafon, in der anderen ein Gewehr. Mit wehendem Mantel stemmte er sich gegen den peitschenden Regen und sah zum Turm hinüber.

»Warum hat er ein Gewehr dabei, wenn er verhandeln will?«, fragte Carsten.

Hagen grinste bitter. »Er befolgt nur Befehle, er will nicht verhandeln. Das Gewehr soll uns zeigen, weshalb er wirklich hier ist. Wenn wir unterliegen, kommt nicht einer von uns lebend hier raus.«

»Fenn, hören Sie mir noch zu?«, meldete sich Michaelis erneut zu Wort.

Fenn schüttelte den Kopf. »Eines muss man ihm lassen«, meinte er leise, »er hat Nerven.«

»Dafür werden wir ihn gleich mal belohnen«, sagte Hagen, packte den Griff des Maschinengewehrs und schob die Mündung durchs Fenster. Ehe irgendjemand es verhindern konnte, zog er den Abzug durch. Krachend jagte eine langgezogene Salve hinaus ins Unwetter. Carsten sah, wie Michaelis sich nach hinten warf und hinter einem Erdwall in Deckung ging. Dort, wo er noch vor einer Sekunde gestanden hatte, explodierte der Boden in einem spritzenden Chaos aus Schlamm und Gestein. Hagen ließ den Abzug nicht mehr los. Salve um Salve feuerte er hinüber zum Waldrand und drehte das Gewehr dabei in einem Sechzig-Grad-Winkel. Der Krach war ohrenbetäubend. Carsten sah, wie eine Gestalt zwischen zwei Bäumen in die Luft und nach hinten geschleudert wurde, als gleich mehrere Kugeln ihren Körper zerrissen.

»Los, fallen lassen!«, schrie Fenn durch den Lärm und ging gleichzeitig zu Boden. Carsten folgte der Anweisung, und auch Hagen nahm den Finger vom Abzug und warf sich langgestreckt hin. Im selben Augenblick krachten mehrere Schüsse. Vier, fünf tennisballgroße Löcher klafften plötzlich in den Scheiben. Dann herrschte wieder Ruhe.

Junior erschien auf der Treppe, ein Gewehr in der Hand.

»Bleib unten«, befahl ihm Fenn.

Der junge Mann schüttelte den Kopf. »Carsten kann nicht schießen«, sagte er und hockte sich neben ihn unters Fenster. »Und wenn ihr eines hier oben braucht, sind das Schützen.«

Einen Augenblick lang sah es so aus, als wollte Fenn widersprechen, dann nickte er nur grimmig.

Hagen stieß Carsten an. »Los, runter! Pass gut auf die Mädchen auf.« Er grinste.

Carsten antwortete mit einem Kopfnicken und robbte zur Wendeltreppe. Dort ließ er sich in die Tiefe gleiten.

»Fenn«, ertönte jetzt wieder Michaelis' Lautsprecherstimme von draußen. »Sieht aus, als hätten wir beide ein Problem miteinander, oder?«

Michaelis nahm das Megafon vom Mund. Nadine kauerte einige Meter weiter in einer Senke. Die Kugeln hatten sie weit verfehlt, aber der Mann neben ihr war voll getroffen worden. Er lag reglos zwischen den Bäumen, sein Blut verklebte den Teppich aus Fichtennadeln. In einem letzten Zucken hatte er beide Arme hochgerissen; sie waren an den Ellbogen nach innen geknickt wie die Beine einer toten Spinne. Von ihrem Platz aus konnte Nadine nicht jeden ihrer Leute sehen. Den Schreien nach zu urteilen, die sie durch das Inferno des hämmernden Maschinengewehrs gehört hatte, war noch mindestens ein weiterer getroffen worden, vielleicht sogar zwei.

»Es scheint, als hätten wir ihre Kaltblütigkeit unterschätzt«, meinte Michaelis.

»Das war unnötig«, zischte Nadine. »Du hättest sie nicht reizen dürfen.«

Michaelis bedachte sie mit einem vernichtenden Blick. »Nawatzki hat befohlen, zu verhandeln. Das habe ich getan. Jetzt haben wir freie Hand.«

»Und zwei Männer weniger«, erwiderte sie bissig.

»Drei«, sagte eine Stimme neben ihr. Tomas robbte, sein Präzisionsgewehr mit beiden Armen vorgestreckt, zu ihr in die Bodensenke. »Zwei von den anderen geht's genauso wie diesem armen Kerl hier.« Er deutete auf die Leiche.

Michaelis fluchte. »Nawatzki hat versprochen, diese Männer seien Profis, verdammt!«

»Auch Profis sind nicht kugelfest«, bemerkte Nadine spitz.

Der Blick, mit dem er sie ansah, war eiskalt. »Aber sie sollten wissen, wann sie ihre verfluchten Schädel einziehen müssen.«

»Jetzt sind wir beim Gleichstand, sechs gegen sechs«, sagte Tomas. »Das ging schnell.«

Nadine schüttelte den Kopf. »Worthmann und dieses Mädchen zählen nicht.« Sie deutete mit einem Nicken auf sein Gewehr. »Sieh zu, ob du einen dieser Mistkerle erwischen kannst.«

Er nickte stumm und blickte durch die klobige Zieloptik seiner Waffe. Fast eine Minute lang erstarrte er zu völliger Reglosigkeit. Nadine fragte sich, ob er auch aufgehört hatte zu atmen. Dann, ganz plötzlich, tippte er an den Abzug.

Der Schuss wurde als krachendes Echo aus der Schlucht zurückgeworfen. Nadine hörte über das Brüllen des Unwetters hinweg einen Schrei.

Tomas lächelte zufrieden.

Carsten hörte, wie Hagen Juniors Namen brüllte. Nina ergriff seine Hand. Über ihnen in der Aussichtskanzel krachte ein Körper zu Boden.

Sandra kletterte die untere Hälfte der Treppe hinauf. »Was ist los?«, fragte sie besorgt. Ihr Gesichtsausdruck verriet, dass sie es längst ahnte.

»Bleib unten«, rief Fenn grob. »Sie haben Junior erwischt. Die haben einen Scharfschützen da draußen.«

»Das ist doch alles Irrsinn«, flüsterte Carsten. Er suchte Ninas Blick, aber sie starrte nur fassungslos zur Öffnung des Treppenschachtes hinauf. Sandra schloss für einen kurzen Moment die Augen.

Ein paar Füße erschienen in der Öffnung, liegend. Fenn und Hagen schoben Juniors Leiche die Treppe hinunter. Er trat vor, um Sandra zu helfen, den Körper anzunehmen. Sie packten jeweils einen Arm und hoben ihn über die Kante, schleppten ihn die Stufen hinunter. Erst als sie unten angekommen waren, sah er in das Gesicht des Jungen. In seiner Stirn klaffte ein dunkelrotes Loch, ein fingerbreiter Blutfaden lief an seiner Nase hinunter zum Kinn und von dort in den Ausschnitt seines Overalls.

Dann fiel sein Blick auf den Hinterkopf. Er hatte davon gelesen, welche Wunden beim Austritt mancher Kugeln entstanden. Nichts davon hatte ihn auf diesen Anblick vorbereitet. Haare, Hirn und Knochensplitter vermischten sich mit Blut zu einem zähflüssigen Brei, der aus einer faustgroßen Öffnung tropfte. Carsten taumelte zurück und übergab sich. Für einen Moment wurde ihm schwarz vor Augen, und das Nächste, was er spürte, war Ninas Hand, die seine Wange berührte.

»Geht's wieder?«, fragte sie leise.

Er nickte.

Sandra hatte Juniors Leiche an eine Wand geschoben und eine Decke darüber ausgebreitet. Von oben waren Schüsse zu hören. Hagen und Fenn feuerten unablässig auf Michaelis' Leute. Carsten sah, wie Sandra ein Gewehr packte und zur Treppe eilte. Ihr Haar war strähnig, ihr Gesichtsausdruck verbissen; trotzdem fand er sie einen Augenblick lang schöner denn je.

Sie war gerade die ersten Stufen hinaufgestiegen, als oben ein Schrei gellte.

»Runter! Um Gottes willen, *runter*!«

Ehe sie reagieren konnte, kam ihr Hagen entgegengesprungen, traf sie mit seinem ganzen Gewicht und riss sie mit sich zu Boden. Fenn stürzte hinterher.

»Die Scheiben ...«, schrie er; alles Weitere ging im Brüllen mehrerer Maschinenpistolen unter. Die Fenster der Sichtkanzel explodierten mit schrillem Klirren, ein Kristallregen ergoss sich durch die Luke nach unten. Wie gläserne Schwerter surrten Scherben durch die Luft und zerspritzten beim Aufprall auf Stein und Metall in Hunderte winziger Bruchstücke.

Carsten schrie auf, als sich ein nadelspitzes Glasstück in seinen Oberschenkel bohrte. Hagens Gesicht war plötzlich voller Blut. Er sah, wie Nina zur Seite rollte und gegen Juniors Leiche stieß. Fenn und Sandra lagen bewegungslos auf dem Bauch, die Arme schützend über den Kopf gerissen, als warteten sie ergeben auf den tödlichen Stoß eines Glasdolches.

Dann – Stille.

Einige Herzschläge lang rührte sich niemand, keiner sagte ein Wort. Ein paar Glaskristalle rieselten mit hellem Klingeln zu Boden, sonst war Ruhe.

Schließlich, ganz langsam, hob Carsten den Kopf. Der Splitter in seinem Bein brannte, als sei er aus Salz. Auch die anderen regten sich. Nina und Sandra waren unverletzt. Das Blut auf Hagens Gesicht lief aus einem langen Schnitt, der wie ein zweiter, verrutschter Mund in seiner Stirn klaffte. Er war nicht tief genug, um wirklich gefährlich zu sein.

Fenn pflückte sich zwei, drei schmale Scherben aus der Kleidung. Auch ihre Spitzen glänzten rot. »Alles in Ordnung?«, keuchte er. Schwarze Strähnen seines langen Haars klebten in seinem Gesicht.

Die meisten murmelten zurückhaltende Bestätigungen. Carsten betrachtete den Splitter in seinem Schenkel und tippte vorsichtig mit dem Zeigefinger dagegen. Es tat höllisch weh, doch die Glasspitze schien nicht allzu tief zu sitzen. Nina kroch neben ihn.

»Lass mich das machen«, hauchte sie. Ehe er einen Einwand erheben konnte, nahm sie die Scherbe zwischen zwei Finger und zog sie mit einem heftigen Ruck aus dem Fleisch. Er stöhnte auf.

»Besser?«, fragte sie.

»Viel besser«, keuchte er ohne Überzeugungskraft.

Fenn erhob sich und stieg vorsichtig die Stufen hinauf. Hagen, der ein umherliegendes T-Shirt gegen seine Stirnwunde presste, wollte ihm folgen, doch Fenn hielt ihn mit einer Handbewegung zurück. Er wollte noch etwas sagen, als im gleichen Augenblick eine weitere MP-Salve den Turm erschütterte.

»Das kam von unten!«, schrie Sandra und stürzte bereits die Treppe hinunter. »Sie versuchen, das Schloss am Eingang aufzuschießen.«

Fenn sprang die letzten Stufen hinauf zur Kanzel. Glas knirschte unter seinen Sohlen. Regen peitschte von allen Seiten herein. Das Maschinengewehr ragte sturmumtost wie ein schwarzes Skelett aus einem Meer von Scherben. Der Boden war zentimeterhoch mit Glas bedeckt. Es war unmöglich, auf den Knien zu kriechen; die scharfen Kanten hätten ihm die Beine in Fetzen geschnitten. Er musste wohl oder übel gebückt auf den Füßen bleiben; nichts anderes hatten sie mit der Zerstörung der Scheiben bezwecken wollen. Ohne sich auf Knien und Händen abzustützen, war es fast unmöglich, unterhalb des schützenden Mauerrandes zu bleiben. Die Kanzel war zu einer tödlichen Falle geworden.

Wieder waren vom Eingang her Schüsse zu hören. Fenn bewegte sich im Entengang bis zur Brüstung. Aus den Fensterrahmen stachen Splitter wie ein gläsernes Sauriergebiss. Als er vorsichtig über den Rand blicken wollte, peitschte augenblicklich ein Schuss und verfehlte ihn nur um wenige Zentimeter. Der Scharfschütze lag auf der Lauer. Er wartete nur darauf, dass sie dumm genug waren, sich zu zeigen.

Jemand warf sich unten gegen die Tür.

Hagen wischte sich Blut von der Stirn. »Wir müssen irgendetwas tun.«

Sandra nahm einen faustgroßen, dunklen Gegenstand aus einer der Kisten und stieg damit eilig die Treppe hinauf. Fenn nickte, als sie ihm die Granate in die Hand drückte.

»Weißt du ungefähr, wo der Scheißkerl sitzt?«, fragte sie.

Regen spülte Blut von ihrem Gesicht.

Fenn nickte. »Zumindest wird sie das für einen Augenblick ablenken.« Er holte tief Luft, entsicherte die Granate und schleuderte sie in gerader Linie in die Richtung, aus der der letzte Schuss gekommen war. Während sie auf die Detonation warteten, zogen beide ihre Pistolen.

Die Explosion krachte wie ein betäubender Donnerschlag über das Ödland zwischen Wald und Turm. Eine Hitzewelle schlug als kochende Sturmflut über die Brüstung.

»Los!«

Fenn und Sandra sprangen in einer einzigen, blitzschnellen Bewegung auf, lehnten sich über den Fensterrand und feuerten über dem Eingang in die Tiefe.

Zwei Männer standen vor der Tür und sahen voller Überraschung vom Einschlag der Granate am Waldrand zu ihnen hinauf. Sandras Kugel traf den einen in die Stirn, Fenn erledigte den anderen durch zwei Schüsse in Schulter und Hals. Dann sanken sie zurück hinter die Brüstung.

Ein dritter Mann, der auf halbem Weg zwischen den Bäumen und dem Turm gestanden hatte, rannte zurück in Sicherheit und feuerte im Laufen eine Salve aus seiner Maschinenpistole in ihre Richtung. Die Kugeln fegten von unten gegen das Dach des Turms und jaulten wirkungslos als Querschläger durch die zerschossenen Scheiben nach draußen.

Rochus hechtete über die Bodenwelle, hinter der Michaelis seine Position bezogen hatte. Nadine lag neben ihm, Teile ihrer Kleidung waren zerfetzt. Durch einen Riss in ihrem Oberteil konnte er ihren hellen, flachen Bauch sehen, durch einen anderen die obere Hälfte der linken Brust. Ruß und Schmutz bedeckten sie von oben bis unten. Angriffslustig blickte sie zwischen ihm und Michaelis hin und her. Sie schien nicht verletzt zu sein.

Einige Meter weiter klaffte ein Krater im Erdreich, drei Meter breit und einen tief. Die Granate hatte einen Baum entwurzelt, der wie eine Brücke über das Erdloch gefallen war.

»Wo ist Tomas?«, fragte Rochus.

Nadine deutete hinauf ins Geäst der Fichten. »Da oben«, erwiderte sie bissig.

Rochus folgte mit seinem Blick ihrer Geste. In den Zweigen hingen Fetzen von Tomas' Kleidung. Ein Stück weiter hinten, im Schatten der Bäume, lag etwas, das aus der Entfernung aussah wie eine Schaufensterpuppe nach einem Kaufhausbrand. Mit einem Fluch wandte er sich ab.

»Da waren's nur noch drei«, spottete Nadine.

Michaelis fuhr herum und schlug ihr ins Gesicht. Nadine federte in einer Bewegung nach oben, die so schnell war, dass die beiden Männer ihr mit den Augen kaum folgen konnten. Ehe Michaelis sich rühren konnte, rammte sie ihm die Mündung ihres Gewehrs in die Wange.

»Tu das noch mal«, bat sie leise, jede Silbe eine tödliche Drohung. »Mach schon!«

Michaelis hatte Mühe zu sprechen. Ein Blutstropfen perlte seine Wange hinunter. Das Gewehr drückte die Haut in seine Mundhöhle. »Ich gebe die Befehle und …«

Nadine trat ihm mit aller Kraft in den Magen. »Leck mich«, zischte sie und zog die Waffe zurück. »Das hier haben deine verdammten Befehle bewirkt.« Sie deutete abfällig auf den Krater und Tomas' Überreste.

Michaelis riss seine Pistole hoch und richtete sie auf ihren Kopf.

Nadine lachte hell auf. Es klang wie das Klirren der Glasscheiben. »Schieß doch! Bringen wir uns gegenseitig um. Nawatzki wird stolz sein.«

Michaelis hielt die Waffe starr in ihre Richtung. »Was ist dein Vorschlag?«, fragte er verbissen.

Bevor sie antworten konnte, mischte sich Rochus ein. Mit einer Handbewegung strich er sich über das kurzgeschorene blonde Haar. »Warum machen wir es nicht wie die? Sprengen den ganzen verfluchten Turm einfach in Stücke. Die Dokumente werden so oder so vernichtet.«

Nadine schüttelte den Kopf. Sie beachtete Michaelis Waffe nicht weiter, und schließlich ließ er sie sinken. »Hast *du* die Dokumente gesehen?«, fragte sie Rochus. »Was ist, wenn sie nicht da drin sind? Wenn wir sie alle in die Luft sprengen, gibt es keinen mehr, der uns verraten könnte, wo sie sich befinden. Bis Nawatzki sie vielleicht eines Tages in seiner eigenen Zeitung lesen kann.«

Sie schwieg einen Moment. »Nein«, sagte sie dann, »es gibt einen besseren Weg.«

»Wie viele sind es noch?«, fragte Sandra. Sie kauerte neben Fenn unter der Mauerbrüstung, mit dem Rücken gegen den Stein gelehnt, bemüht, sich nicht auf den Scherben abzustützen. Rund um ihre Füße stachen die Kristallspitzen in die Höhe wie Blüten aus Glas.

»Keine Ahnung«, meinte Fenn. »Vielleicht zehn, vielleicht auch nur zwei.«

Carsten stand auf der Treppe und sah von einem zum anderen. Nina stand vor ihm, eine Stufe höher. Er hatte von hinten beide Arme um ihre Taille gelegt. Wenn Sandra zu ihnen herübersah, trat ein eigenartiges Funkeln in ihre Augen, das er sich nicht erklären konnte. Keine Eifersucht. Wie er musste sie mit ihrer früheren Beziehung längst abgeschlossen haben. Andererseits hatte sie vieles für ihn getan. Wenn sie sich nicht für ihn eingesetzt hätte, hätte Fenn ihn während der vergangenen Wochen getötet.

Hagen wagte einen kurzen Blick über die Mauer. Der Scharfschütze meldete sich nicht mehr. Vielleicht hatte die Granate als Ablenkungsmanöver mehr bewirkt, als sie erhofft hatten.

»Siehst du was?«, fragte Nina.

Hagen schüttelte den Kopf. »Nichts. Wie vom Erdboden verschluckt.«

»Wir könnten noch ein paar Granaten werfen«, schlug Sandra vor, mit einer Leichtigkeit, als würde sie sagen: Lasst uns einen Kuchen backen.

»Wenn sie nicht mehr da sind, wäre das Verschwendung«, meinte Fenn. »Vielleicht holen sie Verstärkung. Dann können wir jede einzelne noch gut gebrauchen.«

»Nawatzkis Potenzial an Menschen ist nicht unbegrenzt«, gab Hagen zu bedenken. »Er kommandiert nur einen Teil des Netzes. Nach der Katastrophe von Prag wird man vorsichtig sein, ihm weitere Leute zur Verfügung zu stellen.«

»Wo, zum Teufel, sollen sie sonst hin sein?«, fragte Carsten.

Plötzlich weiteten sich Sandras Augen vor Entsetzen. »Großer Gott«, flüsterte sie, »natürlich! Sie versuchen …«

Eine ohrenbetäubende Explosion unterbrach sie. Wo der Turm an die Schlucht grenzte, an seiner Westflanke, stieg eine schwarze Qualmwolke empor, schlug in einem dunklen Schwall über die Brüstung und hüllte sie ein. Gleichzeitig drohte eine ungeheure Erschütterung das ganze Gebäude zur Seite zu kippen. Nina verlor auf der Treppe den Halt, fiel gegen Carsten und riss ihn mit sich in die Tiefe. Schreiend stürzten sie hinunter. Carsten schlug schmerzhaft auf den Boden der ersten Etage. Nina rutschte an ihm vorüber und blieb erst auf halber Strecke zum Erdgeschoss hängen.

Er kam taumelnd auf die Beine und wollte durch den schwarzen Qualm, der jetzt auch das Innere des Turmes erfüllte, nach ihr greifen, doch jemand anders war schneller. Eine Hand legte sich von hinten aus dem undurchdringlichen Dunst auf ihre Schulter und riss sie tiefer die Treppe hinunter. Schreiend verschwand sie in der Mauer aus Qualm. Unter, aber auch über ihm wurden Stimmen laut.

Hagen federte als Erster an ihm vorbei, weiter in die Tiefe. »Sie haben Nina!«, rief Carsten ihm hinterher.

Ein Schuss peitschte, und Hagen schrie gellend auf. Carsten konnte nichts erkennen, das weiter als auf Armlänge von ihm entfernt war. Sein Fuß suchte die obere Stufe, dann die nächste und –

Sandra riss ihn zurück.

»Du bleibst hier«, befahl sie.

Er riss sich los. »Nina ist da unten. Sie …«

Sie schüttelte wütend den Kopf. »Sie haben die Wand zur Schlucht gesprengt. Sie müssen durch die Felsen geklettert und von hinten gekommen sein. Ich lasse nicht zu, dass sie auch noch dich erschießen.«

»*Carsten!*«, schrie Nina von unten, irgendwo aus dem schwarzen

Qualm, der sich nur langsam auflöste. Ein heller Schimmer, wie von Tageslicht, war jetzt dahinter zu sehen. Er rahmte die Umrisse mehrerer Gestalten ein.

Sandra, Fenn und Carsten drückten sich eng an die Wand der ersten Etage. In diesem Winkel würde man von unten nicht auf sie schießen können. Sandra und Fenn hatten ihre Pistolen auf die Öffnung gerichtet. Aber die Eindringlinge waren nicht so dumm, dass sie achtlos ihren Kopf hindurchsteckten. Sie blieben unten im Erdgeschoss.

»Fenn!« Die Stimme der rothaarigen Frau aus dem Kloster. »Wir haben das Mädchen. Und Ihr Freund hier unten ist verletzt, er braucht dringend Hilfe.« Sie hörten ein dumpfes Geräusch wie von einem Hieb oder Tritt. Hagen stöhnte schmerzerfüllt auf.

»Diese Schweine«, flüsterte Sandra zwischen zusammengebissenen Zähnen.

Wieder sagte die Rothaarige: »Werfen Sie Ihre Waffen herunter. *Alle.*«

»Sie werden die beiden ohnehin töten«, erwiderte Fenn. »Und uns dazu.«

»Wollen Sie es darauf ankommen lassen?«

»Wer garantiert uns, dass Sie dem Mädchen und Hagen nichts tun?«

»Niemand.«

Das war deutlich.

»Zum letzten Mal«, sagte die Frau. »Werfen Sie die Waffen herunter. Keine Hinhaltetaktik mehr wie im Kloster. Wenn Sie nicht sofort gehorchen, erschieße ich erst Ihren Freund, dann die Kleine.«

Fenn schloss die Augen, atmete tief durch, dann nickte er. »Also gut.«

Sandra wollte auffahren, aber er schnitt ihr mit einer Handbewegung das Wort ab. »Tut, was sie sagt«, befahl er.

Er sicherte seine Waffe und warf sie durch die Öffnung die Treppe hinunter. Sie verschwand im schwarzen Dunst. Sandra schleuderte ihre Waffe mit finsterem Gesichtsausdruck hinterher.

»Das ist nicht alles«, rief die Frau hinauf.

»Alles, was wir in den Händen halten«, antwortete Fenn. »Der Rest lagert in Kisten.«

Die Rothaarige schwieg einen Moment, dann sagte sie: »Gut, kommen Sie jetzt runter. Ganz langsam, einer nach dem anderen, und in großen Abständen. Ich will Sie deutlich sehen können.«

Fenn warf Carsten und Sandra einen bedauernden Blick zu, dann stieg er als Erster mit am Hinterkopf verschränkten Händen die Treppe hinunter. Sandra folgte ihm, als Letzter ging Carsten.

In der Westwand des Erdgeschosses klaffte ein türgroßes Loch. Dahinter fiel nach einem halben Meter die Felskante der Schlucht steil in die Tiefe. Der Raum war noch immer voller Rauchschwaden.

Die Frau hielt Nina wie ein Schild vor ihrem Körper und hatte die Mündung einer Pistole an ihre Schläfe gedrückt. Auf Ninas Gesicht lag ein Ausdruck ergebener Gleichgültigkeit. Die Ruhe vor dem Sturm.

Einen Schritt hinter der Rothaarigen stand ein breitschultriger Mann mit hellblondem Stoppelhaar und brutalen Zügen. Er entsprach bislang am ehesten dem Bild, das Carsten sich von ihren Gegnern gemacht hatte. Es fiel leicht, diesen Mann nicht zu mögen.

Michaelis war nirgends zu sehen. Vielleicht hatte ihn die Granate erledigt.

Carsten hatte gerade die Hälfte der Treppe hinter sich, als etwas geschah, womit niemand gerechnet hatte. Hagen, der reglos an einer Wand lag und aus einer Schusswunde an seiner rechten Brustseite blutete, hatte plötzlich ein langes Stilett in der Hand und schleuderte es in die Richtung des Mauerdurchbruchs. Noch während er vor Erschöpfung zusammensackte, surrte die Klinge knapp an der Schulter der Rothaarigen vorbei und schlug in den rechten Oberarm ihres Partners. Der Mann schrie auf und ließ seine Waffe fallen.

Die Frau riss ihre Pistole in Hagens Richtung und drückte ab. Hagens Kopf wurde von dem Einschlag mit einem lauten Krachen gegen die Mauer geschleudert. Er war sofort tot.

Im gleichen Moment tat Carsten etwas, das ihn selbst überraschte.

Aus seiner erhöhten Position sah er wie in Zeitlupe, dass sich die Mündung der Waffe von Ninas Schläfe entfernte. Ohne ein Wort stieß er sich von der Stufe ab und sprang mit voller Wucht gegen Nina und die Frau. Alle drei wurden zurückgeschleudert und stürzten in einem Wirrwarr aus Armen und Beinen nach hinten. Die Rothaarige verlor ihre Waffe, hielt Nina aber weiterhin gepackt. Carsten glitt über die beiden hinweg, schlitterte mit einem Aufschrei ins Freie und über die Felskante hinweg. Ehe er sich bewusst wurde, dass er nicht am Grund der Schlucht zerschellte, prallte er keine zwei Meter tiefer auf einen schlammigen Absatz.

Als er sich aufrappelte, sah er noch, wie die Frau sich mit Nina im Schlepptau aus der Öffnung und an der Wand entlangdrückte, aus einem zweiten Schulterhalfter ihre andere Waffe zog und mit ihrem Opfer im Regen davonstolperte.

»*Nina!*«, schrie er, aber die einzige Antwort war das langgezogene Echo in der Schlucht. Er versuchte, sich am Fels hinaufzuziehen, aber seine Kraft reichte nicht aus.

Gleichzeitig kam Sandra aus dem Mauerdurchbruch, in beiden Händen hielt sie eine Pistole.

»Hilf mir hoch«, stöhnte Carsten, aber sie schüttelte den Kopf.

»Später«, stieß sie gehetzt hervor und folgte Nina und der Rothaarigen hinaus ins Unwetter, Richtung Waldrand.

Carsten versuchte ein zweites Mal hinaufzuklettern, als plötzlich ein gellender Schrei ertönte und jemand in weitem Bogen über ihn hinwegsegelte, mit einem Fuß sein Ohr streifte und dann mit einem dumpfen Aufprall hinter ihm liegen blieb. Fenn erschien über ihm in der Öffnung, unbewaffnet, schweratmend.

Carsten fuhr herum und sah, wie sich der Mann, in dessen Arm immer noch Hagens Messer steckte, langsam auf die Füße stemmte. Aus seinen Augen sprühte pure Mordlust. Mit einem Aufschrei riss er sich die Klinge aus dem Arm und kam damit auf Carsten zu. Hinter Carsten klaffte der Abgrund. Sturm und Regen peitschten ihnen beiden ins Gesicht.

Plötzlich hörte Carsten das Flattern von Stoff, dann einen Aufprall. Fenn war plötzlich neben ihnen, ein brutales Funkeln in den Augen. Sein langes schwarzes Haar wirbelte im Wind wie das Schlangenhaupt der Medusa. Er stürzte sich auf den Mann, rammte ihm die Faust in den Magen und wurde seinerseits zurückgedrängt, als die Klinge seines Gegners eine blutrote Spur über seine Brust zog. Er prallte mit dem Rücken gegen den Fels, nahm sich aber nicht die Zeit, die Wunde abzuschätzen, sondern federte erneut nach vorne. Diesmal verfehlte ihn das Messer, er schlug dem Mann die Waffe aus der Hand und bekam dafür das angewinkelte Knie des anderen zwischen die Beine. Er taumelte erneut zurück, zog aber seinen Gegner mit sich herum. Der Mann wandte Carsten jetzt den Rücken zu.

Carsten sprang los und prallte in vollem Lauf gegen ihn. Er sah noch, wie der Mann mit großen Augen herumfuhr, gleichzeitig den Halt verlor und über die Kante des Absatzes kippte. Mit einer Langsamkeit, als würden seine Bewegungen unter Wasser ablaufen, streckte er noch eine Hand nach Carsten aus, schrie irgendwelche unverständlichen Worte und verschwand in der Tiefe. Er fiel noch, als Carsten hinter ihm über den Vorsprung blickte. Nach zehn Metern prallte der Mann mit dem Rücken auf eine scharfe Felsformation. Das Brechen seiner Wirbelsäule war bis hier oben zu hören. Das Echo klang wie meckerndes Gelächter.

Fenn zog Carsten von der Felskante fort. »Das war feige, aber gut.«

Carsten hatte das Gefühl, als müsse er sich übergeben. Er wollte etwas erwidern, als oben im Wald ein Schuss krachte.

Dann noch einer.

Und ein dritter.

Während Carsten und Fenn mit Rochus kämpften, folgte Sandra den beiden Frauen bis zum Waldrand. Die Rothaarige zog Nina mit sich und presste die Waffe in ihre Seite. Nina stolperte neben ihr her, unfähig, sich zu wehren, ohne ihr Leben aufs Spiel zu setzen.

Sandra sah durch die wirbelnden Vorhänge aus Regen, wie die beiden in den Schatten der Bäume verschwanden. Sie beschleunigte ihr Tempo. Die Rothaarige würde damit rechnen, dass sie verfolgt wurde. Sandra musste gleich etwas unternehmen, oder ihr würde nicht mehr die Zeit dazu bleiben. Wenn sie die beiden einmal aus den Augen verloren hatte, war Nina so gut wie tot.

Hinter den Baumreihen waren die Umrisse der Frauen kaum mehr als flimmernde Schatten. Mal zu sehen, dann wieder fort. Sandra war allein, sie war schneller und wendiger.

Äste peitschten in ihr Gesicht, und das nasse Moos verwandelte den Waldboden in eine gefährliche Rutschbahn. Das Prasseln der Tropfen in den Baumwipfeln und der stöhnende Wind übertönten jedes Geräusch.

Da vorne waren sie wieder.

»Stehen bleiben!«, schrie sie.

Dass die rothaarige Frau ihren Aufruf befolgte, erstaunte Sandra. Vor einem riesigen Findling mit grauer, poröser Oberfläche hielt sie an, wirbelte herum und zerrte Nina als lebendigen Schutzschild vor ihren Körper.

Sandra blieb zehn Meter vor ihr stehen und riss beide Pistolen hoch.

»Da wären wir also wieder«, sagte die Frau und lächelte bitter. Die gleiche Situation, die gleichen Voraussetzungen wie im Kloster. Mit dem Unterschied, dass Sandra diesmal allein war. Kein Carsten, der durch seinen gutgemeinten Eingriff ihre Gegnerin verwirrte; kein Hagen, der sie rettete. Plötzlich fragte sie sich, was sie überhaupt ausrichten konnte, ohne das Mädchen zu gefährden.

»Sie sind tot«, sagte die Frau an Sandra gewandt. Ihre Waffe drückte gegen Ninas Kopf. »Mittlerweile müssten Sie das alte Spiel doch kennen. Waffen runter, wegwerfen, Hände nach oben.«

»Bisher waren Sie damit nicht allzu erfolgreich«, erwiderte Sandra. Die Mündung ihrer Waffe zeigte unverändert nach vorne. »Wenn Sie dem Mädchen etwas tun, drücke ich ab.«

»Sehen wir, wer schneller ist.«

Ninas Augen waren weit aufgerissen. Allen drei Frauen perlte Schweiß von der Stirn.

Irgendwo in der Tiefe der Wälder schrie ein Tier.

Sandras und Ninas Blicke kreuzten sich. Tut mir leid, sagten Sandras Augen.

Sie senkte die Waffe in ihrer rechten Hand um eine Winzigkeit. Zielte jetzt direkt auf Nina. Drückte ab.

Die Kugel durchschlug Ninas linken Oberschenkel.

Das Bein knickte ein.

Mit einem schmerzerfüllten Aufschrei rutschte sie zu Boden.

Nach unten, aus dem Griff der überraschten Rothaarigen.

Hinaus aus Sandras Schusslinie.

Ein zweiter Schuss, mit der anderen Waffe, höher diesmal.

Sandras Gegnerin begriff einen Sekundenbruchteil zu spät, was geschah. Wie in Zeitlupe riss sie ihre Pistole herum, hoch und nach vorne. Ihr langes rotes Haar flatterte im Wind.

Dann fraß sich die Kugel in ihre Brust, durchschlug sie und prallte funkenschlagend gegen den Stein in ihrem Rücken.

Nina rollte sich zur Seite. Die Frau brach neben ihr zusammen, blieb auf dem Bauch liegen. Mit letzter Kraft versuchte Nina sich aufzurichten. Das durchschossene Bein knickte erneut zur Seite, riss sie mit sich. Sandra war bei ihr und fing sie auf.

»Komm«, sagte sie leise. »Ich helfe dir.«

Sie legte sich Ninas Arm um die Schulter, und gemeinsam schleppten sie sich davon.

Da bellte ein weiterer Schuss durch das Unwetter. Sandra schrie auf, Blut spritzte aus einer Wunde an ihrer Hüfte. Etwas schleuderte sie nach vorne. Sie und Nina stürzten gleichzeitig zu Boden.

Zehn Schritte hinter ihnen verzog sich der Mund der Rothaarigen zu einem Lächeln. Ihre Hand mit der Pistole sackte zu Boden. Mit letzter Kraft hob sie sie erneut, zitternd, um ein weiteres Mal abzudrücken. Doch da hatte Nina bereits Sandras Waffe ergriffen und den Abzug durchgerissen.

Einmal, zweimal, dreimal.

Sie feuerte auf die tote Frau, bis das Magazin leer war, selbst dann drückte sie noch weiter ab. Ihre Hände verkrampften sich, ihre Lippen waren zusammengepresst, und sie weinte Tränen, die helle Spuren in den Schmutz auf ihren Wangen malten.

Nina feuerte noch, als Carsten sie fand, ihr behutsam die Waffe abnahm und ihren Körper an sich drückte. Sie weinten, bis Fenn ihre Namen rief und ihnen sagte, es sei an der Zeit zu gehen. Carsten stützte Nina, Fenn half Sandra beim Gehen. Sie kamen nur langsam voran, und als sie die Bäume hinter sich ließen und hinaus auf das Ödland vor dem Turm traten, erwartete sie Michaelis mit triumphierendem Lächeln und geladenen Pistolen.

»So also soll es enden«, sagte er. Er stand mit dem Rücken zur Schlucht, gleich am Waldrand. Der Sturm peitschte seinen langen Mantel und verwandelte ihn in schwarze Drachenflügel. Regen jagte ihm von hinten gegen Kopf und Schultern, spritzte sternförmig in alle Richtungen. Von vorne sah es aus, als stände er in einem vorbeirasenden Tunnel aus glitzerndem Wasser.

Er sagte nicht, sie sollten ihre Waffen fallen lassen. Er verlangte auch nicht, dass sie die Hände hochnahmen. Er drückte einfach ab.

Nur ein einziges Mal. Die Kugel schlug in eine Pfütze.

Plötzlich schien es, als packe ihn von hinten eine unsichtbare Faust. Einen Augenblick lang sah es aus, als schwebe er über dem Boden, dann warf ihn etwas nach vorne. Beide Waffen fielen aus seinen Händen und klatschten in den Schlamm. Michaelis fiel auf den Bauch, in ein Meer brauner Pfützen. Blut sprudelte aus einem Loch in seinem Rücken. Er kroch noch einen Meter weit, dann einen zweiten, bis er das nahe Unterholz erreichte. Dort schüttelte ihn ein letzter Krampf, der Fuß zuckte noch einmal, dann blieb er reglos liegen.

Hinter ihm hob ein brüllender Lärm an, dann erschien etwas wie eine kreischende Riesensense über der Felskante und schwebte langsam empor. Der tarnfarbene Hubschrauber hob sich kaum vom diffusen Hintergrund der Wälder und dem dunklen Himmel ab. Einige Meter über dem Felsrand blieb er in der Luft hängen. In der offenen Seitentür kauerte ein Mann. Das Gewehr, mit dem er auf Michaelis geschossen hatte, richtete sich jetzt auf die vier Überlebenden.

Hinter ihm erschien ein zweiter, viel älterer Mann, der einen einfachen grauen Mantel und einen Hut trug. Carsten hatte Nawatzki oder von Heiden erwartet, aber es war keiner von beiden.

Trotzdem kannte er das Gesicht.

Er erinnerte sich.

An einen Nachmittag vor elf Jahren. An einen Mann, grau und unscheinbar, der an der Tür seines Elternhauses schellte und um eine Unterredung mit ihm bat. Er sah wieder den Ausweis vor sich, den der Mann ihm zeigte, las seinen Namen.

*Johann W. Konstantin.*

Ein kleines Rädchen in der Maschinerie einer Behörde, für die er einen komplizierten, unwichtigen Namen hatte.

Neben Carsten riss Fenn seine Waffe hoch und zielte auf den Hubschrauber. Auch er kannte dieses Gesicht. Von Bildern. Von früher.

»Nein!«, schrie Sandra und versuchte, Fenns Arm herunterzureißen. »Du bringst uns alle um!«

Ihr Anführer stand völlig reglos da. Sein Arm bewegte sich nicht einen Millimeter. Er schüttelte die schreiende Sandra ab, sie stürzte hinab in den Schlamm.

»Nein!«, brüllte sie noch einmal, ein Flüstern nur gegen das tosende Unwetter und den Lärm des Helikopters. »Nein, verdammt!«

Fenn reagierte nicht. Sein Finger krümmte sich langsam um den Abzug.

Und Carsten verstand mit einem Mal alles. Endlich.

Sandra zog ihre Waffe aus dem Halfter, richtete sie auf Fenn und schoss ihm von unten in den Kopf.

Der Hubschrauber stand mit erkaltendem Motor am Waldrand. Nachdem Konstantin ausgestiegen war, war ihm ein zweiter Mann gefolgt. Auch ihn kannte Carsten.

Es war Steinberg, der alte Wachmann aus Tiefental.

Zwanzig Minuten später saßen die beiden Männer mit Carsten,

Nina und Sandra im Passagierraum des Helikopters und blickten durch die offene Schiebetür hinaus auf den Turm und die finsteren Wälder. Der Regen hatte nicht nachgelassen, doch jetzt störte er keinen mehr von ihnen. Fast war es, als spüle er all den Schmutz endgültig davon. Den Schmutz und den Tod.

Fenns Leiche lag mit all den anderen auf einer Plastikplane am Turm. Männer in grünen Uniformen zogen Decken über die einzelnen Körper. Sie erwarteten für den Abtransport weitere Hubschrauber. Soldaten, an Leinen gesichert, stiegen hinab in die Felswand, um den Körper des Mannes zu bergen, den Carsten hinuntergestoßen hatte.

»Der Bundesnachrichtendienst hat lange zugesehen, mit welchen Mitteln Nawatzki und sein Zweig des Netzes vorgingen«, sagte Konstantin. Seine Stimme klang müde. Er musste in den vergangenen Jahren für seine Beförderung hart gearbeitet haben.

»Ehrlich gesagt, wir sind froh, dass es mit ihm und seinen Leuten vorbei ist. Dank Ihnen beiden und dank dieser jungen Dame hier«, sagte er und deutete auf Sandra.

Sie bedachte ihn mit einem verächtlichen Blick. »Sie wissen, dass ich das nicht für Sie getan habe.«

»Um ein weiteres Mal ehrlich zu sein«, erwiderte Konstantin, »mich interessieren Ihre Gründe nicht im Geringsten.«

Carsten sah sie an. »Wann haben sie dich angeworben?«

Ihr Blick spuckte Feuer. »Niemand hat mich *angeworben.*«

Carsten wusste, dass ihre Wut sich nicht gegen ihn, sondern die beiden alten Männer richtete. Vor allem aber gegen sich selbst. »Sie haben mich gezwungen.«

»Na, na«, beschwichtigte Steinberg. Er spielte weiter seine Rolle des höflichen Rentners. »Der BND zwingt niemanden zu irgendetwas. Man hat Ihnen lediglich die Konsequenzen Ihres Handelns dargelegt. Ein großer Unterschied, meinen Sie nicht?«

»Natürlich«, spie sie ihm entgegen und beugte sich ruckartig vor. Der Schmerz durch den grob verarzteten Streifschuss an ihrer Hüfte ließ sie ebenso schnell wieder zurückzucken.

Nina saß stumm neben Carsten auf der Passagierbank. Sanitäter hatten ihr Bein behandelt. Es war ein sauberer Durchschuss, aber nachdem die Wunde gesäubert und verbunden worden war, genügte es, sie irgendwann in den nächsten Stunden in ein Krankenhaus zu bringen. Carsten hielt ihre Hand, als könne er damit die Ereignisse ungeschehen machen. Ein schreckliches Gefühl von Hilflosigkeit pochte dumpf in seinem Magen.

Sandra wandte sich an Konstantin. »Ich würde gerne allein mit Carsten sprechen.«

Der Nachrichtendienstmann nickte. »Sicher. Aber laufen Sie nicht zu weit fort.«

Carsten gab Nina einen Kuss. »Ich bin in zwei Minuten zurück.«

Sie blickte ihn aus großen Augen an, dann zuckte ein Lächeln um ihre Mundwinkel. »Kein Problem«, sagte sie. Er erwiderte das Lächeln.

Sandra humpelte neben ihm her, als sie sich vom Hubschrauber entfernten und in Richtung der Schlucht das Ödland überquerten. »Du weißt, warum ich es getan habe, oder?«, fragte sie leise und sah ihn dabei an.

»Ich glaube schon«, erwiderte er. Er spürte ein Ziehen im Unterkiefer und ein scharfes Brennen in den Augen.

»Sie sind vor einigen Monaten dahintergekommen, wer ich bin und wo sie mich finden«, sagte Sandra. »Sie haben mich eines Abends abgefangen und in eine leere Wohnung gesperrt. Dann tauchte Konstantin auf. Er wusste alles über mich, wirklich alles. Und auch über dich. Er wusste genau, wie er mich zur Mitarbeit zwingen konnte.« Sie lächelte. In ihren Augen blitzten Tränen.

Carsten versuchte nicht mehr, seinen Kummer hinunterzuschlucken. Hier oben, auf dieser Felsklippe, war mehr zerstört worden, als er bisher angenommen hatte.

»Konstantin sagte, sie würden darauf achten, dass dir nichts zustößt«, fuhr sie fort. Sie sprach immer leiser.

Er schüttelte verwirrt den Kopf. »Aber damals war ich noch in Frankfurt und wusste nichts von –«.

»Natürlich nicht«, unterbrach sie ihn. »Es war eine Drohung. Sie hätten dich umgebracht, wenn ich ihnen nicht gehorcht hätte. Einfach so.«

Er zog sie an sich und presste ihren Kopf an seine Schulter. »Wir sollten das nicht tun«, wisperte sie. »Denk an Nina.«

Er schüttelte den Kopf. »Das hier ist etwas anderes. Sie wird es nicht missverstehen.«

Sie hob den Kopf und lächelte durch einen Schleier von Tränen. »Du bist noch immer ein Kind. Wie damals.«

»Nein«, sagte er, »nicht wie damals. *Damals* ist vorbei.«

Sie zuckte sachte mit den Schultern. »Ich will nur, dass du mich verstehst. Alles, was ich dir am ersten Tag hier im Turm gesagt habe, war die Wahrheit. Ich musste es trotzdem tun. Ich musste die anderen verraten, und ich musste Fenn erschießen. Wenn ich es nicht getan hätte, hätten sie uns alle getötet. Sie haben das von mir *erwartet,* verstehst du?« Sie ruckte herum, als wolle sie damit die Erinnerung und weitere Tränen abschütteln.

Lange Zeit sagte keiner ein Wort.

Schließlich fragte er: »Und wie geht es weiter?«

»Sie werden die Dokumente aus dem Kellerraum bergen und uns von hier fortbringen«, sagte sie.

Er strich eine dunkle Strähne aus ihrem Gesicht. »Das meine ich nicht.«

»Ich weiß. Wir werden uns nicht wiedersehen. Sie würden es nicht zulassen. Wahrscheinlich ist es besser so.«

Sie löste sich aus seiner Umarmung und ging humpelnd zurück zum Hubschrauber. Sie wirkte sehr hilflos, sehr verletzlich, und es brach ihm schier das Herz, zuzusehen, wie sie sich abwandte.

Er drehte sich um und sah hinüber zum Turm. Die Leichen waren jetzt alle abgedeckt. Er zählte sie. Elf Tote.

Er brauchte mehrere Sekunden, bis er begriff, was mit dieser Zahl nicht stimmte.

Einer fehlte. Es hätten zwölf sein müssen.

*Zwölf.* Und es waren nur elf!

Vielleicht hatten sie noch nicht alle gefunden. Sicher, die rothaarige Frau lag irgendwo im Wald. Sie würden später auf sie stoßen.

Während er näher kam, sah er ihre rote Mähne unter einer der Decken hervorschauen. Er machte einen weiteren langsamen Schritt auf die Leichen zu, dann noch einen, schließlich rannte er los. »Einer fehlt!«, brüllte er. »Um Gottes willen, *einer fehlt*!« Köpfe fuhren herum. Unverständnis in den Gesichtern der Soldaten.

Sandras Schrei ließ ihn herumwirbeln.

Die Zeit blieb stehen.

Das Unterholz am Waldrand teilte sich. Eine taumelnde Gestalt brach hervor, wie ein großer schwarzer Raubvogel mit gebrochenen Flügeln.

Michaelis.

Sein Blick war leer vor Schmerz. Er war so gut wie tot.

Bevor er starb, drückte er noch einmal den Abzug seiner Waffe durch. Die Kugel traf Sandra. Sie wurde herumgerissen, fiel auf die Knie und sank in den Schlamm.

Ein Bombardement von Gewehrkugeln riss Michaelis fast in Stücke. Blutüberströmt brach er zusammen. Carsten brüllte Sandras Namen und rannte los. Der Boden schien mit einem Mal so zäh wie geschmolzenes Gummi.

Er ging neben ihr in die Knie. Sie atmete nicht mehr.

Carsten schrie. Er schrie und schrie und schrie.

Er hörte auch nicht auf, als einer der Soldaten durch das Chaos herüberrief, man habe endlich das Schloss der Falltür öffnen können.

Nicht ein einziges Dokument befinde sich darunter.

Der Kellerraum war völlig leer.

# Kapitel 6

Martin Richtwald, Chefredakteur im Frankfurter Verlagshaus und Carstens Freund, meldete sich bei von Heidens Sekretärinnen, trat an den Tischen der beiden Frauen vorüber und klopfte an die Tür des Büros. Eine matte Stimme bat ihn herein.

Der Verlagsleiter saß hinter seinem Schreibtisch und legte den Telefonhörer auf die Gabel; vorsichtig, als könne allein die sanfteste Berührung den Apparat zur Explosion bringen. Seine Gesichtsfarbe hob sich kaum vom grauen Himmel ab, der die Fensterfassade in seinem Rücken füllte. Seine Hände zuckten nervös, als habe er statt mit Martin mit jemand anderem gerechnet. Jemandem, vor dem er Angst hatte.

»Was wollen Sie?«, fragte er barsch.

Martin runzelte die Stirn. »Wir haben einen Termin, Herr von Heiden. Es geht um die Auflagenentwicklung, vielleicht erinnern Sie sich. Wir haben seit –«.

»Nicht jetzt«, sagte der Verlagsleiter. Eine deutliche Aufforderung zum Gehen.

Martin blieb stehen. »Die Entwicklung ist sehr positiv. Sie sollten –«.

Von Heiden schüttelte den Kopf. Er wirkte erschöpft, wie nach mehreren schlaflosen Nächten. Er erhob sich von seinem Stuhl, trat an das riesige Fenster hinter seinem Schreibtisch und öffnete eine Schiebetür. Draußen gab es einen schmalen Balkon, gerade breit genug, dass ein Einzelner darauf stehen konnte.

Kühle Windböen wehten herein. Der Verlagsleiter blieb im Türrahmen stehen. Er wandte Martin den Rücken zu.

»Neun Etagen gehören uns«, sagte er. »Eine schöne Leistung, nicht wahr?«

Martin nickte unsicher. Er hatte von Heiden noch nie in einer solchen Stimmung erlebt. »Allerdings«, meinte er. Er erinnerte sich an das, was er zu Carsten gesagt hatte. *Stockwerke sind für von Heiden wie Schulterstreifen beim Militär. Erfolg wird in diesem Haus in Etagen gemessen.* Jedes Wort davon war wahr.

»Herr von Heiden«, versuchte er es noch einmal. »Was die Auflage betrifft …«

Der Verlagsleiter drehte sich ruckartig um und kam auf ihn zu. Plötzlich lag ein freundliches Lächeln auf seinen Zügen. »Gehen Sie damit zum Verleger. Er wird sich freuen. Vielleicht können wir unseren Termin auf später verschieben. Passt Ihnen halb drei?«

Martin hob die Schultern. »Das lässt sich einrichten.«

»Sehr gut«, sagte von Heiden. Er schien mit einem Mal wieder gefasster, ruhiger. Er begleitete Martin zur Tür.

»Bis später«, sagte er. »Und entschuldigen Sie, dass ich im Augenblick keine Zeit für Sie habe. Es gibt etwas, das ich dringend erledigen muss.«

Martin verließ das Vorzimmer und fuhr mit dem Lift hinunter in die Redaktionsetage. In seinem Büro warf er sich in den Schreibtischsessel. Dann fiel ihm etwas ein.

*Gehen Sie damit zum Verleger*, hatte von Heiden gesagt.

Der Verleger war im Ausland, seit mehreren Wochen schon. Von Heiden wusste das. Er musste es vergessen haben. Das kam vor.

Eine halbe Stunde später klingelte sein Telefon. Es war eine von von Heidens Sekretärinnen. Sie erkundigte sich, ob ihr Chef bei ihm sei. Nein, sagte Martin. Das sei seltsam, meinte die Frau, niemand habe ihn gesehen. Er sei nicht mehr in seinem Büro, obwohl weder sie noch ihre Kollegin bemerkt hätten, dass er es verlassen hatte. Unmöglich, sagte Martin, sie säßen doch beide gleich vor seiner Tür. Eben, erwiderte die Frau mit dünner Stimme.

Martin sprang auf und bewältigte die Distanz bis zum Aufzug im Laufschritt. Die beiden Sekretärinnen standen nervös in von Heidens Vorzimmer und erwarteten ihn.

»Wo ist Nawatzki?«, fragte er.

»In seinem Büro. Aber Herr von Heiden ist nicht bei ihm. Er hat mehrere Herren zu Besuch.«

Martin ließ die Frauen stehen und betrat das Büro des Verlagsleiters. Von Heiden war nicht da. Der Raum war leer. Die Schiebetür stand offen. Der Wind spielte raschelnd mit den Papieren auf dem Schreibtisch.

Martin durchquerte den Raum mit weiten Schritten, trat auf den schmalen Balkon und sah hinab in die Tiefe. Auf dieser Seite grenzte das Gebäude an eine Parkanlage. Achtundzwanzig Stockwerke tiefer wuchsen hohe, dichte Büsche.

*Neun Etagen gehören uns*, hatte von Heiden gesagt.

*Eine schöne Leistung.*

Die Männer begleiteten Nawatzki aus seinem Büro. Es waren drei, alle in dezenten Anzügen, mit dezenten Gesichtern. »Herr Konstantin bittet Sie um eine Unterredung«, hatten sie gesagt.

Auf dem Gang begegneten sie zwei Männern vom Wachdienst, die aufgebracht an ihnen vorüberstürmten. Sie kannten Nawatzki nicht, zwischen ihnen lag die Hierarchie der Stockwerke. Er hielt sie auf und fragte, was geschehen sei.

Sie erwiderten, man habe die Leiche eines Mannes gefunden. Unten im Park.

Jemand aus der Verlagsleitung. Gesprungen sei er oder gefallen. Viel war von ihm nicht mehr übrig.

Die drei Männer fuhren mit ihm hinunter in die Tiefgarage. Ein Kleintransporter erwartete sie, mit fensterlosem Laderaum, darauf der Schriftzug eines großen Anzeigenkunden. Zwei der Männer stiegen hinten mit ihm ein, der andere setzte sich ans Steuer. Sie fuhren die Rampe hinauf.

Als sie oben die Schranke passierten, hörte der alte Mann in der Pförtnerkabine ein dumpfes Krachen und blickte von seiner Zeitung auf. Euer Vergaser, dachte er.

Er las sein Horoskop zu Ende und vergaß Wagen, Fahrer und Geräusch.

# Kapitel 7

Ein kühler Abendwind fauchte von den Zinnen des Hradschin hinab ins Pflasterlabyrinth der Prager Altstadt. In den verwunschenen Gärten, hinter hohen Mauern, wisperten die Blätter und wehten dem Sonnenuntergang entgegen. Der Wind klopfte wehklagend an kleine, dunkle Fenster und zog weiter, bis er sich im Gewirr der Straßen und Plätze verlor.

Eine alte Frau führte Carsten und Nina bis zum Fuß einer steilen Gasse, die sich am Südhang des Berges hinaufschlängelte.

»Gehen Sie durch den verfallenen Torbogen«, flüsterte sie. Es klang wie das Wimmern des Windes. »Sie werden ihn erkennen.«

Tatsächlich fanden sie den Bogen und dahinter einen kleinen Innenhof. Nina blieb draußen stehen. Zwei Mönche sahen auf, als Carsten eintrat. Er bat sie, ihn zu Bruder Jacobus zu führen.

Sie brachten ihn durch eine getäfelte Halle und entlang eines Korridors in die Bibliothek. Carsten durchquerte eine Reihe hoher Säle, bis zur Decke voll mit alten, schweren Büchern.

Der Abt erwartete ihn im hinteren Saal. Auf dem Boden neben seinem Tisch stapelten sich braune, in grobes Papier eingeschlagene Pakete, groß wie Schuhkartons, zwanzig oder dreißig. Auf dem Schreibtisch lag ein halbes Dutzend grauer Bände, unscheinbar, mit vergilbten Rändern und verblassten Aufschriften. Sie waren die letzten, die noch in Papier eingeschlagen werden mussten, immer zwei in einem Paket. Carsten las auf den fertigen Päckchen deutsche Adressen. In wenigen Tagen bricht in Deutschland der Sturm los, dachte er.

»Ich bin bald so weit«, sagte der Abt und fuhr fort, die restlichen Bände zu verpacken.

»Sie sind nicht überrascht, mich zu sehen«, stellte Carsten fest.

Jacobus schüttelte den Kopf und lächelte. »Es war mir klar, dass jemand kommen würde. Ich habe gehofft, dass Sie der Erste sein würden. Sie sind nicht allein, oder?«

»Nein«, erwiderte Carsten. »Nina wartet draußen.«

»Warum haben Sie sie nicht mit hereingebracht?«

»Sie wollte nicht.«

»Ich kann sie verstehen. Sie hat genug von diesen Dingen.«

»Ja.«

»Man hat Sie übrigens nicht verfolgt«, sagte der Abt, während er daran ging, das vorletzte Paket zu packen. »Meine Brüder haben das geprüft. Die, die bei mir geblieben sind.«

»Dann wussten Sie, dass ich in Prag bin?«

»Seit Ihrer Ankunft«, sagte Jacobus und lächelte milde. »Ich habe viele Kontakte hier in der Stadt, kenne viele Menschen. Hilfsbereite, auskunftsfreudige Menschen.«

Carsten nickte. Konstantins Leute hatten Nina und ihn tagelang verhört, mal gemeinsam, meist getrennt. Immer wieder dieselben Fragen: *Wo sind die Dokumente? Wissen Sie, wo sich die Dokumente befinden?* Nein, hatte er ebenso oft erwidert, nein, ich weiß es nicht. Und das war die Wahrheit gewesen. Er hatte es geahnt, gewiss, aber wie hätte er sicher sein können, ohne die Akten mit eigenen Augen zu sehen?

Jetzt stand er davor, blickte auf den hohen Stapel und empfand nichts dabei. Keinen Triumph, keine Enttäuschung. So also sah etwas aus, für das so viele gestorben waren. Grau, uninteressant, umgeben von altem Papier.

»Seit wann sind die Dokumente bei Ihnen?«, fragte er.

Der Abt legte das Paket auf den restlichen Stapel und nahm die beiden letzten Bände zur Hand. »Schon lange. Fenn hat sie auf eigene Faust hierhergebracht. Keiner der anderen wusste davon. Ich denke, es ist an der Zeit, dass ich mich davon trenne und sie ihrem wahren Zweck zukommen lasse.«

»Sie schicken sie nach Deutschland?«

»An Zeitungen, Zeitschriften, Fernsehsender. Soll man dort versuchen, sich ein Bild davon zu machen. Es wird eine Menge Aufruhr geben.«

»Ich wünsche Ihnen viel Glück, Bruder Jacobus«, sagte er.

Der Abt stand auf und reichte ihm die Hand. »Was werden Sie mit der Zukunft anfangen?«

»Wir werden sehen«, erwiderte er.

Jacobus nickte. »Alles Gute dabei, was immer es auch sein mag. Leben Sie wohl.«

Carsten drehte sich um und ging. Ein letztes Mal sog er den Geruch der Folianten auf, prägte sich das Bild der endlosen Buchreihen ein. Nina wartete auf ihn. Sie saß mit angezogenen Knien im Torbogen, den Rücken gegen die Mauer gelehnt. Der Abendwind zerzauste ihr Haar. Sie wollte es wachsen lassen.

*Was werden wir ihnen sagen?*

Man würde sie fangen und erneut befragen. Um zu verfolgen, zu bestrafen.

*Was werden wir ihnen dann sagen?*

Einen Augenblick lang überlegte er, ob er die Frage laut aussprechen sollte. Dann wurde ihm klar, dass sie nicht hierher gehörte, nicht an diesem Abend. Nicht jetzt, während die Stadt ihr Schlaflied sang und der Wind ihre Gärten mit Flüstern erfüllte.